Kruispu

JONATHAN FRANZEN

KRUISPUNT

Vertaald door Peter Abelsen

2021 Prometheus Amsterdam

Voor Kathy!

Eerste druk september 2021
Tweede druk september 2021

Oorspronkelijke titel *Crossroads*

Omslagontwerp DPS Design & Prepress Studio naar een ontwerp van Rodrigo Corral
Foto auteur Janet Fine
Opmaak binnenwerk ZetSpiegel, Best
www.uitgeverijprometheus.nl
ISBN 978 90 446 3918 6

ADVENT

De grauwe hemel, doorstreept met de kale eiken en iepen van het voorstadje New Prospect, beloofde de samengang van twee weersfronten in een witte kerst toen Russ Hildebrandt in zijn Plymouth Fury-stationwagen stapte voor zijn ochtendronde langs de huizen van bedlegerige en seniele gemeenteleden van zijn hervormde kerk. Later op de dag stond een rit naar de *Community of God* in zuid-Chicago op het programma voor het afleveren van speelgoed en conserven voor arme wijkbewoners, waarbij hij zou worden bijgestaan door mevrouw Frances Cottrell, die besloten had actief te worden binnen zijn kerk; en hoewel hij wist dat hem daarover alleen de vreugde van een bevlogen hulpprediker paste, had hij zich als man geen beter kerstgeschenk kunnen wensen dan vier uur alleen met Frances.

Na Russ' debacle van drie jaar geleden had de hoofdpredikant van zijn kerk, Dwight Haefle, hem als plaatsvervanger een groter aandeel gegeven in de bezoeken die aan gebrekkige gemeenteleden moesten worden afgelegd. Het was Russ niet duidelijk of Dwight de voor hemzelf vrijgekomen tijd aan meer besteedde dan vakanties en het werken aan zijn langverwachte bundel met lyrische poëzie, maar hij was zelf nogal ingenomen met deze uitbreiding van zijn takenpakket. Hij genoot bijvoorbeeld van de kokette ontvangst die hem steevast werd bereid door mevrouw O'Dwyer, die met haar afgezette been en ernstige oedeem aan bed was gekluisterd in wat vroeger haar eetkamer was geweest. En hij genoot vooral van zijn dienstbaarheid aan hen die, anders dan hijzelf, geen enkele herinnering meer hadden aan drie jaar geleden. In het verpleeghuis in Hinsdale, waar het geurmengsel van kerstkransen en geriatrische ontlasting hem aan de latrines in het met dennen begroeide hoogland van Arizona herinnerde, drukte hij Jim Deveraux het nieuwe gezichtenboek in handen, dat de kerk had laten maken om gesprekken met seniele gemeenteleden op gang te helpen, en vroeg hem of hij zich de familie Pattison herinnerde. Voor een geestelijke in de roes van de komende adventsmiddag was Jim een ideale vertrouweling, een wensput waar je een muntje in kon werpen zonder het ooit de bodem te horen raken.

'Pattison,' zei Jim toonloos.

'Ze hadden een dochter, Frances.' Russ boog zich over de rolstoel van zijn gemeentelid en bladerde naar de c. 'Ze draagt nu de naam van haar echtgenoot, Frances Cottrell.'

Thuis sprak hij haar naam nooit hardop, zelfs niet als dat binnen het gesprek zou passen, uit angst voor wat zijn vrouw dan misschien in zijn stem zou beluisteren. Jim tuurde naar de foto van Frances en haar twee kinderen. 'O, Frannie! Ja, Frannie Pattison, die ken ik nog wel. Hoe is het met haar?'

'Ze woont weer in New Prospect. Ze is anderhalf jaar geleden haar man verloren bij een tragisch ongeval. Hij was testpiloot voor General Dynamics.'

'En waar is ze nu?'

'Ze woont weer in New Prospect.'

'O. Goh, Frannie Pattison. Waar is die nu?'

'Ze is weer in New Prospect komen wonen. Ze is nu mevrouw Frances Cottrell.' Russ wees op haar foto en zei het opnieuw: 'Frances Cottrell.'

Hij had om halfdrie met haar afgesproken op het parkeerterrein van de First Reformed Church. Als een jongetje dat niet kon wachten op zijn kerstcadeaus, was hij er al om kwart voor één en at zijn boterhammen in de auto. Op mindere dagen, waarvan er in de voorbije drie jaar vele waren geweest, koos hij voor een ingewikkelde omweg van en naar zijn kantoor in de kerk: door de aula, een trap op en een gang door met verouderde gezangboeken langs de wanden, naar een opslagruimte vol gammele muziekstandaards en een kerststal die al in geen elf adventen in de kerk was neergezet, met een aantal houten schapen en een bedrukt ogende stier waarmee hij een treurige verwantschap voelde; een nauw trapje af, waar alleen God hem zag en over hem kon oordelen, de kerkzaal binnen door de 'geheime' deur in de lambrisering achter de kansel, en tot slot door een zijdeur van de zaal naar zijn kantoor – alleen maar om niet langs de kamer te hoeven van Rick Ambrose, die leiding gaf aan de jongerengroep van de kerk. De tieners die zich regelmatig voor die kamer verdrongen, waren tegenwoordig te jong om getuige te kunnen zijn geweest van Russ' debacle, maar er was hun ongetwijfeld van alles over verteld en hij kon Ambrose niet zien zonder zichtbaar te falen in het navolgen van de vergevingsgezindheid van de Verlosser.

Vandaag was echter een bijzonder goede dag, en de gangen van de First Reformed Church waren verlaten. Hij kon na zijn bezoekronde in een rechte lijn naar zijn kantoor, stak een vel papier in zijn typemachine en overdacht zijn nog ongeschreven preek voor de zondag na kerst, als Dwight Haefle weer eens op vakantie zou zijn. Hij ging onderuit zitten, kamde zijn wenkbrauwen met zijn nagels en kneep in de neusbrug van een gezicht waarvan het hem te laat duidelijk was geworden dat het voor veel meer vrouwen dan alleen zijn echtgenote aantrekkelijk was. Hij wilde een preek houden over zijn kerstmissie naar zuid-Chicago. Hij preekte de laatste tijd veel te vaak over Vietnam en over het lot van de Navajo's, en het leek hem bovendien een waar genoegen om het ronduit te kunnen zeggen, vanaf de kansel nog wel: *Frances Cottrell en ik hadden het voorrecht* – haar naam uit te spreken terwijl ze in de vierde kerkbank zat te luisteren, en te zien hoe de gemeenteleden, misschien wel tot veler afgunst, hoorden hoe hij haar met hemzelf in verband bracht. Een waar genoegen, ware het niet dat zijn vrouw zijn preken van tevoren las, en ook in een kerkbank zou zitten, en nog niets af wist van zijn afspraak met Frances vanmiddag.

Aan de wanden van zijn kantoor hingen posters van Charlie Parker met zijn sax en van Dylan Thomas met een sigaret; een ingelijste foto van Paul Robeson naast een programma voor Robesons optreden in de Judson Church in 1952; Russ' diploma van het hervormde seminarie in New York, en een uitvergrote foto uit 1946 van hemzelf met twee bevriende Navajo's in Arizona. Toen hij tien jaar geleden het ambt van hulpprediker in New Prospect op zich nam, had deze zorgvuldig gekozen collectie grote weerklank gevonden onder de tieners die hij toen nog geacht werd te helpen bij de ontwikkeling van hun christelijke eigenschappen. Maar voor de jongeren die zich tegenwoordig met hun wijde broekspijpen, ribfluwelen jacks en haarbanden in de kerk ophielden, sprak er een aftandse identiteit uit. In de kamer van Rick Ambrose, de jeugddiaken met zijn zwarte piekhaar en glimmende Fu Manchu-hangsnor, troffen ze wanden aan met hun eigen gemoedsuitstortingen in waterverf, planken vol spirituele stenen, gebleekte botten en gevlochten droogbloemen, en de felgekleurde affiches voor liefdadigheidsconcerten zonder waarneembaar verband met welke godsdienst dan ook. Sinds zijn debacle wist Russ zich in zijn kantoor omringd door verschoten eretekens die alleen zijn vrouw nog interessant vond. En Marion telde niet, want het was Marion die hem had overgehaald tot New York, Marion die hem bekeerd had tot Parker, Thomas en Robeson, Marion die geboeid naar zijn verhalen over de Navajo's had geluisterd en hem had aangespoord zijn geestelijke roeping te volgen. Marion die onverdeeld verbonden was aan een identiteit die vernederend was gebleken. Er was Frances Cottrell voor nodig geweest om daarvan los te komen.

'Mijn hemel, ben jij dit?' had ze gezegd bij haar eerste bezoek aan zijn kantoor de vorige zomer, toen ze de foto bekeek van hem in het Navajoreservaat. 'Je lijkt hier wel een jonge Charlton Heston.'

Ze had zich bij Russ aangediend voor rouwbegeleiding, ook een onderdeel van zijn takenpakket, en niet het favoriete, omdat zijn eigen ervaring met rouw nog altijd beperkt was tot het verlies van zijn hond Skipper in zijn jongensjaren. Maar hij had tot zijn opluchting gehoord dat Frances' ergste klacht, een jaar na de dood van haar man in een vlammenzee in Texas, een gevoel van leegheid betrof. Ze had zijn suggestie weggewuifd om zich aan te sluiten bij een van de dameskringen van de First Reformed. 'Ik ga geen koffie drinken met de dames,' zei ze. 'Ik weet wel dat ik een zoon heb die al op de highschool zit, maar ik ben toch nog maar zesendertig.' En dat was ze – elastisch van huid, wallenloos, geen buikje, nul rimpels; het toonbeeld van levenskracht in een mouwloos paisleyjurkje, met natuurlijk blond haar, dat ze jongensachtig kort droeg, en jongensachtig kleine en brede handen. Russ was er zeker van geweest dat ze weer snel genoeg zou hertrouwen, dat de leegte waarover ze het had weinig meer was dan het ontbreken van een man – maar hij wist nog maar al te goed hoe kwaad hij op zijn moeder was geweest toen die hem kort na Skippers dood vroeg of hij een nieuwe hond wilde.

Hij had Frances erop gewezen dat er nog een andersoortige dameskring was, die hij zelf aanstuurde en die samenwerkte met leden van de partnerkerk van de First Reformed in de zuidelijke binnenstad, de Community of God. 'Dat zijn geen koffiedrinkende dames,' zei hij. 'We schilderen huizen, kappen kreupelhout en brengen vuilnis weg. We brengen ouderen naar hun afspraken en helpen kinderen met hun huiswerk. Dat doen we om de dinsdag, de hele dag, en laat me je vertellen dat ik altijd zeer naar die dinsdagen uitzie. Het is een van de paradoxen van ons geloof: hoe meer je geeft aan minderbedeelden, hoe meer je voelt dat Christus jouw leven vervult.'

'Je zegt dat met zo veel gemak,' zei Frances. 'Ik ga al drie maanden op zondag naar de dienst en ik wacht nog steeds op welk gevoel dan ook.'

'Wat, hebben zelfs mijn preken je niet geraakt?'

Ze kreeg een kleur. Stond haar goed. 'Zo bedoel ik het niet. Je hebt een prachtige stem. Het is alleen...'

'Geloof me, die dinsdagen zullen je meer raken dan een zondagsdienst. Ik ben zelf ook liever in de *South Side* dan dat ik preek.'

'Is het een negerkerk?'

'Een zwarte kerk, ja. Wat ik verder nog over deze kring kan zeggen is dat Kitty Reynolds er de scepter over zwaait.'

'Ah, ik mag Kitty graag. Ik had haar voor Engels in mijn laatste jaar.'

Russ mocht Kitty ook, hoewel hij de indruk had dat zij op haar beurt sceptisch was over hem, in zijn hoedanigheid van man. Marion had hem tot de gedachte verleid dat Kitty, nooit getrouwd, waarschijnlijk een lesbienne was. Op hun tweewekelijkse uitstapjes droeg ze steevast een houthakkershemd en toen hij Frances ter sprake bracht, had ze meteen de regie over haar opgeëist en erop gestaan dat zij haar zowel heen als terug zou rijden. Haar scepsis indachtig had hij daarmee ingestemd, maar wel een dag afgewacht waarop Kitty niet zou kunnen.

En op de dinsdag na Thanksgiving was Kitty geveld door een griepachtige kou en had hij met Frances en nog twee andere weduwen naar de South Side gekund. Frances kwam naar de parkeerplaats van de First Reformed met een kleppet van geruite wol op haar hoofd, zoals Russ er een gedragen had als jongen. Ze nestelde zich naast hem op de voorbank van de Fury en hield haar pet op, wellicht door het lek in de verwarming, dat zijn voorruit deed beslaan als hij geen raampje omlaag hield – of voelde ze aan hoe bedwelmend, geloofsbeproevend, androgyn-aanbiddelijk ze was met die pet? De twee andere en veel oudere weduwen hadden dat misschien ook in de gaten, want ze hadden Russ gedurende de hele rit, nog voorbij Midway en 55th Street, met al te nadrukkelijke vragen over zijn vrouw en vier kinderen bestookt.

De Community of God was een kleine, torenloze kerk van gele baksteen, oorspronkelijk gebouwd door Duitse immigranten, met een aanbouw die dienstdeed als buurtcentrum. De voornamelijk uit vrouwen bestaande gemeente werd geleid door een pastor van middelbare leeftijd, Theo Crenshaw, die de dameskring van de First Reformed de dienst bewees geen dank uit te spreken voor hun voorstedelijke liefdadigheid. Al wat Theo om de dinsdag deed was Kitty en Russ een klusjeslijst geven – ze kwamen geen zielen hoeden maar diensten bewijzen. Kitty had nog met Russ gedemonstreerd voor burgerrechten, maar hij had de andere dames van de kring moeten uitleggen dat ze het misschien moeilijk vonden het 'stadse Engels' van de mensen in de South Side te volgen, maar die mensen daarom nog niet extra hard en langzaam hoefden toe te spreken. Voor de dames die dit snapten en de angst leerden overwinnen om langs de zuidelijke blokken van Morgan Street te lopen, was de deelname aan de dinsdagkring een inspirerende ervaring geworden. Degenen die het niet snapten (die uit competitieve overwegingen tot de kring waren toegetreden; omdat ze erbij wilden horen) had hij moeten vernederen zoals hij zelf ooit door Rick Ambrose was vernederd: met het dwingende advies niet meer te komen.

Omdat Kitty als een moederkloek over haar waakte, had hij Frances nog niet eerder op de proef kunnen stellen. Bij aankomst in Morgan Street stapte ze ietwat schuchter uit en bleef staan wachten tot haar gevraagd werd mee te helpen met het dragen van gereedschapskisten en zakken afgedankte kleding. Haar aarzelende houding bracht Russ aan het twijfelen: of hij haar uitstraling niet met inhoud had verward, en haar pet niet ten onrechte als teken van vrijmoedigheid had gezien, maar alles verdampte in zijn mededogen toen Theo haar volstrekt negeerde en de twee oudere weduwen opdroeg een lading tweedehands boeken te sorteren voor de zondagsschool, en Russ te verstaan gaf dat hij hem moest hem helpen met het installeren van een nieuwe boiler in de kelder.

'En Frances?' zei Russ.

Ze stond bedremmeld bij de deur van het buurtcentrum. Theo nam haar koeltjes op. 'O, nou, er zijn meer dan genoeg boeken om uit te zoeken.'

'Of weet je, Frances,' zei Russ, 'kom anders Theo en mij helpen.'

De gretigheid waarmee ze knikte was een bevestiging van zijn empathische vermogens en verdreef de argwaan dat hij haar eigenlijk alleen meer mee vroeg om te kunnen laten zien hoe sterk hij was, en hoe handig met gereedschap. In de kelder trok hij zijn bovenkleding uit tot op zijn T-shirt, nam de oude, met asbest omhulde boiler in een berenklem en tilde hem van zijn blok. Op zijn zevenenveertigste had de slungeligheid van weleer plaatsgemaakt voor een zekere breedheid van schouders en borst. Maar Frances kon alleen maar toekijken, en toen de inlaatbuis afbrak bij de muur en hij aan de gang moest met een steenbeitel en een buistang, drong het tot hem door dat ze de kelder intussen had verlaten.

Wat Russ het meest in Theo aanstond was diens terughoudendheid, die hem de ijdele hoop bespaarde dat ze interraciale vrienden konden worden. Theo wist wat hij van Russ weten wilde (dat hij van aanpakken wist, dat hij nooit ver van armoede verwijderd was geweest, dat hij in de goddelijke natuur van Jezus Christus geloofde) en hij stelde noch beantwoordde vragen die dieper gingen dan dat. Vragen, bijvoorbeeld, over de geestelijk gehandicapte buurjongen Ronnie, die het hele jaar door de kerk in en uit drentelde, soms even bleef staan voor een eigenaardig wiegend dansje met zijn ogen dicht, of om een kwartje aan te pakken van een mevrouw van de First Reformed, die dan van Theo te horen kreeg dat ze de jongen 'maar liever met rust' moest laten. Toen Russ toch eens een poging tot contact ondernam en Ronnie had gevraagd waar hij woonde en wie zijn moeder was, had die zijn reactie beperkt tot 'Mag ik een kwartje?' en had

Theo op scherpere toon dan anders gezegd dat Russ de jongen met rust moest laten.

Frances had deze instructie nog niet gekregen. Toen ze tegen lunchtijd naar boven gingen, zagen ze Ronnie en haar op de vloer van het buurtcentrum met een doos vetkrijtjes. Ronnie had een parka aan die onmiskenbaar door iemand uit New Prospect was afgedankt, en zat zachtjes op zijn knieën te wiegen terwijl Frances een oranje zon tekende op een vel krantenpapier. Theo bleef stokstijf staan, wilde iets zeggen, maar schudde in plaats daarvan zijn hoofd. Frances gaf Ronnie haar krijtje en keek met een blije glimlach op naar Russ. Ze had een manier gevonden om zich nuttig te maken en goed te doen, en dat stemde hem blij voor haar.

Theo volgde hem de kerkzaal in en toonde zich daar allerminst blij. 'Praat met die vrouw en zeg dat ze zich niet met Ronnie moet bemoeien.'

'Vind je? Ik zie er eerlijk gezegd geen kwaad in.'

'Het is geen kwestie van goed of kwaad.'

Theo ging naar huis om warm te eten met zijn vrouw, en Russ besloot Frances niet te ontmoedigen en liep met zijn resterende boterhammen de trap op naar het zondagsschoollokaal, waar de twee oudere weduwen een grootscheepse boeksortering op touw hadden gezet. Met een lichamelijk gebrek legde je je lot in de handen van vreemden, met gebrek aan geld gaf je je over aan je sociale omgeving. Zonder toestemming te vragen hadden de weduwen alle uitgesorteerde boeken van vrolijk gekleurde en verlokkende stickers voorzien. Wie geldgebrek leed, zag misschien niet snel wat hem te doen stond en was dan gebaat bij de aanwijzingen van anderen. Russ had moeten leren om geen toestemming te vragen, maar dat was een noodzakelijk tegenwicht voor het vooruitzicht dat hem geen dank ten deel zou vallen. Als hij zich in de achtertuin van een oud mevrouwtje waagde, vroeg hij haar niet welke verwilderde struiken er moesten worden gesnoeid en wat er weg kon aan roestig oud ijzer, en als hij klaar was, volgde er in de regel geen bedankje maar volstond het mevrouwtje met: 'Nou, dat is een heel eind opgeknapt.'

Hij stond met de weduwen te babbelen toen ze ergens beneden een deur hoorden slaan, gevolgd door een boze vrouwenstem die snel bozer werd. Hij haastte zich de trap af naar het buurtcentrum, waar Frances met een vel krantenpapier in haar handen de volle lading kreeg van een jonge vrouw die hij nooit eerder had gezien, broodmager, met een verwaarloosd kapsel. Hij rook haar drankadem op een paar meter afstand.

'Da's *míjn* jongen, hoor je me? *Míjn* jongen!'

Ronnie zat zich nog op zijn knieën te wiegen, met een vetkrijtje in zijn hand.

'Ho, ho, rustig aan graag,' zei Russ.

De jonge vrouw draaide zich naar hem toe.

'Ben jij haar man?'

'Nee, ik ben de pastor.'

'Nou, zeg tegen dat wijf dat ze mijn zoon met rust laat.' Ze richtte zich weer tot Frances. 'Blijf uit zijn buurt, kreng! Wat heb je hier trouwens te zoeken?'

Russ stapte tussen hen in. 'Mevrouw, alstublieft.'

'Wat heb je daar, kreng?' schreeuwde de vrouw langs hem heen.

'Een tekening,' zei Frances. 'Een mooie tekening die Ronnie heeft gemaakt. Nietwaar, Ronnie?'

De tekening bestond uit wat rode krassen. Ronnies moeder reikte ernaar en griste hem uit Frances' hand. 'Niet jouw eigendom!'

'Nee, klopt,' zei Frances. 'Ik denk dat hij hem voor u heeft gemaakt.'

'Praat ze nog tegen me? Hoor ik haar nog praten?'

'Volgens mij moeten we even tot bedaren komen met z'n allen,' zei Russ.

'Die blanke hoer moet oprotten en mijn jongen met rust laten.'

'Het spijt me,' zei Frances. 'Hij is zo lief. Ik wilde alleen maar...'

'Heeft ze het nou nóg tegen me? De moeder scheurde de tekening in vieren en trok Ronnie overeind. 'Ik wil dat je wegblijft van die mensen. Wat zég ik nou altijd?'

'Weet niet,' zei Ronnie.

Ze gaf hem een klap. 'Wéét je niet?'

'Mevrouw,' zei Russ, 'als u die jongen nog eens slaat, heeft dat gevolgen.'

'Ja, ja, ja.' Ze was op weg naar de deur. 'Meekomen jij,' zei ze tegen Ronnie, 'we zijn klaar hier.'

Toen ze weg waren en Frances intussen in snikken was uitgebarsten, nam hij haar in zijn armen en voelde hoe ze beefde van schrik, maar ook hoe goed haar ranke lichaam in zijn armen paste. Ze legde haar handje in zijn hand en hij voelde zelf ook tranen branden. Ze hadden om toestemming moeten vragen. Hij had haar beter in de gaten moeten houden. Hij had erop moeten aandringen dat ze de oudere dames hielp met de boeken.

'Ik weet niet of ik hier wel geschikt voor ben,' zei ze.

'Dit was gewoon pech,' zei hij. 'Ik heb die vrouw hier nooit eerder gezien.'

'Maar ik ben bang voor die mensen, en dat wist ze. Jij niet, en daar had ze ontzag voor.'

'Het went wel als je vaker komt.'

Ze schudde haar hoofd in ongeloof.

Toen Theo terugkwam van zijn middageten, was Russ te beschaamd om het voorval te melden. Hij had geen plan gehad voor Frances en zichzelf, geen specifiek idee, alleen de wens om haar bij zich te hebben, en nu had hij in zijn ijdelheid en kortzichtigheid zijn kans verknald om haar tweemaal per maand te zien. Het was al slecht genoeg een vrouw te begeren die niet de zijne was, maar hij was ook nog eens slecht in slecht zijn. Wat een lamlendige tactiek was het geweest om haar mee te nemen naar de kelder en te denken dat ze op hem zou vallen als ze hem zag werken, zoals hij van haar in de ban was als ze wat dan ook deed. Door zo te denken was hij het soort man dat haar soort vrouw voor geen goud zou willen. Het had haar gewoon verveeld om hem bezig te zien, en wat er daarna gebeurde was zijn schuld.

Op de trage terugweg naar New Prospect zat ze stilletjes naast hem in zijn Fury, tot een van de oudere weduwen vroeg hoe het haar zoon Larry, vierde klas highschool, beviel in *Crossroads*. Het was nieuws voor Russ dat haar vijftienjarige zoon tot de jeugdgroep van de kerk was toegetreden.

'Rick Ambrose moet wel een genie zijn,' zei Frances. 'Toen ik opgroeide zaten er hooguit dertig kinderen in de jongerengroep van de First Reformed.'

'Zat jij er ook in?' vroeg de oudere weduwe.

'Nee, ikzelf niet. Niet genoeg leuke jongens toen. Niet één, om eerlijk te zijn.'

Uit Frances' mond was het woord 'genie' als een bijtend zuur in Russ' hersenen. Hij had het koeltjes moeten ondergaan, maar op zijn mindere dagen was hij niet in staat dingen na te laten waar hij achteraf spijt van kreeg. Het leek soms wel alsof hij ze deed omdát hij er spijt van kreeg: ineenkrimpen van retrospectieve schaamte, zichzelf in stilte verwijten maken, dat was zijn manier om de weg terug te vinden naar Gods genade.

'Weten jullie eigenlijk waarom Rick de jeugdgroep vernoemd heeft naar "Crossroads" van Cream? Hij dacht dat tieners zich aangesproken zouden voelen door een nummer van een rockband.'

Dit was een schandelijk halve waarheid. Russ had de naam zelf geopperd.

'Dus toen vroeg ik hem, moest ik gewoon even weten, of hij wist dat het eigenlijk een blues van Robert Johnson was, over een man die op een kruispunt tot een nogal ingrijpende levenskeuze komt. Waarop hij me glazig aankeek. Want tja, voor Rick begint de muziekgeschiedenis met The Beatles. Maar geloof me, die versie van Cream, dan hoor je gewoon drie Engelse mannetjes die een briljant nummer van een zwarte Amerikaanse bluesgrootheid jatten en doen alsof het van henzelf is.'

Frances, met haar kleppet op, hield haar ogen op de truck die voor hen reed, en de weduwen achterin hielden hun adem in terwijl hun hulpprediker de jeugddiaken afbrandde.

'Ik heb die oorspronkelijke uitvoering van Johnson toevallig,' snoefde hij verder. 'Die heet "Cross Road Blues". Toen ik nog in Greenwich Village woonde, in New York City dus, kocht ik vaak oude 78 toerenplaten in tweedehandszaken. Tijdens de Depressie stuurden de platenmaatschappijen technici naar het platteland, die daar legendarische opnamen hebben gemaakt. Leadbelly, Charley Patton, Tommy Johnson, noem maar op. Ik verzorgde toen een naschools programma in Harlem en daar draaide ik elke avond die platen. Dat was alsof je regelrecht naar het Zuiden van de jaren twintig werd getransporteerd. Er zat zo veel pijn in die oude stemmen. Het hielp me de pijn te begrijpen waarmee ik in Harlem te maken had. Want daar gaat het in wezen om in de blues, en dat verdwijnt als zo'n blank bandje die stijl gaat na-apen. Je hoort geen enkele pijn in die moderne rock.'

Er viel een ongemakkelijke stilte. Het laatste novemberdaglicht stierf weg in vetkrijtkleuren onder de wolken aan de voorstedelijke horizon. Russ had intussen meer dan genoeg redenen om zich achteraf te schamen, redenen volop om ervan overtuigd te zijn dat hij het verdiende te lijden. Dat gevoel van gepastheid op de bodem van zijn minste dagen, het gevoel thuis te komen in zijn ontluistering, was hoe hij wist dat God bestond. En hij kreeg nu al, terwijl hij het kwijnende licht tegemoet reed, een voorproefje van die thuiskomst.

Op het parkeerterrein van de First Reformed bleef Frances in de auto zitten nadat de andere dames waren uitgestapt en vertrokken. 'Waarom haatte ze me zo?' zei ze.

'Ronnies moeder, bedoel je?'

'Zo heeft nog nooit iemand tegen me gesproken.'

'Het spijt me vreselijk dat je dat hebt moeten meemaken,' zei hij. 'Maar het is wel wat ik daarnet bedoelde met pijn. Stel je eens voor dat je zo arm bent dat je kinderen het enige zijn wat je hebt, de enige mensen die jou nodig hebben en om je geven. Wat als je dan zag dat een andere vrouw je kind beter behandelde dan jij in staat was het te behandelen? Kun je je voorstellen hoe dat moet voelen?'

'Dan zou ik proberen beter mijn best te doen.'

'Ja, maar zo denk je omdat je niet arm bent. Als je arm bent, overkomen dingen je alleen maar. Dan leef je met het gevoel dat je niets in eigen hand hebt, en ben je volledig aan Gods genade overgeleverd. Daarom zegt Jezus ook dat de armen gezegend zijn. Niets bezitten brengt je dichter bij God.'

'Die vrouw leek me niet zo dicht bij God.'

'Tja, dat weet je dus niet. Ze was in ieder geval boos en verbitterd...'

'En stomdronken.'

'En stomdronken, ook dat, aan het begin van de middag. Maar als we íets kunnen leren van deze dinsdagen, dan is het wel dat jíj en ik niet in een positie verkeren om over de armen te oordelen. We kunnen ze alleen maar proberen te dienen.'

'Dus het was mijn schuld, wil je zeggen.'

'Zeker niet! Je volgde je welwillende hart, en dan treft geen mens ooit blaam.'

Hij bespeurde iets welwillends in zijn eigen hart: hij kon nog altijd een goede pastor voor haar zijn.

'Ik weet dat het moeilijk te vatten is als je van streek bent,' zei hij toegeeflijk, 'maar je hebt vandaag iets meegemaakt wat dagelijkse kost is voor de mensen in die wijk. Onheus benaderd worden, vooroordelen op basis van je huidskleur. Luister, ik weet heel goed dat je zelf ook pijn hebt gekend, een verdriet dat ik me niet eens kan voorstellen, en als je vindt dat dat wel groot genoeg is geweest, dan heb ik daar alle begrip voor. Maar het is óók een kans, als je daaraan toe bent, om je verdriet om te zetten in mededogen. Als Jezus ons zegt de andere wang toe te keren, wat bedoelt Hij daar dan eigenlijk mee? Dat iemand die ons slecht bejegent onverbeterlijk boosaardig is en dat we dat maar gewoon moeten dulden? Of wil Hij ons eraan herinneren dat die ander net zo iemand is als wij, iemand die dezelfde pijn voelt als wij? Ik weet dat het soms moeilijk is om het zo te zien, maar het is een perspectief waar we altijd voor kunnen kiezen, en ik denk eerlijk gezegd dat we daar ook naar zouden moeten streven.'

Frances liet die woorden even bezinken. 'Je hebt gelijk,' zei ze. 'Ik vind het heel moeilijk om het zo te zien.'

En dat was dat, zo had het geleken. Toen hij haar de volgende dag belde, zoals het een goede pastor betaamde, had ze gezegd dat haar dochter koorts had en een gesprek nu niet goed uitkwam. De twee zondagen daarna was ze niet naar de dienst gekomen, en ze liet het volgende bezoek aan de South Side ook aan zich voorbijgaan. Hij overwoog haar nog een keer te bellen, al was het maar om zich nog eens in schaamte te kunnen wentelen, maar de zuivere pijn van haar gemis paste volmaakt bij de donkere middagen en lange nachten van het jaargetij. Hij zou haar uiteindelijk toch zijn kwijtgeraakt: op z'n laatst als een van beiden stierf, maar waarschijnlijk veel eerder. En zijn behoefte om zich weer met God te verbinden was zo groot dat hij de pijn bijna gretig omhelsde.

Slechts vier dagen geleden had zij hem opeens gebeld. Ze had een hardnekkige kou achter de rug, zei ze, maar ze was aan zijn woorden in de auto blijven denken. Ze betwijfelde of ze de innerlijke kracht had om iemand zoals hij te zijn, maar ze had wel het gevoel een stap te hebben gemaakt, en Kitty Reynolds had iets gezegd over een kerstbezorging in de South Side. Kon zij ook weer mee?

Die vraag zou al voldoende zijn geweest om blij te zijn als haar pastor. Maar ze had er ook nog de vraag op laten volgen of ze wat van zijn bluesplaten kon lenen.

'Onze pick-up speelt ook 78 toeren,' zei ze, 'en ik dacht: als ik dit ga doen, moet ik ook echt proberen hun cultuur te begrijpen.'

Dat 'hun cultuur' had hem een grimas van ongemak ontlokt, maar zelfs hij was niet zó slecht in slecht zijn dat hij niet wist wat het betekende als iemand zich in jouw favoriete muziek wilde verdiepen. Hij was naar de niet warm te stoken tweede verdieping van zijn veel te grote, door de kerk beschikbaar gestelde huis gegaan om er ruim een uur op zijn knieën voor zijn platenkast te zitten en een selectie te maken, gevolgd door een selectie uit die selectie, van zijn 78 toerenplaten; piekeren over welke tien de grootste kans maakten om gevoelens bij haar op te wekken van het soort dat hij allang voor haar had. Zijn verbinding met God was meteen weer spoorloos, maar dat was van later zorg. Kitty Reynolds, die was nu zijn zorg. Het was van het grootste belang dat hij Frances ook nu weer voor zichzelf zou hebben, maar Kitty was zo alert als hij slecht was in liegen. Wat voor list hij ook bedacht, zoals om drie uur afspreken met Kitty en dan al om halfdrie wegrijden met Frances, het zou gegarandeerd Kitty's argwaan wekken. Hij zag in dat er niets anders op zat dan eerlijk tegen haar te zijn, min of meer, en te zeggen dat Frances de vorige keer nogal overstuur was geraakt in de stad en dat hij met haar alleen wilde zijn bij haar moedige terugkeer naar de plaats des onheils.

'Als ik je zo hoor,' zei Kitty toen hij haar had gebeld, 'heb je de vorige keer dus nogal een steek laten vallen.'

'Klopt, dat erken ik. En daarom sta ik nu voor de opdracht om haar vertrouwen te herwinnen. Het is bemoedigend dat ze er weer naartoe wil, maar het is ook nog broos.'

‘En het is een mooie meid, en de kerst staat voor de deur. Als jij het niet was, Russ, zou ik mijn twijfels hebben over je motieven.’

Hij had nog wel even nagedacht over wat Kitty hier precies mee bedoelde – of ze hem nu integer en betrouwbaar vond, of een van seksuele aantrekkingskracht gespeende, weke en ongevaarlijke man. Maar hoe dan ook, het had de clandestiene spanning van zijn uitje met Frances alleen nog maar verhoogd. Zich verheugend op wat er te gebeuren stond, had hij niet alleen zijn platen uit huis en naar de kerk gesmokkeld, maar ook een wat groezelige oude nappa jas uit Arizona, waarvan hij hoopte dat die hem een ruigere uitstraling zou bezorgen. In Arizona had het hem niet aan uitstraling ontbroken, en hij geloofde al dan niet terecht dat zijn huwelijk daaraan afbreuk had gedaan. Toen Marion na zijn debacle uit loyaliteit een hekel aan Rick Ambrose had opgevat en hem op een keer ‘die charlatan’ noemde, had Russ haar feller dan noodzakelijk toegesnauwd dat je van Rick veel kon zeggen, maar niet dat hij een charlatan was. Hij gaf de voorkeur aan de gedachte dat hij zijn aantrekkingskracht was verloren en zich niet meer kon verstaan met jonge mensen. Aan die zelfkastijding had hij zich met graagte onderworpen en hij wilde niet door Marion worden gehinderd met een andere uitleg. De dagelijkse gêne die hij sindsdien voelde als hij de vernederende gang langs de kamer van de jeugdwerker maakte of voor de niet minder vernederende omweg koos, had hem in staat gesteld het lijden van Christus na te voelen. Het was een kwelling, maar wel een die voeding gaf aan zijn geloof. Het al te tedere gebaar van Marion die hem troostend over zijn arm streelde, was als kwelling verstoken van iedere spiritualiteit.

Het liep tegen halfdrie toen hij zijn nappa jas aantrok in zijn kantoor, waar het vel in zijn typemachine nog altijd blanco was, en het geluid hoorde van de tieners die zich na schooltijd aan Rick Ambrose kwamen laven: hollende voeten en het schreeuwen van schuttingwoorden waartoe Rick Fuck-Shit-Piss hen onvermoeibaar inspireerde. Meer dan honderdtwintig leden telde Crossroads nu, onder wie twee kinderen van Russ zelf; en het mocht een teken heten van zijn obsessie met Frances en hun aanstaande middag samen, dat hij zich nu pas realiseerde dat ze bij hun vertrek zijn zoon Perry tegen het lijf zouden kunnen lopen.

Slechte criminelen zien overduidelijke dingen over het hoofd. Russ’ relatie met zijn dochter Becky was gespannen sinds zij zich in oktober zomaar, zonder zinnige aanleiding, bij Crossroads had aangemeld. Maar ze had tenminste nog wel in de gaten hoezeer het hem kwetste dat ze nu een pupil van Ambrose was en hij haar zelden meer na schooltijd in de kerk zag. Perry echter ontbeerde iedere vorm van tact. Perry, bij wie een IQ van 160 was gemeten, zag te veel en grijnsde te sardonisch om wat hij zag. Perry zou moeiteloos in staat zijn een zoetsappig praatje met Frances te maken en een indruk van oprechte interesse te wekken terwijl hij zich nooit voor mensen interesseerde en al helemáál nooit oprecht was. En hij zou tot overmaat van ramp ook die nappa jas zien.

Het had Russ tot de omweg naar het parkeerterrein kunnen bewegen, maar de man die daartoe zijn toevlucht nam was niet de man die hij vandaag wenste te zijn. Hij rechtte zijn schouders, vergat met opzet de platen mee te nemen, zodat hij een excuus had om Frances na donker mee te nemen naar zijn kantoor, en stapte de verschaalde-sigarettenrookwolk binnen van een stuk of tien tieners die zich in de gang hadden verzameld. Perry zag hij er zo snel niet tussen. Een mollig meisje met appelwangen lag behaagziek over de knieën van drie jongens op de doorgezakte oude bank die er was neergezet (ondanks het stille protest dat Russ bij Dwight Haefle had aangetekend, omdat de gang een vluchtroute was bij brand) zodat de jongeren er comfortabel op hun beurt konden wachten voor een gesprek met Ambrose, vol harde maar liefhebbende eerlijkheid, in de beslotenheid van diens kamer.

Russ liep met neergeslagen ogen langs de benen in jeans en voeten in sneakers. Maar bij het naderen van de kamer van zijn aartsvijand, waarvan de deur half openstond, hoorde hij haar stem.

Hij bleef tegen zijn wil stilstaan.

'Ik vind het zo fijn!' hoorde hij Frances kwinkeleren. 'Een jaar geleden moest ik zowat een pistool op zijn slaap zetten om hem naar de kerk te krijgen.'

In de halve deuropening waren van Ambrose alleen zijn rafelige jeanspijpen en kaalgetrapte werkschoenen zichtbaar. Maar Frances zat op de stoel tegenover de deur. Ze zag Russ, zwaaide en riep: 'Zie je straks buiten!'

God mocht weten wat er nu van zijn gezicht viel af te lezen. Hij beende verder, sloeg nietsziend de hoofdingang over en kwam weer bij zijn positieven in de aula. Hij maakte zwaar water door de gaten in zijn geestelijke romp. Hoe stom kon hij zijn om niet te beseffen dat ze ook bij Ambrose kon binnenstappen? Het werd gevolgd door de helderziende zekerheid dat hij hem haar zou afnemen. En daarop volgden het schuldgevoel dat hij zijn hart ongevoelig had gemaakt voor de vrouw die hij huwelijkstrouw had gezworen, en zelfhaat omdat hij de hoop had gekoesterd dat die nappa jas hem er anders uit kon doen zien dan als een onnozele, overleefde, deerniswekkende clown. Hij wilde niets liever dan dat ding in één ruk uittrekken en zijn normale wollen jas aandoen, maar hij was veel te laf om weer door de gang terug te lopen, en hij was bang dat hij in tranen zou uitbarsten als hij alsnog de omweg nam en die sullige kerststier zou zien.

O Heer, bad hij vanuit de bespottelijkheid van zijn jas, *help me toch*.

Voor zover God zijn gebed verhoorde, was dat met de gedachte dat hij zijn ellende alleen zou kunnen dragen door zich te verootmoedigen, aan de armen te denken en hun van dienst te zijn. Hij liep naar de kamer van de kerksecretaris en begon dozen met speelgoed en conserven naar het parkeerterrein te dragen. De onverwachte misère van de dag verdiepte zich per minuut. Wat deed ze daar bij Ambrose? Wat konden ze bespreken dat zo veel tijd vergde? Het speelgoed leek allemaal nieuw, of onverwoestbaar genoeg om voor nieuw door te gaan, maar hij kon nog extra minuten vullen door de dozen met voedsel te inspecteren, er alle ondoordachte of kwetsende donaties uit te halen (cocktailuitjes, waterkastanjes) en troost te putten uit het gewicht van wat er allemaal overbleef: gezinsblikken varkensvlees met bonen, ravioli, beefaroni, halve peren op siroop – de gedachte aan wat een uitkomst deze gulle gaven zouden zijn voor iemand met echte honger en niet slechts, zoals hij, een hongerende ziel.

Het was 14.52 uur toen Frances zich met jongensachtig kwieke tred naar hem toe haastte. Ze had de kleppet weer op, en vandaag een bijpassend wollen jack. ‘Waar is Kitty?’ vroeg ze opgetogen.

‘Kitty was bang dat ze er niet bij zou passen. Kijk eens hoeveel dozen we hebben.’

‘Komt ze niet?’

Hij durfde geen oogcontact te maken en wist daarom niet of ze sip keek of, erger nog, argwanend. Hij schudde zijn hoofd.

‘Wat een onzin,’ zei ze. ‘Ik had toch bij haar op schoot kunnen kruipen?’

‘Vind je het vervelend?’

‘Vervelend? Ik voel me geweldig! Het is een bijzondere dag vandaag, ik heb een grote stap gemaakt.’

Ze deed een parmantig balletpasje om de stap in kwestie te illustreren. Hij vroeg zich af of ze met dat gevoel was opgestaan of dat Ambrose het teweeg had gebracht.

‘Mooi zo,’ zei hij, en hij gooide de achterdeur van de stationwagen met een klap dicht. ‘Dan moesten we maar eens gaan.’

Het was een o zo ingetogen toespeling op haar late komst, maar uitgesprokener wilde hij niet zijn en het ontging haar gelukkig ook. ‘Had ik ook iets moeten meebrengen?’

‘Nee. Alleen jezelf.’

‘Dat is makkelijk, ik ga nooit zonder mezelf van huis. Laat me nog even kijken of mijn auto op slot zit.’

Hij zag haar naar haar eigen, nieuwere auto huppelen. Ze leek blijer dan hij zich misschien wel in zijn hele leven zelf had gevoeld. En zeker blijer dan hij Marion ooit had gezien.

‘Ja!’ riep ze vanaf de andere kant van het terrein. ‘Stevig op slot!’

Hij stak twee duimen naar haar op. Hij stak nooit twee duimen naar iemand op. Het voelde zo vreemd dat hij niet wist of hij het wel goed had gedaan. Hij keek steels om zich heen of iemand, en met name Perry, het had gezien. Maar er was niemand, op twee tieners na die met gitaarkoffers naar de kerk liepen en geen oog voor hem hadden, of wilden hebben. Een van hen was een jongen die hij al kende vanaf groep twee van de zondagsschool.

Hoe zou het zijn om je leven te delen met iemand die zo blij kon zijn?

Toen hij in de Fury wilde stappen, warrelde er een enkele sneeuwvlok op zijn onderarm en smolt weg; de eerste van de massa sneeuwvlokken die de hemel al de hele dag beloofde. Frances stapte in aan de andere kant. ‘Wat een gave ouwe jas!’ zei ze. ‘Waar heb je die vandaan?’

Stelling: de ziel bestaat onafhankelijk van het lichaam en is als zodanig onvergankelijk. Eerste betoog: Perry Hildebrandt, New Prospect Township High School.

Ahum.

Hoe verleidelijk ook, laat ons niet de dwaling begaan verkeerde conclusies te trekken uit de ervaring, welbekend bij eenieder die zich een regelmatig blower mag noemen, op enig moment iets te doen (zeg: een pak marshmallows proberen open te krijgen in de keuken van Ansel Roder) om het volgende moment te merken dat zijn lichamelijke zelf een compleet andere handeling verricht in een volstrekt nieuwe omgeving. Dergelijke tijdruimtelijke hiaten (in de omgangstaal vaak misleidend 'black-outs' genoemd) gelden niet per se als bewijs voor de gescheidenheid van ziel en lichaam; iedere mechanische theorie van de geest kan er een verklaring voor bieden. Laat ons in plaats daarvan beginnen met een vraag die op het eerste gezicht triviaal of onbeantwoordbaar mag lijken: Waarom ben ik ik en niet iemand anders? *Ja, laat ons in de duizelingwekkende diepten van deze vraag turen...*

Het was eigenaardig hoe de tijd leek te vertragen, bijna te stoppen zelfs, als hij zich lekker voelde. Het was wonderbaarlijk (zij het niet onverdeeld weldadig omdat er in de regel een slapeloze nacht op volgde) hoeveel rondjes zijn geest kon rennen in de seconden die het vergde om een trap op te lopen. De pulserende nuheid van alles, de volmaakte synchronie van lichaam en ziel; zijn huid die iedere graad registreerde waarmee de temperatuur daalde bij het naderen van de tweede verdieping van de Proletenpastorie; zijn neus die de mufheid onderkende van de koude lucht die omlaag stroomde naar de deur onder aan de trap, die hij openliet voor het geval dat zijn moeder onverwachts thuis mocht zijn gekomen; zijn oren die hem de verzekering gaven dat ze dat niet had gedaan; zijn netvliezen die vaststelden dat het decemberlicht minder somber werd naarmate het door hoger gelegen ramen viel, want minder werd getemperd door de bomen rond het huis;

zijn ziel die zich koesterde in het vertrouwde déjà vu van het in zijn eentje beklimmen van deze trappen.

Op een keer, één keer maar, had hij de hogere machten gevraagd of hij een kamer op de tweede verdieping mocht betrekken. Of althans, hij had het niet zozeer gevraagd als wel met logische kracht aangevoerd dat de derde woonlaag van het huis het meest voor de hand lag als woonlaag voor de derde telg binnen het gezin. En toen van moederlijke hoogte het antwoord was gekomen (nee, lieverd, het is daar te koud in de winter en te heet in de zomer, en Judson vindt het fijn om een kamer met je te delen), had hij het zonder morren of verder aandringen aanvaard, omdat hij op niet minder logische gronden van oordeel was dat hij de enige telg binnen het gezin was die geen aanspraak op een eigen kamer kon maken omdat hij noch het jongste, noch het oudste, noch het mooiste kind was. Een logica die ontoegankelijk bleek voor anderen, maar hij was het gewend haar te hanteren.

En toch bleef hij vinden dat de tweede verdieping zijn eigenlijke thuis was. Menige longvol sigarettenrook had hij door het raam van de voorraadkamer uitgeblazen, menige askegel had hij afgetikt op de met stuifmeel bedekte vensterbank, en de werkkamer van zijn Eerwaarde Vader, die hij nu onbeschroomd betrad, had allang geen geheimen meer voor hem. Hij had, deels uit nieuwsgierigheid, deels om te ervaren wat voor schaamteloze vlerk hij kon zijn, alle voorhuwelijkse brieven van zijn moeder aan zijn vader gelezen, op de twee brieven na die zijn vader nooit had opengemaakt. In een (weinig optimistische) zoektocht naar *Playboys* had hij de door zijn vader bewaarde stapels van *The Other Side* en *The Witness* verkend, volgeschreven door geesten van een afstompende dorheid, alsook een complete jaargang van *Psychology Today*, waar hij in een van de nummers op de termen 'clitoris' en 'clitoraal orgasme' was gestuit; helaas zonder illustraties. (De vader van Ansel Roder bewaarde zijn verzameling *Playboys* in kartonnen archiefdozen met scharnierend deksel, gelabeld op kalenderjaar; indrukwekkend maar niet uitnodigend tot ontvreemding.) De jazz- en bluesplaten van zijn Eerwaarde Vader waren voor hem weinig meer dan nietszeggend plastic in schimmelige hoezen, en de oude jassen in de onder het dak getimmerde garderobekast waren onbegeerlijk want uitgevoerd in maten die ver buiten Perry's bereik lagen en daar ook wel altijd zouden blijven – na de groeispurt die vorig jaar het karakter had gekend van een vuurpijl die direct na lancering uitgedoofd neerviel, had hij het welhaast fysieke voorgevoel dat hij als het onderdeurtje van de Hildebrandts zou eindigen. De kast interesseerde hem alleen in de maand december, als de bodem ervan zich vulde met kerstcadeautjes.

Een belangwekkend feit, mogelijk met relevantie voor de veronderstelde onvergankelijkheid van de ziel, was dat iemand met de naam Perry Hildebrandt negen Kerstmissen had beleefd, met een bewustzijn dat na de vierde Kerstmis volledig was gaan functioneren, voordat het hem was gaan dagen dat de cadeautjes onder de kerstboom *al dagen of zelfs weken van tevoren al dan niet feestelijk ingepakt in huis aanwezig moesten zijn geweest.* De blindheid hiervoor had niets te maken met een geloof in de Kerstman, die ten huize van de Hildebrandts altijd als een kwalijk verzinsel was afgedaan. En toch was hij pas op zijn tiende, allang beseffend dat cadeautjes niet ingepakt en wel uit het niets konden opduiken, gaan inzien dat hun verschijning onder de kerstboom niet als een mirakel kon worden beschouwd maar als iets wat, net als het zich langzaam vullen van zijn blaas alvorens hij aandrang ging voelen, op een normaal wordingsproces moest berusten. Waarom had hij al niet op zijn negende iets voorvoeld wat hem op zijn tiende opeens vanzelfsprekend leek? Deze epistemologische disjunctie was al te abrupt. Zijn negenjarige zelf kwam hem voor als een volstrekte vreemde, en niet in gunstige zin. De negenjarige Perry was een obscuur en vagelijk onheilspellend personage voor de Perry van tien, die zich niet aan de gedachte kon onttrekken dat, hoewel het engelachtige gezichtje op foto's uit 1965 onmiskenbaar het zijne was, de ziel van die Perry onmogelijk nog die van de tegenwoordige Perry kon zijn – dat er op de een of andere manier een wisseltruc moest zijn uitgehaald. Waar kwam in dat geval zijn huidige ziel vandaan? En waar was de vorige gebleven?

Hij trok de kastdeur open en liet zich op zijn knieën zakken. De nog onverpakte cadeautjes op de kastbodem lieten in hun naaktheid geen enkele illusie bestaan over hoe ze zich zouden ontpoppen als de valse schijn van hun feestverpakking werd opgeheven. Een hemd, een pullover van velours, sokken. Een geruite wollen trui, nog meer sokken. Een doos met een lint erom van warenhuis Marshall Field, chic hoor! Lichtjes schudden volstond om te raden wat erin zat: een flinterdun kledingstuk, waarschijnlijk voor Becky. Hij reikte dieper in de kast en opende de papieren zakken met boeken en platen. Onder die platen bevond zich de lp van Yes die hij zijdelings genoemd had in een gesprek van het koddige soort dat hij in de aanloop naar kerst met zijn moeder placht te hebben. (Het was een edele kunst om wenslijstjes door te geven zonder het kerstfeest expliciet ter sprake te brengen, al wist zijn Eerwaarde Vader dit nooit zonder vette knipogen klaar te spelen, en verpestte Becky het steevast met: 'Probeer je me nou te zeggen wat je met kerst wilt?' Alleen zijn moeder en kleine broertje hadden de juiste ludieke inslag.) Achteraf was het jammer dat hij op de plaat van Yes had gezinspeeld, omdat hij intussen tot zijn nieuwe voornemen was gekomen. Yes was een groep bij uitstek om bij een lekker jointje van te genieten, en hij vreesde dat de muziek aan glans zou inboeten als je er met een helder hoofd naar luisterde.

Helemaal achterin lagen de duurdere spullen. Een geel Samsonite-koffertje (ongetwijfeld voor Becky), iets wat hem een tweedehands microscoop leek (die moest voor Clem zijn), een draagbare radio-cassettespeler (op toegespeeld, maar geenszins op gerekend!), en o hemel, een elektrisch NFL-footballspel. Arme Judson. Die was nog jong genoeg om met alle geweld een spel te willen, maar Perry had dit spel al bij Roder thuis gespeeld en was zowat flauwgevallen van het lachen om de lulligheid ervan. Het blikken speelveld vibreerde, met het geluid van een goedkoop scheerapparaat, onder twee teams van plastic spelertjes op groene vierkantjes die gras moesten verbeelden. De quarterbacks waren bevroren in een eeuwige werphouding, de halfbacks droegen een 'bal' die in niets op een football leek en lieten die voortdurend vallen of raakten zo verward in de chaotische scrums dat ze daaruit wegrenden in de richting van hun eigen *end zone* om een punt voor de tegenstander te scoren. Niets werkte zo op je lachspieren als je knetterstoned was dan plastic spelertjes die nog stoneder leken dan jij. Maar het probleem was uiteraard dat Judson het niet stoned zou spelen.

Maar het goede nieuws: geen spoor van een fototoestel. Perry was er tamelijk zeker van als enige te weten wat zijn kleine broertje het liefst wilde, want Judson was een hoogstaand manneke bij wie het niet zou opkomen zijn moeder al te prijzige hints te geven, terwijl de Eerwaarde Vader zo wars was van materialisme dat hij nooit om wensenlijstjes vroeg. Maar domme pech viel natuurlijk niet uit te sluiten, iemand kon per stom toeval op het idee van een fototoestel komen, dus hij moest de kast zo grondig mogelijk uitkammen – een pekelzonde, maar om ieders bestwil.

Want Perry's nieuwe en uiterst stellige voornemen was: een goed mens te worden.

Of als dat niet lukte: minder slecht.

In weerwil van zijn verdenking dat er aan dit voornemen een diepere en wellicht onverbeterlijke slechtheid ten grondslag lag.

Een voorbeeld van dat laatste: de aarzeling die hem beving toen hij overeind kwam en afdaalde door het tochtige trappenhuis om zijn clandestiene voorraad te gelde te gaan maken. Deze verkoop was een vonnis dat hij zichzelf had opgelegd, een straf waartoe hij zich op de toppen van zijn wroeging had veroordeeld, maar waarvan hij nu toch weer de noodzaak begon te overdenken. In zijn portemonnee zat het biljet van twintig dollar dat zijn moeder hem gegeven had voor de kerstinkopen, plus elf dollar die hij nog niet had besteed aan de ondermijning van zijn centraal zenuwstelsel – en het fototoestel dat Judson en hij hadden staan bewonderen voor de etalage van New Prospect Photo kostte $ 24,99, exclusief btw en zonder fotorolletjes. Zelfs als het hem zou lukken een goedkoop tweedehands lijstje te vinden voor zijn waterverfportret van zijn moeder, en hij de anderen gewoon een boek zou geven (en de irritatie die hij voelde bij de gedachte dat hij Becky, Clem en de Eerwaarde Vader überhaupt iets moest geven, was al een sinistere zonde tegen zijn voornemen), dan nog kwam hij geld tekort voor dat toestel.

Er was in principe een goedkopere uitweg mogelijk. Judson zou ook wel blij zijn met het spel Risk, dat tegen nieuwprijs nog niet de helft kostte van dat fototoestel, als hij dat dan met Perry kon spelen in hun gezamenlijke kamer – wat Perry graag voor zijn broertje zou overhebben, omdat hij het zelf ook wel een leuk spel vond. Probleem was alleen dat ieder spel dat om oorlog en bloedvergieten draaide, en alle speelgoed dat kogels of andere projectielen vuurde (of de fantasie toestond dat je die ermee afvuurde), iedere speelgoeduitvoering van soldaten, gevechtsvliegtuigen, tanks, kortom: alle speelgoed dat een normaal jongetje als Judson het liefst wilde, en dus ook Risk, verboden was in huize Hildebrandt, vanwege het rabiate pacifisme van de Eerwaarde Vader. Perry beschikte over een ruim arsenaal aan tegenargumenten: Kwam niet ieder spel neer op de verbeelding van krijgskundige verovering? Waarom waren de zinnebeeldige slachtpartijen van dammen en schaken niet verboden? En was het werkelijk nodig de kleurige pionnetjes van Risk als 'legers' te zien, in plaats van als abstracte attributen in een spel dat om topologische strategie en het werpen van dobbelstenen draaide? Ach, was het maar mogelijk een twistgesprek met zijn vader te voelen zonder rood aan te lopen, een snik van ergernis in zijn stem te krijgen en vertwijfeld te raken omdat hij zoveel slimmer was dan de Eerwaarde! Een ruzie met zijn vader over een kerstcadeau voor Judson, dat kon hij zijn broertje onmogelijk aandoen op de ochtend van eerste kerstdag.

Tot de vaststelling gekomen dat zijn voorraad echt niet voor verkoop kon worden behoed, sloot hij de deur van het trappenhuis achter zich en trof

Judson aan zoals hij hem had achtergelaten: met een boek onder het leeslampje dat Perry voor hem geknutseld had boven zijn kajuitbed. Judsons hoekje van hun kamer was een weergave van de kapiteinskajuit van de Spray, het schip waarmee zijn held Joshua Slocum de wereldzeeën bevoer – alles keurig op z'n plaats, kleren netjes opgevouwen in de laden onder het bed, alfabetisch gerangschikte paperbacks van vijftig cent en dinky toys, schuin ingeparkeerd, op een plank boven het hoofdeinde, wekker strak opgewonden; een veilig onderkomen waarbuiten de woeste zee tekeerging van grote broer Perry, die het opvouwen van kleren als irrationele tijdverspilling beschouwde, en het rangschikken van zijn bezittingen als een overbodige exercitie, omdat hij altijd precies wist waar hij alles had gelaten. Zo bevond zijn voorraad zich onder zijn bed, in het met een hangslot beveiligde multiplex kistje dat hij zelf had getimmerd als eindwerkstuk voor handenarbeid in junior high.

'Hé, maatje,' zei hij vanuit de deuropening. 'Sorry, maar je moet even de kamer uit.'

Het boek dat Judson las was *The Incredible Journey*, over de wereldreis van twee honden en een kat. Hij keek met een theatrale frons naar Perry op. 'Eerst moet ik per se hier blijven, en nu moet ik weer weg.'

'Ongebruikelijke bevelen horen erbij in kersttijd. Eén minuutje maar.'

Judson wist nog even niet van wijken. 'Waar heb jij vandaag zin in?'

Een vraag om de situatie uit te buiten.

'Op dit moment,' zei Perry, 'heb ik zin om iets te doen waarvoor jij even de kamer uit moet.'

'Ja, maar daarna dan?'

'Ik moet eerst even de stad in. Waarom ga je niet bij Kevin langs? Of Brett?'

'Allebei ziek. Hoelang ben je weg?'

'Tot het avondeten misschien wel.'

'Ik heb een nieuw idee voor het spel. Kan ik het opzetten terwijl jij weg bent, en dat we het dan na het eten spelen?'

'Weet ik nog niet, Jay. Misschien.'

Judsons betrekkende gezicht voerde Perry terug naar zijn voornemen.

'Natuurlijk, bedoel ik,' zei hij. 'Maar na het eten pas opzetten, oké?'

Judson knikte en sprong van zijn bed met het boek in zijn hand. 'Beloofd?'

Perry beloofde het en draaide de deur achter hem op slot. Sinds hij tamelijk listig een kopie van Stratego had gesneden uit een overhemdenkarton, was zijn broertje er verzot op dat spel met hem te spelen. Maar omdat ook Stratego neerkwam op het leggen van bommen en het elimineren van vijanden, was er het risico van confiscatie door de Hogere Machten, en Judson begreep heel goed dat hij het geheim moest houden. Ach, er waren heel wat ergere kleine broertjes in New Prospect. Judson vormde voor Perry niet alleen het levende bewijs voor het bestaan van liefde, hij was zo'n beminnelijk en evenwichtig jochie, bijna net zo slim als Perry zelf, en veel beter in staat de hele nacht door te slapen, dat Perry soms wenste dat hij zijn kleine broertje wás.

Maar hoe zinnig was een dergelijk verlangen? Als de ziel niets anders was dan een door het lichaam opgeroepen psychisch bijverschijnsel, sprak het vanzelf waarom Perry's ziel in Perry huisde en niet in Judson. En toch voelde dat niet vanzelfsprekend. De reden waarom hij zich afvroeg of de ziel niet veeleer autonoom en onvergankelijk was, werd gevormd door zijn aanhoudende bevreemding over de ogenschijnlijke willekeur waarmee zijn ziel in zijn lichaam was beland. Hoe hard hij er ook over nadacht, helder of onder invloed, hij kon maar geen antwoord vinden op het vraagstuk waarom hij Perry was en niet iemand anders. Hij kon dat vraagstuk niet eens bevredigend onder woorden brengen. Zo was het hem bijvoorbeeld een raadsel waarom Becky het verdiende Becky te zijn. Wat had ze gedaan, in dit leven of een vorig, om dat voorrecht te mogen genieten? Ze wist gewoon niet beter of ze was Becky, om wie heel de wereld draaide; en ook dat laatste bevreemdde hem in hoge mate.

Bij opening van het kistje steeg hem een vage maar weldadige geur tegemoet. Zijn voorraad bestond uit een kleine honderd gram weed, verdeeld over drie zakjes met dubbele druksluiting, en eenentwintig Quaaludes, het restant van een grote partij waarvan de aankoop hem, zoals alle partijen die hij voor veel geld kocht om de stuksprijs te drukken, een vrijwel permanente schaamte en stress had opgeleverd. Het kostte hem nog steeds moeite te geloven dat hij het allemaal ging verruilen voor de vermeende bevrediging van een gulle kerstgave. Wat een wreed voornemen was het toch eigenlijk. Het leek hem weliswaar aannemelijk dat hij zijn broertje iets meer liefhad dan drugs, maar hij was er geenszins zeker van dat hij een paar downers niet méér zou liefhebben als hij in bed lag met een malend hoofd en het vooruitzicht van een nacht die dreigde te gaan aanvoelen als een maand. Ja, dat bleef toch de kardinale vraag: moest hij al zijn dope in de zak van zijn parka steken en op weg gaan om het te verpatsen, of gaf hij er de voorkeur aan vannacht te kunnen slapen? Voor de weed alleen kon hij dertig dollar beuren, meer dan hij nodig had voor het fototoestel. Waarom niet wat 'ludes achterhouden? Of nee, waarom niet allemaal?

Elf dagen tevoren had hij, in wat een onbenullige versie mocht heten van de kosmische loterij waarbij zijn ziel de naam Perry had getrokken, een lootje met 'Becky H' opgevist uit een grote hoop op het linoleum van de aula van de First Reformed. (Hoe groot was de kans op zoiets? Een op vijftig, ongeveer. Honderd miljoen keer groter dan de kans die zijn ziel op hem had gemaakt, maar nog altijd behoorlijk klein.) Zodra hij de naam van zijn zus zag, had hij geprobeerd het lootje terug te stoppen en een ander te pakken, maar er had een mentor van Crossroads bij de hoop gestaan om zulke strapatsen te voorkomen. Normaal gesproken vond Rick Ambrose dat je een 'tweegesprek' moest doen met iemand die je niet goed kende of lang niet had gesproken, maar de zondag daarvoor had een van de vooraanstaande eindexamenklassers, Ike Isner, het bezwaar in de groep gebracht dat veel mensen voor een 'veilige gesprekspartner' kozen. Met groot vertoon van emotie, een stalinistisch schijnproces waardig, had Ike bekend dat hij zich daaraan zelf ook schuldig had gemaakt, en de groep had hem gewillig overladen met bijval voor zijn moedige eerlijkheid. Iemand had vervolgens het voorstel gedaan lootjes te trekken, waartegen een ander vooraanstaand lid had ingebracht dat je zelf hoorde te kiezen opdat je de verantwoordelijkheid kon nemen voor je keuze, maar het voorstel was toch met ruime meerderheid van stemmen aangenomen, waarbij Perry gewoontegetrouw met het opsteken van zijn hand had gewacht tot hij kon zien hoe de vlag erbij hing.

Becky was een van de weinige tegenstemmers geweest. En nu hij haar naam op het lootje zag, vroeg hij zich af of ze rekening had gehouden met deze eventualiteit – of ze, bij extreme uitzondering, scherpzinniger was geweest dan hij. Overal in de aula zochten mensen hun gesprekspartner op. Becky keek argeloos om zich heen in afwachting van wie haar had getrokken, en toen Perry op haar afliep, zag hij het besef doordringen. Haar gezichtsuitdrukking paste volmaakt bij de zijne: *o, shit.*

'Oké, luister allemaal,' commandeerde Ambrose, 'bij deze oefening wil ik dat we onze gesprekspartner vertellen om welke eigenschap we hem of haar enorm bewonderen. Over en weer. En daarna moeten we iets in het gedrag van onze partner noemen wat verdere toenadering in de weg staat. En dan bedoel ik een echt, reëel obstakel, dus maak er geen karaktermoord van, oké? Weten we allemaal wat we als eerste benoemen?'

De groep was groot genoeg om Perry en Becky in staat te stellen elkaar te mijden, en dat hadden ze ook gedaan sinds Becky alom opzien baarde met haar toetreding tot Crossroads. Ook Perry was stomverbaasd geweest, want Becky was niet alleen het lievelingetje van de Eerwaarde Vader, ze wist ook heel goed hoe hevig hij Ambrose verafschuwde. Toen Perry naar Crossroads was overgelopen, had dat slechts bijgedragen aan de kilte die toch al tussen hem en de Eerwaarde heerste. Becky's aanmelding was niet minder dan hoogverraad. In de jongerengroep zelf had haar entree op een zondagavond in de First Reformed ook een schok teweeggebracht. Perry had het verbaasde geroezemoes gehoord en gezien hoe alle hoofden in haar richting draaiden. Alsof Cleopatra zelve haar opwachting maakte bij een van Jezus' bijeenkomsten in Galilea – een oogverblindende, met een diadeem getooide koningin die tussen de zonderlingen en leprozen kwam zitten en haar best deed erbij te horen; Becky Hildebrandt, uit de hoogste kring van New Prospect Township High.

Perry was nooit een aandachtig volger geweest van het doen en laten van zijn zuster. Zij en Clem, met wie ze erg dik was, stonden als Oudere Zus en Broer op ijle hoogte binnen het gezin, een echelon dat van oudsher bekwamer in alles was dan Perry: beter met schaar en lijmpot, beter in hinkelen, en beter (veel beter) in het beheersen van hun emoties en stemmingen. Pas toen hij op junior high zat, begon hij Becky als individu te zien, een persoon met een nadrukkelijke weerslag op de haar omringende wereld. Ze was aanvoerder van het cheerleadersteam van Lifton Central en won iedere verkiezing waaraan ze verkoos deel te nemen. Aan welke eetzaaltafel ze ook ging zitten, ze kreeg er prompt gezelschap van de mooiste meisjes en de stoerste jongens van school. Vreemd genoeg werd zij zelf ook heel mooi gevonden. Voor Perry was het lange en nogal knokige meisje dat zijn geduld beproefde in de badkamer, en met een vuile blik reageerde als hij haar op verkeerd woordgebruik of een andere fout wees, eerder afstotend dan mooi, maar dat werd met klem tegengesproken door het groepje van oudere jongens op Lifton Central, onder wie Ansel Roder, die hem al snel in hun midden hadden opgenomen. Het was hem nooit gelukt hun zienswijze over te nemen, al moest hij na verloop van tijd wel erkennen dat ze 'iets' had: iets onvergelijkbaars, iets wat haar tegelijkertijd aantrekkelijk en ongenaakbaar maakte (geen jongen waagde het ooit zich haar 'vriendje' te noemen), een soort *klasse* die niets te maken had met geld (er werd gezegd dat ze gespeend was van de zelfingenomenheid van de andere cheerleaders, niet eens in de gaten had dat haar zo veel klakkeloze bewondering ten deel viel). Hij was tot die conclusie gekomen omdat haar allure op hem leek af te stralen; op hem, Perry, het broertje dat lucht voor haar was.

In New Prospect was de naam Becky Hildebrandt magisch in de letterlijke zin van het woord. Het uitspreken ervan volstond voor een enorme toeloop op feestjes, of het krijgen van een stijve (een bekentenis die Perry tegen wil en dank opving tijdens handenarbeid). Als deelgenoot van haar achternaam mocht hij zich op Junior High in de aandacht verheugen van ouderejaars die dankzij de welstand en immense huizen van hun ouders een speciale status genoten. Klein van stuk als hij was, namen ze hem in hun kring op als een soort mascotte, maar hij bewees al snel hun gelijke of meerdere te zijn. Niemand kon zo lang een haal van een joint binnenhouden als hij. Niemand kon meer shotjes whisky of gin achteroverslaan zonder te gaan lallen. Niemand had een rijkere Engelse woordenschat. Zelfs zijn haar, halflang maar blond, vol en golvend, oogde beter dan hun schouderlange uitwassen. Daardoor was Roder zelfs een hekel gaan krijgen aan zijn eigen dorre piekhaar, dat hij onophoudelijk uit zijn ogen moest vegen, en hij had er de schaar in gezet. Hij zag er nu uit als GI Joe en gold als de grootste freak van allemaal.

Het had Perry niet meer dan gepast geleken dat al zijn schoolvrienden ouder waren dan hij. Hij mocht zijn entree dan via Becky's faam hebben gemaakt, en niemand zou ooit vergeten van wie hij de jongere broer was, maar hij was zelf ook onvergelijkbaar. Dit werd met name duidelijk in zijn eindjaar, toen alle anderen al de overstap naar de highschool hadden gemaakt. Omringd door leeftijdgenoten van mineure intelligentie, en verstoken van vrienden met wie hij high kon worden in de lunchpauze, voelde hij zich als een astronaut die te lang over de maan had rondgelopen en de vlucht naar huis had gemist. Dat was de tijd waarin zijn slaapproblemen begonnen. In een wekenlange periode van januari tot maart, die hij nu genadiglijk was vergeten, had hij voor het eerst nachten doorgemaakt waarin hij klaarwakker bleef tot het ochtendgloren. Op andere ochtenden was het fysiek onmogelijk zijn oogleden omhoog te krijgen. Er waren ochtenden waarop hij de Proletenpastorie binnensloop, de trappen op naar de tweede verdieping om daar tot lunchtijd onder een oude sprei te slapen. Het gebeurde regelmatig dat hij in slaap viel onder de niet aan hem bestede lessen. Er was de keer dat hij indutte tijdens een navrant gesprek met zijn ouders en de schooldirecteur, er waren aanvallen van redeloze angst voor zijn moeder, er was zijn vader die hem op beheerste toon eindeloos de les las. En was het niet indrukwekkend dat hij ondanks dat alles louter A's bleef halen in dat kwartaal? Dat had hij dan weer wel aan zijn slapeloze nachten te danken. Ook was er het psychische respijt van de gedrogeerde weekenden en naschoolse uren die hij doorbracht met zijn vrienden, al werden die uren tijdens de donkere maanden in toenemende mate overschaduwd door het gevoel, nee de zekerheid, dat hij almaar grotere hoeveelheden nodig had van wat er zoal werd gerookt en geslikt. Veel meer dan zijn vrienden. Al die vrienden hadden geld genoeg om zich elke toename van hun drugsbehoefte te kunnen veroorloven, maar uitgerekend hij, wiens behoefte steevast piekte als hij thuis was en alweer een martelend doorwaakte nacht tegemoetging, had een arme kerkrat als vader.

Rond die tijd was hij ervan doordrongen geraakt dat hij geen andere keus had dan drugsdealer te worden, en hadden drie van zijn vrienden zich bij Crossroads aangesloten. Voor Bobby Jett was dat simpelweg een kwestie van een meisje waar hij achteraan zat; voor Keith Stratton was het de belofte die uitging van negen ouderloze dagen als Crossroads een voorjaarsreisje maakte naar Arizona; en David Goya, wiens moeder gemeentelid was van de First Reformed, had het opgelegd gekregen als niet al te zware straf voor meerdere overtredingen van het gebod op tijd thuis te komen. Onder Rick Ambrose had Crossroads zich al een tijdje afgewend van de traditionele sociale normen, en er dienden zich steeds vaker onwaarschijnlijke kandidaten aan voor opname in christelijk hervormde kring. De meeste daarvan probeerden het alleen maar een poosje uit, maar Perry's drie vrienden vielen tot zijn verbazing in de categorie die bleef. Ze feestten er nog steeds op los in weekenden, maar het zwaartepunt van hun gesprekken begon toch te verschuiven. Ze spraken met warmte over de trip naar Arizona, ietwat schalkser over de sensitivitytraining op zondag, ronduit wellustig over bepaalde Crossroads-meisjes, en gaven Perry al met al het gevoel dat hij iets misliep wat best leuk klonk.

Na een kwellende lente, gevolgd door een zomer waarin hij uitlaatgassen van grasmaaiers inhaleerde, zich suf blowde en Tolkien herlas, had hij Roder voorgesteld om dat Crossroads ook eens uit te proberen. Roder had resoluut geweigerd ('ik heb niks met sektes') en zo was Perry op zijn eerste zondagavond als highschooler in zijn eentje de gewelfde zaal binnengelopen die Crossroads voor zich had opgeëist op de zolder van zijn vaders kerk. Het stond er blauw van de rook, de wanden en gewelven waren volgekalkt met citaten van e.e. cummings, John Lennon, Bob Dylan en zelfs Jezus, afgewisseld met raadselachtige eigen bedenksels als WAAROM RADEN? WEES FEITELIJK en DOODGAAN IS MOORDEND. Voordat Perry wist wat hem overkwam, werd hij omhelsd, *omhelsd*, door David Goya, met wie hij tot dan toe iedere vorm van fysiek contact had vermeden. En in de minuten die volgden genoot hij de aanraking (kreeg klopjes of kneepjes, werd aan opwindende borsten gedrukt) van wel twintigmaal het aantal vrouwen dat hem in zijn jonge leven had aangeraakt. Bijzonder aangenaam. Na alle onderlinge begroetingen en het afhandelen van wat administratieve zaken liep een honderdtal jongeren de trappen af naar de aula op de begane grond, waar de aanrakingen tussen jongens en meisjes in de meest uiteenlopende formaten nog een uur of twee doorgingen. Het enige ongemakkelijke moment was toen Perry zich aan de groep voorstelde en daarbij opmerkte dat zijn vader 'hier' hulpprediker was. Hij wierp een zijdelingse blik op Rick Ambrose en zag hoe diens ogen zich in verwondering of argwaan vernauwden, alsof ze hem vroegen of zijn vader wel wist dat hij hier was.

De Eerwaarde wist dat overigens niet. Aangezien Perry geen gedachtewisseling met zijn vader kon hebben zonder dat hij tranen voelde prikken, had hij de gewoonte om zo veel mogelijk dingen zo lang mogelijk geheim te houden. De zondag daarop ontliep hij mogelijke lastige eettafelvragen door zijn moeder te vertellen dat hij bij Roder ging eten, en daar ging hij ook daadwerkelijk langs om een halve diepvriespizza en een behoorlijk volume aan gin met druivensap naar binnen te werken voor de kleuren-tv in de comfortabele, door Roder bewoonde kelder. En hoewel hij befaamd was om hoe goed hij tegen drank kon, verliep zijn aankomst bij Crossroads zo wazig dat hij zich er achteraf niets van herinnerde. Misschien had hij lopen waggelen of was hij zelfs gestruikeld, maar hij had al snel twee Crossroadsmentoren (voormalige leden) tegenover zich gekregen, die hem vertelden dat hij dronken was. Rick Ambrose was door het gedrang op hem toegekomen en had hem meegetroond de gang in.

'Het kan mij niet schelen of je dronken wilt worden,' zei Ambrose, 'maar niet hier bij ons.'

'Oké.'

'Waarom ben je hier eigenlijk? Wat kom je doen?'

'Weet ik niet. Mijn vrienden…'

'Zijn ook bezopen?'

Perry's alcoholroes verdampte door de angst voor bestraffing. Hij schudde zijn hoofd.

'Precies, die zijn nuchter. En dat is ze geraden ook,' zei Ambrose. 'Ik zou je eigenlijk naar huis moeten sturen.'

'Het spijt me.'

'Ja, echt? Wil je erover praten? Wil je onderdeel zijn van deze groep?'

Daar was Perry nog niet uit. Maar het was ontegenzeglijk aangenaam om de volle aandacht te hebben van de besnorde leider over wie zijn vrienden met zo veel bewondering spraken, en om eindelijk eens een openhartig gesprek te hebben met een volwassene. 'Ja,' zei hij. 'Heel graag.'

Ambrose nam hem mee terug naar de rokerige ruimte en onderbrak daar het vaste programma voor een van de plenaire Confrontaties, die het kloppend hart vormden van de Crossroads-praktijk. Ambrose stelde de kwesties aan de orde van alcoholgebruik, respect voor je naaste en respect voor jezelf. Jongeren die Perry amper kende spraken hem toe alsof ze al jaren op vertrouwde voet met hem stonden. David Goya vertelde hem dat hij een fantastische gozer was, maar dat hij (David) zich weleens bezorgd afvroeg of hij (Perry) al die alcohol en drugs gebruikte om zijn ware emoties te ontlopen. Keith Stratton en Bobby Jett zongen min of meer hetzelfde liedje. Het ging maar door. Hoewel Perry in tal van opzichten nog nooit zoiets verschrikkelijks had meegemaakt, was hij ook verrukt door de omvang en diepte van de aandacht die hij als nieuwkomer kreeg. En dat alleen maar omdat hij gin had gedronken. Toen hij ten slotte in tranen uitbarstte, en huilde van oprechte schaamte, reageerde de groep met een soort extase van betrokkenheid. De mentoren prezen hem om zijn moed, meisjes kropen op handen en knieën naar hem toe voor een knuffel of een aai over zijn bol. Het was een stoomcursus in de basiseconomie van Crossroads: openlijk vertoon van emotie werd beloond met massale goedkeuring. Om zo bevestigd, gekoesterd en gestreeld te worden door een zaal vol gelijken, de meesten ouder dan hij, en de meeste meisjes aantrekkelijk – Perry vond het uitermate aangenaam. Perry wilde meer van deze drug.

Toen de groep de trap naar de aula afdaalde voor de activiteiten van de zondag, hield Ambrose hem achter, sloeg zijn arm om zijn nek en nam hem in een houdgreep die liefhebbend moest overkomen. 'Goed gedaan daarnet,' zei hij toen hij weer losliet.

'Ik was bang dat ik een afstraffing ging krijgen.'

'Vond je het geen afstraffing? Ze gaven je er behoorlijk van langs.'

'Ja, nou, ik voel me inderdaad wel een beetje gemangeld.'

'Maar nog even iets anders,' zei Ambrose, en hij liet zijn stem dalen. 'Ik weet niet of jij het eigenlijk wel weet, maar je vader heeft de groep destijds op een niet zo prettige manier verlaten. Ik voel me daar nog steeds bezwaard om, maar ik zou niet weten wat ik er nog aan kon doen. En luister, als je wilt blijven, moet ik wel van je horen of je vader het daarmee eens is.

Ik moet weten of je hier uit eigen beweging naartoe bent gekomen, en niet als reactie op iets tussen jou en hem.'

'Hij weet het niet eens. Hij is ook geen moment in mijn gedachten geweest.'

'Tja, dat moet je dan wel in orde maken. Hij moet weten dat je hier bent, kunnen we het daarover eens zijn?'

Het gesprek dat Perry die avond met de Eerwaarde had, was genadiglijk kort. Zijn vader zette de toppen van zijn bevende vingers tegen elkaar en keek er treurig naar. 'Ik zou liegen,' zei hij, 'als ik beweerde dat je moeder en ik ons geen zorgen om je maken. Ik denk dat je iets nodig hebt om inhoud aan je leven te geven, en als je je hierop wilt richten, zal ik je niet tegenhouden.' Perry's analyse hiervan was dat zijn vader kennelijk zo weinig om hem gaf, dat hij het niet eens de moeite vond er boos over te worden.

Tegen de tijd dat Becky zich bij Crossroads aanmeldde, had hij het spel al volledig onder de knie. Het doel was het centrum van de groep te naderen, een centrale figuur te worden, door de regels in acht te nemen die door Ambrose en de mentoren werden veraanschouwelijkt. Die regels waren best contra-intuïtief en vergden aanpassing van je gedrag. In plaats van een vriend op te beuren met leugentjes om zijn bestwil, confronteerde je hem met onaangename waarheden. In plaats van de sociaal gebrekkigen en andersoortige buitenbeentjes te negeren, zocht je toenadering en trad je met ze in verbinding (waarbij je er natuurlijk goed voor zorgde dat dit werd opgemerkt). In plaats van vrienden te kiezen als partner bij groepsoefeningen, maakte je (in het oog springend) contact met nieuwelingen die je op het hart drukte dat je geloofde in hun 'onschatbare waarde'. In plaats van sterk te zijn, jankte je zodra de gelegenheid zich voordeed. Waren zijn tranen op de avond van de gin nog een bevrijdende doorbraak geweest, na verloop van tijd kwamen ze steeds gemakkelijker en werden een middel om dieper in het centrum door te dringen. Het was een spel, en omdat het een spel was, was Perry er goed in; en hoewel opportunistische vertrouwelijkheid niet iets was om trots op te zijn, merkte hij dat anderen hem om zijn ongemeende adviezen waardeerden en geroerd werden door zijn emotionele theater.

De enige van wie hij vreesde dat hij hem geen moment voor de gek kon houden, was degene door wie hij écht gewaardeerd wilde worden: Rick Ambrose. Hij bewonderde Ambrose onder andere om zijn intellectueel aanvaardbare geloof in God. Perry moest zelf nog altijd iets van God vernemen – misschien door een storing, al kon het ook zijn dat er gewoon niemand was aan de andere kant van de lijn. Op een landerige zomermiddag was hij eens met een ballpoint door een van zijn vaders godsdienstige tijdschriften gegaan en had overal 'God' doorgekrast en vervangen door 'Steve' – met het komische effect dat allerlei ogenschijnlijk toerekeningsvatbare mensen de mond vol hadden over ene Steve van wie nooit duidelijk werd wie dat nu eigenlijk was. Ambrose hield er daarentegen zo'n elegant idee van God op na, dat Perry zich afvroeg of de jeugddiaken er iets mee op het spoor was. Dat idee kwam erop neer dat God niet in de liturgie of rituelen te vinden was, maar in relaties tussen mensen, en dat je God kon dienen en benaderen door Jezus na te volgen in zijn omgang met de apostelen, door eerlijkheid te betrachten, confrontaties aan te gaan en onvoorwaardelijk lief te hebben. Ambrose besprak zulke dingen op een manier die niet compleet gestoord leek. Hij inspireerde Perry ermee tot een theorie van hoe religie werkte: er staat een leider op die vrij genoeg in zijn hoofd is om alledaagse woorden in een nieuw en contra-intuïtief verband te gebruiken, en anderen ertoe te verleiden zijn woordgebruik over te nemen en daardoor ervaringen te hebben die haaks staan op het dagelijks leven dat ze gewend waren: ze komen er opeens achter wie Steve is. Perry was gefascineerd door Ambrose, vond dat zijn onvergelijkbaarheid hem recht gaf op een plek aan diens zijde en was daarom zwaar teleurgesteld dat Ambrose hem na de avond met de gin leek te mijden. Het dwong hem tot de aanname dat Ambrose hem niet vertrouwde, want doorhad hoe onwaarachtig hij het Crossroads-spel speelde. Er was in principe nog een andere verklaring, namelijk dat Ambrose zich verre wilde houden van de kinderen van de Eerwaarde, maar die werd weggevaagd door de openlijke en intensieve aandacht die hij Becky schonk na haar toetreding.

En nu had dat heilloze lootjessysteem, waarvoor hij zelf gedachteloos zijn hand had opgestoken, hem aan haar gekoppeld. Arglistig en nieuwsgierig als hij was kende hij alle hoekjes en gaatjes in de First Reformed Church, en in de aula, achter een deur die op slot kon maar dat nooit was, bevond zich een ruime hangkast waar hij zijn zus nu mee naartoe troonde terwijl de andere tweegesprekspartners zich over de eerste verdieping van de kerk verspreidden. Ze gingen met gekruiste benen tegenover elkaar op het zeil zitten, onder rijen houten kledinghangers. Een kaal peertje bescheen een stoffige punchbowl, grootverpakkingen papieren bekertjes, twee verweesde papaplu's.

'Zo, nou...' zei hij met neergeslagen ogen.

'Ja...'

'We zouden in het vervolg onze lootjes kunnen markeren om herhaling te voorkomen.'

'Eens.'

Dankbaar voor haar instemming keek hij naar haar op. Ze had nog geen Crossroads-uitmonstering. Geen overall, geen werkbroek, geen legerjack, maar al wel een trui met gaten erin. Hij kon er nog steeds niet over uit dat ze zich bij Crossroads had aangediend. Een ingrijpende verstoring van de natuurlijke orde.

'Ik bewonder jou om je slimheid,' zei ze toonloos en zonder hem aan te kijken.

'Dankjewel, zus. En ik heb bewondering, werkelijk waar, voor hoe authentiek jij bent. Je hebt een hoop nepvrienden en -vriendinnen, maar zelf ben je het tegendeel van nep. Verbazingwekkend, eigenlijk.' Hij zag een harde trek om haar mond verschijnen en voegde eraan toe: 'Ja, sorry, dat kwam er niet goed uit. Ik wilde je vrienden niet afkraken, maar iets positiefs over jou zeggen.'

Haar lippen bleven opeengeperst.

'Misschien moeten we maar meteen op de obstakels overgaan,' zei hij. 'Dat onderwerp zou weleens vruchtbaarder kunnen zijn.'

Ze knikte. 'Noem dan maar een obstakel om mij beter te willen leren kennen.'

Het kwam Perry voor dat de oefening iets te schielijk was bedacht. Zo werd er bijvoorbeeld van uitgegaan dat Becky en hij überhaupt de behoefte hadden elkaar beter te leren kennen.

'Nou,' zei hij, 'er is bijvoorbeeld het feit dat je me niet erg lijkt te mogen, en altijd wel een reden hebt om pissig op me te zijn, zoals nu ook weer. Dat en het feit dat je al een jaar of drie, vier geen enkele poging hebt gedaan om een gesprek met me te hebben. Niet dat ik me herinner, tenminste, terwijl we in hetzelfde huis wonen. Dat zou je ook een obstakel kunnen noemen.'

Ze lachte, maar nogal beverig, zodat het klonk alsof het ook een snik had kunnen zijn. 'Ik beken schuld,' zei ze.

Nu hij haar gezicht eindelijk eens van dichtbij kon bekijken, was het inderdaad volmaakt. Hij speurde naar een vlekje of puistje (hij had er zelf meerdere) of iets anders wat detoneerde, te dunne lippen, kaken te hoekig, scheve neus, maar er viel niets te ontdekken. Hetzelfde gold voor haar lange, sluike en glanzende haar, dat voller van kleur was dan het wat onecht ogende geel van hemzelf. De Platoonse Idee van meisjeshaar, een ideaalbeeld waar andere meisjes zich afgunstig aan spiegelden. Hij begreep waarom mensen zijn zus aantrekkelijk vonden, maar hij begreep ook waarom dat een vergissing was. De afwezigheid van negatieve kenmerken was op zich nog niet positief. Het kon ook betekenen dat iets geen enkele weerstand bood aan het oog, als een onzichtbare ballon aan een touwtje. Nieuwsgierig door het zien van zo'n strakgespannen verticaal touwtje dat met niets eindigde, liepen mensen er massaal achteraan en konden door hun grote aantal de indruk wekken dat er iets begerenswaardigs aan het touwtje vastzat.

Hij mocht haar trouwens ook niet.

'Dus het is iets in mijn gedrag,' zei ze. 'Moet ik het zo begrijpen?'

'In dit gedeelte van de oefening wel, ja. Het is de bedoeling dat ik een obstakel voor toenadering benoem.'

'Nou, een obstakel voor mij is jouw manier van praten. Heb jij enig idee hoe je klinkt?'

'Aha, daar komt de karaktermoord.'

'Kijk, dat bedoel ik dus. De manier waarop je dat nu weer zei, alsof je van Engelse adel bent.'

'Ik heb een Mid-Westers accent, Becky.'

Ze kreeg een kleur. Een imperfectie op haar gezicht! 'Hoe denk je dat het voor ons als familie is om altijd iemand in huis te hebben die met een geamuseerd lachje op ons neerkijkt? Wie grijnst er altijd alsof hij iets weet wat wij niet weten.'

Perry verbeet zich. Als hij nu tegenwierp dat hij niet op Judson neerkeek, althans alleen in de meest letterlijke zin, gaf hij haar een voorbeeld van wat ze zei.

'Iemand die me behandelt alsof ik achterlijk ben omdat ik een B heb voor scheikunde.'

'Scheikunde is geen vak voor iedereen, zus.'

'Maar jij haalt er alleen maar A-plussen in, nietwaar? Zonder zelfs maar je best te doen. Zonder dat het je ene reet kan schelen.'

'Tja, sommige mensen kunnen dat nou eenmaal. Maar jij had best ook een A kunnen halen, hoor, als je er echt je zinnen op had gezet. Ik beschouw je zeker niet als dom, Becky. Dat is gewoon niet waar.'

Hij voelde zich sentimenteel worden, en dat zou hem hier in deze kast geen punten opleveren, niet van Becky.

'Ik voel het wél zo,' zei ze. 'En gevoelens zijn niet waar of onwaar.'

'Dat klopt, akkoord. Dus jij vindt het een obstakel dat ik goede cijfers haal?'

'Nee, ik zeg dat het voelt alsof je gewoon niet aanwezig bent. Je lijkt kilometers ver van ons verwijderd. Dat is waarom ik geen zin heb om je beter te leren kennen.'

Ondanks het feit dat ze ieder denkbaar voorrecht genoot op de highschool, was Crossroads geen uitstapje voor haar, niet iets waar ze met de pet naar gooide, dat moest hij haar nageven. Ze spande zich echt in voor dit tweegesprek, was open over haar gevoelens, eerlijk en confronterend, al schortte het haar misschien nog aan onvoorwaardelijke liefde. Ze was in het voorstadium van de Crossroads-koorts. Hijzelf had die fase zo snel doorlopen dat hij bij het eerste weekendreisje van de groep, in oktober, naar een christelijk conferentiecentrum op de oever van het meer, een vertrouwde meewarigheid had gevoeld toen zijn klasgenoot Larry Cottrell hem plechtig benaderde met een halve kiezel. De vorst had veel kiezels op de oever doen barsten en een van de vooraanstaande groepsleden was op het idee gekomen iemand een halve kiezel te geven en de andere helft zelf te houden, als symbool van hun twee-eenheid, en dat was meteen een groepsding geworden. Perry, die Cottrell nauwelijks kende, was geroerd toen hij dat halfje van hem kreeg, gevolgd door een omhelzing, maar niet door de bedoeling van het gebaar. Wat hem ontroerde was Cottrells naïviteit. Perry had al door dat het allemaal één groot spel was, en Cottrell nog niet. Becky's gedrevenheid bij dit gesprek had hem die ontroering ook kunnen bezorgen, als hij maar een idee had gehad waarom zij, de onbetwiste koningin van haar examenklas, zich verwaardigd had om Crossroads-lid te worden.

Hij stond op het punt dit haar bij wijze van confrontatie te vragen, toen ze losbarstte in een wel zeer onverwachte tirade.

'Het belangrijkste obstakel,' zei ze, 'is dat je me gewoon geen goed mens lijkt. Heb je enig idee hoe bizar het voor mij was om bij Crossroads binnen te komen? Weet je wat iedereen maar bleef zeggen op mijn eerste avond hier? Hoe geweldig mijn jongere broer was! Zo'n open karakter, zo makkelijk in de omgang en iedereen zo tot steun. En ik maar denken: hebben we het over dezelfde Perry? Ik ging me op een gegeven moment afvragen of ik wel een goeie zus was. Of ik misschien nooit de tijd had willen nemen om je beter te leren kennen. Of ik niet te veel met mezelf bezig was om te zien hoe sociaal jij eigenlijk bent. Maar weet je, ik geloof uiteindelijk niet dat dit het probleem is. Ik denk dat ik altijd precies de zus voor jou ben geweest die jij je wenst. Heb ik mama of papa ooit verteld wat alle anderen van jou weten? Had gekund, hoor. Hé pap, had ik kunnen zeggen, weet jij eigenlijk dat Perry de grootste blower is van Lifton Central? Weet je dat hij dit jaar niet één dag op school is gekomen zonder zo stoned als een aap te zijn? Weet je wel dat hij naar de tweede verdieping sluipt als jullie slapen, en daar dan drugs gebruikt? En dat zijn vrienden allemaal aankomend alcoholist zijn, en dat iedereen op de highschool dat weet? Geen woord heb ik gezegd, Perry. Ik heb je altijd beschermd, en het enige wat jij doet is sneren uitdelen. Aan mij en iedereen thuis.'

'Je vergist je grandioos in me,' zei hij. 'Ik sla jullie juist hoger aan dan mezelf. En wat die sneren betreft? Heb je me ooit iets hatelijks horen zeggen tegen Jay?'

'Judson is je speeltje. Dat is precies hoe je hem behandelt. Je gebruikt hem als je hem nodig hebt, en anders laat je hem links liggen. Zoals je ook je vrienden gebruikt, en hun dope, en hun huis. En ik weet heel zeker dat je Crossroads ook gebruikt. Je bent sluw genoeg om ermee weg te komen, maar ik zie wat je doet. Die eerste zondag, toen iedereen me vertelde hoe geweldig je was, dacht ik dat ik gek was. Maar nee. En weet je wie het met me eens is? Rick Ambrose.'

Ze zaten op koud zeil, maar de kast voelde opeens veel te warm voor Perry. Benauwd. Baarmoederlijk.

'Hij vindt je achterbaks,' zei Becky, die van geen ophouden leek te weten. 'Dat heeft-ie me zelf verteld.'

Perry's geest begon een jachtige rondgang langs alle mogelijke gelegenheden waarbij Ambrose dat haar had kunnen zeggen, maar stopte en keerde terug naar het gesprek. Het was opeens alsof hij rechteloos geboren was in een familie waarin zijn zus hem alles ontnam. Had hij eindelijk een spel gevonden waarin hij goed was, en een omgeving waarin hij werd gewaardeerd om de behendigheid waarmee hij dat spel speelde, en hup, daar was zijn zus die binnen de kortste keren Ambrose tegen hem had opgezet om hem zelf te kunnen inpalmen.

'Oké, dus het is niet zozeer dat je me niet mag,' zei hij met haperende stem. 'Dat is niet het obstakel. Het obstakel is dat je me háát.'

'Nee, het obstakel is...'

'Ik haat jou niet, Becky.'

'...dat ik je niet goed genoeg ken om wat voor gevoel dan ook voor je te hebben. Volgens mij kent niemand jou echt. Volgens mij zijn er wel mensen die jou denken te kennen, maar die vergissen zich. En tjonge, wat ben je goed in het manipuleren van die mensen. Heb jij ooit in je hele leven iets voor iemand gedaan waar je zelf iets voor moest inleveren? Al wat ik ooit van jou gezien heb, is egoïsme, eigenbelang en plezier ten koste van anderen.'

Hij zakte in elkaar en liet zijn tranen de vrije loop, in de hoop dat die haar milder zouden stemmen, tot een vergevingsvolle knuffel zouden bewegen. Maar dat deden ze niet. Hij pijnigde zijn hersens om iets wat hij haar ooit concreet had aangedaan, iets tastbaarders dan de wrevel die zij af en toe bij hem wekte, iets wat haar hekel aan hem kon verklaren. En het uitblijven daarvan dwong hem tot de conclusie dat ze hem uit principe verfoeide, omdat hij gewoon een boosaardige, zelfzuchtige etter was, en dat ze hem nu alleen maar afkraakte als tegenwicht voor de sympathie die hij bij anderen genoot.

'Ja, sorry,' zei ze. 'Ik besef dat dit naar is om te horen. Want je bent wel mijn broer. Maar misschien is het wel goed dat je mijn naam uit de hoop hebt getrokken, omdat ik je al mijn hele leven lang meemaak. Ik zie je beter dan anderen je kunnen zien. En ik… ik wil heus nader tot je komen. Je bent mijn broer. Maar dan moet ik eerst zien dat er iemand in jou schuilt die de moeite waard is.'

Ze stond op en liet hem in de kast achter als een stadje na een atoomaanval. Hij probeerde de strekking van haar tirade uit het puin op te diepen. *Ze wist veel meer over zijn buitenschoolse activiteiten dan hij ooit had kunnen vermoeden.* (Het viel nog mee dat ze niet leek te weten dat hij dope verkocht aan Junior High-leerlingen.) *Ambrose vond hem achterbaks.* (Met de schrale troost dat Ambrose razend zou zijn als hij erachter kwam dat ze het vertrouwen had beschaamd waarin hij dit tegen haar had gezegd.) *Zijn zogenaamde positieve inbreng binnen Crossroads stelde niks voor.* (Al had ze tenminste nog wel gezegd dat mensen een positief idee van hem hadden.) *Hij was een slecht mens. Hij gebruikte Judson alleen maar.*

Zijn schaamte en zelfmedelijden waren te groot om de kast te kunnen verlaten en hij luisterde naar het bijeenkomen van de groep in de aula, het opgetogen geroezemoes van tweegesprekspartners die een fijn gesprek over het versterken van hun onderlinge band hadden gehad, de commando's van Ambrose, de akkoorden die op gitaren werden aangeslagen, de samenzang van 'All Good Gifts' en 'You've Got a Friend'. Hij vroeg zich af of iemand zijn afwezigheid opmerkte. Hoewel hij nog niet echt in het centrum van de groep was doorgedrongen, leek hij daar van alle nieuwkomers het meest kans op te maken, een nieuwe ster die al redelijk helder straalde aan het Crossroads-firmament – en hij zou het zelf wél hebben opgemerkt als zo'n ster opeens ontbrak. Toen de bijeenkomst werd afgesloten verwachtte hij een klop op de kastdeur – van Becky die spijt zou hebben van haar harde woorden, van een bezorgde mentor, van Ambrose die hem op zijn gemak kwam stellen, van een medelid dat sympathie voor hem had, of desnoods alleen maar van iemand die een streep licht onder de kastdeur zou zien als de lampen in de aula uitgingen. En toen er niemand kwam, geen sterveling, leek dat een meedogenloze bevestiging van wat Becky had gezegd. Hij was iemand die het niet waard was gekend te worden.

En zo kwam hij die avond en nacht tot zijn voornemen. Deels om het ongelijk van zijn zus te bewijzen, en deels om alsnog iemand te worden die het vertrouwen verdiende van Rick Ambrose (en dan misschien zelfs wel diens voorkeur te krijgen boven Becky). Niet de zuiverst mogelijke motieven, maar je moest ergens beginnen.

Onder achterlating van twee Quaaludes in zijn kistje (als kerstcadeau voor zichzelf) liet hij Judson weer de kamer binnen, trok zijn parka aan en haastte zich onder een met sneeuw dreigende hemel naar het huis van Ansel Roder. Een eigenaardigheid aan de Proletenpastorie was dat die weliswaar eerder aan sloop toe was dan aan renovatie, maar in een elegantere buurt stond dan het woonhuis van de hoofdpredikant. Alle ouwe drugsmaatjes van Perry woonden dichtbij. Door het hartzeer dat de aanstaande verkoop van zijn voorraad bij hem wekte, had hij de start van de kerstvakantie vertreuzeld en kon hij er niet meer van uitgaan dat hij zijn vaste klanten zou aantreffen achter het vangscherm van Lifton Centrals honkbalveld – maar aan Roder vielen altijd wel dingen te slijten.

De gestuukte façade van huize Roder had een rond torentje met terracotta pannen. Binnen trof je er kamers met fraaie balkenplafonds, en het minste meubilair was nog altijd fraaier dan de beste huisraad in de Proletenpastorie. Het was er zo goed verwarmd dat Roder blootsvoets en hemdloos aan de deur kwam, als GI Joe op een strandvakantie. 'Hé, ik zat net aan je te denken,' zei hij. 'Er zit een rare brom in mijn speakers.'

Perry volgde zijn vriend een brede trap op. 'In allebei?'

'Ja, maar alleen als ik een lp draai, niet met mijn cassettedeck.'

'Kijk, dat is informatie waar ik wat mee kan. Laat eens kijken.'

Hij had zin noch tijd om de stereodokter uit te hangen, maar een van de manieren waarop hij zijn vriendschappen kostenneutraal hield was het aanwenden van zijn veelvormige handigheid bij ondergeschikte klusjes: het fiksen van apparatuur, het verversen van aquaria met een verstopte pomp, kalligrafie voor naambordjes, het vervalsen van ouderlijke handtekeningen, het duiden van dromen, alles waarbij lijm of een pincet kwam kijken. Boven in zijn kamer liet Roder een stukje 'Whiskey Train' uit zijn stereo knallen en Perry hoorde meteen dat de pick-upnaald niet goed vastzat. Hij verhielp het probleem in een oogwenk, haalde het zakje met zijn voorraad tevoorschijn en gooide het op bed.

Roder sperde zijn ogen open. 'Wat een gaaf kerstcadeau, Perry.'

'Nou, ik hoopte eigenlijk dat je het wilde kopen.'

'Kopen...'

Het was een stilzwijgend onderling gebruik dat Roder te allen tijde vrijgevig was en dat Perry daar onveranderlijk gebruik van maakte, ook als hij zelf drugs had, die hij op zijn beurt nooit met Roder deelde.

'Ik heb even snel geld nodig,' zei hij. 'Er is iets wat ik Jay wil geven met kerst.'

'Aha. En daarom verkoop je mij... Doet me aan dat verhaal van de drie geleerden denken.'

'"Het geschenk van de wijzen."'

'Ja, dat. Zou het niet grappig zijn als Judson dan stiekem zijn, weet ik veel, verkocht om jou een waterpijp te geven? Enzovoort?'

'Ja, een ironisch einde, dat verhaal.'

Roder ging met zijn wijsvinger over het transparante zakje, waarschijnlijk om de pillen te tellen. 'Hoeveel wil je er dan voor?'

'Veertig dollar zou wel genoeg zijn.'

'Waarom leen ik je dat niet gewoon?'

'Omdat we vrienden zijn en ik niet weet wanneer ik je kan terugbetalen.'

'Je gaat komende zomer toch weer grasmaaien?'

'Ik moet ook nog geld sparen voor de universiteit. Ik heb me een beetje vergist in mijn financiële status.'

Roder sloot zijn ogen en probeerde er een touw aan vast te knopen. 'Maar... waarvan heb je dan al deze shit kunnen kopen? Heb je gestólen?'

Perry's handen werden klam. 'Dat doet er nou even niet toe.'

'Maar lijkt het je niet raar om dit samen te gebruiken terwijl ik het van je heb moeten kopen?'

'Ik doe niet mee.'

Hij hoorde Roder een sceptisch geluidje maken, een goed moment om aan te kondigen dat hij vanaf nu met niemand meer iets ging gebruiken – maar daar was die aarzeling weer.

'Luister,' zei hij, 'ik weet dat ik niet zo vrijgevig ben als jij. Maar als je het nuchter bekijkt, snap ik niet waarom het iets uitmaakt van wie je het koopt als de prijs hetzelfde is.'

'Maakt een hoop uit, en ik snap niet dat jij dat niet snapt.'

'Nou, ik ben toch echt niet dom. Ik bekijk het gewoon verstandelijk.'

'Weet je, ik dacht echt even dat je een cadeautje voor me had.'

Perry begreep dat hij zijn vriend had gekwetst, en dat ze op een kruispunt waren beland. *Kun je het opbrengen je niet langer van de domme te houden?* hoorde hij de stem van Rick Ambrose zeggen. *Heb je de moed om je in te zetten voor een echte vriendschap?* Hij was niet naar Roder gekomen om hun (passieve, eenzijdige, op dope gebaseerde) vriendschap op te blazen. Maar aan de andere kant: high worden was het enige wat ze nog samen deden.

'Wat zou je dan zeggen van dertig?' zei Perry, die nu ook zijn gezicht voelde zweten. 'Dan is het ook een beetje een cadeau in plaats van alleen maar een, eh...'

Roder had zich omgedraaid en trok een la open. Hij gooide twee twintigjes op het bed. 'Je had me gewoon om veertig dollar kunnen vragen, en dan had ik je die gewoon gegeven.' Hij pakte het zakje en stopte het in zijn la. 'Sinds wanneer ben je een dealer, Perry?'

Weer buiten, lopend over Pirsig Avenue, probeerde Perry te bedenken waarom hij Roder een kwartier geleden inderdaad niet gewoon om veertig dollar had gevraagd, 'te leen' eventueel, al zouden ze beiden hebben geweten dat hij het nooit ging terugbetalen. Waarom niet dat en zijn voorraad door de wc te trekken om op hetzelfde resultaat uit te komen zonder zijn vriend te kwetsen? Waarom had hij de reactie van Roder niet voorzien, een reactie die hem nu volstrekt gerechtvaardigd leek? Vergeet de Perry van negen, die van een kwartier terug was al een vreemde voor hem! Veranderde zijn ziel soms bij ieder nieuw inzicht? Een ziel hoorde toch onveranderlijk te zijn? Misschien had hij de fout gemaakt om 'ziel' met 'kennis' te verwarren. Misschien was de ziel een instrument met maar één toepassing: je de gewaarwording te bezorgen dat jij jij bent.

Misschien was het de teleurstelling dat hij het mysterie van de ziel niet wist te doorgronden, of anders de wetenschap dat zijn voornemen aanleiding was geweest voor het kwetsen van zijn vriend, maar in de winkelbuurt van New Prospect voelde hij een neerwaarts rukje in zichzelf, het haperen van een tandwiel, een eerste signaal dat er een eind ging komen aan het lekkere gevoel waarmee hij de dag was begonnen. Over het algemeen kon hij genieten van verlichte winkelruiten op een donkere decembermiddag. Bijna iedere winkel verkocht wel spullen die hij wilde hebben, en in dit jaargetij was elke lantaarnpaal versierd met kersttakken en rode linten die bijdroegen aan het gevoel dat hij op het punt stond gloednieuwe dingen te kopen of te krijgen. Maar hoewel zijn lekkere gevoel nog niet echt verdwenen was, bespeurde hij al wel hoe het zou zijn als de verlokking van die winkels was gedoofd, als geen van die spullen nog tot de verbeelding sprak – hoe somber die verlichte etalages dan zouden lijken, en hoe doods die kersttakken aan de lantaarnpalen.

Hij zette een drafje in, als om de somberte af te schudden, naar New Prospect Photo. Het fototoestel dat hij Judson had aangewezen was een zo goed als nieuwe dubbele spiegelreflexcamera van Yashica. Het had achter in de etalage op een witte voet staan pronken tussen twintig andere gebruikte en nieuwe toestellen, en Judson was het meteen met hem eens geweest: fantastisch. Op weg naar de winkeldeur schonk hij de etalage nauwelijks aandacht, maar met de knop in zijn hand zag hij het wit van een lege voet.

De Yashica was weg.

Hij kon zijn geschenk van de wijzen op zijn buik schrijven.

In de winkel hing de zurige geur van de doka achterin. De eigenaar, een man met een glimmend kaal hoofd, straalde de begrijpelijke korzeligheid uit van een winkelier die zijn nering verziekt zag door winkelcentra en drogisterijen die filmrolletjes afdrukten. Toen hij opkeek van de lens die hij stond te poetsen, was het duidelijk dat hij in Perry een langharige winkeldief zag, of op z'n minst een jongen die zijn tijd kwam verspillen. Perry stelde hem gerust door hem meteen, op de innemende toon die Becky zo ergerde, een goede middag te wensen. 'Ik kwam eigenlijk voor de dubbele spiegelreflex van Yashica, die u in de etalage had.'

'Sorry,' zei de eigenaar, 'vanochtend verkocht.'

'Ach, wat ontzettend jammer.'

De eigenaar probeerde zijn interesse te wekken in een lullige Instamatic en daarna in een paar lelijke tweedehands toestellen, en Perry deed zijn best om niet te laten blijken hoe beledigend hij die voorstellen vond. Ze dreigden een impasse te bereiken toen zijn oog viel op iets prachtigs in de vitrine van de toonbank. Een compacte filmcamera van Europese makelij. Een body van onverwoestbaar staal, een verstelbaar diafragma. Hij dacht aan de oude filmprojector in de voorraadkamer thuis, reliek uit rooskleuriger tijden toen de Hildebrandts nog de potentie hadden om zich tot een hechte familie te ontwikkelen, met gezellige amateurfilmavondjes. Een potentie die gefnuikt werd op de dag dat de Eerwaarde Vader, geplaagd door wespen, zijn filmcamera over de rand van een roeiboot had laten vallen.

'Die is veertig dollar,' zei de eigenaar. 'Nieuw was-ie tweemaal zo duur. Maar nog gewoon 8 millimeter, hoor, geen super 8. En je moet hem laden in een tas.'

'Mag ik 'm even zien?'

‘Veertig dollar is-ie.’

‘Mag ik ’m even zien?’

Toen Perry de veer spande en een blik wierp door de fraai geslepen zoeker, wilde hij het ding zielsgraag voor zichzelf. Zou Judson het met hem willen delen?

Precies het soort gedachte dat hij zich had voorgenomen uit te bannen.

Dus riep hij zichzelf in stilte tot de orde, en even later verliet hij de winkel achtenveertig dollar armer, maar zoveel te rijker in geest. Hij stelde zich Judsons verraste gezicht voor als die niet het fototoestel kreeg dat ze in de etalage hadden gezien, maar iets nog veel mooiers, en hij stelde vast dat hij zowaar eens blij was voor een ander. Er begon sneeuw te vallen uit de hemel boven Illinois, gekristalliseerd water dat zo zuiver was als hij zich voelde nu hij afstand had gedaan van zijn voorraad. Zijn gedachten vertraagden tot een aangename snelheid. Het kon nog vrediger, dat wel. Hij bleef even stilstaan te midden van de smeltende sneeuwvlokken en wenste dat ook de wereld halt zou kunnen houden.

Van verderop in de straat kwam het geluid van een overbekende auto. Hij zag de Fury van zijn vader afremmen voor het stoplicht op Maple Avenue. De achterkant van de stationwagen was volgestouwd met dozen. Achter het stuur zat zijn vader, in een ouwe jas die normaal in de garderobekast op de tweede verdieping hing. Het ontbreken ervan was Perry niet opgevallen toen hij de kast doorzocht. Naast zijn vader op de voorbank, naar hem toe gedraaid met een arm over de rugleuning, zat de appetijtelijke moeder van Larry Cottrell. Ze zwaaide vrolijk naar Perry, en nu zag de Eerwaarde hem ook. Er werd geen poging tot een glimlach gedaan. Perry kreeg sterk het gevoel dat hij zijn ouweheer bij iets clandestiens had betrapt.

Becky was die ochtend voor zonsopgang wakker geworden. Het was de eerste dag van de kerstvakantie, in het verleden altijd een dag om uit te slapen, maar dit jaar was alles anders. Ze lag in het donker naar het ruisen en tikken van de radiator te luisteren, en naar het amechtige rammelen van de cv-leidingen beneden, en ze leek voor het eerst in haar leven te genieten van haar warme en knusse kamer op een koude ochtend, en tegelijk ook van de kou buiten, die de knusheid mogelijk maakte. Het een ging met het ander samen als twee monden in een kus.

Tot gisteravond had ze zoenen tot de categorie van niet-verplichte activiteiten gerekend. Al ruim vijf jaar had ze overal om zich heen mensen zien zoenen, en ze kende meisjes die beweerden al veel verder te zijn gegaan, maar ze had zich nooit geschaamd voor haar onervarenheid. Dat soort schaamte was een val waar veel meisjes inliepen. Zelfs de heel mooie meisjes waren bang om aan populariteit in te boeten als ze zich niet gedroegen zoals jongens graag wilden. Zoals haar tante Shirley het ooit had gezegd: 'Als je jezelf verlaagt, hoef je niet te denken dat de wereld je hoog inschat.' Becky was nooit op populariteit uit geweest, maar toen ze ondanks zichzelf populair werd, had ze gemerkt dat ze een aangeboren talent had om het in haar voordeel te gebruiken. Het had haar altijd een doodlopende weg geleken om het liefje van een schoolsportheld te worden. Ze had nooit kunnen bevroeden hoe heerlijk het was om zich te voelen vallen, en te willen blijven vallen, en hoe anders ze zich achteraf zou voelen, alleen in haar warme bed.

Het ochtendlicht viel aarzelend door de ramen, nog niet in staat kleur te geven aan de poster van de Eiffeltoren boven haar bureau, de aquarel van de Champs-Élysées die Shirley haar had nagelaten en het behang met ponymotief dat ze voor haar tiende verjaardag had uitgekozen, nog niet beseffend, toen haar vader het tegen de muren plakte, dat het nooit meer door iets anders zou worden vervangen. In dit grauwe licht was het behang beter te verdragen. Bewolkt weer was precies wat je je wenste op de ochtend na de avond waarop je leven opeens heel serieus was geworden.

Toen de wekker afging in de slaapkamer van haar ouders, één deur verder in de gang, klonk dat nu eens niet akelig, maar juist vol belofte voor wat de dag nog te bieden had. Toen ze het gezoem van haar vaders scheerapparaat hoorde, en de voetstappen van haar moeder in de gang, verbaasde het haar opeens hoe dierbaar het dagelijks leven was en hoezeer ze bofte dat ze er deel van uitmaakte. Al die goedheid. Andere mensen waren goed. Ze was zelf ook goed. Ze voelde niets dan goede wil voor heel het mensdom.

Dat ze niettemin wachtte met opstaan tot de auto van het gezin buiten optrok en haar moeder naar boven was gegaan om zich aan te kleden, kwam doordat ze haar alleenheid nog even wilde voortzetten in de nasleep van wat er was gebeurd. Ze knoopte de kamerjas van Japanse zijde om die tante Shirley voor haar had gekocht en sloop geruisloos op haar blote voeten naar de badkamer. De persoon die vanochtend op de bril ging zitten om te piesen was een vrouw die door een man was gekust. Bang als ze was dat de verandering net zo onwaarneembaar was aan de buitenkant als zij inwendig overheerste, meed ze de ogen van deze persoon in de badkamerspiegel. De geur van geroosterd brood en gebakken eieren deed haar de keuken ontlopen en weer terugsluipen naar haar kamer. De onrust in haar buik leek een teken dat haar vandaag van alles en nog wat te doen stond, maar het enige wat ze kon bedenken was dat ze iemand moest vertellen dat ze serieus met iemand had gezoend. Haar grote broer kwam als eerste in aanmerking, maar die was nog niet thuis van de universiteit. Ze ging voor het grote raam staan en zag een nijdige eekhoorn die een andere eekhoorn voor zich uit een eik in joeg, misschien uit boosheid om de diefstal van een eikel, al dacht ze dat misschien alleen maar omdat ze zelf had gestolen. Het gewoel in haar buik was voor een deel de adrenaline van een dievegge. De agressieve eekhoorn leek het erbij te laten zitten, maar toen laaide het conflict weer op met een fervente achtervolging, de boomstam op, een horizontaal vervolg en een wilde sprong in de struiken naast de oprit.

Ze vroeg zich af of hij ook al wakker was, wat hij nu over haar dacht, of hij spijt had.

Van beneden kwamen nu de geluiden van Judson, die het met hun moeder over suikerkoekjes had. Becky gaf zelf weinig om huiselijke gezelligheid en was blij met een broertje dat er juist dol op was, zeker in december, als haar moeder zich geroepen voelde om bepaalde tradities in stand te houden, zoals het bakken van suikerkoekjes in kerstboomvorm, die ze zelf voor haar gezin had gecreëerd. Volgens Becky zag haar moeder de feestdagen slechts als een van de vele taken waarvoor ze stond, en het welbehagen dat ze nu zelf voelde kwam ietwat abstract op haar over, want het zou een kleine moeite zijn geweest om in de keuken te gaan zitten of misschien zelfs met het bakken te helpen, maar daar had ze geen zin in.

Bij wijze van compromis trok ze haar beste verschoten jeans aan en ging met haar aanvraagspullen naar de woonkamer (de huisgenoot die ze écht wilde ontlopen, Perry, zou zich vast niet voor de middag vertonen). Ze nestelde zich in de leunstoel bij de kerstboom, waarvan het optuigen ook een van de taken van haar moeder was geweest. De dennengeur bracht haar de opwinding in herinnering waartoe Clem en zij elkaar hadden opgezweept als de cadeautjes zich onder de boom ophoopten. Maar ze was zoveel ouder nu. Het licht van buiten was nog steeds somber en de bakgeluiden klonken hier vreemd genoeg verder weg. Ze had net zo goed ergens in het hoge noorden kunnen zitten, omgeven door naaldwoud. Tijdens het nagloeien van de kus leek ze op zichzelf neer te kijken vanaf een hoogte waar ze de ronding van de aarde kon zien. De wereld strekte zich in drie fonkelnieuwe dimensies uit vanaf haar leunstoel.

Ze had besloten aanvragen te doen bij zes universiteiten, waaronder vijf particuliere en dure. In oktober waren de brochures daarvan nog voorwerpen van romantiek geweest, verschillend getinte beloften van een uitweg uit een gezin dat ze was ontgroeid en uit een highschool waarvan ze alle sociale mogelijkheden had uitgeput. Maar toen had ze Crossroads ontdekt, dat haar verlangen om New Prospect te verlaten had afgezwakt. En nu ze de map met aanvraagformulieren opende, merkte ze dat de kus haar toekomst drastisch had ingeperkt. Alles na de komende dag scheen opeens irrelevant.

Vertel eens over iemand die je bewondert of van wie je iets belangrijks hebt geleerd.

Ze trok het afgekloven dopje van een Bic-pen en begon te schrijven op een ringblok. Haar steile en gedrongen handschrift kwam haar opeens kinderlijk voor. Ze kraste de eerste zin door en probeerde iets schuiners en uitgerekters, voorwaartser, meer in overeenstemming met de vrouw die ze zich gisteravond had gevoeld op het parkeerterrein achter de Grove.

~~*Degene die ik het meest bewonder is*~~

We woonden tot mijn achtste in het zuiden van Indiana. Mijn vader was pastoraal werker bij twee kleine plattelandskerken. Het was een agrarisch gebied, maar mijn broer Clem en ik konden ook door bossen en langs beekjes dwalen. Anders dan veel grote broers irriteerde het Clem nooit als ik hem achternaliep. Clem was onverstoorbaar. Hij leerde me rustig stil te staan als er een bij om me heen zoemde. ~~Hij was dol op beestjes.~~ Hij noemde alle dieren 'beestjes' en er was geen soort waarin hij niet geïnteresseerd was. Op een dag liet hij een enorme spin over zich heen lopen en vroeg of hij hem op mijn arm mocht zetten. Zo kwam ik erachter dat spinnen niet bijten zolang je ze niet in het nauw drijft. Over een van de diepere beekjes lag een boomstam waar Clem overheen rende alsof het niets was. Hij leerde mij ook over dat beekje te komen door te zeggen dat ik op die stam moest gaan zitten en mezelf vooruitschuiven. Ik denk dat de meeste broers hun zusje maar al te graag aan de andere kant hadden achtergelaten, ~~maar Clem niet. Hij had een honkbalhandschoen die hij~~

Haar inspiratie was uitgedoofd. Het leek ook zo kinderachtig wat ze schreef. Ze was ervan uitgegaan dat universiteiten het sympathiek zouden vinden als ze haar broer opvoerde, en dat het ook makkelijk zou zijn om uit te leggen waarom ze Clem bewonderde, maar het zat er vanochtend niet in. Nog steeds last van Clems vertrouwelijke ontboezeming, toen hij even thuis was voor Thanksgiving, dat hij een vriendinnetje had in Champaign. Zijn eerste vriendinnetje ooit. Ze had blij voor hem moeten zijn, maar de waarheid was dat ze zich een beetje voorbijgestreefd voelde. Hoewel ze jonger was dan Clem, had ze zichzelf toch altijd wereldwijzer en sociaal vaardiger gevonden.

Clems vrienden op de highschool waren over het algemeen jongens met rekenlinialen geweest, roos op hun brillenglazen en een onontkoombare okselgeur. Ze had het altijd sneu gevonden dat zijn kringetje niet wat aansprekender was, maar hij zei haar niet te benijden om haar aanzien en zelf alleen maar een 'sociologische interesse' voor mensen te hebben. Als ze op zaterdagavond laat thuiskwam, had ze altijd een streep licht onder zijn kamerdeur gezien. En als ze dan aanklopte, legde hij zijn boek opzij, of het natuurkundeproject waaraan hij knutselde, en luisterde zoals geen van de andere gezinsleden dat kon naar de verhalen uit haar hofhouding. Hij gaf altijd zijn onomwonden mening over haar vrienden en vriendinnen, die zij dan steevast verwierp ('niemand is foutloos') terwijl ze in stilte erkende dat er iets voor te zeggen viel. Hij was vooral streng over bepaalde jongens die ze kende, zoals Kent Carducci, die nooit ophield haar mee uit te vragen maar die volgens Clem een kwelgeest was voor zijn vriend Lester. Ze was

ruchte nieuwjaarsfeest van Trip Bradfield, toen er op de sneeuw in de achtertuin werd gekotst en zich in de kelder een obscene versie van *Truth or Dare* afspeelde, zou Trip, twintig en opdringerig, haar mee naar boven hebben kunnen lokken als ze hem niet door Clems ogen had gezien.

Maar dat feest was haar laatste van dat soort geweest. Haar tante was een paar weken later overleden, waarop Becky het cheerleaden eraan gaf om zich serieuzer aan school te wijden. Het was Shirley geweest die zei dat thuisblijven met een goed boek meer voor je naam deed dan alle feestjes aflopen, omdat iedereen zich dan afvroeg wat je aan het doen was. Nu haar taken als cheerleader geen excuus meer vormden om zich aan het arbeidsethos van de familie te onttrekken, had ze een baantje genomen bij de bloemist op Pirsig Avenue. Ze had haar populariteit goed genoeg verankerd om niet bang te hoeven zijn dat ze in de vergetelheid zou raken. Integendeel: door het team te verlaten werd er een minder gunstig licht geworpen op de meisjes die bleven. Shirley had haar een donkerblauwe merinoswollen mantel tot op de enkels gegeven, en als ze daarin na schooltijd over Pirsig liep, vergezeld door Jeannie Cross, haar beste vriendin en trouwe adjudante sinds Junior High, kon ze voelen hoe ze werd bekeken vanuit de langsrijdende auto's met schoolgenoten. 'Allure' was Shirleys woord daarvoor geweest.

Ze dwong zich haar pen weer op te pakken. Haar plannen voor de rest van de dag hingen af van een voltooid opstel voorafgaand aan de lunch.

Op een ~~warme bete klamme zomer~~middag keken Clem en ik rond bij een boerenwoning met een erf waar altijd een grote, gemene hond aan de ketting lag. Zelfs Clem was een beetje bang voor die hond. ~~Nou, o~~Om de een of andere reden lag die hond ditmaal niet aan zijn ketting, sprong over de omheining en kwam achter me aan. Hij beet me in mijn enkel en ik viel. Ik had lelijk gewond kunnen raken als Clem niet op die hond was gedoken en ermee was gaan vechten. Toen de boerin ons kwam helpen, was het Clem die gewond was. De hond had hem in zijn gezicht en allebei zijn armen gebeten, en hij moest ~~dertig veertig vijftig~~ veertig hechtingen. Hij mocht van geluk spreken dat hij geen verlamde arm had of een doorgebeten slagader. ~~Ik zie nog altijd de littekens op zijn armen en wang, en dan denk ik terug~~

Zal altijd het goede doen zonder zich druk te maken om wat anderen van hem denken

Komt op voor kinderen die gepest worden niet bang voor pestkop (zoals hond)

~~Hij hielp me inzien dat er belangrijkere dingen in het leven zijn dan de~~

Waarom deed alles wat ze schreef haar zo'n tuthola lijken? Ze scheurde het blaadje van het blok. Uit de keuken kwam de geur van een voorverwarmde oven. De ochtend dreigde te verglijden. Ze voelde zich op een oneerlijke manier geremd door de belabberde kwaliteit van wat er op het blaadje stond, alsof ze het niet zelf had geschreven.

En nu kwam haar moeder de kamer binnen met een karaf water. 'O,' zei ze, 'je bent al op.'

'Ja,' zei Becky.

'Ik heb je niet horen opstaan. Heb je al ontbeten?'

Haar moeder had haar sportkleren al aan: een vormeloos sweatshirt en een lubberende nylon kniebroek; een uitmonstering die volgens Becky alles zei over de verschillen tussen haar moeder en tante, die zo slank was geweest als haar moeder gezet was, en die nooit van haar leven zo'n sweatshirt zou hebben aangetrokken. Toen haar moeder neerhurkte om de kerstboom water te geven, wendde Becky haar ogen af van haar plotseling onbedekte lendenen. Een ander, tragisch verschil tussen Shirley en haar moeder was dat haar moeder nog leefde. Shirley was zo slank gebleven door twee pakjes Chesterfield per dag te roken.

Haar moeder vroeg of ze nog leuke plannen had voor vandaag.

'Aan mijn aanvragen werken,' zei Becky. 'En kerstinkopen doen.'

'Nou, zorg wel dat je voor zes uur thuis bent. Dan moet je je omkleden voor het feestje van de Haefles. We vertrekken zodra je vader thuiskomt.'

'Eh, moet ik naar een feestje?'

Haar moeder kwam overeind met de karaf. 'Dwight heeft iedereen gevraagd de familie mee te nemen. Perry blijft thuis met Judson, en ik weet niet hoe laat Clem hier aankomt.'

'Sorry, maar wat is dat dan voor feestje?'

'Een open huisfeest voor geestelijken. Clem is vorig jaar meegegaan.'

'Heb ik soms gezegd dat ik meeging?'

'Nee, ik zeg nu dat je meegaat.'

'Nou, het spijt me, maar ik had al iets anders. Ik ga naar het Crossroads-concert.'

Ze hield haar blik afgewend, maar kon haar moeders gezicht voor zich zien.

'Daar zal je vader niet blij mee zijn. Maar als dat je dat per se wilt, zorgen we wel dat we om halfnegen terug zijn van de Haefles.'

'Dat concert begint al om halfacht.'

'Het is heel chic om iets te laat te komen. Het eerste uurtje missen om de sfeer hier in huis een beetje draaglijk te houden, dat lijkt me niet te veel gevraagd.'

Becky boog haar hoofd in een houding van koppigheid. Ze had haar redenen om naar dat concert te willen, maar die ging ze niet prijsgeven.

'Hoe gaat het met je opstel?' vroeg haar moeder.

'Goed.'

'Ik kan je helpen, als je wilt. Wil je me laten zien wat je tot dusver hebt?'

Dat laatste op een zachtere toon, bij wijze van vredesvoorstel, maar het riep Becky alleen maar in herinnering dat haar moeder beter was in schrijven dan zij, terwijl zij de betere was in dingen waaraan haar moeder geen enkele waarde hechtte. 'Ik denk,' zei ze bij wijze van represaille, 'dat ik iets over tante Shirley ga schrijven.'

Haar moeder verstarde. 'Ik dacht dat het over Clem zou gaan.'

'Het is een persoonlijk stuk, ik mag zelf bepalen wat ik schrijf.'

'Dat is waar.'

Haar moeder liep de kamer uit. Het binnenvallende licht was iets sterker, en Becky merkte tot haar vreugde dat haar stemming de confrontatie goed had doorstaan. Haar moeder was de kwaadste ook niet. Ze wist alleen niet dat Becky iets veel leukers van plan was dan een feestje bij de Haefles.

Na het voorval met de hond in Indiana, toen de beet in Clems gezicht was ontsmet en gehecht en zijn armen waren verbonden, was haar vader thuisgekomen van een bijeenkomst en tegen hem tekeergegaan. *Hoe kon je dat nou laten gebeuren? Wat had je te zoeken bij die boerderij? Ik heb je de verantwoordelijkheid voor je zusje gegeven! Het had haar dood kunnen worden! Dat gebeurt vaak genoeg, dat zo'n hond een klein meisje doodbijt! Waar wás je met je hoofd?* Tegen een jongetje van tien, dat zelf gewond was geraakt toen hij haar wilde beschermen. Er werd een vonnis geveld: het was Clem voortaan verboden Becky buitenshuis mee te nemen, uitgezonderd op de landweg naar school. Altijd als Becky aan haar ongewoon hechte band met Clem dacht, was er dat woordje *verboden*. Verboden dingen waren vaak wat mensen het liefst wilden. Dingen werden aantrekkelijk omdát ze verboden waren, door een hardvochtige en niet-begrijpende autoriteit. Telkens als ze op zaterdagavond die streep licht onder Clems kamerdeur had gezien, was daar de verlokking van het verbodene van uitgegaan. Zij en Clem verenigd tegen het gezag dat hen van elkaar wilde scheiden.

Na het vonnis te hebben geveld, had haar vader zichzelf tot Clems plaatsvervanger benoemd als Becky's begeleider op wandelingen. Die veranderden daar ingrijpend door van karakter. Voor Clem was de omgeving één groot avontuur – takken om aan te zwaaien, oude putten om steentjes in te gooien en te horen hoe diep ze waren, zaadpeulen om te besnuffelen en open te breken, paarden om te lokken met een appel. Voor haar vader was de natuur een glorieus maar eenvormig geheel dat door God was geschapen. Hij vertelde Becky over Jezus, wat haar een ongemakkelijk gevoel gaf, en over de zware levens van de plaatselijke boeren die hij als pastor terzijde stond, wat interessantere gespreksstof was, maar misschien niet zo slim van hem, omdat zij nu allerlei verhalen kon vertellen op de speelplaats van school – de Boylans hadden een zoon die in een gekkenhuis zat; mevrouw Boylan kon alleen voeding tot zich nemen door een rietje; de moeder van Carl Jackson was eigenlijk zijn oma. Het was een eerste kennismaking geweest met populariteit, want schokkende feiten over grote mensen waren een gewild artikel op de speelplaats.

Na hun verhuizing naar Chicago had haar vader de 'traditie' voortgezet van wandelingen op zondagmiddag, meestal een rondje door Scofield Park. Het afslaan van zijn uitnodiging daartoe was zelden het schuldgevoel waard waarmee haar moeder haar dan opzadelde, vooral omdat Becky zich al schuldig genoeg voelde omdat ze zich nauwelijks voor de kerk interesseerde, en nog minder voor 'onderdrukte' mensen. Bovendien vond ze het wel prettig dat haar vader haar op die wandelingen als een volwassene bejegende, serieus naar haar mening luisterde en bleef doorgaan met het vertellen van dingen waarover hij misschien beter zijn mond had kunnen houden. Ze nam kennis van zijn droom van een grootser leven in dienst van Jezus, zijn frustraties over het feit dat hij slechts hulpprediker was in een welvarende en overheersend blanke buitenwijk, en dat vertelde ze allemaal door aan Clem. ('Hij is vooral gefrustreerd,' zei Clem, 'omdat hij getrouwd is met vier kinderen.' Of met een grijns: 'Mam is blij dat hij die wandelingen met jou maakt, omdat hij er met jou niet vandoor zal gaan.') Omgekeerd, en in weerwil van zijn aandringen, vertelde ze haar vader niets over haar eigen dromen en frustraties.

Ze trok met haar tanden het dopje van de pen. De eerste lading suikerkoekjes werd gebakken.

Op 16 januari zal het precies een jaar geleden zijn dat mijn tante Shirley stierf.

Kijk, dit was meteen beter. Het had een emotionele lading en riep sympathie op met de rouwende aanvraagster van een plek op de universiteit.

Ze was alleen op de wereld na het verlies van haar grote liefde in de Tweede Wereldoorlog. Ik ben blij dat ik haar goed heb leren kennen en dat ze me het belang heeft geleerd van cultuur en elegantie, en geloof in jezelf, en moed en kracht bij eenzaamheid en ziekte. ~~In tegenstelling tot wat mijn moeder denkt, heeft ze mijn aanhankelijkheid niet gekocht.~~ Ik hield oprecht van haar. Elke zomer vanaf mijn tiende mocht ik een week logeren in haar kleine maar ~~elegant~~ smaakvol ingerichte appartement in ~~New York~~ Manhattan.

Het was waar dat Shirley door de jaren heen een hoop spullen voor haar had gekocht. En het was niet minder waar dat Becky's broer en broertjes nooit iets kregen. Het was waar dat de nieuwe kleren die Shirley vanuit New York opstuurde moesten worden gewassen voordat Becky ze kon aantrekken, omdat ze zo naar Chesterfields stonken, zoals het ook waar was dat ze bij haar eerste week logeren, in 1964, elke nacht op de slaapbank van haar tante had liggen huilen van heimwee naar Clem én vanwege de rook die haar ogen deed prikken in de benauwde flat, en dat ze het jaar daarop alleen maar op Shirleys uitnodiging was ingegaan omdat haar moeder daar uit medelijden met Shirley op aandrong. (Pas veel later, toen Becky reikhalzend naar haar logeerweekjes in New York ging uitzien, was haar moeder woorden als 'ijdel' en 'onrealistisch' voor haar zus gaan gebruiken.)

Maar ze was al vroeg geïmponeerd geweest door haar tante. Bij Shirleys eerste en laatste bezoek aan het huis in Indiana had ze Becky bij haar zevenjarige schoudertjes gepakt, diep in de ogen gekeken en gezegd dat ze was voorbestemd een ware schoonheid te worden. Dat had indruk gemaakt. Anders dan haar moeder, die er alleen maar op kon bogen de vrouw van een pastoraal werker te zijn, had Shirley een carrière als Broadway-actrice achter de rug, niet als een grote ster, maar toch, een heuse Broadway-carrière. En Becky had zich vergaapt aan hoe ze als een vorstin door de mensenmassa schreed op de Wereldtentoonstelling van '64, en hoe ze, als een kelner of verkoper dacht dat Becky haar dochter was, haar een knipoogje gaf terwijl Becky tot dan toe Clem had gevolgd in zijn afwijzing van iedere vorm van oneerlijkheid. Het verschil tussen oneerlijkheid en een beetje glans aan het leven was volgens Shirley een kwestie van artistieke verbeeldingskracht. Het was duidelijk dat Becky die verbeeldingskracht zelf ontbeerde (in New York verkoos ze in het Metropolitan de mummies boven de Europese schilders, en de dinosaurussen aan de andere kant van Central Park boven de mummies) en dat was volgens Shirley maar goed ook, want de wereld van kunst en cultuur werd beheerst door wrede mannen die vaak niet eens van vrouwen hielden (op geen enkele manier, had Shirley er met een vette knipoog aan toegevoegd). Voor een vrouw was het beter toeschouwer te zijn, met waardering voor het gebodene, dan te worden aangegaapt en geen enkele waardering te krijgen. Explicieter maakte ze het nooit, maar Becky meende te begrijpen wat die woorden betekenden: dat ze beter af zou zijn met welstand dan met talent.

Het was haar lange tijd onbekend geweest hoeveel geld haar tante bezat en waar ze het vandaan had. Shirleys appartement was klein, maar ze had klantenpassen voor alle grote warenhuizen. Haar meubilair oogde goedkoop, maar haar schoenen en sieraden waren dat allerminst. Ze nam Becky altijd maar één keer per bezoek mee uit eten, maar ze bereidde nooit een maaltijd. In plaats daarvan bladerden ze samen door een ringband vol spectaculaire bezorgmenu's, en wat Becky nog meer wenste (melk en koekjes in de eerste jaren, Fresca en tampons in de latere) werd besteld per telefoon en contant betaald aan de inbraakvrije voordeur van het appartement. Shirley sprak met theatrale rillingen over haar afschuw van het huis in Indiana waar ze Becky voorspeld had hoe mooi ze zou worden. Met name de spasmodische wringer in het washok, met zijn door ouderdom gebarsten rollers, leek een traumatische aanblik voor haar te hebben gevormd. Haar eigen linnengoed werd kraakhelder en netjes gevouwen afgeleverd in pakjes van bruin papier, met een wit touwtje erom.

Wat Becky naast het winkelen het fijnst vond aan haar zomerse logeerweekjes, was dat ze geen desinteresse hoefde te veinzen voor status, en niet hoefde te doen alsof ze een leven zonder status ambieerde. Shirley ondervroeg haar grondig over de beroepen van de vaders van iedereen op school, en over de afmetingen van hun huis, waarmee ze Becky ervan bewust maakte dat New Prospect Township geen Mid-Westers Utopia met gelijk aanzien voor iedereen was, zoals ze anders misschien geleerd zou hebben te geloven, maar een plek waar alleen geld telde, en alleen een mooi gezicht of sportieve aanleg een gebrek aan geld kon goedmaken. In haar tweede jaar op de highschool, met geld dat Shirley ervoor had verstrekt en voorbijgaand aan haar moeders zure afkeuring, had Becky zich opgegeven voor maandelijkse danslessen aan Messieurs et Mesdemoiselles, de dansschool in New Prospect die al haar vriendinnen met hun ogen deed rollen, maar waarvan ze allemaal lid waren. Ze werd nog altijd geïnspireerd door Clem, maar haar tante had haar ook tot het inzicht gebracht dat snobisme een teken van onzekerheid was en dat mensen met echte klasse genereus durfden te zijn, dus ging ze in tegenstelling tot haar vriendinnen niet aan de onfrisse en klunzige jongens voorbij (en vond het heimelijk leuk dat een kluns nog klunziger werd als zij hem verraste met een keuze als danspartner). En bij de cheerleaderverkiezingen van het jaar daarna merkte ze dat generositeit niet alleen chic was maar ook bevorderlijk voor je populariteit. Zowel *geliefd* als *gevreesd* zijn, dat was de kunst; en die wetenschap verzoende haar met het ogenschijnlijke verschil tussen de twee mensen die ze als voorbeeld zag.

Bij Becky's laatste bezoek aan New York had haar tante de Chesterfields afgewisseld met vies ruikende medicinale zuigtabletten. Ondanks de klamme warmte van juli had Shirley een kikker in haar keel, die maar niet wilde verdwijnen. Achteraf vroeg Becky zich af of Shirley had voorvoeld wat er met haar aan de hand was, omdat ze maar bleef denken dat Becky niet twee maar nog slechts één jaar highschool voor de boeg had. Telkens opnieuw zei ze dat ze Becky de volgende zomer voor haar afstuderen wilde belonen met een gezamenlijke reis door Europa: Londen voor het theater, Parijs voor het Louvre, Salzburg voor de muziek, Stockholm voor nachten zonder duisternis, Venetië voor de sfeer, Rome voor de oudheden. Hoe vond ze dat? 'U bedoelt over twéé zomers,' zei Becky elke keer. Ze had het ongeduld van haar tante ook niet echt gedeeld. Parijs leek haar geweldig, maar het viel thuis steeds minder goed dat Shirley haar zo begunstigde boven haar broers, en de kosten van zo'n reis zouden van een compleet andere orde zijn dan de gebruikelijke verwennerij. Daarnaast begon het door haar moeder gezaaide zaad van de twijfel te ontkiemen. Het ging Becky opvallen dat haar tante een beetje zonderling was en geen echte vrienden of vriendinnen had. Becky hield nog steeds van haar en waardeerde haar levenslessen, en ze had bovendien door wat haar moeder leek te ontgaan: dat Shirley haar jongere zuster benijdde om haar man en haar gezin. Maar haar tante en de Chesterfields leken haar geen ideaal gezelschap voor een reis naar Europa.

Vier dagen na haar terugkeer uit New York, ze was nog niet aan een bedankbriefje toegekomen, had haar moeder de telefoon opgenomen, met Shirley gesproken en gehuild nadat ze had opgehangen. Haar tranen waren gepast en toch verrassend: een teken dat zusterlijke liefde kan uitstijgen boven zusterlijke afkeer. Becky zelf had niet gehuild om het nieuws dat haar moeder haar gaf, daarvoor was kanker te afschrikwekkend en onwezenlijk voor haar. Haar eigen tranen kwamen pas later, toen ze alsnog het bedankbriefje schreef en een geschikte afsluiting probeerde te bedenken (*Beterschap? Ik hoop dat je snel weer opknapt?*), en nog een keer daarna toen Shirley haar een exemplaar stuurde van *Fodor's Europe*, vol onderstrepingen en commentaren in de kantlijn, plus een brief waarin ze uitgebreid inging op Europese treinpasjes en zei dat ze haar kanker ging verslaan en hoe belangrijk het de komende zware maanden zou zijn om te kunnen uitzien naar 'volgend jaar zomer'.

In dat najaar werd Becky's moeder een echt mens voor haar, iemand met eigen persoonlijke vermogens, zoals ze haar nog nooit had gezien. Ze maakte twee lange reizen naar New York, waar Shirley bestralingen onderging. Toen Becky vroeg of zij er ook naartoe kon, had haar moeder haar niet zoals verwacht proberen te ontmoedigen en zelfs gezegd dat dat een prachtig geschenk voor haar tante zou zijn. Maar Shirley wilde zelf niet dat ze kwam, wilde niet dat ze haar in haar huidige toestand zag, wilde niet zo door haar herinnerd worden. Becky moest maar in de lente komen, als ze haar behandelingen achter de rug had en weer een beetje zichzelf was. En als alles goed ging, zouden ze dan snel de reis van hun leven maken naar de historische hoofdsteden van Europa.

Ze stierf eenzaam in een eenpersoonskamer in Lenox Hill Hospital. Er was geen uitvaart. Het was net Eleanor Rigby.

Toen ik klein was leek haar elegantie me iets wat gewoon bij haar hoorde, maar toen ik haar beter leerde kennen werd het me duidelijk hoeveel moeite ze ervoor deed. Nu denk ik aan alles wat ze elke dag voor haar verschijning moest opbrengen. Al die make-upartikelen in haar badkamer, haar Chanel No. 19-verstuiver, de kousen die ze weggooide als er ook maar het kleinste laddertje in zat, de oude witte handschoenen waarmee ze de krant las om te voorkomen dat er inkt aan haar vingers kwam, het kopje met de gouden rand waar ze met haar pink omhoog slokjes thee uit nam. En waarvoor allemaal? Om haar waardigheid te behouden in een wereld waarin ze in haar eentje naar het theater of een concert moest. Geen wonder dat haar gewoontetjes zoveel voor haar betekenden. Ze heeft me heel veel doen inzien omtrent mijn eigen leven, maar me ook een blik vergund in de levens van mensen die iedere ochtend alleen wakker worden en de moed vinden om hun bed uit te komen en hun gezicht te laten zien. Ik ben altijd gezegend geweest met veel vrienden en vriendinnen. Ik was 'populair' en soms ook best verwaand omdat ik zo in trek was. Maar dat veranderde allemaal op slag toen Shirley stierf. Ze leerde me bewondering te hebben voor mensen die alleen zijn op de wereld.

Becky's moeder was nog een laatste keer naar New York afgereisd om Shirleys lichaam te laten cremeren en zich over haar nalatenschap te bekommeren. Ze kwam thuis met een oude rieten koffer van Shirley en daarin een stola van minkbont, het waterverfschilderij, zilveren oorbellen, een gouden armband en andere aandenkens – alles voor Becky, die huilde toen haar moeder het haar liet zien.

'Ik snap dat je volschiet,' zei haar moeder kil, 'maar je moet je tante niet romantiseren. Ze heeft haar leven lang alleen maar fouten gemaakt. En met "fouten" druk ik me nog zacht uit.'

'Ik dacht dat je verdriet om haar had,' zei Becky.

'Ze was mijn zus. Ik kon niet anders dan medelijden met haar hebben.' Haar moeder leek weekhartiger te worden, maar dat duurde maar even. 'Ik had moeten weten dat mensen nooit veranderen.'

'Hoe bedoel je?'

'Shirley was zo'n vrouw die geen boodschap had aan andere vrouwen. Alleen mannen telden voor haar, en daar heeft ze er dan ook genoeg van gehad, al waren ze ook altijd snel weer weg. De goeden hadden binnen de kortste keren door met wat voor iemand ze te maken hadden, en de slechten stelden haar teleur. En over homofielen zei ze de gemeenste dingen. Ik heb de enige man met wie ze trouwde nooit ontmoet, maar volgens mij kwam die uit een rijke familie. Hij liet haar een lijfrente na toen hij omkwam boven de Stille Oceaan, en dat was maar goed ook, want ze was helemaal geen actrice. Ze was een knap smoeltje en ze kon haar tekst onthouden. Toen je vader en ik naar New York verhuisden, was ze in afwachting van een nieuwe rol, en dat was ze nog steeds toen we vertrokken. Ze leefde in een fantasiewereld waar haar talent niet op waarde werd geschat en waar ze door de mannen werd uitgebuit of teleurgesteld, maar misschien zou de volgende man eindelijk beter zijn. Ze was een van de meelijwekkendste mensen die ik heb gekend.'

De hardvochtigheid van die woorden schokte Becky. 'Maar dat is toch vreselijk?' zei ze.

'Ja, dat is het ook,' zei haar moeder, 'en daarom vond ik het nooit erg als je in de zomer bij haar ging logeren. Je hebt een goed stel hersens en een goed hart, en zij was zo eenzaam als wat.'

'Als ze niets met vrouwen ophad, waarom gaf ze dan zoveel om mij?'

'Dat heb ik mezelf ook vaak afgevraagd. Maar mensen zoals zij veranderen nooit.'

Er gingen acht maanden voorbij eer Becky achter de reden kwam voor haar moeders kilte. Haar verjaardag viel dat jaar op een zaterdag en Jeannie Cross had een knalfeest georganiseerd, waar iedereen die wat voorstelde zou komen. Iedereen wilde Hildebrandt weleens dronken zien worden, en dat was ook het doel dat Jeannie zich in alle openheid had gesteld, alsook de heimelijke bedoeling van Becky zelf. Anders dan haar verdorven jongere broer had zij altijd oog gehad voor haar vaders reputatie als geestelijke, beseft hoe gênant het voor hem zou zijn als zijn dochter zich klem zoop, maar ze was nu oud genoeg om te stemmen en haar sociale instincten zeiden dat het tijd werd om de teugels eens te laten vieren. Na haar lunchdienst in de Grove (ze had haar baantje bij de bloemist ingeruild voor het minder duffe werk van serveerster) haastte ze zich naar huis om te douchen, zich om te kleden en vroeg voor de avond te eten. De pastorie maakte een verlaten indruk. In de woonkamer viel de schuine oktoberzon binnen en er hing een al bijna vervlogen geur van gebakken cake. Ze ging naar haar kamer en schrok toen ze haar moeder op haar bed aantrof. 'Je moet even mee naar boven,' zei die.

'Ik wil douchen.'

'Dat doe je straks maar.'

Op de tweede verdieping zat haar vader hen op te wachten in zijn werkkamer, met de ramen open en de gebruikelijke mufheid verdreven door de koude herfstwind. Hij gebaarde Becky te gaan zitten. Haar moeder sloot de deur achter hen en ging ervoor staan. Becky begon zich ongemakkelijk te voelen en vreesde een bestraffende preek over het drankmisbruik waaraan ze zich nog moest bezondigen

'Marion?' zei haar vader.

Haar moeder schraapte haar keel. 'Zoals je weet,' zei ze tegen Becky, 'heeft mijn zuster mij aangewezen als executeur van haar testament. Wat ik je nu ga zeggen, doe ik in die hoedanigheid. Je tante heeft je een groot geldbedrag nagelaten. En nu je achttien bent, is dat geld van jou. Het testament heeft geen bepaling dat het in een trust beheerd zou moeten worden. Al wat er staat is... Russ, lees jij het voor?'

Haar vader ontsloot een lade, trok hem open en haalde er een document uit. 'Aan mijn nicht Rebecca Hildebrandt laat ik de som na van dertienduizend dollar, voor een rondreis door Europa, te maken in mijn nagedachtenis. Dat is alles, er worden geen bewindvoerders aangewezen.'

Becky voelde een brede, niet te bedwingen glimlach op haar gezicht komen.

'Ik heb het geld gisteren op je spaarrekening gestort,' zei haar moeder.

'Wow.'

'Daar was ik wettelijk toe verplicht,' vervolgde haar moeder. 'De notaris zei destijds dat we tot je achttiende verjaardag konden wachten, maar geen dag langer. Er kon geen enkel misverstand bestaan over Shirleys bedoelingen.'

'Wow. Wat lief van haar.'

'Nou, lief kan ik het niet vinden,' zei haar vader. 'Het is een dwaze erfenis en we moeten erover praten.'

'Dertienduizend dollar,' zei haar moeder, 'is zowat de hele nalatenschap van je tante. Er gingen nog wat duizendjes naar een paar musea, maar jij bent de voornaamste begunstigde. Als je eerder dan zij zou zijn overleden, was al het geld naar die musea gegaan.'

Becky had intussen door wat het probleem was, maar haar moeder legde het niettemin uit: Shirley had niet alleen Clem, Perry en Judson genegeerd, maar bovendien bepaald dat Becky het geld aan iets frivools moest besteden. Haar tante had tot haar laatste snik in een fantasiewereld geleefd. 'En ze wist verdomd goed wat ík daarvan zou vinden. Dat was onderdeel van haar opzet.'

Het draait dus allemaal weer om jou, dacht Becky.

Haar vader dacht misschien hetzelfde, want hij vroeg haar moeder of ze Becky met hem alleen kon laten. Toen ze de deur achter zich had dichtgetrokken, ging hij over op zijn warme vader-tot-dochtertoon. 'Ik kan maar niet geloven dat je al achttien bent. Het lijkt pas gisteren dat we met je thuiskwamen van het ziekenhuis.'

Hoe vaak had Becky al niet gehoord dat dat pas gisteren leek?

'Maar goed, daar ben je, achttien jaar oud. En ik wil dat je eens even diep nadenkt over dat legaat. Je bent niet wettig gebonden aan de formulering van het testament van je tante, en dertienduizend dollar lijkt mij eerlijk gezegd een heleboel geld om op te maken aan een reis naar Europa. Tenzij je overal in het Ritz wilt overnachten, kun je wel twee jaar reizen van dat bedrag.'

Overnachten in het Ritz, dacht Becky, is precies wat Shirley in gedachten had.

'Ik kan je niet voorschrijven wat je moet doen, maar het schijnt mij toe dat je Shirleys laatste wil ook wel kunt eren door komende zomer voor een deel van dat geld een overzeese reis te maken. Als je iets liefs zou willen doen voor je moeder, kon je haar meevragen. Maar ik kan je dus niet voorschrijven...'

Nee?

'En dan is er de vraag wat rechtvaardig is. Ik weet dat Shirley en jij een bijzondere band hadden, maar ik sluit niet uit dat ze je moeder inderdaad heeft willen kwetsen met dit testament. Je moeder en ik houden evenveel van al onze kinderen, en we vinden dat jullie gelijk behandeld horen te worden. We komen rond, maar zijn geen welvarend gezin. Je moeder en ik willen dat jullie alle vier naar de universiteit kunnen, en een kwart van dit legaat zou een heel verschil maken voor ieder van jullie. Ik kan je niet voorschrijven wat rechtvaardig is...'

Nee?

'Maar ik hoop dat je zorgvuldig zult willen nadenken over wat er met dat geld gebeurt. Zou je dat voor me willen doen?'

'Ja,' zei Becky.

'Ik weet dat het niet meevalt. Dertienduizend dollar is een heleboel...'

'Ja, ik snap het,' zei ze. 'Je hoeft het niet verder uit te leggen.'

'Ik wil gewoon dat je weet dat ik heel...'

'Ik snáp het, oké?'

Ze sprong op, holde naar haar eigen kamer en trok er de la van haar dressoir open, waar het spaarbankboekje lag. Het saldo was inderdaad bijgewerkt en er stond nu $ 13.753, 60 op haar rekening. Doopgeld, verjaardagsgeld, salaris voor de uren die ze in een stompzinnig groen schort had rondgelopen bij de bloemist plus het salaris en de fooien van de Grove waren goed voor $ 753,60. Lieve tante Shirley! Ze had precies geweten wat Becky eigenlijk wilde, alleen naar Europa, en de verrassing was nog mooier omdat zij achteraf kwam. Nooit, niet één keer, had Becky zich afgevraagd of haar tante haar misschien geld had nagelaten. Dat koffertje met aandenkens was genoeg geweest. Nu pas, met het bedrag dat haar eigen gespaarde geld tot een schijntje reduceerde, begonnen er hebzuchtige redeneringen door haar hoofd te gaan. Ze was dan wel niet wettelijk gebonden aan de bewoordingen van het testament, maar hoe zat het met de morele verplichting aan de wens die eruit sprak? Zou ze Shirleys gedachtenis niet met voeten treden als ze toegaf aan haar vader? En waarom zou ze iets afstaan aan haar blowende jongere broer, die ongetwijfeld op eigen kracht een beurs voor Harvard zou verwerven? En voor Judson zou er in de toekomst toch méér geld beschikbaar zijn als haar vader zijn eigen kerk had en er voor minder kinderen hoefde te worden gezorgd? De enige met wie ze geneigd was iets te delen was Clem.

Toen ze die avond op het feestje aankwam, gooide ze opzichtig twee 7Up met Seagram's achterover, waarna er niet meer op haar werd gelet en ze het rustiger aan kon doen. Het voornaamste effect van de gin was een sterk maar wazig gevoel van belangrijkheid, alsof ze op het punt stond tot een groots en hartverwarmend inzicht te komen. En toen de roes weer wegtrok, verdween daarmee ook dat gewichtige gevoel en bleef er een klein en koel inzicht over:

ze verveelde zich. Het kon haar niet schelen wie er verliefd was op wie of welke stunt er voorafgaand aan de footballwedstrijd met Lyons Township zou worden uitgehaald. De wereld had zoveel meer en mooiers te bieden.

Dankzij een legaat van Shirley, na haar tragische dood, kan ik een studie aan een particulier college overwegen. Zij heeft zelf nooit gestudeerd, werd al vroeg als actrice opgemerkt en stak al haar tijd in haar carrière, maar ze hield van alle hogere dingen in het leven en wist meer van kunst, theater, muziek en mode dan ~~menige expert~~ wie ook in mijn omgeving. Zij was het die me leerde groot te dromen en de ambitie te hebben om iets van mijn leven te maken. Ik voel me bevoorrecht met deze kans om mezelf te laten scholen op een manier die nooit voor haar was weggelegd, en meer over de wereld aan de weet te komen. Ik wil die kans met twee handen aangrijpen.

Ze las het nog eens over en trok haar neus op. Er leek geen weg terug naar de zuivere gevoelens die ze voor Shirley had gekoesterd voordat haar moeder een nevel van kritiek had opgetrokken. Of misschien was de ochtend na je eerste kus geen goed moment om oprechte bewondering voor iemand te voelen. In haar toestand was het eigenlijk knap dat ze überhaupt iets op papier had gekregen.

Ze klapte het ringblok dicht en liep naar de keuken, waar Judson gekleurde suiker over een bakplaat vol koekjes stond te strooien. Vanuit de openstaande kelderdeur kwamen de geluiden van een wasmachine die werd leeggehaald.

'Die zien er lekker uit, Jay,' zei ze.

'Ik heb een betere scheplepel nodig. Aan deze blijft het deeg steeds plakken.'

'Welke vind je de minste dan? Dan laat ik die wel voor je verdwijnen.'

'Deze,' wees hij.

Ze verorberde het koekje en had meteen trek in een volgend.

'Is er nog iets speciaals dat jij voor kerst zou willen? Iets waar je het nog met niemand over hebt gehad?'

'Niemand heeft nog wat gevraagd.'

'Perry ook niet?'

Judson aarzelde even en schudde van nee.

'Nou, dan vraag ik het je nu.'

'Kleurpotloden,' zei hij. 'Maar dan met ongewone kleuren.'

'Gesnopen. Deze opname zal zichzelf over vijf seconden vernietigen.'

'Ja. Als jij of een van je I-agenten worden gevangen of gedood, zal de minister iedere betrokkenheid bij je missie ontkennen.'

'Volgens mij is het "IM"-agent. Impossible Mission.'

'O ja, dat vroeg ik me al af.'

'Je bent een lieverd,' zei ze, overlopend van welwillendheid.

'Dankjewel.'

Haar moeder kwam zo te horen de keldertrap op en ze vluchtte terug naar haar kamer. De aanblik van haar onopgemaakte bed dwong haar erop neer te ploffen, als om terug te vallen in haar kus. De dag leek nu al langer te hebben geduurd dan een normale, en hij was nog maar nauwelijks begonnen.

Het werd algemeen aangenomen, en vooral aangenomen door haar jaloerse vader, dat Crossroads zo'n hoge vlucht had genomen door toedoen van Rick Ambrose. Maar volgens Clem waren er twee redenen voor het succes, en die andere reden was Tanner Evans, met wie hij nog op de zondagsschool had gezeten. Tanners ouders waren gemeenteleden van de First Reformed, en hij was nog onder de leiding van Becky's vader mee geweest naar het eerste vakantiekamp van Crossroads in Arizona. Tanner was een aardige knul uit een aardige familie, maar hij was óók een begaafd muzikant en met voorsprong de gaafste jongen van New Prospect Township: een van de eersten met lang haar, een lekker stuk met wijde pijpen. In Clems versie van de gebeurtenissen was Crossroads pas echt van de grond gekomen toen Tanner zijn medemuziekmakende vrienden, jongens en meisjes, blank en zwart, had uitgenodigd voor de zondagse bijeenkomsten. Crossroads was daardoor een minstens zo muzikale als godsdienstige aangelegenheid geworden, met Tanners gaafheid als tegenwicht voor de gedrevenheid van Ambrose.

Tanner had een universitaire studie uitgesteld om aan zijn muzikale vaardigheden te werken en eigen nummers te schrijven. Hij trad elke vrijdagavond op in het achterzaaltje van de Grove, waar sterkedrank werd geserveerd. Met zijn vriendin Laura Dobrinsky, die zijn vrouwelijke tegenhanger was in Crossroads, speelde hij in een band die The Bleu Notes heette. Laura was klein van stuk en nogal mollig, maar ze had een indrukwekkende bos krullen en haar gezicht werd opgefleurd door een stalen brilletje met roze glazen, en haar stem, als ze zong, deed muren schudden en harten breken. Ze was een oerhippie, het vleesgeworden ja op de vraag *Are You Experienced?* Je kon je Tanner nauwelijks met iemand anders voorstellen, dus toen Becky bij de Grove was gaan werken en hem daar regelmatig tegenkwam, en hij haar vroeg hoe het met Clem ging op de universiteit, en de groeten deed aan haar ouders, wist ze niet beter of ze was voor hem slechts Clems zusje, tegen wie hij aardig deed omdat hij nu eenmaal aardig was.

Op de avond voor haar achttiende verjaardag had ze na haar dienst in de deuropening van het achterzaaltje naar het slotnummer van de eerste set van The Bleu Notes staan luisteren. Tanners stem en snor deden aan James Taylor denken, en hij droeg een suède jack met franje. Zijn handen waren sterk en pezig van het vele gitaarspelen, zijn zingende mond had betoverende volle lippen. Toen het nummer voorbij was en Becky zich omdraaide om te gaan, had ze hem haar naam horen roepen. Hij liep tussen de tafeltjes door en gebaarde haar bij hem te komen zitten. Laura Dobrinsky viel nergens te bekennen.

'Ik wil jou al een tijd iets vragen,' zei hij. 'Waarom zit jij niet bij Crossroads?'

Becky trok haar wenkbrauwen op. 'Waarom zou ik?'

'Nou, eh, omdat het een ongelooflijke ervaring is? En omdat je gemeentelid bent van de First Reformed?'

Dat was ze echter niet. Ze was zo nadrukkelijk areligieus dat haar ouders niet eens moeite hadden gedaan om haar over te halen.

'Maar zelfs al zou ik bij Crossroads willen komen, wat ik dus niet wil,' zei ze, 'zou ik dat mijn vader niet kunnen aandoen.'

'Wat heeft je vader er nu mee te maken?'

'Die is eruit getrapt, hè.'

Tanner maakte een grimas. 'O ja, weet ik. Dat was niet tof, toen. Maar mijn vraag ging over jou, niet over hem. Waarom wil jij niet bij Crossroads komen?'

Het was waar dat Clem zich bij de jongerengroep had aangesloten toen die nog niet eens Crossroads heette, terwijl hij nog minder religieus was dan zij. Maar Clem hield ervan dienstbaar te zijn aan arme mensen, waartoe die reis naar Arizona toen mogelijkheden bood, en hij was van nature ruimdenkend (of welbewust tegendraads) in zijn vriendenkeuze. Becky daarentegen werd afgestoten door de typische Crossroads-klederdracht met werkbroeken en ruitjeshemden van flanel, en de hooghartige uitstraling van de leden aan hun tafels in de eetzaal van de highschool, hun demonstratieve verbondenheid en afwijzing van de schoolhiërarchie. Clem wees die hiërarchie ook af, maar liet zich daar nooit op voorstaan. De Crossroaders pronkten ermee.

'Gewoon geen zin in,' zei ze. 'Het is niets voor mij.'

'Hoe weet je dat het niets voor jou is als je het nooit hebt geprobeerd?'

'Wat maakt jou het uit of ik het probeer of niet?'

Tanner schokschouderde en zijn franje schokte mee. 'Ik hoorde dat Perry ook ging, dus ik dacht: o, te gek, maar Becky dan? Het leek me raar dat jij dan buiten de groep zou blijven.'

'Perry en ik zijn heel verschillend.'

'Tuurlijk. Jij bent Becky Hildebrandt, de koningin van de elite. Wat zouden je vriendinnen er wel niet van denken?'

Het was strelend dat hij zich blijkbaar in haar sociale status had verdiept, maar ze had nooit tegen plagen gekund. 'Luister, ik ga niet bij Crossroads, en ik hoef jou niet uit te leggen waarom.'

'Omdat je bang bent voor wat je over jezelf aan de weet zou kunnen komen?'

'Nee.'

'Echt niet? Want het klinkt eerlijk gezegd alsof je daar bang voor bent.'

'Ik ben wie ik ben.'

'Dat zei God ooit ook.'

'Geloof jij in God?'

'Ik denk het wel.' Tanner leunde achterover. 'Ik geloof dat Hij leeft in onze relaties, als die tenminste zuiver zijn. En de eerste groep waarbinnen ik ooit het gevoel kreeg dat ik in een zuivere relatie tot mensen stond, en nader tot God kwam, was Crossroads.'

'Waarom hebben ze mijn vader er dan uit geschopt?'

Tanner keek haar gepijnigd aan. 'Je pa is te gek,' zei hij. 'Ik mag hem ontzettend graag, maar veel mensen konden gewoon niet met hem overweg.'

'Ik kan uitstekend met hem overweg. Dus dan zal er met mij ook wel iets mis zijn.'

'Tjee, wat een klassieke drogredenering. Binnen Crossroads zou je daar dus echt niet mee wegkomen.'

'Als er iemand zich van drogredeneringen bedient, dan is het Perry wel, en hij lijkt er toch op handen te worden gedragen.'

'Als ik zo naar jou kijk, zie ik een meisje dat alles heeft, het rolmodel bij uitstek is voor haar vriendinnen. Maar vanbinnen ben je zo bang dat je nauwelijks adem durft te halen.'

'Misschien houd ik mijn adem wel in tot ik weg kan uit dit duffe voorstadje.'

'Want jij bent voor hogere en betere dingen bestemd.'

Ze was het niet gewend dat er de draak met haar werd gestoken. Overal in New Prospect werd haar afkeuring gevreesd. Zelfs de mogelijkheid van haar afkeuring werd gevreesd. 'Ik wijs je er maar even op,' zei ze op de ijzige toon die ze over het algemeen voor thuis bewaarde, 'dat ik er niet van houd geplaagd te worden.'

'O, sorry dan daarvoor,' zei Tanner. 'Het lijkt alleen zo zonde van de moeite om nog een heel jaar je adem in te houden. Je hoort te léven, weet je. Zo horen we God te eren, door in het nu te leven.'

Becky zon nog op een snedige repliek toen Laura Dobrinsky weer verscheen. Haar krullenbos rook naar de stuff die ze buiten had gerookt, in de kille herfstlucht die haar tepels zo had verstijfd dat ze zich aftekenden in de blouse onder haar openstaande leren jack. Ze ging schrijlings op een dijbeen van Tanner zitten, ruggelings tegen hem aan.

'Ik probeer Becky over te halen om ook bij Crossroads te komen,' zei Tanner, en bij die woorden leek Laura pas te merken dat Becky tegenover hen zat. 'Dat is niet voor iedereen,' zei ze.

'Jij vond het anders geweldig,' zei Tanner, terwijl hij zijn fascinerende handen verstrengelde op haar buik.

'De intensiteit ervan, ja. Maar daar is niet iedereen op gebouwd. Sommige mensen draaiden door.'

'Zoals?'

'Zoals Brenda Maser. Die kreeg een zenuwinzinking bij die voorjaarstrip.'

'O, dat,' zei Tanner. 'Ze ging door het lint omdat Glen Kiel haar op de dag voor vertrek had gedumpt voor Marcie Ackerman.'

Laura vroeg Becky of die zich kon voorstellen dat iemand twintig uur aan één stuk bleef huilen. 'Het begon met een potje krijsen,' zei Laura. 'Dat kan, even, maar dan moet het ook weer ophouden, en dat deed Brenda dus niet. Ik zat op de terugweg met haar in de auto van Ambrose, en of je nu je arm om haar heen sloeg of haar negeerde, niets hielp. Uiteindelijk zaten we maar gewoon haar gejank te ondergaan en stiekem te fantaseren dat we haar wurgden. Toen we bij haar huis kwamen, nam Ambrose haar mee naar binnen om haar bij haar ouders af te leveren. Zo van: hier is jullie dochter en er is blijkbaar iets mis met haar, maar dat weet ik verder ook niet.'

Becky probeerde zich Clem voor te stellen, krijsend en huilend op een vakantiekamp, en slaagde daar niet in.

'Maar het was nou ook weer geen zenuwinzinking,' zei Tanner. 'De volgende dag was ze weer gewoon op school.'

'O, dan heb ik niets gezegd.' Laura schonk Becky een curieuze, net iets te stralende glimlach. 'Vierentwintig uur huilen, dat moet natuurlijk kunnen.'

Een van de eigenschappen die Becky in haar tante had bewonderd was het vermogen om op mensen neer te kijken, wat ze vaak had onderstreept met venijnige opmerkingen over de mensen in kwestie. Na haar eenzame dood en het harde oordeel dat Becky's moeder vervolgens over haar velde, had Becky begrepen dat het een overlevingsmechanisme voor haar tante moest zijn geweest. Een van de weinige middelen die ze tot haar beschikking had om overeind te blijven in een onverschillige wereld. Voor Becky zelf was het een noodgreep waartoe ze alleen overging als iemand haar een rotgevoel probeerde te bezorgen, en toen ze die avond laat de Grove verliet met een ongekend inferioriteitsgevoel, probeerde ze het in zichzelf op te wekken, maar de enige reden om op Laura Dobrinsky neer te kijken was haar korte gestalte en dat leek Becky zelfs in dit noodgeval unfair. Laura was in alle opzichten de Natural Woman die ze met overdonderende stem bezong in haar cover van het nummer van Carole King, en Tanner viel al helemaal nergens om te minachten. Ze ging die avond naar bed met de vraag of Tanner het niet bij het rechte eind had over haar – kon het waar zijn dat ze terugschrok voor het echte leven? De verveling die ze de volgende avond op haar verjaardagsfeestje voelde, leek in ieder geval een teken dat ze inderdaad eens moest beginnen met echt te leven.

Als Shirley haar geen dertienduizend dollar had nagelaten, had ze Crossroads misschien niet als beginpunt gekozen, maar haar instinct zei dat een toetreding sowieso een verrukkelijk schokeffect teweeg zou brengen onder hen die oog hadden voor zulke stappen. En bovendien: als het beviel, steeg ze in aanzien bij Tanner, en bleek het niks, dan had ze er iets bij om op neer te kijken. Punt was alleen wel dat haar vader een gloeiende hekel had aan Rick Ambrose. Het was haar niet feitelijk verboden om bij Crossroads te gaan, maar dat had het net zo goed wel kunnen zijn.

Maar na zijn preek over die nalatenschap van Shirley vond ze het tijd om hem te tarten. Hij zag het niet eens zo verkeerd, ze wist zelf ook dat haar excentrieke tante haar had voorgetrokken, en dat ze dat onrecht kon herstellen door haar geld te delen. Maar ze voelde zich toch door hem verraden; een kinderachtige emotie misschien, maar daarom niet minder pijnlijk. Hoe vaak had haar moeder haar niet verteld dat ze een streepje voor had bij haar vader? Hoeveel van die stomme wandelingetjes had ze wel niet met hem gemaakt in de veronderstelling dat die hem zo dierbaar waren? Als ze had geweten dat hij haar die erfenis uit handen zou slaan voordat ze goed en wel blij kon zijn met het geld, zou ze hem nooit al die wandelingen hebben vergund. Wat had al die inspanning voor zin als hij haar ervoor beloonde met een toespraak over rechtvaardigheid? Hij had niet eens willen afwachten of ze niet uit zichzelf op het idee van delen zou komen. Nee, pats boem, deel dat geld met je broers. Haar broers die nota bene nooit iets voor Shirley hadden gedaan, haar nog nooit een briefje hadden geschreven, nog nooit ook maar een enkele dag van hun zomervakanties hadden besteed aan een bezoek, nog nooit ook maar één nacht op haar slaapbank hadden gelegen met ogen en een neus die prikten van haar sigarettenrook. Als ze zo'n streepje voor had bij haar vader, had hij dat dan niet op z'n minst kunnen laten meewegen?

Ze vroeg Jeannie Cross mee te gaan naar Crossroads. Jeannie was weliswaar bereid een kogelregen voor Becky te trotseren, maar zou dat waarschijnlijk ook liever hebben gedaan dan mee te gaan naar een christelijke jongerengroep. Toen Becky er echter bij vertelde dat Tanner Evans haar ertoe had uitgedaagd, was haar interesse gewekt. 'Heb jij iets met Tanner Evans?'

'Welnee, we hebben wat gepraat.'

'Hij is toch met hoe heet ze?'

'Laura, ja. Die is te gek.'

'Maar hij heeft nu dus met jou...'

'Gepraat, meer niet.'

'Zou je met hem uitgaan als-ie je vroeg?'

'Dat gaat-ie niet vragen.'

'Ik zie het wel voor me, hoor,' zei Jeannie. 'Jij met hem.'

'Je moest eens zien hoe hij met Laura is.'

'Maar je begrijpt me wel, toch? De dag zal toch eens komen dat jij iets met een jongen krijgt, en Jezus, Tanner Evans... ik zie het gewoon voor me.'

En daardoor zag Becky het nu ook. Mensen als Jeannie zouden het de bekroning van haar status vinden, en het zou een ontluisterend lesje zijn voor iedere jongen die zich ooit had aangematigd te denken dat hij haar kon veroveren. Het idee liet haar niet meer los. Want ja, waarom had Tanner haar eigenlijk willen overhalen om Crossroads uit te proberen? Was dat geen teken van belangstelling? En dan dat geplaag. Juist dat geplaag. Als dat geen teken was...

Van Clems verhalen over de groep wist ze dat sobere kleding geboden was. Maar ze voelde zich niet geroepen om Jeannie over alles te instrueren, dus toen die haar kwam ophalen in de zilverkleurige Mustang die ze van haar ouders had gekregen, deed ze dat zwaar opgemaakt en gehuld in een broekrok en een vest van goudbrokaat. Becky had met haar te doen, maar het kwam wel goed uit om haar opwachting te maken met een overdadig opgetutte vriendin aan wie ze zich superieur kon voelen. De ontmoetingszolder van Crossroads was overvol met mensen van wie ze vagelijk de naam kende, naar wie ze minzaam had geglimlacht in gangen en klaslokalen, en van wie ze zich nooit had kunnen voorstellen dat ze er een avond mee zou doorbrengen. In een verre hoek lag een massa lichamen als een ingestort potje Twister, met haar broer Perry onderop, verwikkeld in een kietelgevecht met een dik meisje in een ribfluwelen overall en rood aangelopen van pret, een hoogst bizarre aanblik. Becky en Jeannie voegden zich bij twee meisjes die ze nog van Lifton Central kenden. Een van hen, Kim Perkins, die als cheerleader op het verkeerde pad richting drugs en promiscuïteit was beland, omhelsde Becky innig en gaf haar een klopje op haar hoofd alsof niet zij maar Becky was ontspoord. Daarna probeerde ze Jeannie ook te omhelzen, maar stuitte op een afwerende hand.

En de bijeenkomst begon. Beneden in de aula stortte Becky zich met extra overgave in de activiteiten omdat Jeannie blokkeerde. Toen mensen een vel papier met plakband op hun rug plakten en met viltstift boodschappen op elkaars vel schreven, krabbelde Becky *Hoi, leuk je te ontmoeten!* ☺ *Becky* op elke rug binnen handbereik, en stond geduldig stil als iemand haar rug beschreef, terwijl Jeannie zich zichtbaar ellendig voelde in haar broekrok en naar haar viltstift staarde alsof de werking ervan haar een raadsel was. Daarna vormde de groep een kring van kruiselings liggende lichamen, waarbij ieder zijn hoofd op de buik van een ander liet rusten, een exercitie die geen ander doel had dan dat je ging lachen als je hoofd wiebelde op een lachende buik en je een hoofd op jouw buik voelde wiebelen – maar voor Becky, die tussen twee jongens lag met wie ze nog nooit een woord had gewisseld, was er het eigenaardige inzicht dat ze haar leven lang tussen de buiken van volstrekt vertrouwde mensen had verkeerd, allemaal onder direct handbereik, en toch maar heel zelden aangeraakt. Vreemd dat je nooit gebruikmaakte van mogelijkheden die constant aanwezig waren. Toen het voorbij was, overheerste een gevoel van spijt.

‘En dan gaan we nu groepjes van zes vormen,’ zei Rick Ambrose. ‘En iedereen in zo’n groepje moet iets van zichzelf vertellen wat verkeerd was. Iets waarvoor we ons schamen. En daarna vertel je allemaal iets waarop je met trots terugkijkt. En het punt is dat we allemaal lúisteren, oké. Echt luisteren. Dan zien we elkaar om negen uur weer hier.’

Becky voelde niets voor een groepje waarin ze niemand kende, sloot zich haastig aan bij dat van Kim en liet Jeannie aan haar lot over. Een vriend van Perry, David Goya, wilde ook nog in Kims groepje komen, maar Ambrose was hem te snel af. Becky had niet verwacht dat Ambrose ook deelnam aan deze oefening. Ze volgde hem met de anderen naar boven en ze zochten een plekje in de gang bij het kantoor van haar vader. Bij het zien van zijn naambordje kromp ze ineen bij het besef van wat ze hem aandeed. Ze had alle recht om Crossroads uit te proberen, maar verraad bleef verraad.

Rick Ambrose was kleiner dan hij leek in de demonologie van haar ouders; eerder een kleine, zwartbesnorde sater met blokhakken in plaats van hoeven. Gehoorzaam aan zijn eigen regels luisterde hij ingespannen naar het verhaal van een probleemjongen die Becky alleen van gezicht kende, over de keer dat hij met een katapult ramen van Lifton Central had ingeschoten na een D-min voor natuurkunde, waarna Kim Perkins vertelde over seks met een mentor van een zomerkamp, wiens vriendin de mentrix was van haar eigen blokhut.

'En je denkt nu dat dat verkeerd was,' zei Ambrose.

'Zeker, dat was een luizenstreek van me,' zei Kim.

'Maar als ik je zo beluister,' zei Ambrose, 'klinkt het eerder alsof je zit op te scheppen. Zijn er anderen die het ook zo horen?'

Becky hoorde vooral het relaas van een minderjarige. Kim had al tijden een slechte reputatie, maar op de een of andere manier had Becky die geruchten nooit echt geloofd. Ze was drie jaar ouder dan Kim tijdens dat zomerkamp was geweest, en zij had zelfs nog nooit met iemand gezoend. Wat moest zij vertellen als het haar beurt was? Ze had zich nooit aan onverantwoordelijk gedrag bezondigd.

'Ik vond het wel tof dat ik hem kon hebben,' zei Kim. 'Hoe makkelijk dat ging. Dus ja, misschien was ik daar wel een beetje trots op. Maar toen ik weer naar mijn eigen blokhut ging en zijn vriendin daar zag, voelde ik me echt kut. Zo voelt het nog steeds. Ik vind het erg dat ik iemand ben geweest die dat een ander aandeed omdat het nou eenmaal makkelijk ging.'

'Oké, dat hoor ik nu óók,' zei Ambrose. 'Becky?'

'Ja, ik ook.'

'Nee, wil jij iets over jezelf vertellen?'

Ze opende haar mond, maar er kwam niets. Ambrose en de anderen wachtten af.

'Nou, om eerlijk te zijn,' zei ze, 'ik voel me bezwaard om mijn vriendin Jeannie. Ik heb haar op sleeptouw genomen hiernaartoe, en nu weet ik niet waar ze is.'

Ze keek naar haar handen op haar bovenbenen. Het was stil in de kerk, de andere groepjes zaten ver weg en hun gesprekken waren een vaag geroezemoes.

'Volgens mij is ze naar huis,' zei Kim.

'O, oké, nu voel ik me écht slecht,' zei Becky. 'Ze is mijn beste vriendin en ik... ik vind mezelf een slechte vriendin. Ik wil altijd maar dat iedereen me leuk vindt, waar ik ook ben, en ik ben hier vanavond voor het eerst, dus wil ik weer heel graag in de smaak vallen, maar ik had me eigenlijk om haar moeten bekommeren.'

Het meisje naast haar, die ze op de rug had gekrabbeld zonder haar naam aan de weet te komen, legde zachtjes een hand op haar arm. Becky kreeg een rilling en er ontsnapte haar een soort snik. Dat was emotioneler dan de omstandigheden leken te rechtvaardigen, maar er was iets aan Crossroads wat emoties opwekte. *Ik wil leuk worden gevonden*, dat was misschien wel het eerlijkste wat ze ooit hardop had gezegd. En toen die eerlijkheid ten volle tot haar doordrong, boog ze zich voorover en gaf zich over aan haar emoties. En er kwamen meer handen, troostend en begrijpend.

Alleen Ambrose hield afstand. 'Nou, waar wacht je op?' zei hij.

Ze veegde haar neus af. 'Hoe bedoel je?' vroeg ze.

'Waarom ga je je vriendin niet zoeken?'

'Nu?'

'Ja, nu.'

De zilverkleurige Mustang stond nog op het parkeerterrein. Toen Becky erop afliep, startte Jeannie de motor en zette Radio WLS zachter, dat 'Save the Country' speelde. Ze draaide het raampje omlaag.

'Het spijt me,' zei Becky. 'Je hoeft niet op me te wachten, hoor.'

'Blijf je dan?'

'Wil je niet mee terug naar binnen? Dan blijf ik in je buurt.'

'Come on down to the glory river,' zong de autoradio. Jeannie schudde haar hoofd. 'Ik dacht dat je dit alleen maar deed omdat Tanner je had uitgedaagd.'

'Hij wilde dat ik het écht probeerde. Niet alleen maar een uurtje.'

'Ik vond een uur meer dan genoeg.'

'Het spijt me.'

'Geeft niet,' zei Jeannie. 'Maar serieus, Bex, je wordt toch niet opeens reli, hè?'

Maar tot haar eigen verrassing gebeurde dat in de weken daarna wel degelijk. Het was begonnen met verveling en de behoefte om in de smaak te vallen, maar die eerste avond was ze al meteen gedwongen om interacties aan te gaan met jongeren die slechter af waren dan zij, gedwongen om naar ze te luisteren én gedwongen om zichzelf bloot te geven, de bescherming van haar status op te geven – en door dat alles was ze, zoals Tanner al had voorspeld, dingen over zichzelf aan de weet gekomen die lang niet allemaal flatteus waren. Crossroads léék weliswaar niet religieus (er viel geen bijbel te bekennen en er gingen avonden voorbij zonder dat iemand het over Jezus had) maar zoals Tanner ook had voorspeld: door volstrekt eerlijk te zijn, zich over te geven aan haar emoties, en anderen te steunen in hun eerlijkheid en emoties, ving ze een eerste glimp op van spiritualiteit. Ze kreeg zowaar het gevoel dat ze iets begon waar te maken van het geloof dat Clem altijd in haar gehad. Dat ze iemand met inhoud was.

Crossroads telde liefst honderdtwintig jongeren en maar één inspirerende leider. In die twee uren op zondagavond kon elk lid slechts hopen op één minuut aandacht van Ambrose, maar in de weken die volgden kreeg Becky aanzienlijk meer. Ambrose koos haar tweemaal als tweegesprekspartner, prees haar om de moed die ze had opgebracht om toe te treden, vroeg haar regelmatig het woord te nemen in groepsdiscussies en prees haar daarbij om haar eerlijkheid. Ze zou zich opgelaten hebben gevoeld om al die aandacht als ze niet het gevoel had gehad dat er een natuurlijke verwantschap tussen hen beiden bestond. Ook zij was iemand aan wie anderen zich optrokken en spiegelden; ze kende de bevrediging én de last daarvan. En daar kwam nog bij dat ze veel te laat met Crossroads in aanraking was gekomen – ze had twee achterstallige jaren met Ambrose in te halen.

Haar vader wisselde intussen nauwelijks nog een woord met haar. Ze vond het in principe jammer dat ze hem gekwetst had, maar miste hun kunstmatige verbondenheid geenszins. Hij moest maar eens in de gaten krijgen dat ze achttien jaar oud was en recht had op haar eigen leven. En zijn preek vroeg ook nog om afstraffing.

Wat pas echt moed had gevergd, gebeurde een paar weken later in de eetzaal op school. Ze was er al mee gestopt zich 's ochtends op te maken en droeg alleen nog jeans, nooit meer een rokje, maar ze had zich nog nooit zo bekeken gevoeld als de dag waarop ze tussen Kim Perkins en David Goya ging zitten. Die deden alsof het doodgewoon was, maar aan Becky's vaste tafel zat iedereen naar haar te kijken, Jeannie Cross nog het meest. Hoewel Jeannie haar eigenlijk dankbaar had moeten zijn voor de vrijgekomen sport op de statusladder, ervoer ze het anders. Ze was Becky naar school blijven rijden in haar Mustang, en blijven vermaken met haar roddels, maar met deze nieuwe plek aan een Crossroads-tafel had Becky een grens overschreden. Jeannie noemde Crossroads steevast de Bijbelclub, wat de eerste keer al niet grappig was geweest, en hoewel Becky het niet kon bewijzen, had ze de indruk dat Jeannie haar niet langer alle geheimen vertelde die ze had ontsluierd.

Een tegenwicht voor Becky's daling in aanzien vormde de waardering die Tanner nu voor haar zou hebben. Het idee van 'iets' met Tanner had haar nog steeds niet verlaten en werd alleen maar sterker nu ze in alle openheid Crossroadster was. Mensen die het maar niks vonden dat ze nu 'reli' was, veranderden allicht van gedachten als ze haar met Tanner Evans zagen. Het was een beetje berekenend om zo te denken, maar haar gevoelens sloten zich er moeiteloos bij aan. Ze stelde zich voor hoe het zou zijn om een hand van Tanner vast te houden, en één voor één de toppen van zijn lange vingers aan te raken. Ze zag voor zich hoe Tanner zijn handen op haar buik verstrengelde zoals ze hem dat bij Laura Dobrinsky had zien doen. Ze fantaseerde dat hij een nummer over haar schreef.

Op de vrijdagavond na haar eerste Crossroads-bijeenkomst bedwong ze in de Grove de aanvechting om hem op te zoeken en hem erover te vertellen. De bijeenkomst was haar goed bevallen en ze was van plan om weer te gaan, maar toen ze Tanner zag arriveren met zijn gitaarkoffers, vroeg ze zich af of ze niet te snel aan hem had toegegeven. Als ze wat meer weerstand had geboden, was hij misschien blijven aandringen, en doorgegaan met zijn geplaag.

The Bleu Notes speelden die avond zonder de Natural Woman. Aan het einde van de eerste set was Becky bezig in de lege eetzaal stoelen op de tafels te zetten. De aanvechting was sterk, maar ze bedwong haar toch, en ze werd daarvoor beloond toen hij naar haar toe kwam.

'Hé,' zei hij, 'ik sprak Rock Ambrose van de week, en wat denk je dat hij zei?'

'Geen idee.'

'Dat je bij Crossroads was geweest! Ik geloofde mijn oren niet. Ik dacht dat ik je alleen maar pissig had gemaakt.'

'Dat was ik ook.'

'Aha, maar goed, dat werkte dus.'

'Die ene keer. Ik denk niet dat ik nog eens ga.'

'Vond je het niet leuk?'

Ze haalde haar schouders op en hield vast aan haar afkerige houding.

'Je bent nog steeds pissig, hè?' zei hij.

'Ik begrijp nog steeds niet waarom jij me zo graag bij Crossroads wilt hebben.'

Ze hees een stoel op een tafel en voelde zijn ogen in haar rug prikken. Ze wachtte tot hij zou vragen hoe ze Crossroads had ervaren. In plaats daarvan vroeg hij of ze naar de tweede set kwam kijken.

'Ik mag niet in de achterzaal komen,' zei ze. 'Behalve om bestellingen op te nemen.'

'Kom op, je werkt hier. Niemand zal je om een kaartje vragen.'

'Waar is Laura?'

'Naar Milwaukee voor het weekend.'

'Nou, dan denk ik dat ik maar niet kom kijken.'

Hij wendde zijn blik af en knipperde met zijn ogen. Hij had prachtige lange wimpers.

'Oké,' zei hij, 'fijne avond nog.'

Ze liet het gesprek tot diep in de nacht door haar gedachten gaan. Haar kans was zo snel gekomen en gegaan, dat er geen tijd was geweest erover te denken. Had ze nee gezegd omdat ze het ongepast vond achter Laura's rug om contact met hem te hebben? Of was ze beledigd om het idee dat ze een tijdelijke plaatsvervangster was? Als ze nou maar niet zo snel nee had gezegd! Het afwimpelen van mannelijke toenadering was een automatisme voor haar, omdat elke toenadering tot nu toe afwimpelenswaardig was geweest. Maar wat als ze wel naar de tweede set was komen kijken? En daarna nog wat tijd had doorgebracht met Tanner en de band, en zich door hem thuis had laten brengen, en met hem had afgesproken voor de volgende dag, en die daarna, terwijl Laura in Milwaukee zat?

Ze kreeg geen tweede kans. De volgende vrijdag was Laura weer terug in de Grove, zong Tanners tweede stem en deed een solonummer aan de piano, 'Up on the Roof', dat Becky naar de keuken deed vluchten om het niet te hoeven horen. Die zondag liet ze bijna verstek gaan bij Crossroads, omdat daar in termen van Tanner niets meer viel te winnen. Maar toen het tegen zevenen liep voelde ze een steek van eenzaamheid, een gevoel dat ze allerminst gewend was. Ze schoot haar vale corduroy jack aan, een afdankertje van Clem, die eruit was gegroeid, beende haastig naar de First Reformed Church en was net op tijd om door Rick Ambrose als tweegesprekspartner te worden gekozen.

Het thema was 'Deel iets waarmee je het moeilijk hebt en waarmee de groep je misschien kan helpen'. Ambrose ging haar voor naar zijn kamer, waar hij zijn eigen tweegesprekken deed, en bood aan als eerste te gaan. Hij sloeg zijn donkere ogen neer in plaats van ze zoals gebruikelijk in de hare te boren, en sprak over de moeite die hij had met de omvang en intensiteit die de groep onder zijn leiding had gekregen. De macht die zo veel jonge mensen hem over hun leven hadden gegeven. Het was moeilijk nederig te blijven en hij was bang dat zijn relatie met God eronder te lijden had omdat de dwarsverbanden in de groep zo indringend waren. 'Bidden gaat makkelijker als je je kwetsbaar voelt,' zei hij. 'Het is makkelijker God om kracht te vragen dan om nederigheid, want nederigheid is wat je nodig hebt om überhaupt in gebed te kunnen. Snap je wat ik bedoel?'

'Ik heb zelf nog niet echt geprobeerd te bidden,' zei Becky.

'Die stap komt nog,' zei Ambrose. 'En niet alleen voor jou, hoor. Deze groep begon als een christelijk genootschap, maar is zijn eigen leven gaan leiden. Ik vrees een beetje voor wat we hebben ontketend. Wat ík heb ontketend. Ik ben bang dat als we er niet mee terugkeren tot God, het zal gaan neerkomen op een intensief psychologisch experiment, en daarmee kunnen mensen net zo makkelijk beschadigd raken als bevrijd worden.'

Zelfs voor Crossroads-begrippen leek deze ontboezeming Becky aan de intense kant. Ze voelde zich gevleid door zijn openheid, die ze opvatte als een zoveelste teken van hun onderlinge verwantschap. Maar ze was maar een gewoon highschoolmeisje, niet zijn spirituele raadsvrouw.

'Ik weet dat het een gevoelig onderwerp is,' hoorde ze zichzelf zeggen, 'maar mijn vader kan het godsdienstige als geen ander vooropstellen. Ik word daar al mijn hele leven ongemakkelijk van, maar misschien was het wel een goede bijdrage van hem aan deze groep?'

Ambrose maakte een grimas. 'Daar zeg je me wat.'

'Kijk, wat mij betreft is het geweldig wat jij doet, hoor. Ik ben niet zo'n bidster en ik vind het alleen maar prettig om het niet te hoeven. Maar...'

Maar wat? Wilde ze opperen dat haar vader weer bij Crossroads moest worden gehaald? Ze kromp ineen bij de gedachte van hem en zijn praatjes over Jezus op een zondagse bijeenkomst. Als hij er weer bij kwam, stapte ze onmiddellijk op.

'En jij,' zei Ambrose, 'waar heb jij het moeilijk mee?'

Om aan zijn openhartigheid tegemoet te komen vertelde ze hem dat ze gevoelens had voor Tanner Evans. Dat Tanner de reden was waarom ze zich bij Crossroads had aangesloten. En dat hij, als ze zich niet vergiste, ook geïnteresseerd was in haar. Dat ze best een relatie met hem wilde, maar dat het haar onjuist leek om zich tussen hem en Laura te dringen. Wat moest ze doen?

Als Ambrose verrast was, liet hij daar niets van merken. 'Ik waardeer Tanner enorm,' zei hij. 'Ik betwijfel of iemand ooit meer aan deze groep heeft bijgedragen dan hij. Als we allemaal waren zoals hij, hoefde ik me niet ongerust te maken over waar het heen ging. Hij heeft hier echt de weg naar God teruggevonden, en het lukte hem als geen ander om het luchtig en ontspannen te houden.'

'Maar Laura...' zei Becky.

'Met Laura heb ik ontzettend veel te stellen gehad. En dat respecteerde ik, hoor. Als Laura iemand niet moet, dan zal die dat merken.'

'Oké.'

'Maar Tanner is een milde jongen, en dat heeft twee kanten. Ik kan je niet zeggen wat het juiste is om te doen. Maar ik kan je wel mijn indruk geven, en die is dat Laura altijd de drijvende kracht achter hun relatie was. Voor Tanner was het meer de weg van de minste weerstand om bij haar te blijven.'

Dat was nuttige informatie.

'Maar toch,' zei Becky. 'Kan ik toch maar niet beter afzijdig blijven?'

'Als je het veilig wilt spelen wel. Wil je het veilig spelen?'

Ze wist intussen al dat 'veiligheid' binnen Crossroads net zo'n lelijk woord was als 'drogredenering'. Veiligheid zoeken was het omgekeerde van risico nemen, en je kon geen persoonlijke groei doormaken zonder risico te nemen.

'Je bent niet verplicht om je gevoelens voor Tanner verborgen te houden,' zei Ambrose. 'Het is aan hem om daarmee en met zijn eigen gevoelens om te gaan.'

Net als haar vader zei Ambrose haar wat ze moest doen zonder het haar woordelijk op te dragen, maar van Ambrose kon ze het hebben. Probleem was alleen hoe ze haar gevoelens dan moest tonen. Ze was dol op veiligheid! Haar hele leven was erop gebaseerd! Maar nu ze de kans had laten lopen die Tanner haar gegeven had, was het haar beurt om initiatief te nemen. Het idee om zich aan hem op te dringen stond haar tegen. Dat zou allesbehalve veilig zijn met Laura in de buurt, en ze betwijfelde ook of ze zoiets kon. In plaats daarvan koos ze de semionveilige optie van een brief.

Beste Tanner,
Ik jokte toen ik zei dat ik pissig op je was. Ik ben je juist dankbaar dat je me met Crossroads in aanraking hebt gebracht. Na pas drie bijeenkomsten merk ik dat ik me als mens ontwikkel en risico's durf te nemen. Je had gelijk toen

je zei dat ik nauwelijks adem durfde te halen. Ik adem nu vrijer, kan ik je zeggen. Ik probeer openhartiger te zijn over mijn gevoelens, en een van die gevoelens is dat ik je graag beter wil leren kennen. Als jij dat ook wilt, kunnen we misschien eens afspreken en een eind gaan lopen of zo? Dat zou ik echt fijn vinden.
Je vriendin (hoop ik)
Becky

De brief, die ze driemaal opnieuw schreef om de juiste toon te vinden, maakte haar doodsbang. Ze deed hem in een envelop, scheurde die weer open om hem nogmaals te lezen, en deed hem opnieuw in een envelop, die ze in haar ladekast legde, waar hij zou blijven tot ze hem persoonlijk aan Tanner overhandigde – als Clem thuiskwam van de universiteit voor Thanksgiving.

Ze was blij dat haar vader Clem van het station had opgehaald, zodat ze hem demonstratief kon negeren toen ze haar broer mee vroeg voor een eindje om. Sinds de zomer had Clem iets van een baard laten staan en zijn haar laten groeien, en hij droeg nu een zwarte jopper. Hij leek veel meer dan drie maanden ouder sinds zijn vorige overkomst. Toen ze door het namiddaglicht liepen, hij in zijn jopper en zij in zijn oude corduroy jack, bekroop haar een inspirerend gevoel van hoe indrukwekkend ze zouden worden als volwassen broer en zus. Zij waren de nieuwe generatie, een factor om rekening mee te houden.

In de brieven die Clem van zijn moeder kreeg had hij al gelezen dat Becky nu bij Crossroads zat. Hij vond dat verheugend, maar vroeg zich af waarom ze was toegetreden.

'Ik was boos op pap,' zei ze.

'Over wat?'

'Tja, weet je, het interesseert mij meer waarom jíj bij Crossroads zat. Ik bedoel: nu ik erheen ga en weet hoe het er toegaat. Sommige oefeningen...'

'O, die oefeningen. Dat kwam pas opzetten toen pap weg was. Ik zat erbij voor het vrijwilligerswerk en de muziek, die sensitivitytrainingen waren gewoon iets wat je daarvoor moest overhebben. En er waren zat jongens zoals ikzelf, die je als gesprekspartner kon kiezen, en dan had je het gewoon over boeken of politiek.'

'Heb jij weleens zo'n *primal screaming*-sessie meegemaakt?'

'Die vond ik nog niet eens het ergste! Liever dat gekrijs dan dat geknuffel. Je moest de hele aula door om mensen om de nek te vallen, terwijl daar a:

mensen bij waren die je met geen tang wilde aanraken, en b: hoe wist je of iemand wel door jou wilde worden geknuffeld? Je moest vragen of het oké was, en dan moest die ander ja zeggen. Ik weet nog dat ik op een keer op Laura Dobrinsky afstapte en het vroeg, en dat zij keihard nee zei. Ze zei dat ze alleen maar dingen wilde doen waar ze een goed gevoel bij had. Dus ik dacht: nou, dat komt dan mooi uit, Laura, want ik was al bang dat je lichaamscontact met me wilde.'

'Wat vind je van Laura?'

'Laura heeft een groot talent voor het vernederen van mensen. Je had de dingen eens moeten horen die ze tegen pap zei. Zij vormde eigenlijk het middelpunt van die toestand met hem.'

'O? Nooit geweten.'

'Ze was niet de enige, hoor, maar ze stuurde het allemaal wel.'

Hoewel Clem er haar destijds over had verteld, had Becky nog maar een vaag idee waarom hun vader Crossroads had verlaten. Voor zover zij wist preekte hij te veel en had Rick Ambrose hem gevraagd zich terug te trekken. Ze voelde weinig loyaliteit jegens hem, maar het ergerde haar dat Laura hem beledigd had. 'Wat deed ze dan zoal?'

'Het was heel onfris allemaal. Ik praat er liever niet over.'

'Ik heb met Tanner Evans gepraat, in de Grove. Daar treden Laura en hij elke vrijdagavond op.'

'Ah, goeie ouwe Tanner.'

'Ja. Best wel raar dat hij met Laura is.'

'Hoezo?'

'Nou, ze zijn wel allebei muzikaal, maar hij is zo aardig, en lang, en zij is... een dwerg, als je begrijpt wat ik bedoel.'

Clem fronste zijn wenkbrauwen. 'Laura kan er niets aan doen dat ze niet groot is, Becky.'

'Nee, natuurlijk niet.'

'Je zou mensen niet op hun uiterlijk moeten beoordelen.'

Becky was pijnlijk getroffen. Het leek haar vrij onschuldig om te zeggen dat Tanner een aangename verschijning was en Laura niet zozeer. Ze wilde alleen maar horen dat hij die twee ook een onwaarschijnlijk koppel vond.

In plaats daarvan begon hij een verhaal over hoe Tanner en zijn muziekvrienden de omvang van Crossroads hadden verdubbeld. Die onderstreping van Tanners sociale status beviel haar, maar ze kreeg intussen de indruk dat Clem niet alleen uiterlijk was veranderd. Het was meer dan die baard, dat haar en die jopper. Hij leek het leuker te vinden om te praten dan naar haar te luisteren. Toen ze aan een picknicktafel in Scofield Park zaten en de schaduwen van de bomen zagen lengen op het vergeelde gras, werd haar de reden duidelijk.

De naam van de reden was Sharon, een derdejaars aan de Universiteit van Illinois, die hij had leren kennen bij een filosofiecollege. Terwijl hij Becky vertelde hoe hij Sharon met onkarakteristieke voortvarendheid mee uit had gevraagd, en hoe ze op die eerste afspraak een hoogoplopende ruzie over Vietnam hadden gekregen, en hoe weldadig hij het had gevonden om nu eens een meisje te ontmoeten dat minstens zo goed discussieerde als hij, merkte Becky tot haar verrassing dat ze verstoken wenste te blijven van de details, dat ze zelf ook niet zo'n zin had om te luisteren. De antipathie die ze nu al ondervond jegens Sharon, het ongemak dat Clems geluk haar bezorgde, het voelde allemaal hoogst ongepast – en het leek tegelijk de ongepastheid te benadrukken van de band die ze altijd als broer en zus hadden gehad. Toen hij zijn hart uitstortte over hoe het was geweest om voor het eerst een overweldigende fysieke aantrekkingskracht te ervaren, en intens fysiek genot, waarmee hij vermoedelijk seks bedoelde, en wat voor openbaring dat ooit ook voor Becky zou zijn als ze eraan toe was om haar fysieke instincten te leren kennen, begonnen haar oren te suizen en moest ze opstaan en weglopen.

Clem liep haar achterna. 'Wat ben ik toch een idioot,' zei hij. 'Dat wilde je allemaal niet horen, natuurlijk.'

'Geeft niet. Ik ben blij voor je dat je zo gelukkig bent.'

'Ik wilde het gewoon aan iemand kwijt en jij bent degene aan wie ik altijd mijn dingen kwijt wil. En dat zul je ook altijd blijven, Becky, dat weet je toch, hè?'

Ze knikte.

'Is het oké als ik je even knuffel?'

Het kostte een paar tellen eer het tot haar doordrong dat het een grap was, maar toen moest ze lachen en was alles weer goed tussen hen. Dus vertelde ze hem over de erfenis van Shirley en wat hun vader daarover had gezegd.

'Laat hem oprotten met zijn praatjes,' zei Clem. 'De pot op met die man.'

Ja, het was echt weer goed tussen hen.

'Serieus hoor, Becky, dit slaat helemaal nergens op. Dat geld is van jou. Je hebt er het volste recht op, want Shirley was dol op je. Je kan ermee doen wat je zelf wilt.'

'Maar wat als ik jou de helft wil geven?'

'Mij? Moet je niet doen. Ga lekker naar Europa en zoek een mooi college.'

'Maar als ik dat nou echt wíl. Dan zou jij volgend jaar ook op een betere plek kunnen studeren.'

'De UvI is een prima universiteit.'

'Maar jij bent veel slimmer dan ik.'

'Onzin. Ik heb alleen maar meer gelezen bij gebrek aan een sociaal leven.'

'Maar als de UvI goed genoeg is voor jou, dan zit ik er toch ook goed?'

'Nee, voor mij is het goed omdat ik het niet erg vind om tussen boerenkinkels te zitten. En het kan me niet schelen wat voor kamer ik heb. Jij zou naar Lawrence moeten gaan, of Beloit. Dat zijn plekken waar ik me jou voorstel.'

Dat deed ze zelf ook.

'Maar met 6500 dollar kan ik daar nog steeds naartoe,' zei ze. 'En dan kun jij jouw helft opzijleggen voor je doctoraalopleiding.'

Het drong nu pas tot Clem door dat ze hem duizenden dollars aanbood. Hij legde haar op bedachtzame toon uit dat ze twee keuzes had: alles zelf houden, of het gelijkelijk verdelen. Ze kon het niet maken om hem voor te trekken boven Perry en Judson. En omdat drieduizend dollar een bedrag was waar niemand echt iets aan had, al dacht hun ouweheer daar kennelijk anders over, zou ze alles voor zichzelf moeten houden.

Die redenering sneed hout (hij was echt slimmer dan zij, met meer aandacht voor de gevoelens van anderen, en minder hebzucht) en het zou heerlijk zijn om het inderdaad zelf te houden. Maar haar dankbaarheid voor zijn wijze raad vormde een nieuwe reden om hem de helft te geven.

'Nee, dat kan ik echt niet aannemen,' zei hij. 'Zie je dan niet hoe slecht ik dan overkom?'

'Maar pap vermoordt me als ik het zelf houd.'

'Laat mij maar met hem praten.'

'Dat hoeft niet, joh.'

'Ja, dat wil ik echt. Dat vrome gelul van hem hangt me de keel uit.'

Het was al donker toen ze terugkwamen in de pastorie. Clem stierde meteen de trappen op naar de tweede verdieping, en het was een vreemde gewaarwording voor Becky om op haar bed te zitten en die twee boven haar hoofd te horen ruziën over haar. Ze kende die Sharon niet en wilde dat ook het liefst zo houden, maar het leek haar onwaarschijnlijk dat Sharon ten volle begreep hoe geweldig Clem eigenlijk was. Hij kwam de trap af en verscheen in haar deuropening.

'Ik heb hem gezegd waar het op staat,' zei hij. 'Laat maar weten als-ie je weer lastigvalt.'

Haar bankboekje had al die tijd onrust liggen uitstralen in zijn lade, maar dat verdween nu ze verzekerd was van het vijfcijferige bedrag dat erin stond. Clem, de enige wiens mening ertoe deed, had bevestigd dat het haar geld was, en dat hoorde het ook te zijn, want ze wilde het liever dan haar broers en wist ook beter wat ze ermee wilde. Haar vader kon haar niet kouder laten dan hij al deed en toen haar moeder uiting gaf aan haar eigen ongemak, verraste Becky haar met de uitnodiging om de volgende zomer mee te gaan naar Europa, plus de belofte dat ze de rest van het geld in haar opleiding zou steken. Niet echt haar eigen idee, die uitnodiging, maar daarom nog niet minder geniaal. Een Europese reis betrof weliswaar geen droomwens van haar moeder, maar haar leven in de pastorie was vergelijkbaar met dat van buitenbeentjes op de high school: ze was niet erg in tel en daarom overdonderd door Becky's genereuze uitnodiging.

Op de avond na Thanksgiving nam Becky haar angstaanjagende brief mee naar de Grove en stopte hem in de zak van haar schort. In haar nervositeit haalde ze voortdurend bestellingen door elkaar, bracht tot twee keer toe de verkeerde salade naar dezelfde tafel en kreeg geen fooi van een rood aangelopen vader die haar had moeten opzoeken om zijn rekening te krijgen. Waarom werkte ze hier eigenlijk nog? Ze had dertienduizend dollar. Als het haar lukte die brief aan Tanner te geven, nam ze misschien wel ontslag. Maar de achterzaal was volgepakt met vrienden en fans van Tanner, en toen de eerste set voorbij was, kwam ze niet door de haag van mensen om hem heen.

Terwijl ze bedrukt toekeek, was daar opeens de stem van Laura Dobrinsky. 'Hé, jij zit bij Crossroads, hoorde ik.'

Becky sloeg haar ogen neer en voelde haar wangen gloeien. Het onderdeurtje met de roze bril, van wie ze het vriendje wilde afpakken, hield een lucifer bij een sigaret.

'Tanner heeft je overgehaald, neem ik aan?'

'Nou, het is ook mijn kerk.'

Laura schudde de lucifer uit en fronste. 'Ga jij ter kerke?'

'Op zondag, bedoel je?'

'Ik wist niet dat jij een kerkganger was.'

'Tja, maar je kent me ook niet.'

'Maar is dat een ja op mijn vraag?'

Becky snapte niet wat dit er allemaal toe deed. 'Nee, ik zeg dat jij mij niet kent.'

'Klopt, en misschien ken ik Crossroads ook wel niet meer. Ik ben in ieder geval blij dat ik er op tijd uit ben gestapt.'

Becky's wangen gloeiden opnieuw. 'Sorry, maar heb jij een probleem met me?'

'Alleen in het algemeen. Maar goed, ik hoop dat het een leerzame ervaring voor je is.'

Laura liet Becky trillend op haar benen achter, boorde zich in het gedrang van vettige paardenstaarten en geborduurd denim rondom Tanner en deelde hier en daar het soort knuffel uit dat ze Clem niet had willen geven. *Alleen in het algemeen*? Tot dusver had Becky niets bedreigenders gedaan dan lid te worden van Crossroads. Het leek haast wel alsof de Natural Woman de brief in haar schortzak had geróken.

Zonder een schijn van kans op een moment alleen met Tanner ging ze met de brief terug naar huis. Er zat nu een slaolievlek op, maar ze moest er niet aan denken de envelop weer open te scheuren. Evenmin moest ze eraan denken hem nog een hele week in haar lade te hebben. Ze overwoog hem op de post te doen, maar wist niet of Tanner nog bij zijn ouders woonde. Ze wist amper iets van zijn doen en laten buiten de Grove. Ze stond op het punt zijn naam op te zoeken in het telefoonboek toen haar het woord 'kerkganger' te binnen schoot.

De volgende ochtend vroeg ze haar moeder of zij Tanner Evans weleens in de kerk zag. Haar moeder gaf met een aarzeling en een blik te kennen dat ze goede nota nam van haar dochters nieuwsgierigheid naar Tanner. 'Niet bij de jongerendienst om negen uur,' zei ze, 'maar volgens mij weleens bij de gewone zondagsdienst. Vraag het je vader anders maar.'

Het ging haar vader in het geheel niet aan. Op zondagochtend, toen Clem en Perry nog sliepen en haar ouders al vroeg met Judson de deur uit waren gegaan voor de eerste dienst, trok ze een zedig jurkje aan en liep naar de First Reformed met de brief in haar handtas. Op de 'middernachtdienst' met kerst na (die zoals alles in het Midden-Westen een uur eerder werd gehouden) was ze sinds de zondagsschool nooit meer naar een kerkdienst gegaan. De oudere gemeenteleden keken blij verrast op toen ze over de vloerbedekking van de voorhal liep. Haar moeder, in een stemmige jurk, en haar vader, in zijn ambtsgewaad, stonden nog wat na te praten met een paar jeugdige negen-uurders die waren blijven hangen voor de koffie tussen de diensten. Judson zat in een hoekje lezend het moment af te wachten waarop ze hem weer mee naar huis zouden nemen. Haar moeder zag haar en liet met een sluw glimlachje merken dat ze wist waarom ze er was.

In de kerkzaal nam ze een programma aan van de ouderling, zocht een plek in de laatste kerkbank en was benieuwd of ze de juiste conclusie had getrokken uit Laura's eigenaardige opmerking. Of zou Laura zelf ook komen? Afgaand op de smalende toon waarop ze 'kerkganger' had gezegd, was dat onwaarschijnlijk. De organist zette iets in waarvan haar tante de componist zou hebben geweten en de laatkomers stroomden de banken in. Met elke nieuwe bezoeker keek ze om of het misschien Tanner was, tot ze bang werd dat dat te opzichtig was. Ze streek haar jurk glad, vouwde haar programma tot een driehoekje en richtte haar ogen op het enorme kruis van hout en koper achter de kansel. Hoe langer ze ernaar staarde, hoe vreemder het haar voorkwam. Het feit dat iemand het ergens moest hebben gemaakt, met gereedschap waarmee anderen nuttige voorwerpen als kasten en meubels maakten. Kruizenmaker, wat een bizar vak. En hoe werd zo iemand betaald? Van het geld dat mensen zomaar, in ruil voor niets, in de van hout en koper vervaardigde collecteschaal legden, die misschien wel door dezelfde ambachtsman was gemaakt?

De Tanner die uiteindelijk kort na elven binnenkwam, was nauwelijks Tanner zoals ze hem kende. Hij droeg een burgerlijk geruit sportjasje en zelfs een stropdas, al was die losjes en nogal scheef geknoopt. Hij gleed in de bank aan de andere kant van het gangpad en ze vestigde haar blik weer op de kansel, waar haar vader en dominee Haefle door een zijdeur naartoe kwamen gelopen, maar haar huid wist het precies toen Tanner opzij keek en haar zag zitten; een warme gloed die geen twijfel liet bestaan. Het inleidende orgelspel hield op en Tanner werkte zich uit zijn bank om naast haar te komen zitten.

'Wat doe jij hier?' fluisterde hij.

Ze legde hem met een hoofdschudden het zwijgen op.

'Hemelse Vader,' begon haar vader op gebedstoon, en dat was alles wat ze verstond omdat haar oren uitgeschakeld werden. Hij was lang en knap, maar voor Becky deden zijn zwarte gewaad en temerige voordracht alles teniet wat hij als man zou kunnen voorstellen. Ze zat als een sfinx, maar inwendig woelend, de seconden af te tellen tot hij ophield. Ze realiseerde zich opeens, met de intensiteit die bij haar terugkeer in een kerkbank hoorde, hoe erg ze het altijd moest hebben gevonden de dochter van een geestelijke te zijn. De vaders van haar vriendinnen ontwierpen huizen, genazen ziekten, vervolgden misdadigers. Haar vader was een kruizenmaker, maar dan erger. Zijn dorre vroomheid was als een geur die haar al die jaren had aangekleefd, erger nog dan de stank van Chesterfields, omdat je hem niet van je af kon wassen.

Maar toen de gemeente overeind kwam om het Klein Gloria te zingen, en ze naast zich de heldere zangstem van Tanner in zijn burgerlijke jasje hoorde, zoveel krachtiger dan haar eigen verlegen gemurmel, en toen ze zich aan die stem optrok en uit volle borst '*As it was in the Beginning, is now and ever shall be*' zong, bespeurde ze een flits van verlangen om ook ergens bij te horen en in te geloven. Ze vroeg zich af of dat verlangen altijd al in haar geleefd had, maar misschien gesmoord was door haar vader, haar schaamte voor hem. Misschien was dat ambachtelijke houten kruis met zijn koperbeslag zo duf nog niet. Misschien was het juist verbazingwekkend dat mensen tweeduizend jaar na Jezus' dood nog steeds geld in een collecteschaal legden om kruizen te zijner gedachtenis te laten maken.

In een volgende flits begreep ze dat het niet anders kon of Laura keek neer op Tanners kerkelijkheid, en dat dit een mogelijke splijtzwam tussen hen vormde; dat zij, als ze zich openstelde voor de mogelijkheid van geloof, daarmee een onverwacht voordeel kon boeken; dat het daarom verstandiger was om Tanner haar brief niet in handen te drukken, omdat dat de indruk zou wekken dat het de enige reden voor haar was geweest om naar de kerk te komen; dat het beter was om op zondag naar de kerk te blijven gaan.

Ze deelden een gezangenboek voor het zingen van 'For the Beauty of the Earth', waarbij Becky's wang langs Tanners schouder streek toen ze zich naar het boek boog. En toen was het tijd voor de preek van dominee Haefle. In het ene jaar dat ze als kind gedwongen was geweest om kerkdiensten bij te wonen had Becky het kunnen opbrengen om stil te zitten als haar vader op de kansel stond, en zo te voorkomen dat ze andere mensen aanstak met haar onrust, wat haar als Hildebrandt in een ongunstig licht zou hebben gesteld – maar de oeverloze abstracties van Dwight Haefle waren haar telkens te veel geworden. Ze hoopte dat ze nu, jaren later, met meer aandacht zou kunnen luisteren, maar bij zijn vertoog over de theoloog Reinhold Niebuhr verloor ze zich van lieverlee in haar bewondering voor Tanners handen. Ze moest zich uit alle macht bedwingen om ze niet aan te raken. Met dat jasje en die stropdas zag hij eruit als een jongen die door zijn moeder was aangekleed voor de kerk. Ze hoorde Haefle overgaan op het belang van nederigheid, niet haar favoriete onderwerp, al zou ze er wel aan moeten werken nu ze meer ernst wilde maken van het geloof, en het kwam haar voor dat Tanner het toonbeeld van nederigheid was door zijn cowboylaarzen en jack met franje thuis te laten. De hele week door was Tanner de gaafheid zelve, maar voor de kerk maakte hij zichzelf nederig met zijn jasje, en dat vond ze heel vertederend.

Toen ze met hem opstond voor het Onzevader, voelde het alsof ze eigenlijk al zijn vriendin was, of misschien zelfs al jarenlang zijn vrouw, en de vergeving waarom ze bad was die voor de zonde van het inpikken van Laura's vriendje.

'Wat verrassend om je hier te zien,' zei hij toen de dienst ten einde was.

'Ja, alles is aan het veranderen. Ik probeer nieuwe dingen uit.'

Hij keek haar aan alsof ze hem voor raadselen stelde. Goed teken.

'Ik ben je veel dank verschuldigd,' zei ze, 'voor je uitdaging om Crossroads te proberen. Ik leer opener te zijn over mijn gevoelens, en...' Haar hele gezicht gloeide. Hij bleef haar in de ogen kijken. 'Ben jij hier komende zondag weer?'

'Zeker. Vaste prik.'

Ze knikte, te gretig, en stond op. 'Oké, nou, dan zie ik je dan weer.'

Op weg naar buiten door de voorhal hield ze even halt opdat haar vader haar zou zien: misschien nog wat bonuspunten van zijn kant omdat ze naar de kerk was gekomen. Maar hij stond te praten met Kitty Reynolds en een ranke blonde vrouw die ze niet kende. Haar vader glimlachte breed en kon zo te zien zijn ogen niet van de kleine blondine afhouden. Toen hij Becky alsnog zag staan, was de glimlach meteen weg, om weer net zo abrupt terug te keren toen hij verder sprak met de blonde vrouw.

De boodschap was duidelijk: haar vader had haar afgeschreven. Bij het verlaten van de kerk kwam het woordje 'klootzak' bij haar op. Ze had het Clem weleens horen bezigen, maar voor haar was het nieuw. Haar ontloken interesse voor de First Reformed, die haar vader blij had moeten stemmen, was blijkbaar van minder belang voor hem dan zijn wrok jegens Rick Ambrose. En zo iemand was dan een christelijke geestelijke.

'Ja, Tanner was er,' zei ze bij thuiskomst tegen haar moeder, voor die haar had kunnen ergeren door de vraag te stellen.

'Wat leuk, en wat goed,' zei haar moeder. 'Hij is een uitzondering op de regel dat Rick Ambrose jonge mensen berooft van iedere behoefte aan een kerkdienst.'

Becky weigerde te happen. 'Ik weet zeker dat Tanner blij zou zijn met je goedkeuring.'

'Al zal hij nog liever de jouwe hebben, denk ik zo,' zei haar moeder. 'Maar die heeft hij denk ik al.'

'Gaan we het niet over hebben,' zei Becky, en ze liep de kamer uit.

Een paar dagen later werd ze geveld door een verkoudheid die haar dwong zich ziek te melden bij de Grove en de zondagsdienst te laten schieten. Zodra ze weer was opgeknapt, voegde ze zich na schooltijd bij de meisjes die in de First Reformed voor de kamer van Rick Ambrose stonden te kletsen en haar bereidwillig de verhalen achter hun Crossroads-roddels vertelden om haar te laten begrijpen wat ze grappig of vreselijk hoorde te vinden. Toen ze het beu werd het nieuwe meisje te zijn, dwaalde ze naar de aula en trof daar drie jongens die onder aanvoering van Perry affiches aan het zeefdrukken waren voor het kerstconcert. Een goede gelegenheid om een handje te helpen en daarmee 'uren' te verdienen om mee te kunnen naar Arizona (om daarvoor in aanmerking te komen moest je minstens veertig uur vrijwillig of betaald werk voor de groep verrichten) maar Perry was het enige wat haar aan Crossroads tegenstond – haar jongere broer die overal een kei in was (ook in creatieve dingen; ze herkende direct zijn hand in het ontwerp van de affiche) maar die haar de laatste tijd zo irriteerde dat haar hoofdhuid ging tintelen bij zijn aanblik. Alsof ze een hond was die een boze geest rook. Alsof ze een huis deelde met een psychopaat wiens vele talenten zijn duistere kanten maskeerden. Ze kende een aantal van die kanten, maar vermoedelijk niet alle. Hij keek op van de drukpers, zijn handen rood van de kerstinkt, en grijnsde haar toe. Ze keerde zich meteen om en maakte dat ze wegkwam.

Toen ze eindelijk de kamer van Ambrose kon betreden en hij vroeg hoe het thuis ging, hoorde ze zichzelf zeggen dat ze zich zorgen maakte om haar moeder. Nog maar twee weken geleden zou ze het verraad hebben gevonden om zo'n familiegeheim prijs te geven aan de aartsvijand van haar vader, maar nu genoot ze er zelfs van.

'Ze houdt zich goed,' zei ze over haar moeder, 'maar ik heb het gevoel dat ze het vanbinnen begint te begeven, en Clem is ervan overtuigd dat mijn vader op het punt staat haar te verlaten. Ik weet niet waarop hij dat baseert, maar hij heeft het er constant over.'

'Clem is een slimme vent,' zei Ambrose.

'Zeker. Ik hou enorm van hem. Maar over mijn moeder zit ik echt in. Ze is zo afhankelijk van mijn vader, volgt hem in alles en gaat alleen tegen hem in als hij afgeeft op Perry. Volgens haar is Perry niets minder dan een genie. En tja, in veel dingen is hij ook wel geniaal, maar hij vreet van alles uit waar ze geen benul van heeft.'

'Weet je dat zeker?'

'Ja, maar ik zeg er nooit iets over tegen haar.'

'Je beschermt hem.'

'Het is geen kwestie van beschermen. Ik heb gewoon met mijn moeder te doen. Die heeft het al moeilijk genoeg en ik wil niet dat ze ook nog verdriet heeft om Perry.'

'Zouden wij hem kunnen helpen?'

'Wij, Crossroads? Hij is volgens mij alleen maar lid geworden omdat zijn vriendjes hier zitten, en nu is hij een en al bevlogenheid. Ik weet niet, hoor, misschien is dat ook wel goed.'

Ambrose wachtte op meer, met zijn donkere ogen vol aandacht.

'Het is alleen...' zei ze. 'Ergens geloof ik het gewoon niet.'

'Ik ook niet,' zei Ambrose. 'Achterbakse jongen, dat was het eerste wat ik dacht toen hij erbij kwam.'

Becky hoorde het ademloos aan. Ze kon er niet over uit dat Ambrose haar zo vertrouwde dat hij zoiets tegen haar zei. Haar overdonderde hart vergeleek hem een ogenblik met Tanner – vergeleken bij diens milde afdronk was de openhartigheid van Ambrose als een slok pure whiskey. Hij had geen trouwring aan zijn behaarde hand, maar ze had zich laten vertellen dat hij een vriendin had in het seminarie, waar hij formeel nog steeds student was. Dat had geklonken alsof Jezus verkering had.

Een golf meisjesgelach op de gang herinnerde haar eraan dat ze een van de velen was. Als om een afwijzing voor te zijn, haar waardigheid te bewaren, nam ze abrupt afscheid en haastte zich de kerk uit om haar hart weer in evenwicht te laten komen.

De volgende zondag zat ze na de dienst met Tanner in de achterste kerkbank en ze spraken meer dan een uur. Toen iemand het licht uitdraaide en de laatste stemmen wegstierven, bleven ze met z'n tweeën achter in het stemmige licht dat door de gebrandschilderde ramen viel. Becky was achteraf blij dat ze hem niet volgens Crossroads-protocol hoefde te zeggen dat ze hem beter wilde leren kennen.

Een uitruil van herinneringen leverde het belangwekkende feit op dat hij Becky al in haar tweede highschooljaar als een onbereikbaar meisje had ingeschat. Toen ze daarop zei dat híj juist onbereikbaar had geleken, wuifde hij dat lachend weg in overeenstemming met zijn bescheidenheid, maar ze kon zien dat hij het leuk vond om te horen. Ze gingen over op het veilige onderwerp van Crossroads en de vrienden van Tanner die er nu als mentor fungeerden, maar intussen pijnigde ze haar hersens om een doorbraak. Het leek logisch om te zeggen dat als je elkaar onbereikbaar achtte, je eigenlijk was voorbestemd om nader tot elkaar te komen. Maar wat als dat alleen maar vriendschappelijk klonk?

Ze zag in dat ze een risico zou moeten nemen, en vroeg op quasiterloopse toon waarom Laura niet met hem meekwam naar de zondagsdienst.

'Ze is katholiek opgevoed,' zei hij. 'En daar heeft ze een hekel aan georganiseerde godsdienst aan overgehouden.'

Becky zweeg in afwachting van meer.

'Laura is veel radicaler dan ik. Ze wilde meteen na de highschool naar San Francisco met me. Slapen in mijn busje, onderdeel worden van de scene daar.'

'En, waarom deed je dat niet?' vroeg Becky met ingehouden adem.

'Geen idee. Die scene zegt me geloof ik niet zoveel. Met mensen mee naar huis gaan en dan de hele nacht doorhalen. Da's leuk voor één keer in de week, of als je drugs gebruikt, maar ik pak liever mijn nachtrust en sta dan vroeg op om te oefenen. Ik heb nog een lange weg te gaan als muzikant.'

'En je bent al fantastisch.'

Hij keek haar dankbaar aan. 'Meen je dat echt?'

'Zeker! Ik vind het heerlijk om naar je te luisteren.'

Ze zag het hem tot zich nemen. Het leek goed te vallen. Hij rechtte zijn schouders en zei: 'Ik wil een demoalbum opnemen, daar is alles nu op gericht. Twaalf nummers die goed genoeg zijn om voor mijn eenentwintigste een lp uit te brengen. Ik was bang dat dat buiten zicht zou raken als we gingen rondtrekken.'

'Snap ik.'

'Ja? Ik betwijfel of Laura het snapt. Ze barst van het talent, maar heeft geen enkele ambitie. Als het aan mij lag, deden we drie, vier optredens per week. Blues, jazz, top veertig, maakt niet uit. Uren maken, een publiek opbouwen. Bareigenaren zijn alleen maar geïnteresseerd in hun omzet, dus je moet spelen waar de mensen zin in hebben en dat vindt Laura niks. Als iemand haar zou vragen Peggy Lee te doen, zou ze hem in zijn gezicht uitlachen. Maar ik...'

'Jij hebt wel ambities,' zei Becky.

'Misschien wel, ja. Laura heeft veel aan haar hoofd. Ze werkt bij een hulplijn, heeft haar vrouwengroep. Voor mij volstaat het om aan mijn muziek te werken en nader tot God te komen. Ik vind het echt fijn om naar de kerk te gaan, weet je. En ik vind het fijn dat ik jou hier nu ook zie.'

'Ik vind het ook fijn om jou te zien.'

'Echt? Ik was al bang van niet.'

Ze keek hem in de ogen, met de woordeloze boodschap dat hij nergens bang voor hoefde te zijn. God mocht weten wat er was gebeurd als er nu geen voetstappen hadden geklonken in de voorhal. Dwight Haefle stak in burgerkostuum zijn hoofd om de hoek. 'Jullie hoeven niet weg, hoor,' zei hij. 'Je kunt de deuren van binnenuit openen.'

Maar Tanner stond al op zijn benen en Becky kwam ook overeind. Het moment was te teer geweest om nog gelijmd te kunnen worden. Bij het verlaten van de kerkzaal vertelde hij dat Danny Dickman, Toby Isner en Topper Morgan daar op de avond voor de derde trip naar Arizona hadden zitten drinken en blowen, en dat Ambrose hen op het parkeerterrein de mantel had uitgeveegd terwijl de motoren van de touringcars al waren gestart. De groep had twee uur overlegd over uitsluiting van de drie zondaars. Topper had zo woest gehuild dat er een bloedvaatje in zijn oog was gesprongen. De kerk sloot sindsdien de deuren van de zaal af.

Becky was gefrustreerd naar huis gegaan omdat ze Tanner geen duidelijke uitspraak over Laura had kunnen ontlokken. Zo onervaren als ze in de liefde was, haar trots, persoonlijke ethiek en hang naar ordelijkheid schreven voor dat ze zich pas bij Tanner kon laten optellen als Laura in mindering was gebracht. De enige relevante informatie die ze had opgedaan was dat Tanner nog bij zijn ouders woonde, dus kon hij geen samenwoning met Laura verbreken om duidelijkheid te bieden, en dat maakte het des te belangrijker dat hij zich expliciet uitsprak. Dit leek Becky een voorwaarde waaraan niet ze niet voorbij kon gaan, maar ze bespeurde ook een vrouw in zichzelf die zich ondanks haar principes door hem wilde laten kussen voordat hij uitsluitsel bood.

Vijf avonden na hun cruciaal lijkende gesprek in de kerk had ze in de Grove gezien hoe Laura Dobrinsky op haar tenen ging staan om Tanner om zijn nek te vallen en zich door hem te laten besnuffelen, terwijl hij een voldane blik in zijn ogen had. Het voelde als een messteek en ze vluchtte de toiletten in om voor het eerst van haar leven tranen te plengen om een man. In de aanhoudende misère om wat ze had gezien, had ze daarna zowel de zondagsdienst als de bijeenkomst van Crossroads overgeslagen. Dat laatste ook uit teleurstelling over het feit dat de jongerengroep haar er niet voor had gewaarschuwd dat het nemen van risico's een gevoel als van een messteek tot gevolg kon hebben. Ze sleepte zich door de laatste schooldagen tot de kerstvakantie.

En de vorige avond, toen ze als invalster in de Grove had gewerkt en Tanner in zijn eentje het restaurant zag binnenkomen, was ze ervan uitgegaan dat hij dat onmogelijk kon doen in de verwachting haar aan te treffen; het was haar avond immers niet. Ze schreef het toe aan stom toeval en vroeg haar collega Maria zijn tafel te bedienen. Ze voelde hem naar haar kijken, maar keek niet terug tot de laatste eters waren vertrokken. Ze zag hem met een gelaten houding over zijn lege bord gebogen zitten. Hij zwaaide en gebaarde haar te komen.

'Ja, wat,' zei ze.

'Alles goed met je? Ik heb je zondag gemist in de kerk.'

'Niet geweest. Ik weet niet of ik nog wel zin heb om te gaan.'

Ze proefde een smaak uit haar kindertijd op haar tong: de bitterheid van weten dat ze tegen zichzelf inging en dat toch niet kunnen laten.

'Becky,' zei hij, 'heb ik iets verkeerds gezegd? Je lijkt nu toch weer pissig op me te zijn.'

'Nee, hoor. Gewoon moe.'

'Ik probeerde je thuis te bellen, en je moeder zei dat je hier vanavond inviel.'

Niemand kon haar dwingen te blijven staan. Ze liep weg.

'Hé, kom op nou,' zei Tanner, die overeind sprong en haar volgde. 'Ik ben hier voor jou naartoe gekomen. Ik dacht dat we vrienden waren. Als je kwaad bent, kun je op z'n minst zeggen waarom.'

Maria sloeg hen gade vanaf de tafel die ze stond schoon te vegen en Becky liep door naar de keuken, maar Tanner leek niet van plan te blijven staan. Ze draaide zich op haar hakken om.

'Knobbel het zelf maar uit,' zei ze.

Ze wist wat ze waard was. Hij moest gewoon zeggen dat het uit was met de Natural Woman, met minder nam ze geen genoegen.

'Wat het ook zijn mag, het spijt me,' zei hij.

'Nou, bedankt voor je spijt.'

'Becky...'

'Ja, wat.'

'Ik vind je echt heel leuk.'

Nee, niet genoeg. Ze pakte een doekje en liep de eetzaal weer in om tafels schoon te vegen. Het was niet genoeg. En toen hoorde ze hem de deur achter zich dichtsmijten. Ze hoorde er de pijn in dat hij haar thuis had proberen te bellen, haar was komen opzoeken en honds was behandeld, en opeens holde de vrouw die ze ondanks haar principes was ook de avond in. Tanner stond met gebogen hoofd tegen zijn Volkswagen-bus geleund. Bij het geluid van haar voeten die tegen haar principes in op hem af holden, keek hij op. Ze holde in één beweging zijn armen in. Er was een zuidenwindje opgestoken, eerder lenteachtig dan herfstachtig. De handen waarover ze zo vaak had gefantaseerd waren aan weerszijden van haar gezicht, en in haar haar. En toen was het zomaar, zonder voorafgaande besprekingen gebeurd.

En nu werd ze wakker van telefoongerinkel. Ze was op haar rug in slaap gevallen, overdwars op bed, opende haar ogen en keek naar de grijze, met kale takken dooraderde hemel in haar kamerraam. Haar moeder klopte op haar deur.

'Becky? Jeannie Cross voor je aan de telefoon.'

Ze liep naar het toestel in de slaapkamer van haar ouders en wachtte tot haar moeder beneden ophing. Jeannie belde over een feestje dat die avond in het huis van de Carducci's werd gegeven. Becky stelde het op prijs dat Jeannie haar nog steeds in zulke dingen betrok, en ze zou de invitatie ook uit vriendschap hebben aanvaard. Maar ze ging naar het kerstconcert.

'Wat voor concert?' vroeg Jeannie.

'Crossroads,' zei Becky.

Het bleef een ogenblik stil.

'Oké,' zei Jeannie.

'Maar weet je wat? Ik ga met Tanner.'

'Tanner Evans?'

'Ja, hij is de hoofdact en hij heeft me mee gevraagd.'

'Zo, zo, zó.'

Becky bedwong de aanvechting om meer te zeggen. Ze had misschien al te veel gezegd, want Tanner wist nog niet dat hij haar ging meenemen. In haar beleving had hun langdurige kus alle twijfel weggenomen, maar er was nog veel onuitgesproken en ze zou zich niet zeker voelen tot ze voor het oog van de wereld aan zijn arm de First Reformed Church binnenkwam. Ze vroeg Jeannie mee uit winkelen, en het was bijna lachwekkend zo gretig als Jeannie daar na al die weken van afstand ja op zei. Ze was alleen pas vrij om halfvier.

'Shit,' zei Becky. 'Ik heb om vier uur met Tanner afgesproken.'

'Wow, die Bex. Druk bezig met een jóngen.'

'Ja,' zei ze blij. 'Raar, hoor.'

'Morgen anders? Dan ben ik de hele dag vrij.'

Becky nam een lange douche en schonk al haar aandacht aan de badkamerspiegel. Deed make-up op die effectief moest zijn zonder op te vallen. Perry roffelde ongeduldig op de deur, maakte een paar opmerkingen die ze negeerde en droop af. Ook met aankleden zocht ze naar de juiste balans tussen bevalligheid en Crossroads. Ze moest er minimaal tien uur op haar best uitzien, vooral om vier uur. Toen ze eindelijk de keuken in liep, hees haar moeder zich in een armoedige oude jas.

'Ik ben laat voor gym,' zei haar moeder. 'Zorg je ervoor dat je om zes uur thuis bent?'

Becky stopte een suikerkoekje in haar mond. 'Ik ga niet naar dat feest van de Haefles.'

'Ik vrees dat daar niet over te onderhandelen valt.'

'Ik onderhandel ook niet.'

'Dan moet je het er maar met je vader over hebben.'

'Er valt niets over te zeggen.'

Haar moeder slaakte een zucht. 'Lieverd, het is heus niet het einde van de wereld als je een jongen even op je laat wachten. Dat zul je je nu niet kunnen voorstellen, maar die dingen hebben nooit zo'n haast.'

'Goed om te weten hoe je erover denkt.'

'Ik neem aan dat hij je gisteravond heeft opgezocht in de Grove?'

'Ik dacht dat je laat was voor gym, mam.'

Haar moeder slaakte een nog diepere zucht en liep weg. Becky vond het niet leuk om haar zo buiten te sluiten. Aan goede wil ontbrak het haar moeder niet, maar ze vergiste zich. Wat zij te doen had, kon echt niet wachten. Tanner was niet zomaar de hoofdact, hij was het samen met Laura Dobrinsky. Elke minuut die Becky voorafgaand aan het optreden met hem kon hebben was goud waard.

De tijd was gekomen om een daad te stellen. Onder de wolken aan de oostelijke horizon met zijn onafzienbare maisakkers, waarop Clems raam uitzag, was een dofrode wond open- en weer dichtgegaan terwijl hij de laatste zinnen tikte van zijn nota over de Romeinse geschiedenis. In het wispelturige ochtendlicht was zijn schrijfbureau een stoppelveld van rolletjes rode vlakgom en sigarettenas in de kleur van de wolken. Zijn propere kamergenoot Gus was al voor de kerstvakantie afgereisd naar Moline en Clem had van zijn afwezigheid gebruikgemaakt door de hele nacht door te roken, zichzelf voortstuwend met nicotine en irritatie over zijn primaire bronnen, Livius en Polybius, die elkaar voortdurend tegenspraken, plus de irritatie over het almaar verder slinken van de slaap waarop hij had gehoopt, van zes uur naar drie naar nul. En vooral irritatie over zichzelf omdat hij de hele maandag verpozing had gezocht in het bed van zijn vriendin, en zichzelf de gedachte had toegestaan dat hij in twee twaalfurige werkdagen een paper van vijftien kantjes zou kunnen voorbereiden en schrijven. Het genot van maandag was intussen verdampt in zijn herinnering. Zijn ogen en keel stonden in brand, zijn maag leek zichzelf te verteren en zijn nota over Scipio Africanus was uitgemond in een slecht beargumenteerde broddellap met eindeloze herhalingen, waarvoor hij met heel veel geluk misschien nog een B-min zou krijgen. De beroerde kwaliteit was de bevestiging van iets wat hij al weken had geweten.

Zonder zichzelf tijd te gunnen om na te denken, zonder zelfs maar op te staan om zich uit te rekken, draaide hij een nieuw vel uitgombaar glaspapier in zijn typemachine.

23 december 1971
Bureau Selectieve Dienstplicht
p/a Hoofdpostkantoor
Berwyn, Illinois

Lectori salutem,
Met dit schrijven stel ik u ervan in kennis dat ik mij per heden uitschrijf als student van de Universiteit van Illinois en dus niet langer in aanmerking kom voor het uitstel van militaire dienst dat mij werd verleend op 10 maart 1971. Ik ben bereid voor mijn nummer op te gaan in de Amerikaanse Strijdkrachten als ik daartoe word opgeroepen.
Mijn geboortedatum is 12 december 1951. Mijn oproepnummer is 29 4 13 88 403. Gaarne verneem ik of en zo ja wanneer ik mij moet melden voor mijn dienstplicht.
Met hoogachting,
Clemence R. Hildebrandt
215 Highland Street
New Prospect, Illinois

Anders dan zijn paper had zijn brief de helderheid van een tekst waarover was nagedacht, maar was het typen ervan een 'daad'? Op papier leken de woorden nauwelijks substantiëler dan ze in zijn hoofd waren geweest. Pas als ze waren gelezen en erop werd gereageerd, zouden ze effect hebben op zijn leven, en waar in dat proces zou er een door hem gestelde daad zijn aan te wijzen?

Hij staarde nog een poosje naar het wolkenplafond boven de maisvelden, en naar de winterse grondmist die verbonden leek aan grootschalige landbouw: een nevel van waterdamp en nitraten, waarna hij de brief ondertekende, in een envelop stopte en daar een van de postzegels op plakte die hij voor de brieven aan zijn ouders had gekocht.

'Kijk eens wat jullie zoon nu doet,' zei hij hardop. 'Hier heeft het van moeten komen.'

Het horen van zijn eigen stem deed hem zich minder eenzaam voelen en hij liep de gang in, naar de gemeenschappelijke badkamer. Het eeuwig brandende licht leek des te feller nu alle anderen naar huis waren. Aan de wastafel spatte hij water op zijn gezicht en zag dat er op het porselein nog wat afgeschoren stoppels van een medestudent zaten. Hij overwoog een douche, maar zijn basale lichaamstemperatuur was zo ver gedaald dat hij al rillingen kreeg bij de gedachte zich te moeten uitkleden.

Toen hij de badkamer uit kwam, ging de telefoon aan het eind van de gang. Het gerinkel leek harder dan normaal en deed hem verstijven van schrik, ook al omdat het niemand anders dan Sharon kon zijn. Ze had hem om middernacht ook al gebeld om te vragen hoe hij vorderde en hem moed in te spreken. Ja, in relatie tot Sharon had hij wel degelijk een daad gesteld met het typen van die brief. Hij bleef voor de badkamerdeur staan wachten tot het gerinkel ophield; na de miskleun van zijn verspilde maandag had hij geen greintje vertrouwen meer in zijn vermogen om weerstand te bieden aan het genot dat ze hem schonk. Het enig veilige wat hij nu nog kon doen was zijn spullen pakken, de eerste de beste bus naar Chicago nemen en haar vanuit New Prospect per brief op de hoogte stellen van zijn besluit.

Tot zijn verrassing vloog de deur naast de telefoon open. Een etagegenoot in een sportbroekje stapte naar buiten en nam op. Hij zag Clem en wuifde met de hoorn in zijn richting.

'Sorry,' zei Clem terwijl hij zich haastte om de hoorn van zijn medestudent over te nemen. 'Ik dacht dat er niemand meer was.'

De etagegenoot ging zijn kamer weer in en smeet de deur achter zich dicht.

'En, ben je klaar?' vroeg Sharon geestdriftig.

'Ja, een minuut of tien geleden.'

'Hoera! Nou, ik neem aan dat je wel een ontbijtje kunt gebruiken.'

'Wat ik vooral nodig heb is slaap.'

'Kom ontbijten bij me. Ik heb zin om je te vertroetelen.'

Hij werd licht in zijn hoofd. Haar stemgeluid was genoeg om al zijn bloed naar zijn kruis te jagen. Die busrit naar Chicago zou nog even moeten wachten.

'Oké,' zei hij, 'maar ik moet je wel wat vertellen.'

'Wat dan?'

'Dat zeg ik wel als ik er ben.'

Hij liep zijn kamer weer in, die bedompt was als een houtskooloven. Hij opende het raam en trok de jopper aan die Sharon voor hem had uitgekozen. Zijn omhooggeschoten bloeddruk had ongetwijfeld met seks te maken, maar misschien ook wel met wat hij haar moest vertellen. De brief die hij had geschreven hield verband met agressie, en agressie kon ook erecties veroorzaken. De brief kon tot gevolg hebben dat ze hem naar Vietnam stuurden, en hoewel het niet erg erotisch was om te sneuvelen, zou hij dan wel met een wapen worden uitgerust, en hoewel zijn verstand hem zei dat het schieten op mensen moreel verwerpelijk en psychisch funest was, hielden zijn dierlijke instincten er vermoedelijk een andere zienswijze op na.

Met zijn brief en nota in de hand verliet hij zijn gebouw via het achterste trappenhuis, waar de geur van pas gestort beton nooit uit was geweken. De klamme ochtendkou trok dwars door zijn jopper naar zijn botten, maar het was een weldaad om bevrijd te zijn uit de rokerige tunnel waartoe zijn bestaan zich had vernauwd door alle seks en doorwaakte nachten sinds het eind van de collegeperiode. In de stilte van de verlaten campus ving hij vagelijk de geluiden op van Illinois; het denderen van een goederentrein, het geronk van trucks met opleggers, steenkool vervoerd vanuit het zuiden, auto-onderdelen vanuit het noorden, vetgemest vee en mais vanuit het midden van het land, langs wegen die allemaal eindigden bij de breedgeschouderde stad aan het meer. Het deed hem goed dat de buitenwereld er nog in alle uitgestrektheid was – een minder neurotisch gevoel.

Hij schoof zijn nota onder de deur door van de vakgroep Klassieke Oudheid van de letterenfaculteit en liep naar de brievenbus langs het voetpad. Die werd op werkdagen gelicht om 11.00 uur en het was vandaag nog geen feestdag. Hij keek naar de gleuf en overdacht zijn existentiële vrijheid om een daad te stellen of niet. De eervolle optie was de envelop in de bus te laten glijden. Daar zou hij zichzelf dan waarschijnlijk nog om vervloeken (zo ellendig als hij zich nu voelde, het soldatenleven was vast erger), maar als een daad moreel juist was, hoorde een man van eer ertoe over te gaan. Als hij de brief nu niet postte, kwam hij straks bij Sharon aan met niets dan de intentie hem te versturen, en het pad van de intenties had hij met betrekking tot haar wel vaker bewandeld.

Hij sloot zijn ogen, sliep in en schrok nog net op tijd wakker om niet tegen de grond te smakken. Hij voelde de brief naar de dienstplichtcommissie in zijn hand, en het volgende ogenblik was er de metalige klik waarmee de brievenbus de envelop naar binnen werkte. Hij draaide zich om en zette een drafje in alsof hij zijn besluit kon ontlopen.

Tijdens het filosofiecollege dat hij in het voorjaar had gelopen, was hij in dezelfde bank beland als een piepklein meisje met woeste krullen dat meestal een fluwelen baret in Franse stijl droeg en onophoudelijk in zijn richting keek. Op een middag, toen de met een baard en kralenketting getooide professor in een betoog over Sartres *Walging* de gedachte uitdroeg dat het bestaan als zodanig niets te maken had met wat de mens ervan maakte, had Clem zijn hand opgestoken voor een tegenwerping. De werkelijkheid, zei hij, voltrok zich volgens wetten die vindbaar en toetsbaar waren voor de wetenschap. De professor zei dat dit alleen maar bewees dat we onze natuurwetten *oplegden* aan een weerbarstige en principieel onkenbare werkelijkheid. 'Maar hoe zit het dan met wiskunde?' zei Clem. 'Eén plus één zal altijd twee zijn. Dat is geen waarheid die we zelf hebben bedacht. We hebben een waarheid ontdekt die er al was.' De professor zei grinnikend dat zich een platonist tussen zijn studenten bevond, de hippies in de zaal draaiden zich massaal naar de bourgeois die het gewaagd had hun professor te tarten, en de kleine krullenbol was een paar plekken opgeschoven en demonstratief naast hem komen zitten. Na afloop had ze hem geprezen om zijn onafhankelijke manier van denken. Ze was dol op Camus, maar verweet Sartre zijn communisme.

Sharon studeerde op een Honorsprogramma, de eerste in haar familie die een universitaire opleiding volgde. Ze was opgegroeid op een boerderij bij het plattelandsstadje Eltonville, waar communisten in het laagst denkbare aanzien stonden. Ze waren de rest van dat semester naast elkaar blijven zitten en Clem had haar met graagte zijn privéadres gegeven toen ze daarom vroeg. Behalve met Becky was er in zijn leven nog nooit sprake geweest van vriendschap met een meisje. In de brief die Sharon hem die zomer stuurde toen hij thuis in New Prospect kuilen groef voor een plaatselijke kweker, beschreef ze de hitte en verlatenheid van de boerderij. Haar moeder was gestorven toen ze twaalf was, haar broer Mike zat in Vietnam, haar vader en jongere broer hielden de boerderij gaande en er was een Kroatische huishoudster om te koken en schoon te maken. Haar vader had haar nooit dingen in en om het huis laten doen en in haar verveling als kind en somberheid als puber had ze haar toevlucht gezocht in boeken. Het was haar droom schrijver te worden of, als dat niet kon, Engelse les te geven in Europa. Ze had zich heilig voorgenomen om nooit meer een zomer in Eltonville door te brengen.

Clem schreef terug en kreeg daarop een tweede brief van zo veel kantjes dat ze drie zegels op de envelop had moeten plakken. Ze begon met een serie vragen, ging over op een innerlijke monoloog met slechts hier een daar een leesteken of hoofdletter, en sloot af met een passage in het Frans die ze van Camus had overgeschreven. Hij nam zich voor een avond te wijden aan een reactie, maar kwam daar nooit aan toe. Hij hing rond met zijn vriend Lester of keek tv met Becky, die daar de omgang met haar vriendinnen voor op een laag pitje zette. Pas toen hij weer naar de universiteit ging en Sharon in haar eentje over het centrale plein van de campus zag lopen, drong de ongepastheid van zijn stilzwijgen tot hem door. Ze schonk hem vanuit de verte een gegriefde blik, en dat kon echt niet, hij was geen griever, dus haastte hij zich naar haar toe. Ze reageerde met een schouderophalen op zijn excuses. 'Ik denk dat ik het verkeerde idee van jou had,' zei ze, en misschien hoorde hij hier een impliciete uitdaging in, of anders datgene wat mensen vaak schuld noemen terwijl het in feite de egoïstische wens is om niet bij mensen in een slecht blaadje te staan, maar hij vroeg haar mee uit eten.

De aanleiding voor hun ruzie in de pizzeria was het grijsbruine uniformjasje dat hij naar het etentje had aangetrokken. In de voorafgaande lente had hij op de rug daarvan met isolatietape een vredesteken geplakt om ermee naar een antioorlogsdemonstratie te gaan, en Sharon vond dat maar niks. Ze verfoeide de vredesactivisten onder de studenten. Ze zei dat ze iedere ochtend wakker werd met de angst om te horen dat haar broer in Vietnam gewond was geraakt of gesneuveld. Mike was geen boekenlezer, hij hield van jagen en vissen en had geen enkele ambitie om de boerderij voort te zetten, maar hij was de aardigste en meest integere mens die ze kende, en die activisten hadden niets dan minachting voor hem. Wie waren zij om op iemand als haar broer neer te kijken? Zij hadden allemaal uitstel van dienst, zij mochten blowen en seks hebben terwijl mensen als haar broer levensgevaar liepen, en daar waren ze niet eens dankbaar voor. Ze voelden zich moreel superieur. Voorstedelijke blanke jeugd met een hoop mazzel en vredestekens op hun kleren, die anderen in hun plaats een oorlog lieten ingaan – misselijk werd ze van zulke lui.

Clems eerste reactie op haar tirade was nogal hautain geweest. Als vrouw, een sentimentele vrouw nog wel, leek Sharon niet te beseffen hoe extreem immoreel die oorlog was, en dat haar broer dienst had kunnen weigeren. Dat zou hij, Clem, in zijn plaats hebben gedaan. Maar Sharon gaf geen krimp. Haar broer hield van zijn land en was een echte man: als de plicht riep, meldde hij zich. En hoe zat het met al die jongens uit zwarte wijken en indianenreservaten met wie hij dienstdeed? Die wisten niet eens dat weigeren een optie was, waardoor mensen zoals Clem het zich konden veroorloven om zowel arrogant als veilig te zijn.

'Wat was jouw lotnummer?' vroeg ze.

'Vreselijk ongunstig. Negentien.'

'Dus nu moet iemand vechten in de jungle omdat jouw ouders je naar de universiteit hebben gestuurd.'

'Maar ik zou dienst hebben geweigerd, hè.'

'Maakt niet uit! Er zit daar iemand omdat jij er niet zit. Iemand zoals Mike. En maar zwetsen over hoe "extreem immoreel" die oorlog is. Hoe extreem immoreel is het wel niet dat arme, slecht geschoolde of zwarte mensen in jouw plaats naar Vietnam gaan? Waarom is dat niet minstens zo immoreel? Waarom protesteer je dáár niet tegen?'

'Dat ligt in mijn protest besloten, toch?'

'Nee. Ik hoor er tenminste nooit iemand over. Het enige wat ik hoor is minachting voor onze soldaten.'

Ze was klein van stuk, en een meisje, maar ze hield er een originele manier van denken op na. Tijdens de lentereis van zijn kerkgroep naar Arizona had hij voor een Navajo gewerkt, Keith Durochie, die een zoon was verloren in Vietnam. Pas zeventien jaar oud, slecht op zijn gemak in de nabijheid van een rouwende vader, had Clem de man willen troosten door te zeggen hoe onrechtvaardig het was om in zo'n oorlog te sneuvelen, waarop Durochie in een grimmig stilzwijgen was vervallen. Clem had kennelijk iets verkeerds gezegd, maar had geen idee wat. Nu hij Sharon hoorde, begreep hij dat hij geen troost had geboden maar Durochies dode zoon van zijn eer had beroofd. Wat ontzettend stom.

'Het spijt me echt dat ik je niet heb teruggeschreven,' zei hij.

Ze hield haar donkerbruine ogen op hem gevestigd. 'Breng je me even thuis?'

Die eerste avond met haar had hij al het voorgevoel gekregen dat hij een daad zou moeten stellen – dat hij een morele waarheid op het spoor was gekomen die nooit meer uit zicht kon raken. Hij zou voor de tweestrijd gespaard zijn gebleven als er een hoger nummer voor hem was getrokken, maar het balletje met cijfer 19 had een onvoorspelbaar traject afgelegd naar zijn geboortedatum en hij had oprecht te doen met de ongeschoolde jongen die in zijn plaats onder de wapenen zou moeten. Hij wilde niet zo zijn als zijn vader, die alleen maar veinsde alsof hij begaan was met de kansarme medemens. Het opgeven van zijn uitstel van militaire dienst was een absurd hoge prijs om beter te zijn dan zijn vader, maar toen Sharon en hij bij haar huis kwamen, in een smoezelige zijstraat van Urbana, hield zijn morele intuïtie hem niettemin voor die prijs te betalen.

Boven aan de verandatrap had ze zich echter omgedraaid en hem gekust. Hij stond een trede onder haar, wat hun extreme verschil in lichaamslengte compenseerde. Die kus werd het begin van een langdurige opschorting van het vonnis dat hij over zichzelf had geveld. Toen hij zich eindelijk uit haar omhelzing losmaakte, met de belofte haar de volgende dag te zullen bellen, was de gedachte aan Vietnam uitgebannen door haar warme lippen, de verlokkende geur van haar huid, haar brutale tongetje dat zijn mond was binnengedrongen, de ademloze verrassing van alles.

Het huis was een gammel bouwsel met een door hippies gedreven fietsenmakerij op de begane grond, door hippies gedeelde zitkamers op de eerste verdieping, door hippies vervuilde slaapkamers op de tweede; en Sharon, die hippies verafschuwde, had op de derde verdieping de enige bewoonbare kamer. Voor de buitenwereld zag ze eruit als een weerloos klein wezentje, maar ze wist bijzonder goed hoe ze kon krijgen wat ze wilde. Toen ze het vorige jaar wegens overtreding van de regels uit haar studentenflat was gezet, hadden de hippies haar de beste kamer in hun huis gegeven. Naast andere voordelen bood deze kamer de gelegenheid tot ongestoorde seks. Clem was later het belang gaan inzien van huishoudelijke regels voor studentenhuizen, die soms wat ouderwets waren maar je ook behoedden voor de val in een bodemloze put van genietingen en de verwaarlozing van je studie. Maar bij zijn tweede bezoek was hij in alle onschuld de trappen met haar opgegaan naar haar kamer. Na een paar uur geheel gekleed knuffelen op haar bed ging Sharon naar de badkamer en kwam terug in niets dan een badjas. Ze vond dat er wel genoeg was geknuffeld, had er een rauwe neus en kin van. Ze duwde Clem achterover op het bed en maakte zijn broekriem los. 'Eh, wacht even,' zei hij, maar ze zei dat hij zich geen zorgen hoefde te maken, ze slikte de pil. Ze was haar eigen maagdelijkheid verloren op haar zeventiende, aan de zoon van een gezin in Lyon, Frankrijk, waar ze verbleef voor een uitwisselingsproject. Die zoon studeerde aan de universiteit maar woonde nog thuis en was tweeënhalve maand haar minnaar tot ze werden betrapt. De resulterende heisa was uitgemond in een gedwongen terugreis naar Eltonville. Heel gênant allemaal, zei ze, maar dubbel en dwars de moeite waard. Na een briefwisseling van een jaar had haar Franse minnaar iemand anders gevonden en zij had op haar beurt wat avontuurtjes gehad, waarover ze niet veel kwijt wilde. Liggend op zijn rug, met zijn riem los, probeerde hij haar nog steeds af te remmen en eerst tot het gesprek te komen dat hem nodig leek, toen ze de badjas van zich af liet glijden en op hem kwam liggen. 'Het is heel makkelijk,' zei ze. 'Ik zeg wel wat je moet doen.' Van het ene moment op het andere keek hij op naar haar totale naaktheid, waarvan hij had aangenomen dat hij die stukje bij beetje, met veel geduld en vragen om instemming, in de loop van weken of zelfs maanden zou kunnen bereiken. Het was zo'n overdaad van visuele indrukken dat hij er zijn ogen voor moest sluiten. Ze bewoog heen en weer over zijn erectie tot hij het weefsel van tijd en ruimte voelde scheuren. Ze plofte op hem neer en kuste hem. Hij wilde weten of ze had genoten van wat zich zojuist had afgespeeld, en ze antwoordde bevestigend. Maar, drong hij aan, was ze zelf ook...? 'Alles op z'n tijd,' zei ze. 'Ik leer het je wel.'

Voor een vierentwintigjarige boerendochter uit zuidelijk Illinois wist

Sharon een hoop van seks. Een deel van die kennis had ze in Frankrijk opgedaan, en de rest wist ze uit boeken. Het schokkendste voor Clem was haar mededeling dat ze het heel, heel erg lekker vond als hij haar 'daar' likte. Haar 'daar' te likken was wel zo'n beetje het laatste wat hij op de radar had gehad. Hij kende weliswaar het Latijnse woord voor deze handeling, maar dat was tot dusver alleen maar een woord geweest, waarvan hij de indruk had dat het een techniek voor ervaren minnaars betrof, een soort seksuele harddrug waarvoor je eerst aan reguliere gemeenschap gewend moest raken. Het laatste wat hij voor mogelijk had gehouden was het te doen bij een meisje dat nog steeds de namen van zijn twee jongere broers door elkaar haalde. En het allerlaatste wat hij zich had kunnen voorstellen was dat hij het verrukkelijk zou vinden. Het enige wat nog lekkerder was dan de smaak en geur van haar vagina was het moment waarop hij er zijn penis in mocht duwen. En al dat genot stelde hem voor een probleem.

Hij zag nu in dat zijn veelgeroemde zelfdiscipline, de uitzonderlijke bevlogenheid als student waar zijn ouders en leraren hem altijd om hadden geprezen, nooit iets met discipline te maken had gehad. Hij was een uitblinker op school geweest omdat hij het domweg leuk vond om dingen te leren, niet omdat hij over superieure wilskracht beschikte. Vanaf het moment waarop Sharon hem kennis liet maken met iets wat nog veel leuker was kwam hij erachter hoe hopeloos onderontwikkeld de spieren van zijn wil eigenlijk waren. Hij sloeg zonder noemenswaardige reden een practicum organische chemie over om een lange wandeling met haar te kunnen maken, waarbij ze niet eens seks hadden. Hij onderging zijn eerste fellatio op een ochtend waarop hij eigenlijk een college Romeinse geschiedenis had moeten bijwonen. Hij verzuimde zijn tentamen celbiologie voor te bereiden omdat hij het een stuk leuker vond om zijn penis in Sharons mond te zien verdwijnen. Wat dit over zijn zelfbeheersing zei was al erg genoeg, maar erger was nog de afbreuk die het deed aan het recht dat hij zich toekende om vast te houden aan zijn uitstel van dienst, het idee dat hij de mensheid beter diende door hard te studeren en een toonaangevende wetenschapper te worden dan door te gaan knokken in Vietnam. Als hij zijn cijfergemiddelde niet boven de 3,5 kon houden, vond hij dat hij dit recht verspeelde.

Sharon daarentegen was de onbekommerdheid zelve. Voor haar gold geen dienstplicht en ze liep alleen colleges waarbij enige schrijfvaardigheid volstond voor een A. Ze kon nota's en scripties op poten zetten door er alleen maar wat over te praten met Clem, terwijl hij echt moest blokken, in zijn eentje, om te leren wat hij weten moest van organische radicalen. Zij was een geboren lezeres, gewend aan afzondering, en had liever helemaal geen vriendenkring dan vrienden of vriendinnen die ze banaal vond. Clem had zelf nog geen echte vrienden gemaakt op de UvI, maar een medestudent, Gus, had aangeboden zijn kamer met hem te delen, met het duidelijke oogmerk een vriendschap met hem op te bouwen, en nu wisselde Gus geen woord meer met hem, gekwetst omdat hij al zijn tijd doorbracht met Sharon. Zij was net zo hongerig naar genot als hij, maar dat ontwrichtte haar leven niet zoals dat bij hem gebeurde. Ze had nooit haast om ergens te komen en stak hem steeds meer aan met die nonchalance, die bijna net zo verslavend voor hem werd als haar lichaam. Zolang hij zich in haar haar overzichtelijke leventje kon nestelen, alsof dat ook het zijne was, voelde hij zich geweldig. Maar zodra hij een voet buiten haar kamer zette, overspoelde hem de studiestress, die pas weer van hem week als hij haar kamer opnieuw binnenging.

En hij zou het in alle heftigheid hebben ontkend als ze het hem had gevraagd, maar een andere reden om zich met haar op te sluiten was de gêne die hem beving als hij zich met haar onder de mensen begaf. Het lag niet aan haar persoonlijk. Hij was trots op haar intelligentie, haar knappe gezicht en mooie figuur, trots ook op haar uitgesproken oprechtheid. Het probleem school in wat ze was in relatie tot hém, namelijk veertig centimeter kleiner. Zelf had ze nooit ook maar de minste toespeling gemaakt op hun verschil in lengte, en hij verweet het zichzelf dat hij er wel mee zat. Hij had het altijd hoogst onrechtvaardig gevonden hoe de wereld oordeelde over uiterlijkheden, fysieke kenmerken waaraan mensen niets konden doen en die niets te maken hadden met wat ze dachten en wie ze waren, het was volstrekt onrechtvaardig. In theorie was hij zelfs blij met hun fikse verschil in lengte, omdat eruit geconcludeerd kon worden dat het hem alleen maar om het innerlijk van mensen ging. In bed was het zonder meer een pre, omdat de bijna clandestiene kleinheid van haar naakte lichaam hem des te heviger opwond. Maar in het openbaar, hij kon het niet helpen, was hij zich er nadrukkelijk van bewust dat ze opvielen door hun lengteverschil, en dat mensen vast ook andersoortige conclusies over hem trokken.

Toen hij met Thanksgiving naar huis ging in New Prospect, en Becky zag, die nu een volgroeide jonge vrouw was, werd zijn ongemak alleen maar groter. Becky en haar vriendinnen, Jeannie Cross voorop, waren zo oogstrelend dat ze haast een aparte mensensoort leken te vormen – en Becky had een voor haar doen uiterst laatdunkende opmerking gemaakt over het verschil in lengte tussen Tanner Evans en Laura Dobrinsky. Hij had zich erop verheugd haar te vertellen dat hij een vriendin had, maar merkte direct dat zijn zus zich niet voor Sharon interesseerde, geenszins de behoefte had haar te ontmoeten, niets over haar aan de weet wilde komen, geen goedkeuring aan haar zou hechten. Toen hij toch doorzette en over Sharons heldere geest vertelde, over haar verbluffende aantrekkingskracht en de diepte van de seksuele kuil waarin hij was gevallen, klonken zijn eigen woorden hem hol en abstract in de oren. Het gesprek werd hoe langer hoe gênanter, en toen het voorbij was schaamde hij zich voor zijn wellust, en in het verlengde daarvan voor Sharon, en was hij zich pijnlijker dan ooit bewust van hun verschil in afmetingen. De relatie met haar, die eerst nog een verhaal met een open einde was geweest, voelde nu als iets voorbijgaands, alsof Sharon slechts zijn 'eerste scharrel' was, het lieve maar door haar geringe lengte ongeschikte meisje met wie hij zijn maagdelijkheid had verloren. Met haar reactie had Becky hem onbedoeld gedwongen zijn gevoelens voor Sharon onder de loep te nemen, en ze bleken nogal gebrekkig te zijn. Niet robuust genoeg om zoiets tegen zijn zus te zeggen als: 'Je oppervlakkige oordelen interesseren me niet, dit is het meisje van wie ik hou.' Het bleken gevoelens die te onbestemd waren om zich er een liefdesband voor onbepaalde tijd bij voor te stellen, niet sterk genoeg om vast te houden aan zijn uitstel van militaire dienst. Gevoelens die weinig meer waren dan een vlucht voor en een respijt van zijn morele plicht.

Na Thanksgiving was hij met strikte voornemens teruggekeerd naar de universiteit. Hij zou Sharon nog maar twee avonden in de week zien, en niet meer bij haar thuis, en hij ging elke dag tien uur studeren en niets dan de beste cijfers voor zijn aankomende tentamens en nota's proberen te halen. Als hij alleen maar A's haalde, kon hij zijn gemiddelde boven de 3,5 houden, de door hemzelf gekozen drempel om te kunnen blijven studeren en geen daad te hoeven stellen.

Het was een legitiem plan, dat evenwel onuitvoerbaar bleek. Toen hij bij Sharons huis langsging, was het alsof ze elkaar in geen vijf maanden hadden gezien in plaats van vijf dagen. Hij had haar talloze dingen te vertellen, en toen ze haar corduroy broek over haar heupen omlaag trok leek het opeens onzin dat hij zich zo druk had gemaakt over haar lengte. Pas toen hij de volgende middag naar zijn eigen kamer ging, betreurde hij zijn gebrek aan wilskracht. Hij reviseerde zijn plan en besloot tot elf dagelijkse studie-uren, een schema waaraan hij de komende weken vast moest houden tot vrijdag om zichzelf een avondje Sharon te kunnen toestaan. Toen hij op zondagmiddag bij haar wegging, moest zijn schema tot vijftien uur studie per dag worden bijgesteld om zijn doelen te kunnen halen. Hij probeerde zichzelf in te prenten dat hij puur in het nu leefde, als een heuse existentialist, en van hun tijd samen zou genieten zolang die duurde, maar hij bespeurde dat er iets duisterders in hem gaande was – iets wrokkigs haast, alsof hij zich naar Sharons elastieken tijdsbesef voegde om zijn cijfers opzettelijk te laten dalen, zodat hem geen andere keuze zou resteren dan de universiteit achter zich te laten en haar zo te straffen voor de ontaarding die ze hem liet doormaken. Ze had er geen flauw benul van wat dat getal van 3,5 voor hem betekende, maar daar zou ze snel genoeg achter komen en ze zou het berouwen dat ze hem niet meer had laten studeren.

Wat die heimelijke afstraffing nog pijnlijker maakte was dat Sharon tekenen begon te vertonen van een ouderwetse, romantische verliefdheid met volle overgave. Ondanks het feit dat ze zich aan hem had gepresenteerd als een vrije geest en een Colette lezende seksuele avonturierster, en ondanks het feit dat ze te eigenzinnig was om zoetelijke taal te bezigen, leek ze het idee van een langdurige verbondenheid te koesteren. Nadat hij haar verteld had over het gesprek met zijn zus op Thanksgiving, over de erfenis van hun tante, was ze gefixeerd op het idee om een Europese reis met hem te maken. Ze waardeerde de grootmoedigheid waarmee hij Becky het geld had laten houden, maar kon hij zich niet toch een gratis vakantie door haar laten schenken? Zou het niet te gek zijn om met z'n tweetjes door Frankrijk te trekken? Ze zouden dezelfde plaatsen bezoeken als zijn zus en moeder, maar daar steeds wel hun eigen gang gaan. Telkens als ze op het idee terugkwam, om een plaats uit haar zelfbedachte reisschema te verwijderen of juist toe te voegen, sloot Clem zijn ogen met een glimlach. Diep vanbinnen wist hij al dat hij de dienstplichtcommissie zou schrijven, met als hoofdreden dat dit in morele zin de beste stap was die hij kon nemen. En daarnaast waren er redenen die met zijn onwaarachtige vader te maken hadden, en met Sharon, aan wie hij wilde laten zien hoe serieus hij haar ideeën over de dienstplicht had genomen, zodat ze hem kon bewonderen om zijn onkreukbaarheid en hem op één lijn kon stellen met haar broer Mike. Maar in de slotdagen van het semester, met de onhaalbaarheid van zijn academische doelen voor ogen, kreeg hij door, hoe idioot het ook leek, dat hij zijn uitstel van dienst nog het meest wilde opgeven om… niet naar Frankrijk te hoeven met zijn vriendin en zijn zus.

De ochtendhemel leek eerder donkerder dan lichter te worden toen hij bij haar huis kwam. Hij had een sleutel die hij nooit hoefde te gebruiken, want ondanks een recente fietsendiefstal weigerden de hippies hun achterdeur op slot te doen. Hij liep door het halfdonker van de keuken, haastig langs de met etensresten overdekte borden en pannen in en rond de gootsteen, een baaierd die in evenwicht bleef omdat er net genoeg werd afgewassen om te voorkomen dat nieuw vuil vaatwerk de situatie onhoudbaar maakte. De meeste hippies waren te relaxed en in zichzelf gekeerd om hem naar zijn naam te vragen, maar hij kreeg vriendelijke knikjes in het voorbijgaan en was blij dat hij geen gesprek hoefde aan te gaan op de trappen naar boven. Hij ging ervan uit dat hij in het huis bekendstond als de gozer die de kleine chick op de derde neukte, en dat was wat hem betrof een ietwat pijnlijke maar al te ware samenvatting.

Sharon stond in een flanellen pyjama iets te mengen op het multiplex aanrecht van haar privékeukentje. Clem ging achter haar staan, boog zich om haar op haar krullen te kussen en sloeg zijn armen om haar heen. In zijn slaperige verwarring was hij al half een soldaat, en was hij dus bij haar gekomen om te doen wat soldaten op verlof met hun vrouw deden, maar ze schudde hem speels van zich af. 'Ik ben geroosterd brood met suiker en kaneel aan het maken.'

'Ik betwijfel of ik iets naar binnen krijg nu.'

'Wanneer heb je voor het laatst gegeten dan?'

'Gisteren. Een broodje tonijn in de loop van de dag.'

'Dan moet je echt iets in je maag. Maar eerst...' Ze bukte zich om haar koelkastje open te maken. 'Ik heb champagne gekocht!'

'Champagne.'

'Om het te vieren.' Ze reikte hem de koude fles aan. 'Je wilde me niet geloven, maar ik wist gewoon dat je het zou redden.'

In zestig uur vijftien blaadjes voltypen met een misbaksel van een nota leek Clem geen al te indrukwekkende prestatie. 'Champagne, Urbana,' zei hij met een blik op het etiket.

'Van eigen bodem.'

Het leek niet aanbevelenswaardig om in zijn toestand iets alcoholhoudends te drinken om negen uur in de ochtend, maar Sharon had zo haar eigen ideeën over wat kon en niet kon, en hij wilde haar niet teleurstellen. Hij pelde de folie van de fles en verwijderde de kurk.

'Op ons,' zei ze toen hij twee kelkglazen had volgeschonken. 'En op Scipio Africanus.'

'Die naam wil ik nooit meer horen. Ik zat de hele tijd *Scipoi* te typen en moest dat dan steeds weer uitvlakken.'

'Dan alleen op ons.'

Ze ging op haar tenen staan voor een kus, waarvoor hij zich naar haar toe boog. Hij ving nog een opwindend kattenvoerachtig vleugje op van het sperma dat hij op maandag over haar heen had geplengd. Toen ze met haar glas en de fles naar haar slaapkamer liep, volgde hij haar als een hond. Ze ging met haar rug in de kussens op haar bed zitten voor een voetmassage, en hij kneedde haar blote voetzolen met zijn duimen. De champagne maakte haar extreem aanbiddelijk. Het maakte zijn voorgenomen mededeling er niet gemakkelijker op, en hij vroeg zich zelfs of hoe laat hij zou moeten vertrekken om de postwagen te kunnen onderscheppen als die de brievenbus kwam lichten, zodat hij zijn brief terug kon vragen. Om zijn hersenen wat snel opneembare glucose te bieden sloeg hij zijn glas champagne achterover.

Ze vulde het meteen weer bij. 'Je zei trouwens dat je me iets te vertellen had.'

Hij liet zich achterover op het bed vallen en staarde naar het hellende plafond, dat een beetje draaide voor zijn ogen. Het licht dat door haar dakkapel viel leek los te staan van enig uur van de dag. De anonieme grijsheid en zijn verstoorde biologische klok deden het lijken alsof het nog gisteren was, alsof de huidige dag niet door een nacht van de vorige was gescheiden.

'Ik heb jou ook iets te vertellen,' zei ze.

Hij bedacht dat hij nog nooit haar voeten had gekust. Ze waren vertederend klein, met hooggewelfde holten, zacht en koel, een balsem voor zijn verhitte wangen. Ze giechelde en trok ze weg.

'Sorry,' zei ze, 'dat kietelt.'

Het ontbrak hem aan vergelijkingsmateriaal, maar het leek denkbaar dat lang niet alle meisjes, en misschien maar heel weinig meisjes, zo ontwapenend direct waren over wat ze wel en niet lekker vonden. Het leek denkbaar dat maar weinig meisjes zo genereus konden zijn, zo makkelijk bereid hem zijn blunders te vergeven, zo tolerant jegens zijn niet te stillen verlangen naar geslachtsgemeenschap, zo behoeftig om het zelf te hebben, zo gespeend van janken of pruilen en zo wars van emotionele chantage als Sharon tot dusver was geweest. Zoals het ook zeker denkbaar was dat de drie maanden met haar, die hij op het punt stond te beëindigen, nog weleens een aards paradijs konden blijken, waarin hij door stom toeval was beland en dat hij uit pure dwaasheid had verwoest. Hij dacht aan de novemberochtend waarop hij haar als een stram oud vrouwtje naar haar badkamer had zien strompelen en besefte dat hij te ver was gegaan in zijn jacht op een zoveelste, nog maar nauwelijks voelbaar orgasme. Hij herinnerde zich dat ze terug naar bed was gewaggeld en hoe hij haar vol zelfverwijt gesmeekt had hem te vergeven, en hoe ze dat met een lachje en een luchtig '*c'est l'amour*' had weggewuifd. Hij had in een omgekeerde Hof van Eden vertoefd, met een Eva die de appel had gegeten en haar verrukkelijke kennis met hem had gedeeld. Waarom wilde hij dit in hemelsnaam kapotmaken?

Hij berekende dat als hij haar kamer uiterlijk om 10.45 uur verliet, hij nog vóór de lichting bij de brievenbus kon zijn. En trouwens, hij kon de hele ochtend blijven en gewoon een tweede brief sturen met het bericht dat hij van gedachten was veranderd en vasthield aan zijn uitstel.

'Begin je weg te dommelen?' vroeg ze.

'Nee, hoor.'

'Laat me die boterhammen voor je roosteren.'

'Nee, het gaat wel. Die champagne was een suikerstoot.'

Hij schoof zijn hand tussen haar benen en beproefde de veerkracht van de krulhaartjes onder het flanel, schoof naar haar toe voor een beter zicht en trok haar pyjamabroek omlaag. O, de schoonheid van wat hij zag! De onuitputtelijke magie die ervan uitging! Als hij net zo openhartig over zijn voorkeuren zou zijn als zij, had hij haar gevraagd het jasje aan te houden. Hij was haar borsten zeer toegenegen, maar had al zo snel toegang tot ze verkregen dat er geen tijd was geweest om een fascinatie te ontwikkelen, naar ze te leren smachten, waardoor ze van minder belang waren dan ze hadden kunnen zijn. Hij had ze het liefst in hun beha. Het zou zijn voorkeur hebben gehad haar van boven helemaal gekleed te hebben en van onder helemaal naakt, als een universitaire faun, van boven honorsstudente, van onderen het voorwerp van zijn natste dromen. Maar hij had nooit de woorden kunnen vinden om die voorkeur uit te spreken zonder dat het beledigend zou klinken, en zij leek het liefst helemaal bloot te zijn.

Ze ontdeed zich van haar jasje en plukte aan zijn hemd. Ze had hem ook het liefst naakt, en was er met name op tegen dat hij zijn sokken aanhield, maar hij had vanochtend geen zin om zich te ontkleden. Hij had een vaag gevoel van agressie en wilde per se doen wat hij wilde, al was het gevoel nu ook weer niet zo sterk dat hij haar zou dwingen. Hij kreeg het beeld voor ogen van een soldaat die neukte met zijn laarzen aan, in de bescherming van zijn uniform. Toen ze opnieuw aan zijn hemd plukte, duwde hij haar handen weg.

'Wat, heb je het koud?'

'Nee.'

Hij wijdde zich aan het enige werk waarvoor hij de afgelopen tijd enthousiasme had kunnen opbrengen. Onder de horizon van haar ribbenkast, glooiend in de richting van de vallei rond haar navel en weer lichtjes stijgend richting haar vulva en de weelderige bos haartjes die hij te dicht voor ogen had om ze scherp te kunnen zien, lag de witte vlakte van haar buik. Haar handen klemden zich om de randen van het matras bij het eerste contact met zijn tong. Hij was verbaasd over de energie die uit het niets in hem opwelde, en die maar weer eens uitwees dat voortplanting de voornaamste functie was van ieder organisme. Hoezeer hij zijn hersencellen ook had opgezweept met nicotine, ze waren te afgemat geweest om de laatste bladzijden over Scipio Africanus enige kwaliteit te geven, maar de spieren van zijn nek en tong beijverden zich nu uit alle macht om een effect bij Sharon teweeg te brengen waarvan zijn penis vervolgens het genoegen zou mogen smaken. Zijn nek stelde de kramp uit, in zijn slapen verstomde het kloppen van de champagne en de brand in zijn ogen doofde om zijn hoogste doel als organisme te dienen en Sharon tot de gewenste razernij te brengen.

Ze slaakte een hoge kreet en haar lichaam leek uiteen te vallen onder het schokken ervan. Hij hield zijn mond er nog even op en duwde zijn tong zo diep mogelijk naar binnen voor de smaak die zijn penis hem niet kon doen ervaren, en vervolgens werkte hij zich omhoog om haar in de ogen te kunnen kijken. Die glommen als kralen en waren van het donkerste bruin. Haar glimlach was schuin alsof hij hem ontwricht had. Hij schoof een kussen onder haar kont, zoals ze dat graag had, en trok zijn broek halverwege zijn dijen. Het leek nu ronduit wonderbaarlijk hoe geschikt ze voor hem was met dat kleine lichaampje. Hij liet zich met zijn volle gewicht op haar zakken en bleef zo liggen, probeerde het gevoel van totale penetratie in zijn geheugen te griffen, want hoeveel maanden of jaren zouden eroverheen gaan voor hij dat weer met iemand ervoer?

'Gaat het?' zei ze.

'Ja, even pauze.'

'Weet je wat ik nog voor me zag? Wij tweeën in Parijs, en het was opeens noodweer en we gingen kletsnat terug naar het hotel. Ik fantaseerde dat je me liet komen terwijl het plensde van de regen in de boulevards.'

Zelfs het beeld van een klaarkomende Sharon bood geen bescherming tegen de afknapper van de gedachte aan hen in Parijs. Hoe ze daar met Becky en zijn moeder in de rij voor het Louvre zouden staan. Becky lang en mooi en in een stralend humeur, zijn moeder die een reisgids inkeek en er iets snedigs over zei – hij vond het vreselijk om Sharon in dat plaatje op te nemen. Het leek hem vreselijk om met haar in een hotelbed te liggen, waarop talloze mensen hadden geneukt, in een veel te warme en slaapvijandige kamer, met lakens vol opgedroogd zaad, wensend dat hij kon zijn waar Becky was, beneden misschien in de ontbijtzaal met kraakheldere servetten en vers stokbrood, verwikkeld in een levendig gesprek met hun moeder, waar hij graag aan zou deelnemen. Het stond hem nooit tegen om in Becky's nabijheid te verkeren, want nabijheid was het enige wat hij van zijn zus wilde. Maar bij de voorstelling van hoe hij die ontbijtzaal met Sharon betrad, nog stinkend naar de postcoïtale sigaretten, hun ogen dik en rood, begon het beeld van Becky zich op te lossen als een engel of spook. Zelfs in de echte wereld raakte hij haar kwijt – ja, hij was haar al aan het verliezen sinds die avond in september waarop Sharon haar badjas van zich af had laten glijden. Hoe duidelijker Sharon in het plaatje te zien zou zijn, des te doorschijnender Becky zou worden. Zijn penis verslapte.

'O, schatje,' zei Sharon, 'wat zul je moe zijn.'

Hij knikte, blij dat hij haar in die waan kon laten.

'Maar ik heb een idee,' zei ze. 'Als we na de kerst nou eens met z'n tweeen hier gaan zitten? Zou je dat willen? Kunnen we de hele dag colleges voorbereiden en 's nachts samen slapen. Dat kost jou minder tijd. Ik wil niet dat je door mij achter raakt met je studie.'

De laatste glucose was nu opgebrand, en de dierlijke voortplantingsdrift verdampte.

'Maar dat was niet wat ik je wilde zeggen.' Ze draaide zich naar hem toe en keek diep in zijn ogen. 'Mag ik je iets belangrijks zeggen? Het is iets wat ik al weken aan je kwijt wil.'

De drift werd opgevolgd door een gevoel van naderend onheil.

'Ik hou van je,' zei ze. 'Mag ik dat tegen je zeggen?'

Dat was precies het onheil dat hij vreesde.

'Ik hou zoveel van je, lieverd.'

Het was het gevreesde onheil, maar het effect was het omgekeerde van wat hij zou hebben verwacht. Er doorspoelde hem een golf van mannelijke viriliteit. De wetenschap dat hij haar ten volle bezat, de roes van die verovering, plus nog iets primitievers: het plotse besef dat hij haar pijn zou kunnen doen – het had de uitwerking van een injectie met onversneden testosteron. De drift stak meteen weer de kop op en hij gehoorzaamde eraan met een lendenstoot. Het was verbazend hoe anders het voelde om een vrouw te zijn binnengedrongen bij wie hij liefde had opgeroepen, hoeveel nauwer zijn genitale zenuwuiteinden nu met haar in contact waren. Het leek wel alsof

nog maar een tweedejaars geweest toen ze op een dag in de pauze op Kent was afgestapt om hem, waar zijn sportmakkers bij waren, uit te leggen waarom ze nooit met hem zou uitgaan. 'Omdat je een pestkop en een gluiperd bent.' Hiermee had ze Lester weliswaar niet verlost van de zweepslagen die Kent hem in het kleedlokaal op zijn blote achterste gaf met een natte handdoek, maar ze had een fijne neus voor hiërarchie en bespeurde dat Kent uit de gratie was bij de echte top onder de sportbinken. De verleiding was groot geweest om dat Clem te melden, maar ze wist dat hij die hiërarchie op zichzelf nog meer verachtte dan degenen die er deel van uitmaakten. En toch had hij haar nooit proberen over te halen eruit te stappen, alsof hij erkende dat ze erin excelleerde. Wat was ze hem daar dankbaar voor! Het was een van de talloze manieren, wist ze, waarop hij van haar hield. Het gebeurde weleens dat ze op die late avonden wegdoezelde op zijn bed, en een paar uur later wakker werd en merkte dat hij haar had toegedekt met een plaid en zelf op het vloerkleed naast zijn bed lag te slapen. Het had haar kunnen doen vrezen dat er iets ongezonds was aan hun band, die zo hecht was dat ze haast wel getrouwd leken, plus het feit dat ze in het geheel niet werd afgestoten door zijn slungelige lijf en de puistjes en littekens op zijn gezicht, maar nee, ze was er gewoon rotsvast van overtuigd dat alles wat Clem deed goed en juist was.

Zelfs na zijn vertrek naar de universiteit was Clem de ster gebleven waarop ze haar koers bepaalde. Er waren bijvoorbeeld wat liederlijke feestjes zonder ouderlijk toezicht geweest, waar ze per se naartoe had gewild omdat er geen tweedejaars en nauwelijks derdejaars waren uitgenodigd. In feite verfoeide Clem zulke exclusiviteit nog meer dan haar ouders dat deden, maar terwijl haar vader zalverige preken afstak over oog hebben voor mensen met minder geluk en haar moeder zich hardop afvroeg of ze niet al te ver naast haar schoenen begon te lopen, zei Clem te begrijpen dat het belangrijk voor haar was om bij zulke dingen aanwezig te zijn. 'Maar wees wel voorzichtig,' had hij gezegd. 'En vergeet niet dat jij beter bent dan al die lui bij elkaar.' Op feestjes genoot ze een zeker aanzien doordat ze de meeste stemmen had gekregen bij de cheerleaderverkiezingen en daarmee coaanvoerder van het team was geworden terwijl ze nog maar in het derde jaar zat. Als zij riep dat ze de muziek vreselijk vond, was er prompt iemand die de naald van de betreffende plaat haalde om iets van Santana op te zetten. Daar stond een immense druk tegenover om stomme dingen te doen, en ze zou misschien niet in staat zijn geweest alle aangereikte joints weg te wuiven als Clem niet had gewaarschuwd dat er nog weinig bekend was over de langetermijneffecten van marihuana op het menselijk brein. Op het bedit pas hun eerste seks was. Hij verhief zich op zijn handen en stootte nogmaals. Het genot was grenzeloos.

'En, wat vind jij?' zei ze.

'Ik vind je fantastisch,' hijgde hij, in haar stotend alsof zijn leven ervan afhing.

'Oké,' zei ze met een vaag knikje dat voor haarzelf leek bedoeld.

Hij liet zich zakken voor een kus op de mond die de magische woorden had gesproken, maar ze wendde zich af.

'Waarom wil je je niet uitkleden vandaag?'

'Weet ik niet. Leek me opwindend.'

Weer zo'n dubieus knikje.

'Sharon,' zei hij, in het besef dat er gepraat moest worden. En het was wel duidelijk dat het geen aangenaam gesprek zou zijn. Het had alleen zijn uitdrukkelijke voorkeur om het niet nú te hebben. Om die voorkeur te uiten sloot hij zijn ogen en bracht zijn heupen weer in beweging. Het genot was er nog volop, maar ze verbrak de stilte.

'Ik zou willen horen dat jij ook van mij houdt.'

Hij opende zijn ogen. Vanaf september, toen de naald van zijn leven in een groef was blijven hangen die telkens 'Sharon' liet horen, had hij opwellingen gehad om te zeggen dat hij van haar hield, en die hij telkens had onderdrukt omdat hij haar in alles volgde en dacht dat liefdesverklaringen een overtreding inhielden tegen haar vrijgevochtenheid, en na zijn crisis rond Thanksgiving was hij zelfs blij dat hij zijn mond had gehouden. Maar nu voelde hij toch heel nadrukkelijk hoe belangrijk het voor haar zou zijn om die woorden van hem te horen. Zo belangrijk dat hij zowaar meende ze met een zekere oprechtheid te kunnen uitspreken.

'Je hoeft het niet eens te menen,' zei ze. 'Ik ben gewoon benieuwd hoe het voelt als je het zegt.'

Hij knikte, en zei: 'Ik hou niet van je.'

Het drong pas na een seconde door dat hij zich had versproken. Dit had hij niet willen zeggen. Hij werd met afgrijzen vervuld.

'Maar wil je het toch een keer zeggen, alsjeblieft?'

'Ik wílde het zeggen. Het kwam er verkeerd uit.'

'Zeg dat wel, ja.'

Hij verhief zich weer op zijn handen, keek omlaag naar het harige punt waar ze in elkaar overgingen, en schudde zijn hoofd tegen de bittere waarheid. 'Ik… ik weet het gewoon niet. Ik kan het niet zeggen, denk ik.'

Ze maakte een grimas alsof ze heet water in haar gezicht had gekregen.

'Het spijt me,' zei hij.
'Geeft niet.' Ze glimlachte. 'Ik wilde het toch proberen.'
'Jezus, Sharon, het spijt me zo.'
'Het geeft echt niet. Kom maar even lekker.'
Ze overtrof zich in meegaandheid, maar zelfs in zijn opperste staat van opwinding begreep hij hoe fout het was om nu genot uit haar te peuren. Hij trok zich terug.
'Nee, doe maar,' zei ze terwijl ze hem weer op zich trok. 'Vergeet wat ik gezegd heb.'
'Dat kan ik toch niet?'
Ze huilde nu. 'Alsjeblieft, ga door.'
Hij kon niet. Hij herinnerde zich het voorlichtingspraatje, of wat daarvoor moest doorgaan, dat zijn moeder tegen hem had afgestoken toen hij ging studeren. Wat zijn medestudenten ook zouden beweren, had ze gezegd, seks zonder verbondenheid was leeg en heilloos. Hij had het een ouderwetse wijsheid gevonden, ook toen het overeen bleek te komen met de gedragsregels van de universiteit, maar hij kreeg nu toch het idee dat oude mensen minder dom waren dan ze leken – getuige het meisje dat onder hem lag te huilen.
Toen hij uit het bed stapte, werd hij zich bewust van zijn obscene erectie, sjorde zijn jeans omhoog en trok zijn jopper aan. Terwijl Sharon bleef huilen begon er in de hippieslaapkamer onder hen een overbekende baslijn te bonken: de lp van The Who die daar al weken werd gedraaid. Hij tikte een sigaret uit Sharons pakje omhoog, plukte hem er met zijn lippen uit en streek een lucifer aan. In september had hij voor het eerst een van haar Parliaments geprobeerd, en hoewel het hem inmiddels duidelijk was dat roken net zomin een teken van volwassen mannelijkheid was als seks, was hij er hopeloos aan verslingerd.
'Zal ik een boterham voor jou roosteren?' vroeg hij.
Geen antwoord. Sharon had de sprei over zich heen getrokken en lag met haar gezicht naar de muur. Het lichte schudden van haar krullen bewees dat ze nog steeds huilde. Haar bed bestond uit twee matrassen op een boxspring. Haar bureau was een holle deur over twee schragen. Haar boekenkast was opgebouwd uit ongeschaafde planken op blokken gasbeton. Hij herinnerde zich de eerste aanblik van haar boeken, het grote aantal Franstalige paperbacks, de strenge witheid van hun ruggen. Destijds, drie maanden geleden, had hij zich niets aantrekkelijkers in een vrouw kunnen voorstellen dan eruditie. En als hij alleen uit verstand en genitaliën zou

hebben bestaan, had hij zich nu nog steeds een toekomst met haar kunnen voorstellen.

Hij vroeg zich af of hij maar gewoon moest gaan – of dat het mildste was wat hij kon doen of juist het lafste. Hij was eigenlijk van plan geweest per brief met haar te breken, omdat het dan van geest tot geest zou gaan, verstandelijk, op veilige afstand van de diepe seksuele kuil. Maar nu had hij haar pijn gedaan en ze huilde. De vraag was alleen of deze situatie niet voor zichzelf sprak, en de pijn alleen maar groter zou worden door verder te praten. Hij ging op de rand van haar bed zitten, zoog de rook diep zijn geteisterde longen in, en wachtte op wat er in hem zou opkomen. Alweer die existentiële vrijheid: te spreken of niet te spreken. Onder de vloer dreunde The Who lustig verder.

'Ik kom volgend semester niet terug,' hoorde hij zichzelf zeggen. 'Ik kap met die studie.'

Sharon rolde onmiddellijk om en staarde ham aan, met natte wangen.

'Ik zie af van mijn uitstel van militaire dienst,' zei hij. 'Ik hoor wel wat ze met me willen, maar het zal wel op Vietnam uitdraaien.'

'Dat is waanzin!'

'Vind je? Ik dacht dat jij dat de juiste beslissing vond.'

'Nee, nee, nee.' Ze werkte zich overeind en drapeerde de sprei over haar borsten. 'Het is al verschrikkelijk genoeg dat Mike daar zit. Dat mag je me niet aandoen.'

'Ik doe het jou niet aan. Ik doe het omdat ik het hoor te doen. Mijn lotnummer is negentien, dus zoals je zelf al zei: ik had er allang moeten zitten.'

'God, Clem, nee. Dit is waanzin.'

Toen zijn geniale broertje oud genoeg was geworden om schaak mee te spelen, en nog jong genoeg om verslagen te kunnen worden, had Clem hem nooit schaakmat gezet zonder eerst te vragen of hij wel zeker was van zijn laatste zet. Dat had hem een liefdevolle vraag geleken voor een oudere broer, tot de dag waarop Perry tranen in de ogen kreeg (hij huilde destijds om van alles en nog wat) en zei dat hij het er niet altijd zo moest inwrijven. Waarom had hij niet zien aankomen dat Sharon ook zo zou reageren?

'Ik zal er heus niet sneuvelen,' zei hij. 'Er vinden al geen grondgevechten meer plaats.'

'Hoelang denk je hier al over? Waarom heb je er nooit iets over gezegd?'

'Ik zeg het je nu.'

'Omdat ik zei dat ik van je hou?'

'Nee.'

'Het was stom om dat te zeggen, Clem. Ik weet niet eens of het wel waar is. Het was gewoon iets wat mensen zeggen, en waarvan je je afvraagt hoe het is om het zelf ook eens te zeggen. Maar woorden hebben hun eigen kracht, en ze kunnen iets reëel maken doordát je het uitspreekt, dus het spijt me dat ik je probeerde te dwingen het ook te zeggen. Ik vind het fantastisch dat je zo eerlijk tegen me bent, want ik hou… o, shit.' Ze zeeg ineen en begon weer te huilen. 'Ik hou écht van je.'

Hij nam een laatste haal van zijn sigaret en drukte hem behoedzaam uit in haar asbak. 'Het had niks te maken met wat je zei. Ik heb de brief al verstuurd.'

Ze keek hem niet-begrijpend aan.

'Op weg hiernaartoe.'

'Nee! Nee!' Ze sloeg met haar vuistjes op hem in. Het deed geen pijn. De seksgeur die van haar af kwam en de hardvochtigheid van wat hij zojuist had gezegd deden zijn begeerte weer oplaaien. Hij dacht aan de keer dat hij met haar op hem vastgepind door de kamer had gewankeld, een uitspatting die hij dankzij haar kleine gestalte had kunnen klaarspelen. Bang als hij was om toch weer in de diepe kuil te tuimelen, greep hij haar polsen om haar te dwingen hem aan te kijken.

'Je bent een fantastische vrouw,' zei hij. 'Je hebt mijn leven totaal veranderd.'

'Dat klinkt als een afscheid,' jammerde ze. 'Ik wil geen afscheid!'

'Ik zal je schrijven, ik vertel je alles.'

'Nee, nee, nee.'

'Maar je ziet toch wel dat het niet in evenwicht is tussen ons? Ik hou van wie je bent, maar ik hou niet van jou.'

'Was ik je maar nooit tegengekomen!'

Ze wierp zichzelf op het voeteinde. Het medelijden dat hij voelde was oneindig veel echter dan het idee dat hij soldaat ging worden. Hij had met haar te doen omdat ze zo klein was en van hem hield, en om de verwarring waarin hij haar had gestort, en om de ironie dat hij juist door haar op existentieel niveau had leren denken en besloten had tot een breuk. Hij wilde blijven en alles uitleggen, het over Camus hebben, haar aan de noodzaak herinneren om ingrijpende morele keuzes te maken, haar laten inzien hoeveel hij haar als mens verschuldigd was. Maar hij vertrouwde zijn dierlijke driften niet.

Hij boog zich naar voren en drukte zijn gezicht in haar krullen. 'Ik hou heus wel van je,' zei hij.

'Als je van me hield, ging je niet weg,' antwoordde ze met venijn in haar stem.

Hij sloot zijn ogen en was meteen half in slaap. Hij dwong ze weer open. 'Ik moet naar mijn kamer, inpakken.'

'Je breekt mijn hart. Ik hoop dat je dat beseft.'

De enige manier om bij de kuil weg te komen was opstaan, sterk zijn, weggaan. Toen hij haar bij het opentrekken van de deur 'Wacht!' hoorde schreeuwen, brak zijn eigen hart ook bijna. Hij had de deur nog niet achter zich gesloten of hij werd overmand door schokken die hij tot zijn verrassing herkende als snikken. Het was zuiver lichamelijk, net zo autonoom als braken, maar minder vertrouwd dan dat – hij had niet meer gehuild sinds de dag waarop Martin Luther King jr. was vermoord. Met een zoutig waas voor ogen snelde hij over de schimmelige traploper naar beneden, langs het gedender van The Who, waarin nu ook een gitaar, drums en een stem vielen te onderscheiden, en door de walm van ochtendhasj buiten de gemeenschappelijke zitkamers het kille en grauwe Urbana in.

Vijf uur later, het was beginnen te sneeuwen, gaf hij in het busstation zijn pukkel en bovenmaatse koffer af, waarvan het sjouwen hem een voorbode van zijn basisopleiding had geleken, en koos een van de laatste vrije zitplaatsen in de bus, diep in het rookgedeelte, aan het gangpad, met een krijsende baby achter hem. Hij miste Sharon zo erg, was zo vertwijfeld over de mogelijkheid van een weerzien, verkeerde zo op de rand van nieuwe tranen dat hij net zo goed van haar had kunnen houden. In de grijze nevel van het rookgedeelte diepte hij een sigaret op uit zijn jopper, wipte de klep van het asbakje in zijn armleuning omhoog en probeerde zijn emoties te bedwingen met nicotine. De monsterlijke taak om Sharons hart te breken was volbracht, maar er wachtten hem nog genoeg dingen om te doen vandaag.

In gesprekken met Sharon had Camus hem een bewonderenswaardige denker geleken, tegen wie weinig viel in te brengen. Maar nu zag hij toch een probleem. Misschien doordat Camus als Fransman ook cartesiaan was, ging hij uit van een eenvormig bewustzijn dat langs rationele weg tot morele keuzes kwam. Maar motieven van mensen waren in het echt toch veel grilliger en complexer. Clem had aan Sharon een deugdelijk moreel argument ontleend voor het stoppen van zijn uitstel van militaire dienst, maar als dat het enige argument zou zijn geweest, had hij wellicht nooit die brief naar de dienstplichtcommissie gestuurd. Er waren zo veel andere besluiten mogelijk. Hij had de immoraliteit van die uitstelregeling ook in brede kring kunnen gaan uitdragen, en zijn breuk met Sharon kunnen rechtvaardigen omdat ze hem van zijn studie afhield. Nee, als hij er eerlijk over nadacht, had hij zijn daad eerst en vooral gesteld door hoe hij over zijn vader dacht.

Meer dan zestien jaar lang had Clem zijn vader bewonderd om diens kracht. In zijn kinderjaren in Indiana was het verval van de pastorie sneller gegaan dan wat zijn vader aan onderhoud kon doen, en Clem had altijd vol ontzag, en een beetje angstig, naar het rollen van zijn vaders dikke spieren gekeken als die weer eens met een pikhouweel of klauwhamer in de weer was, en naar het zweet dat over zijn lijf gutste als hij onkruid wiedde op een hete augustusdag. Het zweet van zijn vader had een unieke, ondefinieerbare geur – het stonk niet, deed eerder aan nieuwe paddenstoelen denken, of regen, maar de intensiteit was niettemin overweldigend. (Later, toen Clem voor de kweker in New Prospect werkte, was het een openbaring geweest dat er uit zijn eigen doorweekte T-shirts precies dezelfde geur opsteeg. Voor zover hij wist waren zijn vader en hij de enigen op de wereld van wie het zweet zo rook. Hij vroeg zich zelfs af of anderen het wel konden ruiken.) Eén duw van zijn vader volstond om zijn schommel zo hoog te laten opzwaaien dat hij zich bangelijk aan de kettingen vastklampte. Met een enkele polsbeweging gaf zijn vader een honkbal zo veel vaart mee dat het vangen pijn deed door de handschoen heen. En die stem. Als zijn vader in boosheid zijn stem verhief (altijd tegen Clem, nooit tegen Becky) was dat zo overdonderend dat Clem de voorkeur zou hebben gegeven aan een tik, als zijn vader daar niet een tegenstander van was geweest.

In Chicago had hij ook bewondering opgevat voor zijn vaders morele kracht. Toen hij in junior high *To Kill a Mockingbird* las, herkende hij vol trots zijn vader in Atticus Finch. Toen hij maatschappelijke opvattingen kreeg, stemden die één op één overeen met die van zijn vader, en hij wist dat hij er oprecht in geloofde, want ze doorstonden de lof die zijn moeder erover uitsprak. Hij deelde zijn vaders afschuw van de oorlog in Vietnam, en geloofde net als hij dat de burgerrechtenbeweging de belangrijkste strijd van het tijdsgewricht leverde. Toen zijn vader campagne voerde om de rassenscheiding in het openbare zwembad van New Prospect op te heffen, ging hij zelf van deur tot deur met pamfletten en herhaalde woord voor woord wat zijn vader over discriminatie zei. Hij had wel niet de brede kennis van zijn vader, en geen kansel om van te preken, reed geen bus naar Alabama, maar volgde zijn voorbeeld op zijn eigen wijze. Sportbinken op Lifton Central die graag 'flikkers' en 'mietjes' treiterden, leerden uit zijn buurt te blijven. Als hij zag dat er iemand werd gepest, werd hij zo witheet van woede en zo ongevoelig voor pijn dat hij zijn mannetje stond in de gevechten die hij aanging. Hij was nooit bevriend met de jongens voor wie hij het opnam, omdat die niet voor niets paria's waren. Hij deed gewoon wat zijn vader hem geleerd had over goed en fout.

De enige geschilpunten tussen hen waren godsdienst en Becky. Clem kon totaal niet uit de voeten met zulke metafysische noties als God de Vader of de helemáál absurde Heilige Geest, en wat Becky betrof was er van meet af aan iets gewrongen tussen hem en zijn vader, die er ten aanzien van zijn dochter een wat bezitterige en overbezorgde houding op na hield. Zijn eigen omgang met Becky maakte Clem bewust van een zekere gespletenheid in zichzelf. Hij was bereid om met iedereen op de vuist te gaan die een onvertogen woord over zijn vader sprak, maar kon het niet laten Becky's eerbied voor diens gelovigheid te ondermijnen. Dit was des te eigenaardiger omdat Clem wel degelijk christelijke waarden aanhing. Hij had grote bewondering voor Jezus als leermeester en voorvechter voor de armen en onderdrukten, maar bespeurde ook iets subversiefs in zichzelf, een sarcastisch alter ego dat door Becky in hem werd wakker gemaakt. Hij wees haar graag op het ontbreken van bewijs voor spirituele krachten of de feitelijke juistheid van Bijbelse verhalen, hield haar voor dat ook het bestaan van God niet te bewijzen viel en dat er geen wetenschappelijke onderbouwing van 'wonderen' viel te geven. En het miste zijn uitwerking niet. Hij maakte een junior atheïste van Becky, en ook dat werd iets wat hem met zijn zusje verbond, nog iets om in haar lief te hebben – zoals haar onderlip omkrulde als God ter sprake kwam aan de eettafel.

Ten aanzien van zijn eigen atheïsme was hij behoedzamer, deels uit respect voor Jezus en deels omdat hij het zo goed met zijn vader kon vinden. Zijn vader leerde hem met veel geduld gereedschappen gebruiken, en zo vermoeid kon Clem niet worden of hij weigerde als eerste af te haken als ze samen de grond omspitten, bladeren harkten of muren schilderden. Hij was altijd uit op de goedkeuring van zijn vader en verheugde zich over de gulheid en regelmaat waarmee hij die ook kreeg. In dat opzicht had hij zich geen betere pa kunnen wensen. Toen hij op z'n vijftiende naar de highschool ging en zijn vader besloot zijn jongerengroep van de kerk aan het werk te zetten op een kamp in Arizona, schoof Clem zijn afkeer van metafysica graag opzij om mee te kunnen.

Rond diezelfde tijd was Rick Ambrose aan boord gekomen. In zijn eerste jaar, toen hij nog voltijds seminarist was en slechts in deeltijd raadsman binnen de jongerengroep, had Ambrose nog kort haar en een gladgeschoren gezicht gehad, en niets dan ontzag getoond voor de hulpprediker. Maar na het maatschappelijke tumult van die volgende zomer (Clem had campagne gevoerd voor de linkse democraat Eugene McCarthy en was nauw opgetrokken met zijn vader, die in augustus een bloedlip opliep toen hij tussenbeide wilde komen bij een schermutseling tussen politie en demonstranten in Grant Park) was Ambrose met lang haar en een hangsnor naar de groep teruggekeerd. Sommige jongens in de kerkgemeente, Tanner Evans voorop, hadden dat uiterlijk prompt overgenomen. Op de zondagavonden van de jongerengroep werd de sfeer losser, minder gezagsgetrouw, met het toetreden van jongeren die geen gemeentelid van de First Reformed waren, of helemaal niet kerkelijk. Maar het kwam geen moment bij Clem op om zich zorgen te maken over zijn vader. Het was toch niet raar dat die als geestelijke een bijbel bij zich had en iedere bijeenkomst begon met een gebed? Martin Luther King was ook zo vroom als wat geweest, en die werd daar niet minder om bewonderd. Clem kende niemand die met zo veel hartstocht voor sociale rechtvaardigheid streed als zijn vader, en als je echt van iemand hield, aanvaardde je hem als persoon en zag je dingetjes door de vingers die je liever anders had gewild. Hij zag dat mensen met hun ogen rolden als zijn vader weer eens aan een godsdienstige bespiegeling begon, maar dat deed Becky thuis ook en dat wilde niet zeggen dat ze niet van hem hield.

In het voorjaar van 1969 was de groep zo uitgedijd dat er op de eerste dag van de paasvakantie twee gehuurde bussen op het parkeerterrein van de kerk stonden. Er waren twee verschillende werkkampen voor Arizona gepland, de leden hadden vooraf een plek in een van beide gekozen en het lag voor de hand de bussen navenant te bezetten. Maar toen Ambrose zijn bagage bij een van de bussen neerzette, werd die direct gezien als de hippe van de twee, zeker toen Tanner Evans en zijn muziekvrienden er ook voor kozen. De andere bus, met Clem, zijn vader en de burgerlijke jongeren, werd van de weeromstuit de duffe bus. Clem maakte dat niet uit, voor hem was een bus niets anders dan een vervoermiddel naar de ijle lucht van Arizona's hoogvlakte, de geur van pinyon-dennen en gefrituurd Navajobrood, en een kans om keien te versjouwen en timmerwerk te doen voor een volk dat door blanke kolonisten was onderdrukt en van zijn grond beroofd. Dat hele idee van hip versus duf was te kinderachtig om los te lopen – onder de jongeren van New Prospect stond niemand hoger in aanzien dan zijn zus, en Becky had hem zelf verteld dat het niets over je persoonlijkheid zei als je in trek was of juist niet. Omdat hij zich al bemind wist door Becky, had hij nooit zijn best gedaan om populair te worden op school, en van zijn weinige goede vrienden zat er niet één bij de jongerengroep, maar hij kon goed overweg met de leden die als duf werden aangemerkt. Zelfs het immer chagrijnige dikke meisje, de eeuwige moppentapper en de onverbeterlijke flapuit hadden iets interessants te zeggen als je ze op hun gemak stelde en je best deed om naar ze te luisteren. Dat zou Jezus ook hebben gedaan, en dat alleen al gaf Clem een goed gevoel.

Maar eenmaal op weg in de duffe bus leek zijn vader rusteloos en afwezig. Hun chauffeur was wat trager dan de andere, en zijn vader zat vlak achter hem, voorovergebogen door de voorruit te turen alsof hij bang was dat ze te ver achteropraakten. Clem ging vroeg slapen, en toen hij midden in de nacht wakker werd en hij zijn vader nog steeds zag turen, schreef hij dat toe aan zijn bevlogenheid. Wat er echt speelde werd de volgende ochtend pas duidelijk toen hun bus naast die van Ambrose tot stilstand kwam bij een wegrestaurant en zijn vader Ambrose te verstaan gaf dat ze van plaats gingen wisselen.

In principe was hier niets mis mee. Zijn vader had als hoofd van de jongerengroep het volste recht om zijn aanwezigheid over beide bussen te verdelen. Maar toen Clem zag hoe grétig hij instapte, zonder zelfs maar over zijn schouder te kijken, bekroop hem het gevoel dat hij niet uit verantwoordelijkheidsbesef van bus was gewisseld maar omdat hij gewoon graag in die andere wilde zitten.

Toen ze die avond het stadje Rough Rock binnenreden, werd Clem op de akeligst denkbare manier in zijn vermoeden gesterkt. In de stoffige schemering van Arizona was iedereen met tassen en rugzakken in de weer voor de opdeling van de groep in twee helften: een die bij zijn vader in het stadje bleef, en een die met Ambrose zou doorrijden naar Kitsillie, een nederzetting op het tafelland van de Black Mesa. Bij het kiezen van een bestemming was Clems voorkeur al direct naar Kitsillie uitgegaan omdat de primitieve omstandigheden hem aanspraken, maar de meeste jongeren die in de betreffende bus stapten, onder wie Tanner en Laura en hun gevolg, deden dat vanwege Ambrose, die leiding zou geven aan Kitsillie. Toen iedereen in de bus zat behalve Ambrose zelf, zag Clem tot zijn verrassing dat zijn vader instapte met zijn reistas.

Het leek achteraf beter, zei zijn vader in de bus, dat hij het Kitsilliecontingent leidde en Ambrose achterbleef in Rough Rock, waar de omstandigheden wat overzichtelijker waren. Na een paar tellen verblufte stilte ging er een golf van protest door de bus, met name van Laura Dobrinsky en haar vriendinnen. Maar te laat, de chauffeur had de deur al gesloten en trok op.

Clems vader schoof naast hem en gaf hem een klopje op zijn knie. 'Goed, hè?' zei hij. 'Nu brengen we de hele week met elkaar door, is dat niet mooi?'

Clem zei niets. Achter hem klonk verontwaardig geroezemoes. Zijn vader had hem van het gangpad afgesloten door naast hem te komen zitten, en het gevoel van beklemming was verstikkend. Het was nieuw voor hem om zich ervoor te schamen dat hij de zoon van deze man was, een gewaarwording die hem door de ziel sneed. Het maakte hem niet eens uit hoe hij zelf overkwam bij de hippe jongeren. Het was de zwakte die zijn vader had getoond door zijn positie te misbruiken om deze bus voor zich op te eisen. En nu misbruikte hij hém ook nog door te doen alsof het vanzelfsprekend was dat ze samen optrokken.

De schijnvertoning ging door op het tafelland. Zijn vader leek ziende blind voor de irritatie die hij had gewekt door de plaats van Ambrose in te nemen. Hij leek zich niet te realiseren dat hij al bijna vijftig was, tweemaal zo oud als Ambrose, en allerminst met hem uitwisselbaar. Zeker, hij was sterker en handiger dan Ambrose, en ja, hij bruiste van energie – de terugkeer naar het tafelland en de Navajo's, voor een week hard werken in zijn geliefde omgeving, was altijd een kick voor hem. Maar als hij 's ochtends de werkploegen indeelde, meldde zich nooit iemand als vrijwilliger voor de zijne. Als hij dan maar wat mensen aanwees en zijn gereedschap ging pakken voor de klussen van die dag, gebeurde er altijd iets navrants: elk meisje in zijn ploeg dat bevriend was met Laura Dobrinsky wisselde achter zijn rug van plaats met iemand uit een andere ploeg. Dat moest hij merken, maar hij zei er nooit iets over. Misschien was hij daar gewoon te laf voor, of anders kon het hem misschien niet schelen hoe die meisjes over hem dachten. Misschien ging het er hem alleen maar om dat ze de week niet met hun geliefde Ambrose konden doorbrengen.

Clem was ook altijd ploegleider, de enige niet-volwassene die zijn vader deze verantwoordelijkheid te dragen gaf. Een jaar geleden zou deze uiting van vertrouwen hem hebben verrukt, maar nu was hij alleen maar blij dat hij nooit met zijn vader in een ploeg zat. Overdag leidde het harde werk hem af van zijn weerzin om te moeten terugkeren naar het schoolgebouw waar de Kitsilliegroep bivakkeerde, maar rond etenstijd wachtte hem dan toch weer de schaamte. Hij voelde zich moreel verplicht om een tafel te delen met zijn vader, die door alle anderen werd gemeden, en zich te onderwerpen aan het gespeelde enthousiasme waarmee zijn vader vertelde over de greppels die hij groef voor de aanleg van een riolering. De aanblik van zijn leeftijdsgenoten die verderop met elkaar aten en lachten, dompelde hem in een ellendige eenzaamheid. Hij wou dat hij de zoon van iemand anders was. Van wie dan ook.

Het was een werkkamptraditie om na het eten met z'n allen rond een enkele brandende kaars te gaan zitten en gedachten en gevoelens over de dag uit te wisselen, maar Laura en haar hippe vriendinnen vormden nu een muur van bedrukkende stilte. Na een paar avonden ging zijn vader ertoe over het mooiste van die meisjes, Sally Perkins, te vragen of ze de groep iets te vertellen had. Sally staarde naar de kaars en schudde haar hoofd. Haar weigering om iets te zeggen was zo nadrukkelijk en de spanning rond de kaarsvlam zo groot dat een uitbarsting niet leek te kunnen uitblijven, maar Tanner Evans schoot te hulp door een akkoord aan te slaan op zijn twaalfsnarige gitaar en de groep tot samenzang te verleiden.

De opluchting van Clems vader dat een confrontatie uitbleef, bleek ijdel, want de uitbarsting kwam tien dagen later alsnog, op de eerste zondagse bijeenkomst na de terugkeer van de jongerengroep uit Arizona – en des te feller omdat de onvrede zo lang was opgekropt. Het was een ongewoon warme avond voor april en de benauwde ontmoetingszolder stonk naar vermolmde balken. Iedereen wilde zo snel mogelijk de trap af naar de aula en de meeste aanwezigen vielen stil toen Clems vader voor de groep ging staan om zijn gebed te zeggen. Hij wierp een blik op Sally Perkins en haar vriendinnen, die bleven praten, en probeerde hen te overstemmen. 'Onze Vader die in de hemel zijt,' begon hij.

'Ze zouden hier airconditioning moeten installeren,' merkte Sally luidkeels op tegen Laura Dobrinsky.

'Sally,' bromde Rick Ambrose vanuit een hoek.

'Ja, wat.'

'Wees eens even stil.'

Clems vader begon opnieuw. 'Onze Vader...'

'Nee!' zei Sally. 'Sorry hoor, maar nee. Ik ben die stomme gebeden zat.' Ze kwam overeind en keek om zich heen. 'Ben ik de enige of zijn er meer die er genoeg van hebben? Hij heeft mijn paastrip al verpest, en ik moet echt kotsen als hij nu ook weer gaat bidden.'

De verachting in haar stem was schokkend. Wat er ook gaande mocht zijn in het land, hoe fel er ook overal tegen de heersende machten van leer werd getrokken, niemand haalde het in zijn hoofd om in een kerk zulke taal te bezigen.

'Ik ben het ook beu,' zei Laura Dobrinsky terwijl ze opstond. 'Dus je bent zeker niet de enige. Nog iemand?'

De andere hippe meisjes kwamen massaal overeind. De hitte in de ruimte sneed Clem zowat de adem af. Laura Dobrinsky richtte zich rechtstreeks tot zijn vader.

'De jonge Navajo's mogen je ook niet,' zei ze. 'Die hebben schoon genoeg van dat gepreek. Ze hebben geen zin meer in een neerbuigende blanke die ze vertelt wat zijn blanke god van ze wil. Heb je enig idee hoe je op mensen overkomt? Je was vroeger misschien in tel bij de stamoudsten daar, en dat ben je misschien nog steeds. Maar het zijn óudsten, hè. Dat missionarissengelul werkt niet meer.'

Rick Ambrose staarde nors naar de punten van zijn laarzen, met zijn armen stijf over elkaar. Clems vader trok wit weg. 'Mag ik ook iets zeggen?' vroeg hij.

'Nou, misschien is het beter als je een keer luistert,' zei Laura.

'Laura,' zei Ambrose.

Laura draaide zich naar hem toe. 'Neem je het voor hem op? Omdat hij een of ander domineesdiploma heeft? Dat lijkt mij juist een reden om het níet voor hem op te nemen, eerlijk gezegd.'

'Als je een probleem hebt met Russ,' zei Ambrose, 'moet je dat met hém bespreken.'

'Wat sta ik hier te doen dan?'

'Onder vier ogen, bedoel ik.'

'Nee, mijn rug op, geen behoefte aan.' Laura keek weer naar Clems vader. 'Geen enkele behoefte aan een persoonlijke band met jou.'

'Het spijt me zeer dat te horen, Laura.'

'O ja? Ik denk anders niet dat ik hier de enige ben.'

'Dat klopt,' zei Sally Perkins. 'Het laatste wat ik wil is een band met jou. Ik heb zelfs geen zin meer om in deze groep te blijven zolang jij daar deel van uitmaakt.'

Meer dan de helft van de groep was intussen gaan staan en het werd snel rumoeriger. 'Zitten allemaal!' bulderde Ambrose over het tumult heen. 'Zitten en bekken dicht!'

Iedereen ging zitten. Ambrose mocht dan onder Clems vader staan in de hiërarchie, iedereen wist wie de echte leider was – wie er de sterke man was en wie de zwakkeling.

'We slaan het gebed vanavond maar over,' zei Ambrose. 'Is dat oké, Russ?'

De oudere man knikte gedwee. Wat was hij zwak, *zwak*!

'Je luistert niet naar ons,' zei Laura Dobrinsky. 'Je hoort niet wat we zeggen. Het is hij eruit of wij eruit.'

Kreten van bijval, en Clem kon er niet meer tegen. Hoezeer hij zich ook voor zijn vader had geschaamd in Arizona, hij verdroeg het niet als zo'n hele meute zich op één minkukel stortte. Hij stak zijn hand op. 'Mag ik even iets zeggen?'

Alle ogen waren direct op hem gericht. Ambrose knikte instemmend.

'Ik kan er niet over uit hoe gemeen jullie zijn,' zei hij. 'Jullie stappen op omdat je geen gebed van twee minuten aankunt? Ik ben er ook geen liefhebber van, maar ik kom hier niet voor gebeden. Ik kom hier omdat we een gemeenschap vormen die hulp biedt aan arme en onderdrukte mensen. En weten jullie wat? Mijn vader wijdt zich daar al langer aan dan jullie op de wereld zijn. Hij is bevlogener dan wie ook in deze ruimte, en dat zou volgens mij ook moeten meetellen.'

Het meisje naast hem streelde vluchtig zijn arm.

'Clem heeft gelijk,' zei Ambrose. 'We moeten elkaar respecteren. Als we niet sterk genoeg zijn als groep om dit uit te praten, verdienen we het niet een gemeenschap te heten.'

Sally Perkins staarde naar Clems vader. Ze leek er een sadistisch plezier aan te ontlenen dat hij niet terug durfde te kijken. 'Nee,' zei ze.

'Sally,' zei Ambrose.

'Laten we erover stemmen,' zei ze. 'Wie wil er blijven als híj ook blijft?'

'Geen stemming,' zei Ambrose. 'Niets daarvan.'

'Dan ga ik weg.'

Ze kwam weer overeind, en meer dan de helft van de groep volgde haar voorbeeld. Clems vader had ogen als schoteltjes van ontzetting. 'Ik wil ook nog wat zeggen,' zei hij. 'Hoor me gewoon even aan, oké? Ik weet niet waar dit opeens vandaan komt...'

Laura Dobrinsky lachte smalend en liep de ruimte uit.

'Het spijt me als ik niet aan jullie verwachtingen voldoe,' zei de hulpprediker. 'Ik blijk het nodige van jullie te leren te hebben. Ik geef veel om deze groep, met heel mijn hart. We hebben al geweldig werk verricht en daar wil ik graag aan blijven bijdragen. Als jullie liever hebben dat Rick voorgaat in gebed, of zelfs de groep gaat leiden, vind ik dat oké. Maar als jullie persoonlijke groei óók van belang vinden, wil ik graag een kans om die zelf ook door te maken. Ik vraag jullie me die kans te geven.'

Clem voelde zich bijna letterlijk verstenen, alsof hij in scherven uiteen zou spatten als iemand hem een tik met een hamer gaf. Zijn vader stond te sméken. En nog vruchteloos ook. Sally Perkins was intussen ook weg en de helft van de jongeren verdrong zich in de deuropening om haar te volgen. Clems vader bekeek het met stomme, dierlijke verwondering.

Ambrose, die in een weinig benijdenswaardige positie verkeerde, stelde voor dat Russ een ademhalingsoefening deed met de achterblijvers en dat hij met de weglopers in gesprek ging. En weer knikte de oudere man gedwee. Onder degenen die nog in de ruimte zaten ontwaarde Clem tot zijn verbazing Tanner Evans.

'Goed, dan gaan we met z'n allen ademen,' zei zijn vader met bevende stem. 'Ik ga hier liggen, en doen jullie dat ook maar, met je ogen dicht. Is dat goed?'

Het was de bedoeling dat hij aan het woord bleef en de rest door een visualisatie leidde, maar er was geen ander geluid dan het geroezemoes van de mensen beneden. Clem lag op zijn rug in de hitte en probeerde regelmatig te ademen terwijl zijn gedachten afdwaalden naar Becky: hoe zijn vader altijd haar speciale vriend wilde zijn en zich eraan leek te storen dat ze met Clem echt een speciale vriendschap had, en hoe hij altijd pogingen deed om zich tussen hen in te werken en met ieder een aparte band te hebben, en hoe vreemd het eigenlijk was dat zijn vader al die moeite in hen stak – want Becky was populair genoeg en hijzelf redde zich wel. Zijn zus noch hij had behoefte aan de extra aandacht waar hun jongere broer juist wel naar leek te smachten. Perry was rijk aan talent maar arm van geest, en hun vader, die altijd veel vertoon maakte van zijn steun aan de armen, had op Perry alleen maar kritiek. En nu was er iets eenders aan de hand in de jongerengroep. In plaats van zich aan de sociaal behoeftige leden te wijden, had zijn vader de populaire jongeren van Ambrose proberen af te pikken. Hij was niet alleen zwak, hij was stuitend – een hypocriet.

Clem hoorde voetstappen, richtte zich op en zag zijn vader achter Ambrose aan de ruimte uit lopen. Niemand veinsde nog die ademhalingsoefening te doen. Tanner Evans keek naar Clem en schudde meewarig zijn hoofd.

'Ik heb niet zo'n zin om erover te praten,' zei Clem. 'Wat mij betreft maken we er geen woorden aan vuil.'

Er ging een zucht van verlichting door de anderen. Ze dachten er net zo over.

'Ik blijf in de groep,' zei hij. 'Maar ik ga nu wel naar huis.'

Hij liep met onzekere stappen de trap af, voelde zich uitgeput. Thuis in de pastorie ging hij direct naar zijn kamer, deed de deur op slot en pakte een bibliotheekboek van Arthur C. Clarke om zich terug te trekken in een andere wereld dan deze. Een paar uur later werd er op zijn deur geklopt.

'Clem?' Het was zijn vader.

'Ga weg.'

'Mag ik binnenkomen?'

'Nee, ik lig te lezen.'

'Ik wou je alleen maar even bedanken, jongen. Voor je mooie woorden van vanavond. Kun je even opendoen?'

'Nee. Ga weg.'

De pijn die zijn vader in hem opriep was als een ziekte die aanhield in de weken die volgden. Op de volgende zondagsbijeenkomst deed hij zichzelf aan Tim Schaeffer denken, een groepslid dat na de verwijdering van een hersentumor nog twee maanden naar de zondagen was gekomen en toen alsnog stierf. Iedereen wilde zijn partner zijn bij vertrouwensoefeningen, en niemand deed moeilijk als hij geen zin had om zijn gevoelens te delen. Rick Ambrose nam hem apart om te zeggen dat hij zelden zoiets sterks en moedigs had gezien als Clems verdediging van zijn vader, en begon hem vanaf dat moment persoonlijke dingen te vertellen, logistieke problemen voor te leggen en hem schertsend te plagen met zijn atheïsme. Ambrose liet het nooit doorschemeren, maar Clem kreeg sterk de indruk dat hij een nieuwe vaderfiguur voor hem probeerde te worden.

En inderdaad, hij kon geen respect meer opbrengen voor zijn eigen ouweheer. Na zijn karakterzwakte te hebben doorzien, herkende hij die in alles wat zijn vader deed. Hij zag hem Becky's beleefdheid uitbuiten om haar mee te tronen op die zondagswandelingen. Hij zag hoe zijn moeder door hem genegeerd werd bij kerkelijke gelegenheden, terwijl hij constant praatjes maakte met de vrouwen van anderen. Hij zag hem zijn best doen om Rick Ambrose zwart te maken en diens aanzien bij de jongeren te ondergraven. Hij hoorde hem tot vervelens toe opscheppen over het beëindigen van de rassenscheiding in het zwembad en de keren dat hij met Stokely Carmichael had gedemonstreerd. En hij zag hem in de badkamerspiegel kijken en met zijn vinger over zijn borstelige wenkbrauwen gaan. De man die Clem altijd had bewonderd om zijn kracht, bleek zo fout als het maar kon. Hij verdroeg het niet langer om in zijn vaders nabijheid te zijn. En nu gaf hij zijn uitstel van militaire dienst op om zijn vader te laten zien wat je deed als je echt sterk was.

De sigarettenrook in de bus naar Chicago en het rotweer daarbuiten zorgden voor een vroege schemering. De vallende sneeuw maakte witte vegen op de maisakkers en de schuren in de verte. De baby achter hem had een woordje ontdekt, *buh*, en wist van geen ophouden. Op elke *buh* volgde een kakelende lach, en dat elke keer net als Clem leek in te dutten. Zonder dat hij iets hoefde te doen droeg de bus hem voorwaarts, naar de taak om zijn ouders te vertellen dat hij naar de dienstplichtcommissie had geschreven, weg van het leed waarin hij Sharon had gedompeld. De diepte van dat leed drong zich steeds nadrukkelijker aan hem op, met steeds meer pijn. De enige verlichting die hij zich kon voorstellen was Becky's waardering voor de daad die hij stelde.

Vol zelfhaat, walgend van haar overgewicht, haastte Marion zich de pastorie uit. Als ontbijt had ze heel langzaam en met minieme hapjes één hardgekookt ei en een halve geroosterde boterham gegeten, overeenkomstig de adviezen van een vrouw die voor *Redbook* schreef en in tien maanden twintig kilo zou zijn afgevallen, die op een foto bij haar artikel stond afgebeeld in een Barbarella-achtige jumpsuit, met een futuristisch aandoende wespentaille, en die voorts aanbeval om bij wijze van lunch een beker afvaldrank (bekend van reclame en tv) te gebruiken, drie uur intensieve gymnastiek per week te doen, zulke mantra's te prevelen als die volgens welke ieder pondje door het mondje ging, en elke zoveel pond gewichtsverlies te vieren met een voor jezelf gekocht en feestelijk ingepakt cadeautje. Afgezien van een tienjarige voorraad slaappillen kon Marion geen cadeautjes bedenken die als verlokking zouden volstaan, maar ze ging al wel een tijdje plichtsgetrouw naar de gymnastiek die op dinsdag- en donderdagochtend werd gegeven in de presbyteriaanse kerk, en zou daar ook vandaag naartoe zijn gegaan als Judson geen kerstvakantie had gehad. Verstoken van de halve sandwich met mayonaise waarop een uur presbyteriaanse calorieverbranding haar recht zou hebben gegeven, had ze geluncht met een tweetal spaarzaam met roomkaas besmeerde selderijstengels, en met die in haar maag zou ze van huis zijn gegaan als ze niet had gezien dat een van de koekjes die ze met Judson had gebakken in tweeën was gebroken. De aanblik van dat ene kapotte koekje tussen al die ongeschonden exemplaren had haar met erbarmen vervuld. Ze was er de schepper van en zag het opeten ervan als een daad van genade. Maar de zoetheid had haar eetlust als vanouds doen oplaaien, en op het moment dat de zelfhaat haar achterhaalde had ze er nog vijf naar binnen geschrokt.

Op haar tennisschoenen en in haar meervoudig verstelde gabardine overjas liep ze langs bomen waarvan de bast donkere vorstvlekken vertoonde, en langs de gevels van huizen die niet langer de echtelijke stabiliteit uitstraalden die ze bij oplevering in de jaren veertig zo aantrekkelijk had gemaakt. Het voelde alsof ze eerder waggelde dan liep, maar ze hoefde tenminste niet bang te zijn dat ze de aandacht trok. Afgezien van het medelijden dat ze wekte omdat ze geen eigen auto had om zich mee te verplaatsen, schonk niemand aandacht aan de onbegeleid op straat lopende vrouw van een geestelijke. En zo was het al lang. Direct nadat de inwoners van New Prospect haar als de vrouw van Russ Hildebrandt hadden leren kennen en haar een plek aan het positieve uiteinde van hun sociale spectrum hadden toebedeeld, was ze voor iedereen onzichtbaar geworden, als persoon en als vrouw: ook seksueel was er geen aspect dat nog in het oog kon springen na wat de jaren en zijzelf met haar gestalte hadden gedaan. In dat laatste opzicht was ze zelfs voor haar man, en met name voor hem, onzichtbaar geworden. En voor haar kinderen: vormeloos in de dichte, warme wolk van 'mama' waardoor ze naar haar keken. Hoewel het haar alleszins mogelijk leek dat niemand in New Prospect een hekel aan haar had, was er evenmin iemand met wie ze goed bevriend was. Hoe permanent haar geldgebrek ook mocht zijn, ze was nog armer in termen van vriendschap – gespeend van de geheimpjes waarmee vrienden wederzijds vertrouwen in elkaar kweken. Geheimen had ze genoeg, maar die waren veel te groot om ooit te worden prijsgegeven door de vrouw van een geestelijke.

In plaats van vriendinnen had ze, stiekem, een psychiater – en ze was te laat voor de afspraak die ze daar vanochtend mee had. Ze had een hekel aan joggen, hoe haar vlezigste delen daarbij opveerden en omlaag kwakten, maar toen ze de hoek om was naar Maple Avenue zette ze het toch op een ingehouden hollen, met afgemeten pasjes, waarmee je naar het scheen meer calorieën verbrandde dan met het wandelend afleggen van dezelfde afstand. De huizen aan Maple waren in een strijd verwikkeld om wie er de feestelijkste kerstverlichting had: struiken, hekken en balustrades vol snoeren en lampjes, gedoofd nu, die voor ranken en vruchten moesten doorgaan. Het was Marion een raadsel hoe de avondlijke charme van al die lichtjes kon opwegen tegen de treurigheid die er nu bij daglicht van uitging. Noch begreep ze hoe de opwinding van kerst in de kindertijd de moeizaamheid kon rechtvaardigen waarmee je de periode als volwassene doormaakte.

Op Pirsig Avenue vertraagde ze haar vaart tot een marstempo. De enige in heel New Prospect die wist dat ze bij een psychiater liep, was de receptionist van de bloeiende tandartspraktijk van Costa Serafimides, in een verdiepingsloos bakstenen pand bij het treinstation. Tussen de kamers waarin tandplak werd verwijderd en gaatjes werden uitgeboord had de psychiatrisch geschoolde vrouw van dokter Serafimides, Sophie, een ongemarkeerd kamertje waarin ze haar cliënten ontving: wie Marion in de wachtruimte zou zien, wist niet beter of er stond haar een tandheelkundige behandeling te wachten. Als ze Sophies spreekkamer betrad, klonk daarbuiten het piepen van rubberzolen en het snerpen van tandartsboren, en snoof ze de aangenaam antiseptische geur op die aan de tandartsenij verbonden leek. De spreekkamer was gevuld met twee lederen fauteuils, boekenkasten vol naslagwerken, ingelijste certificaten (Sofia Serafimides, MD) en een dressoir met diepe laden vol pillen. Het leek een hedendaagse versie van een biechtstoel, een afgeschermd vertrek om je hoofd tegen contante betaling te laten uitschrapen in plaats van weesgegroetjes te prevelen.

Marion was als vroege twintiger een trouw praktiserende katholiek geweest en had destijds in de veronderstelling geleefd dat de heilige moederkerk zo niet haar leven had gered, dan toch zeker haar geestelijke gezondheid had gewaarborgd. Maar later, toen Russ in haar leven was gekomen en ze de overstap had gemaakt naar het nuchtere protestantisme, was ze het katholicisme van haar jeugd juist als een periode van wanen en krankzinnigheid gaan beschouwen – minder hels dan de daadwerkelijke waanzin die haar op haar twintigste in een inrichting had doen belanden, maar verre van heilzaam. Het was alsof ze in haar katholieke fase onder een gewelf had vertoefd dat de zonnigste dag donker maakte. Ze was geobsedeerd geraakt door zonde en vergeving, had immense betekenis gehecht aan de futielste dingen (een afgevallen blad dat voor haar voeten warrelde, een liedje dat ze op dezelfde dag op twee verschillende plaatsen hoorde) en was bezeten geweest door de gedachte dat God haar gadesloeg bij alles wat ze deed. Nadat ze verliefd was geworden op Russ en de wonderbaarlijke zegeningen van hun huwelijk had mogen ontvangen, het ene gezonde kind na het andere, ieder van de vier dierbaar genoeg om haar leven te vervullen, had ze een mentale deur gesloten tussen haar en de jaren waarin de zon lichtloos was geweest en ze geen andere vriend had gehad dan God, als je het woord 'vriend' mocht toepassen op een oneindig wezen. Het onophoudelijk biddende meisje dat ze op haar tweeëntwintigste was geweest, had ze zich alleen nog herinnerd als iemand die ze gelukkig niet meer was.

Pas in de voorafgaande lente, toen Perry last had gekregen van slaapstoornissen en schoolproblemen, had ze die mentale deur weer op een kier gezet, om zijn verschijnselen te vergelijken met die welke ze zelf had gehad op zijn leeftijd. En pas bij haar eerste bezoek aan het antiseptisch geurende kamertje van Sophie Serafimides had ze in zichzelf een zekere nostalgie naar haar katholieke jaren bespeurd. De herinnering dat het protocol van de biechtstoel ook iets tróóstrijks had gehad, en hoe de immensiteit van het katholieke kerkgebouw haar het gevoel had gegeven dat haar zonden, hoe schandelijk ook, druppeltjes waren in een onafzienbare emmer vol zondigheid van het mensdom door de eeuwen heen. Het geloof dat Russ predikte ging amper over zonde, en Marion had lange tijd zijn overtuiging gedeeld dat een evangelie van liefde en verbondenheid meer met de leer van Jezus overeenstemde dan verhalen over schuld en verdoemenis. Maar de laatste tijd twijfelde ze. Ze hield meer van haar kinderen dan van Jezus, wiens goddelijke natuur toch iets raadselachtigs had, en in wiens opstanding uit de dood ze niet echt kon geloven, maar in God geloofde ze onvoorwaardelijk. Ze kon Zijn aanwezigheid constant in zich en rondom zich voelen. God wás er, en niet minder nu ze vijftig was dan op haar tweeëntwintigste. En God liefhebben, al was het maar een beetje, of zelfs alleen maar als de vraag zich opdrong of ze Hem nog liefhad, was een diepere liefde dan die welke ze ooit voor een mens, haar kinderen incluis, kon opbrengen. Want God was oneindig. Ze vroeg zich af of op zichzelf goede protestantse kerken zoals de First Reformed geen vergissing begingen als ze zo veel nadruk op Jezus' vergevingsvolle ethiek legden en daardoor afstand namen van de notie dat mensen doodzonden konden begaan. In de First Reformed was schuld zo'n beetje hetzelfde begrip als in de humanistische Ethical Culture Society, een versie van het maatschappelijke schuldgevoel dat progressieve mensen ertoe aanzette de minderbedeelden te helpen. Voor een katholiek daarentegen hield schuld méér in dan zomaar een gevoel. Het was de onontkoombare consequentie van de menselijke zondigheid, iets wat een eigen bestaan had, zichtbaar voor God. Hij had haar zes suikerkoekjes zien verorberen, en de naam van haar zonde was vraatzucht.

Marcherend door de winkelbuurt rond Pirsig Avenue probeerde ze geen aandacht te schenken aan de etalages met spullen die haar hoonden om de cadeaus die zij haar kinderen ging geven. Russ was tegen de commercialiteit rond kerst en had daarom een krap budget ingesteld, maar dat was niet leuk voor de kinderen, en vooral niet voor Judson, die moest opgroeien in zo'n welvarende voorstad. Voor hem had ze een footballspel gekocht waarvan de winkelier beweerde dat iedere jongen het wilde, maar waarvoor Judson waarschijnlijk te intelligent was om er lang plezier aan te beleven. Voor Becky had ze een snoezig reiskoffertje gekocht dat in prijs was verlaagd, waarschijnlijk omdat het te klein was om er veel aan te hebben. Voor Clem, met een knipoog naar zijn wetenschappelijke aspiraties, had ze een tweedehands microscoop op de kop getikt, die waarschijnlijk antiek was in vergelijking met die van de universiteit. En voor Perry – o, Perry wilde van alles en zou van alles creatief gebruikmaken, maar was ook zo attent, zat zozeer op haar golflengte dat hij alleen cadeautjes had genoemd waarvan hij wist dat ze die zich kon veroorloven. Dus had ze voor hem de goedkoopste cassetterecorder gekocht die de winkel in elektrische apparatuur bood, een apparaat dat die winkel waarschijnlijk alleen maar op de plank had om de kopers van andere cassetterecorders het idee te geven dat ze bij lange na niet de slechtste hadden aangeschaft. En al die tijd, ál die tijd, had er achter in haar kousenla een envelop gelegen met de achthonderd dollar die ze had gereserveerd voor haar sessies bij Sophie Serafimides, die ze betaalde om eens per week haar vriendin te zijn.

Onder dit egoïsme bevonden zich nog diepere hellekringen van schuld. Ze loog en ze stal, en ze had op een keer iets nog ergers gedaan. Tegen haar man loog ze al vanaf het eerste moment dat ze elkaar hadden ontmoet, en tegen haar dochter had ze nog geen kwartier geleden gelogen toen ze op weg naar de achterdeur had gezegd dat ze te laat was voor haar gym. Nou en of ze daar te laat voor was – dat uur gym had ze twee uur geleden al moeten doen! De twee tiendollarbiljetten in de zak van haar gabardine overjas maakten deel uit van de veertienhonderd die de juwelier op Wabash Avenue haar had gegeven voor de parelketting en diamanten ringen die ze achterover had gedrukt bij het leeghalen van haar zusters appartement in Manhattan. Op dat moment had ze als executeur van Shirleys testament gevonden dat ze een onrecht herstelde dat haar zuster had begaan door niks na te laten aan haar drie andere kinderen. Becky kreeg al een smak geld en hoefde niet ook nog eens die sieraden. Het zou een vergeeflijke diefstal zijn geweest als ze haar voornemen had waargemaakt door het geld van de verkoop over Judson, Perry en Clem te verdelen. Maar na haar eerste 'uurtje' met Sophie in juni, toen Sophie opmerkte dat wekelijkse sessies goedkoper zouden zijn dan recepten voor slaappillen, en haar over de glijdende schaal van haar tarieven vertelde en vroeg of Marion twintig dollar per sessie zou kunnen opbrengen, en Marion daarop had beweerd dat ze dat moeiteloos kon omdat ze een klein persoonlijk fonds tot haar beschikking had, was haar diefstal een daad van zuivere boosaardigheid geworden.

Dankzij het hollen over Maple Avenue kwam ze maar vijf minuten te laat bij de tandartsenpraktijk aan. Het parkeerterrein was leger dan anders en in de wachtruimte zat maar één moeder met haar zoontje, dat door een *Highlights for Children* bladerde en nog geen vermoeden leek te hebben van het orale ongemak dat het wachtte. Dat moeder en zoon zwart waren, zei alles over de progressieve inslag van de Serafimidesen, wier opleidingen hen niet alleen naar deze voorstad hadden geleid maar ook, wist Marion omdat ze ernaar had gevraagd, weg uit de Grieks-orthodoxie van hun beider jeugd. Ze waren nu lid van de Ethical Culture Society. De receptioniste, een toonbeeld van discretie, in de zestig en zelf ook van Griekse afkomst, gaf Marion met een zwijgend knikje toestemming om direct door te lopen naar het psychiatrische heiligdom.

Sophie Serafimides was een dik propje dat haar stoel volledig vulde. Ze had een fraaie olijfkleurige huid en een grote wolk van kroezig witgrijs haar. Hoewel Marion was getroffen door haar engelachtige achternaam toen ze die in de Gouden Gids zag staan, vond ze het intiemer om haar met Sophie aan te spreken. De psychiaters die haar destijds in Los Angeles hadden behandeld, waren zulke afschrikwekkende voorbeelden van mannelijke neerbuigendheid geweest dat ze het herstel van haar instorting nog steeds als een klein wonder beschouwde. Dat ze in New Prospect een vrouwelijke zenuwarts had gevonden, was een waar geschenk, en als het zo zou zijn dat ze eigenschappen op Sophie 'overdroeg' van haar liefdeloze, wereldvreemde moeder, die in 1961 aan leverkanker was overleden toen ze allang geen contact meer hadden, dan was ze zich daar niet van bewust. Sophie Serafimides had niet dieper in de realiteit geworteld kunnen zijn. Zo straalde ze heel authentiek alle warmte en openhartigheid uit die bij haar mediterrane achtergrond hoorden, en soms moeilijk te verdragen waren, maar nooit op een manier die Marion haar kwalijk kon nemen.

Niets verrukte het propje meer dan de dromen van haar cliënten aan te horen, maar Marion kon haar vandaag geen nieuwe bieden en gaf zelf toch al meer de voorkeur aan een biecht. Na haar jas te hebben opgehangen en plaats te hebben genomen, bekende ze dat ze haar gymkleren droeg omdat ze tegen Becky had moeten liegen over waar ze naartoe ging, waarna ze opbiechtte dat ze niet minder dan zes suikerkoekjes had verorberd, opgeschrokt, één voor één in haar mond had gestouwd. Sophie hoorde het glimlachend aan. 'Het is maar eenmaal kerst per jaar,' zei ze opgewekt.

'Ja, je vindt natuurlijk dat ik het veel te groot maak,' zei Marion. 'Maar weet je wat ik vanochtend woog? Tweeënzeventig kilo! Ik loop al sinds september te hongeren, doe mijn kniebuigingen en buikspieroefeningen, mijd snoep, en in al die maanden ben ik zes miezerige pondjes afgevallen.'

'We hebben het over dat tellen van dingen gehad, hè? Hoe we cijfers en aantallen gebruiken om onszelf te straffen.'

'Ja, sorry, maar voor iemand van mijn lengte is tweeënzeventig kilo gewoon te veel.'

Sophie glimlachte innemend, met haar handen verstrengeld op een buik waarvan de omvang haar zelf in het geheel niet leek te deren. 'Tja, koekjes eten is een interessante reactie op het gevoel te dik te zijn.'

'Nou, en Becky was weer dwars. Ze is onmogelijk de laatste tijd. Ik zou het kunnen hebben als het bij prikkelbaarheid en geheimzinnigheid bleef, maar Tanner Evans belde gisteravond om haar te spreken en ik hoorde haar pas na middernacht thuiskomen, en vanochtend was ze heel vroeg op, wat niets voor haar is. Ze wil niets zeggen, maar je ziet haar gewoon stralen van geluk. Het deed me denken aan hoe heerlijk het is om voor het eerst verliefd te zijn, weet je, en dat niets op de wereld zo heerlijk is.'

'Klopt.'

'Tanner is een leuk joch. Heel getalenteerd, gaat trouw naar de kerk, bijzonder knappe jongen ook. Als ik aan mijn eigen puberteit denk, wat een ramp dat was... Becky is echt het tegenovergestelde. Ze is een lieve meid die de juiste keuzes maakt en ik ben reuzetrots op haar, en blij voor haar.'

Sophie reageerde met een warme glimlach. 'Zo trots en zo blij dat je zes koekjes moest eten.'

'Waarom niet? Ik loop al een jaar honger te lijden en met afvallen word ik heus geen achttien meer.'

'Zou je echt weer achttien willen zijn?'

'Zoals Becky het is? Alles overdoen en dan op die manier? Nou en of!'

Het propje leek een tegenwerping te bedwingen. 'Oké,' zei ze. 'En waar wil je het verder over hebben?'

Het was duidelijk met welk 'verder' ze het gesprek wilde voortzetten: Russ. Marion had in de wachtruimte al veel cliënten uit de ongemarkeerde kamer zien komen met een gezicht dat geen tandartsboor zo gepijnigd zou kunnen krijgen, en dat waren altijd vrouwen van middelbare leeftijd geweest. Hieruit had ze afgeleid dat Sophie vooral getrouwde vrouwen behandelde, depressieve vrouwen, vrouwen van wie de man was vertrokken of op het punt stond dat te doen in de echtscheidingsepidemie die New Prospect teisterde. Met zo'n cliëntenbestand was het geen wonder dat Sophie in elke echtgenoot een hoofdverdachte zag. Kwestie van gewenning. Al bij hun eerste uurtje had Marion het gevoel gekregen dat Sophie ongezien een hekel aan Russ had zonder hem ooit gezien te hebben. In de uurtjes daarop had ze duidelijk proberen te maken dat Russ niet het probleem was, dat Russ niet zoals alle mannen was, dat hij slechts de naweeën ondervond van een vernederende crisis in zijn carrière. Maar Sophie had dan telkens met een begripvolle glimlach gevraagd waarom Marion elke donderdag over haar huwelijk sprak als ze geen reden zag om zich daar zorgen over te maken. En uiteindelijk, ergens in augustus, had Marion toegegeven dat er inderdaad iets aan de hand leek met Russ. Hij had een rechtere houding, verzorgde zichzelf beter en leek zich tegelijkertijd aan haar te ergeren, viel om de kleinste dingetjes tegen haar uit en maakte haar steeds onzekerder over hun relatie. Sophie had dit als een 'doorbraak' voor Marion beschouwd en welwillend opgemerkt dat haar huwelijk best nog de moeite van het redden waard kon zijn. Ze had Marion ter overweging gegeven zich wat meer in de buitenwereld te begeven, zichzelf wat onafhankelijker te maken om Russ een nieuwe context te bieden waarin hij haar kon zien. Was het gezien hun geldzorgen een idee als Marion een parttimebaantje nam? Of een avondstudie ging doen? Marions eigen plan van aanpak was tien kilo lichter te zijn met kerst. Sophie, die aanzienlijk zwaarlijviger was dan Marion maar kennelijk nog aantrekkelijk genoeg voor haar graatmagere man, had onder voorbehoud met dit plan ingestemd: als Marion wilde afvallen, was het beter dat voor zichzelf te doen, als een manier om meer controle over haar leven te krijgen.

'Ik denk dat Russ tegen me gelogen heeft bij het ontbijt,' zei Marion nu om tegemoet te komen aan haar betaalde vriendin die iedere nieuwe klacht over Russ scheen te beschouwen als een stap op weg naar… tja, naar wat? De erkenning dat haar huwelijk was gestrand? 'Toen hij naar beneden kwam, wist ik meteen dat hij zich ergens op verheugde. Als hij opgetogen is, loopt hij altijd een beetje zwierig, als een blije peuter. Of als Elvis, weet je, heupwiegend. Hij had het hemd aan dat ik hem voor zijn verjaardag heb gegeven en dat hem zo goed staat. Dat blauw haalt mooi zijn ogen op. Maar dat was dus wel raar, want hij doet vandaag alleen pastoraal werk, gaat bij mensen langs die aan huis gebonden zijn, en dan nog wat spullen afleveren in Chicago. Vanavond dan nog een open huis, maar daar kleedt hij zich doorgaans voor om. Dus ik vroeg of hij andere plannen had, en dat ontkende hij, en toen begon ik me af te vragen of het iets te maken had met het afleveren van die spullen, want Frances Cottrell zit ook in die dameskring. Frances is die…'

'Jonge weduwe,' zei Sophie.

'Precies. Vroeg of laat gaat die iemands huwelijk kapotmaken, en nu maakt ze dus deel uit van de dienstbaarheidskring van Russ voor de binnenstad. Dus ik vroeg hem wie er vandaag meeging, en het was net alsof hij zich op die vraag had voorbereid, want hij viel me zowat in de rede met het antwoord. "Alleen Kitty Reynolds," zei hij. Kitty gaf vroeger les op de highschool maar is nu gepensioneerd. Maar het punt is dat hij het iets te snel zei. En dan dat hemd, en dat heupwiegen, dus.'

'Dus.'

'Nou, hij heeft het werkelijk nooit over Frances. Op een dag zag ik haar toevallig op het parkeerterrein toen ze op het punt stonden om naar de stad te rijden, en de enige keer dat hij ooit iets over haar gezegd heeft, was toen ik die avond naar haar vroeg.'

'Ze is jong.'

'Jonger. Ze heeft nog een zoon op de highschool.'

'Jong is jong,' zei Sophie. 'Costa heeft het weleens over de eerste echte lentedag, als alle jonge vrouwen de straat op gaan in hun zomerjurkje. Het is voor veel mannen stimulerend om aantrekkelijke jonge vrouwen om zich heen te hebben. Daar is niet per se iets mis mee, hoor. Ik zie die zomerjurkjes zelf ook graag.'

Wat was dat toch opvallend – dat Sophie de rol van aanklager op zich nam als Marion Russ verdedigde, maar voor begrip pleitte als Marion iets kritisch over hem zei. Ze vroeg zich af of dit een of andere therapeutische strategie was, of een truc om haar elke week terug te laten komen met twintig dollar in haar jaszak.

'Nou, dat relativeringsvermogen mis ik kennelijk nog,' zei ze geïrriteerd. 'Weet je waarom ik volgens mij vooral die koekjes naar binnen heb gewerkt? Ik denk dat Becky net één vrolijkerd te veel was vanochtend.'

'Je hebt liever dat Russ neerslachtig is.'

'Nou, misschien wel, ja. Heb ik nu laten merken dat ik een slecht karakter heb? Zo ja, dan heb ik me lelijk laten kennen.'

'Je voelt je een slecht iemand.'

'O, ik wéét dat ik slecht ben. Je hebt geen idee hoe slecht.'

Sophies glimlach maakte plaats voor een frons. De timing waarmee ze van glimlachen overging op fronsen begon nogal voorspelbaar te worden. Marion kreeg er het gevoel bij dat er een spelletje met haar werd gespeeld.

'Ik had die hele bakplaat leeg kunnen eten,' zei ze. 'Mijn enige reden om dat niet te doen was dat Judson dan geen koekjes meer zou hebben, maar geloof me, ik had ze allemaal kunnen opschrokken. Zes pond eraf in drie maanden hongeren, en denk maar niet dat iemand het opmerkt. Maar denk evenmin dat ik het verdien om slank te zijn. De dikzak die ik elke ochtend in de spiegel zie, dat is wat ik verdien.'

Sophie keek even naar het aantekenblok op het bijzettafeltje. Daar had ze sinds de zomer niets meer in geschreven. Er school iets van dreiging in die blik.

'Ik denk trouwens dat iederéén slecht is,' zei Marion. 'Slechtheid is volgens mij de basis van het mens-zijn. Als ik echt van Russ hield, zou ik dan niet blij moeten zijn dat hij weer zo kwiek is? Zelfs al betekende het dat hij in het geniep iets met die jonge weduwe had? Ik wil gewoon niet dat hij het naar zijn zin heeft. Ik wil alleen maar dat hij niet bij me weggaat. Toen ik hem vanochtend in zijn mooie hemd zag, had ik spijt dat ik dat voor hem heb gekocht. Als hij zich rot moet voelen om met mij getrouwd te blijven, heb ik liever dat hij zich rot voelt.'

'Dat zeg je nu wel,' zei Sophie. 'Maar ik betwijfel of je het echt gelooft.'

'En wat je trouwens ook moet weten,' zei Marion met stemverheffing, 'ik betaal jou met geld dat ik hiervoor met moeite opzij heb gezet, dus het interesseert me verder weinig hoe goed jij en je man het samen hebben.'

'Ik weet niet of je wel begrijpt wat ik zei.'

'Ja, hoor, dat begreep ik heel goed.'

Sophie keek weer naar haar aantekenblok. 'Wat heb je me dan horen zeggen?'

'Dat jij niet neerslachtig bent. Dat jij wel een goed huwelijk hebt. Dat je geen idee hebt hoe het is om naar een mooi meisje in een zomerjurk te kijken en haar een rotleven te wensen, net zo'n rotleven als het jouwe. Dat jij nooit hebt hoeven ontdekken hoe egoïstisch alle menselijke liefde eigenlijk is, hoe slecht álle mensen zijn, en dat je maar één liefde hebt waarvan je zeker weet dat die niet egoïstisch is, namelijk die voor God. En dat dat een schrale troost is, maar toch de enige die we hebben met z'n allen.'

Sophie ademde langzaam in en uit. 'Je geeft me vandaag een hoop om mee te werken,' zei ze. 'Ik zou graag beter begrijpen waar dat allemaal vandaan komt.'

'Ik haat kerst. En ik val geen grammetje af.'

'Ja, natuurlijk, ik zie in dat dat heel frustrerend is. Maar ik bespeur toch ook iets anders.'

Marion keek naar de deur en dacht aan al dat geld in haar kousenla en de inferieure cassetterecorder die ze voor Perry had gekocht. Het was nog niet te laat om een goeie stereoset voor hem te kopen, of een mooie camera, iets waarmee hij echt blij zou zijn, iets om het een klein beetje goed te maken dat hij met de zwartheid in zijn ziel was opgezadeld die zij aan hem had doorgegeven. Met de andere kinderen zou het allemaal wel goed komen, maar om Perry maakte ze zich zorgen, en het was onverdraaglijk te weten dat hij de labiliteit die ze in hem bespeurde van haar had. Als ze Sophie bleef bezoeken, zou het geld tegen de zomer op zijn, en al wat ze feitelijk aan die bezoeken overhield was het tweewekelijkse moment waarop Sophie zonder te kijken achter zich reikte en een la van haar dressoir opentrok voor een handjevol gratis artsenmonsters van Sopor™, methaqualon, 300 mg. Die monsters waren het enig ontegenzeglijk nuttige dat Marion kreeg voor haar twintig dollar per week. Een recept zou goedkoper zijn geweest, maar ze had geen vrouw met een herhalingsrecept willen zijn. Ze had er de voorkeur aan gegeven te doen alsof haar nerveuze neerslachtigheid iets tijdelijks was en de gratis monsters een ad-hocoplossing inhielden. Perry's onrustbarendste verschijnselen waren al afgezwakt en hij was in het najaar toegetreden tot de jongerengroep van de kerk, en ze had zichzelf toegestaan te geloven dat Sophie gelijk had en dat het echte probleem haar huwelijk was. Ze had zichzelf toegestaan te geloven dat Sophie verbetering in haar toestand kon brengen. Maar er kwam geen verbetering in haar toestand. De Sopors lieten haar weliswaar vaster slapen dan de biechten van weleer, maar in de biechtstoel had ze tenminste de ergste waarheden omtrent zichzelf kunnen uitspreken. Daar had ze zo gek en ongelukkig kunnen zijn als ze maar wilde, zonder dat iemand haar voorstelde te vechten voor haar huwelijk, waarvan ze nu geloofde dat het niet te redden was, omdat ze het nooit had verdiend, omdat ze het met bedrog had verkregen. Wat ze verdiende was straf.

'Marion?' zei Sophie.

'Het werkt niet.'

'Wat werkt niet?'

'Jij. Deze gesprekken. Ik. Niks werkt.'

'De feestdagen zijn altijd moeilijk. Het einde van het jaar is moeilijk. Maar de gevoelens die dan bovenkomen zijn wel de moeite van het doordenken waard.'

'Een doorbraak?' zei Marion sarcastisch. 'Wou je zeggen dat we weer een doorbraak hebben bereikt?'

'Je voelt je een slecht mens,' zei Sophie om het gesprek weer op gang te krijgen. Twintig dollar was het laagste tarief dat ze hanteerde, maar Marion vond dat niettemin een bedrag dat haar het recht gaf dwarser tegen Sophie te zijn dan tegen anderen, en daar nog warme glimlachjes voor in ruil te krijgen ook.

'Het is geen gevoel maar een feit,' zei ze.

'Wat bedoel je daar precies mee?'

Marion sloot haar ogen en zei niets meer. Na een poosje begon ze zich af te vragen wat er zou gebeuren als ze de rest van het 'uurtje' bleef zwijgen en dan weg zou gaan zonder een woord te zeggen. Ze had nog genoeg Sopors voor een week en de verleiding was groot om Sophie niets meer te geven 'om mee te werken', om het propje tegenover een stille cliënt met gesloten ogen, als represaille omdat ze geen spat vooruitging – om zelf eens degene te zijn die iemand links liet liggen in plaats van de moeder die door haar man en kinderen werd genegeerd. Met iedere minuut stilte zou ze veertig cent verspillen, en die opzettelijke verspilling leek net zo onweerstaanbaar als de opzettelijke inbreuk op haar dieet met die koekjes van vanochtend. Ze wou dat ze had gezwegen vanaf het moment dat ze was binnengekomen.

Na een paar minuten zonder andere geluiden dan die van de tandheelkundige instrumenten in de andere kamers keek ze tussen haar wimpers door naar Sophie en zag dat die ook met haar ogen dicht zat, een volmaakt neutrale uitdrukking op haar gezicht, haar handen losjes in haar schoot als een proeve van therapeutisch geduld. Nou, die uitdaging ging Marion graag aan.

In de voorafgaande zomer, toen hun betaalde vriendschap van de grond begon te komen, had Marion een aantal dingen opgebiecht waarover ze keihard had gelogen tegen Russ, of die ze op z'n minst moedwillig had verzwegen, en die ze hem nu nooit meer zou kunnen vertellen. Een van de belangrijkere dingen was dat ze in 1941 na een zware psychose liefst veertien weken opgenomen was geweest in een psychiatrische inrichting in Los Angeles. Een ander belangrijk feit was dat ze, in tegenstelling tot wat ze Russ had verteld toen ze elkaar in Arizona leerden kennen, in Los Angeles niet kort getrouwd was geweest met een man die niet bij haar paste. Ze was wel met een man geweest, en die was ook getrouwd, maar niet met haar. Ze had het al erg genoeg gevonden om Russ te laten weten dat hij met haar een tweedehands artikel kreeg, en ze had het met een oprechte tranenvloed verteld, bang dat haar 'gescheiden' status haar knappe en deugdzame doopsgezinde vriendje met afschuw zou vervullen en tot zijn afwijzing zou leiden. Maar de combinatie van een vergevingsvol karakter en begeerte was gelukkig reden voor hem geweest om haar toch te aanvaarden. (Waarna zijn aanzienlijk steilere doopsgezinde ouders haar alsnog vol afschuw hadden afgewezen.) Ze had oprecht geloofd dat ze in Arizona een nieuw mens was geworden, met de vaste grond van de realiteit onder haar voeten door haar bekering tot het protestantisme, en dat de gruwelen van Los Angeles er niet langer toe deden. Toen ze Russ haar half ware halve verhaal vertelde, was ze al een poosje niet meer te biecht gegaan.

Pas door haar bezoeken aan Sophies kamer, meer dan twintig jaar later, was ze gaan beseffen hoe hard ze eraan toe was schoon schip te maken. Omdat Sophies beroepsgeheim niet minder strikt was dan dat van de biechtstoel, had ze het dikke propje net zo goed álles kunnen vertellen, maar sommige dingen hoorden tussen haar en God te blijven (in Arizona had ze het destijds wel opgebiecht aan een priesterlijke plaatsbekleder van de Schepper).

Sophie had haar zonden niet kunnen wegnemen, maar wel de angst dat ze manisch-depressief was. Volgens het propje was er slechts sprake van chronische depressiviteit met licht obsessieve en schizoïde tendensen. Vergeleken met manische depressiviteit hadden deze termen haar bevrijdend in de oren geklonken.

Tot op zekere hoogte was het levensverhaal dat Sophie in de zomer had verteld (ijverig door haar betaalde vriendin neergepend op het aantekenblok) hetzelfde dat de jonge Russ ooit van haar had gehoord. Het begon met haar vader Ruben, de hardwerkende zoon van een Duits-joodse weduwnaar en schoenlapper in San Francisco, die in Berkeley had gestudeerd ten tijde van de grote aardbeving. Als supporter van Berkeleys footballteam, de Golden Bears, was Ruben op het idee gekomen een eigen bedrijf te beginnen met het vervaardigen van sportkleding. Het hele land was in die tijd verzot geraakt op highschool- en universitaire sport, en na te zijn afgestudeerd was het hem gelukt een aantal highschools te interesseren voor zijn footballuitrustingen. De universiteiten werden echter gecontroleerd door mannen uit oude Californische geslachten die uitsluitend zakendeden binnen hun eigen kring, waar joden op weinig sympathie konden rekenen. Volgens Marion was het daarom deels uit berekening, deels uit sociale ambitie, maar waarschijnlijk ook wel een beetje uit wellust geweest dat Ruben besloot een 'artistieke' jonge vrouw uit dat milieu het hof te maken. Marions moeder Isabel was een vierdegeneratie Californische uit een familie waarvan de ooit talrijke onroerende bezittingen in zowel de stad als Sonoma County grotendeels teloor waren gegaan (verwaarloosd, onrendabel verhandeld, weggeschonken in ruil voor aanzien, onnadenkend verdeeld over onbekwame erfgenamen). Isabel had een hardvochtige broer die met ijzeren hand de bezittingen beheerde die de familie nog overhad in Sonoma, en een broer die faam noch inkomsten van betekenis genoot als landschapsschilder. Zijzelf had vage muzikale ambities gehad toen ze Ruben leerde kennen, maar het enige wat ze in feite deed was van kunst en cultuur genieten in San Francisco, rondrijden in de auto's van rijkere vriendinnen en het doorbrengen van lange weekenden in hun buitenhuizen. Marion kwam nooit aan de weet hoe Ruben zijn weg naar een van die huizen had weten te vinden, maar twee jaar later had hij als Isabels echtgenoot de sportafdelingen van Stanford en Cal State als vaste afnemers. Toen Marion ter wereld kwam, was hij de grootste fabrikant van sportuitrustingen ten westen van de Rocky Mountains. Hij liet een huis met twee verdiepingen bouwen, waar Marion (aanvankelijk) opgroeide als rijk meisje.

In haar herinnering was dat huis donkerder dan een katholieke hemel. Dikke gordijnen temperden het toch al door mist afgezwakte daglicht dat op het logge, destijds modieuze eikenhouten meubilair viel. Haar moeder leek haar en haar zus Shirley te ervaren als twee wezens die ze tot haar verbijstering in haar lichaam had voelen groeien en die ze weliswaar na negen zware maanden had weten uit te drijven, maar die sindsdien wel een ontwrichting van haar sociale leven veroorzaakten. Haar vaders hart zou misschien groot genoeg zijn geweest voor twee dochters, ware het niet dat de eerste, Shirley, het al tot de nok had opgevuld toen Marion zich aandiende. Zijn obsessiviteit (term van het propje) kwam hem goed van pas bij het leiden van zijn bedrijf, Western All-Sport, waaraan hij zestig tot zeventig uur per week wijdde – maar thuis zorgde het ervoor dat Marion onzichtbaar bleef. Shirley was en bleef Rubens oogappel. Als hij Marion aansprak, deed hij dat meestal om te vragen waar Shirley was. Shirley was als kleuter al een ware schoonheid en had zijn aanbidding leren beschouwen als een geboorterecht. Op kerstochtenden scheurde ze zich niet met de gretigheid van een normaal kind door haar immense berg cadeaus, maar pakte die uit met de bedachtzaamheid van een kritische winkelier, alert op fabrieksfoutjes, en sorteerde de geschenken als om na te gaan of het bedrag op de factuur klopte met hun aantal. Haar kwinkelerende 'dankjewel, papa' klonk als het rinkelen van een kassa. Marion nam op die ochtend afstand van alle overmaat door zich te verliezen in één enkele pop of één enkel stuk speelgoed. Haar moeder gaapte van verveling.

Voor Marions moeder was kerst een gedwongen scheiding van de vier vriendinnen met wie ze alles deed. Deze vriendinnen kwamen uit oude families met minder afgekalfde vermogens, en hoewel drie van hen een man en kinderen hadden, ging de liefde van alle vijf eerst en vooral uit naar hun vijftal. Dit verrukkelijke vijftal hadden ze al gevormd sinds de afstudeerklas van 1912 op Lowell High School, waar ze gezamenlijk hadden besloten dat als de wereld moeite had met hun voortreffelijkheid, dat het probleem van de wereld was en niet van hen, en dat ze het de rest van hun levens niet moe zouden worden om samen te lunchen, te winkelen, lezingen en voorstellingen bij te wonen, samen boeken te lezen en zich samen aan liefdadige doelen te wijden. Marion kwam er gaandeweg achter dat haar moeder binnen dit vijftal als de kwetsbaarste werd gezien, omdat ze het minst welgesteld was en een jood als man had, en dat zij daarom het felst tegen de buitenwereld in bescherming werd genomen. Isabel verkeerde niettemin constant in de angst dat ze het vijfde wiel aan de wagen zou worden, en met kerst maakte ze zich zorgen over de drie getrouwde vriendinnen, wier mannen ook goed met elkaar waren bevriend, zodat er sprake was van niet-vijftallige gezelligheid waaraan zij geen deel kon hebben.

Het verwennen van Shirley was niet het enige waarmee haar vader niet kon ophouden. Op haar zesde of zevende kreeg ze in de gaten dat hij nauwelijks sliep. Als ze ergens in de kleine uurtjes wakker werd, hoorde ze hem ragtime spelen op de piano op de begane grond, een tijdverdrijf waarin hij zichzelf had bekwaamd. Ook was hij autodidact in de architectuur en was hij hele nachten in de weer om een nog groter huis te ontwerpen op zijn tekentafel. Onder werktijd kocht hij bedrijven op die lager of hoger stonden aangeschreven dan zijn eigen (het was zijn obsessie een nationale keten van sportkledingzaken op te bouwen) en daarnaast deed hij investeringen van meer speculatieve aard, gebruikte zijn speciale talent voor het inschatten van aandelen en zijn gave voor beleggen met geleend geld. Hij rookte kolossale sigaren en deed een bontjas aan naar de footballwedstrijden van Cal State. Marion mocht hem soms vergezellen naar zijn twee plaatsen ter hoogte van de *fifty yards*-lijn, want Shirley en haar moeder hadden niet de minste interesse voor football. Hij praatte de hele wedstrijd aan één stuk door, in termen die het bevattingsvermogen van een zevenjarige ver te boven gingen. Hij kende de naam van iedere Golden Bear-speler en had altijd een notitieboekje bij zich, waarin hij x'en en o's tekende om Marion uit te leggen hoe een bepaalde aanval in zijn werk was gegaan, of waarin hij spelsystemen ontwierp die hij wilde voorleggen aan de hoofdcoach van Cal State, Nibs Price, wiens baan hij veel beter meende te kunnen doen. Hij gedroeg zich nooit onbeschoft, maar zijn stem was luid en opgewonden, en Marion zag vol gêne hoe de andere fans onophoudelijk naar hem keken.

Wat leek de economie van een land veel op een geestesziekte! In later jaren had ze zich weleens afgevraagd hoelang de manische periode van haar vader zou hebben geduurd als de beurs niet was ingestort, en of hij, als zijn ziekte zich pas later had geopenbaard, manisch zou zijn gebleven gedurende de Depressie. De vragen leken des te hypothetischer omdat de beurskrach en haar vaders instorting achteraf onlosmakelijk met elkaar verbonden leken. In de weken na Zwarte Dinsdag had hij naar vermogen proberen te redden wat er te redden viel van zijn bezittingen en speculatieve tegoeden, maar zijn stem, toen hij in zijn werkkamer telefonisch overleg pleegde met New York alvorens naar zijn werk te gaan, had dezelfde klank als toen hij de uitvaart van zijn vader had moeten regelen. Marion kwam thuis van school en trof hem aan in zijn hemdsmouwen en bretels, starend naar het koude rooster van de open haard. Soms liet hij zich tegen haar uit over zijn extreme misfortuin, en het weinige dat zij als achtjarige begreep van mijnbouwopties en speculeren met geleend geld, overtrof nog altijd de belangstelling die Shirley en haar moeder ervoor aan de dag legden. Haar moeder was nog uithuiziger dan voorheen en Shirley toonde alleen maar ijzige teleurstelling over de afgenomen stroom geschenken, de karigheid van Kerstmis 1929, het abrupte verlies van het weekendhuis in Larkspur, met het zwembad dat een onverbrekelijk onderdeel van haar zomers had geleken.

Het tekende de bekwaamheid van haar vader dat hij, zelfs nadat het licht in zijn ogen was gedoofd, niet alleen het huis wist te redden, maar ook voor brood op de plank bleef zorgen én Shirleys dans- en stemlessen kon blijven bekostigen. Hij werkte nu als verkoopleider van Western All-Sport, dat hij voor minder dan de boekwaarde had moeten verkopen om zijn verliezen als belegger te dekken. In een geestestoestand die niet veel kan hebben verschild van die waarmee Marion later in de inrichting belandde, en misschien wel erger was, sleepte hij zich elke ochtend uit bed, sleepte zijn scheermes over zijn kin en wangen, sleepte zich naar de tramhalte, sleepte zich door de vergaderingen van een bedrijf dat nooit meer zijn eigendom zou kunnen worden en sleepte zich weer terug naar huis, naar een verbitterde vrouw, een lievelingsdochter die hem kwelde met haar ontevredenheid, en naar Marion, die zich verantwoordelijk voelde voor alles wat er was gebeurd. Want omdat ze altijd onzichtbaar was geweest, had ze dingen kunnen gadeslaan die de anderen ontgingen. Zij had al die tijd geweten dat er iets niet in de haak was.

Terwijl haar vader ook onzichtbaar werd, een grauwhuidig spook in zijn werkkamer, onverstaanbaar mompelde en zijn hoofd schudde als hem gevraagd werd te herhalen wat hij had gezegd, deed zij haar best om over hem te waken. Ze wachtte hem 's avonds op bij de tramhalte en vroeg hem hoe de Golden Bears het deden. Ze klopte op de onheilspellend dichte deur van zijn werkkamer en trotseerde de muffe geur om hem wat fruit te brengen dat ze zelf voor hem had schoongemaakt. Fruit was altijd zijn favoriete voedsel geweest, de Californische frisheid en variatie ervan, en zelfs nu kwam er nog een verre fonkeling in zijn ogen als ze hem partjes peer voorhield. Hij glimlachte niet bij het eten ervan, maar knikte alsof hij er niet aan ontkwam het te erkennen: goed peertje. En zo raakte Marion er al vroeg, van haar tiende tot haar twaalfde, van doordrongen hoezeer goed en kwaad met elkaar vervlochten waren. Als ze haar vader zover kreeg dat hij wat fruit at, viel het onmogelijk uit te maken of de gloed die ze voelde pure liefde was, of de voldoening dat ze zich een betere dochter toonde dan haar zus.

De donkere jaren van het gezin leken net zo eindeloos als de Depressie zelf. In het najaar van 1935 stapte Shirley in een Pullman-slaaptrein naar het oosten, net zo blij om San Francisco achter zich te laten als Marion blij was om haar te zien gaan. Met een opleving van zijn oude financiële behendigheid had haar vader het klaargespeeld de studiekosten op te brengen voor een semester aan het elitaire Vassar College in New York, waarmee hij een oude belofte aan Shirley inloste. Maar de inspanning leek hem van zijn laatste krachten te hebben beroofd. Binnen een paar weken na het vertrek van zijn oogappel kon niets hem er meer toe bewegen zich aan te kleden en naar zijn werk te gaan. Isabel, die zes jaar lang geen andere bedreigingen voor haar manier van leven had willen onderkennen dan de rage van bridge, een kaartspel dat tot haar afschuw slechts door vier vrouwen tegelijk kon worden gespeeld, werd nu toch gedwongen de realiteit onder ogen te zien. Ze kreeg een bescheiden lening los bij haar joden hatende broer in Sonoma en haalde de eigenaren van Western All-Sport over haar man een kort verlof toe te staan. Hoewel Marion altijd het gevoel had gehad dat Shirley en zij een niet hadden getrokken in de moederloterij, werd ze nu tot wrokkige bewondering gedwongen voor Isabels vindingrijkheid in deze noodsituatie. Isabels overlevingsdrift en de manier waarop ze er altijd weer in slaagde haar aanzien binnen haar vijftal te behouden bleken niet minder imponerend dan meelijwekkend. En zo kon Marion wederom niet anders dan alleen zichzelf de schuld te geven voor wat haar vader doormaakte.

De reden daarvoor was dat ze het theater had ontdekt. Shirley was altijd het bejubelde talent van de familie geweest, en Marion het ongeziene, maar toen Shirley naar Vassar was afgereisd, hadden Marion en haar beste vriendin auditie gedaan voor de uitvoering op haar school van *The Five Little Peppers*. Wellicht dankzij haar geringe afmetingen had ze de rol gekregen van Phronsie, de kleinste en aanbiddelijkste Pepper, en kwam er daardoor achter dat ook zij talent had. Het droeg bij aan haar inmiddels vertrouwde tweeslachtigheid, steeds onzeker of ze iets goeds deed of iets slechts, dat ze tijdens de repetities iemand anders werd, opeens zichtbaar bleek (voor haar medespelers), in een soort trance raakte van niet zichzelf zijn. Omdat dit plaatsvond in het schooltheater raakte ze verknocht aan de wiebelige, naar verse verf ruikende decordoeken, de doffe klap waarmee de hendels van de toneelverlichting werden overgehaald, de blikken plaat achter het toneel waarmee je zo lekker donderslagen kon nabootsen. In plaats van zich na school naar huis te haasten om haar vader na te lopen, bleef ze om te repeteren en decordoeken te schilderen.

Tijdens de eerste generale repetitie, aan het begin van december, de avond was nabij waarop ze als Phronsie een zaal vol mensen onder haar bekoring zou brengen, kwam er een mevrouw met grijze vlechten van het schoolbestuur binnen, die haar vroeg van het toneel te komen. Het was een regenachtige middag, al donker om halfvijf. De mevrouw met de vlechten liep zwijgend met haar mee naar huis, waar de vier vriendinnen van haar moeder zich al in de woonkamer hadden geïnstalleerd. Haar moeder zat uitdrukkingsloos naar het koude haardrooster te staren, met een gevouwen vel papier in haar schoot. Er was een ongeluk gebeurd, zei ze, waarna ze leek te schrikken van haar eigen onjuistheid en zei wat er echt was gebeurd. Met een nog altijd wezenloze blik vertelde ze Marion dat haar vader zich van het leven had beroofd. Ze spreidde haar armen, klaar om haar dochter op te vangen voor een troostende omhelzing, maar Marion rende de kamer uit, de trappen op naar haar vaders werkkamer om hem mee naar beneden te nemen en haar moeder te laten zien hoe deerlijk ze zich vergiste. Ze was nog nooit zo snel die trappen op gehold, maar het voelde alsof ze de diepte inging, een val door een tunnel van schuld, haar bestraffing tegemoet. Ze leek al in de verte het gegil van een bestraft meisje te horen.

Een schipper had die ochtend een man over de pier van Fort Mason zien lopen, die een rood speelgoedkinderwagentje achter zich aan trok. Toen hij nogmaals keek, stond alleen dat wagentje nog aan het eind van de pier, en die man kon onmogelijk alweer helemaal terug zijn gelopen. Toen de politie twee uur later een lijk opdregde, lag de conclusie voor de hand dat de man het wagentje had gebruikt voor de zware ketting die hij om zijn nek en schouders had gebonden voordat hij in het water sprong. Het wagentje, een robuust stuk speelgoed van roodgelakt staal, was ooit een kerstcadeau geweest voor Shirley. De laatste jaren had het gevuld met geraniums in de achtertuin gestaan. Marion las nooit de brief die hij had geschreven terwijl zijn vrouw ontbeet met haar vriendinnen, maar er schenen geen woorden van afscheid in te staan, of een bede om vergiffenis. Hij had nauwgezet de financiële ellende uit de doeken gedaan, die hij al die tijd voor haar had verzwegen. De schulden van het gezin waren bodemloos, zijn schuldeisers hadden het recht van beslaglegging op van alles en nog wat, het was één groot doolhof van fraude en bankroet. De laatste dollars die hij nog had kunnen vrijmaken, waren uitgegeven aan Shirleys eerste semester op Vassar.

In het verhaal waarmee Marion zich bij Sophie had geïntroduceerd, een relaas dat ze had uitgewerkt in de psychiatrische inrichting en de navolgende jaren van katholieke introspectie, ging haar schuld hand in hand met haar vermogen om zich van zichzelf los te maken. Twee avonden na de dood van haar vader hield ze zichzelf voor dat de show moest doorgaan en bij de doffe klap van de lichthendel veranderde ze in Phronsie Pepper. Twee uur lang was ze de aanbiddelijkheid zelve op het toneel van het schooltheater, en zo ging het de volgende twee voorstellingen ook. Met het vallen van het doek viel zij terug in haar rouw en schuldgevoel, maar het maakte haar toch duidelijk dat ze in staat was een innerlijke hendel over te halen. Ze kon haar zelfbewustzijn uitschakelen en slechte dingen doen voor de kortstondige bevrediging die ze haar schonken. Deze truc was het begin van haar eigen geestesziekte, maar dat wist ze toen nog niet.

Zowel Shirley als zijzelf mocht het schooljaar afmaken, maar het huis ging in de gedwongen verkoop en de meubels zouden worden geveild. Haar moeder liet weten dat ze een tijdje zou bivakkeren bij de rijkste van haar vriendinnen. Shirley, die niet eens de moeite had genomen naar huis te reizen voor de uitvaart (uit piëteit betaald door een neef van haar vader), liet weten werk en onderdak te gaan zoeken in New York. Maar hoe moest het nu met Marion? Haar oma van moederskant was seniel, en de rijke vriendin van Isabel voelde er niets voor om haar ook nog gastvrijheid te verlenen. De enigen die haar in huis konden nemen waren haar moeders broers. Als haar moeder haar naar oom James in Arizona zou hebben gestuurd, de landschapsschilder, had ze misschien behoed kunnen worden voor wat ze bezig was zichzelf aan te doen. Maar Isabel was ervan overtuigd dat James homofiel was, en dus ongeschikt, en daarom had ze haar jongere broer Roy in Sonoma gevraagd zich over Marion te ontfermen tot ze haar highschooldiploma had.

Roy Collins was een man met een breed palet aan allerlei soorten haat. Hij haatte zijn voorouders om hun verkwisting van geld dat van hem had moeten zijn. Hij haatte Roosevelt, de vakbonden, Mexicanen, kunstenaars, flikkers en kakkers. Zijn diepste haat koesterde hij voor joden en de kakkineuze zuster die er een had getrouwd. Maar hij was niet zo'n zwakkeling als zijn flikker van een broer of lafbek van een zwager die zijn familie had verraden door eruit te stappen. Hij onderhield zijn eigen gezin met vier kinderen door keihard te werken in de groothandel voor landbouwmachines die hij was begonnen met het schijntje dat zijn grootouders hem hadden nagelaten. Hoewel zijn vrouw en kinderen te geïntimideerd waren om er een andere mening dan de zijne op na te houden, hield hij ze bij vrijwel iedere maaltijd voor hoe hard hij wel niet werkte. Marion vond Roy niet bij uitstek geschikt om haar onder zijn vleugels te nemen, maar geld had hij wel. Hij was de tegenpool van haar vader: een stuk rijker dan de soberheid van zijn huis in Santa Rosa deed vermoeden. Hij had zijn zaak door de diepten van de Depressie geloodst, en had als enige bewindvoerder van de boom- en wijngaarden van de familie zoveel van zichzelf geleend dat de eigendomsakte alleen nog zijn naam vermeldde. Marion kwam dat pas aan de weet toen ze naar Arizona was vertrokken, maar het verklaarde achteraf wel waarom Roy zich verplicht had gevoeld haar drieënhalf jaar kost en inwoning te verlenen, zoals het deels ook verklaarde waarom hij zijn zuster en broer zo haatte: als hij die twee had liefgehad, zou het hem zwaarder zijn gevallen ze te bestelen.

Tot haar vijftiende was Marion de bedeesde dochter geweest, de volgzame dochter, maar het leven bij Roy dwong haar regelmatig de hendel over te halen. Ze maakten ruzie over de sigaretten die ze was begonnen te roken. Ze maakten ruzie over de manier waarop ze haar sokken droeg, over de vriendinnen die ze meenam naar het huis in Santa Rosa, over de lippenstift waarvan hij wist, maar niet kon bewijzen dat ze die in de drogisterij had gestolen. Als ze de hendel overhaalde, hoorde ze zelf nog maar nauwelijks hoe ze tegen hem tekeerging. Op haar nieuwe school zocht ze aansluiting bij de opstandige en losbandige meisjes, en bij de jongens die achter zulke meisjes aan zaten. Haar eigen reputatie op deze punten was gewaarborgd omdat ze uit de grote stad kwam en haar vader zich van kant had gemaakt. Ze rookte als een ketter en gebruikte de zelfmoord om mensen te schokken. Ze dacht dat als ze rebels genoeg was, en hatelijk genoeg, Roy haar misschien wel ergens anders heen zou sturen. Maar hij wist dat ze dat wilde en gunde het haar daarom expres niet. In later jaren dacht ze weleens aan de mogelijkheid dat ze hem seksueel had geprikkeld, omdat mensen vaak uit zelfbescherming hard waren voor degenen voor wie ze een zwak hadden.

Haar beste vriendin, Isabelle Washburn, was mooier en langer dan zij, een lichtgevende blondine met een koket neusje voor wie jongens als een blok vielen. Maar Marion was slimmer en durfde meer, en ze maakte Isabelle aan het lachen. Isabelle zag een actrice in zichzelf, maar vond het te veel moeite om lid te worden van de toneelclub. Ze ging liever naar de bioscoop, waar de ouvreurs haar dankzij haar kokette neusje vaak gratis met Marion naar binnen lieten. Marions vroegere ik was nu voornamelijk een herinnering, maar het theater bleef de plaats die haar had weggeleid van haar vader, een schuldbeladen plaats, dus deed ze ondanks haar acteerbelofte nooit meer auditie voor een stuk. In plaats daarvan wierp ze zich op het levensechte toneelstuk waarin over jongens werd gepraat, jongens werden verlokt en, uiteindelijk, een verliefdheid werd opgevat voor een jongen, Dick Stabler, die verderop in de straat van de familie Collins woonde.

Dick had zware wenkbrauwen en een hese stem, en liet haar knieën knikken door ook nog licht te slissen. Hij oogde en klonk zoals ze zich Heathcliff uit *Wuthering Heights* voorstelde. Zijn ouders koesterden een gerechtvaardigd wantrouwen jegens haar, waardoor haar afstudeerjaar een intense theatrale ervaring werd van heimelijke ontmoetingen op geheime plekken in de buitenlucht, waar Dick haar mocht kussen en haar borsten mocht betasten. Ze was er intussen van overtuigd dat ze 'oversekst' was, want ze zag soms scheel van verlangen, was ziek van hunkering, stierf van begeerte. Ze was bereid alles te doen wat Dick wilde, trouwen niet uitgezonderd, maar hij was voorbestemd tot een universitaire studie en een hoogstaander soort vrouw. Op een nacht in de lente hoorden zijn ouders geluiden in de woonkamer beneden, slopen de trap af, knipten de felste plafondlamp in heel Santa Rosa aan en betrapten hun zoon met Marion op de bank, geheel gekleed maar in horizontale positie. Na dit pijnlijke moment, en onder de gestage druk van de ouderlijke afkeuring, kwijnde Dicks passie en zij bleef achter met het gevoel goedkoop en verdorven te zijn. Bij een van zijn woedeaanvallen koos haar oom zelfs het woord 'slet', waarop ze niet zoals gebruikelijk iets terugschreeuwde maar neerzeeg in tranen van zelfmedelijden.

Haar moeder was nog steeds te gast in San Francisco. In haar sporadische brieven aan Marion beweerde ze haar 'liefje' te missen, maar ze wilde haar gastvrouw en -heer niet lastigvallen met een verzoek om haar liefje te laten overkomen, noch wilde ze zich aan Roys vijandigheid blootstellen door naar Santa Rosa te komen. Toen Marion op een dag de bus nam om met haar moeder te lunchen in Tadich's, had ze nog maar één maand te gaan op de highschool en was het acht maanden geleden dat ze elkaar voor het laatst hadden gezien. Ze was van plan haar toekomst te bespreken, maar haar moeder, die nu witgrijs was en wier wangen de rode vlekken hadden van iemand die 's ochtends al aan de borrel ging, had opwindend nieuws over Shirley in New York. Na een paar zware jaren achter de toonbank van de parfumafdeling van een Gimbels, stond Shirley nu *op Broadway* – in een klein rolletje weliswaar, maar toch, ze was actrice en had uitzicht op grotere rollen. Isabels moederlijke trots, een tot dusver onwaarneembare eigenschap, zou Marion misschien met deernis hebben vervuld (haar moeder was een stumperige vrouw die wilde meekomen met vriendinnen van wie de zoons allemaal aan hoog aangeschreven colleges studeerden) als het haar niet razend had gemaakt omdat ze wéér naar de achtergrond werd gedrukt. Ze kreeg het gevoel dat iemand, misschien zijzelf wel, Shirley en haar moeder moest vermoorden om te wreken wat die twee haar vader hadden aangedaan. Vooral haar 'getalenteerde' zus moest dood. Toen de ober haar een gebakken schol voorzette, drukte ze daar haar sigaret in uit.

Thuis, in Santa Rosa, had haar oom haar steeds verder ondermijnd, op haar schaamte en zelfverwijt ingespeeld en haar er zo ongeveer van overtuigd dat ze al héél erg blij mocht zijn als ze na haar afstuderen een baantje op zijn kantoor kreeg. De droom om met Isabelle Washburn naar Los Angeles te trekken en filmster te worden, was in haar maanden met Dick Stabler op een laag pitje gezet. Ze had Isabelle verwaarloosd en een zeker realisme opgevat – hoewel ze door haar rookgedrag nog maar tweeënvijftig kilo woog op de schaal bij de huisarts, had het bestuderen van de enkels en kuiten op het witte doek van het California Theatre tot het inzicht geleid dat haar benen te plomp waren voor Hollywood. Isabelle was echter nog steeds van plan om met haar veel betere benen naar Los Angeles te gaan, en ze had haar uitnodiging aan Marion nooit ingetrokken. Aan de tafel in Tadich's, waar haar peuken in de kruidenboter op haar bord dreven en haar moeder aan één stuk door ratelde over haar bijdragen aan de musicalcommissie van de Francisca Club, liep haar moorddadige woede zo hoog op dat het besluit zichzelf nam: ze ging alsnog mee naar Los Angeles, zou er de hendel overhalen en dan wel zien wat er gebeurde. Ze zou zichzelf volop zichtbaar maken, reken maar, en iemand vermoorden zou ze ook doen. Ze wist alleen nog niet wie.

Isabelle had intussen een plan gesmeed om ontdekt te worden in Hollywood, met hulp van een neef die de persoonlijke arts was van William Powell, en hoewel ze Marion niet van deelname uitsloot, leek ze toch niet meer zo blij met haar gezelschap. Nadat ze in LA tot de ontdekking kwamen dat alle pensions voor aankomende actrices een wachtlijst hanteerden, en een kamer moesten nemen in het Jericho Hotel, hield Isabelle op met lachen om de dingen die Marion zei. En toen haar medische neef haar uitnodigde voor de lunch, vond ze het bij nader inzien beter als ze daar alleen naartoe ging. Marion begreep hoe de vlag erbij hing, voegde Isabelle toe aan haar lijst van te vermoorden personen en nam haar intrek in een dameslogement in Figueroa Street. Ze maakte afspraken bij enkele van de agentschappen die in de krant adverteerden en kwam er al snel achter dat er duizenden meisjes waren zoals zij. Toen ze door de driehonderd dollar heen was die Roy Collins haar had meegegeven, met de hatelijke verzekering dat ze daarna nooit meer een cent van hem zou krijgen, nam ze een baantje als typiste bij Lerner Motors, de grootste dealer van General Motors in Los Angeles. Van haar eerste salaris kocht ze een stapel oude toneelstukken van vijf dollarcent per stuk en las die hardop in haar kamer in het logement, in een poging om het gevoel van niet zichzelf zijn te hervinden. Maar ze merkte dat ze daar toch een theater voor nodig had, en had geen idee hoe ze daar toegang toe kon verkrijgen. Hoe had Shirley dat klaargespeeld? Had iemand haar soms ontdekt achter de parfumtoonbank?

De eerste kerst alleen was niet zo vreselijk dat ze er later niet met enige mildheid op terug kon kijken. Een meisje van kantoor had haar uitgenodigd voor het kerstdiner bij haar thuis, maar ze had schoon genoeg van kerstdiners bij andere families. Die middag nam ze de tram naar de eindhalte in Santa Monica en zat er in haar eentje op een bank met uitzicht op zee, verdeelde haar sigaretten over de uren en maakte notities in haar dagboek. Ze las nog eens wat ze precies een jaar eerder had geschreven, toen Dick Stabler haar een verzilverd kettinkje had gegeven en zij hem een in leer gebonden bundel van Khalil Gibran, en ze herinnerde zich dat haar verlangen naar zijn aanraking elke afzonderlijke minuut had gekleurd. Het was aangenaam kerstweer in Santa Monica, de besneeuwde bergtoppen in de verte leken vrij boven de winternevel te zweven. Alles leek min of meer in balans. Een oostenwindje dempte de branding; het bestendige uitvloeien van de golven over het brede strand zorgde ervoor dat het ondergaan van de zon draaglijker voor haar werd, slechts een afgezwakte metafoor voor de eindigheid van het leven. De druk die ze de laatste tijd voortdurend voelde, van haar eenzaamheid en nog iets ondefinieerbaars, een anonieme angst, vond een tegenwicht in haar uiterlijke kalmte. Ze was een meisje dat aan zichzelf genoeg had om op die bank te zitten, mooi genoeg om zijdelingse blikken te krijgen van de mannen die met hun gezin voorbij wandelden, krachtig genoeg om niet te worden lastiggevallen, en intelligent genoeg om te weten dat het dagdromerij was om te denken dat je ontdekt kon worden als je in je eentje op een bank zat. Toen de zon zich in de nevel oploste, liep ze naar de eerste de beste eettent en at er kalkoen uit blik met jus uit blik, aardappelpuree en een plak cranberrygelei.

'Marion?' zei Sophie Serafimides.

Een van Marions heupen was gaan tintelen. Een slapende arm of voet was ze wel gewend, maar niet een heupspier, niet meer sinds haar laatste zwangerschap. Ze schreef het toe aan haar overgewicht.

'Ik vrees dat ons uurtje er alweer bijna op zit,' zei Sophie.

Marion ging verzitten om haar heup weer doorbloed te krijgen, en opende haar ogen. Door het raam kon ze sneeuw op de spoorbaan zien vallen. De witte vlokken leken sneller te gaan doordat ze ze door de spleten van de luxaflex bekeek.

'Ik ben eigenlijk wel benieuwd wat je met die stilte wilde zeggen,' zei Sophie. 'Als je ervoor voelt me dat te vertellen, zouden we een dubbele sessie kunnen doen. Ik heb wat afzeggingen en je bent mijn laatste cliënt vandaag.'

'Ik heb maar twintig dollar bij me.'

'O,' zei Sophie met een innemende glimlach, 'beschouw het eventueel maar als een kerstcadeautje.'

Marion rilde.

'De feestdagen lijken een speciale associatie bij jou te wekken,' zei Sophie. 'Kun je me vertellen welke?'

Marion sloot haar ogen weer. Haar eenzame kerstdag in Santa Monica had nadien het laatste moment geleken waarop zij en de buitenwereld in evenwicht waren geweest. In de eerste weken van 1940 volgde de ene hoosbui na de andere in zuidelijk Californië. De straten glommen zwart van de regen toen ze op een avond overwerkte bij Lerner Motors om het papierwerk in orde te maken rond de bizarre verkoop die Bradley Grant zojuist had gemaakt. Later die avond, terwijl het raam van haar logementskamer werd gestriemd door zijdelingse regenvlagen, zou ze in haar dagboek schrijven dat er iets vreselijks was voorgevallen. *Ik weet me geen raad. Dit mag nooit maar dan ook nooit meer gebeuren.*

Bradley Grant was de topverkoper bij Lerner. Ondanks haar eenzaamheid had Marion de gewoonte opgevat om haar middagboterham moederziel alleen te eten in een ongebruikt kamertje van de afdeling Onderdelen. Daar had ze zich tenminste in de onverdeelde aandacht van een boek kunnen verheugen, tot Bradley Grant haar had ontdekt en praatjes kwam maken. Bradley was vijftien jaar ouder dan zij, maar had het vetloze lichaam van een tiener en een onpeilbare aantrekkelijkheid – er was iets cartoonachtigs aan de lengte van zijn gelaatstrekken, met name die van zijn brede mond. Toen hij Marion een keer met een verhalenbundel van De Maupassant had zien zitten, was hij haar lunch-heiligdom binnengestapt om een betoog over die Franse schrijver te houden. Hij was een fervent lezer, Bradley, en had letteren gestudeerd. Hij wekte de indruk een man te zijn die uitsluitend in zichzelf was geïnteresseerd, en zo praatgraag dat hij de afdelingen van Lerner afstroopte om zijn woordenstromen aan wie dan ook kwijt te kunnen, maar op een dag kwam hij haar zijn eigen exemplaar brengen van *Homage to Catalonia* van de Engelse schrijver George Orwell. Hij maakte zich zorgen om de opkomst van het fascisme in Europa, waar Marion zo goed als niets van wist. Ze dwong zichzelf het boek te lezen en begon aandacht te schenken aan de voorpagina's van de krant om minder onbenullig bij hem over te komen. Op een dag zei hij dat ze te knap en intelligent was voor typewerk, en op het secretariaat thuishoorde, en de volgende dag werd ze daar prompt naar overgeplaatst. De mindere verkopers van Lerner waren noeste buffelaars die in de middagpauze een vers overhemd aantrokken uit angst hun vrijdagse loonbriefje kwijt te raken door hun zweetlucht, maar Bradley Grant was zo belangrijk voor de firma dat alleen Harry Lerner zelf hem kon zeggen wat hij moest doen of laten. Na haar overplaatsing bleef Marion haar middagboterham in het kamertje eten – de promotie tot secretaresse was niet echt haar idee van een doorbraak.

In de eerste levensjaren is iemands geboortedag de enige datum van belang op de kalender, maar naarmate je langer op de wereld bent komen er andere, onuitwisbaar mooie of juist jammerlijke datums bij, en in Marions geval waren dat de dag van haar vaders zelfmoord, die van haar huwelijk, de geboortedagen van haar eigen kinderen, steeds meer betekenisvolle datums, en daarbij hoorde ook 24 januari. Laat in de middag van die dag was de showroom van Lerner vlak voor sluitingstijd betreden door een jonge man met een druipende gleufhoed. Een van de mindere verkopers kwam op hem toe en werd prompt afgewimpeld. Het was duidelijk dat de jongeman alleen maar kwam schuilen voor de regen. Zo waren er wel vaker mannen in de showroom die geen aankoop overwogen en alleen maar aan slecht weer wilden ontkomen, hun kennis van auto's wilden etaleren of even gepaaid wilden worden. Bij Lerner had Bradley voor zulke mannen de naam Jake Barnes geïntroduceerd, naar een romanpersonage van Hemingway. Hij had op deze dag al drie auto's verkocht, kwam bij Marions bureau een appel staan eten en monsterde van afstand de man met de gleufhoed. 'Goeie schoenen,' zei hij terwijl hij het klokhuis in de prullenbak wierp. 'Je zit hier nog wel even, hè?' zei hij tegen Marion, die nooit een reden had om ergens anders te gaan zitten. 'Let op.' Hij liep de showroom in, waar hij binnen een minuut zijn hand op de schouder van de Jake Barnes legde en hem hielp instappen in een gloednieuwe Buick Century. Ze zag Bradleys gezicht door cartoonversies gaan van verbazing, stoïcijnsheid, medeleven, vermaning. Met de glijdende tred waarmee hij zich altijd snel wist voort te bewegen zonder haastig te lijken, kwam hij naar haar terug en vroeg haar de showroom open te houden, en een verkoopmanager op kantoor. 'Jake en ik gaan nog even een testritje maken,' fluisterde hij. En weg gleed hij weer. En toen hij na een uur weer terug was met de jonge man, kon Marion de papieren in orde gaan maken.

'Ging dat gladjes of niet?' gnuifde hij toen de klant weg was. Hij klopte met zijn ene vuist op de andere, als een dobbelaar voor een worp. 'Wat denk je, zou ik vandaag nóg een auto kunnen slijten? Wil je wedden?' Zijn energie deed haar denken aan die van haar vader in de jaren voorafgaand aan de beurskrach. Ze waren nog als enigen in de zaak, en hij kon geen verkoop doen zonder autorisatie van een manager. 'Als het lukt, zit er voor jou een T-bonesteak in,' zei hij tegen Marion, 'en, wil je wedden?' Voor ze antwoord kon geven, greep hij een paraplu en rende de showroom uit. Ze liep hem achterna en ging bij de ingang een sigaret staan roken terwijl hij de bestuurders aansprak die moesten stoppen voor de stoplichten op de kruising van Hope en Pico. Hij zag ze hun raampje omlaag draaien en hem druk pratend van hun auto naar de showroom wijzen. Het was waanzin, en ze had geen idee voor wie hij zich zo uitsloofde, voor haar of voor zichzelf. Maar het schouwspel deed een anonieme angst bovenkomen. Later, in Arizona, zou ze die aanblik van Bradley in de regen, met zijn paraplu en weidse gebaren, als een teken van het kwaad gaan beschouwen. Mensen die niet oprecht katholiek waren begrepen niet dat Satan geen charmante en erudiete verleider was, en ook geen grappige rode duivel met een drietand. Satan was onbegrensde pijn, het wegvagen van de geest.

'Deze meneer is op de verstandige gedachte gekomen dat hij niet langer in een Pontiac wil rijden,' zei Bradley toen hij de showroom binnenkwam met een gezette, kale man die naar drank rook. Hij had er nog geen halfuur over gedaan een nieuwe klant te vinden, maar was half doorweekt van de regenvlagen en het opspattende water. Hij vroeg Marion een kop koffie voor de man te maken terwijl hij, zei hij met een knipoog, even met zijn manager ging overleggen. En of ze de sleuteltjes kon pakken van de kersenrode 1935 Oldsmobile coupé, waarvoor de meneer zijn Pontiac wilde inruilen. De meneer, voegde hij eraan toe, zou met een cheque betalen. De twee mannen liepen naar het autoterrein waar de rode Oldsmobile stond, en Marion zou misschien zijn vertrokken om Bradley zijn eigen boontjes te laten doppen als Roy Collins haar niet zo'n voorliefde voor het subversieve had gegeven. Toen de schlemiel uiteindelijk wegreed in zijn Oldsmobile, toverde Bradley een heupflesje whiskey en twee schone koffiebekertjes tevoorschijn. Op de stoel voor Bradleys bureau, die door de dikke kont van de schlemiel was voorverwarmd, kon ze een foto zien van Bradley met zijn vrouw en hun twee zoontjes. Ze vroeg zich af of er nog iets van die T-bone kwam of dat Bradley die alweer was vergeten. Ze stak nog een sigaret op en nipte van haar whiskey. 'Nu maar hopen dat die cheque gedekt is.'

'Vast,' zei Bradley, 'en anders betaal ik het uit eigen zak. Zelfs zonder de verkoopprijs is het een voordelige ruil.'

'Wat, was zijn auto meer waard?'

'Eén jaar oud! Het halve plezier van het bezitten van zo'n superieure auto, is de wetenschap dat je er het geld voor hebt.'

'Dus je hebt hem eigenlijk een dienst bewezen?'

'Het is psychologie, dit werk,' zei Bradley. 'Dat is waar het in feite op neerkomt. Mijn probleem is alleen dat ik er zo verdomde goed in ben. Zag je me bezig op straat? Heb je ooit zoiets gezien?'

Ze schudde van nee en nam nog een slokje.

'Het is dwangmatig,' zei Bradley. 'Ik kan het gewoon niet laten omdat ik er zo verrekte goed in ben. Mensen wéten dat ze worden getild, en ze laten het me toch doen. Als ze hier binnenstappen, zweren ze in gedachten een dure eed dat ze sterk zullen zijn, zich niet laten kisten en een geweldige slag gaan slaan. Maar ja, zij kopen maar één keer per jaar een auto, of één keer per tien jaar, of ze hebben er nog nooit een gekocht, en ík sta hier dag in dag uit auto's te vérkopen. Ze hebben geen schijn van kans. Ik bewerk ze, maak ze zwak, en op het eind gaan ze naar huis om hun vrouw iets op haar mouw te spelden. Dat ze een geweldige slag hebben geslagen. Er staat maar één rode auto op het terrein, en hij merkt opeens dat hij per se een rode auto wil, en ja, goddomme, het is de enige rode die er staat. En wat doen wij morgenochtend? We laten doodleuk een nieuwe rode auto komen. Het is de moord voor mijn ziel, hoor, dit werk.'

Marion zette het bekertje neer en nam zich voor het niet meer op te pakken. Ze vroeg zich af of ze iets over een etentje moest zeggen, of was het beter om naar huis te gaan en met honger naar bed? Maar de woorden bleven eruit stromen bij Bradley. Op zijn college in Michigan, vertelde hij, had hij toneelstukken geschreven en gedichten gepubliceerd in het studentenblad, en na zijn studie was hij naar LA gekomen om het er te maken als scenarioschrijver. Zijn ziel leefde toen nog, maar hij was een meisje tegengekomen dat er zo haar eigen dromen op na hield, het een had tot het ander geleid en nu was hij onderdeel van de burgermaatschappij en moest mensen stroop om de mond smeren om geld te verdienen. Nog altijd kwamen er midden in de nacht ideeën bij hem op, zoals over de Spaanse burgeroorlog: de dochter van Hitlers ambassadeur in Spanje was heimelijk verliefd op een republikeins lid van de veiligheidsdienst, van wie de vrouw en kinderen in gijzeling werden gehouden door de fascisten, en hij vroeg de dochter hem uit Spanje te helpen ontsnappen, maar ze wist niet of hij ook van haar hield of dat hij het alleen maar vroeg om zijn gezin te redden. Bradley had wel duizend van zulke ideeën, maar wanneer zou hij eraan kunnen werken? Aan het eind van zijn werkdagen was zijn ziel te afgestompt. Het enige flardje menselijkheid in hem, het enige teken dat hij niet volkomen verachtelijk was, was de liefde voor zijn jongens. Er drukte een loden last op hem, die zijn creatieve energie smoorde, maar zijn verantwoordelijkheid als vader was het enige wat hem bij de afgrond vandaan hield. Begreep Marion wat hij haar probeerde te zeggen? Zijn jongens waren onaantastbaar. Zijn huwelijk was onaantastbaar. Hij zou nooit bij Isabelle weggaan.

Haar anonieme angst flakkerde weer op. 'Heet je vrouw Isabel?'

De vrouw op de foto leek inderdaad enigszins op Isabelle Washburn. Ouder en gezetter, maar net zo blond en net zo'n neusje. Marion staarde naar de foto en Bradley stond op, liep om zijn bureau heen en hurkte voor haar neer.

'Er zit zo veel zielskracht in jouw ogen,' zei hij. 'Jouw ziel is zo vol leven. Als ik naar je kijk, voelt het alsof ik stervende ben. Ik... o, God. Heb jij enig idee hoe rijk jouw ziel is? Ik kijk naar je en het voelt alsof ik niet verder kan leven als ik jou niet heb, maar ik kan je niet hebben... want... of tenzij. Want, tenzij. Begrijp je wat ik bedoel?'

Haar angst kon met geen liter whiskey worden weggespoeld, maar ze pakte toch het bekertje weer en dronk het leeg. Er was een showroom vol glimmende auto's tussen hen en het raam, maar het was mogelijk dat een voorbijganger haar kon zien met Bradley aan haar voeten.

'Zeg iets,' fluisterde hij. 'Alsjeblieft.'

'Ik denk dat ik maar naar huis ga.'

'Oké.'

'En misschien ook maar een andere baan ga zoeken.'

'God nee, Marion. Ik ga kapot als ik je niet meer zie. Doe dat alsjeblieft niet, ik beloof je dat ik je niet meer lastigval.'

Het was een raar idee dat deze man aan haar voeten zo door haar in beslag werd genomen. Een fascinerende man, maar uiteindelijk, en nog los van zijn huwelijk, slechts een autoverkoper. Ze had haar opgewelde angst zonder verwarring doorstaan, wilde overeind komen, maar Bradley pakte haar bij een hand en hield haar op haar stoel.

'Ik heb iets voor je geschreven,' zei hij. 'Mag ik je vertellen wat ik geschreven heb?'

Hij vatte haar stilte op als instemming en droeg een gedicht voor.

Een vrouw gaat voorbij, Marion geheten
Met donker haar dat geurt naar zon
Die wolken klieft en vrij de dag beschijnt
Haar ogen geloken maar vol licht
Een vrouw onpeilbaar, grenzeloos
Die nimmer uit mijn hart verdwijnt

'Van wie is dat?' zei ze.

'Van mij.'

'Heb jij dat geschreven?'

'Ja.'

'Doe nog eens.'

Hij droeg het opnieuw voor, met een verlegen oprechtheid die hem nog knapper maakte dan anders. De whiskey begon te werken, een sluis die openging. De vloer van de showroom leek te hellen. Ondanks het feit dat ze hem in de voorbije uren twee wildvreemde mannen had zien overhalen een auto te kopen die ze niet nodig hadden, vroeg ze zich af of er misschien toch een schrijver in hem school. Het was geen gedicht dat over iedereen kon gaan; ze vond zelf ook dat ze licht en donker tegelijk was, en onpeilbaar. En er zat een geraffineerd rijm in.

'Nog eens,' zei ze.

Misschien kon een derde keer zekerheid bieden over zijn talent. Maar al wat ze nog hoorde was dat zijn gedicht over haar ging. Ze leunde achterover op haar stoel en liet haar ogen sluiten door de whiskey. Ze kreunde verzaligd. Haar innerlijke hendel stond op 'uit' – het kon haar allemaal niet meer schelen. Haar vader met een ketting om zijn nek, dood op de bodem van de baai. Haar zuster die ze nooit zou kunnen inhalen, hoe hard ze ook rende. Het deed haar allemaal niets meer.

Toen Bradley haar overeind trok voor een kus, was het alsof haar lichaam teruggleed in de oversekste toestand uit de dagen van Dick Stabler. Ontluisterend, hoezeer haar lichaam gewild wilde worden door een man. Ze kon zich niet hard genoeg tegen Bradley aan drukken, en ze hunkerde naar minstens zoveel tegendruk, en die gaf hij. Hij duwde haar tegen de onverzettelijke massa van een glanzende Cadillac 75 en drukte daar waar Dick Stabler het nooit had gedurfd. Ze merkte dat haar heupen tot iets in staat waren wat ze nog nooit hadden gedaan. Het voelde baanbrekend om eraan toe te geven, haar onderlichaam naar hem toe te kantelen, rechtopstaand, met haar jurk aan, haar benen rond Bradleys broekspijp, die nog klam was van de regen. Vlak voor haar vertrek uit Santa Rosa had Roy Collins voorspeld wat er zou gebeuren als ze niet voorzichtig was in Los Angeles. Het woord 'slet' had hij er niet bij gebruikt, maar hij had er geen misverstand over laten bestaan dat ze van hem geen hulp hoefde te verwachten als ze zich in de nesten werkte. En nu stond ze hier, met haar benen om het bovenbeen van een getrouwde man. Toen Bradley zijn hoofd boog om haar in haar hals te kussen, zag ze de klok aan de muur stapje voor stapje richting elf uur gaan, het tijdstip waarop het logement dichtging. Ze was onderhand misselijk van de honger, en de whiskey raakte uitgewerkt.

Ze drukte een denkbeeldige pauzeknop in, duwde hem van zich af en pakte zwijgend een sigaret. Hij zei ook niets, deed de lichten uit, sloot de voordeur af en nam haar mee naar zijn 1937 LaSalle. Toen ze bij haar logement aankwamen, hadden ze nog luttele minuten om iets te zeggen voordat de logementhoudster de deur op het nachtslot deed.

Ze drukte haar derde achtereenvolgende sigaret uit. 'Ik weet niet hoe ik morgen weer op het werk moet komen.'

'Gewoon, zoals elke dag,' zei hij.

Er was een probleem dat opgelost moest worden voordat het erger werd, maar ze vermoedde dat er geen oplossing was – omdat ze niet verschilde van de man die bij Lerner binnenstapte en alleen die rode auto zag. Om geen tijd te verkwisten gleed ze naar hem toe en sloeg haar armen om hem heen. Een windvlaag deed de auto schudden en zij schudde mee. In het logement had ze haar kamerdeur nog niet achter zich gesloten of ze betastte zich op de manier die ze zichzelf had geleerd na het frustrerende gezoen met Dick

Stabler. Maar die dagen waren zoveel onschuldiger geweest. Nu was ze te eenzaam om zich op het bevredigen van haar seksuele nood te concentreren, en te bang voor haar slechtheid om zich aan de nood over te geven. In plaats daarvan kreeg ze een huilbui. En toen kwam de eerste leemte.

Het was één uur in de nacht en ze was twee uur kwijt. Haar treurige kamertje met zijn beschadigde en bladderende meubels en van sigarettenrook doordesemde bekleding, de plafondlamp die veel te fel was maar op de verkeerde plek hing om in bed te kunnen lezen: allemaal objecten waar ze misschien naar had gestaard, haar gezicht in had gedrukt, haar hoofd aan had gestoten. Haar beddensprei lag op een hoop in de hoek. Er hing geen verse rook in de kamer, maar haar asbak lag ondersteboven op haar bed, met een uitstorting van as en peuken vlak bij haar kussen. Ze voelde zich als iemand die zich uit alle macht teweer had moeten stellen tegen de boze geesten die in de vorm van regenvlagen het raam geselden. De honger deed nu pijn, maar ze ontdekte geen verwondingen. *Niemand op de wereld is eenzamer dan ik*, schreef ze in haar dagboek.

De volgende ochtend bood een onderbreking van het noodweer. Ze at een groot bord eieren voordat ze naar haar werk ging, en de hemel boven de stad, met helblauwe gaten tussen de jagende wolken, was een bemoedigend aandenken aan de onschuldige winters van San Francisco. Ze nam zich voor met de andere kantoormeisjes te lunchen en ervoor te zorgen dat ze nooit meer alleen zou zijn met Bradley Grant. Maar toen ze bij Lerner aankwam en goedemorgen probeerde te zeggen, merkte ze dat ze toch niet ongeschonden uit de leemte was gekomen.

Ze kon amper iets uitbrengen. Iedere aanzet tot spreken werd omgebogen naar slikken en blozen, het gevoel dat haar borst werd afgesnoerd, en de dwangmatige herinnering aan het spreiden van haar benen. Ze zat zo met zichzelf in de knoop dat haar geest bij al wat ze wilde zeggen haperde en dan vooruitschoot, voortgestuwd door de vrees dat niemand er een touw aan zou kunnen vastknopen. Als er af en toe enige samenhang in haar woorden zat, leek dat stom toeval.

Tussen de middag nam ze in de eetruimte een pose aan van vriendelijke oplettendheid en probeerde de gesprekken van de andere meisjes te volgen, maar haar ogen weigerden zich telkens te richten op wie er aan het woord was.

'...in de uitverkoop bij Woolworth's, je zou toch zeggen dat...'

'...ruim een handbreedte te wijd, hoe kun je nou drie keer meten en...'

'...mee naar die première donderdag, hij kent de man die...'

'...maar dan ruiken je vingers de hele dag naar sinaasappel, hoe vaak je ze...'

'...Marion?'

Zonder haar ogen op te slaan draaide ze zich naar het meisje, Anne, dat haar naam had gesproken. Anne was degene die haar voor het kerstmaal bij haar thuis had uitgenodigd. Anne was aardig.

'Sorry.' Marion haalde uit alle macht adem, maar haar stem klonk verstikt. 'Wat zei je?'

'Wat was er gisteravond?' herhaalde Anne met een welwillende glimlach.

'O.' Marions wangen gloeiden. 'O.'

'Meneer Peters zei dat Bradley om negen uur nóg stond te verkopen.'

Haar hoofd leek te gaan ontploffen. 'Ik ben zo moe,' hoorde ze zichzelf zeggen.

'Dat geloof ik graag,' zei Anne.

'Wat... hoe bedoel je?'

'Ik weet niet waar die man de fut vandaan haalt. Hij lijkt wel een machine, de ene verkoop na de andere.'

Ze bevond zich in een mijnenveld van vrouwelijke ogen. Ze probeerde nog één keer iets te zeggen, maar wist dat het er niet in zat. Het enige wat ze kon doen was opstaan en naar haar bureau lopen. In haar verbeelding woedde er achter haar rug een razernij van gepraat over haar sletterigheid.

Hoewel ze het grootste deel van haar tijd in LA alleen had doorgebracht, beschouwde ze zichzelf niet als verlegen. Het was meer dat ze Bradley Grant hoorde in alles wat mensen tegen haar zeiden. Iedere uitwisseling van woorden, hoe triviaal ook, was een repetitie voor het netelige gesprek dat ze met hem moest gaan hebben. Een jaar later, in de inrichting, zou een van de psychiaters vragen of ze niet liever zoals andere meisjes wilde zijn, niet altijd zo bloedserieus, er was niets tegen een beetje kletspraat, vrolijkheid was aantrekkelijk voor een meisje, zou het niet fijn zijn om met een luchtig gesprekje aan haar gedachten te ontkomen? De prutser. Ze wist toevallig heel zeker dat sommige mannen het omgekeerde zochten van vrolijkheid. Ze zou zich afvragen hoeveel van haar medepatiëntes het soort man hadden gekend dat juist opgewonden raakte door dodelijke ernst: het literaire soort dat geestesziekte romantisch vond, het sensuele soort dat onder stille watertjes een gewoel van verlangens vermoedde, of het ridderlijke soort dat redder wilde zijn van iemand die gebroken was vanbinnen.

Bradley was al die soorten. Zeker twee andere meisjes van kantoor waren mooier dan Marion, en Anne was minstens zo'n boekenwurm als zij, dus moest Bradley om iets anders op haar zijn gevallen: hij had haar waanzin bespeurd voordat ze daar zelfs iets van gemerkt had. Zonder dat ze zelf wist wat er met haar aan de hand was, maakte haar toestand haar alleen nog maar begerenswaardiger voor hem. Op 31 januari, ook een gedenkwaardige dag, kwam ze van een langdurig toiletbezoek terug naar haar bureau en zag een envelop met haar naam in machineschrift. Bradley stond op het autoterrein buiten met een klant te praten, terwijl twee andere verkopers mismoedig voor het raam van de showroom stonden te niksen. Ze ging ervan uit dat het een ontslagbrief was en maakte de envelop alleen maar open om die aanname bevestigd te zien. Ze had het getypte gedicht meteen in de prullenmand moeten gooien, of op z'n minst tot na werktijd moeten wachten. Maar ze liep terug naar de damestoiletten en sloot zich met het gedicht op.

SONNET VOOR MARION

Ik droom dat ik rijd maar ben vergeten
Hoe men rijdt, nooit heb geweten.
Een jongen, onbekwaam. De auto is vol kracht
En boort zich suizend door de nacht.
Ik slip, en wentel rond en glijd
Doorheen een waas van bomen
Maar dan ben jij het plots die rijdt,
Zo vaardig weergekomen.

Als in die nacht waarin ik maalde
En jij me in je armen nam,
Me uit mijn kommer haalde.
Geen twijfel meer, er is nog veel te leven,
Kan dromen van geluk, en bij ontwaken weten
Dat jij er bent en me je ziel zult geven.

Op de wc probeerde ze een boodschap onder de poëzie te ontwaren. Die regel met 'vaardig weergekomen' was haar een raadsel. Vaardig? Ze kon niet eens uit haar woorden komen! Betekende het dat hij zich door haar gered voelde? Was ze toch nog ontdekt, in de showroom van een autohandel, door een man met genoeg talent om zijn droom van een schrijfcarrière in Hollywood waar te maken? Een droom die door zijn huwelijk was gestrand, maar die zij, met haar bijzondere vaardigheid weer vlot kon trekken, en misschien wel aan haar eigen droom kon koppelen? Was dat niet de boodschap van dit gedicht? Dat sommige dromen zo levendig waren dat ze realiteit konden worden?

Ze liep op wolkjes terug naar haar plek, zich vaardig wetend – met alle teleurstelling van dien toen ze nauwelijks wijs kon worden uit wat de manager tegen haar zei. Nu was het vreugde in plaats van schaamte die haar van slag had gemaakt; maar ze besefte nog niet dat er iets grondig mis moest zijn aan een geest die zo makkelijk van slag raakte. Toen Bradley de showroom weer binnenkwam met zijn klant, was hij als een krachtig magnetisch veld en zij een geladen naald. Het veld stootte haar af als ze zich in zijn richting draaide, en trok haar aan zodra ze zich weer afwendde.

Tegen het einde van de werkdag kwam het magnetische veld bij haar bureau staan. 'Wat ben ik toch een idioot,' zei hij.

De manager, meneer Peters, stond binnen gehoorafstand. Bradley ging op de rand van het bureau naast haar zitten. 'Ik heb je vorige week een T-bonesteak beloofd,' zei hij, 'en dat zul je nu wel als een typische verkopersbelofte beschouwen.'

'Ik hoef geen steak,' wist Marion uit te brengen.

'Sorry, popje, maar ik ben een man van mijn woord. Of moet je ergens heen straks?' Slim van hem om haar te benaderen waar meneer Peters bij was, een oudere man uit wie elke seksualiteit was geweken. Dat gaf de uitnodiging iets onschuldigs. 'Ik dacht aan Dino's, als dat je wat lijkt.' Hij draaide zich naar meneer Peters. 'Wat denk jij, George? Dino's een goed adresje voor steaks?'

'Als je tegen de herrie kunt,' zei meneer Peters.

Buiten plensde de regen lijnrecht omlaag. Het autoterrein was een ondiep meer met stroompjes die rimpelden in het licht van de showroom en kolkten rondom de afvoerputten. Marion zat naast Bradley in zijn onverlichte LaSalle in een donkere hoek bij de schutting. In haar hoofd repeteerde ze de zin 'Ik heb eigenlijk geen honger'. En zelfs in haar hoofd struikelde ze over de woorden.

Bradley vroeg of ze zijn gedicht had gelezen. Ze knikte.

'Lastige vorm, het sonnet,' zei hij. 'Zeker als je aan de regels voor rijm en metrum wilt vasthouden. In vroeger tijden waren ze daar losser in, weet je. "Zoals bij schemering van zulke dag", maar wie praat er nog zo? Het lijkt me nog maar de vraag of ze toen zo spraken.'

'Mooi gedicht,' zei ze.

'Ja, beviel het?'

Ze knikte opnieuw.

'Mag ik je dan op dat etentje trakteren?'

'Ik ben niet eigenlijk... ik heb eigenlijk geen honger.'

'Hm.'

'Misschien kun je me gewoon thuisbrengen?'

De regen verhevigde en hield opeens op, alsof ze een tunnel waren binnengereden. Toen Bradley zich naar Marion toe boog, deinsde ze terug voor zijn magnetisme.

'Dit is verkeerd,' zei ze met verrassend vaste stem. 'Het is niet eerlijk.'

'Want je mag me niet.'

Ze wist niet of ze hem mocht. Die vraag leek niet echt van belang.

'Je hebt zeker talent,' zei ze.

'Vind je? Na twee gedichtjes?'

'Ja. Ik zou nooit een sonnet kunnen schrijven.'

'Natuurlijk wel. Je schudt er zo een uit je mouw als je wilt. Pompiedompiedom Pompiedompie-*rijm*. En zolang het een sonnet lijkt, mag je best wat morrelen aan...'

'Verpest het nou niet,' zei ze.

'Wat?'

'Wat je voor me geschreven hebt. Dat is heel mooi.'

Hij probeerde opnieuw een zoen en ditmaal duwde ze hem weg.

'Marion,' zei hij.

'Ik wil niet zo'n soort meisje zijn.'

'Wat voor meisje bedoel je?'

'Je weet wel wat voor meisje.' Haar gezicht raakte verwrongen van verdriet. 'Ik wil geen slet zijn.'

'Zo'n meisje kun jij nooit ofte nimmer zijn.'

Ze drukte met haar handen de kramp uit haar gezicht. 'Je weet amper iets van me.'

'Ik kan in je ziel kijken. Je bent het tegendeel van zo'n soort meisje.'

'Maar je zei dat je huwelijk onaantastbaar was.'

'Dat klopt, dat heb ik gezegd.'

'Schrijf je ook gedichten voor je vrouw?'

'Al heel lang niet meer.'

'Ik vind het niet erg als je ze voor mij schrijft. Leuk zelfs. Nee, meer dan leuk. Ik zou...' Ze schudde haar hoofd.

'Je zou wat?'

'Ik wou dat je een toneelstuk schreef, of een film, en dat ik daarin kon spelen.'

Bradley leek oprecht verbaasd. 'Zou je dat willen?'

'Het is maar een droom,' zei ze. 'Niet echt.'

Hij legde zijn handen op het stuur en boog zijn hoofd. Het zou op dit moment zo makkelijk voor hem zijn geweest de deur op een kier te zetten door te zeggen dat hij helemaal niet zo zeker was van zijn huwelijk. Maar hij deed het niet. Hij moest hebben aangevoeld dat het niet goed met haar ging. Misschien vond hij het goedkoop om tegen een gestoord meisje te liegen.

'En als ik dat nou eens deed,' zei hij. 'Stel dat ik een rol voor je schreef. Die dochter van de Duitse ambassadeur misschien. Ik zie het me misschien nog wel klaarspelen ook, zolang ik me jou in die rol voorstel. Want dat is wat ik mis: iets moois voor ogen in plaats van alle lelijkheid die ik mee naar huis neem. Isabelle doet niets om me te steunen. Ze vindt het niet eens prettig als ik een boek lees. Ze is jaloers op boeken, Marion! En sjonge, wat wordt ze boos als ik haar over een nieuw idee probeer te vertellen. Dan doet ze net alsof zij dokter Freud is en ik een patiënt, alleen maar omdat ik soms een idee heb voor een script. O, hemel, de patiënt vertoont weer symptomen. Ik dacht hem genezen te hebben, maar nu vertoont hij toch weer symptomen. Ze is zo verbitterd over het mislukken van haar dromen dat ze mij de mijne niet gunt.'

'Hou je nog van haar?' Marion hoorde zichzelf de vraag stellen en ze voelde zich er ouder en wijzer door. Vaardig.

'Ze is goed met de jongens,' zei Bradley. 'Een tikje overbezorgd misschien, ieder kuchje is een teken van kinkhoest, maar een goede moeder. Het is alleen verbazingwekkend hoe snel de interessantste vrouw ter wereld kan veranderen in de saaiste.'

'Ooit was ze interessant.'

'Ach, dat weet ik eigenlijk niet eens. Ze is het nu in ieder geval niet meer.'

Het zou op dit moment makkelijk voor haar geweest zijn hem haar vriendschap en inspiratie aan te bieden. Ze was nog niet zo ver heen dat ze echt geloofde een sterrol te kunnen krijgen in een door hem geschreven film. Maar als verkoper pur sang had hij zijn vrouw precies zo aan haar beschreven als ze wilde: als iemand die voor moord in aanmerking kwam. Hij wist niet dat zijn vrouw dezelfde naam had als Marions moeder en haar trouweloze vriendin, maar nu hij zijn eigen Isabelle gedetailleerd genoeg had geschetst om haar te kunnen haten, ging de waanzinsluis wijder open.

Opeens was er de gedachte dat zij, Marion, eigenlijk vaardiger was dan hij. De gedachte dat hij te zachtaardig was om de overduidelijke waarheid onder ogen te zien. De gedachte dat alleen zij zijn misère kon wegnemen, als enige de schrijver in hem kon bevrijden, door in hem te geloven en hem te helpen inzien hoe liefdeloos zijn huwelijk was. Wat moest je voor haatdragend secreet zijn om jaloers te worden op een boek? Alleen al daarom verdiende Isabelle het vermoord te worden, en de beste manier om dat te doen was op zijn schoot te klimmen. Ze was rank genoeg om tussen hem en het stuurwiel te passen, en toen hij zijn armen om haar heen sloeg, waren er helemaal geen morele overwegingen meer.

Bradley Grant ontmaagdde haar achter het stuur van een 1937 LaSalle Series 50 met beslagen ramen, op het autoterrein van Lerner Motors. Het deed minder pijn dan ze had verwacht na de verhalen van enkele meisjes uit Santa Rosa, maar later, in de wc van haar logement, was ze verrast door de hoeveelheid bloed. Het water in de gootsteen werd rood van het ondergoed dat ze erin uitspoelde. Ze kwam er pas de volgende ochtend achter dat ze ongesteld was geworden.

Veel slechter kon haar toestand niet meer worden, maar in februari gebeurde dat toch. Alsof ze gevangenzat in een metalen vat dat volstroomde met water, en alleen nog bovenin een beetje lucht om te ademen. Ze werd aan alle kanten belemmerd, en nog wel het meest door de weinige tijd die ze met Bradley alleen kon zijn. Ze werkte de hele dag in hetzelfde pand als hij, op nooit meer dan honderd passen afstand, maar hij zei dat ze heel voorzichtig moesten zijn. In de middagpauze duwde ze hem tegen de muur van haar oude heiligdom in de onderdelenafdeling, maar dat kamertje had een ruit waardoor ze net zichtbaar zouden zijn voor iemand die schuin naar binnen keek. Harry Lerner had een verbod uitgevaardigd op de verkoop van auto's na sluitingstijd, en Bradley had voortdurend nieuwe redenen om 's avonds naar huis te gaan. Uiteindelijk namen ze maar weer hun toevlucht tot zijn LaSalle. Hoewel het op die maanverlichte avond een stuk riskanter was, hield ze hem daar tot kwart voor elf. De week daarop nam hij haar op zijn vrije dag mee naar een motel in Culver City, maar ook daar voelde ze zich beperkt, want alleen seks volstond niet meer. Ze moesten de toekomst bespreken, want Bradley zou nu toch ook wel inzien dat hij niet meer getrouwd kon blijven. Maar alle tijd ging op aan hun liefdesspel. Pas toen ze terugreden vroeg ze hem in de auto of hij alweer met schrijven was begonnen.

'Nog niet,' zei hij.

Het was een eerlijk en alleszins begrijpelijk antwoord, maar ze raakte er enorm door van streek, en de afstand naar haar logement werd steeds kleiner, hun tijd om te praten steeds korter, en het vat stroomde steeds voller.

'Ik weet niet of het me wel lukt,' zei hij.

'Heb je het wel geprobeerd?'

'Ik kan alleen maar aan jou denken.'

'Ik ook. Alleen aan jou, bedoel ik.'

'Ik weet gewoon niet of ik het kan.'

'Ik weet zeker dat je het kunt.'

'Nee, niet het schrijven,' zei hij. 'Dit. Ik weet niet of ik erop gebouwd ben om van twee vrouwen tegelijk te houden.'

Er zat nog maar een klein mondje lucht in het vat. Net genoeg om 'O' te zeggen.

'Het verscheurt me,' zei hij. 'Ik heb niemand ooit zo graag gewild als jou. Alles aan jou is precies goed. Het lijkt wel alsof ik met jouw gezicht op mijn netvlies ben geboren.'

Dat gevoel had zij niet over hem. Een jaar eerder zou ze op straat straal langs hem heen zijn gelopen. Even was het alsof ze van buitenaf naar zichzelf keek en de omtrek kon zien van wat er in haar groeide, een obsessie die niets te maken had met normale menselijke verlangens, maar ze viel meteen weer in zichzelf terug.

'Laten we teruggaan naar het motel,' zei ze.

'Dat kan niet.'

'Het was niet genoeg. Ik heb behoefte aan meer tijd met je.'

'Ik wil ook meer, maar het kan niet. Ik ben al te laat.'

'Te laat' wilde zeggen: Isabelle. Het vooruitzicht om hem af te moeten staan voelde zo levensbedreigend dat het zelfverdediging zou zijn om haar te vermoorden. Haar adem begon te jagen.

'Marion,' zei hij, 'ik weet dat het moeilijk is voor je, maar voor mij is het nog moeilijker. Het verscheurt me, dit.'

Hij zei nog meer, maar dat werd overstemd door haar ademhaling. Zwarte auto's en witte gebouwen, dronkaards met bruine papieren zakken en vrouwen met nylonkousen, *van twee mensen tegelijk houden* en *het verscheurt me*. Misschien ademde ze te snel, of anders was er weer een leemte, maar Bradleys hand die opeens op de hare lag was heet en ijzig tegelijk. De auto bleek voor haar logement te staan. Ze hoorde nog steeds niet wat hij allemaal zei. Ze wist alleen maar dat ze de auto uit moest.

De tweede leemte was erger, het aantal verdwenen uren groter, en ze ontdekte de volgende ochtend dat ze ontvelde knokkels had en een rode buil op haar voorhoofd. Ze was een uur te laat op het werk en kreeg een daverende huilbui toen meneer Peters haar een mild standje gaf. In de middagpauze was ze bang dat ze zou stikken als ze binnen bleef, en zou sterven als Bradley iets tegen haar zei, dus liep ze naar buiten en doolde door straten met een naam of een nummer. De bergen in de verte waren witte sneeuwspoken, maar de maartse zon was sterk en er hing lente in de lucht. Ze begon net wat vrijer te ademen toen ze een bekend gezicht op haar af zag komen over het zebrapad bij Grand Avenue en Ninth Street. Het was Isabelle Washburn. Marion keek strak omlaag en wilde doorlopen, maar Isabelle pakte haar bij haar arm.

'Hé, jij daar, zeggen we geen gedag meer?'

Onder een lichte jas die het midden hield tussen lavendelblauw en groen droeg Isabelle een duur ogende witte jurk met groene polkadots. Ze had krullen laten zetten en sprak op de lijzige toon die gangbaar was in de films van de laatste jaren. Ze schreef het uitblijven van acteersucces niet aan een gebrek aan talent toe, maar aan haar slome duikelaar van een neef, maar ze verdiende intussen best goed als fotomodel en woonde met een paar andere meiden in een bungalow achter het Egyptian Theatre. Het kon aan Marions oververhitte fantasie liggen, maar wat Isabelle over haar huisbaas zei, deed vermoeden dat hij meer voor haar was dan alleen een huisbaas. Isabelles aangeleerde spreektrant wekte de indruk van een hart dat verhard was door tegenslag. 'Maar genoeg over mij,' zei ze. 'Hoe gaat het met jou?'

'Met mij alles goed,' zei Marion, wat haar zo absurd in de oren klonk dat ze bijna in de lach schoot.

'Op je pootjes terechtgekomen?'

'Zeker, zeker. Ja. Ik heb vast werk. Waar ik weer eens naar terug moet, denk ik.'

Isabelle keek haar vorsend aan. 'Wat is er met je voorhoofd?'

'Tja, weet ik eigenlijk niet.'

Isabelle rommelde door haar handtas. 'Laat me daar even wat poeder op doen.'

En daar, op die straathoek, liet Marion door haar voormalige vriendin de buil op haar voorhoofd poederen. Ze kreeg een brok in haar keel door dat zusterlijke gebaar. Isabelle zette een vinger onder haar kin, duwde haar hoofd omhoog en inspecteerde het resultaat. 'Ja, beter,' zei ze, en ze knipte haar poederdoos dicht. 'We moeten echt weer eens afspreken. Ik heb altijd zo met jou gelachen. Weet je nog, Hal Chamers en Pokie Turner? Dick Stabler? Kom gewoon even aan als je in de buurt bent. Het is pal achter het Egyptian, op Selma Avenue, een felrood huis, niet te missen.'

Isabelle leek finaal vergeten dat ze Marion negen maanden geleden had afgedankt. Ze had in de tussentijd zoveel meegemaakt dat de highschool antieke geschiedenis was, en Marion begreep zelf ook niet meer hoe ze ooit had kunnen denken dat ze bevriend zouden blijven. Maar de drang om Isabelle te vermoorden was weg. In plaats daarvan was er medelijden om wat het leven haar voormalige vriendin aandeed. Negen maanden later, toen ze zelf nog veel hardere klappen had gekregen en geen kant meer op kon, zou ze zich niet alleen Isabelles lieve gebaar op de hoek van Nine en Grand herinneren, maar ook nog weten dat Isabelle in een felrode bungalow achter het Egyptian Theatre woonde.

Ze werd, ook door eigen toedoen, een probleem voor Bradley. Een paar dagen na de tweede leemte was er een blonde vrouw van in de dertig de showroom binnengekomen. Vrijwel alle klanten van Lerner waren man, en Marion had sinds haar obsessie met Bradley niet meer gezien hoe hij zijn toverkunst op een vrouw losliet. De cartoonachtige elasticiteit van zijn gezicht nam opeens groteske vormen aan. Toen de vrouw weer weg was, zonder iets te kopen, bereikte Marions haat jegens Bradleys vrouw een ziedend kookpunt dat ergens in haar hoofd een ventiel deed knappen. Toen hij even later naar de wc ging, volgde ze hem het herentoilet in, gooide haar armen om zijn nek en probeerde hem te beklimmen. Ze eiste van hem te horen wanneer ze het weer gingen doen. Ze moest en zou het weer met hem doen, en in zijn angst om betrapt te worden gaf hij toe. Ze reden die avond weer naar Culver City. Het genot dat de seks haar schonk groeide exponentieel bij elke keer dat ze het deden, en Bradley gaf op zijn beurt toe dat hij tot deze avond nooit had geweten wat passie was. Ook gaf hij toe dat hij stapelgek op haar was. Toen hij haar weer naar huis reed, zei hij dat ze weg moest gaan bij Lerner en een betere plek moest zoeken om te wonen.

Ze nam een baantje als stenotypiste bij een makelaardij waar een voormalige verkoper van Lerner, en vriend van Bradley, werkte. De vriend hielp haar ook aan een gestoffeerd flatje in Westlake, waarvoor Bradley haar drie maanden huur gaf, in biljetten die hij van een dikke bundel uit zijn binnenzak pelde. Technisch gezien maakte dat haar een prostituee, maar in haar ogen waren het vooral biljetten die niet meer naar zijn vrouw en kinderen konden gaan, dollars waarop ze alle recht had als de vrouw met wie hij in de toekomst getrouwd zou zijn. Ze was er heilig van overtuigd dat ze voor elkaar geschapen waren, en die overtuiging werd in april, mei en juni gevoed in het opklapbed van haar flatje, met uitzicht op de schroeiplekken op het vloerkleed en het geruite zeildoek op het eettafeltje. Na de seks sprak ze met het grootste gemak over van alles, waar ze op andere momenten voor bijna niets de juiste woorden vond. Bradley nam elke keer nieuwe boeken voor haar mee, en ze volgde de oorlog in Europa met minstens zoveel belangstelling als hij. Het opwindendst was het praten over zijn Spaanse scenario, waarbij zij de rol van de ambassadeursdochter voor haar rekening nam. Terwijl ze het verhaal vormgaven in haar bed, noteerde ze alles in steno – een naakte stenografe. Het wond haar op om samen aan het verhaal te werken, en het prikkelde Bradley ook. Als hij haar pen en aantekenblok uit haar handen nam en op het nachtkastje legde, lag ze in een opperste staat van niet zichzelf zijn voor hem klaar, zich verplaatsend in de dochter van de ambassadeur alsof ze de rol al speelde. Op haar werk vond ze altijd wel een uurtje om de notities uit te typen en er nog wat eigen invallen aan toe te voegen. De alleenstaande jongemannen op het werk leken op de een of andere manier te weten wat ze met Bradley had, want geen van hen probeerde ooit werk van haar te maken. Zij was het zwijgzame meisje dat vloeiend in Gregg-steno was en nooit spelfouten maakte.

In juli ging Bradley met Isabelle en de jongens op autovakantie naar Sequoia en Yosemite. Marion had hem gesmeekt zijn vakantiedagen voor het scenario te gebruiken, waarvan ze de structuur nu geheel op papier had, maar hij vond dat zijn jongens een vakantie verdienden, dus daar ging hij. Intussen was ze nooit meer dan vier dagen zonder hem geweest, met alle bevestiging van dien hoe goed ze bij elkaar pasten, en waren er ook geen leemtes meer geweest. Maar een weekend in haar eentje, na een week zonder Bradley, duurde eindeloos. Zelfs de zon kreeg iets boosaardigs, zoals hij treiterig lang zijn licht door haar ramen liet vallen en talmde met ondergaan. Ze was niet in staat een boek te lezen of naar de film te gaan. Al haar tijd ging op aan het volgen van het verstrijken van de tijd. Ze zat roerloos in een stoel, probeerde zelfs niet te knipperen, terwijl de angst om de tijd uit het oog te verliezen een apocalyptische omvang kreeg – alsof de wereld al zou vergaan als ze haar tenen bewoog. Ze zakte dieper en dieper weg. Om de een of andere reden deinsde ze er vooral voor terug zich te wassen, bleek ze afkerig van het gevoel van water op haar huid.

Bradley zou op de avond van de 27ste terugkomen, een zaterdag, en had beloofd haar die zondag te komen opzoeken. Ze lag die hele zaterdag plat en met opengesperde ogen op bed, want zodra ze haar oogleden liet zakken was daar het beeld van hem in bed met Isabelle, en de gedachte aan alle uren die zij in hun vakantie had gehad om zijn zelfvertrouwen als schrijver te ondermijnen, plus de knagende angst dat zijn vrouw misschien wel gelijk had en hij inderdaad slechts Bradley de autoverkoper was, wat van haarzelf een eenzaam meisje zou maken dat haar lichaam had opgeofferd aan een dwaze fantasie. De tijd veranderde intussen in een vijand, want het vergde inspanning om haar fantasie tegen haar angsten te beschermen, en haar kracht was beperkt. Op zondagochtend, ze had geen moment geslapen en zich evenmin gewassen, kookte en at ze twee eieren en ging weer liggen. De zon had een nieuw trucje gevonden om haar te kwellen: hij sprong nu in rukjes door de hemel als om haar te honen vanwege het uitblijven van Bradleys komst. Hij ging al onder toen ze gerommel aan de deur hoorde, en een sleutel in het slot. Wat voor indruk moest ze wel niet op hem maken? Opgezwollen ogen, futloos haar, gebarsten lippen, verwilderd! Maar hij zei niets, knielde naast het bed neer en kuste haar op haar wang. Ze voelde niets.

'Het spijt me dat ik niet eerder kon komen,' zei hij. 'We hadden een muizenprobleem. Muizenkeutels door de hele keuken. Na heel lang zoeken vond ik een nest achter in de la van het telefoonboek. Vier piepkleine babymuisjes in een holletje van aangevreten papier. Ik probeerde ze eruit te scheppen met een soeplepel zodat ik ze buiten kon vrijlaten, maar toen kropen ze weg en dat werd afschuwelijk. Ik moest ze dooddrukken met die lepel. En geloof me, dat valt niet mee als je diep in een kast moet reiken en niet ziet wat je doet, en je vrouw staat in je oor te krijsen.'

Hoe vaak heb je haar geneukt? vroeg een rauwe stem. Een woord dat veel te grof was om van haar afkomstig te zijn. Maar wie kon het anders hebben gezegd?

'Ik wilde vroeger komen,' zei Bradley alsof hij niets had gehoord, 'maar het was een enorme toestand. De jongens vochten met elkaar, die hadden veel te lang op de achterbank moeten zitten, en Jezus, die muizen. De ouders moeten nog ergens in een kast zitten, dus ik kan niet al te lang blijven.'

'Wat kom je hier dan doen?' zei ze ten slotte.

'Het spijt me. Ik weet dat het een moeilijke tijd voor je is geweest, maar dat was het voor mij ook.'

'Jij weet niet wat moeilijk is.'

'Marion. Lieverd. Dat weet ik wel degelijk.' Hij veegde wat haren uit haar ogen met zijn muizenmoordenaarshand en aaide over haar hoofd. 'Ik heb iets vreselijks gedaan, iets vreselijks voor jou. Je bent zo mooi, zo kwetsbaar, zo serieus. O God, wat ben je toch serieus. En ik ben maar gewoon een autoverkopertje.'

Ze begon te huilen. Hysterisch. Dat kostte tijd die ze niet hadden, maar het bevrijdde haar wel uit de dorre verlamming van de afgelopen weken. Het bracht haar het vermogen terug om te voelen, en het zorgde er bovendien voor dat Bradley langer bleef dan hij had gewild, terwijl het de smoezen ingewikkelder maakte die hij thuis zou moeten vertellen, want hij was weerloos tegenover haar kwetsbaarheid. Haar betraande gezicht bracht hem ertoe haar ruw uit te kleden, en terwijl hij zijn gang ging met haar, concentreerde zij zich op zijn gezicht, bedacht op het minste teken dat hij minder van haar genoot dan voorheen. En óf ze serieus was. Haar eigen genot was een bijkomstigheid. Het enige wat ertoe deed was Bradley.

Drie avonden later verraste hij haar door naar het makelaarskantoor te komen en haar mee te vragen voor een hamburger. Onderweg naar een Carpenter's waarschuwde haar dierlijke intelligentie haar dat zo'n uitzondering op hun routine geen goed teken kon zijn, maar dat streed om voorrang met de hoop dat hij eindelijk de moed had gevonden om Isabelle te verlaten. Haar dierlijke intelligentie kreeg gelijk. In zijn auto, nadat hij zijn drive-inburger met nerveuze happen naar binnen had gewerkt en de hare nog onaangeroerd op haar schoot lag, likte hij wat ketchup van zijn vinger en zei dat hij tijdens zijn vakantie diep had nagedacht. Er volgde zoiets als *ze de pijn niet aandoen van mijn eigen schuld en ik zal moeten aanvaarden een man die er honderd procent voor je is en geen vijftig want vijftig is niet meer met je samen te zijn want je zult altijd degene blijven die gewoon niet eerlijk omdat ik nooit zo realistisch zijn om in te zien dat het niet eerlijk is had moeten weten dat dit het ergste wat realistisch is om hier nooit meer overheen te komen...* Terwijl ze hem zijn elastieken gelaatstrekken verder dan ooit zag oprekken, voelde ze haar eigen gezicht alle soorten rood doorlopen: tomaat, purper, karmozijn, bloed, granaat, paars, biet. Ze begreep hoe bespottelijk ze eruit moest zien en begon te lachen.

Hij staarde haar aan en de schrik op zijn gezicht maakte het allemaal nog grappiger. Ze maakte een wuivend gebaartje, slap van de lach, en probeerde grip op zichzelf te krijgen. 'Sorry,' zei ze, en er ontsnapte haar opnieuw een snuivende lach. 'Ik moest aan die muisjes denken.'

'Jezus, moet je daarom lachen?'

'Ja, arme jij. Dat je ze moest pletten met je soeplepel.' Ze begon weer te giechelen, en dat werd opnieuw dubbel liggen van het lachen. Misschien was het de wetenschap dat hij haar zijn auto niet uit kon zetten zolang ze deed alsof ze gek was, maar dat maakte haar lachlust niet minder echt. Hij zou nu wel uitkijken om nog eens ergens met haar heen te gaan. En ook die gedachte trof haar als hilarisch.

'Moet ik me zorgen maken om je?' vroeg hij toen ze eindelijk bedaarde.

'Maak je maar liever zorgen om jezelf,' zei ze. 'Ik ben een stuk groter dan een muis.'

'Wat wil je daarmee zeggen?'

'Wat denk je zelf?'

Hij keek naar de links van hem geparkeerde Ford, naar het geüniformeerde achterste van een serveerster die op haar ellebogen in het open raam aan de passagierskant leunde.

'Je moet van me aannemen dat ik hier nooit meer overheen kom,' zei hij met een ernstig gezicht. Marion probeerde een vergelijkbaar gezicht te trekken, voelde hoe haar wenkbrauwen zich fronsten en maakte zichzelf daar opnieuw mee aan het lachen.

'Alsjeblieft, alsjeblieft,' zei hij.

'Misschien ben ik toch niet zo serieus als je dacht.'

'We moeten ermee ophouden.'

'O? Waarom?'

'Heb ik je uitgelegd. Ik heb het heel in het begin al tegen je gezegd: ik ga mijn gezin niet ontwrichten. Ik ga de moeder van mijn kinderen niet verlaten.'

'Ja, en je hebt ook gezegd dat je doodging als je niet met mij kon zijn. Dus ga je nu dood neervallen?'

Hij begroef zijn gezicht in zijn handen. Als ze hem ooit had gemogen, deed ze dat nu in ieder geval niet meer. Maar de vraag of ze hem sympathiek vond deed minder dan ooit ter zake. Ze kon nu duidelijk naar binnen kijken en de omtrek van haar obsessie met hem zien. Het zou het best zijn om die woekering uit haar hoofd te trekken, maar daar was zij intussen te groot voor. En ondanks die monsterlijke grootte was zij haar ook te dierbaar.

'Ik zal waarschijnlijk echt doodgaan zonder jou,' zei ze zakelijk.

'Nee, dat gebeurt niet. Je zult iemand vinden die veel beter voor je is.'

'Maar snap je nou eigenlijk wat ik je duidelijk probeer te maken?'

'Eh, niet helemaal als ik eerlijk moet zijn.'

'Je vergist je,' zei ze terwijl ze het portier aan haar kant openduwde. 'Dat is alles. Ik ben er zeker van dat je je vergist.'

Onderweg weg naar huis, langs Westlake Park, voelde ze zich niet verdrietig of down. Een nerveuze helderheid was wat ze voelde, als een generaal aan de vooravond van een beslissende veldslag. Ze waren in een crisis beland waar ze al haar vernuft voor nodig had. Het leek achteraf een goede tactiek dat ze naar huis was gaan lopen en niet krijsend in zijn auto om een nieuwe kans was blijven smeken. Nu hoefde ze alleen maar geduld op te brengen. Met zijn werk, zijn gezin en de aandacht die hij haar schonk had Bradley te weinig gelegenheid gehad om zijn schrijftalent aan te wenden. Nu kreeg hij meer ruimte. Er drong zich een fantasie aan haar op waarin hij midden in de nacht onaangekondigd naar haar flatje kwam, na een maand zonder contact, om haar mening te vernemen over het scenario dat hij had voltooid. Een fantasie waarin ze samen door de stapel papier gingen en het een meesterwerk bleek. Een fantasie die zo weldadig en voor herhaling en verfijning vatbaar was, dat ze die nacht geen oog dichtdeed. Die ochtend moest ze zich bedwingen om niet huppelend naar haar werk te gaan. In plaats van zich achter een krant te verstoppen, babbelde ze met de andere typistes en glimlachte naar de alleenstaande mannen.

Haar heldere spanning bleef een paar weken intact, geschraagd door de overtuiging dat haar strategie om Bradley niet lastig te vallen, zodat hij vol spijt aan haar zou denken en niets anders kon doen dan schrijven, tot zijn terugkeer zou leiden. Ze liet zich door een van de jonge kantoormannen uitnodigen voor een etentje en een film, en genoot van de fantasie dat Bradley haar zag en jaloers werd. Na afloop van de avond kon ze zich niet herinneren dat de man iets had gezegd, en ze vroeg zich af of dat kwam doordat ze onafgebroken over Hitler, Churchill en Von Ribbentrop had zitten praten. Misschien wel. De man vroeg haar in ieder geval niet opnieuw mee uit, wat ze best vond omdat hij nauwelijks bestond. Er verschenen steeds meer rafels aan de randen van haar werkelijkheid – haar slaapgebrek begon zijn tol te eisen. En uiteindelijk, op een avond in begin september, besloot ze vroeg van haar werk te gaan om Bradley op te zoeken bij Lerner Motors. De datum, 9-9, had iets beloftevols.

Bradley dronk koffie met meneer Peters en verbleekte toen hij haar zag binnenkomen. Meer nerveus dan helder begroette ze de meisjes alsof ze dik bevriend waren geweest. Een van hen droeg een verlovingsring, een ander was in verwachting en had haar baan opgezegd, een van de mindere verkopers was ontslagen. Om haar hevige spreekdrang te verenigen met haar totale gebrek aan persoonlijke dingen om te vertellen, uitte Marion een aantal aan de krant ontleende opvattingen over wat er in Europa gaande was, en over de noodzaak van een Amerikaans ingrijpen. De meisjes excuseerden zich één voor één tot alleen Anne over was. Anne merkte met een lieve glimlach op dat Marion een beetje pips zag, en Marion zei dat ze niet zo best sliep de laatste tijd. Anne vroeg of ze mee naar huis ging voor een lekker bord soep.

'Nee, ik kom voor Bradley,' zei Marion. 'Ik heb nog altijd een T-bonesteak van hem tegoed.'

Annes glimlach maakte plaats voor onverdeelde bezorgdheid.

'Hij is een man van zijn woord, toch?'

'Kom gezellig met mij mee, joh,' zei Anne.

'Ander keertje,' zei Marion, en ze liep weg. Haar hoofd bonkte en haar lichaam leek geheel opgetrokken uit kalk. Als slapen tot haar mogelijkheden had behoord, had ze dat nu het liefst gedaan. Bradley stond intussen bij de nog steeds niet verkochte Cadillac 75 met een roodharige man, een onmiskenbare Jake Barnes, wiens woorden hij met een cartoonachtige gretigheid beluisterde. Marion liep op de Jake Barnes toe en zei: 'Neem me niet kwalijk, maar ik was eerder.'

Bradleys ogen maakten cirkels rond haar gezicht, maar meden haar blik. 'Marion,' zei hij.

De Jake keek op zijn horloge. 'Geeft niet, ik moest toch al eens...'

'Nee, nee.' Bradley legde een hand op haar rug en voerde haar mee. 'Je moet even wachten,' zei hij op een toon alsof hij een kind toesprak.

'Ik wacht al een poosje, hè?'

'Eh... wacht gewoon even, goed?'

Ze wachtte, nadrukkelijk aanwezig, op de leren bank voor klanten. Ze stak een sigaret op. De binnenkant van haar mond voelde ook kalkachtig. Haar slaapgebrek had de wereld van zijn samenhang beroofd en in puntige scherven uiteen doen vallen. De bezorgde blikken die Anne en meneer Peters haar van achter hun bureaus toewierpen, gleden van haar af als van een kalkstenen beeld. Zonder te weten hoe ze er was beland, stond ze opeens met Bradley op straat, om de hoek van de autohandel. De straat was schaduwrijk, maar de toppen van de gebouwen zinderden in de felle zon. De lucht was zurig van de uitlaatgassen.

'O, lieverd,' zei hij. 'Wat zie je er moe uit.'

'Het spijt me.'

'Ik bedoelde het niet als een verwijt. Maar... eet je wel goed?'

'Eieren. Hou ik van, eieren. Het spijt me.'

'Je zegt steeds dat het je spijt, maar ik ben het die spijt hoort te hebben.'

'Het spijt me.'

Bradley kneep zijn ogen dicht. 'O God.'
'Wat?' vroeg ze gretig.
'Het doet me ontzettend veel pijn om je weer te zien.'
'Kom je met me mee naar huis?'
'Dat zou geen goed idee zijn.'
'Je hoeft niet lang te blijven.'
Hij slaakte een zucht. 'Er is een vergadering van de oudercommissie op school. Ik heb Isabelle beloofd dat ik zou gaan.'
'Belangrijke vergadering?' Ze vroeg het met ongespeelde interesse.
Het lange wachten was voorbij. Ze stond geduldig naast een telefooncel waarin hij tegen zijn vrouw loog. Ook in de auto had ze geduld met hem. Hij was het die geen geduld had – ze waren haar gebouw nog niet binnengegaan of hij drukte haar tegen de muur tussen de brievenbussen en zoende haar hongerig. Ze voelde zich nog steeds kalkachtig, maar hij leek haar vlees kneedbaar te vinden, en dat was genoeg voor haar.
Alleen was het dat niet. Het doel van haar wachten was bereikt, maar de verbinding tussen hem en haar obsessie voor hem waren door het wachten uitgerekt tot voorbij het punt van scheuren. De seks, meerdere keren achtereen, verrukte haar alleen nog omdat ze in haar opzet was geslaagd. Maar de man zelf, die overdag auto's verkocht en nu met zijn koffieadem op haar lag te hijgen, was een vreemde in de wereld waarin ze inmiddels vertoefde. Het was duidelijk dat ze nog steeds betekenis voor hem had, maar ze was niet langer in staat zich daar een voorstelling van te maken.
Later, in Arizona, zou ze zich niet kunnen herinneren waarom ze gezegd had dat hij niet voorzichtig hoefde te zijn. Misschien had ze in haar algehele verwarring ook niet meer geweten welke tijd van de maand het was. Misschien was het de wetenschap geweest dat Bradley een hekel had aan het alternatief voor voorzichtig zijn, en had ze geen afbreuk willen doen aan zijn verrukking over hun weerzien en er maar het beste van gehoopt. Ze kon zich in ieder geval niet herinneren dat ze zwanger had wíllen worden, maar misschien had haar dierlijke intelligentie die catastrofale beslissing buiten haar bewustzijn om wél genomen. Hem trof overigens de blaam dat hij haar, ondanks haar onmiskenbare verwarring, had geloofd toen ze zei dat hij niet voorzichtig hoefde te zijn. Was het mogelijk dat ook hij een onbewuste wens had gehad een kindje bij haar te maken? Bij gebrek aan concrete herinneringen zou ze in Arizona de conclusie trekken dat de zwangerschap Gods plan voor haar was geweest. Zijn manier om haar te beproeven en te laten inzien dat Zijn wil zich toonde in het handelen van Zijn kinde-

ren, ongeacht de redenen die ze ervoor meenden te hebben. Daarmee zou de vraag voor haar zijn afgedaan, later in Arizona.

Toen ze Sophie Serafimides het verhaal van haar inzinking deed, was het niet moeilijk daar de zwangerschap uit weg te laten – er waren genoeg andere dingen die het aannemelijk maakten dat ze op een gesloten afdeling was beland. Zo was er de late avond, een week na het eerste weerzien, waarop Bradley met een halflege fles whiskey bij haar aan de deur kwam. En er was nog zo'n avond geweest. Er waren de twee weken waarin hij taal noch teken gaf, en toen de vreselijke brief die hij haar stuurde. Er was de tweede keer dat ze hem opzocht bij Lerner Motors, wat niet goed verliep, en de derde keer toen ze Bradley aan de hand wilde laten ruiken waarmee ze zichzelf had betast, en de deur uit werd gewerkt door meneer Peters. Er was de daaropvolgende periode van lethargie op het makelaarskantoor, die tot haar ontslag leidde. Er was de reeks dagen waarin de tijd grotendeels aan haar voorbijging, eindeloze dagen in een flatje waarvoor ze nodig eens huur moest gaan betalen. En ten slotte was er de warme novembermiddag toen ze naar Bradleys huis ging, waarvan ze het adres had opgezocht in het telefoonboek, om eens een woordje te wisselen met zijn vrouw.

De keurige en nagenoeg identieke huizen aan Keniston Avenue leken afkomstig uit een speelgoedwinkel of filmstudio. Ze was doodsbang toen ze aanbelde, maar er stond haar geen andere weg open om hem duidelijk te maken dat hij zich vergiste. Wel ironisch dat ze daar de hulp van zijn vrouw bij nodig had. Als Isabelle zou horen dat Bradley verliefd was op haar, een meisje van wie het gezicht al bij zijn geboorte in zijn hersenen gegrift had gestaan, zou ze zelf een eind maken aan de schijnvertoning die haar huwelijk was. De voorstelling van Bradley als gescheiden man was als een balsem, iets waar ze zich aanzienlijk liever mee bezighield dan met de vraag waarom ze maar niet ongesteld werd. Ze hoopte dat dat kwam door haar ondervoeding en de geestelijke druk waar ze onder verkeerde, want haar toekomst met Bradley hing af van de betekenis die zij als zijn bevrijdster voor hem had. Een baby zou hem misschien juist het gevoel geven dat hij in de val was gelopen, en met een dikke buik zou ze ook nooit de ambassadeursdochter kunnen spelen.

Tot haar grote verrassing werd er opengedaan door een blond jongetje van een jaar of zeven, acht. In de duizenden fantasieën die ze vooraf over dit moment had gehad, was het steeds Isabelle geweest die naar de voordeur kwam.

Het jongetje staarde naar haar, en zij staarde naar het jongetje. Dit leek een uur te duren.

'Mam,' riep het jongetje over zijn schouder, 'er is een mevrouw aan de deur!'

Hij holde naar binnen en Isabelle Grant verscheen met een vaatdoek in haar hand. Ze was een tikje rond, en minder lang dan Marion zich haar had voorgesteld. Net zoals Isabelle Washburn leek ze eerder meelijwekkend dan een vrouw die het verdiende slachtoffer van een moord te worden. Ook dat was verrassend. 'Kan ik u helpen?' vroeg ze.

De optocht van roodtinten op Marions gezicht werkte haar ditmaal niet op de lachspieren.

'Juffrouw?' zei Isabelle. 'Alles goed met u?'

'Uw, eh, uw man,' zei Marion.

'Ja?'

'Uw man houdt niet meer van u.'

Nu was er schrik op dat gezicht, argwaan, verontwaardiging. 'Wie bent u?'

'Ja, heel jammer, maar u verveelt hem.'

'Wie bent u?'

'Ik... nou. Begrijpt u wat ik zeg?'

'Nee. Ik denk dat u op het verkeerde adres bent.'

'Bent u niet Isabelle Grant dan?'

'Ja, maar ik ken u niet.'

'Bradley kent me wel. Vraag het hem maar. Ik ben degene op wie hij verliefd is.'

De deur werd dichtgesmeten. Marion had de indruk dat ze niet duidelijk genoeg was geweest en belde opnieuw aan. Binnen klonk het gehol van kinderen. De deur ging weer open. 'Wie u ook bent, juffrouw,' zei Isabelle, 'gaat u alstublieft weg.'

'Het spijt me,' zei Marion met ongeveinsde spijt. 'Ik had het minder pijnlijk voor u moeten maken. Maar u weet het nu wel. U bevredigt hem gewoon niet. Op de lange duur is het voor u misschien ook beter.'

Ditmaal ging de deur niet met een klap maar met een klik dicht. Ze hoorde het schuiven van een grendel. Na een onbepaald aantal minuten bleek ze nog steeds op de welkomstmat te staan. Heel teleurstellend allemaal. Ze had dagenlang het idee gehad dat ze de wereld compleet kon herscheppen door een gesprek met Bradleys vrouw. Dat de geestelijke pijn die zich sinds zijn brief in haar had opgehoopt, op slag zou wegtrekken en dat ze een wereld zou binnengaan waarin het makkelijk was beslissingen te nemen. Maar de pijn was er nog, nu in de vorm van niet weten wat ze moest doen. Ze had graag op de mat willen blijven staan, maar ze was nog goed genoeg bij haar verstand om te beseffen dat het een slechte zet was geweest om naar Bradleys huis te komen. Daarmee had ze alleen maar zijn vrouw pijn gedaan zonder die van zichzelf te verlichten. Ze draaide zich om en liep het tuinpad af naar de straat. Even later zag ze in een parkje een heg waarachter ze zich discreet kon terugtrekken. Ze vlijde haar wang op een graspol tussen de aardkluiten. Ze rook hondenpoep, maar bleef zo liggen tot de avond viel.

Toen ze bij haar gebouw aankwam, stond Bradleys LaSalle daarvoor geparkeerd. Hij had zichzelf kunnen binnenlaten, maar zat achter het stuur. Hij gaf met een hoofdbeweging te kennen dat ze moest instappen. Ze was bang, maar deed het. Ze drukte zich tegen het portier en probeerde zich zo klein mogelijk te maken.

'Wat wil je?' vroeg hij nijdig.

'Het spijt me.'

'Nee, serieus, wat wíl je? Vertel me nou eens wat je godverdomme wílt.'

'Het spijt me.'

'Daar is het te laat voor. Ik heb nu een drama van jewelste thuis. Ik zweer het, Marion, als je het nog één keer waagt mijn vrouw op te zoeken, bel ik de politie.'

'Het spijt me.'

'En bij Lerner blijf je ook weg. We bellen onmiddellijk de politie, en weet je wat die met je doen? Die stoppen je in een inrichting. Je bent niet goed snik. Ik vind het vreselijk om te zeggen, maar je bent het spoor volkomen bijster.'

'Ik moet wel veel overgeven,' zei ze instemmend. 'Ik hou bijna niets binnen.'

Hij slaakte een geërgerde zucht. 'Voor de laatste keer: we kunnen elkaar niet meer zien. Nooit, maar dan ook nooit meer. Begrijp je dat?'

'Ja. Nee.'

'Geen enkele vorm van contact. Hoor je me?'

Ze wist dat het belangrijk was om nu ja te zeggen, maar ze kreeg het er niet op een eerlijke manier uit.

'Wat jij nu moet,' zei hij, 'is terug naar huis gaan. Kun je dat voor me doen? Ik wil dat je teruggaat naar San Francisco om je familie voor je te laten zorgen. Je bent een engel en ik verdraag het niet om te zien hoe je eraan toe bent. Maar wat je vandaag hebt gedaan, gaat alle perken te buiten.'

Haar borst vulde zich met een nieuwe zorg: dat ze Bradley eindelijk van zijn vrouw had verlost, maar zelf het spoor te zeer bijster was om door hem te worden gewild. De ironie welde met een golf maagzuur in haar op. Ze werkte er kokhalzend vijf woorden uit: 'Wil ze nu een scheiding?'

'Lieverd, Marion, hoe vaak moet ik het nog zeggen? We kunnen niet samen zijn.'

'Jij en ik.'

'Jij en ik.'

Haar adem begon weer te jagen. Hij reikte in zijn colbert en legde een dikke bundel bankbiljetten tussen hen in op de voorbank. 'Ik wil dat je dit van me aanneemt,' zei hij. 'Koop een eersteklaskaartje naar het noorden, en zodra je in San Francisco aankomt wil ik dat je de beste psychiater in de arm neemt die je kunt vinden. Iemand die je echt kan helpen.'

Ze staarde naar het geld.

'Het spijt me vreselijk,' zei hij, 'maar meer dan dit kan ik je niet geven. Neem het alsjeblieft aan.'

'Ik ben geen hoer.'

'Nee, je bent een engel. Een lieve engel die er slecht aan toe is. Ik meen het oprecht: als ik je nog iets anders kon geven, deed ik het. Maar meer dan dit heb ik niet.'

Het werd haar eindelijk duidelijk dat ze niet méér voor hem was dan een betaalde snol. Het geld lag als een walgelijk en gevaarlijk reptiel op de voorbank. Ze reikte naar de knop van het portier en viel half zijn auto uit. Hij nam het geld in zijn weerzinwekkende hand en stak het haar toe. 'Alsjeblieft, Marion, in godsnaam.'

Toen ze op een ochtend, waarschijnlijk de volgende, uit haar leemte kwam, voelde ze zich verrassend veel beter. Het was alsof haar afschuw van de man die haar wilde betalen een barst had geslagen in haar obsessie met Bradley Grant. De obsessie huisde nog in haar, maar verzwakt, en daardoor bevattelijker. Het geld was verpakt in een advertentiefolder onder haar deur door geschoven. Ze knipte de biljetten één voor één in snippers en spoelde die door de wc – een deerlijke vergissing, wist ze, maar nodig om haar geestelijke pijn te verzachten.

In de eerste dagen van december stelde het verminderen van de pijn haar weer in staat de krant te lezen, met speciale aandacht voor Mussolini's inval in Griekenland, en op zoek te gaan naar een baan. Referenties kon ze niet overleggen, maar ze had haar uiterlijk nog. Ze vond werk als ontvangstmeisje in een grote vestiging van Safeway, waarbij ze klanten kleine hapjes van voedingsproducten moest aanbieden. Het verraste haar hoe weinig dit haar tegenstond. Het was prettig om hetzelfde korte zinnetje oeverloos te herhalen. De herhaling bood afleiding van de angst voor wat zich in haar had genesteld, al werd ze zo misselijk van de geur van sommige producten, en vooral van vleeswaren, dat die angst wel definitief werd bevestigd en meegroeide met het ding in haar. Toen ze op een dag prikkertjes in miniworstjes stond te steken, dwong de angst haar de supermarkt uit te lopen, naar huis te rennen en gehoor te geven aan wat haar dierlijke intelligentie haar influisterde. Ze stompte zichzelf in haar buik en sprong wild op en neer. Ze nam een slok ammoniak, maar hield die niet binnen. Toen ze het nogmaals probeerde, sproeide de ammoniak met zo veel explosieve kracht uit haar neus dat ze dacht te zullen sterven.

In het verhaal dat ze Sophie deed liep er een rechte lijn van Bradleys bankbiljetten naar de nacht waarin ze op blote voeten door de regenachtige straten van Los Angeles doolde en in haar doorweekte, openstaande blouse over sletterigheid en moord schreeuwde tot ze door de politie werd opgepakt. Maar zo recht was die lijn niet geweest. Hij had heen en weer geslingerd tussen een uitzettingsbrief, een huilende tirade tegen haar huisbaas, telegrammen naar haar moeder en Roy Collins met smeekbeden om geld, en een telefoontje naar Lerner Motors om Bradley te spreken. De huisbaas had haar tot eind december gegeven om haar achterstallige huur te betalen. Haar moeder was, naar later bleek, op skivakantie met haar vriendinnen. Roy Collins had telegrafisch twintig dollar reisgeld overgemaakt en haar met tegenzin een baantje aangeboden. Bradley had bij het herkennen van haar stem de hoorn op de haak gegooid.

Onloochenbaar zwanger en beslist niet van plan Bradleys kind tot het eind toe te dragen, nam ze de tram naar Hollywood. De straten waren droog en de schemering viel in, de etalages werden verlicht en lonkten naar voorbijgangers met hun kerstslingers en -linten. Ze leek zowaar in staat tot rationele gedachten en begrijpelijke gevoelens: wrok jegens haar moeder, gedachten over het duistere lot van Europa, haat tegen Bradley en zijn vrouw, waardering voor de gestroomlijnde vormen van een Cadillac die de tram voorbijreed, nieuwsgierigheid naar haar zuster in New York, de vraag welke seksuele ervaringen Shirley intussen had gehad, of niet – maar haar angst welde al snel weer met volle kracht op en vaagde alles weg. Bij het zien van het Egyptian Theatre stapte ze uit de tram en vroeg een krantenjongen waar Selma Avenue was. Ze had al haar hoop op Isabelle Washburn gevestigd. Zelfs al zou Isabelle geen geld kunnen geven, dan kon ze toch zusterlijke raad en medeleven van haar verwachten, en daaraan had Marion erg veel behoefte. Het was moeilijk om in het donker kleuren te onderscheiden, maar ze zag ten slotte een huis dat onmiskenbaar rood was. Door de gordijnen aan de voorkant viel warm, gedempt licht. Ze liep naar de voordeur en klopte aan. De deur ging vrijwel onmiddellijk open. En daar stond Satan.

Ze wist niet dat het Satan was. Het was een kleine man, bijna kabouterachtig, met een volle witte baard en gebronsde wangen, een glimmende kale plek op zijn hoofd en vriendelijke rimpels rond zijn ogen. 'Kom binnen, kom binnen,' zei hij, alsof hij haar had verwacht. Marion zei dat ze op zoek was naar Isabelle Washburn. 'Isabelle woont hier niet meer,' zei de man, 'maar toe, kom binnen alsjeblieft.'

'Bent u de huisbaas?'

'Ja, dat klopt! Kom binnen.'

In de woonkamer stonden uitgezakte maar comfortabele stoelen. Aan de muren hingen dromerige fotoportretten van jonge actrices of modellen, en een ingelijst filmaffiche voor *King Kong*. Op de salontafel stonden een fles rode wijn en een glas op een hoge steel. 'Ik pak voor jou ook even een glas,' zei de man, en hij liep de kamer uit.

Ergens dieper in het huis hoorde ze water klotsen in een badkuip, en zo te horen een huid die piepend over het porselein gleed. De man met de witte baard kwam terug met een glas, ging zitten en schonk het voor haar vol. Hij leek erg blij om Marion te zien.

'Ik hoef alleen Isabelle maar te spreken,' zei Marion.

'Dat zei je, ja. Maar je trilt als een espenblad.'

Dat kon ze niet tegenspreken, en die wijn zag er lekker uit. Ze ging zitten en nam een slokje. Lang niet zo scherp als de whiskey die ze met Bradley had gedronken. Toen ze had uitgelegd waar ze Isabelle van kende en waarom ze naar het rode huis was gekomen, was het glas leeg. Toen de man aanstalten maakte het weer te vullen, hield ze hem niet tegen. De wijn hielp haar mee omhoog te komen met de golven van haar angst, als een boei op zee.

'Ik vrees dat ik niet weet waar Isabelle momenteel is,' zei de man. 'Dus ik kan je niet aan een adres helpen, maar ik ken een meisje dat dat misschien wel kan.'

'Dat zou fijn zijn,' zei Marion, en ze nam nog een slok.

'Je bent een bijzonder aantrekkelijke jonge vrouw,' zei de man zonder aanwijsbare reden.

Marion voelde zich rood worden. De wijn was zwak en niet zo zwak. Ze hoorde een deur opengaan, het leeglopen van een badkuip, de zachte tred van blote voeten, een deur die werd gesloten.

'Dat meisje,' zei Marion. 'Het meisje dat weet waar Isabelle nu woont.'

'O, lieve kind, wat zie je er angstig uit,' zei de man. 'Ben je ergens bang voor, Marion? Zeg eens, waar ben je zo bang voor?'

'Ik ben eigenlijk op zoek naar Isabelle.'

'Natuurlijk,' zei hij. 'En daar kan ik je mee helpen.'

Er fonkelde iets in zijn ogen, een goedmoedige vrolijkheid.

'Ik ben een hulpvaardig man,' zei hij. 'Je zou niet het eerste meisje zijn dat hier met moeilijkheden binnenkomt. Is dat het? Zoek je Isabelle omdat je in moeilijkheden verkeert?'

Ze kon niet antwoorden.

'Marion? Je kunt het me gerust vertellen, hoor. Verkeer je in moeilijkheden?'

Haar moeilijkheden waren te groot om onder woorden te brengen. Om ze te kunnen uitspreken, moesten ze opgebroken worden in kleine stukjes en daarna in een samenhangende orde worden gebracht, en als ze dat al zou kunnen, voelde ze er niets voor een wildvreemde te vertellen dat ze het kind droeg van een getrouwde man. Terwijl de man met de baard op antwoord wachtte, zag ze een ander, minder vriendelijk soort lichtjes in zijn ogen komen. Ze zag dat zijn hemd uit zijn broek hing en dat hij nogal een pens had. Haar aanname dat Isabelle iets romantisch met haar huisbaas had, moest onjuist zijn geweest.

'Het zijn moeilijkheden met een man, hè?' zei hij.

Ze kreeg geen lucht en kon het niet opbrengen te reageren, zelfs niet met een knikje.

'Ik begrijp het,' zei hij. 'En die man is nog in beeld?'

Had ze toch geknikt? Kennelijk. Ze schudde haar hoofd.

'Het spijt me dat te horen,' zei de man.

'Maar dat meisje waar u het over had. Dat weet waar Isabelle is.'

'Zal ik haar even opbellen?'

'Graag.'

Hij liep de kamer weer uit. Marions glas was leeg en de fles ook. Terwijl ze zat te wachten, mondde een reeks geluidjes uit in het tikken van naaldhakken en een vrouw die de kamer binnenkwam. Ze bleef stokstijf staan toen ze Marion zag. Ze droeg een nauwe rok en een bijpassend jasje met schoudervullingen. Haar vuurrood gestifte mond had iets hards. 'Ben jij hier voor de kamer?'

'Nee,' zei Marion.

'Mooi zo.'

De vrouw draaide zich om en verliet het huis. De man kwam weer binnen met een nieuwe fles en een kurkentrekker. Marion wachtte in spanning af terwijl hij de fles opentrok.

'Tja, geen geluk,' zei hij. 'Jane heeft haar kort voor Thanksgiving voor het laatst gezien en weet niet waar ze momenteel is. Terug naar Santa Rosa misschien. Jane hoorde haar iets in die geest zeggen.'

Een terugkeer van Isabelle naar Santa Rosa leek Marion vreemd, maar alles leek intussen vreemd. Ze wou dat ze het reisgeld van Roy Collins niet al had opgemaakt. Het idee van Isabelle in Santa Rosa bezorgde haar heimwee.

'We zullen iets anders voor je moeten bedenken,' zei de man.

'Ik denk dat ik maar naar Santa Rosa ga.'

'Dat zou je inderdaad kunnen doen, al weten we natuurlijk niet zeker dat Isabelle daar nu is. Ze kan naar zo veel plaatsen zijn gegaan. En misschien is ze nog wel gewoon hier. Het enige wat Jane zei, was dat ze elkaar al een tijdje niet meer gezien hadden.'

'Maar het klinkt toch... ik denk dat ze terug naar huis is, in Santa Rosa.'

'Hm.'

Hij nam een slokje wijn, als om daarmee een glimlach te verhullen. Waarom zou hij een glimlach willen verhullen? Marion stond op en bedankte hem voor zijn moeite.

'Ga zitten, lieverd,' zei hij. 'Je wilt toch niet echt terug naar Santa Rosa? Zo'n benepen stadje waar iedereen roddelt. Dan ben je veel beter af in de grote stad. We kunnen hier dingen voor je regelen die in Santa Rosa heel moeilijk of zelfs onmogelijk zijn. Je begrijpt wel wat ik bedoel, hè?'

Ja, dat deed ze. Bradley had haar ooit eenzelfde vraag gesteld, en ze was snel in het begrijpen ervan. Toen ze weer ging zitten, wat door de wijn sneller ging dan ze had gedacht, kwam ze met een plofje neer en zakte even opzij.

'Schaam je maar niet, hoor,' zei de man. 'Ik heb dit huis nu vijftien jaar en heb hier alles wel gezien. Dus kom, laten we openhartig met elkaar praten.'

Er groeide iets in haar wat afkomstig was van Bradley – een feit waar ze onmogelijk omheen kon. Ze wilde het niet in zich houden. Het deed haar aan dat jongetje denken dat had opengedaan toen ze bij Bradley aanklopte, aan de gruwel dat Bradley kinderen had, de gruwel dat hij getrouwd was, de gruwel van wat ze zichzelf had aangedaan.

'Heb je misschien een maandstonde gemist?' zei de man. 'Of misschien wel meerdere?'

Ze bevestigde het met een jankend geluidje.

'Hoeveel maanden dan? Niet meer dan twee, zou ik toch zeggen. Je bent zo mager als een panlat.'

Ze schudde haar hoofd.

'Vergis je niet, ik hou van magere meisjes.' Zijn stem klonk hees. 'En gelukkig ben je dat.'

Ze had eerder de Koran kunnen reciteren dan haar ogen naar Isabelles voormalige huisbaas kunnen opslaan. Het huis was stil op het tikken van een klok na. Ze wist zeker dat zij en de man nog als enigen binnen waren.

'Maar je boft,' zei hij. 'Ik kan je helpen. Ik ken iemand die bijzonder kundig is. Tiptop hygiëne. Mooie, rustige behandelkamer. Discretie verzekerd.'

Ze ademde nu nog sneller of helemaal niet meer. De woorden van de man kwamen van ver en leken terug te wijken terwijl hij ze sprak. 'Heb je honderdvijftig dollar? Daar zouden de vijfentwintig voor mijn bemiddeling bij in zitten. Laat eens kijken, vandaag is het donderdag, nietwaar? Tegen zaterdagavond kunnen we je weer helemaal hebben zoals je hoort te zijn.'

Ze hoorde hem wijn inschenken.

'Honderdvijftig dollar, heb je die?'

De vraag kwam in alle helderheid door. Ze gaf te kennen dat ze dat bedrag niet had.

'Hoeveel heb je dan?' Hij wachtte op een antwoord, maar dat bleef uit. 'Marion, heb je helemaal geen geld?'

Het antwoord dat ze hem daarop gaf was blijkbaar duidelijk, want ze hoorde hem de kamer verlaten en weer binnenkomen, en voelde zijn warmte toen hij voor haar neerhurkte. 'Ik weet hoe bang je bent,' zei hij. 'Vreselijk bang ben je. En dat is volstrekt begrijpelijk. Neem deze maar, knap je van op.'

Hij wrong een van haar handen open en drukte er twee tabletten in.

'Seconal. Kun je lekker op slapen.'

Ze voelde de warmte van zijn hand op haar knie.

'Je vraagt je vast af of ik je probleem echt de wereld uit kan helpen. En tja, ik kan je wel wat namen van meisjes geven als referentie, maar die zullen niet staan te popelen om hun verhaal te doen. Volgens mij doe je er goed aan me maar gewoon je vertrouwen te schenken. Ik doe hier al vijftien jaar eerlijk zaken, heb nooit iets gepakt zonder ervoor te betalen en heb nooit iets voor een meisje geregeld zonder dat zij ervoor betaalde. Dat is het beginsel hier: de ene gunst is de andere waard, quid pro quo.'

Ze pakte in een reflex de hand die over haar been omhooggleed. En ze had nog niet losgelaten of hij legde hem weer op haar knie.

'Ik ga met kerst naar Palm Springs,' zei hij. 'Als je tot dan bij me blijft, ben je met de feestdagen weer helemaal de oude, dat beloof ik je plechtig. Elf daagjes. En geloof me, tegen voorwaarden die voor jou bijzonder gunstig zijn. Je boft dat je echt een meisje naar mijn hart bent. Helemaal mijn soort meisje.'

Haar dierlijke intelligentie begreep precies wat hij opperde. Om erin toe te stemmen hoefde ze alleen maar te blijven zitten en niet weg te gaan. Ze hief de hand met de tabletten naar haar mond. Haar armen leken te kort om het wijnglas te kunnen pakken, dus kauwde ze ze fijn.

Dankzij haar geestesziekte en de Seconal-roes herinnerde ze zich achteraf weinig van haar elf dagen in het rode huis. Wat haar nog bijstond was hoe ze haar oren spitste op voetstappen buiten haar kamerdeur, die van de huisbaas en de andere huurster, van wie de stappen nog luguberder klonken dan die van hem. Ze dacht dat ze het niet zou overleven als de vrouw haar nog een keer zag, hoe vluchtig ook, en ze kromp ineen zodra ze die naaldhakken in de gang hoorde. Ze liet haar eten door de huisbaas naar haar kamer brengen. Ze moest walgelijke dingen doorstaan, maar die duurden nooit lang. Zolang ze binnen bleef, was ze een slachtoffer en zou ze haar priester in Arizona niets hoeven opbiechten – en misschien zelfs aangifte kunnen doen bij de politie. Maar het satanische aan de huisbaas was dat hij een overeenkomst met haar had gesloten. Satan was onvermurwbaar bij transacties, en door zich aan zijn deel te houden, haar op tijd bij de dokter af te leveren en voor haar abortus te betalen, ontnam hij haar haar slachtofferschap. Door woord te houden maakte hij haar knieval voor zijn smerigheid tot een wederdienst, quid pro quo dus. Ze kon geen onwetendheid en onschuld meer voorwenden. Zoals ze eerst met haar volle verstand overspel had gepleegd met Bradley Grant, zo had ze nu haar lichaam veil geboden in ruil voor de moord op haar baby.

Satan was weg, schijnbaar van de aardbodem verdwenen, toen ze de plaats des onheils verliet op niet meer dan een paar straten van Lerner Motors. Het was 24 december, laat in de middag, en er was een lagedrukgebied vol kolkende wolken over de stad geschoven. De Seconal die ze die ochtend had geslikt raakte uitgewerkt. Ze was lichthoofdig en de pijn in haar onderbuik, hoewel nog niet fel, voelde onheilspellend aan in zijn onbekendheid. De concrete angst die zojuist bij haar was weggenomen, werd opgevolgd door een onbestemde terreur, zo weids als de hemel zelf. Ze had nog zes hele dollars en wat wisselgeld in haar handtas, maar ze kon zich er niet toe zetten een tram te nemen. Ietwat slingerend, af en toe uitrustend tegen de gevel van een gebouw, ging ze op weg naar haar flatje.

Het was maar twintig huizenblokken ver, maar het overbruggen van die afstand putte haar uit, omdat ze maar niet van hem af kon komen – zijn kaboutergezicht grijnsde haar vanuit iedere etalage toe. Fonkelende ogen, witte baard. Gekleed in een helderrood kostuum met hermelijnen randen. Affiches, wenskaarten, koekblikken en etalagepoppen droegen allemaal zijn klauwende, naar wijn stinkende kwaadaardigheid uit. Ze had meer Seconals nodig om van hem af te komen. Hij sloeg haar van alle kanten gade. Zijn penis was kort en dik en bruin, een miniatuur van hemzelf. Hij stond met zijn papbuik op menige straathoek, rinkelend met een bel naast een rode bus waar mensen geld in gooiden. Rood, overal. Onmogelijk aan al dat rood te ontsnappen. Het was de kleur van zijn huis. Het was een teken dat hij haar overal opwachtte, welke kant ze ook op ging. Rode strikken, rode linten. Rood gestreepte zuurstokken. Glimmende sterren en halvemanen van rode aluminiumfolie. Het rode huis. De rode auto. Het rood in de gootsteen van haar oude logement. De rode wagen. De rode wagen. De rode wagen. De rode wagen. Het kwaad zat haar al haar hele leven achterna, maar nu ontplofte de wereld met de kleur ervan, en er viel nergens voor te schuilen. Het kwaad vond haar in de badkamer van haar appartement. Ook haar binnenste was rood, het stroomde eruit. Ze was niets anders dan een dunne blaas vol rood. Haar handen waren rood, haar spullen waren rood, rood op de vloer, rood op de muren waar ze haar handen aan probeerde af te vegen. Rood vrat haar geest op. Vrolijk kerstfeest.

'Nou, ik heb een herinnering voor je,' zei ze. 'De beste herinnering die ik aan kerst heb. Wil je hem horen?'

'Graag,' zei Sophie Serafimides. 'Als je tenminste vindt dat je me genoeg hebt gestraft.'

Marion opende haar ogen. Het sneeuwde nog harder. De spoorstaven achter de luxaflex hadden een dik kokosglazuur.

'Die straf kwam je toe,' zei ze.

Sophie glimlachte niet. 'Vertel me die herinnering eens.'

'Het was 1946, in Arizona. Russ en ik waren het grootste gedeelte van dat jaar al samen, een stel in alle opzichten, op een boterbriefje na. Hij moest zijn vervangende dienstplicht nog afmaken, maar de oorlog was voorbij en er werd op het kamp nergens meer moeilijk over gedaan. Hij kon een paar dagen vrijaf krijgen wanneer hij maar wilde, wat voor mij wel leuk was. Ik had hem voor kerst uitgenodigd bij mijn oom Jimmy, maar hij had een beter idee, zei hij. Hij mocht van de kampcommandant een oude Willys-jeep lenen en daarmee wilde hij het zuidwesten verkennen. Jimmy gaf ons wat geld als kerstcadeau en daar gingen we. Voor Russ was het heel enerverend, want zijn ouders wisten nog niets van me, en overal waar we kwamen moesten we doen alsof we al getrouwd waren. Voor hem was het een rebelse daad waar hij hard aan toe was, en ik hield van hem. Ik vond het heerlijk om hem helemaal voor mezelf te hebben terwijl we konden gaan waar we wilden. We brachten een dag in Santa Fe door, en we reden Las Vegas binnen, Las Vegas in New Mexico, toen het begon te sneeuwen. Ken je Las Vegas in New Mexico?'

'Nee.'

'Het is een oud koloniaal stadje dat nog gesticht is door de Spanjaarden, bij de Sangre de Cristos. Die jeep had heel slechte banden en we kwamen er vast te zitten in de sneeuw. Er was maar één hotel dat geschikt was voor een koppel zoals wij, dus brachten we daar de kerst door. Onze kamer was niet veel soeps, maar we hadden elkaar, dus voor mij was het de hemel. Dat hotel lag aan het oude stadsplein, met een eetzaal op de begane grond, en daar aten we op kerstavond. Daar met Russ te zitten voelde als een beloning waar ik geen recht op had. Er zaten sneeuwranden op de ramen en er kwamen cowboys, echte cowboys in lange jassen, voor de kerstmaaltijd. En er zat nog een gezinnetje, waarschijnlijk ook door de sneeuw verrast. Blank met twee kleine meisjes. Een visioen van het gezin dat Russ en ik ook gingen stichten, alsof we een toekomstbeeld van onszelf zagen. En toen gebeurde er iets heel moois. Buiten op het plein had iemand een grote truck versierd om de slee van de Kerstman na te bootsen. Met twee rendieren op het dak van de cabine, opgetuigd met lampjes zodat het leek alsof ze vlogen. Op de oplegger hadden ze een slee neergezet, ook met lichtjes. Van een afstand zag je die truck niet, maar alleen die rendieren en de slee waarin een cowboy zat in het pak van de Kerstman, wuivend terwijl de truck rondjes reed door de sneeuw. En ik, eh...'

Marion haperde en keek weg van Sophie.

'Ik had nooit veel opgehad met de Kerstman. Ik vond hem eng en onheilspellend, had echt een hekel aan hem. Maar de gezichten van die twee meisjes, toen ze die slee door de lucht zagen zweven... Meer verbazing en blijheid zal ik nooit meer zien. Ogen als schoteltjes hadden ze. "O! O!" riep een van hen, en ze holden naar het raam om het nog beter te kunnen zien. "O! O! O!" Een en al blijdschap en kinderlijk geloof. Dat was nog het mooiste, het onvoorwaardelijke geloof in wat ze zagen. En al die... al die... het spijt me, maar al die rotzooi die ik in Californië had doorgemaakt, het werd allemaal opgeheven. Alsof ik opnieuw geboren werd, alleen maar door de aanblik van die twee meisjes.'

'Dat klinkt inderdaad prachtig.'

'Maar ja, wat heeft het te maken met waar ik hier voor ben, zul je denken.'

Het dikke propje boog haar hoofd en trok haar wenkbrauwen op ter aanmoediging.

'Russ zag het heel anders,' ging Marion verder. 'Hij snapte totaal niet wat er zo mooi aan was, en ik kon het hem niet uitleggen, omdat ik hem niet kon vertellen wat ik had doorgemaakt.'

'Het is nooit te laat om hem dat alsnog te vertellen.'

'Jawel, hoor, daar is het veel te laat voor. Die kerstavond toen, in die eetzaal, dat zou het moment zijn geweest. Maar dan nog. "Ik heb een verhouding gehad met een getrouwde man en ik heb zijn huwelijk kapot proberen te maken door het tegen zijn vrouw te zeggen, en ik draaide zo door dat ze me uiteindelijk op kerstochtend hebben moeten opsluiten." Dat was geen verhaal om mee bij Russ aan te komen.'

'Je bent met kerst opgenomen?'

'Had ik dat nog niet verteld?'

'Nee.'

'Nou, bij dezen. Dus zo zit de vork in de steel.'

'Pardon?'

'Nu weet je waarom ik zo'n hekel heb aan kerst. Dus dat kunnen we dan een doorbraak noemen, en dan kan ik naar huis om nog wat suikerkoekjes te eten. Tralala, en iedereen leefde nog lang en gelukkig.'

Sophie fronste.

'We kregen die avond vreselijke ruzie,' zei Marion. 'Russ en ik, in New Mexico. Het was onze eerste echt ruzie en ik beloofde mezelf dat dat nooit meer zou gebeuren. Wat er ook voorviel, ik zou nooit meer mijn stem tegen hem verheffen. Ik zou hem liefhebben en steunen en mijn mond houden. Want hij zag iets heel anders toen hij naar die twee meisjes keek. Hij nam het die ouders enorm kwalijk dat ze hun kinderen een afgodsbeeld leerden aanbidden. Dat ze tegen hun kinderen logen en hun de ware betekenis van Kerstmis onthielden, die niets te maken had met de Kerstman. En dat maakte me zwaar overstuur. Uitgerekend nu ik een soort wedergeboorte had doorgemaakt, een die juist heel christelijk was omdat het me de kracht gaf te vergeven, of nou, niet vergeven, maar eroverheen... enfin.'

Ze voelde dat ze rood aanliep. Het propje nam haar aandachtig op.

'Het was... ik leg het niet goed uit. De Kerstman was... hij was niet... ik kon zien dat het maar schijn was. Het was gewoon een cowboy uit New Mexico in een kerstkostuum. Dat én die meisjes, dat ik deel mocht hebben aan hun blijdschap en verbazing. Ik wist dat het maar een man op het dak van een truck was, en ik voelde tegelijk die blijdschap, waardoor ik zelf ook weer een onschuldig meisje kon zijn. En dat was zo belangrijk voor me. En Russ had daar allemaal geen idee van. Ik ging vreselijk tegen hem tekeer, was compleet mijn zelfbeheersing kwijt. Ik háátte hem, en ik kon zien dat hij zich een ongeluk van me schrok, dus ik zei tegen mezelf: nee, dit nooit meer, nooit meer. En weet je wat? Ik heb het ook nooit meer gedaan. Morgen zal het precies vijfentwintig jaar zijn dat ik mijn mond houd.'

Het propje leek ergens over te piekeren. Ze keek over haar schouder naar de vallende sneeuw. 'Neem het me niet kwalijk als ik je een moeilijke vraag stel,' zei ze. 'Eentje die ik eerder heb gesteld en nu weer moet herhalen: is er iets belangrijks wat je me niet vertelt?'

Marion werd koud vanbinnen. 'Wat zou dat dan moeten zijn?'

'Weet ik niet. Maar er kwam net een zekere toon in je stem, die ik al eens eerder meende te horen, alleen nu heel duidelijk. Luister, ik pretendeer niet de beste therapeut ter wereld te zijn, en laat me daaraan toevoegen dat ik niet in uitspraken geloof die in één keer alles verklaren. Maar ik heb die toon wel vaker bij mensen beluisterd, en dan blijkt nogal eens dat zo iemand een specifiek trauma heeft doorgemaakt.'

Het propje wilde van geen wijken weten.

'Mijn vader pleegde zelfmoord,' zei Marion. 'Mijn moeder hield niet van me. Ik ben een tijd lang gek geweest. Is dat niet genoeg?'

'O, dat is heel veel,' zei Sophie. 'En ook dat klinkt allemaal in je stem door. Maar dat is de goede jou. Dat is de jou die een rotjeugd en de nasleep daarvan heeft doorstaan en er een antwoord op heeft gevonden. De Marion die een goed leven voor zichzelf heeft opgebouwd en een manier heeft gevonden om het gewoel in haar hoofd te beteugelen. Dat is de overlever in jou. Maar net hoorde ik iets anders. Tenminste, ik meende het te horen, en ik beweer niet dat er echt iets is. Ik vraag het je gewoon.'

Marion keek op haar horloge. Het was twee minuten na het tweede 'uurtje'. Het kamertje deed opeens sterk denken aan de woonkamer in een zekere rode bungalow. Ze stond haastig op, pakte haar jas van het haakje en stak met kracht haar armen in de mouwen. Er was nog tijd om naar huis te hollen, haar kousenla te plunderen en iets leuks voor Perry te kopen. Vijfentwintig jaar lang had ze haar leven met Russ beschouwd als de zegen van een vergevingsvolle God, een zegen verdiend met jaren van katholieke gebeden en boetedoening, een stijl van leven die ze had voortgezet door dagelijks de slechtheid in zichzelf te onderdrukken en haar mond te houden. Het mocht zo zijn dat ze Russ de laatste tijd minstens zozeer haatte als ze nog van hem hield, en dat er geen echte reden meer was om de schijn voor hem op te houden. Maar van Perry hield ze meer dan ooit. Zijn geestelijk lijden, dat hij van haar kant van zijn familie had, was de straf die God haar na drie decennia alsnog liet ondergaan.

'Je hoeft van mij nog niet weg, hoor,' zei het propje achter haar. 'Costa en ik zijn hier tot vijf uur.'

Marion stond met haar hand op de deurknop. Dit kamertje was goddeloos, en ze wist wat God van haar verwachtte. Ze moest zich volledig aan Perry wijden en eindelijk serieus boete doen voor haar zonden. Maar als ze de deur opentrok en ging, zou ze alle hoop achterlaten om ooit nog beter te worden.

'Misschien moet je me toch nog even over de Kerstman vertellen,' zei Sophie.

'Hé, daar heb je Perry,' zei Frances Cottrell zwaaiend. 'Nou zeg, als je over de duivel spreekt.'

Bij het zien van de bleekgele lokken van zijn zoon op de hoek van Maple Avenue, nog geen twintig seconden nadat hij met Frances had weten weg te komen van de First Reformed, was Russ geneigd het stoplicht te negeren, maar het politiebureau lag recht tegenover hem. Hij remde en hoopte een onschuldige indruk te wekken door de kant op te kijken waar Frances naar zwaaide. Perry stond alziend op de stoep, met een plastic tasje in zijn hand. Russ bleef nog even kijken en gaf gas.

Als je over de duivel spreekt?

'Het is een bijzonder joch,' zei Frances. 'Larry heeft volgens mij een beetje een zwak voor hem.'

Na Maple achter zich te hebben gelaten, negeerde hij de snelheidslimiet op Pirsig Avenue. Fortuinlijke sneeuwvlokken wisten de Fury te ontwijken, exemplaren met minder geluk sneuvelden op zijn voorruit. Als Perry ook maar ergens anders zou hebben gestaan, had hij niet hoeven zien dat Russ met Frances in de auto zat. Nu kon hij slechts hopen dat zijn zoon de aanblik zou vergeten, en de kans daarop was verwaarloosbaar.

'Zeg, ik heb een rare vraag,' zei Frances.

Russ nam wat gas terug. 'Laat horen.'

'Omdat ik je de hele dag voor me alleen heb, kunnen we dit een beetje zien als een privéconsult, toch? Ook al zitten we niet in je kantoor? We kunnen toch vertrouwelijk met elkaar spreken?'

'Zonder meer,' zei Russ.

Frances had sinds ze was ingestapt van houding zitten veranderen. Haar linkervoet bevond zich nu op de voorbank, op hooguit vijf centimeter van zijn been. 'Ik vroeg me dus af,' zei ze, 'hoe oud jij vindt dat je kinderen moeten zijn voordat ze marihuana kunnen proberen.'

'Mijn kinderen?'

'Bijvoorbeeld, of kinderen in het algemeen. Wanneer zijn ze nog te jong?'

'Tja, marihuana is een verboden middel. Ik denk dat geen ouder graag zijn kinderen de wet ziet overtreden.'

Frances schoot in de lach. 'Ben je echt zo burgerlijk?'

De jas die hij aanhad, en die zij leuk vond, was geen jas voor een burgerman. De 78 toerenbluesplaten die hij voor haar had uitgezocht en met opzet op zijn kantoor had gelaten, wezen evenmin op burgerlijkheid. En zijn heimelijke gedachten over haar waren al helemaal niet burgerlijk.

'Ik ben niet categorisch tegen het overtreden van de wet,' zei hij. 'Gandhi overtrad de wet, Daniel Ellsberg overtrad de wet. Regels zijn niet heilig. Maar ik zie eerlijk gezegd niet wat er goed aan is de wetgeving op het gebied van narcotica te negeren.'

'Wauw. Oké.'

Hij kon horen dat ze glimlachte, maar hij stoorde zich aan die tegenstelling tussen hip en burgerlijk. Een onrechtvaardige manier van denken.

'Er is niets tegen burgerlijkheid, hoor,' zei ze. 'Vind ik juist wel schattig. Maar ik mag dus aannemen dat je het zelf nooit geprobeerd hebt?'

'Ah. Nee. En jij?'

'Nee. Nog niet.'

Er was een twinkeling in haar stem. Hij lette even niet op de weg en zag dat ze op een reactie zat te wachten. Ze leek opgetogen vandaag, en speels. Hij zag deze dag ook als een uitdaging, maar flirten was geen spel waaraan hij zich graag waagde. Hij dichtte zichzelf weinig talent toe op dat vlak.

'Maar goed, je vraag,' zei hij. 'Die stelde je met je zoon in gedachten?'

'Deels. Maar aan die van jou dacht ik ook.'

'Mijn zoon? Perry bedoel je?'

'Ja.'

Zijn zoon drugs gebruiken? Tja, dat lag ook wel voor de hand. Hij kon er niet over uit dat hij het nooit had vermoed. Godverdomme, Marion.

'Mag ik je wat dingen vertellen?' zei Frances. 'Nu we toch een vertrouwelijk gesprek hebben?'

De witte warreling boven de weg werd dichter en enigszins begoochelend. Hij tuurde aandachtig voor zich uit, maar voelde hoe ze zich naar hem toe boog met haar geruite kleppet.

'Weet je nog,' zei ze, 'dat ik je van de zomer kwam raadplegen?'

'Zeker. Dat staat me nog heel goed bij.'

'Nou, toen ging het dus niet goed met me, maar ik ben niet helemaal eerlijk tegen je geweest in dat gesprek. Of eigenlijk helemaal niet eerlijk. Je was zo aardig met wat je over Bobby zei, en over het verliezen van een partner, maar dat was niet echt de reden voor mijn komst. Ik was van streek omdat ik erachter was gekomen dat de man met wie ik omging ook met een andere vrouw omging.'

Het broze rubber van de ruitenwissers ging schokkerig over de voorruit van de Fury. Russ wilde een verhelderende vraag stellen, uitvinden of 'omgaan' betekende wat hij dacht dat het betekende, maar hij vertrouwde zijn stem niet. De zo hoopvol begonnen dag begon ronduit waardeloos te worden. Zijn onnozelheid ten aanzien van Perry werd verre overtroffen door die ten aanzien van Frances. De mogelijkheid was nooit bij hem opgekomen dat er al een andere man op haar af was gedoken. Maar ze was die zomer ook nog maar een jaar weduwe geweest.

Ze leunde weer in haar hoekje bij het portier. 'Het was typisch zoiets wat te mooi leek om waar te zijn, omdat het dat ook niet was. Een vriendin had ons voor een afspraakje gekoppeld en het voelde meteen goed. Een echte klik. Philip was chirurg, én hij had gediend. Op een basis nog wel waar Bobby ook gelegerd was geweest, dus dat hadden we gemeen. En hartchirurgie is in veel opzichten vergelijkbaar met het besturen van een jachtvliegtuig. Niet voor de weekhartigen, als je begrijpt wat ik bedoel. Philip heeft een schitterend appartement in een van die woontorens aan het meer, net ten noorden van de Loop, met een magnifiek uitzicht. Toen ik dat zag, dacht ik: oké, waar kan ik tekenen? Achteraf beschouwd was het veel te vroeg voor zulke gedachten, maar ik wilde zo graag dat alles weer fijn werd. Ik wilde weer met z'n vieren zijn, niet met z'n drieën.'

Russ probeerde uit alle macht een scenario te bedenken waarin Frances dat schitterende appartement had bezocht en niet met de hartchirurg in bed was beland.

'Ik wilde al dat Larry en Amy met hem kennismaakten,' zei ze. 'Met z'n vieren lunchen en daarna naar het Field Museum, of zo. En daar bleef ik maar op aansturen, tot hij het op een avond nodig vond om "schoon schip" te maken. Er was iets wat ik moest weten. Nou, al die tijd, vanaf ons eerste afspraakje, was er ook nog een ander geweest. Een verpleegster, natuurlijk. Jonger dan ik, natuurlijk. Dus daar liep ik mee rond toen ik jou kwam raadplegen. Ik miste Bobby ontzettend, maar om de verkeerde redenen. Mijn hart was alweer gebroken.'

De zwarte uitlaatwalm van een kiepauto voor hem bevuilde de sneeuw voor die de grond kon raken. 'Ja, dat snap ik,' zei hij.

'Maar er is nog iets wat ik je niet vertelde. Tussen Bobby en mij was het niet alleen maar rozengeur en maneschijn. Ik was eenentwintig toen we trouwden. Hij was de beste vriend van mijn broer, hij stuurde vliegtuigen door de geluidsbarrière, hij was extreem knap, en ik was het meisje dat zich zijn vrouw mocht noemen. Hij was vaak van huis, maar dat vond ik niet erg. Het had zo zijn voordelen om de vrouw van een officier te zijn. Hij was gelegerd op Edwards toen de kinderen werden geboren, maar ik zou hem overal naartoe zijn gevolgd. Hij had van mij bij de luchtmacht mogen blijven, maar hij wilde dat de kinderen op één plek zouden opgroeien, in één schooldistrict, en bij General Dynamics kon hij bovendien veel meer verdienen. Maar we woonden nog maar net in Texas toen hij spijt kreeg. Hij miste het leven van een jachtpiloot, en ik voelde dat hij mij de schuld gaf, al was het dat zeker niet. Ik zag hem jaar in, jaar uit bozer worden. Al zijn kennissen waren heel aantrekkelijk, en hoewel ik hem nooit redenen gaf voor jaloezie, had hij altijd zijn twijfels over me. Als ik te hard lachte om iets wat de buurman zei, dan was dat volgens hem flirten, en daar dramde hij dan net zo lang over door tot ik hem verzekerde dat de buurman niet aan hem kon tippen. Als we naar het nieuws keken en ik zei dat het niet goed ging met de oorlog, begon hij me meteen te ondervragen. Vond ik dan niet dat Amerika het machtigste land ter wereld was? Met het beste economische systeem? Hadden we niet de morele verplichting om de communisten ervan te weerhouden hun macht te blablabla? Hij geloofde oprecht dat we zo veel soldaten verloren omdat de demonstraties hier het moreel ondermijnden. Met andere woorden: ík was het die onze jongens de dood in joeg, door twijfels te hebben over de oorlog. En zo was hij ook tegen Larry. Die wilde astronaut worden, maar hij was geen uitblinker in sport en haalde niet alleen maar A's, wat voor Bobby reden was om constant tegen hem tekeer te gaan. "Denk je dat je astronaut wordt als je niet eens het tweede honk haalt? Denk je dat John Glenn ooit een B heeft gehaald voor algebra?" Larry was gewoon een dromerig jochie met belangstelling voor ruimtevaart, en hij was zo trots op zijn vader, deed zo wanhopig zijn best om het goed te doen, dat Bobby's afkeuring een kwelling voor hem was. Heb je ooit de cockpit van een F-111 vanbinnen gezien?'

Het had voldoening moeten bieden dat ze hem zo in vertrouwen nam, maar het enige wat tot hem doordrong was dat ze zich in de aandacht van testpiloten en hartchirurgen mocht verheugen. En hij was een hulpprediker met een vrouw, vier kinderen en geen geld. Wat had hij zich ook in zijn hoofd gehaald?

'Dat is ongelooflijk,' zei ze. 'Al die instrumenten geven je het gevoel dat je volledig in controle bent, en zo was Bobby ook met ons. We hadden in alles zijn goedkeuring nodig, en hij controleerde ons door altijd zijn voorwaarden te stellen. Larry moest een uitblinker zijn in alle sporten, en ik mocht geen plezier hebben als ik een paar woorden met een buurman wisselde. Het ergste aan zijn crash was wat ik me voorstelde bij het moment waarop hij de controle over zijn toestel verloor. Wat moet hij kwáád zijn geweest.'

Het donker viel en het verkeer dunde uit. Hoeveel miljoen moest een FIII wel niet kosten? Hoe kon een land dat zich christelijk noemde zo veel geld uitgeven aan zulk wapentuig? Het dashboard van de Fury had naast een snelheidsmeter drie simpele tellers, waarvan één kapotte. De auto was dringend aan nieuwe remmen en winterbanden toe, maar Marion had tweehonderd dollar gevraagd voor de kerstinkopen. Dat bedrag had hem buitensporig geleken, maar hij had haar de laatste tijd al zo weinig gegeven, en bovendien had hij zichzelf vier uur alleen met Frances beloofd als kerstgeschenk. Uren die maar al te snel voorbij zouden zijn, en hij vroeg zich nu af hoeveel minuten hij nog aankon met gepraat over het soort man waar ze voor viel. Er kwam een harde, zurige brok in zijn keel.

'Ik heb hier al veel met Kitty over gesproken,' zei Frances. 'Ik zal nooit mijn beha verbranden, hoor, maar ze heeft me wel wat boeken geleend die me aanspraken. Bobby heeft me nooit mishandeld, begrijp me goed. Maar hij was koud, koud, koud. En in zeker opzicht leek dat erger. Ik was het vrouwtje, en het enige wat telde was dat ik alles precies zo deed als het volgens hem moest. Het was het omgekeerde van een huwelijk met twee gelijke partners. Nu ik erop terugkijk, kan het niet anders of alle buren moeten hebben gedacht dat ik met een hufter was getrouwd. De enigen die dat niet vonden waren zijn vliegvrienden, maar dat waren zelf hufters. Kijk, het is natuurlijk verschrikkelijk zoals hij aan zijn eind is gekomen, en ik heb daar heus verdriet van, maar toch heb ik weleens het idee dat ik beter af ben zonder hem. Is dat slecht van me?'

'Het huwelijksleven is moeilijk,' zei Russ.

'Maar moet het dat zijn? Is het jouwe moeilijk? Of misschien moet ik je dat niet vragen, sorry.'

Als Russ over de moed van een testpiloot of hartchirurg zou hebben beschikt, was dit een uitgelezen moment geweest om op zijn beurt openhartig te zijn en te zeggen dat zijn huwelijk een doffe, plichtmatige ellende was. Dit zou het moment zijn geweest om zich bloot te geven. Maar zijn klacht over Marion was dat ze te dik was, en te vreugdeloos, en hem niet meer opwond, eerder afstompte. Het leek hem moeilijk die klacht te spuien zonder over te komen als een hufter.

'Maar goed,' zei Frances, 'je hebt me een enorme dienst bewezen door me in contact te brengen met Kitty en me in de dinsdagkring op te nemen. Dat was precies wat ik nodig had. En ik volg een college op Triton College, wat ook goed voor me is. Al met al had ik het dit najaar behoorlijk naar mijn zin, maar toen...'

'Ik weet het,' zei Russ. 'Toen was er dat voorval met Ronnie, en daar wil ik je nogmaals mijn excuses voor aanbieden. Dat was zonder meer een fout van me.'

'O, dat. Dank je, maar daar hoef je je niet voor te verontschuldigen. Wat ik je wil vertellen is dat Philip weer toenadering zocht. Hij belde zomaar opeens op en zei dat hij het nu allemaal beter zag. Hij had het uitgemaakt met die verpleegster, en kon ik hem misschien vergeven? Ik dacht eerst van niet, maar toen stuurde hij rozen en belde opnieuw. Hij zette alles op alles en ik ging overstag voor zijn charme. In het weekend na Thanksgiving, na dat gedoe met Ronnie, ging ik naar de stad en bracht een hele middag en avond met hem door.'

De vlokken smolten nog steeds bij aanraking van het wegdek, maar het weerbericht had minstens tien centimeter sneeuw voorspeld. Als hij ergens vast kwam te zitten met Frances, betekende dat een extra aantal uren met het vriendinnetje van een hartchirurg.

'Maar het voelde toch anders,' zei ze. 'Voor een deel door de boeken die ik heb gelezen, maar voor een deel ook... door wat jij me hebt gegeven. De dinsdagkring, maar ook het bewijs dat er een ander soort man bestaat. Philip nam me mee uit eten in Binyon's, en toen de ober me een menu gaf, pakte hij het uit mijn hand en bestelde voor me. Mijn oude ik zou dat leuk hebben gevonden, een gevoel van geborgenheid, maar nu... En toen we later weer in zijn appartement waren, met dat mooie uitzicht, gebeurde er weer iets. Ik bekeek de familiefoto's op zijn piano, pakte er een op en zette hem kennelijk niet goed terug, want hij kwam bij me staan en schoof hem een centimeter of twee naar achteren. De hele kamer door lopen om een fotolijstje een paar centimeter op te schuiven. Het zal hem wel een geweldige chirurg maken, maar ik dacht: o jee, daar gaan we weer. Snap je wat ik bedoel?'

Russ kaatste heen en weer tussen vertwijfeling en hoop.

'Het was alsof ik Bobby wilde vervangen door iemand die net zo was als hij. Blijkbaar voel ik me aangetrokken tot dat soort. Bobby kon ook heel innemend zijn als hij me rot had behandeld en ik kwaad op hem was. Ik realiseerde me dat als ik iets met Philip begon, ik nog een paar kinderen met hem zou krijgen. Hij wil volgens mij kinderen van zichzelf. En dan zou het helemaal met me gedaan zijn. Dan was hij de baas over alles. Maar goed, ik kwam pas tegen middernacht thuis...'

Nadat ze toch nog met de chirurg naar bed was geweest? Russ had geen flauwe notie van het tegenwoordige afspraakjesprotocol.

'En ik trof Larry in zijn eentje aan, voor de tv in de woonkamer. Hij is oud genoeg om op Amy te passen, maar het leek toch een beetje raar zoals hij daar zat. Ik boog me om hem een zoen te geven en wat denk je: hij rook naar mondwater en marihuana! Hij had zitten blowen toen Amy naar bed was! Ik kon het nauwelijks geloven. Hij heeft het moeilijk gehad na de dood van Bobby, en je highschooltijd beginnen in een nieuwe school valt ook niet mee, maar het is een goed joch en dankzij Crossroads gaat het dit jaar een stuk beter. Hij heeft nog steeds een slechte houding, hij verbergt nog steeds zijn gezicht achter zijn haar, maar ik heb toch het idee dat hij aan het rijpen is. Toen ik doorkreeg dat hij high was, voelde ik me in eerste instantie schuldig omdat ik Amy en hem al die uren alleen had gelaten. Ik zei dat ik teleurgesteld was omdat hij zoiets stoms deed terwijl hij de verantwoording had voor zijn zusje, maar dat ik hem niet zou straffen. Ik wilde alleen maar wat dingen weten, zoals waar hij die marihuana vandaan had. Maar zijn haar hing weer voor zijn gezicht en hij weigerde naar me op te kijken of antwoord te geven. Ik vragen of er nog spul in huis was, en hij nog steeds zwijgen. En op dat punt schoot ik uit mijn slof. Ik eiste dat hij me liet zien waar hij het bewaarde en ik troonde hem mee naar zijn kamer. En raad eens wat, hij had een hele zak vol! Dus die pakte ik af en vroeg opnieuw waar hij het vandaan had, en wat denk je dat hij zei? "Ik ben geen verklikker, mam." Ik was zo kwaad dat hij een maand lang geen tv mag kijken.'

Russ had een slecht voorgevoel over de rest van het verhaal. Ze had niet voor niets Perry's naam laten vallen.

'Nou, zoals ik al zei, het is best een beetje pijnlijk. Maar ik vond dat ik het je moest vertellen.'

'Want je denkt dat Larry het spul van mijn zoon heeft.'

'Zeker weten doe ik het niet. Maar ze trekken heel veel met elkaar op, en Larry, heel aandoenlijk eigenlijk, is echt dol op Perry. Zodra ze van school komen, lopen ze door naar zijn kamer. Larry bouwt vliegtuigmodellen en ik kan altijd de lijm en de verf ruiken als die twee daar zitten. Mij best hoor, dat ze de hele tijd vliegtuigjes bouwen terwijl er ook huiswerk moet worden gemaakt. Ik weet eigenlijk niet eens of ik het wel erg vind dat ze marihuana roken. Volgens Larry heeft zowat de helft van iedereen op school het weleens gerookt. Dat zal overdreven zijn, maar het komt vast vaak voor. Alleen, een hele zak, echt een flinke zak... dat leek me niks voor Larry.'

Godverdomme, Marion.

Toen in het voorjaar duidelijk werd hoezeer Perry zich misdroeg, had Marion het op de godsdienstige opvattingen van Russ gegooid. Hij had een oudtestamentische fixatie op de tien geboden, zei ze. Hij had in huis nooit oog voor de vergevingsgezindheid van het Nieuwe Testament, die hij op zondag wel preekte. Volgens Marion had Perry liefde en steun nodig, geen straf. Het joch had liefst elf dagen gespijbeld en Russ' handtekening vervalst op briefjes die zijn afwezigheid moesten verklaren, maar Marion hield vol dat zijn problemen psychisch van aard waren, niet moreel. Perry zou overgevoelig zijn, en labiel, en hij sliep slecht. In haar pleidooi voor compassie had Marion psychotherapie voorgesteld, alsof ze daar het geld voor hadden. Russ vond zelf dat het aan Marion lag. Ze had Perry vanaf het eerste begin verwend en de hand boven het hoofd gehouden, had hem als kleuter zijn eeuwige gejank en gedrens toegestaan, en zijn mateloze arrogantie toen hij ging puberen. Hoewel Russ zich ervan bewust was dat alle vier zijn kinderen in uiteenlopende mate een voorkeur hadden voor Marion boven hem, omdat zij er altijd was terwijl hij eropuit moest om andere mensen bij te staan, was Perry's moederliefde extreem. Als hij meer om Perry had gegeven en Marion hem nog had opgewonden, was hij misschien zelfs wel jaloers geweest op de band tussen die twee. Maar hij had ze aan elkaar overgelaten, en als gevolg van zijn laksheid en Marions verwennerij had Perry hen in hun hemd gezet tegenover de schoolleiding.

Er waren hem al ernstige morele gebreken bij Perry opgevallen, en hij had ook alert moeten zijn op drugs, maar hij had zich om de tuin laten leiden door Marions verhaal van een begaafde, gevoelige jongen die alleen maar nachtrust tekortkwam – tot de directeur van junior high hem met de ware aard van zijn zoon confronteerde. Hij had Perry op zijn werkkamer in de pastorie ontboden, waar een stapel absentiebriefjes op zijn bureau lag, in een handschrift waarvan hij moest toegeven dat het griezelig veel op het zijne leek – je kon inderdaad niet zeggen dat de jongen van talent gespeend was. Hij had geprobeerd zijn langharige zoon de discipline bij te brengen die zijn moeder hem onthield.

'Je kunt niet de hele dag liggen pitten,' had hij gezegd. 'Je moet 's nachts slapen, net zoals wij.'

‘Ik zou niets liever willen, pap,’ had Perry gezegd. ‘Maar dat lukt niet.’

‘Er zijn meer dan genoeg ochtenden waarop ik ook geen zin heb om mijn bed uit te komen en aan het werk te gaan. Maar weet je wat? Dan doe ik dat toch. Als je jezelf er één dag toe zet, ben je ’s avonds zo moe dat je slaapt als een roos, en dan zit je meteen in het goede ritme.’

‘Sorry, pap, maar dat is gemakkelijker gezegd dan gedaan.’

‘Je bent heel intelligent en ik vind het vervelend voor je dat je op school niet genoeg uitdagingen krijgt. Maar bij opgroeien hoort ook discipline ontwikkelen. Ik zie je altijd alleen maar lezen, of je bent met je tekenspullen in de weer. Je zou buiten moeten zijn, in beweging, lekker moe worden. Misschien moet je je maar eens aanmelden bij een softbalteam.’

Perry had hem vol ongeloof aangestaard en Russ had zijn irritatie moeten bedwingen.

‘Je moet íets gaan doen,’ zei hij. ‘Van de zomer wil ik dat je een vakantiebaantje neemt. Want dat is wat we in deze familie doen: werken. Ik wil dat je mikt op vijftig dollar per week.’

‘Becky hoefde in haar tweede jaar ook niet te werken.’

‘Toen deed ze er dat cheerleaden bij, en intussen werkt ze wel.’

‘Ja, maar ze heeft de pest aan dat baantje.’

‘Precies, want dat is waar zelfdiscipline op neerkomt: dingen doen die je eigenlijk niet wilt. Ik doe dit niet als straf, Perry, maar voor je eigen bestwil. Ik wil dat je morgen al op zoek gaat naar een baantje. Dan is dat geregeld als het zomer wordt.’

Hij zag tot zijn afschuw dat Perry begon te huilen.

‘Geloof me nou,’ zei Russ, ‘ik laat je er nog genadig vanaf komen. Na wat je geflikt hebt, had ik je eigenlijk al je voorrechten moeten afnemen.’

‘Dit is wél straf!’

‘Hou op met huilen. Je bent te oud om te huilen. Dit is geen straf. Als je geen baantje vindt, kun je altijd nog gazons gaan maaien. Als grasmaaien goed genoeg was voor Clem, is het dat ook voor jou. En ik beloof je dat je na een dag grasmaaien slaapt als een otter.’

Marion had achteraf beweerd, op haar milde maar koppige manier, dat het maaien van gras een verspilling was van Perry’s talenten en een wrede aanslag op zijn gevoelige gestel, maar Russ had zich in zijn standpunt bevestigd gezien toen Perry’s gedrag verbeterde. In de zomer had hij van middernacht tot laat in de ochtend geslapen, heel normaal voor een tiener, en in september had hij zich uit eigen beweging aangemeld bij Crossroads. Dat hij zichzelf onder de hoede van Rick Ambrose plaatste, was waarschijnlijk wraak voor alle gazons die hij had moeten maaien, maar Russ had hem het plezier niet gegund om er iets van te zeggen. Toch was Perry hem alleen maar meer gaan tegenstaan, een vage afkeer van de pubergestalte van zijn zoon. Diens naschoolse uren bij Crossroads en de weekenden dat hij met de jongerengroep van huis was hadden Russ een welkom respijt geboden van zijn fysieke aanwezigheid in huis.

Maar nu vroeg Russ zich af of die afkeer niet veeleer het aanvoelen was geweest van Perry's onverbeterlijkheid, zeker nu hij kon raden hoeveel genoegen de jongen erin geschept had om zijn drugsgebruik voor hem verborgen te houden. En het was allemaal de schuld van Marion. Zij kon geen kwaad woord horen van het zoontje dat haar vertrouwen doorlopend beschaamde, met als gevolg dat hij nu op Frances was overgekomen als een onbenullige burgerman wiens zoon de hare tot drugsgebruik had aangezet. Godverdomme, Marion. Hij proefde nu al iets van het sardonische genot dat hij zou smaken als hij Marion vertelde over het drugsgebruik van het zoontje dat zij altijd zo vertroetelde. Zo zou ze boeten voor de vernedering die hij zojuist had ondergaan. En Perry zette hij het ook nog wel betaald.

Maar wat als Perry daarop reageerde met insinuaties? Wat als hij Russ in Marions aanwezigheid vroeg waar hij met mevrouw Cottrell naartoe was geweest? En dat terwijl hij zich aan het ontbijt gedwongen had gevoeld om tegen Marion te liegen dat hij het speelgoed en voedsel met Kitty Reynolds ging afleveren.

'Moet je hier niet afslaan?' hoorde hij Frances zeggen.

Hij slipte een beetje toen hij de auto met een ruk over twee rijstroken stuurde om de bocht naar Ogden Avenue te nemen. Achter hem werd boos getoeterd.

'Kom, trek het je niet zo aan,' zei Frances. 'Volgens Rick Ambrose hebben veel ouders er momenteel mee te kampen.'

Ook dat nog: hippe Rick Ambrose met zijn vinger aan de pols van de hedendaagse jeugd.

'Had je het daarstraks met Rick over Larry?' wist hij uit te brengen.

'Ja, maar maak je geen zorgen, ik heb niet over Perry geklikt. Ja, net tegen jou, maar niet tegen Rick. Ik wilde ook van hem horen wat je van een vijftienjarige moet vinden die drugs uitprobeert. Rick verzekerde me dat ik in ieder geval niet over Crossroads in hoef te zitten. In de uren dat ze daar zijn geldt er een streng verbod op drugs en alcohol. Net als op seks, al denk ik niet dat ik daar ook al op moet letten bij die arme Larry. Ik heb hem zelfs nog nooit naar een meisje zien kíjken. De enige voor wie hij warme gevoelens heeft, is Perry.'

Russ probeerde iets diepzinnigs te bedenken, iets wat kon opwegen tegen de wijsheid die Ambrose in pacht had over jonge mensen.

'Thuiskomen en Larry high in de kamer te zien, heeft me in ieder geval wel de ogen geopend,' zei Frances. 'Ik was de dag daarop snipverkouden, en toen ik daar overheen was, voelde het als een nieuwe bladzijde. Dat ik iets anders met mijn leven moest gaan doen. Me meer om mijn kinderen bekommeren, niet langer die droom najagen van de ideale tweede echtgenoot. Het is tijd om mijn mouwen op te stropen en mijn handen vuil te maken. Ik wil me meer op jou en Kitty gaan richten, en op wat jullie doen. En ik heb Rick gevraagd of ik ook iets voor Crossroads kan betekenen. Het komt voor een deel door het besef dat ik nu vader en moeder tegelijk moet zijn voor Larry en Amy. Maar het is ook... heb jij weleens het gevoel dat je te vroeg bent geboren?'

'Of ik jonger zou willen zijn, bedoel je?'

'Ja. Uiteindelijk wil ieder mens dat natuurlijk, maar ik doel op wat er nu allemaal gebeurt, al die veranderingen. Neem alleen het simpele feit dat meisjes tegenwoordig dezelfde kleren kunnen dragen als jongens. Dat ben ik misgelopen. Ik ben The Beatles misgelopen. En dat je een tijdje met een jongen kunt samenwonen voor je beslist of je met hem trouwt. Dat zou in mijn geval geen slechte zaak zijn geweest, denk ik. Ik heb echt het gevoel dat ik vijftien jaar te vroeg geboren ben.'

'Maar wat je beschrijft,' zei Russ, 'gebeurde in het begin van de jaren vijftig ook al. Toen ik in Greenwich Village woonde, in New York, was de sfeer daar ook al zo, en in zekere zin nog zuiverder.'

'In New York misschien. Maar hier in New Prospect gebeurde er niets, hoor.'

'Toch weet ik zelf niet of ik later geboren had willen worden.' Hij nam zich voor Greenwich Village niet te overdrijven, omdat Marion en hij daar maar twee maanden hadden gewoond na zijn twee jaar op het seminarie in East 49th Street. 'Wat mij hindert aan die zogenaamde jeugdcultuur van nu is dat mensen schijnen te denken dat die uit de lucht is komen vallen. De jongelui van vandaag geloven dat zij die radicale politieke standpunten zelf hebben bedacht, en de seks voor het huwelijk, burgerrechten en vrouwenrechten. Bijna niemand van hen heeft ooit van Eugene Debs gehoord, John Dewey, Margaret Sanger, Richard Wright. Toen ik in '63 in Birmingham demonstreerde, waren heel wat mensen daar net zo oud als ik, of ouder. Het enige echte verschil zit hem in al die modes nu. Andere muziek, ander haar. Maar dat is allemaal oppervlakkig.'

'Denk je echt dat dat het enige verschil is? Als er in mijn highschooltijd een groep als Crossroads was geweest, zou ik niet geweten hebben hoe snel ik me daarbij moest aansluiten. Als ik op mijn twintigste Betty Friedan of Gloria Steinem had gelezen, weet ik zeker dat mijn leven heel anders was gelopen.'

Russ fronste. Hij had al geweten dat Ambrose een bedreiging vormde, maar het gevaar van Kitty Reynolds had hij ernstig onderschat.

'Ik wil alleen maar zeggen,' zei hij, 'dat de strijd voor burgerrechten en tegen de oorlog, maar ook het feminisme, vruchten zijn van zaad dat al lang geleden is gezaaid.'

'Oké, goed om te weten. Maar mag ik je nog één vreselijk ding vertellen?'

Ze verschoof weer, ging met haar rug tegen het portier zitten en zette één voet tegen het uiteinde van zijn veiligheidsgordel. Hij voelde de riem spannen ter hoogte van zijn kruis.

'Ik heb die zak met drugs nog,' zei ze. 'Erg hè? Ik ging naar beneden om het allemaal door de wc te spoelen, zodat hij het kon horen. Maar ik besloot het in een opwelling te bewaren en heb het op mijn slaapkamer verstopt.'

Alles wat Russ zojuist over zijn jeugd had beweerd, was flauwekul. Hij wilde zielsgraag precies dezelfde leeftijd hebben als Frances.

'Dus nou, zeg het maar, dominee Hildebrandt. Vind je dat ik iets slechts heb gedaan?'

'Tja, ik neem aan dat je wettelijk gezien wel een zeker risico loopt.'

'Ach toe, niemand zal de deur bij me komen intrappen.'

'Maar goed, wat ben je ermee van plan?'

'Nou, eh, wat dénk je dat ik ermee van plan ben?'

Hij knikte. Hij voelde een herderlijke verantwoordelijkheid om haar op het rechte pad te houden, maar hij wilde niet burgerlijk overkomen. 'In dat geval,' zei hij, 'zou mijn zorg zijn dat je een verwarrend signaal afgeeft aan Larry. Als je hem eerst zegt dat drugs slecht voor hem zijn...'

'Daarom vroeg ik jou wat jij een te jonge leeftijd vindt. Want ík ben zeker niet te jong. Ik begin een nieuw leven op mijn zevenendertigste. Ik ben nieuwsgierig naar dingen, wil dingen uitproberen, en nu kreeg ik dus een idee... Ik dacht, als ik Kitty nu eens uitnodig, en jij vraagt je vrouw. Misschien zouden we met z'n vieren eens de proef op de som kunnen nemen. Zien waar al die ophef over gaat. Als we onze kinderen dingen verbieden, moeten we dan niet weten wát we ze eigenlijk verbieden?'

'Ik hoef niet van het dak te springen als ik liever niet heb dat mijn kinderen van het dak springen.'

'Maar stel nou eens dat het geweldig is? Stel nou dat we onze kinderen er een stuk beter door gaan begrijpen? Of gewoon, weet je, in het algemeen onze geest verruimen. Ik dacht dus dat als jij erbij was, het wel oké zou zijn om het te proberen. Jij bent een man van God, maar geen angsthaas. In dat opzicht ben je het tegendeel van de meeste dominees.'

Ze had nauwelijks iets hartverwarmenders kunnen zeggen. En het verwarmde meer dan alleen zijn hart. De schemering viel in en er verscheen een wit laagje op metalen oppervlakten langs de weg, en doorzichtige sneeuwprut op de stoep. Het was opeens weer een voortreffelijke dag.

'Ik denk niet dat mijn vrouw daar belangstelling voor zou hebben,' zei hij.

'Oké, dan jij en ik en Kitty.'

Hij pijnigde zijn hersens om een plausibel argument te vinden waarmee hij Kitty ook uit beeld kon krijgen, en voelde dat Frances hem een speels schopje tegen zijn heup gaf.

'Tenzij je vindt dat we geen toezicht nodig hebben,' zei ze.

Een van de openbaringen van de vorige avond, in Tanners vw-bus, was de voortreffelijkheid van zijn lippen geweest. Becky's eigen lippen hadden haar altijd geïrriteerd met hun kloofjes en de onmogelijkheid haar lipstick symmetrisch te verdelen, en het vieze of kietelige gevoel als ze iemand een zoentje moest geven bij flesje draaien. Pas toen ze hun weg vonden naar Tanners lippen, die zich naar de hare voegden maar toch een eigen wil hadden, had ze gemerkt dat ze in verbinding stonden met iedere zenuw in haar lichaam. Zijn snor was zacht en borstelig tegelijk, zijn tong eerst schuchter maar toen niet meer, en zijn tanden waren verrassend aanwezig. Iedere gewaarwording was een ontdekking, iedere fractie van een seconde anders dan de vorige. De realiteit van het zoenen met Tanner Evans was onthutsend veel beter geweest dan de voorstelling die ze zich ervan gemaakt had. Ze had het uren kunnen volhouden, onbelemmerd door haar gedraaide houding op de passagiersstoel, als ze niet waren gestoord door geluiden op het parkeerterrein.

'Hé, dat is Tanners busje,' had een meisjesstem gezegd.

In de niet volmaakte duisternis had hij zich van Becky losgemaakt en zijn oren gespitst. De stemmen van het meisje en nog een ander meisje waren afgedwaald. Ze liepen waarschijnlijk door naar de Grove.

'Laten we maar gaan,' zei hij.

Omdat zij het was die zich op hem had gestort, begreep Becky dat hij liever niet met haar betrapt werd, maar zelf vond ze dat risico juist opwindend. Ze trok hem naar zich toe en kuste hem opnieuw. En een paar tellen later waren de stemmen er weer.

'Tanner?' riep het meisje. 'Laura?'

Tanner rukte zich nu los en keek uit het raam aan zijn kant. Zijn paniek sloeg op Becky over en ze boog voorover om haar haar voor haar gezicht te laten hangen. Maar dat was natuurlijk niet voldoende. Ze tastte achter zich naar de Navajodeken die over de achterbank lag, en trok die over haar hoofd. Onder de muffe wol hoorde ze Tanner zijn raampje omlaag draaien.

'Ja, hé, Sally,' zei hij.

'Komen jullie ook?'

Het was Sally Perkins, de beste vriendin van Laura Dobrinsky.

'Ja. Ja, zo,' zei Tanner. 'Ik help hier even iemand.'

Becky voelde Sally's nieuwsgierige blik door de wol heen.

'Is dat Laura niet?' vroeg Sally.

'Eh, nee.'

'Marcie en ik hebben iets te vieren, dus kom erbij straks. Ze is vandaag meerderjarig geworden.'

'Ja, oké, tof!'

'Tot zo!'

Toen ze weg was, ging Becky rechtop zitten en trok giechelend de deken van zich af. 'Oeps,' zei ze. Het zou voor de hand hebben gelegen om nu naar de status van Tanners relatie met Laura te informeren, maar hij zat ook te giechelen. Becky vond het voor dit moment genoeg om samen een geheim te hebben, elkaars medeplichtige te zijn. Ze had al een slapeloze nacht vol nieuwe indrukken voor de boeg en wilde niet overvragen. 'Ga maar naar binnen,' zei ze.

'Ik mag Marcie Ackerman niet eens.'

'Het geeft niet.' Ze boog zich naar hem toe en gaf hem een kusje op zijn wang. 'Mag je mij wel?'

'Ja! Waarom dacht je dat ik hiernaartoe ben gekomen?'

'Mooi, dan zie ik je morgen misschien weer?'

'Zeker. We kunnen...' Hij zuchtte en liet zijn schouders hangen. 'Shit, morgen komt niet zo goed uit, eigenlijk.'

'Ik heb de hele dag niets te doen, hoor. Tot aan het concert.'

'Ja, dat is het juist. Ik moet tot vier uur werken en dan moeten we de spullen gaan opzetten.'

Met 'we' bedoelde hij zijn band, en dus ook de Natural Woman. Becky's zenuwen, overprikkeld door al dat gezoen, waren niet tegen deze domper bestand.

'Het spijt me ontzettend,' zei hij. 'Wat dacht je van vrijdag?'

'Vrijdag is het kerstavond, dan komt Clem thuis. Dat is een familiegebeuren.'

'Tuurlijk.'

'Dus tja, dan zie ik je wel wanneer ik je zie, denk ik.' Ze reikte naar de klink van het portier. 'In de kerk misschien, als ik daar weer besluit heen te gaan.'

'Becky...'

'Nee, het is oké. Ik snap dat je morgen veel aan je hoofd hebt.'

Toen ze het portier openduwde, greep hij haar bij haar schouder. 'Ik hoef pas om halfzes in de kerk te zijn. We kunnen elkaar daarvoor wel even zien.'

'Hoeft niet per se, hoor.'

'Nee, ik wil je graag zien.' Hij had een smekende uitdrukking op zijn gezicht. 'Heel graag.'

Tevreden met de macht die ze kennelijk over hem had, maar onzeker over de omvang ervan, sloeg ze zijn aanbod van een lift af en liet hem aan Sally en Marcie over. Onderweg naar huis, in haar eentje, werd het beeld van haarzelf met die deken over zich heen minder komisch, eerder onrustbarend. Ze was nu officieel zo'n meisje dat een jongen had afgepakt van een ander. Ze wist niet precies of het schaamte was wat ze voelde, of angst voor een confrontatie met de Natural Woman.

Ze zouden elkaar zien bij Treble Clef, de muziekhandel waar hij werkte. Toen het afgesproken tijdstip naderde, bleef ze expres rondhangen in New Prospect Books, bladerde door Europese reisgidsen tot ze een paar minuten te laat was. Het was nu Tanners beurt om gespannen te zijn. In haar schoudertas had ze de kleurpotloden waar Judson om had gevraagd, een dure pen en een vulpotlood voor Clem, en een lp van Laura Nyro waar ze zelf zo nieuwsgierig naar was dat ze het niet erg zou vinden als Perry hem niet hoefde. Ze had zich aan haar gebruikelijke kerstbudget gehouden, ondanks de dertienduizend dollar op haar spaarrekening, en had de laatste cadeaus uitgesteld tot ze de volgende ochtend in de Mustang van Jeannie Cross naar het winkelcentrum kon rijden. De in cellofaan verpakte nieuwheid van de dingen in haar tas (het leuke aan kerst: cadeaus die ongebruikt van gever naar ontvanger gingen en lekker nieuw roken als ze werden uitgepakt) stemde overeen met de versheid van de sneeuw onder haar voeten, de wereld wedergeboren in maagdelijk wit. Doordat ze de vorige avond gekust was voelde ze zichzelf ook gloednieuw, een pas geopend geschenk met een leven dat nog beginnen moest. Toen ze de hoek naar de muziekhandel omging en Tanner in de sneeuw bij zijn busje zag staan, had hij dezelfde nieuwheid voor haar, omdat ze hun eerste afspraak hadden. Ze was vertrouwd met zijn franjejack en zijn haar dat vol en donker tot op zijn schouders viel, maar wat was het een groot verschil tussen het verlangen naar iets en het bezitten ervan op een besneeuwde ochtend in kersttijd.

In plaats van haar te omhelzen hielp hij haar, duwde haar eigenlijk, het busje in en holde eromheen naar de bestuurderskant. De sneeuw op de ramen had de cabine in een soort ijsgrot veranderd, intiem maar steenkoud. Achterin zat het busje vol instrumenten en versterkers die erom leken te schreeuwen uitgeladen te worden. Nadat Tanner de motor had gestart en de verwarming had aangezet, wachtte Becky tot hij zich naar haar toe boog. Zij had de vorige avond het initiatief genomen, dus nu was het zijn beurt. Haar hele wezen was er klaar voor zich voor hem te openen bij een kus. Maar hij zat in zichzelf te knikken en trommelde met zijn vingers op het stuur.

'Ik heb net te gek nieuws gehad,' zei hij. 'Echt te gek.'

Ze draaide zich naar hem toe en bood haar mond aan, ten teken dat zijn nieuws wel even kon wachten wat haar betrof.

'Weet je nog die keer,' zei hij, 'dat we in de kerk zaten te praten?'

'Of ik dat nog wéét?'

'Nou, dat gesprek zette me aan het denken. Jij zette me toen aan het denken. Ik zag in dat het tijd was om de volgende stap te maken.'

De enige stap die er voor Becky toe deed, was dat hij het uitmaakte met Laura Dobrinsky. Als het te gekke nieuws inhield dat hij dat intussen had gedaan, zonder dat zij erop had hoeven aandringen, was ze meer dan bereid ernaar te luisteren.

'Dus nou, je kent Quincy, hè?'

Quincy Travers was een van de zwarte vrienden van Tanner, en drummer van de Bleu Notes.

'Oké, Quincy speelt de laatste tijd vaak met een jongen uit Cicero, wiens neef agent is. Een te gekke agent, die zijn acts overal in Chicago aan optredens helpt. En wat denk je, die komt vanavond luisteren. Ik kreeg net een belletje van hem.'

Becky rilde in de lange jas die ze van haar tante had gehad. Het was veel kouder in de bus dan de vorige avond. 'Wat fijn,' zei ze.

'Ja, echt goed nieuws. Vanavond hebben we ons grootste publiek van het jaar. Een perfecte gelegenheid.'

De ventilatiegaten van de vw bliezen niets dan ijskoude lucht.

'Gefeliciteerd,' zei Becky.

'Dat ik gebeld heb, daarvoor moet ik jou bedanken.' Tanner nam haar gehandschoende handen in zijn blote knuisten en kneep erin als om ze te bezielen met enthousiasme. 'Het maakt veel uit om te weten dat jij begrijpt wat ik probeer te bereiken.'

Ze waardeerde de dankbetuiging zonder er iets bij te voelen. Het was niet prettig om in een ijsgrot te zitten en het over zijn carrière te hebben in plaats van over de vorige avond. Ze werd niet bepaald warm van het idee dat hij met Laura en de Bleu Notes overal in Chicago zou gaan optreden.

'Wat is er?' vroeg hij.

'Niks. Geweldig nieuws vertel je me daar.'

Hij streelde met twee vingertoppen over haar wang, maar ze wendde haar gezicht af. De bobbelige sneeuw op de ruit naast haar deed aan de cellulitis denken uit de *Redbooks* van haar moeder. Tanner legde zijn kin op haar schouder, met zijn mond vlak bij haar oor. 'Als ik jou zie, krijg ik het gevoel dat ik alles kan.'

Ze probeerde te spreken, kreeg in plaats daarvan een rilling, en probeerde het opnieuw. 'En Laura?'

'Hoezo Laura?'

'Ik dacht dat zij je meisje was.'

Hij ging rechtop zitten. Buiten de bus liepen jongens te schreeuwen in de sneeuw.

'Ik vraag me gewoon af waar ik aan toe ben,' zei ze. 'Na gisteravond.'

'Ja.'

'Ik bedoel, moeten we daar niet over praten? Of is dat te Crossroads?'

'Dat is behoorlijk Crossroads, ja.'

'Ik ben er door jou lid van geworden, hè? Omdat jij het zo geweldig vond.'

'Ja, ik weet het. Ik moet inderdaad met haar gaan praten. Het is alleen… kijk, dit is het punt.'

Er knalde een sneeuwbal tegen de voorruit, die bleef hangen als een donkere klont. En nu schraapten de rode vingers van een jongen sneeuw van de ruit aan Becky's kant. Door het vrijgekomen glas zag ze een jongen van junior high een sneeuwbal kneden. Hij gooide hem naar de overkant van de straat, en er was een doffe klap toen een bal van de tegenpartij de zijkant van het busje raakte. Tanner duwde zijn portier open, schreeuwde iets naar de jongens en trok het weer dicht. 'Ettertjes.'

Becky wachtte.

'Het is moeilijk,' zei hij. 'Iedereen ziet Laura als een intimiderende meid, maar ze heeft ook een heel onzekere kant. Heel kwetsbaar. En kijk, het moeilijke…'

'Wie wil je?' vroeg Becky gedecideerd.

'Ja, ik weet het, ik weet wat me te doen staat. Het is alleen, vanavond is niet de goede avond voor dat gesprek. Het zal Laura een zorg zijn of we een agent krijgen, maar voor de rest van de band is het wel belangrijk. En het is een driftkop, hè, ik zie haar zomaar weglopen. Dus daar gaan dan onze keyboardpartijen, daar gaat mijn tweede stem. Zelfs als ze blijft, maar ze staat daar met de pest in haar lijf te spelen, wordt het een zooitje.'

Becky wist dat er in principe geen haast bij was. Het feit dat ze hadden gezoend, het feit dat ze nu hier in zijn busje zaten en dit gesprek hadden, alles wees erop dat hij haar wilde. Maar ze had zich er zoveel van voorgesteld om hem naar het concert te begeleiden! Ze kreeg het beeld niet meer uit haar hoofd dat ze aan zijn arm de kerk binnenkwam, de wereld liet zien dat hij de hare was. En ze had Jeannie Cross er al over verteld.

'Zijn er geen andere agenten?'

'Talloze,' zei Tanner. 'Maar deze, Benedetti, heeft echt een fantastische reputatie. En straks is het méér dan de avondjes in de Grove. Darryl Bruce is even terug van de universiteit en speelt leadgitaar, en Biff Allard doet mee met zijn conga's. We hebben echt een volle sound vanavond, en het perfecte publiek daar in de kerk.'

'Ik dacht dat het je vooral om je plaat ging. Die demo met al je nummers.'

'Dat is ook nog steeds het belangrijkste. Maar je had gelijk, ik moet groter gaan denken. Ik moet zeker viermaal zo vaak gaan optreden, een breder publiek opbouwen, contacten leggen.'

Becky hoopte dat hij in het halfdonker niet kon zien hoeveel moeite ze deed om haar tranen te bedwingen. 'Maar goed,' zei ze. 'Als Laura in de band blijft en jullie blijven samen optreden... hoe werkt dat dan?'

'Ik kan op den duur wel een vervangster vinden. Maar in de komende drie uur lukt dat niet.'

Er ontsnapte haar een gênant piepgeluidje. Ze schraapte krachtig haar keel. 'Dus je gaat het wel uitmaken?'

Toen Tanner geen antwoord gaf, keek ze naar hem en zag dat hij met zijn ogen dicht zat, zijn handen tussen zijn knieën geklemd.

'Voor mij is dat belangrijk om te weten,' zei ze. 'Na gisteravond.'

'Ik weet het, ik weet het. Het is gewoon moeilijk. Als je zo lang met iemand bent geweest en zij geeft nog zoveel om jou. Moeilijk.'

'Of misschien wil je gewoon niet van haar af.'

'Dat is het niet. Eerlijk niet, Becky. Dit is er gewoon niet de avond voor.'

Ze merkte dat de behoefte aan huilen net zo sterk kon zijn als aandrang om te plassen, en ze pakte haar schoudertas. 'Ik denk dat ik maar ga.'

'Je bent er net.'

'Het geeft niet. Er is ergens een receptie. Ik had mijn moeder gezegd dat ik daar niet heen kon vanwege het concert, maar nu kan ik haar net zo goed blij maken.'

'Kom je niet naar het concert? Dat heb ik toch niet gezegd?'

'Wat, moet ik erheen gaan en doen alsof er niks is gebeurd? Of weer een deken over mijn hoofd trekken?'

Hij greep haar haar met twee vuisten en trok haar naar zich toe.

'Het lijkt wel alsof je je voor me geneert,' zei ze.

'Nee, nee. Nee. Maar het is gewoon...'

'Een slechte avond, ik weet het. Nou, ik had veel zin om te gaan, maar nu niet meer.'

Voor hij haar kon tegenhouden, sprong ze het busje uit. Ze liet het portier openhangen, kneep haar ogen tot spleetjes tegen de felle, schuin vallende sneeuw en holde het steegje in achter de boekhandel, waar hij haar niet volgen kon met de vw. Ze kon slechts hopen dat ze hem net zo teleurstelde als hij haar. Ze was zo zeker geweest van hoe de avond zou verlopen: opnieuw heerlijk zoenen, gevolgd door het wederzijds uitspreken van hun verrukking om elkaar te hebben gevonden, gevolgd door langere zoenen, en dan haar triomfantelijke entree aan zijn zijde in de kerk. En nu was zelfs de sneeuw niet langer romantisch, maar een striemend ongerief. Alles was verpest.

Ze voelde nattigheid in haar laarzen, wat vrijwel zeker wilde zeggen dat ze die ook aan het verpesten was terwijl ze door de straten terug naar huis sjokte in de jagende sneeuw. Het werd te donker om goed te kunnen zien, en de inspanning om niet uit te glijden hield haar tranen op afstand tot aan de pastorie. Ze had de vage hoop gekoesterd dat Tanner haar daar in zijn busje opwachtte, vergiffenis zou vragen en haar zou smeken om toch met hem mee te gaan naar het concert, waar dan maar moest gebeuren wat er zou gebeuren. Maar afgezien van het verre geschraap van een schep en een paar oude bandensporen die alweer bijna waren volgesneeuwd, maakte Highland Street een desolate indruk. Het enige licht in de pastorie brandde in de kamer van Perry en Judson.

Binnen was er geen spoor te bekennen van haar moeder. Was die nog steeds niet terug van haar gym? Becky schaamde zich nu voor haar halsstarrigheid van die ochtend. Haar moeder leek de enige op de wereld aan wie ze haar teleurstelling over Tanner kwijt kon. Ze klopte sneeuw uit haar haar en haastte zich de trap op, voorbij de dichte kamerdeur van haar broertjes. Bij de aanblik van haar bed, waarin ze nog maar luttele uren geleden over het concert had liggen dromen, welde haar ontgoocheling met volle kracht op.

Terwijl ze op haar bed in haar verdriet lag te zwelgen, in de vaste overtuiging dat Tanner nog van Laura hield en geen oog wilde hebben voor haar gevoelens, dacht ze dat ze niet hard huilde. Maar na een paar minuten klonk er geklop op haar deur. Ze verstijfde.

'Becky?' Het was Perry.

'Ga weg.'

'Alles goed met je?'

'Ja. Laat me met rust.'

'Weet je het zeker?'

Het ging helemaal niet goed. Er ontsnapte haar een gekweld geluid, een nieuwe golf ontgoocheling. Het moest hoorbaar zijn geweest voor Perry, want hij kwam haar kamer binnen en sloot de deur achter zich. Haar ergernis zette een rem op haar tranen.

'Weg jij! Zei ik dat je binnen mocht komen?'

Hij vergrootte haar ergernis door op de rand van haar bed te gaan zitten. Kippenvel van afkeer was waarschijnlijk een normale reactie op de nabijheid van een puberbroer (het ontbreken van afkeer voor Clem was de afwijking van de norm geweest) maar de slechtheid die ze in Perry vermoedde maakte de weerzin des te heviger. Ze schoof bij hem vandaan en veegde haar wangen droog met haar kussensloop.

'Wat is er?' zei hij.

'Niks waar jij iets van begrijpt.'

'Oké, ik mis invoelingsvermogen, is dat het?'

Dat dacht ze inderdaad, maar daar ging het niet om. 'Ik ben van streek om iets waar jij niks mee te maken hebt.'

'Aha, zijn we hier een obstakel voor verbinding op het spoor?'

'Ga mijn kamer uit!'

'Grapje, zus. Obstakels, weet je wel, Crossroads?'

'Heel leuk. En wil je nu alsjeblieft weggaan?'

'Er is iets wat ik je wil vertellen, maar ik krijg sterk de indruk dat je me probeert te mijden.'

Het klopte dat ze hem na hun Crossroads-tweegesprek nog meer dan voorheen probeerde te ontlopen. Tijdens die oefening was ze er trots op geweest hoezeer ze hem met zijn egoïsme en eigendunk confronteerde, en ze had het prikkelend gevonden dat ze door de jongerengroep het vermogen had ontwikkeld om dingen binnen de familie te benoemen. Tijdens hun gesprek in de kast had ze de indruk gehad dat ze hem kwetste, voor zover iemand zoals hij te kwetsen viel, maar ze had vooral gehoopt dat hij door haar woorden een zekere groei zou doormaken. Maar sinds die avond had ze minder dan ooit de behoefte om een woord met hem te wisselen. Hoe goed ze zijn minpunten ook had ingeschat, en hoe nodig het ook geweest was om hem eens de waarheid te zeggen, ze had er het gevoel aan overgehouden dat niet hij maar zij die avond iets verkeerds had gedaan.

'Oké, nou, ik wilde je dus het volgende zeggen,' zei hij. 'Kort en goed: jij had gelijk met wat je tijdens ons onderhoud tegen me zei. Ik ben tot de conclusie gekomen dat je gelijk had.'

Zijn formele spreektrant was afstotend. Ze stapte van het bed. 'Waar is Judson?'

'Judson overziet het Stratego-bord. Hoe meer tijd je hem voor zijn strategie geeft, hoe blijer je hem maakt.'

'En mam, is die al thuis?'

'Al de hele dag buiten zicht en gehoor.'

'Dat is raar,' zei Becky, en ze liep naar de deur.

'Hé, pardon!' Perry sprong op en ging voor haar staan. 'Hoorde je niet wat ik net tegen je zei?'

'Ga aan de kant.'

'Volgens mij mag ik aanspraak maken op een paar minuten van je tijd, Becky. Je hebt zelf gezegd dat je een band met me wilde. "Je bent mijn broer" was wat je letterlijk zei.'

'Dat was in Crossroads. Daar moet je dat tegen iedereen zeggen.'

'Aha, dus in werkelijkheid wil je niks met me te maken hebben.'

'Hou nou op, jongen. Ik heb een slechte dag.'

'En dat reageer je dan af door doodleuk weg te lopen?'

Weglopen was inderdaad taboe bij Crossroads. Becky rolde met haar ogen en zei: 'Oké, goed, bedankt dat je me gelijk geeft. Ik weet niet zeker of het klopt, maar toch aardig van je. Mag ik nu even mijn neus gaan snuiten?'

Perry stapte opzij maar volgde haar naar de badkamer. Om een onnaspeurbare reden waren de vooroorlogse badkuip en het toilet in een en dezelfde hoek geplaatst, waardoor een nodeloos groot oppervlak van gebarsten en verkleurde vloertegels resteerde. Perry trok de deur achter zich dicht en ging op de wasmand zitten terwijl Becky haar neus snoot.

'Waar je gelijk in had,' zei hij, 'is dat ik je nooit echt serieus heb willen nemen. Mijn redenen daarvoor kunnen we onbesproken laten, maar ik ben er niet trots op. Laten we het erop houden dat ik je nooit het krediet heb gegeven dat je toekomt. En het was goed van je me daarop te wijzen.'

'Perry, doe me een lol, dit hoef je allemaal niet te zeggen.'

'Jazeker. Ik heb je geen recht gedaan, en dat heb je me in alle eerlijkheid gezegd.'

Ze hief haar armen in onmacht. Geen goed moment voor een Crossroads-tweegesprek. Geen goeie plek ook.

'Ik wil graag dat je gelooft,' vervolgde hij, 'dat ik een beter iemand probeer te worden. Ik heb alles wat je me zei ter harte genomen, en ik zal je niet vervelen met de details, maar ik heb al het nodige veranderd. De verdovende middelen afgezworen, om maar wat te noemen.'

Ze nam hem argwanend op. 'O, wacht even, is dat het? Was je bang dat ik je zou verlinken?'

'Zeker niet.'

'Ben je daar echt zeker van?'

'Volstrekt zeker.'

'Nou, mooi. Het doet me deugd dat je hebt nagedacht. Ik ben blij dat je mijn kritiek opbouwend vond.'

'Ik heb alleen wel je hulp nodig,' zei hij. 'Ik wil...'

Hij brak de zin af en liep rood aan. Ze bad in stilte dat hij niet zou gaan janken. De enige keer dat ze hem dat bij Crossroads had zien doen, hadden honderd mensen zich geroepen gevoeld hem aan te raken. Het was eigenaardig dat iemand zo emotioneel kon worden, zo gemakkelijk kon huilen, privé en in het openbaar, en toch de indruk kon wekken dat zijn emoties geheel losstonden van wat er werkelijk in hem leefde. Dat gaf haar het gevoel alsof zíj degene was met een steekje los.

'Het is al moeilijk genoeg,' zei hij, 'om met jou in een huis te wonen en het gevoel te hebben dat je me als een vijand ziet. Maar nu we ook samen in Crossroads zitten, vind ik dat we echt naar een betere verstandhouding moeten streven.' Hij haalde diep adem. 'Ik wil een vriend van je zijn, Becky. Wil jij een vriendin zijn voor mij?'

Ze voelde zich in een hoek gedreven. Ze wist net zo goed als hij dat Crossroads geen groter taboe kende dan het weigeren van een aangeboden vriendschap. Zo'n aanbod moest je aannemen, ook al voelde je er niets voor om daadwerkelijk tijd met de persoon in kwestie door te brengen. Als ze zijn aanbod afsloeg en vervolgens in Crossroads onvoorwaardelijke liefde ging uitdragen, iedereen in zijn menselijke waarde bevestigde en 'vrienden' werd met wie dat ook maar vroeg, zou hij weten dat ze schijnheilig was. Dan was zíj de hypocriet. Opzet of niet, hij had haar beet.

Ze stapte over haar natuurlijke weerzin heen, zoals Jezus dat had gedaan met de melaatsen, liep naar hem toe en ging op haar hurken voor hem zitten. 'Ik vind het moeilijk om jou te vertrouwen,' zei ze.

'En daar heb je goede redenen voor. En dat spijt me.'

'Maar je hebt gelijk. We moeten proberen elkaar beter te leren kennen. Als jij dat echt wilt proberen, wil ik het ook.'

Nu was het zijn beurt om door emoties overmand te worden, maar hij hield het bij een enkele snik. Hij liet zich van de wasmand glijden en sloeg zijn armen om haar heen. 'Dank je,' zei hij tegen haar schouder.

Het beantwoorden van zijn omhelzing viel mee. Wat hij ook in het geniep mocht hebben uitgehaald, hij was menselijk, en in feite nog maar een jongen. Klein van stuk voor een Hildebrandt, daadwerkelijk haar kleine broertje. Bij het voelen van zijn smalle schouders roerde zich iets moederlijks in haar. Hij bleef haar vasthouden terwijl ze overeind kwam.

'Ik vraag me af waar mam is,' zei ze. 'Weet je zeker dat je haar niet hebt horen thuiskomen?'

'Jay heeft haar ook niet gezien, zei hij. Zou ze in één keer door naar de Haefles zijn gegaan?'

'Nee. Niet in haar gymkleren.'

'Daar zit wat in, ja.'

Ze moest erkennen dat ze zich na die omhelzing wat beter met hem op haar gemak voelde.

'Raar, hoor,' zei ze. 'Ze wilde met alle geweld dat ik om zes uur thuis zou zijn.'

'Waarvoor dan?'

'Dan kon ik mee naar die receptie.'

'Maar waarom zou je dat doen? Dan mis je het halve concert.'

De ontgoocheling kolkte weer in haar op. Ze draaide zich om, zodat hij dat niet zou merken. 'Ik ga niet.'

'Wát?'

'Wil ik het niet over hebben.'

'Was je daarom aan het huilen?' Hij legde een warme jongenshand op haar schouder. 'Wil je me vertellen waarom?'

Ze schoot bijna in de lach. 'Omdat we nu vrienden zijn? Leuk geprobeerd, Perry.'

'Tja, die reactie verdien ik. Maar je vergist je in me.'

'Bij vriendschap hoort ook dat je iemands grenzen respecteert.'

'Dat is waar. Ik zou alleen willen dat je me een kans gaf. Ik weet dat ik je vertrouwen nog niet heb verdiend, en van niemand. Maar toen ik je hoorde huilen, dacht ik: hé, da's mijn zus.'

'Judson zal zich intussen wel afvragen waar je blijft.'

'Ik ga naar hem toe. Tenzij je me toch nog wilt vertellen wat er...'

'Nee.'

'Oké, maar luister. Als je van gedachten verandert en toch naar het concert wilt: ik zit hier met Jay, dus ik kan met je meelopen als je wilt.'

Terug in haar kamer en languit op haar bed probeerde ze wijs te worden uit Perry's plotselinge vriendelijkheid. Normaliter zou ze ervan zijn uitgegaan dat hij een egoïstisch motief had, maar in hun omhelzing had ze een glimp van oprechtheid opgevangen. Perry kon niet anders dan pompeus zijn in zijn bewoordingen, maar in die karakteristieke stijl had hij een kwetsbaarheid getoond die volgens haar geen komedie was. Het leek haar ronduit potsierlijk om samen met haar blowende broertje door een sneeuwjacht naar de kerk te lopen, maar de mogelijkheid van een vriendschap met hem, hoe miniem ook, sprak haar toch aan. Ze had in Clem altijd de enige broer gehad die ze nodig had, maar Clem was tegenwoordig ver weg en werd nu ook nog in beslag genomen door zijn kennelijk fascinerende vriendin. Het grootste obstakel voor een goede band met Perry was altijd zijn minachting geweest voor haar mindere intelligentie. Misschien was er voor een vriendschap niets anders nodig dan een teken dat hij haar wel degelijk respecteerde en in haar geïnteresseerd was als mens. Dat teken leek hij nu te hebben gegeven, dus misschien kwam het er wel van. En misschien zou het een impuls voor de hele familie zijn om gelukkiger met elkaar te worden.

Het optimisme waarmee ze die ochtend wakker was geworden, waarna ze het was kwijtgeraakt in Tanners ijsgrot van een busje, begon terug te komen. Ze voelde een gloed van dankbaarheid voor Crossroads, waar ze geleerd had risico's te nemen. Het risico dat ze met Tanner had genomen, had tot een pijnlijke ontgoocheling geleid, maar in het licht van haar herlevende optimisme kreeg ze het idee dat haar reactie misschien wel overdreven was geweest. Misschien had ze inderdaad wel te veel gewild op een avond die zich daar niet toe leende, en veel te veel waarde gehecht aan die voorstelling van samen met hem de kerk betreden. En ondertussen had het risico dat ze in het tweegesprek met Perry had genomen, geresulteerd in het risico dat hij op zijn beurt had genomen door haar zijn vriendschap aan te bieden. Al met al had Crossroads voor een wezenlijke verdieping van haar leven gezorgd.

Om zes uur was er nog steeds taal noch teken van haar ouders, maar ze kwam toch overeind om zich op te tutten. De huilvlekken en rode ogen in de badkamerspiegel waren ontmoedigend, maar ze borstelde haar haar, deed make-up op, liep naar de deur van Perry en Judson en klopte aan.

'Wie is daar?' zei Perry geschrokken.

'Inspectie op verboden bordspelen,' zei ze. 'Ik kom nu binnen.'

Ze stapte de kamer in en zag Perry op een elleboog liggen en Judson zich over hun zelfgemaakte Stratego-bord buigen, met zijn enkels gekruist onder zich in een houding die voor ieder mens boven de tien een marteling zou zijn. Ze keek Perry aan en maakte een wenkende hoofdbeweging naar de gang. Hij sprong meteen op.

'Heb jij druppeltjes tegen rode ogen?' vroeg ze zachtjes.

'Ja, die moet ik nog ergens hebben.'

Ze wachtte terwijl hij de trap op holde naar de tweede verdieping, waarmee hij verried waar hij altijd zijn drugsspullen had verstopt. De samenzweerderigheid van het moment, gevoegd bij het feit dat ze deelgenoot was geworden van het geheim omtrent het oorlogsspel dat Perry en Judson speelden, gaf haar een indruk van hoe het zou zijn om het middelpunt te vormen van een gezellige familie.

'Hou maar,' zei Perry toen hij met een flesje terugkwam. 'Mijn druppeldagen liggen achter me.'

'Ben jij niet ongerust over mam? Ze heeft niet eens gebeld.'

'Je denkt dat ze ergens doodgevroren onder een sneeuwhoop ligt?'

'Nou, nee, maar het is zo gek.'

Hij keek haar peinzend aan. 'Hoe laat begint die receptie eigenlijk?'

'Halfzeven.'

'Nou, luister, een idee. Als jij nu eens naar het concert gaat en mij met Jay naar de Haefles laat gaan? Vergeef me dat ik op een indruk afga, maar ik heb zo het gevoel dat jij dat concert eigenlijk helemaal niet wilt missen.'

'Ik denk niet dat de Haefles nu kinderen over de vloer willen.'

'Als ik gemakshalve aanneem dat je daarmee niet op mij doelt maar op Jay, moet ik je erop wijzen dat je hem onderschat. Hij heeft een oude ziel.'

Becky keek haar langharige jongere broer aan. Het was een vreemde gewaarwording om zijn denkkracht aan haar kant te hebben in plaats van erdoor bedreigd te worden. 'Zou je dat echt voor me willen doen?'

Russ dacht er niet graag aan terug, maar in het begin was hij dolenthousiast geweest over Rick Ambrose.

In hun New Yorkse tijd, toen hij aan het seminarie in East 49th Street studeerde, waren Russ en Marion een koningskoppel geweest in de ogen van de andere seminaristen die drie of vier avonden per week naar hun flatje voor getrouwde studenten kwamen om sigaretten te roken, naar jazz te luisteren en elkaar te prikkelen met denkbeelden over de renaissance van de christelijke kerk als sociaal instituut. Marion, het evenbeeld van Twiggy in die dagen, was beter en breder belezen dan iedereen, terwijl ze nauwsluitende jeans en ruimvallende truien droeg die het beeld opriepen van het Wales van Dylan Thomas. Alles wat Russ en Marion deden of zeiden gold automatisch als het meest grensverleggende wat je kon doen of zeggen. Zelfs hun terugkeer naar het landelijke Indiana, waartoe Russ besloot toen Marion zwanger werd en zijn sollicitaties naar meer exotische standplaatsen waren afgewezen, werd als een inspirerende stap beschouwd. Pas toen Marion steeds verder opging in haar moederschap, zwaarder en minder energiek werd, en er van Russ vijftig preken per jaar werden verwacht, die Marion voor hem redigeerde en die hij tweemaal op de zondag hield in twee verschillende kerken met een gezamenlijk gehoor van pakweg driehonderd gemeenteleden, begon het leven dat dankzij haar eerst zo groots en meeslepend had geleken almaar kleiner en benauwender aan te voelen. Telkens als hij even weg wist te komen uit hun plattelandswoning, door diensten af te smeken bij andere geestelijken, congressen bij te wonen in Columbus of Chicago, of deel te nemen aan betogingen voor gelijke burgerrechten, proefde hij nog iets van het avontuurlijke bestaan dat Marion en hij kwijt waren geraakt.

In het welvarende New Prospect leed hij als activist pur sang onder de politieke gezapigheid van de First Reformed, tot Rick Ambrose zich aandiende om de boel wakker te schudden. Waar Russ dankzij zijn doopsgezinde achtergrond een natuurlijke afkerigheid had van het luxueuze voorstedelijke leventje, had Ambrose zijn hekel eraan verworven. Hij was als jongen al de dwarsligger geweest in het voor de rest gelukkige gezin van een endocrinoloog in Shaker Heights, Ohio. Op de avond na het behalen van zijn highschooldiploma was hij op zijn motorfiets gestapt en met zijn vriendinnetje achterop door de hoofdstraat van Shaker Heights het stadje uit gereden. Een maand later, ergens op een snelweg in Idaho, werden zijn meisje en hij met honderdvijftig kilometer per uur voorbijgezoefd door vier tieners in een Chevrolet die het volgende ogenblik op de overstekende pick-uptruck van een boer knalden. Toen hij in de berm naar de viervoudige tienerdood stond te staren, had Ambrose de stem van God gehoord. Zeven jaar later voelde hij zich als aspirant-dominee geroepen om met probleemjeugd te gaan werken. Toen hij in de First Reformed de nieuw gecreeerde positie van directeur jeugdzaken kwam aanvaarden, had hij Russ voor zich ingenomen met de opmerking dat hij een beter betaalde baan bij een gemeente in Oak Park had laten schieten omdat hij zich aangesproken voelde door Russ' inzet voor vrede en gerechtigheid. 'Ik geloof in onze samenwerking,' had hij gezegd.

Gestreeld door de erkenning van zijn jonge medewerker, en geprikkeld door zijn dynamische uitstraling, had Russ een mogelijke vriend in hem gezien en hem bij herhaling thuis te eten uitgenodigd. Toen Ambrose daar eindelijk een keer ja op zei en aan tafel bleef nadat de kinderen hadden mogen vertrekken, had hij zo uitgebreid met Marion gesproken dat Russ zich bezwaard ging voelen over de geringe aandacht die hij haar de laatste tijd zelf had geschonken. Marion was nooit een flirt geweest, maar ze leek enorm op te fleuren door de intensieve betrokkenheid van Ambrose. Toen hun gast echter naar huis was, had ze tot Russ' verrassing gezegd dat ze Ambrose niet kon uitstaan. 'Die borende blik van hem,' zei ze. 'Het lijkt een soort trucje om iemand te overdonderen. Net een autoverkoper: mensen zo inpalmen dat ze niet meer tegen je durven ingaan. Dat ze hoe dan ook bij je in het gevlij willen komen, en zich niet eens meer afvragen wat ze zelf willen.'

Het was waar dat er ondanks zijn onomwonden taalgebruik en openhartigheid iets ondoorgrondelijks aan Ambrose was, en Russ had het vermoeden dat dit iets te maken met de weelde waarin zijn medewerker in vergelijking tot hemzelf was opgegroeid. Maar Russ had een groot en gewillig hart, passend bij de geestelijke die hij was, en Ambrose kreeg gelijk in wat hij gezegd had over hun samenwerking. Hun pastorale benaderingen vulden elkaar perfect aan. Die van Ambrose was persoonlijk en praktijkgericht, die van Russ meer maatschappelijk en op de Bijbel georiënteerd, en hij was blij dat Ambrose zich over de probleemgevallen in de jongerengroep ontfermde, zodat hij zich er zelf toe kon beperken een lichtend voorbeeld voor iedereen te zijn.

Toen Ambrose de verhalen hoorde over de tijd die Russ bij de Navajo's had doorgebracht, stelde hij voor om in de lente een werkkamp in Arizona te organiseren. Russ vond dat zo'n fantastisch idee dat hij vergat het niet zelf te hebben bedacht. Arizona was per slot van rekening zíjn terrein. Toen ze de eerste keer in het dorre reservaat uit de bus stapten en een wereld betraden die armzaliger en primitiever was dan iedereen voor mogelijk had gehouden, kreeg hij veertig paar voorstedelijke tienerogen op zich gericht die om leiding en bemoediging vroegen. En tot overmaat van vreugde bleek daarna dat Ambrose, zijn door de wol geverfde uitstraling ten spijt, nog geen spijker in een plank kon timmeren zonder er eerst twee krom te slaan. Hij kwam om de haverklap aan Russ en zelfs Clem vragen hoe hij de simpelste klusjes tot een goed einde kon brengen. En hoewel zijn onhandigheid later een serieus probleem zou worden (en zelfs de feitelijke aanleiding voor Russ' debacle), ontleende Russ er die eerste lentetrip de status aan van alleskunner.

Tegen oktober liep het aantal nieuwe tieners zo hoog op dat Russ beducht begon te worden voor een brandweerinspectie. Maar meer nog dan de omvang van de aanwas verheugde hem het soort jongere dat zich aanmeldde. Veel langharige jongens met gitaren en andere instrumenten, een ware stoet van blonde meisjes die overkwamen van de anglicaanse kerk, en zelfs een aantal zwarte jongeren. En het ging de nieuwe leden niet zozeer om spirituele verheffing. Ze wilden sprekers uitnodigen uit de binnenstad en de vredesbeweging, en hun eigen voorstedelijke welstand kritisch onder de loep nemen. Zes jaar lang had Russ met zijn preken de volwassen gemeenteleden op hun bevoorrechte positie proberen te wijzen, en nu, voor het eerst sinds zijn vertrek uit New York, werd er tegen hem opgekeken door mensen met een progressieve inslag. Hij wist dat hij dit voor een groot deel aan Ambrose had te danken, maar er was ook het feit dat de lentetrip naar Arizona enorme weerklank had gevonden in de highschool, terwijl het vooruitzicht van een volgende reis de toeloop bovendien deed aanzwellen. Na een daverende zondagavondbijeenkomst in november keek Ambrose, die zelden glimlachte, hem met een schuinse grijns aan.

'Dat was me het avondje wel, hè?'

'Ongelooflijk,' zei Russ.

'Ik telde veertien nieuwe gezichten.'

'Echt ongelooflijk.'

'Het komt door Arizona,' zei Ambrose op zakelijker toon. 'Die trip heeft de dynamiek volkomen veranderd. Daardoor is het nu een echt project geworden.'

Russ werd alleen nog maar opgetogener. Arizona was immers zíjn terrein. Dus was hij het eigenlijk, meer nog dan Ambrose, die de dynamiek volledig had veranderd. De opgetogenheid hield de hele winter en het voorjaar aan en hij stortte zich met hart en ziel op de tijdgeest. Hij bracht de moed op om over zijn gevoelens te spreken, hij opende zichzelf voor nieuwe muziekgenres. Hij merkte dat het een groot effect op jonge mensen had als hij met zijn ogen dicht en een opgeheven vuist over Dr. King sprak, of over Stokely Carmichael, die hij ooit persoonlijk de hand had mogen drukken. Het klonk nooit echt overtuigend, maar hij begon zich van gepeperde woorden als 'bullshit' te bedienen. Hij liet zijn haar tot over zijn kraag groeien en hield op zich te scheren, om daar pas weer mee te beginnen toen Marion zei dat hij met die baard op Johannes de Doper leek. Voor het overige prikkelde Marion hem steeds minder. Hij begon haar als een blok aan zijn been te ervaren. Hij gaf de voorkeur aan de egostrelende aandacht die hij kreeg van het nieuwe slag meisjes in de jongerengroep. Die vloekten niet minder rauw dan de jongens, terwijl ze in hun voorstedelijkheid toch veel naïever waren dan hij op hun leeftijd was geweest. Geen van hen had ooit een kip de kop afgeslagen of hoeven zien hoe de bank iemand de boerderij afnam die door zijn voorouders was opgebouwd. Russ was er zeker van dat hij hun een grotere ervaringsrijkdom te bieden had dan de jonge Ambrose. Hij ging harder zijn best doen op zijn preken voor de zondagavond dan op die voor de zondagochtend (waar Marion toch al meer werk in stak dan hij), want zijn New Yorkse droom van een land dat werd omgeturnd door een radicale christelijke ethiek herleefde in de denim dragende menigte in de aula van de First Reformed, en zou nooit doordringen tot de grijze hoofden in de kerkzaal erboven.

Onder de nieuwe leden van de jongerengroep bevond zich een meisje dat Laura Dobrinsky heette, hecht bevriend was met Tanner Evans en daarom bij voorbaat op populariteit kon rekenen. Op haar eerste zondagavond had Russ haar verwelkomd met een omhelzing, die ze niet had beantwoord, en bij de daaropvolgende bijeenkomsten was hij getroffen door de onverholen vijandigheid waarmee ze hem aankeek. Het leek iets persoonlijks, tussen haar en hem, een antipathie waarvan hij nooit eerder het voorwerp was geweest. Uit zijn gesprekken met Ambrose over de psychologie van adolescenten leidde hij af dat deze Laura een probleem had met haar vader, dat ze kennelijk op hem projecteerde. Maar op een middag in maart, tien dagen voor de nieuwe trip naar Arizona, kwam hij uit de kerkbibliotheek, waar hij wat naslagwerken had geraadpleegd voor een nieuwe preek, en hoorde hij Laura zeggen 'Ik vind het zo'n afgrijselijke lul'. En uit de stilte die viel toen hij de hoek omging, en de blikken die een aantal meisjes wisselden, leek hij de pijnlijke conclusie te moeten trekken dat die woorden hem hadden betroffen. Het pijnlijkst was nog dat een van die grijnzende meisjes de populaire en blonde Sally Perkins was, die nog maar luttele weken eerder in zijn kantoor haar hart had zitten uitstorten over hoe ongelukkig ze zich thuis voelde. De meeste populaire jongeren gingen naar Ambrose met hun problemen, en het was een bevredigende verrassing voor hem geweest dat Sally hem had uitverkoren.

Op weg naar zijn kantoor probeerde hij zichzelf op te beuren met de gedachte dat Sally niet bij hem zou zijn gekomen als ze hem ook een afgrijselijke lul vond, en dat als Laura wel die mening was toegedaan, hij zich niet van de wijs moest laten brengen door een meisje met zo veel opgekropte woede. En misschien had ze het toch niet over hém gehad. Misschien was Clem wel de lul in kwestie en waren de meisjes verlegen geworden toen zijn vader de hoek om kwam. Maar hij was nog steeds uit zijn doen toen Rick Ambrose op zijn deur kwam kloppen.

Ambrose ging met een gepijnigde uitdrukking tegenover Russ zitten en vertelde dat hij klachten had gehoord, of nou, geen klachten, zorgen, over de manier waarop Russ leidinggaf aan de jongerengroep. Sommige tieners hadden het vooral moeilijk met de wekelijkse preken. Ambrose zelf vond ze best goed, maar hij wilde toch voorstellen dat Russ het wat 'rustiger aan deed' met de Bijbelse taal. 'Begrijp je wat ik bedoel?'

Hij had nauwelijks een slechter moment kunnen uitkiezen om Russ met kritiek te confronteren. 'Ik steek flink wat denkwerk in die preken,' zei Russ. 'En als ik de Schrift citeer, dan is dat altijd in verband met het thema dat jij en ik voor de bijeenkomst hebben uitgekozen.'

Ambrose knikte toegeeflijk. 'Zoals ik al zei, ik heb er zelf geen moeite mee. Maar het leek me wel iets om je op te wijzen. Een deel van die kinderen mist iedere religieuze achtergrond. We willen uiteraard dat ze hier allemaal hun weg leren vinden naar het geloof, maar die weg moet ieder voor zich uitstippelen en dat kost tijd.'

Door de woorden die hij van Laura had opgevangen was Russ bozer dan de tactvolle woorden van Ambrose rechtvaardigden. 'Dat kan me allemaal niet schelen,' zei hij. 'Dit is een kerk, voor gelovige mensen, en geen gezelligheidsvereniging. Ik verlies liever een paar leden dan dat ik onze missie uit het oog verlies.'

Ambrose tuitte zijn lippen en floot geluidloos.

'Wie mogen die klagers dan wel zijn?' zei Russ. 'Laura Dobrinsky ongetwijfeld, maar wie verder nog?'

'Tja, Laura is zeker de meest uitgesprokene.'

'Nou, het zal me geen overmatig verdriet doen als ze opstapt.'

'Het is een handenbindertje, dat ben ik met je eens. Maar ze brengt wel een waardevolle energie met zich mee.'

'Ik ga mijn werkwijze niet omgooien omdat één meisje over me zit te mekkeren.'

'Ze is de enige niet, Russ. En ik vind dit wel iets waar we werk van moeten maken voordat we op weg gaan voor die lentetrip. Ik vraag me af of je bereid bent...' Hij richtte zijn borende blik op de vloer. 'Ik vraag me af of het een idee is als we een deel van de aanstaande bijeenkomst aan de vraag besteden waar we staan als groep, met betrekking tot de leer van Christus. Dan kun jij Laura aanhoren en zij jou. Volgens mij zou dat een belangrijke discussie voor de groep zijn voordat we met z'n allen in de bus stappen.'

'Ik voel niets voor een publiekelijk potje bekvechten met Laura Dobrinsky.'

'Ik zorg er wel voor dat het niet uit de hand loopt, dat beloof ik je. Ik steun je natuurlijk ook. Het lijkt me alleen...'

'Nee.' Russ kwam verontwaardigd overeind. 'Sorry hoor, maar nee. Dat lijkt me helemáál geen goed idee. Ik laat jou graag naar eigen inzicht opereren, maar ik stel het op prijs als je mij dan ook mijn gang laat gaan.'

Ambrose slaakte een zucht die niet bepaald van instemming getuigde, maar zei niets meer. Russ bleef achter met het idee dat er kennelijk volop achter zijn rug om werd gefluisterd en dat hij er goed aan zou doen de banden aan te halen met de ruwere diamanten in de groep. Bij de volgende zondagsbijeenkomst, de laatste voor vertrek naar Arizona, deed hij zijn best om vriendschappelijke signalen af te geven. Maar of de kilte die hij erop terugkreeg nu echt was of voortkwam uit zijn argwaan, het maakte dat hij zich houterig gedroeg, als een lul. Toen hij in de grote groepskring zat waarmee de bijeenkomst werd afgesloten, zocht hij oogcontact met Sally Perkins, hopend op een glimlach, maar ze leek vastbesloten zijn blik te mijden.

Bij het vertrek naar Arizona, op de vrijdagmiddag voor palmzondag, wilde hij inspelen op de emotionele binding die optreedt tijdens lange busritten en posteerde zich tussen de twee bussen op het parkeerterrein om te zien welke er de voorkeur kreeg van de jongeren met wie hij die binding zocht, zodat hij daar ook in kon stappen. Maar de doorgaans zichtbare lijnen waarlangs tieners zich groeperen werden verstoord door de onrust op het terrein. Ouders stonden druk te praten bij de hoge stapels bagage, jongere broertjes en zusjes renden de bussen in en uit, laatkomers dienden zich toeterend aan en hij moest de ene logistieke vraag na de andere beantwoorden. Hij stond vijftienliterblikken verf in een van de bagageruimten te laden toen er achter zijn rug alsnog een samenklontering van langharige tieners ontstond bij de andere bus, waar Ambrose was gaan staan.

Hij zag in dat hij de verdeling over de bussen met Ambrose had moeten bespreken, zodat hij had kunnen regelen dat hij hoe dan ook bij Laura Dobrinsky en haar kliek terechtkwam, maar daarvoor was het nu te laat. Toen ze die avond naar het westen reden met hem in de verkeerde bus, voelde hij zich een banneling. En toen het hem de volgende ochtend lukte om van plaats te wisselen met Ambrose, was het op een andere manier te laat. De tieners van die bus hadden de hele nacht zitten lachen en zingen en wilden alleen nog maar slapen. Tanner Evans was zo aardig om naast hem te komen zitten, maar ook hij dommelde in. Tegen de tijd dat ze het reservaat bereikten, durfde Russ niet eens meer over zijn schouder te kijken naar de jongeren achter hem. Hij was intussen allang blij dat de meesten met Ambrose zouden meegaan naar de proefschool in Kitsillie, hoog op het tafelland van de Black Mesa.

In de nederzetting van Rough Rock werden ze opgewacht door de Navajovriend van Russ, Keith Durochie. De laadbak van Keiths pick-up lag vol nieuw en uit slooppanden gehaald sanitair en leidingwerk. Hij liet Russ weten dat hij en de andere stamoudsten wilden dat hij een riolering aanlegde en een toilet plus wastafel plaatste in de school. Toen Russ antwoordde dat niet hij maar Ambrose de ploeg naar Kitsillie zou leiden, maakte Keith geen geheim van zijn teleurstelling. Hij wist nog van een jaar geleden hoe droef het met Ambrose zijn handigheid was gesteld.

Russ gebaarde Ambrose te komen en legde hem de situatie voor. 'Lijkt het je wat om daar al dat loodgieterswerk te doen?'

'Daar zou ik wel hulp bij nodig hebben,' zei Ambrose.

'Luister, dit is het werk dat in Kitsillie gedaan moet worden,' bromde Keith tegen Russ. 'Dit is wat we voor jullie te doen hebben dit jaar.'

'Oei,' zei Russ.

'Ik heb dat materiaal de hele winter tegen de elementen beschermd.'

'Ik wil het best proberen, hoor,' zei Ambrose. 'Met Keith en Clem erbij komt het vast wel goed.'

Keith keek Russ streng aan (Clem was zeventien) en wendde zich tot Ambrose. 'Jij blijft hier,' zei hij kortaf. 'Laat Russ maar naar Kitsillie gaan.'

'Da's natuurlijk ook goed.'

'Rick,' zei Russ. Hij wilde als blanke geen Navajo tegenspreken, maar de jongeren die naar Kitsillie gingen hadden erop gerekend dat met Ambrose te doen. 'Ik denk dat we hier even over moeten praten.'

'Ik ben geen loodgieter,' zei Ambrose. 'Als dat het werk is dat daar verricht moet worden, ben ik graag bereid met je te ruilen.'

Keith liep weg, zichtbaar tevreden dat het geregeld was, en Ambrose haastte zich naar de tieners met wie hij onverwachts een week in Rough Rock ging doorbrengen. Russ had hem achterna kunnen lopen om te verlangen dat hij de Kitsillieploeg toesprak, uit zou leggen waarom hij niet mee kon, maar in plaats daarvan stelde hij zijn vertrouwen in God. Misschien was Gods wil werkzaam in Keiths eis om de opzet te veranderen, een kans uit de hemel om een betere verstandhouding te creëren met de populaire jongeren. Hij hees met een devoot gevoel zijn plunjezak op zijn schouder en stapte de bus naar Kitsillie in, waar hem onmiddellijk duidelijk werd dat God heel andere, en hardere, plannen met hem had.

De week op het tafelland was een onafgebroken kwelling. Niemand, ook zijn eigen zoon niet, geloofde de reden die hij opgaf om Ambrose te vervangen, en het leek hem unfair tegenover Keith en onaardig tegenover Ambrose om de volledige waarheid te vertellen: dat zijn Navajovriend een verre van hoge dunk had van hun idool. Russ was nog steeds zo stom om een vriend in Ambrose te zien, die hij in bescherming moest nemen. Maar ten aanzien van de tieners was hij verre van stom; hij was zich er pijnlijk van bewust hoe vreselijk ze zijn aanwezigheid vonden. Hij zag de moeite die Laura Dobrinsky en haar vriendinnen deden om niet met hem te hoeven samenwerken, hij voelde iedere avond hun haat tijdens het gesprek rond de kaars, en hij wist dat hij als groepsleider de verantwoordelijkheid had om de kwestie aan te roeren. Hij probeerde herhaaldelijk een gesprek onder vier ogen aan te gaan met Sally Perkins, die hem nog maar kortgeleden voldoende had vertrouwd om haar gemoed bij hem te luchten, maar ze bleef hem ontlopen. Bang als hij was dat hem bij een groepsgesprek bittere verwijten zouden worden gemaakt, koos hij er ten slotte voor zijn ellende in stilte te verduren tot Ambrose de ware reden zou onthullen voor zijn achterblijven in Rough Rock.

Toen de twee ploegen weer samenkwamen, voelde Russ zich te miserabel om Ambrose te verzoeken opheldering te geven. Hij wachtte tot zijn medewerker dat uit zichzelf zou doen, maar Ambrose had een vorstelijke week in Rough Rock achter de rug. Hij had zich bemind gemaakt bij de helft van de groep die nog wel enige sympathie had voor Russ, wat neerkwam op een definitieve machtsgreep, en hij leek geen oog te hebben voor Russ' ontreddering. Bij het zien van de demonstratieve vreugde waarmee de Kitsilliegangers Ambrose om de hals vlogen, betreurde Russ zijn eigen ruimhartigheid en had bittere spijt dat hij Marions waarschuwing in de wind had geslagen. Pas nu zag hij in dat zijn jonge medewerker vanaf het eerste begin een wedloop met hem was aangegaan, zonder dat hij dat zelf ooit in de gaten had gehad.

Maar zelfs toen hij begreep dat zijn medewerker geen vriend was, en ook nooit was geweest, werd hij geschokt door het gemak waarmee Ambrose hem verraadde. Bij de eerste zondagsbijeenkomst na Arizona, toen Laura en Sally opstonden om Russ' hart aan flarden te scheuren en hem hun bijtende tienerzuur in het gezicht te gooien, bood Ambrose geen weerwerk. Hij stond in een hoekje met een blik vol afkeuring, waarschijnlijk voor Russ, en toen de meerderheid van de jongeren de zolder verliet, die zinderde in de vroege aprilhitte, weigerde Ambrose de zijde van zijn collega te kiezen, liet hem en de fatsoenlijke jongeren achter, liep de hippe tieners achterna en liet het aan Russ om God te vragen waaraan hij deze beproeving dankte.

Het antwoord, of in ieder geval *een* antwoord, kwam toen Ambrose weer terugkeerde en vroeg of hij Russ beneden kon spreken. 'Ik heb je nog zo proberen te waarschuwen,' zei hij toen ze de trap afliepen. 'Ik weet zeker dat dit voorkomen had kunnen worden.'

'Je zei dat je me zou steunen,' zei Russ. '"Ik zorg er wel voor dat het niet uit de hand loopt," zei je letterlijk.'

'Maar jij weigerde dat gesprek aan te gaan.'

'Wat er zojuist gebeurde lijkt me ook een voorbeeld van uit de hand lopen.'

'In ernst, Russ. Ik moet je even confronteren met wat Sally van jou denkt.'

Op de eerste verdieping was het nauwelijks minder heet. Ambrose nam Russ mee naar zijn ongeventileerde kamer, waar Laura en Sally op de bank zaten, en sloot de deur achter zich. Laura keek met een vals glimlachje naar Russ op. Sally staarde naar haar handen.

'Sally?' zei Ambrose.

'Ik zie hier het nut niet van in,' zei Sally. 'Ik heb het gehad met deze kerk.'

'Ik vind dat Russ het recht heeft om het van jou zelf te horen.'

Sally sloot haar ogen. 'Ik ben het gewoon zat. Die lentetrip is één grote nachtmerrie geweest. Vooral toen ik hem de bus naar Kitsillie in zag stappen. Ik kon mijn ogen niet geloven.'

'Er is een reden waarom Russ en ik van plaats wisselden,' zei Ambrose. 'Hij was bekwamer in het werk dat daar van onze groep verlangd werd.'

'O, hij zal best een of andere reden hebben bedacht. Maar ik kreeg het gevoel dat het hem om mij ging.'

Het was ondraaglijk heet in de kamer. Russ was verbijsterd en bang tegelijk. 'Sally, kijk me eens aan,' zei hij. 'Doe alsjeblieft je ogen even open.'

'Heeft ze geen trek in,' snauwde Laura.

'Ik wilde gewoon dat hij me met rust liet,' zei Sally. 'Ik vond het doodeng toen in zijn kantoor. En hij bleef me maar achtervolgen, tot in Kitsillie toe.'

Erger dan haar weigering hem aan te kijken was dat ze over hem sprak met 'hij' en 'zijn'. Die woorden maakten hem anoniem, een onpersoonlijk ding.

'Ik snap er niets van,' zei hij tegen Sally. 'We hadden een diepgaand gesprek in mijn kantoor, en ik zou in gebreke zijn gebleven als ik niet had geprobeerd erop door te gaan. Dat is waar pastoraal werk om draait. Ik begrijp niet wat je het idee geeft dat ik het speciaal op jou heb gemunt.'

'Zo voelt het wel,' zei ze. 'Hoe vaak moet ik je nog zeggen dat je me met rust moet laten?'

'Ik was me er werkelijk niet van bewust dat ik je opjoeg. Ik wilde je alleen maar laten weten dat ik voor je klaarsta. Dat ik iemand ben die je kunt vertrouwen en tegenover wie je je kunt uiten.'

'Maar dat is het juist, hè,' zei Laura. 'Ze vertrouwt je dus niet.'

'Laura,' zei Ambrose. 'Laat Sally maar voor zichzelf spreken.'

'Nee, ik ben het zat,' zei Sally, en ze sprong overeind. 'Hij heeft mijn lentetrip vergald en me een rotgevoel over deze groep gegeven. Ik ben het zat.'

Ze liep de kamer uit. Laura volgde haar, met een laatste verzengende blik op het anonieme ding dat Russ was. In de stilte die volgde had Russ het gevoel dat hij als enige zweette. Toen Ambrose achteroverleunde in zijn bureaustoel en zijn handen achter zijn hoofd vouwde, waren de oksels van zijn spijkerhemd jaloersmakend droog.

'Ik weet niet goed wat ik hiermee aan moet, Russ.'

'Ik wilde haar alleen maar helpen.'

'Echt? Ze zei dat je je tegenover haar beklaagd had over je seksleven met Marion.'

Het zweet vloeide nu zo rijkelijk dat zijn huid van hem leek af te glijden. 'Wat is dát voor onzin? Ben je gek geworden, dat liegt ze.'

'Ik geef alleen maar door wat ze zei.'

Overrompeld door de beschuldiging schudde Russ zijn hoofd om het een beetje helder te krijgen. Hij probeerde zich zijn precieze woorden uit het gesprek met Sally te herinneren.

'Dat is echt niet juist,' zei hij. 'Wat ik zei was... ik hield haar voor dat het huwelijk een zegen is, maar soms ook een worsteling kan lijken. En dat verveling de vijand kan zijn van een langdurige relatie. En dat er soms niet genoeg liefde binnen een relatie is om die verveling te overwinnen. En dat je dan... kijk, je moet begrijpen welke context het allemaal had.'

Ambrose wachtte af met zijn borende blik.

'We hadden het over de scheiding van haar ouders, en hoe kwaad ze op hen is, en ik had oprecht het idee dat ik met haar voor een doorbraak stond. Toen ze me vroeg of ik me zelf weleens verveelde in mijn huwelijk, vond ik dat ze recht had op een eerlijk antwoord. Ik vond het belangrijk dat ze wist dat zelfs een geestelijke, zelfs iemand tegen wie ze opkeek...'

'Russ, Russ, Russ.'

'Wat had ik dan moeten doen? Geen eerlijk antwoord geven?'

'Het is de kunst om op de goede manier eerlijk te zijn.'

'Zíj vroeg het míj, letterlijk: "Verveel jij je in je huwelijk?"'

'Nou, ik vrees je te moeten zeggen dat zij het zich anders herinnert. In haar herinnering drong je je aan haar op.'

'Ben je nou werkelijk stapelgek geworden? Ik heb een dochter van vijftien!'

'Ik zeg niet dat je het echt deed. Maar kun je je echt niet voorstellen dat zij het zo heeft opgevat?'

'Zíj kwam míj raadplegen. Als er iemand was die zich opdrong, dan... Weet je hoe ik denk dat het zit? Laura. Die zit hierachter. Toen zij in de gaten kreeg dat Sally haar vertrouwen in me stelde, heeft ze haar tegen me opgezet. Het is Laura die hier onzuivere motieven heeft. Sally was volkomen op haar gemak met me tot Laura ertussen kwam.'

Ambrose leek niet onder de indruk van deze theorie. 'Ik weet dat je Laura niet mag.'

'Laura mag míj niet.'

'Maar doe eens een stapje terug en kijk naar jezelf. Wat bezielde je om een kwetsbaar meisje van zeventien over je onbevredigende seksleven te vertellen? En zelfs als ze zich aan je opdrong, wat ik niet geloof, dan was het jouw verantwoordelijkheid om dat ondubbelzinnig af te kappen. Meteen.'

Of die borende blik nu een trucje was of niet, onder de druk ervan nam Russ zichzelf in ogenschouw en schrok van wat hij zag: niet de seksuele ongepastheid waarvan hij werd beschuldigd (de meisjes van de jongerengroep waren op legio manieren taboe voor hem) maar de onnozelheid van het idee dat hij net zo hip kon zijn als Ambrose. Meer dan eens had hij Ambrose tegenover de groep horen bekennen dat hijzelf als tiener een arrogante, harteloze kwal was geweest, en Russ had gezien hoe dat de jongeren aansprak: niet alleen zijn eerlijkheid, maar het beeld van hem als een hartenbreker. Overmoedig geworden door de aandacht van een populair meisje had Russ zich de gedachte toegestaan dat hij ook zo bedreven was in eerlijkheid, dat hij voorbij kon gaan aan zijn eigen bedeesdheid toen hij een tiener was, en dat hij met terugwerkende kracht iemand kon zijn die ontspannen omging met meisjes zoals Sally. In die waan verkerend had hij inderdaad prijsgegeven, al dan niet impliciet, dat Marion hem niet langer opwond. Hij had de drang gevoeld om Marion te verloochenen, zich van haar los te maken om op Ambrose te kunnen lijken. En die ijdelheid keerde zich nu tegen hem. Hij wilde alleen nog maar weg, de buitenlucht in en troost zoeken in Gods genade.

'Oké, ik neem aan dat ik mijn verontschuldigingen moet aanbieden.'

'Daar is het te laat voor,' zei Ambrose. 'Die twee komen echt niet meer terug.'

'Misschien moet jij hun en de rest van de groep eens duidelijk vertellen waarom je niet in Kitsillie was. Als ze het van jou horen...'

'Het gaat niet om Kitsillie. Is het dan niet doorgedrongen wat ze zeiden? Waar het om gaat is de manier waarop je de groep leidt. Die past gewoon niet bij de tieners die ik als doelgroep zie.'

'De hippe tieners.'

'De getroebleerde tieners. Die een volwassene in hun leven willen met wie ze zich kunnen verstaan. Er zijn nog genoeg andere jongeren die zich in een meer traditionele stijl kunnen vinden, en daar ben jij best geschikt voor. Dat zijn er ook niet zoveel, een aantal dat je makkelijk in je eentje aankunt.'

'Wat wil je daarmee zeggen?'

'Wat ik probeer te zeggen, is dat ik hier niet kan blijven werken.'

Russ wist de ogen van Ambrose op zich gericht, maar voelde zich te weerzinwekkend zweterig om de zijne op te slaan. Zijn maandenlange roes bleek nu de waan van een lul die had gedacht de uitstraling van iemand anders te kunnen stelen. Het vooruitzicht van de gedecimeerde jongerengroep vervulde hem met schaamte. En zelfs de tieners die bleven zouden geen respect meer voor hem hebben na wat er vanavond was voorgevallen.

'Je kunt niet opstappen,' zei hij. 'Je staat nog onder contract.'

'Ik maak het schooljaar af en dan is het klaar.'

'Nee,' zei Russ. 'Het is nu jouw groep. Die zal ik je niet betwisten.'

'Het is geen strijd tussen jou en mij. Ik vind heus wel een andere kerk.'

'Maar ik vind dat je de groep moet overnemen. Ik hoef niet meer.' Bang om in tranen uit te barsten stond Russ op en liep naar de deur. 'Je hebt daarstraks niet één woord ter verdediging van mij gezegd.'

'Dat is waar,' zei Ambrose. 'En het spijt me.'

'Ja, vast.'

'Het is triest dat de hele groep hierin is meegezogen. Ik weet hoe zwaar dat voor je was.'

'Steek je medeleven maar in je reet.'

Dat waren de laatste woorden die hij Ambrose had toegevoegd. Hij verliet de kerk die avond met een schaamte die te verlammend leek om er ooit weer naar binnen te kunnen lopen. Hij wilde het liefst ontslag nemen bij de First Reformed en nooit meer iets met jeugd te maken hebben. Maar hij kon zijn gezin niet wéér een verhuizing aandoen. Vooral Becky had het enorm naar haar zin op school. Dus ging hij de volgende dag naar Dwight Haefle met het verzoek om Rick Ambrose de exclusieve leiding over de jongerengroep te geven. Haefle vroeg geschrokken waarom. Russ zei dat hij onvoldoende uit de voeten kon met jeugd in de highschoolleeftijd. Hij zou de zondagsschool en de belijdeniscatechisatie voor zijn rekening blijven nemen, en was graag bereid meer pastorale huisbezoeken af te leggen, en misschien kon hij een welzijnsprogramma voor de binnenstad opzetten.

'Hm,' zei Haefle. 'En wat meer preken ook, wellicht?'

'Zeker.'

'Meer commissiewerk?'

'Geen probleem.'

Haefle was drieënzestig en leek Russ' debacle af te zetten tegen de mogelijkheid van minder werk voor hemzelf. 'Tja,' zei hij, 'Rick doet het boven alle verwachtingen, hè?'

Van het kantoor van de dominee liep Russ naar de kerksecretaresse en vroeg haar Ambrose ervan op de hoogte te brengen dat hij alleen nog in geschreven vorm wilde communiceren. Later die dag klopte Ambrose op zijn deur, die hij op slot had gedraaid. 'Russ, ben je daar?'

Russ zei niets.

'Schriftelijke communicatie, wat is dat nou voor gelul?'

Russ wist zelf ook wel dat hij kinderachtig deed, maar zijn gegriefdheid en haat kenden geen horizon of perspectief. Hij verlangde ernaar zich aan Gods genade over te leveren: zichzelf zo eenzaam en ellendig te maken dat alleen God hem nog liefhad. Hij wilde nooit meer een woord met Ambrose wisselen, en deed dat ook niet meer. Hij kweet zich vol geestdrift van zijn andere taken, zette een vrouwenkring op voor de binnenstad, maakte zijn maatschappijkritische preken gloedvoller dan ooit, verdiende zijn salaris dubbel en dwars en oogstte de waardering van alle andere gemeenteleden, maar hij negeerde Ambrose en sloeg zijn ogen neer als ze elkaar toevallig tegenkwamen in de gang. En hij voelde langzamerhand dat Ambrose hem terug begon te haten om zijn haat jegens hem. Dit was hem meer dan welkom, te weten dat het wederzijds was, iets van hen beiden. Hij hoopte dat de gemeenteleden er geen weet van hadden, maar ondernam binnen het kerkgebouw niets om het te verhullen. Dwight Haefle deed bij tijd en wijle een poging om de onmin te beëindigen, belegde vergaderingen om ze te dwingen met elkaar te praten, maar Russ weigerde hardnekkig te komen. Hij wist dat dit hem in de ogen van Haefle, het secretariaat en zelfs de conciërge des te kinderachtiger maakte, maar dat was slechts voeding voor zijn rancune. Zijn haat jegens Ambrose was een boetekleed, een rol prikkeldraad om zijn borst, die hem deed lijden en hem in zijn lijden dichter bij God bracht.

De ergste kwelling kwam van Marion. Zij had Ambrose nooit vertrouwd en gaf hem onverdeeld de schuld van Russ' vernedering. Russ had haar dankbaar moeten zijn voor die steun, maar hij voelde zich er des te eenzamer door, want het probleem was dat hij haar nooit het hele verhaal kon vertellen van de schaamte waarin Ambrose en Sally hem hadden gedompeld, omdat hij het meisje immers in een vlaag van verstandsverbijstering had verteld dat hij het bijna nooit meer met zijn vrouw deed; een verraad aan Marion dat hij voor haar moest blijven verbergen. Maar in de loop van de maanden trad er een emotionele alchemie in hem op die de gedachte deed postvatten dat Marion de ware oorzaak van zijn debacle was omdat ze onaantrekkelijk was geworden. En hoe meer hij alles aan Marion begon te wijten, hoe minder hij Sally de schuld gaf – tot de nacht waarin Sally in een droom aan hem verscheen in een onschuldige maar haar boezem accentuerende wollen trui, en hem op hese toon te kennen gaf dat ze hem nu boven Ambrose prefereerde en bereid was de zijne te worden. Een waakzaam flardje ethiek stuurde de droom bij de consummatie van haar aanbod vandaan, maar hij werd wakker in een staat van steigerende opwinding. Hij sloop het bed uit, zijn gêne verdoezeld door het duister in de pastorie, en bracht een zelfbevredigend bezoek aan de badkamer. Toen hij de substantiëring van Sally's klacht over hem in de wasbak zag, wist hij dat ze al die tijd gelijk had gehad.

Ieder mens op zoek naar verlossing had zijn hoogsteigen zwakheid om hem te herinneren aan zijn nietigheid tegenover God en de communie met Hem te bemoeilijken. De zwakheid van Russ was hem al geopenbaard in 1946 in Arizona, waar zijn ontvankelijkheid voor vrouwelijk schoon hem in een doopsgezinde geloofscrisis had gedompeld. De aanblik van Marions donker glanzende ogen, haar tot kussen uitnodigende mond, haar slanke taille, ranke hals en tengere polsen – ze had als een wesp door zijn voorheen zo kuise ziel gezoemd. Noch de verwachting van hellevuur, noch de dreiging van een breuk met zijn broederschap had het zoemen van die wesp kunnen doen verstommen, en hij had de crisis ten slotte bezworen door ten koste van een permanente vervreemding van zijn ouders over te gaan op een mindere strenge vorm van christendom, en het probleem van zijn zwakheid op te heffen door Marion wettig te huwen.

Zo had het tenminste al die tijd geleken. Maar na zijn taboedoorbrekende droom zag hij in dat zijn zwakheid een probleem was dat hij slechts had verdrongen. De droom had hem de ogen geopend voor wat er nog altijd in zijn onbewuste woelde. Vijfenveertig was hij, en overal waar hij keek zag hij schoonheid en verlokking. In de vrouwen van in de veertig die vriendelijke praatjes met hem maakten op Pirsig Avenue, in de dertigjarigen die hij voorbij zag rijden in hun auto, in de twintigjarige hulpverpleegsters in het ziekenhuis. In plaats van een enkele wesp zoemde er nu een complete zwerm in hem rond. Hoe hard hij ook zijn best deed, hij kon de ramen van zijn ziel er niet voor sluiten. En toen was Frances Cottrell ten tonele verschenen.

Dat schopje tegen zijn heup was nog altijd voelbaar terwijl hij de Fury door de zware sneeuwval op Archer Avenue stuurde. Drie auto's voor hem reed een oranje zoutwagen met geel flitslicht, maar een sneeuwruimer had hij nog niet gezien. Frances was stilgevallen en hij voelde de noodzaak om iets te zeggen, al was het maar om de spanning te neutraliseren nadat ze haar pastor met haar voet had gepord ter hoogte van diens genitaliën, maar de banden van de Fury waren voelbaar aan het slingeren. Als hij in de sneeuw bleef steken, zou dat zo veel vertraging opleveren dat Marion er vast iets over zou zeggen als ze Kitty de volgende keer in de kerk zag, om er vervolgens achter te komen dat niet Kitty maar Frances met hem mee was geweest. Hij concentreerde zich uit alle macht, probeerde één te worden met de Fury om voeling met de weg te houden, maar een lawine van negatieve indrukken bemoeilijkte dat: het nieuws dat Perry de zoon van Frances drugs had gegeven; het pijnlijke gesprek dat Russ nu met hem moest hebben; Frances' voorstel om marihuana met haar te roken, en het risico dat als hij haar voorstel afsloeg, ze iemand anders ging zoeken op haar zoektocht naar een tweede jeugd; het onthutsende feit dát ze al een ander had gesproken, en wel Rick Ambrose, nog geen uur geleden; Ambrose, tegen wiens hipheid Russ het al eerder smadelijk had afgelegd.

'Maar eh, vertel eens,' zei hij terwijl hij behoedzaam afremde voor een stoplicht. 'Heb je een goed gesprek gehad met Rick?'

'Ja, was goed.'

'Hij zal niet hebben gemeld dat hij en ik niet meer met elkaar praten, neem ik aan?'

'Nee, dat wist ik al. Dat weet iedereen.'

Daar ging zijn hoop dat hun onmin niet algemeen bekend was.

'Waarom vraag je dat?' zei ze. 'Kan ik niet met hem praten als ik vrienden wil zijn met jou?'

'Natuurlijk wel. Praat met wie je wilt. Maar weet wel dat het Rick Ambrose alleen maar gaat om Rick Ambrose. Hij kan heel charmant zijn en je denkt al snel dat je met hem bevriend bent. Maar houd hem in de gaten.'

'Nee maar, dominee Hildebrandt,' zei ze met een lachje in haar stem. 'Je lijkt warempel wel jaloers.'

Het licht sprong op groen en hij trok voorzichtig op. De achterwielen piepten en zwalkten een beetje.

'Jaloers op Crossroads, bedoel ik,' zei ze. 'Rick heeft elke zondagavond contact met honderdvijftig adorerende tieners, en jij twee keer per maand met acht ouwe dametjes. Dan zou ik ook jaloers zijn, hoor.'

'Ik ben in het geheel niet jaloers. Ik zou nu nergens liever zijn dan hier met jou.'

'Dat is aardig van je.'

'Ik meen het.'

'Oké, maar waarom zo'n hekel aan Rick? Het gaat me natuurlijk niet aan, maar als hij zo goed is in wat hij doet en jij in wat jij doet… ik zie het probleem niet.'

Zelfs op een recht stuk weg bokte de auto zachtjes, wilde slippen.

'Lang verhaal,' zei Russ.

'Met andere woorden: bemoei je er niet mee.'

Russ' weigering om Ambrose te vergeven, een onverzoenlijkheid die al bijna drie jaar richting gaf aan zijn leven en nog dagelijks werd gesteund door Marion, leek bespottelijk als hij zich een uitleg aan Frances probeerde voor te stellen. Nee, erger dan bespottelijk: onaantrekkelijk. Hij begreep dat het voor zijn kansen bij haar waarschijnlijk goed zou zijn om zijn haat los te laten. Maar zijn hart wilde dat niet. Daarmee zou hij de duizenden dagen weggooien waarin hij zijn rancune had gekoesterd, allemaal tijd die opeens betekenisloos zou worden. En er was het gevaar dat als hij vrede sloot met Ambrose, Frances zich nog vrijer zou voelen om zijn rivaal te bewonderen en dat hij, Russ, met lege handen zou achterblijven. Dan ontstond er een nieuwe wedloop met Ambrose, die hij opnieuw zou verliezen.

'Niet om nou de vredesengel uit te hangen,' zei ze, 'maar Crossroads is heel goed geweest voor Larry, zoals jij goed bent geweest voor mij. Dan zou er toch een oplossing moeten zijn te bedenken.'

'Rick mag mij niet en ik mag hem niet. Het is gewoon een natuurlijke antipathie.'

'Maar waarom dan? Waarom? Het gaat in tegen alles wat je in je preken uitdraagt. Het is in strijd met wat je tegen mij zei over het toekeren van je andere wang. Dat vind ik nou juist zo inspirerend, en het is de reden waarom ik vandaag met je mee wilde.'

De plek waar ze hem dat schopje had gegeven gloeide nog steeds na. Haar woorden leken te betekenen dat ze zich aangetrokken voelde door zijn goedheid, en dat als hij gevolg wilde geven aan zijn o zo slechte verlangen om zijn huwelijksgelofte voor haar te breken, hij zichzelf in goedheid moest overtreffen.

'Het betekent veel voor me dat je vandaag mee wilde,' zei ze.

'Nou, ik ben vereerd.'

'Je zei net dat je zelf ook in Crossroads wilde participeren.' Er zat een ongeruste trilling in zijn stem. 'Meende je dat serieus?'

'Mijn hemel, je bent echt jaloers.'

En weer, wéér duwde ze de punt van haar schoen in zijn bovenbeen.

'Mijn enige dagtaak,' zei ze, 'is moeder zijn. Ik kan maar twee keer per maand iets met jou en Kitty doen, dus ja, ik vroeg Rick of ik mentor kon worden bij Crossroads. Hij leek niet al te happig, maar er gaan altijd een paar ouders mee op die trip naar Arizona, en daar heeft-ie me voor op de lijst gezet.'

'De lentetrip,' zei Russ, vol afschuw.

'Ja!'

Arizona was zíjn terrein. De gedachte dat ze daar met Ambrose naartoe ging was niet te harden.

'Luister,' zei ze, 'ik weet dat ik geen vredestichter moet proberen te zijn, maar jij zou ook weer mee moeten op die trips. Je hebt een overduidelijke band met de Navajo's, je hebt daar ik weet niet hoeveel jaar gewoond. Als Rick en jij het zouden bijleggen, konden we daar allemaal samen naartoe. Zou dat niet leuk zijn? Ik zou dat hartstikke leuk vinden.'

Ze wipte van geestdrift op de voorbank, zo aanbiddelijk dat Russ in verwarring raakte. *Want zie, ik verkondig u grote blijdschap... en vrede op aarde bij mensen des welbehagens.* De tegemoetkomende koplampen op Archer Avenue vormden een gesloten rij, met in elke auto een nerveuze bestuurder. Er was niets kerstfeestelijks aan wat de sneeuw nu aanrichtte, maar de sfeer van deze dagen leefde volop in Frances, in haar kinderlijke verwondering over zijn hekel aan Ambrose, en een vleugje daarvan drong door tot in zijn verkilde hart. Zou het kunnen? Kon het gebeuren dat hij Ambrose eindelijk vergaf, als zijn aardse beloning daarvoor Frances was? Een hele week Arizona in haar blijmoedige, speelse en oogstrelende nabijheid? Of misschien wel meer dan een week. Misschien wel een half leven. Bood God hem met haar een tweede kans? Een kans om zijn leven compleet te transformeren? Een kans om vreugdevol de liefde te smaken met een vreugdevolle vrouw? Hij verachtte Ambrose en zichzelf nu al duizend door Marion verduisterde dagen lang en had zichzelf al die tijd wijsgemaakt dat hij God nabij was, terwijl iedere seconde van elke dag hem de keuze bood om vergeving in zijn hart te brengen, overeenkomstig Jezus' boodschap aan de wereld, die ook de ware betekenis van Kerstmis was.

'Ik zal erover nadenken,' zei hij.

'Ja, doe dat,' zei ze. 'Er is volgens mij geen zinnige reden waarom Rick en jij met elkaar overhoop zouden moeten liggen.'

In sagen en legenden uit de middeleeuwen stelde de schone jonkvrouw haar aanbidder een taak, zoals het vinden van de heilige graal of het doden van een draak, en nu leek zijn eigen schone jonkvrouw met de kleppet hem op te dragen de draak in zijn hart te doden.

Burgemeester Daley had de gewoonte om Englewood onder de sneeuw te laten liggen zolang de straten van blanke wijken nog niet tot en met het voetpad waren geruimd. Russ zigzagde door zijstraten, waar de sneeuw nog poederig was en meer grip bood, en hield de vaart erin door stoplichten te negeren waar dat kon. Het liep al tegen vijven toen hij eindelijk de Community of God zag opdoemen. Om rond zeven uur thuis te zijn, zodat deze rit geen onderwerp van gesprek tussen Marion en Kitty hoefde te worden, zouden ze de Fury snel moeten uitladen.

De deur van het buurtcentrum zat op slot en de lamp erboven was uit. Russ belde aan en ze wachtten in het sneeuwende donker tot er werd opengedaan. Frances stampte met haar voeten tegen de kou. En de lamp ging eindelijk aan en Theo Crenshaw maakte open.

'Ik verwachtte je al niet meer,' zei hij tegen Russ.

'Ja, beestenweer.'

De indruk die Russ al eerder had gekregen, dat Theo weinig moest hebben van Frances, werd versterkt toen Theo zich omdraaide en een houten wig onder de deur schopte.

'Hallo, ik ben Frances,' zei ze stralend. 'Herinnert u zich me?'

Theo knikte zonder haar aan te kijken. Hij droeg een lubberende velours trui en een krappe stretchbroek, leek gespeend van de ijdelheid die Russ ertoe bewogen had om speciaal voor Frances zijn favoriete hemd en nappa jas aan te trekken. Het navrante verschil tussen hemzelf en deze zwarte geestelijke uit de binnenstad, op de zondagen geliefd bij de vrouwen uit zijn gemeente maar de rest van de week alleen in zijn kerk, zonder hulpprediker of medewerkers, met een mager jaarsalaris en zonder werkelijke steun buiten zijn geloof, was des te groter op een ijskoude decemberavond. Russ kende niemand die hij meer bewonderde dan Theo, niemand die zo'n authentiek christen was. Zo gemankeerd als Ambrose hem zich liet voelen, zo bevoorrecht voelde hij zich in het gezelschap van Theo. En hij kon zich voorstellen dat Frances, in haar voorstedelijke blonde bekoorlijkheid, voor Theo een verschijning was waar hij buiten kon.

Hij zag met tevredenheid hoe ze enthousiast de ene doos na de andere het buurtcentrum binnen droeg, en hij hoopte dat haar ijver voor Theo aanleiding zou zijn om haar in de toekomst wat warmer te ontvangen. Het afleveren van voedsel en speelgoed was een klus die altijd zonder veel omhaal van woorden geklaard werd, en dat was nu niet anders. Russ verwachtte geen dank voor de gulle gaven, en Theo verwachtte geen gezelligheid achteraf. Toen alle dozen binnen stonden, zette Theo zijn handen op zijn heupen en zei: 'Mooi. Er zijn hier morgen dames aanwezig voor degenen die iets willen hebben.'

'En wij zien je hier dinsdag weer,' zei Russ. Hij klapte in zijn handen en draaide zich naar Frances. 'Zullen we dan maar weer?'

Hij zag dat ze met een klein, plat pakje in haar handen stond, in kerstpapier en met een rood lint.

'Wilt u iets voor me doen?' vroeg ze aan Theo. 'Wilt u dit morgen aan Ronnie geven? Zeg maar dat het van de mevrouw is met wie hij die tekeningen heeft gemaakt.'

Russ had het pakje niet tussen de dozen gezien. Ze had het kennelijk in haar jaszak gehad. Hij wenste dat ze er iets over gezegd had, want Theo bekeek het afkerig.

'Dat lijkt me geen goed idee.'

'Het is een doosje Flair-pennen. Die zijn uitstekend geschikt voor kleurboeken.'

'Dat is aardig,' zei Theo. 'Dat zal een mooie verrassing zijn voor een van de kinderen die hier morgen komt.'

'Nee, het is voor Ronnie. Ik heb het speciaal voor hem gekocht.'

'Dat is aardig, maar leg het toch maar gewoon bij het andere speelgoed.'

'Waarom? Het is zo'n schattig jongetje. Ik mag hem toch wel een cadeautje geven?'

Ze leek oprecht verbaasd, gekwetst in haar onschuld. Er welde een sterk beschermingsinstinct in Russ op en hij vroeg zich in een flits af of hij niet echt verliefd op haar was.

Theo leek geen soortgelijke emotie te kennen. 'Ik herinner me dat u het aan de stok had met Ronnies moeder.'

'Het is een cadeautje,' zei Frances.

'Ik heb u de vorige keer al gevraagd die jongen met rust te laten. En nu vraag ik het nog eens, heel beleefd.'

Frances' gekwetstheid veranderde in boosheid, een emotie die Russ nog niet van haar kende, en de aanblik wond hem op. Hij stelde haar zich boos op hém voor, het volle spectrum van haar vrouwelijke gevoelsleven zichtbaar in het soort ruzie dat geliefden soms hadden.

'Waarom?' zei ze. 'Ik begrijp het niet.'

Theo rolde met zijn ogen naar Russ, ten teken dat hij haar maar tot rede moest zien te brengen.

'Frances,' zei hij met een stapje in haar richting, 'misschien moeten we ons maar op Theo's oordeel verlaten. Wij kennen de situatie niet.'

'Wat is de situatie dan?'

'De situatie,' zei Theo, 'is dat Clarice, de moeder van dat joch, niet wil dat u met hem praat. Daar kwam ze zich over beklagen bij me.'

Frances lachte. 'En waarom dan wel? Omdat zij zo'n perfecte moeder is?'

Ook haar laatdunkendheid was sexy voor Russ, maar moreel gezien afstotend. Hij legde een hand op haar schouder en probeerde haar mee naar buiten te nemen. 'Jij en ik praten hier straks wel over, oké?'

Ze schudde zijn hand af. 'Het spijt me, maar wat is er goed aan als een jongen die bijzonder onderwijs zou moeten krijgen, die speciale aandacht nodig heeft, wat is er goed aan als hij onder schooltijd in zijn eentje over straat loopt en om kwartjes bedelt?'

'Frances,' zei Russ.

'Ik heb waardering voor uw bezorgdheid,' zei Theo afgemeten, 'maar ik stel voor dat u nu naar huis gaat. Het is een heel eind rijden in die sneeuw.'

'Ja, we moeten ervandoor,' viel Russ hem bij.

En nu richtte Frances haar boosheid daadwerkelijk op hem. 'Vind jíj het goed? Waarom schakelt niemand de jeugdbescherming in? Is dit niet iets waar de overheid van op de hoogte hoort te zijn?'

'De overheid.' Theo glimlachte naar Russ, die terug glimlachte alsof ze een grapje voor ingewijden uitwisselden. 'U denkt dat de staat Illinois een goed functionerend systeem voor jeugdbescherming heeft?'

'Waar sta je nou om te lachen?' zei Frances tegen Russ. 'Heb ik soms iets belachelijks gezegd?'

Hij haalde de glimlach van zijn gezicht. 'Nee, zeker niet. Theo wijst er alleen maar op dat het systeem niet perfect is. Ze zijn onderbezet en overstelpt met dossiers. Ik zal het je in de auto uitleggen.'

Hij probeerde haar opnieuw naar de deur te leiden en ze schudde zijn hand opnieuw af. 'Ik wil weten waarom ik een behoeftig jongetje niet een klein kerstcadeautje mag geven.'

De klok aan de wand van het buurtcentrum wees 17.18 uur. Elke minuut die ze nu nog bleven zou Russ dieper in de knoei helpen met Marion, hij wist dat hij erop moest aandringen te gaan. Maar zijn jonkvrouw had hem opnieuw voor een taak gesteld: haar kant te kiezen tegenover een zwarte dominee met wie hij met veel moeite een band had opgebouwd.

'Ik snap je bezwaar,' zei hij tegen Theo, 'maar ik kan ook wel meegaan in wat Frances zegt. Het lijkt me problematisch dat Ronnie in zijn eentje over straat zwalkt.'

Theo schonk hem een teleurgestelde blik en wendde zich tot Frances. 'Wilt u zich verder over dat joch ontfermen? Neemt u dat op uw schouders? Een achterlijk negenjarig jochie uit de South Side van Chicago? Kunt u dat aan?'

'Nee,' zei ze. 'Die last zou te zwaar voor me zijn. Maar ik heb toch het idee...'

'Hij heeft al eens in een pleeggezin gezeten. Weet u hoe dat werkt?'

'Nee... nee. Niet echt.'

'Wij zijn hier om te leren,' zei Russ, en hij zag in dat hij daarmee in één adem Frances had gekleineerd en zichzelf voor gek had gezet tegenover Theo.

'Je moet een heel eind de lijst afzakken,' zei Theo, 'om een gezin te vinden dat een jochie als Ronnie wil opnemen. Dat zal een gezin zijn dat cheques opstrijkt voor een stuk of zes kinderen. Je moet er namelijk veel in huis nemen om er geld aan over te houden. En wat doe je met zes kinderen?'

'Die stop je met elkaar in één kamer,' zei Russ om te bewijzen dat hij niet zo stompzinnig was als hij leek.

'Die stop je met z'n allen in één kamer. En je spaart de roede niet.'

'Dat is geen goed systeem, nee. Dat snap ik,' zei Frances.

'Doe dan wat in uw vermogen ligt om het te verbeteren, als u iets voor deze mensen wilt betekenen. Clarice is geen onmens. Ze was alleen veel te jong toen ze Ronnie kreeg. Als ze zichzelf in de hand heeft, brengt ze hem naar de school in Washington Park. Maar dat zijn de goede dagen. Op slechte dagen struikelt ze en laat ze het afweten. En Ronnie weet dat hij hier terechtkan als ze high is, en dat ze hem dan uiteindelijk wel weer komt ophalen. De onmensen zijn de mannen die haar drugs geven. Dan gaat ze voor de bijl, en het enige waardoor ze zich weer opricht is haar trots als moeder. Als ze Ronnie niet had, was ze allang dood geweest.'

'Ik begrijp het,' zei Frances. 'Ik wilde hem alleen maar iets geven wat hij leuk vindt.'

'Precies, dat is wat ú wilde. Wat ík wil is dat Clarice Ronnie niet verbiedt naar een kerk te komen waar hij juist veilig is.'

'Goed, laat me haar dan een briefje schrijven. Heeft u misschien pen en papier voor me?'

'Frances,' zei Russ.

'Ze moet weten dat ik Ronnie heus niet van haar af wil pakken. Theo kan haar dat briefje geven met mijn cadeautje erbij.'

Theo sperde zijn ogen wijd open, ten teken dat zijn geduld bijna op was.

'Luister, dit schiet niet op,' zei Russ. 'Als je wilt dat Ronnie pennen heeft om mee te kleuren, dan kan Theo het cadeaupapier eraf halen en hem die doos zelf geven. Een briefje erbij is gewoon geen goed idee.'

'Ik wilde dat hij iets uit te pakken had met kerst.'

Theo's geduld was nu definitief op. Hij liep hoofdschuddend weg. Russ griste het cadeautje uit Frances' hand en haastte zich achter hem aan de kerkzaal in.

'Doe me een plezier en pak dit aan,' zei hij tegen Theo terwijl hij hem het cadeautje toestopte. 'Ze bedoelt het goed. Ze geeft echt om dat jongetje, maar ze is...'

'Ik was al verrast haar te zien,' zei Theo. 'Ik dacht dat je met Kitty zou komen.'

'Ah, ja, dat liep anders'

Het tl-licht van een enkele buis boven het altaar, achter een oude piano en een vrijstaand orgel, leek het nog kouder te maken in de kerkzaal.

'Jouw privézaken gaan me niet aan,' zei Theo. 'Maar ik zou het op prijs stellen als je die balk uit je oog haalt en zorgt dat ze bij dat jochie uit de buurt blijft. Als ze daar niet toe bereid is, dan zal ze ergens anders heen moeten met haar goede bedoelingen. Ik wil hier geen gesodemieter.'

Twee jaar van toenadering zoeken tot Theo liepen gevaar. Russ begreep precies waarom Theo geen geduld met Frances had. Hij had zelf ook geen geduld gehad met andere First Reformed-dames die zich bij de kring hadden aangemeld. Juanita Fuller, Wilma St. John, June Goya, ze hadden allemaal de neiging gehad om de mensen uit deze buurt, Theo incluis, met een suikerzoete maar o zo neerbuigende moederlijkheid te benaderen, deels uit angst, deels uit blanke superioriteitswaan. Hij had ze allemaal moeten vragen zich uit de kring terug te trekken, en als Theo zich over een andere dame dan Frances had beklaagd, zou hij hem direct ter wille zijn geweest en haar eruit hebben gebonjourd. Hij wilde geloven dat Frances' uitglijer voortkwam uit oprechte goedwillendheid en onstuimigheid, maar hij kon niet uitsluiten dat hij dit wilde omdat hij verliefd begon te worden.

'Ik spreek wel met haar,' zei hij.

'Mooi,' zei Theo. 'Wel thuis.'

Er lagen twee nieuwe centimeters sneeuw op de voorruit van de Fury. Zonder lading achterin was de auto nog lastiger te besturen op de weg terug. Frances zat nu in een normale passagiershouding, met haar voeten op de vloer, en leek in haar wiek geschoten.

'Ik zal wel niet mogen vragen,' zei ze, 'wat de heren achter mijn rug om over me te zeggen hadden?'

'Ja, sorry,' zei Russ. 'Theo kan nogal koppig zijn. Soms moet je gewoon je oren naar hem laten hangen.'

'Ik neem aan dat jullie me als een dommig vrouwtje beschouwen, maar het was heus niet het eind van de wereld geweest als hij Ronnie mijn cadeautje had gegeven.'

'Het was een hartstikke lief gebaar van je. Ik had er zelf geen enkele moeite mee.'

'Maar ik heb kennelijk iets over me waardoor zwarte mensen de pest aan me hebben.'

'Welnee.'

'Ik heb niet de pest aan hén.'

'Natuurlijk niet. Het is gewoon...' Hij haalde diep adem en waagde het erop. 'Het is misschien goed om eens na te denken hoe je op de mensen hier overkomt. Het is één ding om in New Prospect met mensen zoals jezelf om te gaan. Daar kun je zo openhartig zijn als je wilt, en het openlijk met anderen oneens zijn, en dat wordt dan alleen maar gewaardeerd en niemand neemt er aanstoot aan. Maar die uitgesprokenheid komt gewoon anders over als je te gast bent in een zwarte gemeenschap.'

'Ik mag het niet met ze oneens zijn?'

'Nee, zo bedoel...'

'Want het is nou ook weer niet zo dat alle zwarten volmaakt zijn, hè? Ik neem tenminste aan dat ze het onderling ook weleens oneens zijn.'

'Ik zeg niet dat je het niet oneens mag zijn met Theo Crenshaw. Ik was het net zelf met hem oneens.'

'Daar viel niet veel van te merken.'

'Ik heb het over een innerlijke houding. Het eerste wat ik doe als ik met hem van mening lijk te verschillen, is bedenken hoe onwetend ik ben. Misschien is er iets in Theo's achtergrond wat hem doet denken zoals hij denkt, iets wat niet direct zichtbaar is voor mij. In plaats van mijn mening door te drijven, denk ik dan: waarom ziet hij het anders dan ik? En dan luister ik goed naar wat hij zegt. Daarna zijn we het misschien nog steeds oneens, maar dan heb ik in ieder geval onderkend dat de levenservaring van een zwarte man ingrijpend van de mijne verschilt.'

Frances ging er niet tegenin en Russ hoopte dat hij tot haar was doorgedrongen. Hij had zijn eigen redenen om haar in de dinsdagkring te houden, maar die deden niets af aan zijn geloof in wat hij zojuist had gezegd.

'Je hebt een goed hart, Frances. Een dierbaar hart. Maar je kunt het Theo niet kwalijk nemen dat hij daar niet direct oog voor heeft. Als je wilt dat hij je gaat vertrouwen, kun je proberen een andere houding tegenover hem aan te nemen. Neem als uitgangspunt dat je geen idee hebt hoe het is om zwart te zijn. Als je je dat eigen maakt, garandeer ik je dat hij dat merkt.'

Ze zuchtte zo diep dat de voorruit erdoor besloeg. 'Ik heb je in verlegenheid gebracht, hè?'

'Welnee.'

'Jawel. Dat zie ik nu in. Ik hing de allesweter uit.'

Russ gloeide van trots. Hij, en niet Theo, had gelijk over haar ware natuur.

'Je hebt niets verkeerds gedaan,' zei hij. 'Maar als je hem de volgende keer ziet, is het misschien wel een idee om te zeggen dat het je spijt. Een verontschuldiging recht uit het hart doet ieder mens goed, hem ook. Theo is een prima kerel, een goed christen. Als je je best doet om je innerlijke houding te veranderen, heeft hij dat beslist door. En voor mij is het belangrijk, Frances, echt heel belangrijk, dat je aan onze dinsdagen blijft meedoen.'

Het leek de veiligste toespeling op zijn trots over haar, en zijn hoop om een hechtere band met haar te krijgen, maar hij vreesde dat het er toch te dik op lag. En inderdaad, de toespeling kwam duidelijk door.

'Maar dominee Hildebrandt,' zei ze, 'wat zegt u toch allemaal?'

Er welde zo'n begeerte in hem op dat het een garantie leek op de bevrediging ervan. Hij dacht aan de bluesplaten die hij nog in zijn kantoor had liggen, het excuus dat die zouden bieden om haar mee te nemen de kerk in, en wat er dan kon gebeuren in zijn donkere kantoor, als hij tenminste goed op bleef letten en daar niet te laat aankwam. Hij voelde zich nu werkelijk één met de Fury en gaf gas op 59th Street, waar de sneeuw diepe voren had.

De voren waren dieper dan gedacht. Ze absorbeerden zijn vaart en stuurden hem een tollende slip in. Een paar akelige tellen had het geen enkel effect hoe hij stuurde of remde. Hij klemde zijn handen hulpeloos om het stuurwiel, hoorde Frances gillen, en de Fury gleed achterwaarts de kruising op. Er was een doffe knal en het kraken van metaal op metaal.

Stelling: goedheid is een inverse functie van intelligentie. Eerste betoog: Perry Hildebrandt, New Prospect Township High School.

Laat ons uitgaan van de stelling dat goedheid in wezen neerkomt op onzelfzuchtigheid: anderen liefhebben zoals men zichzelf liefheeft, zich moeite getroosten voor het verrichten van goede daden, het zich ontzeggen van genietingen die schadelijk zijn voor anderen, enzovoort. En laat ons vervolgens een daad bespreken van spontane vriendelijkheid jegens een voormalige vijand (onze zus, bijvoorbeeld) die overeenstemt met eerdergenoemde definitie van goedheid. Als de actor gespeend is van intelligentie, behoeft de kwestie geen nadere overweging: hier is sprake van een goed persoon. Maar stel dat de actor te intelligent is om geen oog te hebben voor de persoonlijke voordelen die voortvloeien uit zijn liefdadigheid. Stel dat zijn vernuft van dien aard is dat hij zich al tijdens zijn goede daad bewust is van deze voordelen. Is zijn goedheid daarmee dan gecompromitteerd? Kunnen we een daad 'goed' noemen als deze ook verricht had kunnen worden uit niets dan weloverwogen en vernuftig eigenbelang?

Toen hij terugliep naar zijn kamer, waar Judson op zijn knieën zat voor het zelfgemaakte Stratego-bord, overwoog Perry de kosten en baten van zijn aanbod om Becky's plaats in te nemen op de receptie van de Haefles. Op de creditzijde van de balans stonden de goedheid van zijn aanbod, de voldoening dat hij zich hiermee aan zijn voornemen hield, de ongekende dankbaarheid waarmee Becky zijn aanbod had aangenomen en het voordeel dat hij zich van haar stilzwijgen over zijn wandaden had verzekerd. De debetzijde vermeldde dat hij nu naar een duffe receptie voor geestelijken moest, met Judson.

'Luister even, bink,' zei Perry toen hij tegenover zijn broertje ging zitten. 'Ik moet je om een dienst vragen. Wat zou je ervan vinden om naar een feestje te gaan waar geen kinderen van je eigen leeftijd zijn?'

'Wanneer?'

'Zodra papa en mama thuis zijn. We gaan met hen mee.'

Judson kreeg een rimpel in zijn voorhoofd. 'Ik dacht dat we het spel gingen doen.'

'Dat schuiven we zolang onder mijn bed. Is er morgen ook nog wel.'

'Waarom moet ik mee?'

'Omdat ík erheen moet, en je wilt niet in je eentje thuisblijven, toch?'

Een korte stilte.

'Vind ik niet erg, hoor.'

'Nee? Een paar maanden geleden kreeg je nog een halve inzinking, weet je nog wel? En toen was het niet eens avond.'

Judson staarde met een afwezig glimlachje naar het bord, alsof het jongetje dat overstuur was geraakt door wat geluiden in de kelder weliswaar met hem samenviel, maar tegelijk een voorwerp van vermaak was; alsof de schande van zijn paniek in de herfst, toen hij iets te lang alleen was gelaten, over zijn hoofd heen kon zweven om elders te landen.

'Er zijn vast lekkere hapjes,' zei Perry. 'En je kunt je boek meenemen en in een hoekje gaan zitten lezen.'

'Waarom moet jij ernaartoe?'

'Om Becky een plezier te doen.'

Hij maakte zich op voor de onvermijdelijke vraag: waarom Becky wel een plezier doen en zijn kleine broertje niet? Maar dat was niet de manier waarop een hoogstaand mens dacht.

'Kunnen we eerst het spel afmaken?'

'Waarschijnlijk niet.'

'Je had beloofd dat we vanavond gingen spelen.'

'We zijn vanavond begónnen. Morgen maken we het af.'

Judson liet dit staaltje redeneerkunst bezinken en staarde naar het bord.

'Jij bent.'

Elke speler had een leger van veertig stukken waarvan de rang onzichtbaar was voor de tegenstander. Het was de bedoeling de vlag van je tegenstander te veroveren door middel van het afslachten van mindere stukken door hogere, en ondertussen de bommen van je tegenstander te ontlopen, die niet mochten bewegen en alleen door jouw laagste stukken, mineurs geheten, konden worden geëlimineerd. De klassieke strategie schreef voor dat je je vlag achter je leger opstelde en met bommen omringde, maar Judson leek hier intussen het minpunt van in te zien: zodra je tegenstander een van zijn mineurs veilig door de bommenlinie kreeg, was je vlag onbeschermd en het spel verloren. Met het oog op Judsons argeloze opwinding over dit 'nieuwe inzicht' had Perry verrassing kunnen veinzen en hem het spel kunnen laten winnen. Maar in plaats daarvan anticipeerde hij op Judsons vrijere plaatsing van bommen door zijn eigen mineurs op voorwaartse posities te zetten. Het was verdedigbaar om Judson keer op keer te verslaan en hem zo te leren zijn strategie niet te loochenen en slimmer te gaan spelen totdat hij op eigen kracht kon winnen. Want zou Judsons vreugde dan niet veel groter zijn? Of was dit de rechtvaardiging van een intelligent persoon die gewoon een egoïstische hekel had aan verliezen, zelfs van zijn kleine broertje?

Becky was met haar laarzen de trap af komen klossen om op weg te gaan naar het Crossroads-concert, en Perry had de derde van Judsons bommen ontmanteld door het verwaarloosbare offer van een mineur aan een kapitein, toen de telefoon ging. Hij liep naar de slaapkamer van zijn ouders om het extra toestel op te nemen.

'Ja, eh, Perry?' zei zijn vader. Zijn stem klonk nerveus en elektrisch vervormd. Op de achtergrond klonk straatrumoer. 'Kun je mama even geven?'

'Die is er niet.'

'Is ze al naar de Haefles?'

'Nee, ik heb haar de hele dag nog niet gezien.'

'Ah, oké, oké. Als je haar ziet, kun je dan zeggen dat ze niet op me moet wachten? Er is een probleem met de auto en ik ben nog in de stad. Kun je zeggen dat ze maar alleen moet gaan? Het is van belang dat een van ons beiden er is.'

'Ja. Maar wat als ze...'

'Oké, bedankt, Perry. Bedankt hoor, bedankt.'

De verbinding werd met opvallende haast verbroken, zoals Perry eerder op de dag de schrik was opgevallen waarmee zijn vader naar hem keek toen hij met mevrouw Cottrell in de auto zat.

Perry legde de hoorn op de haak en vroeg zich af wat hij hiervan moest maken. Mevrouw Cottrell leek hem behalve lekker ook behoorlijk gis. Bij alle keren dat hij haar gezien had sinds Larry zo stom was geweest om high te worden terwijl hij op zijn zusje moest passen, had Perry gemerkt dat ze hem met meer belangstelling bekeek dan voorheen, en met een ondeugende glinstering in haar ogen. Larry had hem bezworen dat hij hem niet had verlinkt, maar zijn moeder leek toch te vermoeden van wie haar onnozele zoon een zak met pillen en marihuana had gekocht. En vanmiddag had hij op de hoek van Pirsig en Maple een alarmerend samenzijn van de Eerwaarde Vader en diezelfde mevrouw Cottrell waargenomen. Als de Eerwaarde nu toch nog achter zijn misstappen kwam, na zijn eerzame voornemen en het bestemmen van zijn drugwinst voor mooie cadeaus, zou dat het toppunt van wrede ironie zijn.

Nadat hij zijn vader plankgas had zien geven op Pirsig, was hij zo ongerust geworden dat hij de rest van zijn kerstinkopen uitstelde en door de sneeuw naar huize Cottrell liep om een woordje te wisselen met Larry. Als diens moeder niet méér dan een vermoeden met zijn vader kon delen, was er nog de mogelijkheid om alles glashard te ontkennen. Maar als Larry, een notoire sufferd, ondanks zijn erewoord toch Perry's naam had laten vallen, was er geen ontkennen meer aan.

Larry had een voornaam bewijsstuk kunnen zijn voor Becky's bewering dat Perry mensen alleen maar gebruikte. Perry had hem een tijd lang ontlopen bij Crossroads en elke uitnodiging met een uitvlucht beantwoord. Larry was onnozel, loslippig en bovendien een nieuwkomer, dus van weinig nut voor Perry's streven om tot het centrum van de jongerengroep door te dringen. Maar het zou tegen de grondbeginselen van Crossroads ingaan als Perry hem als een baksteen liet vallen. Op een dag had Larry Perry en Ansel Roder aangeklampt toen ze na schooltijd op weg waren naar Roders huis. Roder had die dag een ruimhartige bui; toen hij hoorde dat Larry nog nooit had geblowd en dat graag eens wilde proberen, had hij hem laten deelnemen aan het rondgaan van zijn bong, met gênante gevolgen voor Perry. Onder weemakend gegiechel had Larry een lopend commentaar verstrekt op hoe zijn hersens op de chemische aanval reageerden, en toen Roder hem vroeg zijn bek te houden, had hij giechelend uitgelegd hoe hij die terechtwijzing onderging. Ook giechelde hij toen hij tegen Roders draaitafel stootte en een kras veroorzaakte op de lp die opstond. Roder had Perry apart genomen en geëist dat hij 'die miezerd' nooit meer over de vloer wilde. Perry had daar alle begrip voor gehad, maar Larry was zich van geen miezerigheid bewust en bleef daarna om deelname zeuren bij alles wat Roder en Perry ondernamen. Hij was een zielige figuur, danig beschadigd door de recente dood van zijn vader, en het zou een daad van mededogen zijn geweest om hem drugs te verkopen als Perry daar niet ook een zelfzuchtige reden voor had: in Larry had hij een trouwe afnemer wiens moeder hem ruim voldoende zakgeld gaf. Met Larry blowen diende bovendien zijn doel om minder afhankelijk te worden van Roders vrijgevigheid, en het bleek op den duur toch ook wel prettig om in Larry een liefhebbende discipel te hebben binnen Crossroads, en niet minder prettig om Larry's lekkere moeder van dichtbij te kunnen zien, prettig om zijn handigheid te etaleren met het bouwen van de modelvliegtuigjes die Larry zich van zijn zakgeld kon veroorloven, en prettig om Larry's penselen te kunnen dopen in de potjes verf die hem al jaren met begeerte hadden vervuld bij zijn bezoeken aan de hobbywinkel. Pas nadat Larry zich had laten betrappen door zijn moeder (volgens Perry half met opzet, als een zelfdestructieve verzetsdaad tegen haar gezag), waren de nadelen van hun vriendschap zwaarder gaan wegen dan de voordelen. Larry had zijn moeder moeten beloven dat hij geen stuff meer zou kopen, en Perry moest ondanks het verlies van zijn klandizie toch met hem bevriend blijven om te voorkomen dat hij hem niet alsnog verlinkte.

Huize Cottrell was een vrijstaand en witgeschilderd bakstenen huis, indrukwekkend groot voor een weduwe en haar twee kinderen. Larry was thuis met zijn zusje en liet Perry met graagte binnen.

'We hebben een probleem,' zei Perry toen ze Larry's kamer waren binnengegaan. 'Ik zag jouw moeder zonet met mijn vader.'

'Ja, ze gaan iets kerkachtigs doen in de stad.'

'Aha, maar nu moet ik het je toch nog een keer vragen. Is ons geheim veilig bij jou?'

Een van Larry's nerveuze tics was het wrijven van zijn neus en daarna aan zijn vingers te ruiken. Perry kon de geur van talg ook wel waarderen, maar vond snuiven aan je vingers iets voor in de privésfeer.

'Je begrijpt wel waar ik op doel, toch?'

'Geen paranoia, man,' zei Larry. 'Het is voltooid verleden tijd, behalve dat ik nog negen dagen geen tv mag kijken. Ik loop de Orange Bowl mis!'

'Dus mijn naam is niet gevallen en zal ook niet vallen.'

'Dat heb ik toch gezworen? Moet ik een bijbel pakken?'

'Niet nodig. Ik was alleen verrast toen ik jouw moeder met mijn pa naar de stad zag rijden. Ze waren met z'n tweetjes, en ik heb toch zo'n voorgevoel dat we er nog wel over gaan horen.'

'Tja, jij bent degene die stuff verkoopt.'

'Precies. Mijn positie is een stuk benarder dan de jouwe.'

'Maar ik ben degene die is gestraft.'

'Jij bent ook degene die geblunderd heeft, vriend.'

Larry knikte en wreef over zijn neus. 'Wat heb je in die tas?'

'Cadeau voor mijn broertje. Wil je het zien?'

Hij was blij met de kans om Larry de filmcamera te laten bewonderen, het ding op te winden en er denkbeeldige opnamen mee te maken voordat het definitief Judsons eigendom werd. Na een uur, de minimale duur om zijn bezoek op een vriendschappelijke visite te laten lijken, waar het in werkelijkheid een tactische manoeuvre was geweest, had hij zich op weg naar huis begeven door sneeuw die nu gestager uit de donkere hemel warrelde. Het leek hem onwaarschijnlijk dat Larry zou doorslaan, zelfs niet onder hernieuwde druk, maar hij bleef doordrongen van de ironische mogelijkheid dat hij na het beteren van zijn leven nog tegen de lamp zou lopen. Hij vreesde nog steeds voor kattenkwaad van mevrouw Cottrell, en er was nog iets anders wat hem dwarszat. In de dagen nadat Becky hem had gefileerd in de hangkast van de First Reformed, had ze de indruk gewekt hem erger te verafschuwen dan ooit. Hij stelde zich een uitgebreide confrontatie in familiekring voor, waarbij hij bleef vasthouden aan zijn onschuld (met een retroactieve eerlijkheid nu hij het gebruiken en verhandelen van geestverruimende middelen had afgezworen) maar onderuit werd gehaald door zijn zus.

Wat had het dan ook een gunstige speling van het lot geleken toen hij zich met Judson had verschanst op zijn kamer en hij Becky hoorde huilen. Het gesprek dat hij daarna met haar had gehad was geëindigd met een warme omhelzing en het gevoel dat hij werd beloond voor zijn goede voornemen. Dat laatste zou nog bevredigender zijn geweest als hij niet abrupt was gestopt met tobben over haar houding jegens hem. Deze door egoïsme ingegeven opluchting deed de goedheid van zijn aanbod teniet en wierp een ongunstig licht op zijn blijdschap om hun verbeterde relatie. Hoorde goedheid geen doel in zichzelf te zijn? Hij vroeg zich af of handelen niet pas onverdeeld goed kon worden bevonden als er geen eigenbelang mee werd gediend en wat voor genoegen dan ook opleverde.

De ouderlijke digitale wekker, waarvan hij wist dat die twee minuten achterliep, wees 18.45 uur – zijn moeder was nu zo buitensporig laat dat het geen zin meer had om op haar komst te anticiperen. Dit bracht hem een goede daad voor ogen die gegarandeerd verstoken zou blijven van enigerlei genoegen: zonder zijn moeder naar de Haefles gaan. Hieraan kleefde nog slechts een vaag zweem van eigenbelang, door het krediet dat het hem zou opleveren als hij ervoor zorgde dat de familie Hildebrandt niet op dat feestje ontbrak. Het zou een te schamel krediet zijn om in stelling te brengen als zijn drugsverkoop aan het licht kwam, en in dat opzicht kon het dus geen afbreuk aan zijn goedheid doen.

Hij krabbelde een korte boodschap voor zijn moeder op het aantekenblok naast de telefoon en ging Judson halen. 'Tijd voor een wandeling door de sneeuw.'

'Ik dacht dat we op papa en mama zouden wachten.'

'Nee, bink, wij gaan samen. Wij zijn de Hildebrandts vanavond.'

Een van de kleine raadsels van het leven der volwassenen was dat zijn ouders latex overschoenen 'rubbers' noemden. Zelfs Becky, dat toonbeeld van zuiverheid, kon het nooit laten te gniffelen als dat woord viel. Het leed geen twijfel dat hun ouders ook de andere betekenis van het woord kenden, maar dat weerhield ze niet van het gebruik ervan, met een verwarrend gebrek aan verlegenheid: 'Vergeet je rubbers niet.' Judsons rubbers hadden de onschuld van zijn jonge jaren, maar Perry schaamde zich voor de zijne. Ansel Roder en zijn gefortuneerde vrienden droegen dure bergschoenen als er sneeuw lag.

Het kwam nog steeds met bakken uit de lucht toen Judson en hij zich naar buiten waagden in hun rubbers. Judson holde voor hem uit en schopte door de sneeuwhopen, te opgewonden door het winterweer om nog te kniezen over het afgebroken Stratego-spelletje. Perry zag hem uitglijden en in één beweging overeind springen, en betreurde het dat vallen voor hemzelf niet langer pijnloos was. Hij wist niet eens meer hoe het was om de grond zo dichtbij te hebben dat er geen dreiging van uitging. Waarom had hij zo'n haast gemaakt met opgroeien? Het was alsof hij nooit de geneugten van de kindertijd had geproefd. Hij zag zijn broertje dartelen en bespeurde een nieuwe neerwaartse ruk aan zijn stemming, sterker dan die welke hij bij het winkelen had gevoeld, maar toch minder pijnlijk omdat de gemoedstoestand vergezeld ging van een gevoel van zielsverhuizing. Het mocht dan duidelijker zijn dan ooit dat er een onverbeterlijke slechtheid in hem huisde, maar zijn ziel was door broederliefde verbonden met die van Judson, en daardoor in mystieke zin uitwisselbaar. En Judson was een gezegend kind, geboren op een zondag, en zou dus altijd oké zijn, ongeacht Perry's toestand.

Op de hoge stoep van de Patriciërspastorie van de Haefles, tussen coniferen met onder sneeuw bedekte kerstlichtjes, hurkte hij neer om Judsons parka af te kloppen en hem te helpen met de vastgevroren gespen van zijn rubbers.

'Ik snap nog steeds niet wat we hier met z'n tweeën moeten.'

'Omdat papa vastzit in de stad en mama ongeoorloofd afwezig is.'

'Onge-wát?'

Perry belde aan. 'Dat is een term uit het leger, dat je er niet bent zonder daar toestemming voor te hebben. Pap vond het belangrijk dat de familie hier vertegenwoordigd was, en jij en ik zijn de enigen die nog van de familie over zijn.'

De deur werd geopend door een groot witharig kerstkonijn, mevrouw Haefle, in een rood schort met geborduurde hulstblaadjes. Perry legde kort en bondig uit wat Judson en hij kwamen doen, maar mevrouw Haefle leek traag van begrip. 'Weten jullie ouders dat je hier bent?'

'Die zijn dus allebei verhinderd. Ik heb een briefje voor ze achtergelaten.'

Ze keek over haar schouder. 'Dwight?'

Dominee Haefle verscheen in de deuropening. 'Perry! Judson! Wat een leuke verrassing!'

Hij nam hen mee naar binnen en hing hun jassen op. Door de goede huisisolatie die een hoofdpredikant zich kon veroorloven, was het huis warm en een beetje broeierig. Geestelijken en hun vrouwen vulden de woonkamer en leken zich, in overeenstemming met de obscure gedragsregels van de volwassenheid, uitstekend te vermaken. Dominee Haefle ging de twee Hildebrandts voor naar een eetkamer met de bijtende geur van blikken met brandpasta, waarop een koperen pan met Zweedse gehaktballetjes warm werd gehouden, evenals een schaal aardappelen in room- en uiensaus en een ketel met iets alcoholisch waarin rozijnen en witte amandelen ronddreven. Door de openstaande keukendeur zag Perry wijnkruiken en een fles wodka op het aanrecht staan.

'Pak een bord en schep op, jongens,' zei dominee Haefle. 'Doris is van Zweedse afkomst en een kei in gehaktballetjes. Vergeet de jus niet. Die aardappelen zijn een gerecht dat wij Jannsons Verleiding noemen. Geen kerst zonder een flinke portie room.'

Judson, die onderhand moest rammelen van de honger, wachtte beleefd met toetasten.

'Schep maar lekker op, hoor. We kunnen hier best wat jeugdige eetlust gebruiken. Als jullie wat gezelschap van je eigen leeftijd willen, zijn onze kleindochters in de kelder.'

Denkend aan de lamentabele kelder van de Proletenpastorie, zag Perry die kleindochters gehuld in lompen en vastgeketend aan de muur voor zich. *Die stoppen we in de kelder…*

'En wat mag dit zijn?' vroeg hij met een knikje naar de ketel.

'Dat is een Scandinavische kerstdrank voor volwassenen, die we *gløgg* noemen.'

Toen hij achterbleef met Judson, die zijn aangeboren matigheid volgde met drie balletjes, een lepel aardappelen, wat rauwe worteltjes en broccolistronkjes, waarna hij naar een drietrapsetagère met zelfgebakken koekjes liep en twee muf ogende bollen met poedersuiker pakte, onderging Perry de indrukwekkende geurigheid van de alcoholdamp die uit de ketel opsteeg. Alsof hij zijn neus in een fles ontsmettingsmiddel stak. Het deed hem een onduidelijkheid in zijn voornemen ontdekken: moest hij nu ook alcohol afzweren? Misschien was een enkele kop gløgg, op een lege maag om de impact te maximaliseren, toelaatbaar op een avond waarop hem geen andere wegen openstonden om het gestage inzakken van zijn stemming een halt toe te roepen. Met onvaste hand, een beetje morsend, lepelde hij wat van de wijnrode substantie in een porseleinen kopje en hij keek spiedend om zich heen. Niemand had het in de gaten.

Hij ontkwam naar de gang en slurpte iets op van wat met voorsprong het lekkerste brouwsel was dat hij ooit had geproefd. Kruidnagelig en kanelig, met een hoog wodkagehalte. De zuurheid van de wijn was weggewerkt met suiker. Zijn gezicht werd meteen warm.

'Waar moet ik nu heen?' vroeg Judson met zijn bord en een vork.

Aan het einde van de gang vonden ze een trap die afdaalde naar een weelderige ontspanningsruimte. Dikke vloerbedekking, fraai betimmerd, met een pooltafel als pronkstuk. Op de vloerbedekking, voor een lege maar imposante open haard, zaten twee meisjes in een leeftijd tussen die van Perry en Judson in yahtzee te spelen. Perry werd als jongetje altijd door verlegenheid overweldigd als hij met onbekende meisjes moest spelen, en hij was onder de indruk van het gemak waarmee Judson een plekje bij de kleindochters zocht en zich voorstelde. Zijn broertje was werkelijk een gezegend kind, levend in de terechte veronderstelling dat vreemden hem aardig zouden vinden. Of misschien was de aantrekkingskracht van yahtzee zo groot dat alle verlegenheid erdoor vervloog.

Zonder zich te herinneren nog een slokje te hebben genomen, constateerde Perry dat zijn kopje leeg was. Hij viste met zijn tong twee doorweekte rozijnen van de bodem en perste er met zijn tanden de verrukkelijke vloeistof uit. Een streepje kruidig schuim markeerde het peil dat de gløgg had gehad. Dat mocht niet worden aangemerkt als het ene kopje waarop de ad-hocaanvulling op zijn voornemen hem recht gaf, dus liep hij de trap weer op voor een hervulling. Zijn gezicht gloeide nu volop, maar hij merkte nog niets van een roes.

Bij de tafel in kwestie stonden twee mannen met slobbertruien en geestelijk zwarte broeken koekjes uit te zoeken. Perry ging naast hen staan en wachtte tot ze vertrokken, maar voor hij zijn kopje weer kon vullen, was daar opeens mevrouw Haefle.

'Heb je al gehaktballetjes genomen?'

Hij zette het kopje tegen zijn heup, buiten haar zicht, en leende een begrip van haar man. 'Ik werk nog aan mijn jeugdige eetlust,' zei hij.

Zonder er nog een woord aan vuil te maken begon mevrouw Haefle een bord voor hem vol te scheppen, alsof hij een onmondige peuter was, of een hond. Ze was gezet, konijnerig van gezicht en bemoeiziek. Geen reclame voor haar Zweedse afkomst. Ze reikte hem genoeg balletjes en Verleiding aan om een roes bij voorbaat te smoren, en hij had geen andere keus dan het bord aan te nemen. Ze legde haar bemoeizieke hand op zijn schouder en voerde hem bij de tafel en de dampende ketel vandaan. 'De andere tieners zitten in de serre,' zei ze.

Toen hij wegliep, voelde hij dat ze hem op de voet volgde om zich ervan te vergewissen dat hij aan haar bemoeizucht gehoorzaamde. Die andere tieners interesseerden hem net zomin als de serre waarin ze zaten en hij wurmde zich door de drukte naar een boekenkast, zette zijn bord op een bijzettafeltje, trok een willekeurig boek van een plank en deed alsof hij zich er meteen in verloor. Mevrouw Haefle was daarmee buiten gevecht gesteld, maar ze bleef hem van een afstandje in de gaten houden. Haar oplettendheid deed hem denken aan bepaalde leraren van Lifton Central die geen ander genoegen hadden gekend dan een sadistisch verbod op het genoegen van jonge mensen.

De deurbel ging, mevrouw Haefle moest opendoen en Perry flitste terug naar de eetkamer. Er stonden nu twee witgrijze dames bij de koekjes, maar die kende hij niet en hij vulde zijn kopje onbeschroomd tot de rand met dampende gløgg. Bij het horen van de stem van mevrouw Haefle, kennelijk alweer terug uit de gardrobe, ontsnapte hij via de keuken naar de keldertrap en ging op de bovenste tree zitten. Van beneden kwam het gerammel van dobbelstenen in de yahtzeebeker, en het klaterende gepraat van Judson, die het zo te horen bijzonder naar zijn zin had.

Het kopje was wederom in een oogwenk leeg, en zoals bij alle keren dat hij in zijn leven een verboden substantie had geproefd, was zijn dorst naar meer gløgg onbeperkt en van een absurde intensiteit. Hij bedacht dat op het aanrecht die fles wodka stond. En aangezien zijn definitie van 'één kopje' al compleet aan gort lag, sloop hij erheen, schonk zich diverse vingers wodka in en sloeg die in één keer achterover. Hij zette het kopje in de gootsteen.

De roes diende zich nu in volle weldadigheid aan, zijn stemming verbeterde merkbaar en zijn voornemen leek geschonden maar nog niet helemaal gebroken. Hij besloot te testen hoe goed hij tegen drank kon door in gesprek te gaan met de geestelijkheid in de woonkamer. Naast het verwaarloosde haardvuur stonden twee mannen, een lange en een kleine, naast elkaar alsof ze eigenlijk waren uitgepraat maar elkaar nog niet voor het hoofd wilden stoten door een andere gespreksgenoot te zoeken. Perry stelde zichzelf voor.

De lange man droeg een rode coltrui onder een mohair colbert. 'Ik ben Adam Walsh van Trinity Lutheran. Dit is rabbi Meyer van de Beth-El-synagoge.'

De rabbi, die alleen nog wat haar achter zijn oren had, schudde Perry de hand. 'Vrolijk Chanoeka.'

Voor het geval dat dit een grapje was, dwong Perry zich tot een iets te harde lach. Vanuit zijn ooghoek zag hij dat mevrouw Haefle hem achterdochtig gadesloeg.

'Is je vader hier ook?' vroeg dominee Walsh.

'Nee, die heeft pastoraal werk gedaan in de stad en is vast komen te zitten in de sneeuw.'

Hierop volgde een gesprek over sneeuw. Perry had nog niet de fascinatie voor weertypen die elke volwassene scheen te hebben. Na zijn betekenisloze mening dat de sneeuw al meer dan een handbreed diep was besloot hij het gesprek te verleggen naar het onderwerp van goedheid in relatie tot intelligentie. Hij was om onzelfzuchtige redenen naar de receptie gekomen, maar kreeg nu door dat hij naast een gratis roes ook gratis advies van twee min of meer deskundige vakmensen kon krijgen.

'Wat ik denk ik wil vragen,' zei hij, 'is of goedheid ooit een doel in zichzelf kan zijn of altijd, al dan niet bewust, in het teken staat van een zeker eigenbelang.'

Dominee Walsh en de rabbi wisselden een blik waarin Perry een aangename verbazing bespeurde. Het schonk voldoening dat hij hun verwachtingen van een jongen van vijftien had overtroffen.

'Tja, Adam zal die vraag misschien anders beantwoorden,' zei de rabbi, 'maar in het joodse geloof is er eigenlijk maar één criterium voor goedheid: ben je God toegewijd en gehoorzaam aan Zijn geboden?'

'Dat lijkt te veronderstellen,' zei Perry, 'dat goedheid en God in wezen synoniem zijn.'

'Dat is inderdaad het idee,' zei de rabbi. 'In Bijbelse tijden, toen God zich nog directer manifesteerde, kon Hij nogal hardvochtig overkomen: mensen met blindheid slaan om vrijwel niets, Abraham opdragen zijn zoon te doden. Maar de essentie van het joodse geloof is dat God doet wat Hij doet, en dat wij Hem gehoorzamen.'

'Dus met andere woorden: het doet er niet toe wat voor verborgen gedachten de rechtschapen mens heeft, zolang hij Gods geboden maar naar de letter opvolgt?'

'En Hem aanbidt, ja. Nu kan er in algemene zin natuurlijk gezegd worden dat iemand rechtschapen mag heten zonder een *Mensch* te zijn. Ik neem aan dat jij het ook zo ziet, Adam: de vrome man die iedereen rondom hem in ellende dompelt. Misschien is dat meer waar onze Perry het over hebt.'

'Mijn vraag is eigenlijk,' zei Perry, 'of we ooit aan ons egoïsme kunnen ontkomen. Zelfs als je God erbij haalt en Hem de maat van alle goedheid maakt, zal degene die Hem aanbidt ook altijd wel iets voor zichzelf willen. Dan put hij voldoening uit het gevoel dat hij rechtschapen is, het eeuwige leven zal krijgen en zo meer, maar als je eerlijk bent en er goed over nadenkt, zie je dat er ook altijd wel een vorm van zelfzuchtigheid in het spel is.'

De rabbi glimlachte. 'Ja, als je het zo stelt, valt er misschien niet aan te ontkomen. Maar wij "halen God erbij", zoals jij het uitdrukt, al zal een gelovige vinden dat God óns erbij haalt, om een morele orde te scheppen waarbinnen jouw vraag irrelevant wordt. Als gehoorzaamheid het leidende beginsel is, hoeven we geen punt te maken van elk geheim verlangetje dat we misschien ook nog hebben.'

'Toch denk ik dat Perry's vraag meer behelst,' zei dominee Walsh. 'Ik denk dat hij op de zondigheid wijst, die onze natuurlijke toestand is. In het christelijke geloof is maar één mens ooit de volmaakte belichaming van goedheid geweest, en dat was Gods Zoon. De rest van ons kan alleen maar op een glimpje hopen van wat het wil zeggen om waarlijk goed te zijn. Als we een daad van erbarmen plegen, of een vijand vergeven, voelen we de goedheid van Christus in ons hart. We hebben allemaal een aangeboren vermogen om ware goedheid te herkennen, maar we zijn ook door en door zondig, en die twee kampen bevechten elkaar altijd in ons.'

'Precies,' zei Perry. 'Hoe weet ik nou of ik goed ben of alleen maar een zondig oogmerk nastreef?'

'Ik zou zeggen dat je het antwoord kunt horen als je goed je hart beluistert. Alleen je hart kan je zeggen wat je ware motief is, of je er deel mee hebt aan Christus. Ik denk dat mijn positie vergelijkbaar is met die van de rabbi. De reden waarom mensen het geloof nodig hebben, in ons geval het geloof in Jezus Christus, is dat het ons een onwankelbare basis biedt om ons handelen te beoordelen. Alleen door geloof in de volmaaktheid van onze Verlosser, alleen als we ons handelen afmeten aan Zijn voorbeeld en ons openstellen voor zijn aanwezigheid in ons hart, kunnen we op vergeving hopen voor zelfzuchtige gedachten. Alleen geloof in Christus kan ons vrijmaken. Zonder Hem dobberen we rond op een zee van argwaan jegens onze eigen beweegredenen.'

Perry was ingenomen met zijn vermogen om op niveau te kunnen praten met mannen van driemaal zijn leeftijd, was voldaan over zijn inschatting van de hoeveelheid drank die hij op kon, genoot van de onbelemmerde woordenstroom die zonder te lallen over zijn lippen kwam. Maar mevrouw Haefle kwam op hen toe en leek van zins zijn plezier met de grond gelijk te maken. Hij draaide haar demonstratief zijn rug toe.

'Ik begrijp wat u zegt,' zei hij tegen dominee Walsh. 'Maar wat als iemand niet in staat is te geloven?'

'Niet iedereen vindt het geloof zonder slag of stoot. Geloven is zelden een eenvoudige opgave. Maar als je ooit iets goeds hebt gedaan en die bijzondere gloed in je hart hebt gevoeld, was dat een vingerwijzing van God. Hij houdt je op zulke momenten voor dat Christus ook in jou leeft, en dat je de vrijheid en de kracht hebt om in een relatie tot Hem te treden. "Zoekt en gij zult vinden."'

'Voor joden geldt min of meer hetzelfde,' zei de rabbi, 'al benadrukken wij het gegeven dat je jood bent of je dat nu waarderen kunt of niet. Voor ons is het eerder God die jou opspoort dan jij die Hem vindt.'

'Ik geloof niet dat onze posities wezenlijk verschillen op dit punt,' zei dominee Walsh plechtig.

Perry probeerde de voelbaarheid van mevrouw Haefle in zijn rug te negeren.

'Maar oké,' zei hij, 'wat als ik de gloed ervaar waarover u het hebt, maar die voert me niet naar God? Wat als het gewoon emoties zijn zoals elk bezield wezen ze heeft? Als ik nooit God vind, of Hij vindt mij niet, moet ik dan uit uw woorden opmaken dat ik gedoemd ben?'

'Strikt genomen is dat de doctrine,' zei dominee Walsh. 'Maar je bent nog erg jong en het leven is lang. Er wacht je een schier onuitputtelijke reeks momenten waarop je Gods genade zou kunnen ontvangen. En meer dan een enkel moment is niet nodig.'

'En in de tussentijd,' zei de rabbi, 'denk ik dat je ermee kunt volstaan een Mensch te zijn.'

'Perry?' zei mevrouw Haefle, die zich nu tussen hen in drong. 'Ik wil je even voorstellen aan de zoon van dominee Walsh, Ricky. Die is derdejaars aan Lyons Township.'

Het klonk stroperig, maar Perry's irritatie was heviger dan ieder gevoel van goedheid dat ooit over hem was gekomen. 'Pardon?'

'De jongelui zitten in de serre.'

'Dat weet ik, ja. Maar wij zijn hier in gesprek, was dat niet duidelijk?'

Hij ging er weliswaar niet door lallen, maar de gløgg maakte hem wel érg vrij.

'Ik denk dat we de saillante punten wel besproken hebben,' zei dominee Walsh. 'Iemand zin in koekjes?'

Perry richtte zich tot de rabbi. 'Verveelde ik u? Vond u mijn vragen kinderlijk? Is het beter als ik me laat afvoeren naar de serre?'

'Integendeel,' zei de rabbi. 'Dit zijn belangrijke vragen.'

Perry draaide zich triomfantelijk naar mevrouw Haefle, wier stroperigheid ondertussen was omgeslagen in openlijke vijandigheid. 'Gløgg is niet voor kinderen,' zei ze.

'Wat?'

'Ik zei dat gløgg niet voor kinderen is.'

'Het is me een raadsel waar u het over heeft.'

'Ik denk dat je dat heel goed weet.'

'En ik denk dat u zich met uw eigen zaken moet bemoeien.' De vrijmaking door de gløgg begon spectaculaire vormen aan te nemen. 'Echt hoor, heeft u niets beters te doen dan de hele tijd achter me aan te sluipen?'

Met het harder worden van zijn stem werd het in de kamer stiller.

'Wat is hier aan de hand?' Dominee Haefle kwam er nu ook bij staan.

'Niets,' zei Perry. 'Ik had een interessant gesprek met dominee Walsh en rabbi Meyer toen uw vrouw ons kwam storen.'

Mevrouw Haefle fluisterde haar man iets in het oor. Hij knikte somber.

'Goed, Perry,' zei hij. 'Het was fijn dat je er was, maar...'

'Maar wat? Moet ik weg? Ik ben niet de enige die zich hier ongepast gedraagt, hoor.'

Dominee Haefle legde een zachte hand op Perry's schouder, die Perry wilder afschudde dan nodig was. Hij wist dat hij moest kalmeren, maar de hitte in zijn hoofd was immens.

'Dit is nou precies wat ik bedoel,' tierde hij. 'Wat ik ook doe, ik ben altijd de gebeten hond. Jullie zijn allemaal verlost, maar ik ben kennelijk gedoemd.

Denk je dat dat leuk is?' Er ontsnapte hem een snik vol zelfmedelijden. 'Ik doe mijn best!'

De woonkamer was nu volkomen stil. Door zijn tranen heen zag hij twintig paar ogen op zich gericht, van geestelijken en vrouwen van geestelijken, onder wie, bij de deur en tot zijn schaamte en schrik, die van zijn moeder.

Door straten die zo gedempt waren dat ze het minieme sissen kon horen waarmee de vlokken neerkwamen, en vervolgens over Pirsig Avenue, waar auto's met een sneeuwsluier voor de koplampen voortkropen als in een begrafenisprocessie, werkte Becky zich zo snel mogelijk vooruit in haar lange blauwe mantel. Ze was er acuut van doordrongen dat ze laat was voor een afspraak die ze een halfuur geleden nog had willen overslaan. Een dringende behoefte om Tanner weer te zien, hem een kans te geven zich te verbeteren. Deed hij dat niet, dan was het aan haar om zich met een air van onverschilligheid in het concert te storten, Tanner te laten zien dat anderen wel om haar gaven, en hem zich te laten afvragen waar hij met haar aan toe was.

Buiten de kerk stonden drie Crossroads-nieuwelingen sneeuw te ruimen met de noeste inzet van vrijwilligers. Het deed Becky goed dat ze haar alle drie bij haar naam begroetten – ze begon bij de jongerengroep eenzelfde populariteit te verwerven als die ze op school genoot. Ook kende ze de namen van de meisjes achter de geldkist in de foyer van de aula. Het concert begon pas over een halfuur, maar de aula liep al aardig vol met voormalige Crossroads-leden en andere betalende gasten. De lucht was er van rook doortrokken en ze zag de lichtjes van versterkers gloeien in de schaduw van het verhoogde podium. Actieve leden waren 'uren' voor de lentetrip aan het verdienen door met kratten frisdrank te sjouwen en tafels met toetjes en kerstbrood klaar te zetten, vervaardigd door leden die daarmee ook uren hadden verdiend.

Het bracht Becky ongewenst in herinnering dat ze ook hoognodig aan uren moest gaan werken. Ze had er nog geen en de lentetrip was al over drie maanden. Ze was niet trots op de gedachte, maar wenste dat er voor haar een uitzondering kon worden gemaakt.

Ze zag Kim Perkins en David Goya, sinds kort een stelletje, door de zaal naar haar toe komen. Met zijn wat paardachtige gezicht en rare vlashaar was

David geen jongen met wie Becky graag zou willen zoenen, maar ze kon zich voorstellen dat hij voor Kim een veilige haven was. Zijn overmatige cannabisgebruik had hem ontdaan van ieder zweempje gevaar.

'Zo, de gekken hebben het gesticht overgenomen,' zei hij.

'Ja,' zei Becky. 'Zou er hier íemand boven de drieëntwintig zijn?'

'Ambrose houdt zich schuil in zijn kamer, en voor het overige staan we niet onder toezicht.'

'Over toezicht en zo gesproken,' zei Kim, en ze schraapte haar keel om iets belangrijks te gaan zeggen. Kim was de laatste tijd wat pondjes aangekomen, alsof ze qua aantrekkelijkheid naar Davids niveau probeerde af te zakken. Ze had geen spoor van make-up op en droeg een ribfluwelen overall.

'Ja, misschien kun jij ons helpen,' zei David. 'We zijn het niet helemaal met elkaar eens. Kim vindt dit concert een openbaar evenement, geen activiteit van Crossroads. Ik vind het duidelijk iets van Crossroads. Kijk alleen maar naar de affiches. Jij bent hier neutraal in, dus misschien kun jij zeggen met wie je het eens bent.'

'Sorry,' zei Becky. 'Neutraal in wat?'

'Het gaat om de tweede regel: geen drank of drugs bij Crossroads-activiteiten.'

'O.'

'Dat had ik misschien niet moeten zeggen. Hoop niet dat het je antwoord beïnvloedt.'

'Ik weet niet of je die geur buiten hebt geroken,' zei Kim, 'maar de oudleden staan als gekken te blowen op het parkeerterrein alsof het een gewoon concert is. En daarom is het dat ook, vind ik.'

'Maar het is een evenement dat uitgaat van de kerk,' zei David. 'Om fondsen te werven voor de groep, dus dat is mijn punt.'

'Goh, jongens.' Het verheugde Becky dat ze haar als arbiter wilden. 'Ik denk dat ik het eigenlijk wel met David eens ben.'

'Ach, kom op,' zei Kim. 'Het is vrijdagavond!'

'Donderdagavond,' zei David.

'Tja, ik geef gewoon mijn mening maar,' zei Becky.

'Oké, maar nu nog een vraag,' zei Kim. 'Wat als wij nu eerder op de dag ook een beetje hadden geblowd om in de stemming te komen? Niet hier dus, hè. En we zijn er nog maar een heel klein beetje high van. Is dát tegen de regels?'

'Hellend vlak, pas op,' zei David.

'Laat Becky nou gewoon antwoord geven.'

‘Hangt ervan af,’ zei Becky peinzend, ‘wat de precieze bedoeling van die regels is.’

‘De bedoeling van de regels,’ zei David, ‘is dat er geen ouders over Crossroads gaan zeiken.’

‘Dat lijkt me onzin,’ zei Kim. ‘Ze denken volgens mij dat de verbondenheid van de groep eronder lijdt als sommige leden high zijn.’

‘Maar waarom dan ook seks verbieden? Regel nummer één. Dit gaat echt over de reputatie van de groep als geheel, hoor.’

‘Net als met drugs, denk ik. Seks heeft een verstorend effect op de relatie waaraan we op onze bijeenkomsten werken. Veel te intens voor dat doel.’

‘Hm.’

‘Het zou best twee doelen kunnen dienen,’ zei Becky.

‘Mijn punt is dat we vanavond geen activiteiten doen als op een bijeenkomst,’ zei Kim. ‘We proberen niet nader tot elkaar te komen en zo. We luisteren gewoon naar muziek. Als we onderweg hierheen nou gewoon een jointje hebben gerookt, en niet op het grondgebied van de kerk, wat maakt dat dan uit?’

David gebaarde naar Becky. ‘Nou, zeg het maar. Eens of oneens?’

Becky glimlachte.

‘Ik begin eigenlijk wel wat in Kims standpunt te zien,’ zei David.

Nog steeds glimlachend keek Becky de zaal rond. Te midden van een groep ex-leden zag ze de rug van een welbekend suède jack. En het was echt Tanners jack, want de Natural Woman had haar arm om hem heen geslagen en drukte haar wilde bos haar tegen hem aan, in een bezitterige houding. De glimlach viel van Becky’s gezicht.

‘Jullie moeten maar gewoon doen wat je wilt,’ zei ze.

‘Permissie van Hildebrandt!’ jubelde Kim.

‘Zonder verdenking van eigenbelang,’ zei David. ‘Dat heb ik toch goed, hè?’

Tanner sloeg zijn met franjes gegarneerde arm nu ook om de Natural Woman, en Becky zag in dat het een domme fout was geweest om naar het concert te komen. Ze vond Kim en David best aardig, maar ze waren geen intieme vrienden. Dat was niemand bij Crossroads. Het beste wat ze Tanner zou kunnen voortoveren was een oppervlakkige populariteit. Bang als ze was voor een terugkeer van haar tranen, vroeg ze zich af of het niet maar het beste was om ertussenuit te knijpen. Maar Kim en David stonden verwachtingsvol op antwoord te wachten.

‘Wat?’ zei ze.

'Nou, ik vroeg me dus af,' zei David, 'of je zin hebt om mee te doen.'

Ze begreep zijn schroom. Ze maakten zich zorgen om Regel Drie: het was tegen de regels om niets te zeggen als je iets zag wat tegen de regels was.

'Vertrouwen jullie me soms niet?'

'Tuurlijk wel,' zei Kim. 'En het is niet aan de orde, want we doen niks verkeerds.'

'Ja, het is gewoon een vriendschappelijk aanbod,' zei David.

Clem had Becky jaren geleden bang gemaakt voor marihuana, door te zeggen dat het menselijk brein een veel te kwetsbaar mechanisme was om met chemische middelen te bestoken, en ze had er daarna nooit veel belangstelling voor gehad. Maar ze kreeg nu het gevoel, al zag ze intussen andere bekende gezichten, dat ze voor de keuze stond om óf naar huis te gaan óf zich bij haar nieuwe vrienden aan te sluiten. Was veiligheid niet ook vaak funest? Had ze zich juist niet bij Crossroads aangesloten om minder angstig te worden? Risico's te leren nemen? Het kon nauwelijks erger zijn dan hier staan kijken hoe Laura Dobrinsky Tanner bepotelde. Haar twee nieuwe vrienden boden haar tenminste aansluiting.

'Nee, zeker,' zei ze tegen David. 'Of ja, bedoel ik, dank je, leuk.'

Dat ze ja zei was voor haar belangrijker dan voor David. Hij draaide zich om en liep Kim achterna, die al op weg was naar de nooduitgang bij het podium. In reactie op een of ander onzichtbaar signaal maakten twee andere meisjes, Darra Jernigan en Carol Pinella, zich uit de drukte los en volgden haar ook. Toen Becky hen met David had ingehaald, voelde haar brein al anders, door al het bloed dat naar haar hoofd steeg.

Achter de nooduitgang, bij een trapgat dat naar de kerkzolder voerde, was een tweede deur, die zich maar moeizaam liet openduwen tegen de sneeuw. Daarbuiten was een nauw gangetje, met geen ander licht dan van de avondhemel van Chicago en omstreken, langs een walmuur die de grens van het grondgebied van de kerk markeerde. De regels indachtig klauterde iedereen omhoog naar het door sneeuw bedekte gras boven de muur. Becky bleef dicht bij David in de buurt – dat hij een goede vriend van Perry was, gaf een veilig gevoel.

'Voor de goede orde,' zei Kim tegen de andere meisjes, 'Hildebrandt zegt dat het mag.'

Becky grinnikte met een stem die ze niet herkende. 'Welja, geef mij maar de schuld van alles.'

'Dat ze erbij is, spreekt voor zich,' zei David. Uit een blikken doosje haalde hij het kleinste jointje dat Becky ooit gezien had, en Kim hield er haar Bic-aansteker bij. De weedgeur had iets herfstachtigs. David bood het jointje als eerste aan Becky aan.

'Sorry,' zei ze, 'maar hoe doe ik dit?'

'Langzaam en diep inademen en dan binnenhouden,' zei Kim behulpzaam.

Becky nam een trekje, hoestte en nam een diepere trek. Het was alsof ze een brandend zwaard had ingeslikt. Rook was levensgevaarlijk, mensen stierven als ze rook binnenkregen, en ze vroeg zich af of deze gedachte normaal was of een eerste teken dat ze high werd, om zich vervolgens af te vragen of die vraag een teken was dat ze high werd. Maar ze hield de rook met tranende ogen binnen, terwijl David zijn eerste trekje alweer uitblies. Toen Kim, Darra en Carol waren geweest, keerde het jointje weer terug bij David, die het Becky aanreikte.

'Ehm.' Haar keel voelde branderig. 'Is dat oké?'

'Ik heb nog meer.'

Ze knikte en zoog haar longen weer vol. Ze rookte! Marihuana! De drug, of misschien was het de opwinding van het gebruik ervan, prikkelde dezelfde zenuwen die door het zoenen met Tanner in vuur en vlam waren gezet. Wat veranderde er veel tegelijk. Ze werd aan sensaties blootgesteld die ze nauwelijks voor mogelijk had gehouden.

Toen David haar bij een arm pakte, begreep ze dat ze bezig was flauw te vallen door het lange inhouden van haar adem. Ze blies de rook uit en nam een dankbare teug winteravondlucht. Het gangetje onder haar was niet duister meer maar volop verlicht door de witheid van de sneeuw en de hemel, alsof de duisternis onderdeel had gevormd van haar beginnende flauwte. Ze had een oktoberige smaak in haar mond. De hitte van haar gezicht en achter haar ogen was dik als gesmolten karamel. Ze voelde zich afgeschermd door dat zware, hete gevoel, volkomen los van de andere overtreders die deskundige trekjes namen van het nu snel verdwijnende jointje. Maar daar was het toch weer.

En weer het buitenaardse gegrinnik dat uit haarzelf kwam.

'Ach, welja,' zei ze. 'Waarom niet.'

Haar derde haal deed minder pijn, wat alleen maar kon betekenen dat ze nu echt high werd. Het gesmoltenkaramelgevoel leek weg te trekken, aan de bovenkant uit haar hoofd te stromen, te vervliegen door haar poriën. Ze voelde zich een ogenblik lang volkomen helder, volstrekt aanwezig in dit winterwonderland, veilig met haar vrienden. Ze was benieuwd naar wat er nu ging gebeuren.

Achter de nooduitgang, rechts onder haar, klonk geschreeuw en een bonk. De deur vloog open en bleef steken in de sneeuw, en daar stond Sally Perkins.

'Aha!' riep ze.

Een harige massa achter haar nam de gedaante aan van Laura Dobrinsky. Becky kreeg een daverende hoestbui.

'Jezus christus, Kim,' zei Sally toen ze zich omhoog had gewerkt op de walmuur, 'delen we niet meer?' Ze stak Laura een hand toe en hees haar omhoog.

'Ik zag je niet,' zei Kim.

'Jaja.'

Het leed geen twijfel dat Becky nu high was. Het was alsof ze naast zichzelf stond, waarbij ze zich afvroeg welke ruimte ze nu eigenlijk innam. Ze deed een stapje achteruit, weg van Laura. Haar voet zakte in een kuiltje en ze viel achterover in een besneeuwde heg. De heg ving haar op en hield haar min of meer overeind.

David had zijn blikje alweer gepakt. 'Die scherpe reukzin van jou en Sally,' zei hij tegen Laura Dobrinsky. 'Jullie kunnen bij de politie gaan werken.'

'Welnee,' zei Laura. 'Ik ruik het alleen als het topspul is.'

'Nou, dan heb je pech vandaag.'

Hij stak een tweede joint op en gaf die aan haar.

'Jezus,' zei Sally. 'Is dat Becky Hildebrandt?'

'In eigen persoon,' zei David.

'Is er dan niets meer heilig?'

Laura blies rook uit, draaide zich naar Becky en doorboorde haar met een vreesaanjagende blik.

'Becky is net haar vader,' zei ze. 'Nooit weten wanneer je ongewenst bent.'

Becky maakte zich los uit de heg en klopte de sneeuw van haar mantel. Het leek cruciaal om alles er tot het laatste vlokje af te slaan en een nette indruk te maken. En een tel later leek dat er totaal niet toe te doen.

'Hé, Sally,' zei ze. 'Hé, Laura.'

Laura schudde haar manen en keerde zich af. Niemand keek nog naar Becky, maar zij voelde zich gadegeslagen door de hele wereld. Alsof ze iets verkeerds had gezegd en in de tussenliggende tijd ergens anders was geweest. Ze wist alleen niet waar, en wat ze er gedaan had. Het enige wat ze wist was dat ze de wet had overtreden, haar brein had vergiftigd, haar *allure* had verpest. Ze wilde wegrennen en alleen zijn. Maar als ze dat deed, zouden de anderen weten dat zij het minder naar haar zin had dan zij, en dat was erger dan blijven. Ze moest het hoofd koel houden, maar er was geen vleugje koelheid in haar te bekennen. Ze vond het niks om high te zijn. High worden was zelfs het ergste wat ze zichzelf ooit had aangedaan. Ze wenste dat ze het ongedaan kon maken, maar voelde dat ze alleen maar higher werd. Haar gedachten lagen voor haar geestesoog als hapjes op een draaiplateau. Ze vervlogen niet zoals gedachten hoorden te doen. Ze lagen daar rond te draaien, klaar om nogmaals geproefd te worden. Waarom had ze die derde haal genomen? Waarom in vredesnaam de eerste? Iets boosaardigs in haar, iets wat ze altijd in zichzelf had bespeurd maar met opzet had genegeerd, iets ijdels, hebzuchtigs en wellustigs, verworteld in een onderliggende zelfhaat, had haar in bezit genomen en tot heilloze keuzes gedwongen.

Maar toen, uit het niets, een tweede moment van helderheid. Ze zag zichzelf als een van zeven jonge mensen die net buiten de grens van de First Reformed stonden. Carol Pinella, Darra Jernigan en Kim Perkins stonden onbedaarlijk te giechelen. David Goya en Laura Dobrinsky discussieerden over verschillenden kwaliteitsklassen weed. Sally Perkins, onbetwist het mooiste meisje van haar afstudeerjaar, drie jaar verder dan Becky, stond haar onderzoekend op te nemen.

'Jij was het,' zei Sally.

'Wat?'

'Gisteravond, in Tanners busje. Dat was jij.'

Becky probeerde te antwoorden, maar er kwam alleen een schuldige grijns die door haar hele lichaam leek te trekken. Kim, Carol en Darra giechelden er nog op los, maar Laura had Tanners naam opgevangen en kwam erbij staan.

'Ik zag Tanner gisteravond bij de Grove,' zei Sally tegen haar. 'Er zat iemand naast hem met een deken over zich heen, heel angstig. En weet je wie dat was?'

'Becky werkt in de Grove,' zei David sussend.

'Jij was het,' zei Sally.

'Denk het niet, hoor,' kwaakte Becky, in lichterlaaie van de schuld.

'Ik weet het zeker. Jij zat je daar voor me te verstoppen.'

Er volgde een woordeloos moment. Het giechelen was gestopt.

'En, denk je dat ik hiervan opkijk?' zei Laura toonloos.

Becky's blik zat vastgeplakt aan de stenen zijwand van de kerk. Alles wat zojuist gezegd was, haar eigen 'denk het niet' incluis, bleef in haar hoofd gevangenzitten en vormde een draaikolk. Ze probeerde de woorden weer in hun oorspronkelijke ordening te rangschikken, maar alles wentelde rond in een spiraal van ontzetting.

'Hé, schoonheidskoningin,' zei Laura. 'Ik vroeg je wat. Denk je dat ik hiervan opkijk?'

Het neerdalen van de sneeuwvlokken was nu het ruisen van een oceaan. Becky wist alle ogen op zich gericht, zelfs die van het huis achter de heg, de ogen van de bomen eromheen, die van de hemel. Alles wat ze nu uitbracht zou haar te gronde richten.

'Wat een kutfamilie,' mompelde Laura, en ze hopte van de walmuur.

'Hé, dat is niet aardig,' zei David.

Ze stonden met z'n zessen in de sneeuw, de tijd hield op te verstrijken. Becky werd verteerd door een ondraaglijk gevoel van blootstelling en een straf die niet kon uitblijven, maar iedere kant die ze op kon zou de verkeerde zijn. Haar brein was beschadigd, ze had de chemie ervan ontwricht, en o wat betreurde ze dat. Ze boog zich als om over te geven, maar zette in plaats daarvan haar handen op de rand van de muur en liet zich eraf rollen. Ze plofte in het gangetje neer, krabbelde overeind en haastte zich naar binnen door de nooddeur, die Laura wijd open had laten staan.

Rechts van haar bevond zich een aula vol ogen, dus holde ze de trap op naar de kerkzolder. Toen de zolderdeur achter haar dichtviel tastte ze in het donker langs de muur naar een lichtknop, vergat waar ze naar op zoek was, schrok van het vergeten (*omdat je knetterstoned bent*) en ging zachtjes jankend op de tast verder, één arm zijwaarts en de andere voor zich uit. Ze botste op iets scherps en metaligs, een muziekstandaard, maar die viel niet om. In de verte was er een glimp van blauwig licht. Toen ze zich erop wilde oriënteren, verdween het en betwijfelde ze of het er wel was geweest. Het volgende dat ze betastte was koud, glad en hol. Het was onderdeel van iets groters, boog af en eindigde in een punt. Een uitgeholde koehoorn, zo te voelen. De gewaarwording weerhield haar ervan door te gaan. Er was nu een eeuwigheid verstreken en het viel haar in dat tijd niet meetbaar was zonder licht. Dit leek haar een cruciaal inzicht en ze nam zich voor het goed te onthouden, al was ze haar greep al kwijt op de betekenis ervan. Als ze maar alleen de woorden kon onthouden, *tijd is niet meetbaar zonder licht*, dan bedacht ze later wel weer wat het betekende. Maar nu rees voor haar geestesoog het beeld op van drijfzand, een ijzingwekkende voorstelling van zand dat onder zijn eigen gewicht bezweek en draaiend in de diepte verdween: de onvastheid van het denken. Doodsbang werkte ze zich langs de holle koe, dacht even dat ze er voorbij was, maar werd er toch weer door gepakt – een van de hoorns stak in de zak van haar mantel en scheurde een naad los. Godver, godver, *godver*. Ze struikelde over een kleiner hol dier, kreeg een stofwolk binnen en viel op handen en knieën. Daar was het blauwe schijnsel weer. Het kwam onder een deur door en ze kroop ernaartoe.

Achter de deur, verlicht door een glas-in-loodraam, bevond zich een trapje dat versmald werd door stapels gezangenboeken. Ze liep de treetjes af, duwde de 'geheime' deur in de lambrisering achter de kansel open en stapte de kerkzaal in, waar haar een nieuw inzicht beving: de kerkzaal was een *heiligdom*. Een enkel lampje bescheen het koperen kruis aan de wand, en ze wist dat alle andere deuren waren afgesloten. Hé, dat wíst ze. Ze wíst iets.

Met een rilling van opluchting liep ze voor de kansel langs en schoof in de voorste kerkbank. Veilig voor nu sloot ze haar ogen en gaf zich over aan de golven van verschrikking die opwelden in het diepe duister van haar brein. Achter elke golf was er ruimte om te betreuren wat ze had gedaan en te wensen dat het ongedaan kon worden gemaakt. Maar de golven bleven komen. Ze werd erdoor uitgeput tot ze alleen nog maar kon huilen.

Laat het ophouden, alstublieft, laat het ophouden.

Ze was aan het bidden, maar er luisterde niemand. Na de zoveelste golf besloot ze het persoonlijker te maken.

Alstublieft, God, laat het ophouden.

Geen antwoord. Toen ze haar blik weer inwaarts richtte, zag ze de reden waarom.

Het spijt me, bad ze. *Ik heb spijt van wat ik heb gedaan. Het was door en door slecht en ik had het nooit mogen doen. Als U dit laat ophouden, beloof ik dat ik het nooit meer zal doen. Alstublieft, God, wilt U me helpen?*

Nog steeds geen antwoord.

God? Ik hou van U. Ik hou van U. Wees me genadig.

Ze voelde de volgende golf van boosaardigheid in haar hoofd opwellen, keek omlaag en zag onder de golf geen bodemloze duisternis maar een gouden licht. Deze golf was doorzichtig, het kwaad erin had geen substantie. Alleen het gouden licht was echt. Hoe dieper ze erin tuurde, hoe stralender het werd. Ze zag dat ze God buiten zichzelf had gezocht, niet had begrepen dat God ín haar was. God was zuivere goedheid, en die goedheid was er altijd geweest. Ze had het vanochtend vroeg gezien, in de blije stemming waarin ze was ontwaakt, en daarna nog veel intenser in de goedheid die Perry haar had getoond, en in de gloed van vergevingsgezindheid die ze zelf had gevoeld. Goedheid was het beste van alles, van het hele universum, en ze was in staat zich ernaartoe te bewegen – maar hoe slecht was ze niettemin geweest! Gemeen tegen haar moeder, hardvochtig voor Perry, afgunstig op Laura, gierig met haar erfenis, smalend tegen Clem over het geloof van anderen, verwaand, egoïstisch, God loochenend, *vreselijk*. Met een snik die eerder een stuip was, een extase, sloeg ze haar ogen op naar het kruis boven de kansel.

Christus was voor haar zonden gestorven.

Kon ze het? Kon ze de slechtheid in zichzelf verwerpen, haar ijdelheid overboord zetten, haar angst voor het oordeel van anderen, en kon ze zich verootmoedigen voor God? Het had haar altijd onmogelijk geleken, een moeizame worsteling zonder beloning. Maar nu begreep ze dat het haar dieper in het gouden licht kon brengen.

Ze holde naar het kruis, viel op haar knieën op de vloerbedekking rond de kansel, sloot haar ogen weer en vouwde haar handen.

Alstublieft, God. Alstublieft, Jezus. Ik ben een slecht mens geweest. Ik heb mezelf altijd op een voetstuk gezet, ik wilde populair zijn, en rijk, en bewonderd, en ik had zulke gemene gedachten over anderen. Mijn leven lang ben ik egoïstisch en onverschillig geweest. Ik was een stuitende zondares, en dat spijt me zo, zó *erg. Kunt U me vergeven? Als ik beloof een beter en bescheidener mens te zijn? Als ik beloof U blijmoedig te dienen? Ik zal de beroerdste klusjes doen om uren te verdienen. Ik zal liever zijn tegen mijn vijanden en opener voor mijn familie. Ik zal een schoon en zuiver leven leiden en me niets aantrekken van wat anderen van me vinden, als U me maar vergeven wilt.*

Ze hoopte op een duidelijk antwoord, Jezus die het woord nam in haar hart, maar er was niets. Het gouden licht was vervaagd. Maar ze was ook bevrijd van haar drugsroes, vredig. Ze had een glimp opgevangen van Gods licht, al was het maar heel kort, en haar gebeden waren verhoord.

De openbare bibliotheek was een bakstenen gebouw uit de jaren twintig van de vorige eeuw, met hoge ramen en een gazon met hondenbestendige heggen. Op weekavonden was het pand open tot negen uur, maar rond etenstijd was het er altijd verlaten en zat de bibliothecaresse verweesd achter haar balie in een stilte van boeken die wachtten tot iemand ze wilde. Maar nu werd het betreden, door de zelden gebruikte voordeur (de meeste gebruikers kwamen per auto en parkeerden op het achtergelegen terrein), door een verwilderd ogende vrouw die stonk naar sigaretten en natte gabardine. Haar gezicht glom en haar haar was overdekt met smeltende sneeuw. Ze schudde zichzelf uit en stampte haar voeten op de rubbermat die was neergelegd in verband met het rotweer. Dankzij de talloze uren die ze in dit gebouw had moeten wachten tot haar kinderen hun boeken hadden uitgekozen, wist ze precies waar ze heen moest. In de naslagkamer achter de uitleenbalie stond een kast met de telefoonboeken van alle grote Amerikaanse steden, plus de volledige collectie van Illinois. Welbesteed belastinggeld – ieder boek was in meer of mindere mate actueel.

Ze hurkte voor de kast neer, trok er een van de dikste boeken uit en opende het op de grond. Volgend op alle Gordons en Gowans en voorafgaand aan de veelheid van Greens was er een betrekkelijk kort rijtje Grants. Ze was bereid zich bij een teleurstelling neer te leggen, maar haar vervoering was zo intens dat het voor de hand leek te liggen dat de werkelijkheid zich ernaar voegde. En ja, hoor, naast de donkere spat gesmolten sneeuw die uit haar haar op de bladzij was gevallen, ontwaarde ze iets wat een ongekende erotiek bezat.

Grant B. 2607 Via Rivera.....................................962-3504

Er ontsnapte haar een sonore zucht, alsof er een eerste noot werd gestreken op een cello die tientallen jaren op een zolder had gestaan. Dat de vermelding in een telefoonboek zo veel lading kon hebben! Al die uren, dagen en jaren dat hij B. Grant was geweest, in een bepaald huis in een zekere straat had gewoond, bereikbaar voor iedereen die zijn dierbare nummer kende. Ze kon er niet zeker van zijn dat dit echt Bradley was, maar er was geen reden om aan te nemen van niet. Al die wekelijkse bezoeken aan deze bibliotheek, al dat slenteren langs al die planken, en ze was nooit op de gedachte gekomen om hem op te zoeken. De sleutel tot haar hart had hier al die tijd op een plank gestaan.

Ze pakte een potlood en een kaartje uit een houten bakje, schreef het adres en het nummer op en stak het kaartje bij de sigaretten in haar jaszak. In haar haast om weg te komen uit de tandartsenpraktijk, na meer dan drie uur met Sophie Serafimides, was ze vergeten haar biljet van twintig dollar te overhandigen. Dat geld was goed van pas gekomen toen ze langs de drogisterij van New Prospect kwam en zich een veel effectiever middel dan Sophie herinnerde om gewicht te verliezen en rust in haar hoofd te krijgen. Dat middel zat nu in haar jaszak en ze had de ultieme reden gevonden om het te gebruiken. In haar hoofd was ze al dertig pond kwijt en schreef ze hem een warm en opgewekt briefje, liet hem weten dat het uitstekend met haar ging, vertelde iets leuks en aansprekends over elk van haar vier kinderen, liet tussen de regels door merken dat ze al heel lang helemaal hersteld was van die inzinking, een goed en normaal leven had opgebouwd, niet langer iemand was die hij maar beter kon mijden. *En jij? Schrijf je nog altijd poëzie? Hoe gaat het met Isabelle? En met je jongens? Die zullen nu zelf wel een gezin hebben…*

Ze verliet de bibliotheek door de achteringang en stak op de door strooizout aangevreten sneeuw een sigaret op. Ze merkte opnieuw dat ze al dertig jaar naar een sigaret had gesnakt. Met haar biecht aan Sophie had ze de steen weggerold voor een grot vol emoties, waarin tot haar verbazing ook haar obsessie met Bradley Grant springlevend was gebleken. Door haar gedetailleerde beschrijving van die periode, inclusief de zonden waaraan ze zich in de nasleep ervan had schuldig gemaakt, had alles weer duidelijke vormen aangenomen en was het tot haar doorgedrongen hoe het allemaal paste bij wie ze werkelijk was. Met name haar begeerte voor Bradley bleek alleen maar sterker te zijn geworden in de dertig jaar sinds ze er niet meer aan had willen denken, sterker dan alle gevoelens voor Russ waartoe ze zichzelf in al die jaren had gedwongen. Bradley had haar geraakt in diepten die Russ nooit had kunnen en zou kunnen bereiken, want alleen met Bradley had ze haar ware, tomeloze en zondige zelf kunnen zijn. Op een koude

Mid-Westerse nacht, rook inhalerend in de sneeuw achter de bibliotheek, werd ze teruggevoerd naar het regenachtige Los Angeles. Ze was een moeder van vier kinderen met het hart van een twintigjarig meisje.

Terwijl ze Sophie het verhaal deed over de gebeurtenissen die tot de vernietiging van het ongeboren leven in haar buik hadden geleid, haar verdorven transactie met de voormalige huisbaas van Isabelle Washburn, had ze de indruk gekregen van een verwijdering tussen cliënt en dik propje. Misschien hoorde het verhaal ook wel vergezeld te gaan van diepe schuldige zuchten en het constant grijpen naar Kleenex, maar het relaas van haar ergste zonden aan een psychiater was niets vergeleken bij haar katholieke biechten van weleer. Geen schrikbeeld van God die vertoornd over haar nietige ziel oordeelde, geen schuldig medelijden met de arme Verlosser die zich had laten kruisigen voor wat zij had misdaan. Met Sophie, een seculiere, moederlijke Grieks-Amerikaanse vrouw, voelde het eerder alsof ze ondeugend was geweest. De innerlijke hendel die ze als tiener had kunnen overhalen kon nog steeds op 'uit' worden gezet. Ze had het kort en bondig gehouden, en gemerkt dat haar stemming verbeterde met alles wat ze vertelde over het roekeloze meisje dat verliefd was geworden op Bradley, terwijl Sophies uitdrukking alleen maar treuriger werd, op het vermakelijke af. De voldoening die het bood om het propje te laten zien hoe slecht ze wel niet was geweest, deed denken aan het plezier waarmee ze als tiener haar oom en beschermheer Roy Collins had getart met haar misdragingen. Toen ze besloot met de anekdote van een politieman die haar krijsend en tierend had moeten overmeesteren in de stromende regen van Los Angeles, had ze een lachje niet kunnen onderdrukken.

Misschien had dat lachje voor de bezorgde frons op het propjesgezicht gezorgd.

'Ik vind het heel erg wat je allemaal hebt moeten doormaken,' zei Sophie. 'Maar je verhaal verklaart een hoop, en ik ben meer dan ooit onder de indruk van je veerkracht. En toch begrijp ik het nog niet helemaal.'

'En we weten allebei wat dat betekent, hè?'

'Wat het betekent? Hoe bedoel je dat?'

Marion deed een karikaturale imitatie van de therapeutische frons. 'Dat je het allemaal afkeurt.'

Sophie kon er niet om lachen. 'We wisten al dat je op jonge leeftijd verleid bent door een getrouwde man. En dat je daarna een man trouwde bij wie je jezelf niet kunt zijn. En nu vertelde je me ook nog dat je gruwelijk bent misbruikt door een zedendelinquent. Hoe zou ik dat...'

'Ik wist wat ik deed,' zei Marion fier. 'In al die gevallen. Ik wist dat het verkeerd was, en ik deed het toch.'

'Sorry, maar... Wat heb jij verkeerd gedaan in het geval van Russ?'

'Tegen hem gelogen. En nu liegt hij tegen mij, dus tja.'

'Je hebt hem je leven aangeboden en hij nam het aan. En nu verveelt het hem en wil hij iets anders.'

'Ik geef toe dat ik momenteel niet erg gelukkig ben met Russ. Maar je gaat over de schreef als je hem vergelijkt met die huisbaas. Russ is een jongetje.'

'Ik vergelijk ze niet. Die huisbaas...'

'En je gaat nog veel verder over de schreef als je Bradley met hem vergelijkt. Bradley was integer. Hij wilde hetzelfde als ik. We werden verliefd en hij heeft nooit tegen me gelogen. Het was zijn schuld niet dat ik gek werd.'

'Meen je dat?'

'Ja, dat meen ik. Toen ik in elkaar klapte, haatte ik hem, maar alle woede verdween toen ik weer de oude was. Toen had ik alleen nog maar spijt van wat ik hem had laten doormaken.'

'Je voelde je schuldig.'

'Zonder meer.'

'Hoe komt het dat jij je altijd schuldig voelt als een man jou heeft beschadigd?'

Marion had in haar hoge vlucht geen geduld met de traagheid van het propje. 'Heb ik je dat net niet uitgelegd? Ik ben geen goed mens. Ik wilde het kind in mijn buik vermoorden, en deed dat langs de enige weg die me openstond. Ik heb die huisbaas niet eens gehaat. Ik was alleen maar waanzinnig bang voor hem. Want ja, hij was puur kwaadaardig. Maar ik zag wel mijn eigen karakter in hem weerspiegeld. Dat maakte hem juist zo angstaanjagend.'

Sophie kneep haar ogen even dicht. Het ongeduld was kennelijk wederzijds.

'Probeer eens te zien wat ik zie,' zei ze. 'Stel je een lief, kwetsbaar meisje voor, dat ongeveer zo oud is als jouw dochter nu. Stel je voor hoe bang en hulpeloos ze is. En stel je vervolgens een man voor die, als hij zo'n meisje ziet, alleen maar op het idee komt zijn penis uit zijn broek te halen en haar te misbruiken. Dát zou iemand zijn waarin dat meisje zich herkent?'

'Nou, ik heb geen penis, dus...'

'Maar het zou ook jouw eerste gedachte zijn om zo'n kwetsbaar iemand te misbruiken?'

'Je vergeet wat ik Bradleys vrouw heb aangedaan. Ik belde bij haar aan en heb haar opzettelijk pijn gedaan. Zij was toch ook wel kwetsbaar, vind je niet?'

'Wat ik uit je verhaal opmaakte is dat je dat toen deed omdat je kwaad was op Bradley.'

'Ik deed het omdat ik was doorgedraaid.'

'Woede lijkt mij een normale reactie op hoe hij je behandelde.'

Marion schudde in protest haar hoofd. Ze had nog maar net een verloren gewaande schat teruggevonden of het propje wilde het alweer van haar afpakken.

'Je hebt me een ijzingwekkend verhaal verteld,' zei Sophie. 'Zoals je het zelf omschreef: je kwam oog in oog met Satan in eigen persoon. Ik zou van een gelovige niet verwachten dat ze Satan zo makkelijk vergaf.'

'Dat komt dus omdat jij geen gelovige bent. Ik kan ook wel kwaad worden op de regen die ik op mijn hoofd krijg. Ik wist precies wie hij was en ik liet hem toch toe. Dus kreeg ik de straf die ik verdiende.'

'Je verwijt het jezelf, niet hem.'

'Wat is daar mis mee? Woede wordt niet voor niets als een doodzonde beschouwd. Ik zat vol woede toen ik jong was, ik kon mensen wel vermoorden. Als ik niet zo woedend was geweest, had ik betere beslissingen genomen. Ik begrijp dat jij het ziekelijk vindt dat ik het mezelf verwijt, maar ik denk dat dat spiritueel een stuk gezonder is.'

'Tja, misschien,' zei Sophie. 'Zolang je gelukkig bent met wat het je gebracht heeft.'

'Wat wil je daarmee zeggen?'

'Daar wil ik mee zeggen dat je angstig en depressief bent. Niet goed slaapt. Een hekel hebt aan je eigen lichaam. Ik kan moeilijk geloven dat een godsdienst zo negatief oordeelt over een emotie die zo natuurlijk is als woede. Denk aan de burgerrechtenbeweging. Denk je dat Dr. King niet kwaad was toen zijn mensen werden vermoord door de Klan? Hij mag dan geweldloosheid hebben gepredikt, maar soms, als een probleem heel hardnekkig is, kan alleen woede een verandering teweegbrengen.'

'Ik zou mijn situatie niet gelijk willen stellen aan die van de zwarte inwoners van Alabama. Echt hoor, dat is bijna kwetsend.'

Sophie schonk haar een warme glimlach. 'Het was niet kwetsend bedoeld.'

'Ik mocht van geluk spreken dat er nog íemand met me wilde trouwen na wat ik had doorgemaakt, maar ik trouwde hem vervolgens wel onder valse voorwendselen. Ik vind niet dat ik het recht heb om nu te klagen over zijn houding jegens mij. Zelfs dat gedoe van hem met de mooie weduwe... Ik nam het Bradley niet kwalijk dat zijn vrouw hem niet meer prikkelde, dus waarom zou ik het Russ verwijten dat hij geen interesse meer heeft in mij? Ik ben nu een stuk ouder en dikker dan Bradleys vrouw toen was.'

'Woede is een emotie,' zei Sophie. 'Emoties hoeven niet logisch te zijn. Ikzelf ben nu bijvoorbeeld razend op de man die je misbruikte, en ook een klein beetje op jou.'

'Waarom?'

'Hoor jezelf toch eens praten. Je mocht "van geluk spreken" dat iemand met je wilde trouwen. Hoezo? Wat was er dan niet goed aan je? Dat je al seksuele ervaringen achter de rug had? Dat je een zenuwinzinking had doorgemaakt? Zouden dat ook problemen zijn geweest als je een man was? Had je dan van geluk mogen spreken om een vrouw te vinden? En trouwens, waarom was trouwen zo belangrijk? Omdat een vrouw geen echte vrouw is als ze niet trouwt en kinderen krijgt? Omdat ze...'

Sophie kapte zichzelf af en schudde haar hoofd alsof ze te veel had gezegd. En Marion was inderdaad teleurgesteld in haar. Het propje was doorgaans te zijig en zoetelijk om zicht te krijgen op haar onderliggende aanpak, of die nu freudiaans, medisch of maatschappelijk van aard was. Maar nu bleek duidelijk hoe ze dacht. En Marion vermoedde dat ze zo dacht over alle verwaarloosde en verlaten vrouwen die hier kwamen – een mal waarin iedereen moest passen. Hoorde ze nu blij te zijn dat zij er ook in paste?

'Word je daar nou niet doodmoe van?' zei ze kil. 'Al die vrouwen die hier maar over hun man komen klagen? Week in, week uit, mijn man dit, mijn man dat. Het moet toch frustrerend voor je zijn dat we het over niets anders hebben, en dat we maar niet begrijpen dat we stelselmatig onderdrukt worden.'

Sophie had het kalm aangehoord en glimlachte beminnelijk. 'Interessant, dat je ervan uitgaat dat mijn andere vrouwelijke cliënten alleen over mannen praten.'

'Wou je soms zeggen van niet?'

'Waarover ze praten doet er niet toe. Wat ertoe doet is hoe jij ze voor je ziet. Denk je dat ik jóu te veel over mannen vind praten?'

'Ja, volgens mij vind je dat,' zei Marion. 'Je blijft er maar op hameren dat ik aan een onafhankelijker leven moet werken. En wat je daarmee eigenlijk wilt zeggen, is volgens mij: "Hou eens op over die kerels en emancipeer een beetje."'

'Het idee van vrouwenemancipatie spreekt jou niet zo aan?'

'Als jij erin gelooft, mij best. En als het werkt bij je andere cliënten, leuk voor ze.'

'Maar het is niets voor jou.'

'Die huisbaas was een viezerik, een monster. Ik heb mijn vriendin Isabelle nooit meer gezien, maar reken maar dat hij haar ook in bed heeft weten te krijgen. Ze zal achter zijn geraakt met de huur, een of andere gunst nodig hebben gehad, en hij zal dat hebben aangegrepen om haar zijn wil op te leggen. Hij was dik en weerzinwekkend, en hij dreef dat huis alleen maar om seks te kunnen hebben met alle meisjes die er kwamen. Daar was ik er een van, en wat hij met me deed was walgelijk. Zelfs de dingen die voor normale seks konden doorgaan waren walgelijk. Het speelde zich allemaal in zijn hoofd af. Ik was gewoon een... ding.'

'Precies.'

'Maar als híj nou eens naar een psychiater was gegaan: *Meneer, u maakt me een beetje boos, hoor. Wordt het geen tijd dat u zich wat onafhankelijker opstelt? U heeft het altijd alleen maar over meisjes.*'

Sophie ademde diep in en langzaam uit. 'Een goede psychiater had hem kunnen helpen het trauma te onderkennen dat hij dwangmatig heropvoerde met al die meisjes.'

'Ah, kijk, daar gaan we. En, wat ben ik aan het heropvoeren?'

'Wat denk je zelf?'

'Geen idee. Schuldgevoel over de zelfmoord van mijn vader, is dat het?'

'Als jij het zegt.'

'Nou, ik ben in ieder geval opgehouden me schuldig te voelen over Russ, en over die huisbaas heb ik me nooit ook maar een moment schuldig gevoeld. Het wás mijn schuld, wat er gebeurde, maar dat is iets anders dan een gevoel hebben. Dat waren gewoon de feiten. De enigen over wie ik me schuldig voel, zijn Perry en het kind van Bradley, dat ik vermoord heb zonder hem op de hoogte te stellen. Zij waren onschuldig, dus ik ben verantwoordelijk voor wat ze hebben doorgemaakt.'

Het propje bekeek haar mollige handjes. Buiten was het donker geworden. Elders in de tandartsenpraktijk veroorzaakte een boor de laatste pijnscheuten van de dag.

'Je moeder,' zei Sophie. 'Je zei dat ze met haar vriendinnen op skivakantie was toen je hulp nodig had met je zwangerschap. Was je daar kwaad om?'

'Mijn moeder was een egocentrische, drankverslaafde nachtmerrie.'

'Dat wil dus zeggen: ja. Je vertelde me ook over je kwaadheid op je zuster. Maar het was je vader die het gezin bankroet liet gaan...'

'Onder de druk van Shirley en mijn moeder.'

'Hij pleegde fraude en loog tegen jullie. En vervolgens is er een autoverkoper die jouw onschuld en gevoeligheid uitbuit. En daarna doet een seksueel monster je de vreselijkste dingen aan. Je steunt je man een kwarteeuw lang en nu zit hij achter een andere vrouw aan. Maar de enigen op wie je kwaad schijnt te zijn, zijn je moeder en je zuster. Heb je nu een idee van wat ik niet begrijp?'

'Eh, dat ik geen feministe ben geworden?'

'Dat verlang ik geenszins van je. Ik wil je alleen vragen jezelf te zien zoals je bent.'

'Dan zie ik niet veel goeds.'

'Marion, luister nou eens.' Het propje boog zich voorover in haar stoel. 'Het gaat me een beetje vervelen dat je steeds hetzelfde liedje zingt.'

'Tja, het is wel de waarheid.'

'Vind je? Je hebt vier geweldige kinderen opgevoed. Je hebt je man alles gegeven wat hij zich zou mogen wensen. Je hebt destijds alles voor je vader gedaan wat in je vermogen lag. Je hebt zelfs voor je zuster gezorgd toen ze op sterven lag.'

'Dat was niet ik zoals ik ben, hoor. Dat was ik die een rol speelde. De echte ik...' ze schudde haar hoofd.

'Nee, ga door. Vertel me eens wie de echte Marion is,' zei Sophie. 'Wat kun je van haar zeggen behalve dat ze een "slecht" mens is? Wat is ze voor iemand?'

'Ze is slank,' zei Marion onomwonden.

'Ze is slank.'

'Ze beleeft alles intens. Ze is een zondares, en daarover is ze eerlijk tegen God. Ze hoopt dat Hij begrijpt dat zondigen onlosmakelijk is verbonden met het gevoel dat je leeft. Maar of Hij haar vergeeft interesseert haar niet zo, omdat ze toch niet tot echte spijt in staat is. Ze heeft de natuur van een actrice, hunkert althans naar aandacht. Ze is behoorlijk geschift, maar niet agressief tegen anderen. Ze is nooit suïcidaal geweest.'

Het propje leek niet erg onder de indruk.

'Je zuster was actrice,' zei ze. 'Haar omschreef je ook als slank en geschift.'

'O, fijn dat je me dat even in herinnering brengt.'

Sophie haalde haar schouders op.

'Shirley was verwend en verbitterd,' zei Marion. 'En geen echte actrice.'

'Oké.'

'De persoon die ik beschreef is het tegendeel van verbitterd.'

'Oké, goed, laten we zeggen dat zij de ware Marion is. Wat weerhoudt je ervan haar te worden, denk je?'

'Is dat niet duidelijk? Ik ben vijftig jaar oud. Scheiden zou catastrofaal voor me uitpakken, maar zelfs als ik een manier vond om rond te komen, zou ik verantwoordelijk blijven voor mijn kinderen, en vooral voor Perry. Er valt niet te ontkomen aan de consequenties van mijn levenskeuzes.'

'Niet om te muggenziften,' zei Sophie met een warme glimlach, 'maar als de ware Marion niet in staat is tot spijt, wat kunnen haar die consequenties dan schelen?'

'Je vroeg me hardop te fantaseren.'

'Nee, ik vroeg je het omgekeerde. Ik vind het interessant dat je mijn verzoek zo hebt opgevat.'

Het propje was uitputtend in haar vasthoudendheid. Marion zou tot in het oneindige tegen haar kunnen praten, steeds in dezelfde kringetjes kunnen rondgaan, zonder ooit ergens te komen. Het was pure geldverspilling.

'Ik vraag me af of het óf-óf zou moeten zijn,' zei Sophie. 'Misschien is er wel een manier om je meer jezelf te voelen en toch een goede moeder te blijven. Als je nou eens begon met de plaatselijke toneelvereniging? Meld je aan en kijk of het wat wordt.'

Dit was het soort suggestie (gematigd, pragmatisch) dat Marion een van haar kinderen had kunnen doen, maar rondhobbelen op een toneel tussen een stel voorstedelingen van middelbare leeftijd was weinig aanlokkelijk. Ze wilde de gedreven magere vrouw zijn die achter in de zaal een sigaret rookte, de acteurs zag falen, haar geduld verloor en naar de bühne liep om ze te laten zien hoe je een scène neerzette. Pure fantasie? Misschien, maar misschien ook niet. Ooit, op een opklapbed in Los Angeles, had ze Bradley behekst met haar acteerkunst.

'Waar zit je aan te denken?' vroeg Sophie.

'Ik zit te denken dat het beter is dat ik jouw tijd niet langer in beslag neem.'

'Nog even! Ik heb sterk het gevoel dat we voor een...'

'Nee.' Marion stond op. 'Russ en ik moeten naar een receptie voor geestelijken. Klinkt dat niet enig?'

Ze liep naar de deur en pakte haar gabardine jas van het haakje.

'Russ zal er alleen maar enig plezier aan beleven als een van de dames er leuk uitziet,' zei ze. 'Zo niet, dan wordt hij weer in beslag genomen door zijn twijfels, en dat maak ik dan alleen maar erger. Ik ben de gênante dikzak met wie hij getrouwd is. Het enige wat hij aan me heeft is dat ik zo goed aardig en beleefd kan doen, al die echtgenotes nog bij naam ken en ervoor zorg dat ze allemaal begroet worden door een Hildebrandt. Achteraf zal hij me vertellen hoe ellendig het voelde om de oudste hulpprediker van het feestje te zijn, en hoe gefrustreerd hij is, en dan zeg ik dat hij allang zijn eigen kerk verdient. En dat zijn preken veel beter zijn dan die van Dwight Haefle, en dat hij veel harder werkt, en dat ik hem bewonder. Want ook dat kan ik hartstikke overtuigend spelen. Maar als het feestje hem echt zwaar is gevallen, dan helpt het niet en jammert hij dat zijn preken alleen maar goed zijn omdat ik ze voor hem schrijf. Ha!'

Ze draaide zich naar Sophie, knipperde theatraal met haar wimpers en declameerde: '*O, maar dat is helemaal niet waar, lieverd. Alle ideeën zijn van jou! Ik sleutel alleen maar wat aan je zinnen om je ideeën beter uit te laten komen. Zonder jou kan ik niets. Dan ben ik een leeg vat dat geen zin op papier krijgt.* Ha!'

Haar publiek van één persoon zag het bedrukt aan.

'Je ziet,' zei Marion, 'ik draai voor geen enkele rol mijn hand om.'

Toen ze de deur onnodig hard achter zich dichttrok, merkte ze hoe kwaad ze was. Ze was kwaad op zichzelf omdat ze gezegd had hardop te fantaseren, en kwaad op Sophie omdat die zich zo gretig op haar verspreking had gestort. Haar ware Marion een fantasie? Wacht maar af! Wat je nu moet doen, dacht ze terwijl ze de receptioniste zonder een woord voorbij beende, de winter in, is nooit van z'n leven nog één godverdomd koekje eten. Ze ging serieus hongeren; eten zien als de vijand die het in feite was; met al dat overtollige vet ook haar vette, onwaarachtige zelf verbranden. Als het krankzinnig was om zo geobsedeerd te worden door je gewicht, dan was ze maar krankzinnig. Haar afvalprogramma van het najaar, inclusief het propje, was een wankelmoedige poging om Russ weer in haar geïnteresseerd te krijgen, om een breuk te voorkomen waarbij zij veel meer te verliezen had dan hij. Het was halfhartig geweest, en ze wist nu waarom: ze was nooit over Bradley heen gekomen. De man in wie ze zichzelf na Bradley had geïnvesteerd, was altijd tweede keus gebleven; zo week en onzeker als Bradley zelfverzekerd was, zo klunzig met schrijven en met seks als Bradley in beide een gigant was geweest. Misschien had ze in Arizona een man nodig gehad die ze aankon, die eigenlijk in niets aan haar kon tippen, maar hun huwelijk was door de jaren heen verkommerd tot een overeenkomst: in ruil voor haar inbreng zou Russ haar niet voor de wolven gooien. Ze voelde nog steeds een christelijk mededogen voor hem, maar als ze dacht aan hoe zijn penis reageerde op Frances Cottrell en de andere mooie vrouwen van New

Prospect, was het nog maar de vraag of je hem niet vergelijken kon met haar verdorven huisbaas. Dat had het propje toch wel goed aangevoeld.

De oude drogisterij was een rockwelliaans pand geweest toen de Hildebrandts in New Prospect kwamen wonen, maar de eigenaar had het sindsdien gemoderniseerd met afschuwelijk vinylbehang, linoleum op de houten vloer, tl-verlichting. In dezelfde geest van vooruitgang was er een kunstboom bij de deur gezet, waarvan de naalden niet eens groen maar zilver waren. Achter de toonbank stond een jonge man met flaporen de kruiswoordpuzzel van de *Sun-Times* te doen. Met potlood. Hij was achter in de twintig, te oud om nog als winkelbediende te werken, als dat tenminste geen hartverscheurende beroepskeuze van hem was geweest. Marion kwam voor de toonbank staan en wierp een blik vol agressieve afkeuring op de standaard met chocoladerepen.

'Ik heb sigaretten nodig,' zei ze.

'Welk merk?'

'Nou, gek genoeg komt alleen Benson & Hedges bij me op. Door die tv-reclame, weet je, met die liftdeur.'

'Die zijn wel even wennen.'

'Maar jij vindt ze lekker, Benson & Hedges?'

'Ik rook zelf niet.'

'Wat is een populair merk tegenwoordig?'

'Marlboro, Winston, Lucky Strike.'

'Lucky Strike! Natuurlijk! Die rookte ik vroeger. Daar een pakje van, alsjeblieft.'

'Filter of geen filter?'

'Lieve hemel. Geen idee. Doe maar een van beide.'

Toen ze hem betaalde, was de verleiding groot hem te vertellen dat ze in geen dertig jaar een sigaret had gerookt; dat ze met roken was gestopt nadat ze ontslagen was uit een gesloten afdeling en bij haar oom Jimmy in Arizona ging wonen; dat sigarettenrook slecht was voor Jimmy's astma, en ook niet lekker meer smaakte op die hoogte; dat ze de leemte had opgevuld met het bidden van de rozenkrans en dagelijkse bezoeken aan de Church of the Nativity, een wandeling van vierentwintighonderdtweeënveertig stappen (elke keer geteld) vanaf Jimmy's voordeur; dat ze de Nativity had ontdekt toen ze op een keer behulpzaam wilde zijn en Rosalia, de moeder van Jimmy's vriend Antonio, vergezeld had naar de zondagse mis, want de mannen sliepen tot laat uit en Rosalia vergat voortdurend waar ze heen moest; dat Marions geestestoestand toen eender was aan de lente in het hoogland, aan zonlicht dat constant gevangen werd door de wolken, maar zich ook steeds weer losrukte, een voortdurende afwisseling van hoogzomerwarm en hartjewinterkil; dat dit haar ontvankelijk had gemaakt voor alles wat op haar pad kwam, want geen van die dingen was de gesloten afdeling, en dat de aanwezigheid en majesteit van God in dat baarmoederlijke katholieke kerkje, waar de seniele moeder van de minnaar van haar oom de communie ontving, een van die dingen was geweest; dat God een veel betere vriend was geworden dan haar sigaretten waren geweest. Het bedroefde haar dat deze jongen met zijn flaporen geen hogere ambitie leek te kennen dan een baantje in een winkel, en ze had zijn avond graag opgeluisterd met wat van de levendigheid van de hooglanden zoals ze die zich plotsklaps herinnerde van haar leven voorafgaand aan Russ. Maar hij had zijn kruiswoordpuzzel alweer gepakt.

Ze negeerde de sneeuwprut in haar gymschoenen, holde over straat en schuilde onder de luifel van een reisbureau. Ze verpestte twee lucifers voor ze de brand kreeg in haar eerste filterloze Lucky. Haar eerste trekje deed denken aan het verliezen van haar maagdelijkheid: pijnlijk en angstaanjagend en weldadig. Ze wist heel goed dat sigaretten haar zuster de dood in hadden gejaagd. Maar ze wist ook, van krantenartikelen, dat het risico van kanker evenredig was aan de blootstelling aan rook. Shirley was zo dom geweest om geen onderbreking van dertig jaar in te lassen, en Marion was bovendien niet van plan om nu weer verslaafd te raken aan nicotine. Ze zou alleen maar lang genoeg blijven roken om weer het figuurtje te krijgen van het meisje dat haar maagdelijkheid had prijsgegeven aan Bradley Grant.

Het mocht maatgevend voor haar opleving lijken dat ze weliswaar een beetje licht in haar hoofd werd, maar niet misselijk. Ze wilde meteen weer een nieuwe. Ze liep twee blokken, schrok van elke passerende auto, ontregeld en overprikkeld door de ontwrichting die de sneeuw aanrichtte, ging op een bankje voor het stadhuis zitten en stak de tweede op. Waren sigaretten altijd zo verrukkelijk geweest? Ze stelde tevreden vast dat ze totaal geen honger had. Integendeel, haar maag keerde zich om bij de gedachte aan de Zweedse gehaktballetjes van Doris Haefle, waarvan ze een jaar geleden zo gesmuld had dat ze ieder balletje had geteld tot ze de tel kwijtraakte. De gesmolten sneeuw drong door de overjas naar haar achterste. De takken van de hemlocksparren rond het stadhuis bogen door onder hun witte last. Ze rookte de tweede Lucky sneller dan de eerste. Er groeide een lang vergeten opgetogenheid in haar borst. Om daar iets mee te doen, zei ze iets hardop wat ze niet meer gezegd had sinds de ochtend waarop de politie van Los Angeles haar had opgepakt. 'Rot op!' zei ze.

O, wat voelde dat lekker.

'Rot op, Doris Haefle. Rot op met je gehaktballetjes.'

Een man die met een diplomatenkoffertje van zijn werk kwam, zijn hoed voorover getrokken tegen de sneeuwval, bleef staan en keek naar haar. Ze hief de hand met de Lucky en zwaaide naar hem.

'Alles goed met u?' vroeg hij.

'Uitstekend, dank u.'

Hij liep verder. Er was iets aan zijn tred, de wilskracht daarin, dat haar aan Bradley deed denken. Ze wilde een trekje van de Lucky nemen en zag dat de brandende punt al bijna haar vingers had bereikt. Ze gooide hem haastig in de sneeuw.

Bradley zou onderhand vijfenzestig zijn. Oud, maar niet heel oud, zeker niet in zo'n heilzaam klimaat als dat van zuidelijk Californië. Zou hij nog weleens aan haar denken? Of had hij, net zoals zij, zijn herinneringen begraven en een ander mens proberen te worden? Het zou verschrikkelijk zijn als hij haar vergeten was, maar nog erger als hij zich haar alleen herinnerde als het meisje dat zich onvergeeflijk had gedragen – als de hemelse maanden waren uitgewist door de ene dag waarop ze naar zijn huis was gegaan en zijn vrouw had gesproken. Waarom had ze dat toch ook gedaan? Waarom een onschuldige buitenstaander pijn doen? Alles was misschien volmaakt geweest als ze dat niet had gedaan.

De lucifers waren vochtig geworden, ze schroeide haar vingertop toen ze er een probeerde aan te strijken. Om een aannemelijk idee te krijgen van de versie die Bradley van haar bij zich droeg en te peilen of het vele goede had kunnen opwegen tegen het heel slechte, probeerde ze herinneringen op te halen aan zijn hartstocht voor haar. Die herinneringen kwamen, maar liepen uit de pas en vervloeiden met elkaar. Zelfs toen hij was geschrokken van hoe ze doordraaide, had het hem moeite gekost om bij haar vandaan te blijven. Zeker, later was hij haar gaan haten omdat ze naar zijn vrouw was gegaan. Maar wat zou dat? Zij had hem ook gehaat omdat hij haar versmaadde. Die haat was snel weggetrokken. Wat een prominente plaats in haar herinnering had behouden, was hoe natuurlijk het had geleken om met hem te zijn, hoe terecht, en hoe enerverend dat was geweest. Misschien was hij er in de loop van de jaren ook wel zo over gaan denken?

Ze stelde zich voor hoe het zou zijn om Russ te verlaten voordat hij ertoe kwam haar af te danken. Zou me dát even een verrassing zijn! De fantasie van dertig pond afvallen en dan Russ te verstoten was zo bevredigend dat ze zich er op dat bankje aan was blijven laven als haar niet was ingevallen dat de bibliotheek een uitgebreide verzameling telefoonboeken had...

En nu, in de aangevreten sneeuw achter de bibliotheek, knipte ze haar vierde sigaret het parkeerterrein op. De feitelijke wereld had zich achter haar vervoering geschaard. Ze had nu goede redenen om aan te nemen dat Bradley levend en wel in Los Angeles woonde – ze had een adres en een telefoonnummer. Opgezweept door de nicotine vroeg ze zich af hoe ze haar gemoedstoestand verder kon benutten. De minst aantrekkelijke optie waren de geurige gehaktballetjes van de vreselijke vrouw van Dwight Haefle. Ze vreesde heel even dat Becky toch nog thuis zat te wachten om samen naar de receptie te gaan; dat haar dochterlijke plichtsgevoel het had gewonnen van haar verlangen om met Tanner Evans te zijn. Maar dat leek onwaarschijnlijk, en anders kon ze er met Russ naartoe. Die zou dat alleen maar prachtig vinden. Dan kon hij met zijn mooie dochter pronken, zoals hij op zondag ook altijd deed als hij liever met haar ging wandelen dan met zijn vrouw.

'Rot jij ook maar op, Russ.'

Ze voelde weer hoe het was om een moordzuchtige hekel aan mensen te hebben, dus misschien moest ze toch maar feministe worden. Maar nee, ze had haar bekomst van het psychiatrische propje. Geen doorbraak ter wereld kon haar verder doen doorbreken dan hoe ze nu was. Het liefst ging ze naar huis om het resterende geld uit haar kousenla te halen en de weg naar Sophie definitief af te sluiten door een peperduur cadeau voor Perry te kopen. Maar de winkels gingen al dicht.

Maar wacht, dát zou ze gaan doen: te biecht gaan bij Perry. Haar ontboezemingen aan Sophie waren slechts een opwarmertje geweest, een vingeroefening voor het echte werk: iemand in haar familie moest maar eens weten wat ze allemaal had meegemaakt, en dat zou niet Russ worden, rot op, zeg. Perry was degene die het meest op haar leek, en die ook het meest gevaar liep in een crisis te belanden, degene die ze moest waarschuwen. Waar haar vervoering haar ook heen mocht voeren, terug in de armen van Bradley of naar een leven als gescheiden vrouw die aan amateurtoneel deed in het plaatselijke theater, ze zou Perry naast zich moeten hebben. Haar verantwoordelijkheid voor hem zou haar behoeden voor een al te hoge vlucht. Dat zou de overeenkomst zijn die ze met God sloot.

Beschermd door haar zwaarlijvigheid liep ze om de bibliotheek heen, werkte zich door een dunne plek in de heg en maakte sporen in de sneeuw van het gazon, waarop ze nog nooit een levende ziel had gezien. New Prospect was prachtig in de sneeuw, maar niet half zo mooi als Arizona, omdat er nu al de voorafschaduwing was van pekeldrek en sneeuw die goor was geworden door de uitlaatgassen van loeiende auto's met slippende banden. In Arizona was de witte zuiverheid weken intact gebleven.

Tegen de wind in omhoog zwoegend op Maple Avenue merkte ze hoezeer de nicotine haar hart vergiftigde. Op de hoek met Highland Street hield ze halt om even uit te hijgen en op haar horloge te kijken. Bijna zeven uur. Door al die sneeuw was het goed mogelijk dat Russ nu ook pas thuiskwam. Ze kon altijd zeggen: 'Rot op met je receptie, ik ga niet.' Maar het zou een zoetere wraak zijn om hem te laten gissen waarom zij er nog niet was. Ze was er redelijk zeker van dat hij bij het ontbijt tegen haar gelogen had, redelijk zeker dat hij er met de mooie weduwe op uit was. En ze bedacht dat er een eenvoudige manier was om echte zekerheid te krijgen. Kitty Reynolds, met wie hij gezegd had naar de stad te zullen gaan, woonde in een van de huisjes verderop op Maple, bij de highschool.

Hoe makkelijk was het dingen te ondernemen als je niet langer bang was voor de consequenties. Marion stak Highland over en liep verder over Maple, de wind trotserend. Haar voeten voelden ondertussen bevroren en haar vingers gingen ook die kant op. Ze had Kitty's huis niet helder voor ogen, maar herkende het toen ze het naderde. Alle ramen van de benedenverdieping waren verlicht, er stond een sportieve auto met een kenteken van Michigan op de oprit, geen kerstkrans aan de voordeur, geen lampjes in de struiken. Marion liep het pad op, zag dat het niet langer dan een uur geleden sneeuwvrij was geschept en belde aan. Enkele ademstokkende seconden leek het alsof ze opnieuw ging doen wat ze Bradleys vrouw had aangedaan, als heropvoering van een trauma. Maar haar hoofd klaarde weer op en ze wist dat dit het exacte tegendeel was.

Een oudere man in een dik wollen vest deed open en ze dacht dat ze bij het verkeerde huis had aangebeld, maar hij stelde zich voor als Kitty's broer. 'Ze staat net de spaghetti af te gieten,' zei hij.

'O, neem me niet kwalijk dat ik u stoor rond etenstijd.'

'Wie kan ik zeggen dat er is?'

'Ik... ach, laat u maar. Ik had eerder langs moeten komen. Was ze hier vanmiddag ook?'

'Jazeker. Ze heeft me ingemaakt met Scrabble. Echt een dag om spelletjes te doen bij het haardvuur. Wilt u even binnenkomen?'

'Nee, ik, nee,' zei Marion, en ze keerde zich al om. 'Dank u zeer. Ik zie haar zondag wel in de kerk.'

'En uw naam is?'

Ze wuifde de vraag weg en liep door. Zodra ze de deur hoorde dichtgaan, pakte ze haar Lucky's. Het ene luciferboekje was doorweekt, maar het andere was nog bruikbaar. Ze was er al tamelijk zeker van geweest dat Russ tegen haar had gelogen, maar dit doorslaggevende bewijs maakte haar razend. Hij had zich bediend van een stom, kinderlijk, makkelijk te achterhalen leugentje, en dat maakte haar nog kwader. Dacht hij soms dat ze achterlijk was? Waarschijnlijk niet; ze deed er sowieso niet toe. Ze was vanochtend niet meer dan een storend voorwerp aan de ontbijttafel geweest, een vaas die voor de suikerpot stond, geen doordachte leugen waardig. Nou, als ze haar speklaag kwijt was, zou ze hem op tal van manieren laten boeten. Maar voorlopig was het de beste straf om te zwijgen en hem in de waan te laten dat ze niks doorhad. Dan kon hij zich nog dieper in de nesten werken met nieuwe leugens.

Het was bijna halfacht toen ze bij de pastorie aankwam. Geen Fury te zien, geen bandensporen op de oprit. Ze ging door de achterdeur naar binnen, trok haar gymschoenen en jas uit en streek door haar besneeuwde haar. Op het keukenwerkblad lagen suikerkoekjes waarvan ze zich niet meer kon voorstellen dat er enige verlokking van was uitgegaan. Alles in de keuken was glansloos en onwezenlijk. Alsof ze het huis was binnengegaan van een overledene.

'Perry?' riep ze. 'Becky?'

Op de trap naar boven riep ze hun namen nog eens. Waren de jongens gaan sleetjerijden? Hun kamerdeur stond op een kier, en erachter was het donker. Ze knipte het licht aan in de slaapkamer van Russ en haarzelf. Op het voeteind van het bed lag een briefje in het artistieke handschrift van Perry.

Hé mam,
Pap zit vast in de stad, dus ik ga met Jay naar de Haefles. Becky zat op je te wachten en ik zei dat zij maar naar het concert moest gaan.
Perry

Nu kwamen pardoes de tranen die ze niet had hoeven plengen tijdens haar biecht. Wat Russ ook nog voor haar mocht betekenen, als hij nog iets betekende, en hoe slecht Perry en hij ook met elkaar overweg konden, hij zou altijd de man blijven die Perry 'pap' noemde. En wat had ze Becky onrecht gedaan door te denken dat ze niet mee wilde naar de receptie. Wat deed

Perry hartverscheurend zijn best om al volwassen te zijn, en wat lief dat hij erop wees dat zijn zus had gewacht. Wat waren haar kinderen dierbaar en substantieel, en wat was het een geluk ze te hebben. Wat was er een verschil tussen het verkondigen van haar slechtheid aan het propje, als een abstract gegeven, en te ervaren hoe slecht ze zich gedroeg in relatie tot haar kinderen. Ze had ze zwaar tekortgedaan. Becky had gewillig op haar gewacht, en Perry had de best denkbare beslissing genomen.

Ze werkte zich met natte ogen uit haar gymkleren en wreef haar haar droog met een handdoek. Een verder bewijs voor haar slechtheid was dat ze naast liefde en wroeging ook zelfmedelijden voelde, omdat ze zo lang gescheiden was geweest van haar herinneringen en fantasieën, en wrok omdat ze nu werd gedwongen haar vervoering af te knotten voor een kerstreceptie. En haat tegen de hobbezakkige jurk waar ze haar zware lichaam in moest wurmen. Nadat ze in de badkamer haar haar had geborsteld, dwong ze zichzelf op de roestige oude weegschaal bij de wc te stappen om een nieuw startgewicht vast te stellen. Met kleren aan woog ze tweeënzeventig kilo, bijna genoeg voor nieuwe tranen. Toen ze in haar goede winterjas en met bont gevoerde laarzen naar de keuken liep om haar sigaretten te pakken, hadden de koekjes veel van hun aantrekkingskracht herwonnen.

Koekjes eten is een interessante reactie op het gevoel te dik te zijn.

'Meen je dat nou?' zei ze hardop tegen het propje in haar hoofd. 'Is dat echt zo moeilijk te begrijpen, trien? Heb jij nooit zelfmedelijden gehad?'

Na een moedgevende sigaret op de veranda ging ze op weg naar de Haefles. Het sneeuwde nog altijd, maar het oprukkende koudefront had de lucht een Canadees aroma gegeven. Het enige wat ze tegenover haar verraad aan de kinderen kon stellen, was dat Russ ze nog veel erger verraadde. Ze kon niet kiezen wie ze liever zou vermoorden, hem of de slanke weduwe met wie hij vastzat in de stad.

Toen ze bij het huis van de Haefles kwam, vertrokken daar net twee priesters in identieke overjassen met bontkraag. Haar angst voor priesters in de openlucht, een overblijfsel uit haar katholieke jeugd, ging terug op de oeroude angst voor al wat monsterlijk was, zelfs als het de ogenschijnlijk eerbare monsterlijkheid betrof om half mens, half gezalfde te zijn en celibatair te leven. Ze maakte zich klein tot de twee in een Country Squire-stationwagen waren gestapt. De blinkende nieuwheid daarvan had ook iets monsterlijks.

Ze kende de Haefles goed genoeg om zonder te kloppen naar binnen te gaan. Ze rook meteen de gehaktballetjes, maar gelukkig ook sigarettenrook, en ze haalde haar Lucky's uit haar jas voordat ze die in de kast bij de keldertrap hing. Uit de kelder kwamen Hollywoodviolen, gevolgd door een welbekend stemmetje: Judson.

Beneden trof ze hem op een bank tussen twee meisjes met gezichten waarin de onfortuinlijke trekken van Doris Haefle vielen te herkennen. Ze keken naar *Miracle on 34th Street* op een draagbaar teeveetje. Op het scherm zat Kris Kringle op het bed van een meisje van wie de moeder, herinnerde Marion zich, het geen probleem vond haar alleen te laten met vreemde mannen en hun penissen. Toen het beeld zich vulde met het gezicht van de Kerstman, voelde Marion hoe haar borst werd samengesnoerd. Niet haar lievelingsfilm. Ze ging achter het teeveetje staan om er niet meer van te hoeven zien.

'Dag mam,' zei Judson.

'Dag lieverd, het spijt me dat ik zo laat ben. Heb je al iets te eten gehad?'

'Ja, maar we kijken nu naar deze film.'

'Ik ben Judsons mama,' zei ze tegen de meisjes.

Ze mompelden een begroeting. Judson lag lui onderuit op de bank, met de meisjes aan weerszijden tegen hem aan. Hoewel hij van zichzelf al een monter kind was, werd Marion getroffen door zijn geloken oogleden en de dromerigheid in zijn blik. Hij lag erbij als een geaaide kat. Ze had het ongemakkelijke gevoel dat ze iets was komen verstoren.

'Nou, ik laat jullie genieten van de film,' zei ze. 'Is Perry boven?'

Judson hield zijn ogen op het scherm. 'Dat lijkt me wel,' zei hij.

Er klonk iets van sarcasme in zijn stem door, alsof hij stoer probeerde te zijn voor de meisjes. Marion liep naar boven met het gevoel dat ze als moeder geen haar beter was dan die in de film. Judson was negen. Ze wist dat het tijd was dat Becky een vriendje kreeg, en de hoogste tijd dat er een meisje in Clems leven verscheen, maar ze was verre van klaar voor de gedachte dat Judson ooit zijn onschuld zou verliezen.

In de gang stond Jane Walsh, de vrouw van de lutherse dominee, met haar rug naar het feest een heel koekje in haar mond te proppen. Op het bordje in haar hand lagen er nog vier, en ze was zelfs een stuk dikker dan Marion.

'Dag, Jane. Marion Hildebrandt, de vrouw van Russ.'

Eén begroeting klaar, nog een miljoen te gaan.

'Dit feestje is een heerlijke traditie,' zei Jane, 'maar die koekjes van Doris zijn meer dan ik in deze tijd van het jaar aankan. Ik kan er nooit mee ophouden.'

Marion gaf zelf de voorkeur aan de gehaktballetjes. Die koekjes mochten dan op en top Zweeds zijn, ze waren ook droog en smakeloos. Ze stond op het punt deze mening te ventileren, conform het voornemen om zichzelf geen censuur meer op te leggen, toen het geroezemoes in de kamer opeens verstierf. Dwight Haefle ging kennelijk zijn toespraakje houden. Maar nee, daar was opeens een andere welbekende stem. Perry, die iets riep over... gedoemd zijn?

Ze haastte zich langs Jane Walsh de kamer in en werkte zich door de drukte heen. Perry stond bij de haard, rood aangelopen en geflankeerd door de Haefles, met ieders ogen op zich gericht.

'Wat is hier aan de hand?' zei Marion.

Perry slikte iets weg. 'Het spijt me, mam.'

'Wat is er? Wat is hier gaande?'

'Beste jongen,' zei Dwight terwijl hij een arm om Perry heen sloeg. 'Laten we even, eh, ergens anders heen gaan.'

Perry boog het hoofd en liet zich wegvoeren. Marion wilde volgen, maar Doris hield haar tegen. Er lag een gloed van triomf op haar gezicht. 'Je zoon is tipsy.'

'O, wat vervelend om dat te horen.'

'Hm, tja, die dingen gebeuren als je kinderen niet in de gaten houdt. Ben je er net?'

'Een paar minuten.'

'Ik vond het al opmerkelijk dat jullie kinderen hier zonder jullie verschenen.'

'Ik weet het. Het weer is... Perry probeerde alleen maar lief te zijn.'

'Jij hebt hem niet gezegd hiernaartoe te komen?'

'Hemel, nee.'

'Dat is dan weer goed om te horen, lieve.' Doris gaf Marion een klopje op haar schouder. 'Je hebt niets misdaan. Maar je moet hem nu maar wel naar huis brengen.'

Doris Haefle had een torenhoge dunk van haar rol als vrouw van een dominee, was zeer gevoelig voor de geringste inbreuk daarop, en verkeerde daarom in een permanente staat van gegriefdheid, want de rest van de wereld vond domineesvrouwen aanzienlijk minder belangrijk. Een van de vele kruisen die ze te dragen had, was de zelfspot waarmee haar man over zijn eigen rol sprak. Het nadeel van dit alles voor Marion was dat ze als mededomineesvrouw een streepje voor had bij Doris, die haar om die reden bestookte met ongevraagde adviezen over hoe ze zich in haar verheven positie te gedragen had, en dat onveranderlijk op een mierzoete toon. Het was navrant om 'lieve' te worden genoemd door iemand die jij op jouw beurt een onuitstaanbaar secreet vond.

Perry zat voorovergebogen op een stoel in de eetkamer, met zijn haar voor zijn gezicht. Dwight kwam naar Marion toe en zei zachtjes: 'Hij heeft blijkbaar een flinke beker gløgg op.'

'Ik praat wel met hem,' zei ze. 'Mijn excuses hiervoor.'

'Moeten we ons trouwens zorgen maken om Russ?'

'Nee, die is eropuit met Frances Cottrell.'

Ze lachte inwendig om zijn grote ogen.

'Ze leveren speelgoed en conserven af in de binnenstad.'

'Ah.'

'Maar luister,' zei ze, 'Judson zit in de kelder *Miracle on 34th Street* te kijken. Vind je het erg als ik hem hier laat en straks weer ophaal?'

'Natuurlijk niet,' zei Dwight. 'En als het lastig is om hier nog een keer naartoe te komen, kom ik hem wel brengen.'

Wat waren huwelijken toch vaak een combinatie van vreselijk en sympathiek. Als haar eigen huwelijk anders op mensen overkwam, was dat omdat niemand ooit haar ware ik had gezien. Ze moest nu naar beneden om Judson te vertellen dat ze Perry naar huis bracht, maar het tafereel in de kelder had een wat verwarrende indruk bij haar achtergelaten, dus vroeg ze Dwight dat te doen. Toen hij weg was, hurkte ze voor Perry neer.

'Hoe dronken ben je, lieverd? Erg, of valt het mee?'

'Betrekkelijk, niet erg,' zei hij, met zijn haar nog steeds voor zijn gezicht gedrapeerd. 'Mevrouw Haefle overdreef.'

Dat 'betrekkelijk' verraste Marion niet. Haar eerste ervaring met drank had ze ook op zijn leeftijd gehad. Maar ja, kijk wat er van haar terecht was gekomen.

'Waarom deed je dat nou?' zei ze. 'Je had Judson meegenomen, je was verantwoordelijk voor hem. Was je dat even vergeten?'

'Moeder, alsjeblieft. Het spijt me oprecht, oké?'

'Kijk me eens aan, lieverd. Toe, kijk me even aan. Ik ben niet boos op je. Alleen maar verrast. Je bent altijd zo zorgzaam voor Judson.'

'Het spijt me!'

Ach, dat arme joch. Ze nam zijn handen in de hare en zoende hem op zijn hoofd.

'Jay vermaakte zich prima,' zei hij. 'Hij zat beneden yahtzee te spelen, en zo dronken was ik echt niet. Het was alleen...'

'Je bent bij de verkeerde vrouw thuis dronken geworden.'

Hij grinnikte zwakjes. Haar mening over Doris Haefle was hem bekend. Ze vertelde hem wel meer dingen die ze ongezegd liet tegen haar andere kinderen. En ze had hem nu nog veel meer te vertellen. De warmte van zijn handen, de fysieke nabijheid van de jongen van wie ze zo extra veel hield, het brandde een gat in haar fantasieën over Bradley. 'Kom, we gaan naar huis,' zei ze.

Toen ze met hun jassen terugkwam van de garderobekast, zat Perry van een bordje gehaktballetjes te eten. Ze waren heel verlokkelijk, maar dat waren haar sigaretten ook. De oude cycli van honger en de onderdrukking daarvan met nicotine, van spanning en ontspanning, het kwam allemaal weer terug. Ze liet Perry het bordje leegeten en ging alvast op de stoep voor het huis een sigaret staan roken.

Ze was pas halverwege toen hij achter haar naar buiten kwam. Even voelde ze zich betrapt en wilde ze in een impuls de sigaret weggooien, maar ze vond het belangrijk dat hij haar zag zoals ze werkelijk was.

Hij zette grote, verbaasde ogen op als een cartoonfiguur. 'Wat ben je aan het doen, als ik vragen mag?'

'Ik ben vanavond zelf ook in overtreding.'

'Róók jij?'

'Vroeger, lang geleden. Maar het is een ontzettend slechte gewoonte en jij moet er nooit mee beginnen.'

'Doe wat ik zeg, niet wat ik doe.'

'Precies.'

Hij trok de deur dicht en stapte in zijn rubbers. 'Mag ik er toch eentje proberen?'

Ze zag haar fout in. Het moment zou komen waarop hij haar roken als excuus zou aangrijpen om het zelf ook te gaan doen. Alweer iets om zich schuldig over te voelen jegens hem. Nieuwe spanning, die ze onderdrukte met een ferme haal.

'Perry, luister naar me. Er is één ding dat ik je nooit zou vergeven. Ik vergeef het je nooit als je gaat roken. Begrijp je wat ik zeg?'

'Eigenlijk niet,' zei hij terwijl hij de gesp van een rubber vastmaakte. 'Maar ik vind je helemaal niet hypocriet, hoor.'

'Ik ben ermee begonnen toen nog niemand wist hoe gevaarlijk het is. Jij bent veel te intelligent om die fout nu nog te maken.'

'Maar ondertussen sta je hier dus te roken.'

'Ja, maar daar zijn redenen voor. Wil je horen welke?'

'Wat ik vooral wil is dat je niet doodgaat.'

'Ben ik ook niet van plan, lieffie. Maar er zijn dus wat dingen die je van me zou moeten weten. Hoe voel je je intussen?'

'De roes is onderhand wel uitgeroest, heb ik de indruk.'

In het verhaal dat ze hem onderweg naar huis begon te vertellen, kwam geen Bradley Grant voor. Geen enkele man buiten zijn vader. De sneeuw, die een dikke laag had gevormd en bleef vallen, gaf haar stem een eigenaardige helderheid, maar maakte ook dat hij niet ver droeg, alsof de wereld een uitvergroting was van haar schedel. Perry luisterde in stilte, bood haar zwijgend een ondersteunende hand waar de sneeuw in hopen lag opgestuwd. Tot nu toe had ze de zelfmoord geheimgehouden voor haar kinderen. Zelfs tegen Russ zweeg ze er al vele jaren over. Ze had de indruk dat het onderwerp hem beangstigde, of ongemakkelijk maakte, zoals vrijwel alles aangaande haar gevoelsleven. Perry's ogen gingen schuil onder de capuchon van zijn parka, en toen ze over haar instabiliteit in de periode na de zelfmoord begon (het uitschakelen van haar zelfbewustzijn, de leemten, de maandenlange slapeloosheid, de wekenlange lethargie), had ze geen idee hoe hij het onderging.

Ze bereikten de pastorie voordat ze klaar was met vertellen. Op de oprit waren twee verse voetsporen te zien, een komend en een gaand. In de veronderstelling dat het de voetafdrukken van Clem waren, riep ze zijn naam zodra ze met Perry de keuken binnenging, maar het huis was onmiskenbaar verlaten.

'Misschien is hij ook naar het concert,' zei ze. 'En jij zult er ook wel heen willen. We kunnen morgenochtend verder praten.'

Perry knabbelde op een koekje. 'Als je meer te vertellen hebt, laat maar horen.'

Ze haalde de Lucky's uit haar jaszak en zette de achterdeur open voor ventilatie.

'Sorry, lieverd, maar als ik er niet bij kan roken, wordt het te moeilijk.'

Haar handen beefden te erg om een lucifer aan te krijgen. Perry nam haar het boekje uit handen en streek er een aan. Ze voelde zich op de een of andere manier jonger dan hij; eerder dochter dan moeder. Ze inhaleerde dankbaar en probeerde de rook door de open deur naar buiten te blazen, maar de wind blies hem weer naar binnen.

'Doe maar dicht,' zei Perry, 'ik heb een beter idee.'

'De veranda.'

'Nee, de tweede verdieping.'

In het halfdonker van de hal zag ze tot haar verrassing twee grote stukken bagage. In een droomachtige flits dacht ze dat die van haar waren. Dat ze vanavond nog vertrok, misschien wel naar Los Angeles. Maar toen drong het door dat het Clems bagage was. Waarom had hij zo veel spullen meegenomen?

Perry was al naar boven gehold. Hijgend, met haar vergiftigde hart, volgde ze hem naar de bovenste verdieping. Het was een voorraadkamer zonder bezwaarde herinneringen. Ze was na haar opsluiting met slechts één koffer bij haar oom Jimmy aangekomen, en voor ze met Russ trouwde had ze haar dagboeken verbrand in Jimmy's open haard, het laatste bewijsmateriaal van de Marion die ze was geweest. De oudste relieken in deze kamer kwamen uit Indiana; een wiegje en een kinderstoel die ze voor het laatst voor Judson hadden gebruikt, een cederhouten kist met beddengoed en dekens die het bewaren niet waard waren, een kast vol kleren die wel nooit meer in de mode zouden komen, een beschimmelde legertent waarvan Russ abusievelijk had aangenomen dat het gezin er ooit mee uit kamperen zou gaan. Een en al treurigheid.

Zonder het licht aan te knippen opende Perry het lattenraam van de dakkapel. 'Dit huis heeft een soort schoorsteenwerking,' zei hij. 'Zelfs met de deur dicht trekt de lucht altijd naar buiten.'

'Het lijkt nogal een vertrouwde omgeving voor je.'

'Je kunt de buitenste vensterbank als asbak gebruiken.'

'Wacht eens even, zeg je me nu dat je rookt?'

'Maak je verhaal nou maar af, mam. Ik dacht dat je nog zoveel te vertellen had.'

Er stond inderdaad een trek naar buiten. Toen ze haar hoofd door het raam naar buiten stak, bleef het omgeven door verwarmde lucht – vlokken op haar gezicht zonder de sneeuw te voelen, roken zonder rook om haar hoofd te hebben.

'Goed, nou,' zei ze. 'Het eindigde ermee dat ik doordraaide. Ik werd opgepakt door de politie toen ik op kerstochtend over straat doolde. Morgen is het dertig jaar geleden. Ze brachten me naar het ziekenhuis, en vandaar werd ik overgeplaatst naar de vrouwenafdeling van Rancho Los Amigos. Geen plek waar je ooit zou willen verblijven, geloof me. Ze moesten me wel opnemen, maar opgesloten zitten in een inrichting met tralies voor de ramen, omringd door vrouwen die nog gekker waren dan ik... ik snap nog steeds niet hoe ik weer beter heb kunnen worden. De psychiaters zeiden dat ik gelukkig nog de hersenen van een adolescent had. Een plastisch brein noemden ze het. Het leek ze mogelijk dat mijn hormonen wel weer tot rust zouden komen, dat ik ze overprikkeld had door te lang alleen te zijn, en... nog wat dingen. Ik geloofde dat niet echt, maar er was een lijst gedragingen die je moest vertonen voordat ze je weer lieten gaan, en ik zorgde er in mijn wanhoop wel voor dat ik ze na verloop van tijd allemaal vertoonde. Dus, tja, nu weet je iets belangrijks over me: ik ben op mijn twintigste gedwongen opgenomen geweest in een inrichting.'

Ze drukte haar sigaret uit op de buitenste vensterbank.

'Snap je nu waarom ik dit voorjaar zo bezorgd over je was? Jij en ik... wij lijken zo sterk op elkaar, heel anders dan de anderen. Je slaapproblemen, je stemmingswisselingen, ik denk dus dat je dat allemaal van mij hebt. Van mijn kant van de familie. Ik vind het verschrikkelijk, maar het is iets wat je moet weten. Ik wil niet dat je ooit hoeft door te maken wat ik heb doorgemaakt.'

Het was niet makkelijk om zich van het raam af te wenden, maar ze deed het. De voorraadkamer was minder donker nu haar ogen waren gewend. Perry zat op de dekenkist, naar de vloer te kijken. Toen ze in zijn gezichtsveld neerhurkte, liet hij zijn kin op zijn borst zakken.

'Je vader weet niets van dit alles,' zei ze. 'Ik heb hem nooit over die opname verteld omdat ik beter was geworden. Ik was al een paar jaar beter toen ik hem leerde kennen, en dat moet je goed onthouden. De psychiaters hadden gelijk, ik ben het toen inderdaad ontgroeid.'

Ze wist dat dit deels een leugen was, en herhaalde het om erin te kunnen geloven.

'Je hoeft nooit over me in te zitten, lieverd. Maar ik ben wel bezorgd om jou. Je bent nog maar een tiener, en je bent me zo vreselijk dierbaar. Je moet me altijd vertellen wat er in je hoofd omgaat. Als er een probleem is, kunnen we daar samen aan werken, maar dan moet je wel eerlijk tegen me zijn. Wil je dat voor me doen? Wil je me vertellen wat er in je omgaat?'

Ze rook de wodka op zijn verhitte adem. Doordat ze hardop tegen hem gezegd had waar ze zich het schuldigst om voelde, leek het groter, echter, onontkoombaarder. Ze dacht aan haar eerdere aarzeling bij de kamerdeur van het propje – het gevoel dat ze voor de keuze stond om zich aan Gods wil te onderwerpen en zich aan Perry te wijden, of goddeloos voor zichzelf te kiezen. Het was wreed hoe die twee opties elkaar leken uit te sluiten. Ze voelde haar vervoering van een paar uur geleden verdampen in de hete adem van haar zoon. Het verlangen naar Bradley verzwakte.

'Lieverd? Zeg iets, alsjeblieft.'

Met een hees geluidje dat in de verte op een lach leek ging hij rechtop zitten en keek de kamer rond alsof zij niet op haar hurken voor hem zat. 'Wat moet ik erop zeggen? Het is niet echt een grote verrassing.'

'Hoe bedoel je?'

Hij glimlachte. 'Ik wist al dat ik gedoemd was, hè.'

'Nee, nee.'

'Ik zeg niet dat het jouw schuld is, mam. Het feit ligt er gewoon. Er schuilt iets slechts in mijn hoofd.'

'Welnee, lieverd. Je bent hyperintelligent en gevoelig. Dat hoeft geen nadeel te zijn. Het kan zelfs iets heel goeds zijn.'

'Nee, hoor. Wacht, ik zal het je laten zien.'

Hij kwam verrassend kwiek overeind, stapte op de dekenkist en pakte een schoenendoos die boven op de klerenkast stond. Dit was wel de laatste reactie die ze van hem had verwacht. Hij leek niet in het minst bezorgd om haar, en al helemaal niet bang voor zichzelf. Alsof hij een hendel had overgehaald en alles buiten zich sloot. Die hendel kende ze. Het was de ergst denkbare straf om te moeten zien dat haar zoon er ook een had.

Hij haalde het deksel van de doos en hield een zak van doorzichtig plastic omhoog, die gevuld leek met gedroogde plantendelen. 'Kijk,' zei hij, 'dit zijn de zaadjes en steeltjes van wat ik hier heb zitten roken. Dit zakje komt grofweg overeen met tien procent van mijn totale consumptie, hier en elders.' Hij grabbelde in de doos. 'Hier heb je mijn papiertjes, en hier de pijp die niet beantwoordde aan de verwachtingen die ik ervan had. Mijn trouwe Bic-aansteker, natuurlijk. Pincet. Flesje mondwater. En dit...' Hij hield een glimmend apparaatje voor haar op. 'Dan moet je dit ook maar weten. Een tamelijk handzaam weegschaaltje. Nuttig attribuut voor wie in dope handelt.'

'Heilige moeder Gods.'

'Tja, je wilde dat ik eerlijk tegen je was.'

Hij deed het deksel weer op de doos. Zakelijk, emotieloos. De gedachte drong zich op dat de Perry in haar hoofd niets anders was geweest dan een sentimentele projectie, afgeleid van het schattig jongetje dat hij ooit was. Ze kende de echte Perry net zomin als Russ de echte Marion kende.

'Hoe heeft dit allemaal zo snel kunnen gebeuren?' zei ze, doelend op het proces waarbij hij een vreemde voor haar was geworden.

'Drie jaar is niet zo snel, toch?'

'O, hemel. Drie jaar? Wat ben ik stom en blind geweest.'

'Niet per se, hoor. Het is niet moeilijk om roesmiddelen verborgen te houden als je een strikt protocol hanteert.'

'Ik dacht dat wij zo'n nauwe band hadden.'

'Hebben we ook, in zekere zin. Maar wees eerlijk, ik wist nou ook niet echt alles van jou, hè? Me dunkt dat je me zonet een aantal nieuwe dingen hebt verteld.'

'Maar jij handelt in drugs. Dat is van een compleet andere orde.'

'Ik ben er ook niet trots op.'

'Je moet geen drugs verkopen, jongen.'

'Let wel, dat doe ik ook niet langer. Ik ben weer met een schone lei begonnen. Waar je Becky trouwens voor bedanken mag.'

'Bécky? Becky weet hiervan?'

'Niet wat dat handelen betreft, denk ik. Maar voor de rest, ja, voor de rest is ze vrij goed op de hoogte.'

Bij het beeld dat nu opdoemde van haar kinderen die samenspanden om haar buiten te sluiten, voelde Marion een duizelingwekkende terugkeer van haar vervoering. Het was wel duidelijk dat ze niet de onmisbare moeder en vertrouwenspersoon was waarvoor ze zichzelf had aangezien. Ze had Russ om de tuin geleid, maar haar kinderen kennelijk niet, en haar dierlijke intelligentie zag hier meteen een soort vrijbrief in: als ze toch voor zichzelf zou kiezen en vertrok, zou niemand haar echt missen.

'Ik denk dat ik nog een sigaretje neem,' zei ze.

'Toegestaan.'

Ze liep weer naar het raam en stak er een op. Haar vervoering leefde nog volop, de sappen van haar verlangen stroomden nog. Dit of dat. Dit of dat. Het was bijna lachwekkend hoe ze heen en weer stuiterde tussen twee onverzoenlijke uitersten: de godvrezende moeder, de zondares zonder berouw. Ze leunde zo ver mogelijk uit het raam om aan de warmte van het huis te ontsnappen en de winterlucht op haar huid te voelen. Zo ver dat ze een windvlaag voelde, sneeuwvlokken op haar wangen. Alles was één grote puinhoop en o wat was het verrukkelijk.

'Jezus, mam, pas op,' zei Perry.

De elektrisch versterkte zangpartijen van 'Leaving on a Jet Plane', van galm ontdaan door de dichtheid van de menigte in de aula, kwamen door de open zaaldeur naar buiten. Twee meisjes met vingerloze handschoenen en kerstmutsen stonden bij een tafeltje in de vestibule. Ze vroegen drie dollar entree.

'Ik kom niet voor het concert,' zei Clem. 'Ik zoek Becky Hildebrandt.'

'Die is hier. Maar we mogen je niet...'

'Ik geef jullie geen drie dollar.'

In de aula staken de hoofden van de langere concertgangers zwart af tegen de podiumverlichting. Op het podium, in een halve kring en met akoestische gitaren, zaten de gebroeders Isner en een statig meisje dat Amy Jenner heette en haar had dat langer was dan haar bovenlichaam. Clem kon zich Amy nog goed herinneren. Twee jaar geleden had ze hem bij een Crossroads-oefening een briefje toegestopt met: 'ik vind jou sexy'. Woorden die hij te absurd had gevonden om er iets anders in te zien dan een grap, maar nu hij Amy opnieuw zag, en intussen van Sharon had geleerd wat er in het leven te koop was, begreep hij ze toch anders. De heldere stem waarmee ze het verdriet bezong om een geliefde te verlaten, strooide zout in de wond die hij zichzelf in Sharons slaapkamer had toegebracht.

In de bus naar Chicago waren hij en de baby achter hem ten slotte toch in slaap gevallen, maar dat was de misère van het wakker worden niet waard gebleken; de terugkeer van het eenzame besef van wat hij had gedaan was het tegendeel van ontwaken uit een nachtmerrie. Met slopende haast had hij in het treinstation de trein van 19.25 uur naar New Prospect gehaald, waar een barmhartige automobilist hem een lift had aangeboden. Hij had zijn bagage in de hal van de pastorie neergekwakt en was meteen weer naar buiten gelopen, manhaftig ploeterend door de sneeuw en vastbesloten niet meer te slapen tot hij wakker kon worden in de wetenschap dat hij niet alleen op de wereld was.

Hij begaf zich tussen het publiek om Becky op te sporen, maar het concert was tegelijk ook een reünie. Hij werd direct aangeklampt door een volgroeide versie van Kelly Woehlke, een meisje met wie hij zijn kinderjaren in de First Reformed had gedeeld. Ze waren nooit bevriend geweest, en op iedere andere avond dan deze zou haar omhelzing hem onwelkom zijn geweest. Maar nu maakte de aanraking van een warm lichaam hem bijna aan het huilen. De weinige echte vrienden die hij bij Crossroads had gehad waren te antisentimenteel om aan reünies te doen, maar andere ex-leden kwamen nu ook op hem af, en hoezeer hij zich ook een buitenbeentje had gevoeld in de jongerengroep, hoe onaangedaan door de vertrouwensoefeningen en alle gepraat over persoonlijke groei, hij liet zich de omhelzingen nu toch graag welgevallen, alsof het condoleances waren van familie op een uitvaart. Hij vroeg zich af wat Sharon van al dat geknuffel zou denken, en hij wenste meteen dat hij zich dat niet had afgevraagd, want iedere gedachte aan haar, hoe onschuldig ook, maakte een nieuwe golf spijt en gemis los.

Toen hij de hele aula had doorkruist zonder Becky te hebben gevonden, zongen Amy en de broertjes Isner over wat ze zoal met een hamer zouden doen op verschillende uren van de dag. Clems energie was schoon op en hij begon de herrie in de aula een ware kwelling te vinden. Hij had zich vastgelopen aan de zijkant van het podium, vlak voor een stapel speakers, toen hij Davy Goya zag naderen, het kleine broertje van zijn vriend John. Davy was alleen niet klein meer en had zelfs iets ouwelijks. 'Zoek jij Becky?' schreeuwde hij.

'Ja, is ze hier?'

'Ik maak me zorgen om haar. Is ze naar huis gegaan?'

'Nee,' schreeuwde Clem. 'Ik kom net van huis.'

Davy keek ongerust.

'Is er wat gebeurd dan?' schreeuwde Clem.

Het zingen hield genadiglijk op en de speakers brachten nog slechts een laag gebrom voort.

'Ik weet niet,' zei Davy. 'Ze is waarschijnlijk ergens gaan liggen.'

Clems linkeroor werd gevuld door de versterkte zoetsappigheid van Toby Isner, de oudste van de twee muzikale broers. 'Dank jullie wel! Bedankt allemaal. Ik vrees dat we nog maar één nummer kunnen doen.'

Toby wachtte even om een storm van protest te laten opsteken, en iemand in het publiek bleek zowaar bereid iets teleurgestelds te roepen. Toby had een weemakend air van integere gevoeligheid en zong met een zelfingenomen glimlachje dat Clem altijd rillingen had bezorgd. Sinds de laatste keer dat Clem hem had gezien had hij een zwarte baard van Bijbelse afmetingen.

'Ik vind het zo tof, mensen,' zei Toby. 'Zo tof dat we hier allemaal samen zijn vanavond. Al die fantastische vrienden, al die liefde, al die lachende gezichten. Maar ik wil even serieus worden met jullie. Is dat goed? Ik wil dat we allemaal bedenken dat er nog steeds een oorlog gaande is. Op dit moment is het ochtend in Vietnam. Mensen worden daar nog steeds afgeslacht, en weet je, dat moeten we laten ophouden. Kappen met die oorlog, man. Amerika moet Vietnam uit en wel nú. Eens?'

Toby was zo misselijkmakend dat Clem bijna medelijden met hem kreeg. En toch werd er hier en daar geklapt en gejoeld in de zaal. Toby voelde zich gesterkt en riep: 'Ik wil het van jullie allemaal horen! Allemaal samen nu! Wat willen we?'

Hij hield zijn hand achter zijn oor en wat verspreide stemmen, meest vrouwelijk, gaven hem zijn zin. 'Vrede!'

'Harder, man! Wat willen we?'

'*Vrede!*'

'Wat. Willen. We?'

'VREDE!'

'En wanneer?'

'NU!'

'Wij willen vrede!'

'NU!'

Het pleitte voor David Goya dat hij gegeneerd zijn vingernagels stond te bekijken, maar Clem kreeg de indruk dat alle anderen in de zaal meededen. Voordat hij Sharon leerde kennen, had hij bij heel wat demonstraties menige leus geroepen, maar het klonk hem nu zo vervreemdend in de oren dat hij zich begon te schamen. Schaamte omdat hij geen tegengas gaf. Schaamte voor de omhelzingen met al die ex-leden. Niet alleen omdat ze hier veilig en schijnheilig stonden te doen, maar ook omdat ze niet walgden van Toby Isner. Als hij deze mensen ooit had kunnen uitstaan, was dat nu definitief voorbij.

Toby liet de vuist zakken waarmee hij het spreekkoor had gedirigeerd en sloeg de eerste akkoorden aan van 'Blowin' in the Wind'. Er gingen extatische kreten op uit het publiek, en Clem kon er nu echt niet meer tegen. Hij werkte zich met zijn ellebogen de aula uit naar de middengang van de kerk, waar de toiletten waren. Hij duwde de deur van de dames-wc een stukje open. 'Becky?'

Geen antwoord. Hij keek achter de andere twee deuren in de gang, ook niks. Achter zich hoorde hij nog steeds de stem van Toby Isner, zag voor zich hoe die daar door zijn baard stond te kwelen, en bereikte de entreehal van de kerk. In de hoek zat een meisje in een motorjack een sigaret te roken. Het was Laura Dobrinsky.

'Hé, Laura, leuk je te zien. Ik zoek... heb jij misschien mijn zus gezien?'

Laura nam een zijdelingse haal en deed alsof ze hem niet opmerkte. Ze zag eruit alsof ze had gehuild.

'Sorry dat ik je lastigval,' zei hij. 'Maar ik zoek Becky.'

Tussen Laura en hem heerste het gemak van twee mensen die allang wisten dat ze elkaar niet mochten. Ze nam nog een haaltje. 'Daarnet was ze nog knetterstoned.'

'Ze was wát?'

'Knetterstoned.'

Het duizelde hem alsof hij een stoot op zijn kin had gehad. Dus daarom was David Goya bezorgd. Hij liet Laura aan haar muizenissen over en rende de trappen op naar de ontmoetingszolder van Crossroads. Toen hij de deur openduwde zag hij in het binnenvallende licht een meisje op een bank liggen, met een magere jongen op zich. Ze hadden alle twee hun kleren nog aan en het meisje was gelukkig niet Becky.

'Sorry. Heeft een van jullie Becky Hildebrandt gezien?'

'Nee,' zei het meisje. 'Ga weg.'

Zijn slaapgebrek bonkte in zijn hoofd toen hij de zoldertrap af liep. Als hij niet zeker wist dat hij zich er alleen maar beroerder door zou voelen, was hij even gaan zitten voor een sigaret. Zijn ogen waren doorbakken, zijn hoofd gonsde, zijn schouders deden pijn van het sjouwen met zijn bagage, zijn mond smaakte zuur van de koekjes die hij in de pastorie naar binnen had gewerkt, en zijn zorg om Becky maakte dat alles vrijwel ondraaglijk. Hij wist dat Perry blowde, maar Becky? Hij had haar nodig als het scherpe, heldere meisje dat ze was. Hij moest haar aan zijn kant hebben voordat hij zijn ouders over zijn besluit vertelde.

De gang van de eerste verdieping was donker, maar de deur van Rick Ambrose stond een stukje open. Clem had het altijd gewaardeerd dat Ambrose begrip opbracht voor zijn ambivalente houding ten aanzien van Crossroads, en hij waardeerde hem nu omdat hij niks met dat concert te maken wilde hebben. Hij gluurde naar binnen voor het geval dat zijn zus in de kamer zat. Ambrose zat onderuitgezakt in zijn bureaustoel een boek te lezen en leek geen gezelschap te hebben.

Verderop in de gang zag Clem een streep licht onder de deur van de hulpprediker. Het kon niet anders of zijn vader was nu op de kerstreceptie van de Haefles en had kennelijk vergeten het licht uit te doen. Maar toen hij langsliep, hoorde hij een vrouwenstem lachen. Becky?

Hij bleef staan. Had ze misschien een sleutel van het kantoor? Hij klopte op de deur. 'Becky?'

'Wie is daar?'

Zijn bloeddruk sprong omhoog – dat was de stem van zijn vader. Clem had er niet op gerekend hem tegen te komen, had erop gerekend hem níet tegen te komen, voordat hij Becky zou spreken om haar zegen voor zijn besluit te krijgen.

'Ik ben het, Clem,' zei hij. 'Is Becky daar?'

Na een stilte die lang genoeg aanhield om bevreemding te wekken, maakte zijn vader de deur open. Hij droeg zijn oude jas uit Arizona en zijn gezicht was opvallend bleek. 'Hé, Clem.'

Hij leek niet al te blij zijn zoon te zien. Achter hem, in een geruit winterjack met bijpassende kleppet, stond een blozend jongetje dat, toen hij nog eens keek, een vrouw met kort haar was.

'Is Becky hier ook?'

'Becky? Nee, eh, nee. Dit is mevrouw Cottrell, een van onze gemeenteleden.'

De vrouw zwaaide naar Clem. Ze had een bijzonder knap gezicht.

'Dit is mijn zoon Clem,' zei zijn vader over zijn schouder. 'Mevrouw Cottrell en ik stonden op het punt om, eh... hé, misschien kun jij ons helpen? De mensen die het parkeerterrein hebben geruimd, hebben een sneeuwmuur voor haar auto opgetrokken. Ze moet worden uitgegraven. Kun jij een handje helpen?'

Mevrouw Cottrell kwam erbij staan en stak haar hand naar Clem uit. Haar handdruk was koud en stevig.

'Vergeet je platen niet, Frances. Ik denk... o, Clem, volgens mij heb ik een paar schoppen bij de voordeur zien staan. Mevrouw Cottrell en ik waren pas laat... we waren bij Theo's kerk in de stad, en, eh, nou, op de terugweg hebben we een ongelukje gehad.'

Clem had geen idee wat hij zojuist had verstoord, maar hij had zijn vader nog nooit zo zenuwachtig gezien.

'Ik ben niet in de stemming om sneeuw te scheppen.'

'Jij? Nee? Met z'n tweetjes hebben we het in een wip geklaard. Zullen we toch even?' Zijn vader knipte het licht uit en zei, opnieuw: 'Vergeet je platen niet.'

'Als het met z'n tweetjes in een wip lukt,' zei Clem, 'zal het in je eentje ook geen hels karwei zijn.'

'Clem, ze moet onderhand echt naar huis.'

'Maar als ik niet had aangeklopt...'

'Kom op, joh, doe me een plezier. Jij schuwt een beetje werk toch niet?'

Zijn vader hield de deur open voor de knappe vrouw, die naar buiten stapte met een stapel oude platen. Alles aan haar was rank en begerenswaardig, en Clem had er geen goed gevoel bij. Hoewel hij Becky had gewaarschuwd dat zwakkelingen als hun vader altijd op een streling van hun ego uit waren en er niet voor terugdeinsden om hun vrouw te bedriegen, was het weerzinwekkend om te denken dat het nu misschien wel echt gebeurde – dat zijn vader, die jammerlijk gefaald had in de poging net zo hip als Ambrose te worden, achter iemand aan zat die veel jonger was. Kon ze niet zien wat voor min mannetje hij was?

Op het parkeerterrein, waar de sneeuwval iets lichter was geworden, stonden groepjes ex-leden hun pauzesigaretten te roken. Terwijl mevrouw Cottrell de ramen van haar auto schoonveegde, hakten zijn vader en hij in op de sneeuwbarrière die ervoor lag. Om de auto over de resterende hobbel te krijgen moesten ze van achteren duwen – vader en zoon net als vroeger in eendrachtige samenwerking, en mevrouw Cottrell die kleine beetjes gas gaf. Toen ze er eindelijk overheen was, reed ze een stukje en draaide haar raampje omlaag.

Uit dat raampje kwam een delicate hand, met een wenkende wijsvinger. Een nogal ongebruikelijk gebaar van een gemeentelid naar haar pastor.

De vinger wenkte opnieuw.

'Ah, momentje,' zei zijn vader, en hij holde naar de auto en boog zich naar het geopende raam. Clem kon niet horen wat mevrouw Cottrell zei, maar het moest fascinerend zijn, want zijn vader leek hem op slag te vergeten.

Na zich een minuut te hebben staan ergeren aan het tête-à-tête, liep hij met de schoppen terug naar de kerk. Hij had intussen al gezien dat de stationwagen van de familie voor de hoofdingang stond, maar het viel hem nu pas op dat de achterkant danig was verminkt. De bumper was eraf, het achterlicht kapot. De bumper lag in de auto.

Hij hoorde banden piepen en zag zijn vader zich achter hem aan haasten.

'Ja, daar kun je me morgen mee helpen,' zei hij met een knikje naar de Fury. 'Als we die deuk eruit kloppen, krijgen we de bumper wel weer bevestigd.'

Clem staarde naar de schade. Zijn borst was zo vol woede dat het moeite kostte iets te zeggen. 'Waarom ben je niet op de kerstreceptie van de Haefles?'

‘Tja, nou,’ zei zijn vader, ‘je ziet zelf de reden. Frances en… mevrouw Cottrell en ik hadden nogal wat oponthoud in de stad. Ik moest ook nog een band verwisselen.’

Clem knikte, en merkte dat zijn nek stijf was van woede. ‘Wat deed ze eigenlijk in je kantoor als ze zo’n haast had om naar huis te gaan?’

‘Aha. Ja. Ze nam nog even wat platen mee die ik… had geleend.’

Zijn vader klingelde met zijn autosleuteltjes. ‘Ik neem je met plezier mee naar huis, maar je zult het concert wel willen zien.’

Zonder bumper leek de achterkant van de Fury op een gezicht zonder mond.

‘Ze maakte niet echt een haastige indruk, moet ik zeggen.’

‘Ja, ze… daarnet? Ze had nog wat, eh… dat ging over de dinsdagkring.’

‘Werkelijk?’

‘Ja, werkelijk.’

‘Gelul.’

‘Pardon?’

Er kwam gejuich uit de aula.

‘Je liegt.’

‘Hé, wacht eens even…’

‘Want ik weet hoe je bent. Ik zie mijn hele leven al hoe je bent en ik ben het beu.’

‘Dat is… ik weet niet wat je insinueert, maar je zit er lelijk naast.’

Clem draaide zich naar zijn vader. De angst in diens gezicht ontlokte hem een lachje. ‘Leugenaar.’

‘Ik weet werkelijk niet wat je denkt, maar…’

‘Wat ik denk is dat mam bij de Haefles is, en dat jij je stond uit te sloven voor een vrouw die niet mijn moeder is.’

‘Dat is… er is niets mis mee als een pastor zich bekommert om een van zijn gemeenteleden.’

‘Jezus christus, alleen het feit dat je daarmee aankomt.’

Een drumroffel, conga’s en nieuw gejuich. De laatste rokers haastten zich naar binnen. Alsof muziek ooit iets oploste. *Vrede, man. Kappen met die oorlog*. Clems verachting voor de Crossroads-hippies verhevigde de verachting voor zijn vader. Hij had altijd de pest gehad aan plaaggeesten, maar hij begreep nu hoe iemands angst agressie kan opwekken. Hoe de aanblik van zo iemand om wreedheid vroeg. Of geweld zelfs.

Zijn vader sprak weer, met een zachte en onvaste stem. ‘Mevrouw Cottrell en ik hadden spullen afgeleverd bij Theo. We waren al laat bij vertrek, en toen ging het…’

'Jaja, laat dat gelul maar. Je verhaal kan me niet schelen. Als je zo nodig buiten de deur wilt neuken, ga je gang, het is een vrij land. Als je je daar meer man door voelt, mij een rotzorg.'

Zijn vader keek hem vol afschuw aan.

'Ik ben hier binnenkort toch weg,' zei Clem. 'Ik had het vanavond nog even voor me willen houden, maar je mag het best al weten. Ik ben gestopt met de universiteit. Ik heb al een brief naar de dienstplichtcommissie gestuurd. Ik ga naar Vietnam.'

Hij liet de schoppen op de grond vallen en liep weg.

'Clem,' zei zijn vader. 'Clem! Kom terug!'

Clem stak achterwaarts zijn middelvinger op en liep de kerk in. De entreehal was leeg. Laura Dobrinsky had twee peuken en een hoopje as achtergelaten. Hij stond te bedenken waar hij Becky moest zoeken toen de deur achter hem openvloog.

'Waag het niet weg te lopen!'

Hij holde de trap op naar de eerste verdieping, moest nog in de voorhal en de kerkzaal kijken. Hij was halverwege de gang toen zijn vader hem inhaalde en bij zijn schouder greep. 'Waarom loop je voor me weg?'

'Houd je handen thuis. Ik zoek Becky.'

'Die is bij de Haefles met je moeder.'

'Nee, dat is ze niet. Becky is je ook zat.'

Zijn vader keek schichtig naar de openstaande kamerdeur van Ambrose, draaide zijn eigen deur van het slot en fluisterde: 'Als je me iets te zeggen hebt, zou je zo beleefd kunnen zijn om niet weg te lopen voordat ik antwoord kan geven.'

'Beleefd?' Clem stapte achter hem aan zijn kantoor binnen. 'Beleefd als in: mam alleen naar de Haefles laten gaan en jezelf hier vermaken met je vriendinnetje?'

Zijn vader knipte het lichte aan en duwde de deur dicht. 'Als je nou even kalmeert, leg ik je graag uit wat er vanavond is gebeurd.'

'Ja, maar kijk me er goed bij aan, pap. Let goed op mijn gezicht en zie of ik er een woord van geloof.'

'Zo is het genoeg.' Zijn vader was nu ook boos. 'Je hebt je met Thanksgiving al misdragen, en nu misdraag je je nog veel erger.'

'Omdat ik je kotsbeu ben.'

'Ik ben jouw gebrek aan respect beu.'

'Heb je enig idee hoe gênant het is om jouw zoon te zijn?'

'Genoeg, zei ik!'

Clem had wel zin in een vechtpartij. Hij had sinds junior high geen klappen meer uitgedeeld. ‘Wat? Wil je matten? Durf je me aan?’

‘Nee, Clem.’

‘O ja, meneer Geweldloosheid, dat is ook zo.’

Zijn vader schudde het hoofd in een vertoon van christelijke verdraagzaamheid. Clem had hem met alle plezier tegen de muur gesmeten, maar dan ging hij alleen nog maar meer de christelijke martelaar uithangen. De enige manier om hem te raken was met woorden.

‘Heb je nou gehoord wat ik op het parkeerterrein zei? Ik stop met mijn studie.’

‘Wat ik hoorde was dat je kwaad was en me wilde provoceren.’

‘Niks provoceren. Ik stop met mijn studie, klaar.’

Zijn vader liet zich op zijn draaistoel zakken. Er stak een blanco vel papier uit zijn schrijfmachine. Hij trok het eruit en streek het glad. ‘Het spijt me dat dit zo uit de hand is gelopen. Ik hoop dat we morgen rustiger kunnen praten.’

‘Ik heb de dienstplichtcommissie aangeschreven, pap, en die brief vanochtend op de post gedaan.’

Zijn vader knikte in zichzelf alsof hij wel beter wist. ‘Je kunt dreigen wat je wilt, maar je gaat niet naar Vietnam.’

‘Wil je wedden?’

‘We hebben onze meningsverschillen, maar ik ken je. Je maakt mij niet wijs dat je serieus van plan bent soldaat te worden. Dat is te gek om los te lopen.’

De zelfgenoegzame overtuiging van zijn vader – dat een zoon van hem niets anders kon zijn dan zijn evenbeeld – wakkerde Clems wreedheid verder aan.

‘Ik weet dat jij het je niet kunt voorstellen,’ zei hij, ‘maar er zijn mensen die willen staan voor waar ze in geloven. Jij kunt met je schattige gemeentelidje de lieve blanke gaan uithangen in Theo’s kerk. Je kunt in Englewood wat onkruid uit de grond trekken en jezelf een weldoener vinden. Je kunt meelopen in je knusse protestmarsjes en daarover opscheppen tegen je lelieblanke gemeente. Maar als puntje bij paaltje komt, zie je er geen been in om mij te laten studeren en een zwarte jongen mijn plaats in Vietnam te laten innemen, of een arme blanke jongen uit Appalachia. Of een arme Navajo, zoals de zoon van Keith Durochie. Denk je soms dat je meer bent dan Keith? Denk je dat mijn leven meer waard is dan dat van Tommie Durochie? Heb je er vrede mee dat ik in de collegebanken zit terwijl Navajojongens moeten sneuvelen? Is dát niet te gek om los te lopen?’

Hij zag met voldoening hoe zijn vader in verwarring raakte toen hij doorkreeg dat zijn zoon het meende.

'Er hoort geen enkele Amerikaanse jongen in Vietnam te zitten,' zei zijn vader zachtjes. 'Ik dacht dat we het daarover eens waren.'

'Dat ben ik ook met je eens. Het is een smerige oorlog. Maar dat wil niet...'

'Het is een *immorele* oorlog. Iedere oorlog is immoreel, maar deze is het bij uitstek. Ieder wie erin meevecht heeft deel aan die immoraliteit. Het verbaast me dat ik je dat moet uitleggen.'

'Ja, nou, ik ben niet zoals jij, pap. Mocht dat je nog niet zijn opgevallen. Ik heb de weelde niet gekend om als doopsgezinde ter wereld te komen. Ik geloof niet in een metafysische godheid aan wiens geboden ik moet gehoorzamen. Ik moet mijn eigen ethiek volgen, en ik weet niet of jij het nog weet, maar mijn lotnummer was negentien.'

'Natuurlijk weet ik dat nog. En je hebt gelijk: het was een immense opluchting voor mij en je moeder toen je dat uitstel van militaire dienst kreeg. En als ik me goed herinner, was jij niet minder opgelucht.'

'Alleen omdat ik er niet goed over had nagedacht.'

'En dat heb je nu dan alsnog gedaan. Prima. Ik begrijp waarom je het oneerlijk vindt dat studenten uitstel van dienst krijgen. Dat is een legitiem bezwaar. En ik kan ook nog begrijpen dat je je verplicht voelt je land te dienen, door dat lotnummer. Maar in déze oorlog dienen is waanzin.'

'Voor jou misschien. Voor mij is er geen alternatief.'

'Je hebt het al een jaar uitgesteld, waarom niet nog een semester? De meeste troepen zijn al gerepatrieerd. Ik betwijfel of ze over zes maanden nog nieuwe rekruten aannemen.'

'En dat is dus precies waarom ik het nu doe.'

'Waarom? Om je standpunt uit te dragen? Dat kun je ook doen door je uitstel te verruilen voor een weigering als gewetensbezwaarde. Als zoon van een geestelijke, uit een familie van geestelijken, sta je sterk.'

'Ja, zoals jij destijds gedaan hebt. Maar weet je wat? De man die in '44 jouw plaats innam kwam waarschijnlijk uit de blanke middenklasse. Die morele luxe heb ik niet.'

'Luxe?' Zijn vader gaf een boze klap op zijn stoelleuning. 'Het was geen morele luxe, het was een morele kéuze. En dat de meeste Amerikanen achter die oorlog stonden, maakte mijn keuze moeilijker, niet makkelijker. Wij werden verraders genoemd. Lafaards waren we, en ze probeerden onze ouders de stad uit te jagen. Sommigen kwamen zelfs in de gevangenis terecht. Ieder van ons heeft toen de tol betaald.'

Clem herinnerde zich hoe trots hij ooit op de principes van zijn vader was geweest; hij voelde zijn argumentatieve teugels uit zijn handen glijden en gaf er een venijnige ruk aan. 'Ja, gelukkig voor jou waren er toen meer dan genoeg mannen die tegen de fascisten wilden vechten.'

'Dat was hún morele keuze, en ik erken graag dat die vanuit bepaalde gezichtspunten viel te rechtvaardigen. Maar Vietnam? Voor onze aanwezigheid daar bestaat geen enkele rechtvaardiging. Het is een zinloos bloedbad. De jongens die we er afslachten zijn vaak nog jonger dan jij.'

'Die strijden tegen andere Vietnamezen, pap. Je kunt sentimenteel doen wat je wilt, maar Noord-Vietnam is de agressor. Die jongens hebben ervoor getekend te doden, en dat doen ze met overgave.'

Zijn vader trok een zuur gezicht. 'Sinds wanneer praat jij Lyndon Johnson na?'

'Ik weet dat LBJ een charlatan was. Hij tekende met zijn ene hand de wet op de burgerrechten, en stuurde met de andere hand jongens uit het getto naar Vietnam. Daar heb ik het over, morele hypocrisie.'

Zijn vader zuchtte alsof verder praten geen zin had. 'En het kan je niet schelen wat ik hier als je vader bij voel, om nog te zwijgen van de gevoelens van je moeder.'

'Sinds wanneer trek jij je iets aan van haar gevoelens?'

'Daar trek ik me heel veel van aan.'

'Gelul. Ze staat altijd voor je klaar en jij behandelt haar als vuil. Denk je dat ik dat niet doorheb? Denk je dat Becky het niet doorheeft? Hoe kil je tegen mam bent? Je lijkt soms wel te wensen dat ze er niet meer was.'

Zijn vader maakte een gepijnigde grimas. Die stoot was raak. Clem wachtte tot hij zich oprichtte, zodat hij hem opnieuw kon vloeren, maar zijn vader zat daar alleen maar. Kennelijk weerloos tegen Clems redeneervermogen, en hoe die zijn gebreken doorzag. In de stilte kwam het gedreun van een verre basgitaar door de deur.

'Maar goed,' zei Clem. 'Je kunt niets doen om me tegen te houden. Die brief is al onderweg.'

'Dat klopt,' zei zijn vader. 'Volgens de wet ben je vrij om te doen wat je wilt. Maar in emotioneel opzicht ben je nog erg jong. Piepjong en, als ik het zeggen mag, heel erg op jezelf gericht. Het enige wat er voor jou toe lijkt te doen, is vasthouden aan je opvattingen.'

'Zwaar werk,' zei Clem, 'maar iemand moet het doen.'

'Jij lijkt te geloven dat je helder denkt, maar ik hoor iemand die vergeten is hoe hij naar zijn hart moet luisteren. Je denkt dat ik je niet begrijp, maar ik weet hoe het je zou schokken, compleet zou verpletteren, om een kind te zien dat verbrand is met napalm, of een dorp dat zomaar is platgebombardeerd. Je kunt redeneren wat je wilt, je kunt je hart bedelven onder de argumenten, maar ik weet dat je het nog steeds in je lijf hebt. Ik heb het zien groeien, jongen, ik heb twintig jaar lang je goede hart gezien. Mijn God, wat ben ik altijd trots op je karakter geweest. Je vriendelijkheid, je ruimhartigheid, je trouw, je rechtvaardigheidsgevoel, je... goedheid.'

Zijn vader viel stil, overmand door emotie. Tot op dit moment was het niet bij Clem opgekomen dat er tussen hem en zijn vader iets anders dan strijd kon zijn. Dat zijn agressie onbeantwoord zou kunnen blijven. Het voelde oneerlijk, ondraaglijk, dat zijn vader doorging met van hem te houden. Hij wist niets meer te zeggen, rukte de deur open en holde de gang in. Om zijn opkomende berouw te ontwijken gingen zijn gedachten in een reflex uit naar degene die zijn standpunt wel onderschreef, zijn overtuigingen deelde en zich vrijelijk en volledig aan hem had gegeven. Maar de gedachte aan Sharon verdiepte zijn berouw alleen maar, want hij had vanochtend nog haar hart gebroken. Ruw, met kille verstandelijkheid. Hij had haar geveld met haar eigen morele argumenten, en ze had er niets anders op gezegd dan: 'Je breekt mijn hart.' Hij kon de woorden zo duidelijk horen dat ze net zo goed naast hem had kunnen lopen.

Het viel niet te zeggen hoelang Becky nog in de kerkzaal had kunnen blijven om zich aan haar ontdekking van het geloof te wijden, maar ze had niets meer gegeten sinds de suikerkoekjes van de vorige avond. Naarmate Gods goedheid het kwaad van de marihuana verdreef, ze had alleen nog last van branderigheid in haar ogen en borst, en wat warrige gedachteflarden, drongen zich beelden op van de zelfgebakken lekkernijen in de aula. Ze herinnerde zich een sappig ogende chocoladecake, een uienbrood dat een maaltijd op zichzelf had geleken, en een schaal vol *lemon bars*. Hé, dat wist ze nog: lemon bars! Ze was zo uitgehongerd dat ze het bidden ten slotte maar staakte, opstond en bij wijze van verontschuldiging het koperen kruis kuste.

'Ik ben Uw meisje nu,' zei ze hardop. 'Dat beloof ik.'

Bij het horen van haar eigen woorden roerde zich iets in haar onderbuik, alsof haar belofte amoureus van aard was. Het deed denken aan de extase waarmee ze het gouden licht in zichzelf had ervaren. Ze vroeg zich af of haar aanvaarding van Jezus, het bevredigende feit dat ze nu Zijn meisje was, haar in staat zou stellen om aardsere genietingen af te zweren, zoals het zoenen met Tanner Evans. Ze zag nu duidelijk in waarom het verkeerd was geweest om dat te doen voordat hij het had kunnen uitmaken met Laura Dobrinsky, zoals ze ook de verkeerdheid inzag van haar gedrag in zijn ijskoude busje. In plaats van samen met hem het nieuws te bejubelen dat er een agent naar het optreden van de Bleu Notes kwam kijken, deel te hebben aan zijn vreugde, had ze er egoïstisch op aangedrongen dat hij Laura de bons gaf. Maar God had nu duidelijk gemaakt wat haar te doen stond. Ze moest haar excuses maken voor de druk die ze op hem had uitgeoefend. Ze moest hem zeggen dat als hij liever alleen maar vrienden bleef, haar alleen op zondag in de kerk wilde zien om het geloof met haar te bespreken en nooit meer terug te denken aan hun kus, dat ze die vriendschap dan blijmoedig zou koesteren.

Maar eerst moest ze uitvinden of er nog iets over was van die chocoladecake. Het liep al tegen halftien en de concertgangers zouden ook wel trek hebben. Ze liet de deur van de kerkzaal achter zich in het slot vallen en bleef even in de voorhal staan om tot zichzelf te komen. Er klonk geschraap van sneeuw die buiten werd geschept, en ze zag nu pas hoe lelijk de scheur in haar geliefde mantel was. Ze frunnikte aan de losse draadjes en hoopte dat de schade hersteld kon worden. Ze zakte langzaam terug in de wereld van alledag, waarin het niet zou meevallen haar verbondenheid met God in stand te houden. Ze begreep voor het eerst dat mensen konden uitzien naar de dienst op zondag in de kerkzaal.

Ze was blijkbaar toch nog wat stoned, want de gescheurde zak van haar mantel had haar een tijdje beziggehouden zonder concrete gedachten op te leveren, en nu hoorde ze voetstappen op de trap. Er kwam een oudere man de voorhal binnen, met zware bakkebaarden en haar dat kunstmatig in de krul leek gezet. Hij droeg een perzikkleurig leren jack met brede revers. Zijn gezicht klaarde op alsof hij haar herkende. 'O, hé,' zei hij. 'Hé.'

'Kan ik u helpen?'

'Neu, ik kijk wat rond.'

Ze wachtte tot hij verder liep, zodat ze op weg kon naar de baksels in de aula, maar hij kwam met uitgestoken had op haar af. 'Gig Benedetti.'

Het zou onbeleefd zijn geweest zijn hand niet te schudden.

'En jij bent?'

'Becky.'

'Aangename kennismaking, Becky.'

Hij glimlachte haar verwachtingsvol toe, alsof hij nergens anders heen hoefde. Hij was een halve kop kleiner dan zij.

'Bent u… hier voor het concert?' zei ze.

'Dat was wel de bedoeling, ja. Maar dit soort avonden, ik weet niet hoor. De andere show die ik hier in de buurt wilde zien was afgelast.'

Ja, ze was zeker nog een beetje stoned, er zat een vertraging in haar denken, maar nu ging haar een lichtje op. 'Bent u misschien een… agent?'

'Op mijn eigen bescheiden wijze, ja.'

'En hoe heet u ook alweer?'

'Gig, van Guglielmo, als je het jezelf moeilijk wilt maken. Gig Benedetti.'

'U bent hier voor de Bleu Notes.'

Hij leek erg opgetogen over dit gesprek met haar. Zijn ogen snelden langs haar lichaam omlaag en weer terug naar haar gezicht. 'Nou, je kunt óf heel goed raden, óf je bent wie ik hoop dat je bent.'

'En wie zou dat moeten zijn?'

'Die met de geweldige stem. Ik heb me laten vertellen dat je die moet horen om het te kunnen geloven.'

Haar begrip liet weer even op zich wachten, en toen was er een hevige schrik. Die stem, daarmee kon hij alleen maar op Laura doelen. Ze had tot nu toe geen seconde meer stilgestaan bij haar confrontatie met Laura achter de kerk. Alsof ze dronken achter het stuur een ongeluk had veroorzaakt, snel was doorgereden en alles uit haar hoofd had gezet.

'U bedoelt Laura, denk ik.'

'Laura, ja, dat komt me bekend voor. Maar goed, jij bent dus Becky, en niet Laura.'

'Nee, ik ben zeker niet Laura.'

'Ik was heel even hoopvol. Er ligt intussen vijftien centimeter sneeuw en ik hang hier alleen nog rond omdat ik dat meisje wil horen zingen.'

Nu was er geen oponthoud in Becky's begripsvermogen. Ze was meteen verontwaardigd. De man hoorde op Tanner te wachten, die minstens zo getalenteerd was als Laura en bovendien degene met ambitie. Laura maalde niet eens om een agent.

'Het is eigenlijk de band van Tanner Evans, hoor,' zei ze.

'Tanner, ja. Die heb ik vanmiddag gesproken. Aardige knul. Vriend van je?'

'Heel goede vriend.'

En weer gingen zijn ogen op en neer, maar bleven even hangen bij haar borsten. Oudere mannen deden dat steeds vaker, vooral in de Grove. Walgelijk.

'Dus jij bent zijn verkering?' vroeg Gig terloops.

'Niet precies, nee.'

'Aha, nou, wat zou je ervan zeggen als we wat gingen drinken?'

'Nee, dank u.'

'Ik dacht: ze spelen in een kerk, dus hoe laat kan het worden? Ik ging ervan uit dat ik hier om een uur of negen weg kon, halftien hooguit. Maar nee, we moesten eerst naar Peter, Paul en Betty Lou luisteren. En daarna Donny Osmond Santana en zijn bandje. Ik probeer je niet te versieren, hoor, Becky. Ik zag alleen dat er verderop in de straat een leuk kroegje is. Het zou best nog een uur kunnen duren tot die hoofdact komt.'

'Ik drink niet,' zei ze alsof dat het punt was.

'Pfff.'

'En ik heb wel íets met Tanner, dus.'

'Goed, mooi zo, dus toch wel een beetje verkering. Maar dat is reden te meer om mij beter te leren kennen. Ik hoop verdomme maar dat ze... hé, wacht, zit jij ook in die band?'

'Nee.'

'Jammer. Maar kijk, als ik ze geen contract kan aanbieden, heb ik voor niks een roteind door die sneeuwstorm gereden en ook nog naar Peter, Paul en Betty Lou moeten luisteren. Dus het liefst bied ik ze dat contract wél aan, als je begrijpt wat ik bedoel, en als het ervan komt, zien jij en ik elkaar vast vaker. Dus waarom niet beginnen met een drankje?'

'Ik kan echt niet. Ik moet zelfs...'

'Maar nog even een vraag: waarom zit jij niet in die band?'

'Ik? Omdat ik niet muzikaal ben.'

'Iedereen kan muziek maken. Heb je weleens de tamboerijn geprobeerd?'

Ze staarde hem aan. Hij had een gouden kettinkje om zijn hals.

'Ik vraag het,' zei hij, 'omdat je er klasse uitziet. Ik zie het zo voor me, jij op een podium.'

Ze probeerde de nevel uit haar hersenen te krijgen en te bedenken of aardig doen hem meer geneigd zou maken Tanner in zijn stal op te nemen. Het was duidelijk een engerd, dus aardig doen zou waarschijnlijk wel helpen. Dieper in de nevel school de wetenschap dat hij eigenlijk voor Laura was gekomen.

'Nou, luister even,' zei hij. 'Ik klink vast alsof ik ergens op uit ben met jou, maar dat zul je wel vaker hebben. Je ziet er echt geweldig uit. En als ik het even zeggen mag: je bent tenminste met smaak gekleed. Ik denk niet dat ik ooit een sjofeler stel mensen heb gezien dan hierbeneden in die zaal. Bergschoenen, overalls en thermisch ondergoed. Hoort dat soms bij jullie geloof?'

'Dat is de stijl van onze jongerengroep.'

'En daar wil jij zo te zien part noch deel aan hebben, wat ik heel goed begrijp. Is het ook de reden waarom je je hier schuilhoudt?'

In de kerkzaal had Becky de belofte aan Jezus gedaan om volgens Zijn leer te leven en daar openlijk van te getuigen. Ze begreep nu hoeveel moed het vergde om christen te zijn in de wereld van alledag. 'Nee,' zei ze, 'ik kwam hier om te bidden.'

'Bidden!' Gig lachte. 'Dat zou me ook niet mogen verbazen in een kerk. Neem me niet kwalijk, stond ik niet bij stil.'

'Geeft niets. Het was eerlijk gezegd de eerste keer dat ik echt heb gebeden.'

‘O? Nou, mijn timing is weer eens perfect.’

Het was verkeerd om zich voor haar gebed te verontschuldigen, maar ze wilde de kansen van de Bleu Notes niet verkleinen. ‘Het is persoonlijk, hoor,’ zei ze. ‘De band is niet, eh, gelovig of zo.’

‘Voor mijn part zijn ze hare krisjna’s, zolang ze maar op tijd komen en de juiste hits uit de top honderd spelen. Maar dat van die tamboerijn, hè, dat meende ik echt. Je mag vanbinnen zo christelijk zijn als je maar wilt, het gaat er alleen maar om dat de mensen in de zaal bier bestellen. Dat is het treurige geheim van mijn business: geef ze iets voor hun oren én iets voor hun ogen.’ Zijn eigen ogen maakten weer een snelle rondgang. ‘En als ik jou zie, zie ik heel wat bier over de bar gaan.’

‘Sorry,’ zei Becky, ‘maar ik heb enorme honger. Ik moet even wat eten.’

Gig schoof een perzikkleurige mouw omhoog en keek op een reusachtig horloge. ‘Ik denk niet dat we tijd hebben voor een echte maaltijd, maar in die kroeg hebben ze vast wel wat hartigs.’

‘De band is heel blij met uw komst. Ik zie u later, oké?’

Ze rende weg, rende voluit, om hem bij voorbaat af te schudden. Op de highschool had ze aan een minachtende blik genoeg om opdringerige jongens te verjagen, en als er in de Grove een oudere man probeerde te flirten, vroeg ze hem ijzig om zijn bestelling. Dit was ingewikkelder. Als ze toch nog samenkwam met Tanner, ondanks haar bereidheid van hem af te zien, zou ze een wereld vol mannen zoals Gig betreden. Ze moest dit spel leren spelen, al was het maar om Tanner professioneel te ondersteunen. Maar het was een akelige gedachte dat ze haar uiterlijk in zijn voordeel kon aanwenden. Als ze weleens mensen zag flirten, zag ze mensen die met elkaar naar bed wilden, en seks leek haar nog altijd iets onsmakelijks. Of nee, niet onsmakelijk, verkeerd. En in het licht van haar religieuze ervaring nog verkeerder. Hoe lief Tanner ook was, het leed geen twijfel dat hij seks had gehad met Laura, dus het was misschien echt wel het beste om gewoon vrienden te blijven.

Halverwege de trap bevond zich een overloopje met een raam dat uitzicht bood op het parkeerterrein. Daar stond iemand in een jopper een sigaret te roken. Haar hart stokte toen ze zag dat het Clem was.

Ze bleef even staan dralen. Clem te zien zorgde altijd voor een golf van blijdschap, maar het gevoel dat ze nu had was daar het tegendeel van. Zijn nieuwe jopper deed haar terugdenken aan hun wandeling met Thanksgiving, toen hij had lopen opscheppen over de seks met zijn vriendinnetje op de universiteit. Maar dat was niet het enige. Ze vreesde zijn oordeel. Ze had marihuana gerookt en, erger nog, gebeden. Zijn verachting voor het geloof was zo groot dat hij haar beschaamd zou maken om het vinden van God.

Ze liep verder de trap af, bang dat hij speciaal voor haar naar de kerk was gekomen. Beneden dacht ze even dat ze het zou redden, maar de kerkdeur ging achter haar open en ze hoorde Clem haar naam roepen. Ze keek met een schuldig gevoel om. 'O, hé.'

'Hé, hé, hé,' zei hij terwijl hij op een holletje op haar toe kwam.

Toen hij haar omhelsde rook zijn jopper naar winterlucht en sigaretten, en hij liet niet los. Ze moest zich uit zijn armen wurmen.

'Waar was je nou?' vroeg hij verwijtend. 'Ik heb overal naar je gezocht.'

'Nou, gewoon... ik ga even wat te eten halen.'

Ze liep de gang in naar de aula.

'Wacht nou even.' Clem greep haar bij een arm. 'We moeten praten. Ik heb je een massa dingen te vertellen.'

Ze rukte zich los. 'Ik heb vreselijke honger.'

'Becky...'

'Sorry, oké? Ik moet echt even wat eten.'

In de aula was het nu broeierig warm. Met haar armen omhoog om zichzelf smaller te maken drong ze in het donker door de drukte. Er werd geklapt op de maat van Biff Allard en zijn conga's, en Gig had gelijk: hij leek inderdaad op Donny Osmond. De aula was zo vol dat er mensen tot achter in de zaal bij de tafels met eten stonden. Ze baande zich een weg achter hen langs, met Clem achter zich aan. De eerste tafel was vrijwel leeg, maar er lag nog een stuk tulband van aanvaardbare omvang, met rode en groene kersjes erin. Ze pakte haar portemonnee, betaalde voor een plak en ging tegen de achterwand staan om het op te eten.

'Waar was je nou?' schreeuwde Clem.

Ze wuifde met een slap handje en wees op haar volle mond. Hij stond haast te trappelen van ongeduld. Tot haar opluchting zag ze David Goya en Kim Perkins hun kant op komen.

'Dáár ben je!' riep Kim. 'We maakten ons al zorgen!'

'Niks aan de hand.'

Kim reikte naar de plak tulband en Becky hief het kartonnen bordje buiten haar bereik. Kim maakte een sprongetje en greep mis.

'Af, jij,' schreeuwde David.

Vanaf het podium rolden een paar denderende slotakkoorden de zaal in, met alle instrumenten op vol volume. De aula barstte in applaus uit.

'Dank jullie wel!' riep Biff Allard. 'Er komt nog één act: onze eigen Tanner

Evans en Laura Dobrinsky, met de enige echte Bleu Notes. Dus ga niet weg! Tot ziens!'

De zaallichten gingen aan. Becky werkte het laatste hapje tulband weg en voelde zich uitgehongerder dan ooit.

'Ja, ik had je moeten waarschuwen,' zei David tegen haar. 'Dat is pittig sterke stuff. Kweken ze onder lampen in Montreal.' Hij klopte op haar arm alsof hij wilde nagaan of ze nog uit één stuk bestond, en knikte naar Clem. 'Bedankt dat je haar gevonden hebt.'

Clem stond hen met zwakzinnige verbazing aan te staren, zijn gezicht vertrokken.

'Ik moet nog wat eten,' zei ze.

'Volgens mij heeft hier iemand een eetkick,' lachte Kim.

Becky beende vastberaden naar de andere tafel met eten. In het midden daarvan lag, als in een heilig visioen, twee derde van een uienbrood.

'Kan ik die, eh, helemaal krijgen?' vroeg ze aan de jongen die stond te bedienen.

'Tuurlijk. Een-vijftig?'

Die prijs was te laag, maar ze bood niet meer. Toen ze zich omdraaide van de tafel, met het brood als een eekhoorn in haar handen, stond Kim klaar om er een greep naar te doen.

'Ja, ja, rustig maar,' zei Becky, en ze trok er een stuk af.

David had Clem intussen een gesprek opgedrongen over een onderwerp dat alleen hemzelf interesseerde, en ze maakte van de gelegenheid gebruik om door de drukte de aula uit te glippen, naar het drinkfonteintje in de gang. Het brood was heerlijk, maar haar mond en keel waren gortdroog. Toen ze zich naar het kraantje boog, kwam er iemand achter haar staan. Ze was bang dat het Clem was en bleef drinken.

'Becky.'

Het was de stem van Tanner. Ze draaide zich om met de golf van blijdschap die Clem niet had kunnen losmaken. Op de een of andere manier had haar bereidheid om afstand van Tanner te doen hem nog mooier gemaakt. Zonder een woord te zeggen nam hij haar hoofd tussen zijn beide handen en kuste haar vol op haar mond.

Ze was te verbouwereerd om terug te zoenen. Haar armen hingen slap langs haar lichaam, met het belachelijke brood in één hand. Toen ze over haar verrassing heen was, trok hij haar bij het fonteintje vandaan en voerde haar met zich mee naar de entreehal.

'We zijn de lul,' zei hij. 'Laura is naar huis.'

'Naar huis?'

'Een uur geleden. Ze heeft de band verlaten.'

Becky werd met afschuw vervuld, alsof dat door haar veroorzaakte ongeluk een dodelijk slachtoffer bleek te hebben geëist. Gig kon de stem waarvoor hij was gekomen wel vergeten.

'Speel gewoon,' zei ze. 'Jullie zijn goed genoeg. Ik kwam boven die agent tegen, hij wacht op jullie.'

Tanner bleef in de entreehal stilstaan en keek geagiteerd om zich heen. Toen zijn blik die van Becky kruiste, lichtten zijn ogen op alsof ze het enige was dat hij wilde zien. Hij nam haar hoofd weer in zijn handen. 'Ik heb gedaan wat je van me wilde.'

'O.'

'Maar nu... moest ik de hele playlist omgooien, en ik denk dat Biff en Darryll nog niet de helft van de nummers kennen die we gaan spelen.'

'Het gaat heus wel goed. Gig zei dat hij je een contract wil aanbieden.'

'Heb je echt met hem gesproken? Wat is het voor iemand?'

'Weet ik veel. Gewoon, een man.'

'Shit. Shit, shit, shit.' Tanner liet haar los en tuurde door de gang naar de aula, waar hem een afgang stond te wachten. 'Uitgerekend vanavond. Ik dacht echt niet, en nu... shit. Dit wordt niks.'

'Het spijt me.'

'Geen spijt hebben. Je had gelijk. Er moest een eind aan komen.'

'Oké, maar...' ze haalde diep adem. 'Ik heb net iets fantastisch meegemaakt. Boven, in de kerkzaal. Tanner, het was zo betoverend. Ik denk dat ik God heb gezien.'

Dit kreeg direct zijn onverdeelde aandacht.

'Ik wil christen zijn,' zei ze. 'Ik wil dat je me helpt een echte christen te zijn. Zelfs als dat betekent... ik weet niet wat het betekent. Voor ons, bedoel ik. Wil je me helpen?'

'Je hebt Gód gezien?'

'Ik denk het wel. Ik heb een hele tijd zitten bidden. Ik kon God in me voelen... ik voelde Jezus. Hij was er.'

'Wow.'

'Heb jij dat weleens gevoeld?'

Hij gaf geen antwoord. Hij leek een beetje bang voor haar.

'Je kunt terug naar Laura als je wilt,' zei ze. 'Ik had je niet onder druk moeten zetten. Dat was egoïstisch van me en dat wilde ik je zeggen. Ik wil een beter mens worden. Als je alleen maar vrienden met me wilt zijn, of zoiets, dan is dat goed. Echt. Het spijt me dat ik je onder druk heb gezet.'

Hij staarde haar aan. 'Wil je dit niet? Ons?'

'Ik weet het niet. Ik wílde het heel graag, maar... ik wil gewoon zeggen dat er geen haast bij is. Als je nu met haar gaat praten, weet ik zeker... misschien moet je haar achterna. Zeggen dat het je spijt en zien of ze toch met je wil optreden.'

'We moeten over tien minuten op!'

'O, dat kan wel even wachten. Er gaat heus niemand weg. Je zou het echt moeten doen. Ga met Laura praten.'

Tanner leek perplex. 'Maar je vond dit zó belangrijk.'

'Het spijt me! Het was verkeerd van me! Het spijt me!' Ze hief vertwijfeld haar handen en zag dat ze een uienbrood vasthield. Ze legde het op een tafeltje met kerkelijke lectuur. Tanner sloeg zijn armen weer om haar heen.

'Jij bent degene met wie ik wil zijn,' zei hij. 'Dat had ik duidelijker moeten maken. Ik ben gek op je. Dit gaat een loodzwaar optreden worden, maar ik heb geen centje spijt van Laura.'

Over Tanners schouder zag ze Clem halverwege de gang staan. Hij oogde verwilderd. Een paar uur geleden had ze niets liever gewild dan gezien te worden in Tanners armen, en nu was de hindernis Laura uit de weg geruimd, haar wens was aan het uitkomen – en degene die haar zag was Clem.

Ze maakte zich los uit Tanners omhelzing. 'Je moet haar opzoeken en hiernaartoe brengen.'

'Geen denken aan.'

'Nou, íemand moet haar gaan halen. Je hebt je beste sound nodig vanavond.'

'Kan me niet meer schelen. Het enige wat ik wil is dat jij in me gelooft.'

'Ja, en toch moet je haar gaan halen. Zeg maar wat nodig is om haar zover te krijgen dat ze meekomt. Zeg dat maar gewoon.'

'Zeg je nu dat je niet in me gelooft?'

'Nee, dat doe ik zeker, maar...' Becky stelde zich de ergernis van Gig Benedetti voor, hoe ontstemd hij zou zijn als de Bleu Notes het podium opkwamen zonder het meisje voor wie hij was gekomen. En het was allemaal haar schuld, en zij moest het goedmaken. 'Waar woont ze?'

'Ze zou me niet eens meer binnenlaten.'

'Laat mij dan gaan. Ik ben haar toch mijn excuses verschuldigd.'

'Vergeet dat maar. Op jou is ze nog bozer dan op mij.'

'*Waar woont ze?*'

'In het appartement boven de drogist. Met Kay en Louise. Maar Becky, dat gaat echt niet lukken.'

Ze knoopte haar mantel dicht. Het stond haar tegen om afscheid te nemen van het uienbrood, maar daar kon ze niet openlijk mee gaan rondlopen. Ze probeerde te bedenken hoe ze het kon verstoppen toen Clem erbij kwam staan.

'Hé, Clem,' zei Tanner nerveus. 'Welkom terug.'

'Ik moet met mijn zus praten.'

Becky vouwde een krantje van de kerk open en drapeerde het over het brood, waarmee ze dat net zomin aan het oog onttrok als zijzelf de vorige avond verborgen was geweest onder de deken in Tanners busje. Tanner sloeg van achteren zijn armen om haar heen en zoende haar op haar wang. 'Ga nergens heen, alsjeblieft. Ik moet weten dat je in het publiek staat.'

Hij haastte zich naar de aula. Het genot van zijn zoen was verdampt doordat ze Clem het had zien gadeslaan. Zonder haar broer nog een blik waardig te keuren rende ze naar buiten. Er lag alweer nieuwe sneeuw, en Clem zat haar op de hielen.

'Achtervolg me niet zo,' zei ze.

'Waarom kunnen we niet praten? Ben je high? Ik heb je nog nooit zo meegemaakt.'

'Laat me met rust.'

Ze gleed uit op het ijs onder de sneeuw en hij pakte haar bij haar pols. 'Zeg me wat hier gaande is.'

'Niets. Ik moet met Laura praten.'

'Dobrinsky? Waarom?'

Ze rukte zich los en liep door. 'Omdat Tanner haar nodig heeft en ze is weggelopen.'

'Maar wacht nou even, ben je met...'

'Ja! Oké? Ik ben met Tanner! Oké?'

'Sinds wanneer dan?'

'Achtervolg me niet zo!'

'Ik wil alleen maar... je bent met Tanner?'

'Hoe vaak moet ik dat nog zeggen?'

'Je zei het nog maar één keer.'

'Ik ben met Tanner en hij is met mij. Is daar iets verkeerds aan?'

'Nee. Ik ben alleen verbaasd. Davy Goya zei... rook je ook stuff nu? Komt dat door Tanner?'

Ze snelde langs een berg omgeploegde sneeuw op Pirsig Avenue. 'Daar had hij niets mee te maken, dat was gewoon een stomme fout.'

'Ik heb me altijd afgevraagd of hij drugs gebruikt.'

'Ik kan mijn eigen beslissingen nemen, Clem. Ik heb jou niet nodig om me te vertellen wat goed is en wat niet. En wat ik nu wil is dat je je met je eigen zaken bemoeit.'

Ze zag de drogist al. De ramen op de bovenverdieping waren verlicht.

'Goed dan,' zei Clem geërgerd. 'Ik zal me nergens mee bemoeien, al moet ik wel zeggen...'

'Wat moet je zeggen?'

'Ik weet niet. Ik ben gewoon verbaasd. Ik bedoel, Tanner Evans? Aardige jongen. Hartstikke aardig, maar... slome duikelaar. Ik ken niemand die zo passief is.'

Haar afkeer van Clem was nieuw en overweldigend. Het was als liefde die ruw binnenstebuiten werd getrokken.

'Lazer op!' zei ze.

'Becky, kom op nou. Ik wil je echt de wet niet voorschrijven. Maar je hebt zoveel in je mars. Je staat op het punt te gaan studeren, je hebt je hele leven voor je, en Tanner... het zou me niets verbazen als die zijn hele leven in New Prospect blijft.'

Ze bleef stilstaan en draaide zich op haar hakken om. 'Lazer óp! Ik ben je zat! Ik ben je oordelen over mij en mijn vrienden zat! Dat doe je mijn hele leven al en ik ben het zat! Ik ben geen zes meer! Je hebt je formidabele, levensveranderende en oversekste vriendin. Hou op mij te koeioneren en ga haar vertellen wat ze moet doen. Of is ze daar niet *passief* genoeg voor?'

Ze wist nauwelijks wat ze zei. Er was een demon in haar gevaren en Clems verbijstering was zichtbaar in het licht van de lantaarns. Ze probeerde haar christelijke overtuiging te hervinden, maar de haat was te fel. Ze draaide zich weer om en ging in volle sprint op de drogisterij af.

Russ was blij met zijn kerstgeschenk. Hij had meer dan zes uur met Frances doorgebracht, genoeg om aan te voelen als een hele dag, en iedere ogenschijnlijke tegenvaller was uitgelopen op een meevaller. De domper van haar verhaal over de affaire met de hartchirurg was geëindigd met de ontboezeming dat ze Russ hoger aansloeg dan hem. Haar onthutsende wens om mee te gaan op de Crossroads-trip naar Arizona bleek gekoppeld aan het verlangen dat hij meeging. Na Theo Crenshaw tegen zich in het harnas te hebben gejaagd, had ze zich op de terugweg gevoelig getoond voor zijn adviezen. Zelfs het ongeluk op 59th Street was uitgepakt als een gelukje. Bij het verwijderen van de gehavende bumper en vastgevroren wielmoeren had hij zijn lichaamskracht en slagvaardigheid kunnen etaleren, en toen er een groepje jongens door de sneeuw op hen toe kwam en Frances hem in voorstedelijke angst bij zijn arm pakte, had ze een belangrijk lesje over raciale vooroordelen geleerd, want de jongens wilden alleen maar helpen. Het ongeluk had zo veel oponthoud opgeleverd dat hij geen andere keuze meer had dan Marion te vertellen dat hij met Frances op pad was geweest, waardoor hij niet meer hoefde te piekeren of Perry het zou verklappen. Frances had gezegd dat ze snel naar huis moest, maar toen hij een hapje bij de McDonald's opperde, had ze toegegeven dat ze enorme honger had. En toen ze eindelijk terug waren bij de First Reformed, had ze eerst niet mee naar zijn kantoor gewild, maar was, hoe opwindend, bij het eerste beetje aandrang bezweken.

In zijn kantoor had hij haar één voor één zijn bluesplaten gegeven, het weinige verteld dat bekend was over Robert Johnson, een beschrijving gegeven van het tragische alcoholisme van Tommy Johnson en de loftrompet gestoken over Victor, Paramount en Vocalion, die plaatopnamen hadden gemaakt van de eerste bluesgrootheden. Hij rekende de 78 toerenplaten tot zijn dierbaarste bezit en ze nam ze met navenant ontzag aan. Ze ging ermee op zijn bureau zitten zonder haar benen te kruisen en er druppelde gesmolten sneeuw van haar schoenen. Als hij het lef van een hartchirurg had, zou hij tussen haar benen kunnen gaan staan.

'Ik ga rechtstreeks naar huis om ze te beluisteren,' zei ze. 'Ik had je graag meegevraagd, maar ik heb al veel te veel beslag op je tijd gelegd.'

'Integendeel,' zei hij, 'het was zeldzaam aangenaam.'

'De andere dames van de kring zullen wel jaloers zijn. Maar weet je wat, jammer voor ze. Een brutaal mens heeft de halve wereld.'

Hij vond het nodig zijn keel te schrapen. 'Ik weet niet of ik tijd heb voor alle tien die platen, maar ik zou eventueel...'

'Nee, ik wil niet inhalig zijn. Je moet naar huis.'

'Ik heb geen haast.'

'En trouwens, wat als ik besluit high te worden van Larry's marihuana? Ze zeggen dat het heel geschikt spul is om van muziek te genieten, maar dat vind jij vast geen geldige reden om de wet te overtreden.'

'Nu plaag je me.'

'Je bent ook zo braaf, het is onweerstaanbaar.'

'Ik heb al gezegd dat ik ervoor opensta om met je te experimenteren.'

'Ja, en ik weet niet goed wat ik daarmee aan moet.' Ze lachte. 'Heeft deze kerk weleens een lid geëxcommuniceerd? Dat gebeurt me vast als ze erachter komen dat ik je verlokt heb tot drugsgebruik. Dan moet ik als bannelinge een rode letter op mijn kleren dragen.'

'De D van dealer,' zei hij in een poging haar humor te volgen.

'Of de R van Russ, kan ook.'

Hij kon zich niet herinneren dat ze ooit zijn voornaam had gezegd. Het had zelfs iets adembenemends dat ze die wist. Het leek een belofte van intimiteit in te houden.

'Als jij durft, durf ik ook,' zei hij.

'Goed dan, afgesproken,' zei ze terwijl ze van zijn bureau hupte. 'Maar niet vanavond. Ik weet zeker dat je vrouw zich afvraagt waar je uithangt.'

'Weet ze. Ik heb Perry op de hoogte gesteld.'

Het moest zonneklaar voor haar zijn wat hij wilde. Ze keek hem in de ogen en trok haar neus op alsof ze iets verdachts rook en zich afvroeg of hij dat ook deed. 'Dit was wel genoeg, vind je ook niet?'

'Als jij het zegt.'

'Ik... vind jij van niet dan?'

'Deze avond hoeft wat mij betreft nog niet voorbij te zijn.'

Hij kon zijn eigen woorden niet geloven, en hij zag haar verbleken. En toen lachte ze en gaf hem een kneepje in zijn neus. 'Ik mag jou wel, dominee Hildebrandt. Maar volgens mij is het tijd dat ik ga.'

Dat Clem juist dat moment had uitgekozen om bij hem aan te kloppen, vlak voordat de schok van dat kneepje in volle omvang kon doordringen, was eerder gênant geweest dan een reden om te schrikken. En later, toen Clem en hij haar auto hadden uitgegraven op het parkeerterrein, was er nog een pikant gesprekje geweest. Frances had hem gebaard te komen en gezegd: 'Het was waarschijnlijk maar goed dat je zoon kwam. Het werd een beetje spannend.'

'Neem me niet kwalijk dat ik je zo lang heb opgehouden. Het was al geweldig dat je een hele middag voor me overhad.'

'Missie geslaagd, goederen afgeleverd.'

'Echt heel erg bedankt,' zei hij vol vuur.

'O, poeh, ik ben jou ook dankbaar. Maar als je echt je dankbaarheid wilt tonen...'

'Ja?'

'Dan zou je met Rick kunnen gaan praten. Volgens mij zat die nog steeds in zijn kamer.'

'Nu met hem gaan praten?'

'Lijkt me een prima moment.'

Ieder denkbaar moment leek Russ beter dan het huidige.

'Ik meen het echt van Arizona,' zei ze. 'En zonder jou zou het niet half zoveel voldoening geven. Ik weet dat dat egoïstisch klinkt, maar dat is het niet alleen maar. Ik vind het akelig dat je nog steeds die rancune voelt.'

'Ik... ik zal zien of het lukt.'

'Mooi. En ik zal wachten. Ik wil graag van je horen hoe het is gegaan.'

'Telefonisch?'

'Ja toch? Ik neem aan dat ik je ook kan vragen langs te komen, maar wie weet wat je dan voor drugsmisbruik aantreft.'

'Even serieus, Frances. Je zou niet in je eentje moeten gaan experimenteren.'

'Oké. Ik zal voor pastorale begeleiding zorgen. Medisch toezicht zou misschien ook gepast zijn, maar volgens mij kunnen we het ook wel zonder dokter af. Ik denk ook niet dat hij blij met je zou zijn.'

Russ wist niet wat te zeggen. Vormde die hartchirurg dan nog steeds een bedreiging?

'Maar goed,' zei ze. 'Ik hoop dat je het bijlegt met Rick. Eerder mag je me niet bellen.' Ze zette haar auto in de eerste versnelling. 'Ha, moet je mij horen. Mijn eigen pastor de les lezen. Wie denk ik wel niet dat ik ben?'

En weg was ze.

Russ had weleens een preek gewijd aan Jezus' navrante voorspelling aan Petrus bij het Laatste Avondmaal: dat zijn trouwste apostel hem voor het kraaien van de haan driemaal zou verloochenen. De conclusie die Russ uit het uitkomen van de voorspelling trok, en uit de tranen die Petrus erom had geplengd, was dat het welbeschouwd een diepzinnig en liefdevol afscheidsgeschenk was geweest. Jezus had ermee laten weten dat Hij wist dat zijn apostel maar een mens was als alle andere: bang voor aardse afkeuring en straf. De voorspelling was in wezen een verzekering aan Petrus dat Hij nog steeds in hem zou leven als het moment kwam waarop hij Hem smadelijk liet vallen. Jezus zou er altijd voor hem zijn, zou hem altijd begrijpen, altijd liefhebben, ondanks zijn menselijke falen. In Russ' interpretatie had Petrus niet alleen van berouw geweend, maar ook van dankbaarheid voor die verzekering.

De vergelijking was aan de godslasterlijke kant, maar Russ had tijdens het gesprek met Clem aan Petrus' verraad moeten denken toen hij minstens drie keer ontkende dat hij iets met mevrouw Cottrell had. Frances was zijn vreugde van deze kerst (ze had een kneepje in zijn neus gegeven!) en dat goede nieuws had hij eigenlijk van de daken moeten schreeuwen, maar Clems beschuldigingen hadden hem van zijn stuk gebracht. Die aantijgingen, en vooral ook de onzin over Vietnam, riekten naar het morele absolutisme van een adolescent. Clem was te jong om te begrijpen dat de tien geboden wel belangrijk waren, maar dat de roep van het hart aan een hogere wet gehoorzaamde. Dat was waar Jezus' herziening van de mozaïsche wet op neerkwam, Zijn boodschap van liefde, en Russ betreurde zijn gebrek aan moed om eerlijk te zijn tegenover Clem en de roep van zijn eigen hart om Frances tot voorbeeld te laten dienen. Clem moest hoognodig van dat absolutisme worden afgeholpen. Door zijn gevoelens te verbloemen had Russ niet alleen zijn hart verloochend, maar zijn zoon eigenlijk ook.

Toen hij na de confrontatie met zijn zoon alleen in zijn kantoor zat, probeerde hij alles op een rij te zetten en hield zichzelf voor dat Clem nog op zijn besluit terug kon komen, of misschien niet eens zou worden opgeroepen, en dat het anders nog zo was dat de Amerikaanse infanterie geen strijd meer leverde en Clem geen serieuze kans zou lopen gewond te raken – alles om zijn gedachten maar weer aan Frances te kunnen wijden. Het uitstapje met haar had weliswaar niet zijn stoutste dromen overtroffen, want het was er niet mee geëindigd dat ze haar hand onder zijn nappa jas liet glijden en verlangend in zijn ogen keek, maar veel had het niet gescheeld. Ze had hem volop redenen gegeven om op meer te hopen, en de spanning die ze op het parkeerterrein had genoemd, was onmiskenbaar seksueel van aard geweest.

Die spanning leefde nog steeds in hem, voelbaar in het snelle kloppen van zijn hart. Hij had de kerk nog nooit ontheiligd door in zijn kantoor aan zelfbevlekking te doen, maar Frances had zijn gemoed zo verhit dat de verleiding nu wel groot was. Licht uit, rits omlaag en haar denkbeeldig zijn liefde verklaren. Onder zijn voeten was er het dreunen van een basgitaar in de aula, eerder achtergrondrumoer dan muziek; de stank van talloze sigaretten kwam onder de deur door; de atmosfeer leek vervuld van losbandigheid – de kerk werd al ontheiligd, wat hield hem nog tegen? Maar de gedachte aan Rick Ambrose zette een plotse rem op zijn drift.

Zijn hart jaagde een stuk onaangenamer toen hij opstond en zijn deur opende. Hij hoopte van harte dat Ambrose naar huis was, waardoor hij dat gesprek kon uitstellen tot na de feestdagen, maar de deur verderop in de gang stond nog altijd op een kier. Zelfs het naar buiten vallende licht wekte wrevel. De laatste keer dat hij die kamer was binnengegaan, drie jaar geleden, was hij ervan beschuldigd Sally Perkins te hebben lastiggevallen, en had Ambrose hem een dolk in zijn rug gestoken.

Hij sloot de deur weer, ging aan zijn bureau zitten en verzonk in gebed.

Hemelse Vader, ik kom tot U op zoek naar het wonder van vergeving. U weet dat ik tegen Uw geboden heb gezondigd door mijn hart te volgen, en ik bid U om vergeving voor mijn hunkering naar meer vreugde binnen Uw schepping, meer blijdschap om het leven dat U me geschonken hebt. Wat ik nu behoef is het vermogen om zelf te kunnen vergeven. Eerder vanavond, toen ik de aandrift ervoer om vrede te sluiten met mijn vijand, meende ik Uw zoon te horen spreken in mijn hart, en vergunde ik mezelf de hoop dat U werkzaam was door Frances. Maar nu ben ik die aandrift kwijt. Nu vrees ik dat het niet de liefde van Uw zoon was die in mij sprak, maar mijn eigen begeerte naar Frances, de zelfzuchtige wens om met haar samen te zijn in Arizona. Ik vrees dat een vredesaanbod zonder liefde me alleen maar meer van U zal vervreemden. Hier zit ik, alleen met mijn twijfels en zwakten, en ik bid U in alle nederigheid om mij opnieuw te vervullen van de ware kerstgeest. Help mij de oprechte wens te vinden om Rick te vergeven.

Hij wist wel beter dan een direct antwoord te verwachten. Een gebed was een wending van de ziel in Gods richting, een innerlijke beweging. Gods reactie, als die al kwam, zou een gedachte van hemzelf lijken. Het ging erom rustig af te wachten en zich er ontvankelijk voor te maken.

De eerste woorden die bij hem opkwamen waren een gesel. *Heb je enig idee hoe gênant het is om jouw zoon te zijn?* Van alles wat Clem hem in zijn gezicht had geslingerd was dit achteraf het moeilijkst te verkroppen, omdat het naar meer leek te verwijzen dan Russ' gevoelens voor Frances. Het was de expliciete uitbarsting geweest van een verachting die zich al jaren in Clem had opgebouwd. Russ had dit lange tijd toegeschreven aan de puberteit, maar hij realiseerde zich nu dat zijn debacle door toedoen van Ambrose niet alleen pijnlijk was geweest voor hemzelf, maar ook voor zijn oudste zoon. Hij was te zeer met zijn eigen pijn bezig geweest om dat te beseffen.

De Clem die drie jaar geleden tijdens de vernederende bijeenkomst van de jongerengroep was opgestaan om hem tegen Sally Perkins en Laura Dobrinsky te verdedigen, was nog steeds de zoon die hij kende en liefhad. Maar Clem was gaandeweg steeds minder herkenbaar geworden. Hij was met Thanksgiving zwaar over de schreef gegaan door zich op te werpen als Becky's verdediger en van Russ te eisen dat hij haar haar eigen beslissingen over dat legaat liet nemen. En nu wilde hij naar Vietnam. Waar was de jongen die zo vaak had meegelopen in demonstraties tegen de oorlog? Zelfs als je zijn absolutisme in aanmerking nam, en erkende dat hij een punt had met zijn kritiek op het uitstel van dienst voor studenten, was het onzinnig om in het leger te gaan nu de oorlog op zijn eind liep en hij er geen leven van een leeftijdsgenoot mee spaarde, maar er alleen zijn eigen leven mee ontwrichtte. Als principiële daad had het niets om het lijf. Hij deed het alleen om zijn vader te kwetsen.

Wat moest Russ hem verschrikkelijk in verlegenheid hebben gebracht. Het was één ding om zichzelf heimelijk te minachten om hoe hij zich in zijn kantoor verschool, er zijn rancune zat te koesteren, en over de zolder naar binnen en naar buiten te sluipen om Ambrose niet te hoeven tegenkomen. Die schaamte voor zichzelf kon hij dragen, en afstemmen met God. Maar om zo verachtelijk te zijn in de ogen van zijn zoon? Hij begreep dat als hij alleen aan Frances bleef denken, hij nooit in staat zou zijn Ambrose oprecht te vergeven. Dan was zijn motief hopeloos onzuiver – vermengd met zijn verlangen om haar (met dat woord van Clem) te *neuken.* Maar wat als hij vergeving schonk als gebaar voor Clem? Om zijn zoon een respectabelere vader te geven?

Met zijn ogen half geloken om aan dit breekbare idee te kunnen vasthouden liep hij zijn kantoor uit en de gang door naar de verfoeide deur. Uit iemands wil, die van hemzelf of die van God, klopte hij aan.

De reactie kwam direct en klonk opgewekt. 'Yep!'

Russ duwde de deur verder open. Ambrose, gezeten aan zijn bureau, keek over zijn schouder. Aan zijn gezicht te zien had Russ net zo goed een bebloed lijk kunnen zijn.

'We moeten praten,' zei hij.

'O, nou, da's goed,' zei Ambrose. 'Kom binnen.'

Russ trok de deur achter zich dicht en nam plaats op de bank waar het jeugdige volkje al die goede raad over zich kreeg uitgestort. De vering was zo versleten dat zijn knieën boven zijn hoofd uitstaken. Hij verschoof naar de rand van het zitkussen om iets aan hoogte te winnen, maar de bank hield hem op een aanzienlijk lager niveau dan Ambrose. En van het ene moment op het andere, al zijn goede bedoelingen ten spijt, werd hij overspoeld door haat. Overspoeld door de ergernis van een man die gedwongen werd kleiner te lijken dan iemand van half zijn leeftijd. Er was toch wel degelijk een goede reden waarom hij Ambrose drie jaar lang had gemeden. Alleen zijn koortsige verlangen naar Frances had hem die even doen vergeten. Ze had geen flauw idee hoe zwaar het hem viel wat ze van hem had gevraagd.

'Ik neem aan,' zei hij toonloos, 'dat ik met een verontschuldiging moet beginnen.'

Ambrose had zijn overbekende norse blik paraat. 'Sla maar over.'

'Nee, ik moet het zeggen. Ik heb het veel te lang ongezegd gelaten. Ik ben... kinderachtig geweest. En daar bied ik je mijn verontschuldigingen voor aan. Ik verwacht niet dat je het me vergeeft, maar ik verontschuldig me toch.'

De woorden klonken hol. Hij verwachtte niet alleen geen vergiffenis, hij wilde die ook niet. Hij probeerde uit alle macht zijn haat te omzeilen, maar die was in drie jaar tijd te omvangrijk geworden, en het hielp geen zier om erbij aan Clem te denken.

'Nou, oké,' zei Ambrose. 'Wat kan ik voor je doen?'

Russ leunde achterover op de bank en keek naar het plafond. Hij wilde deze kamer uit, maar weglopen stond gelijk aan de aanvaarding dat hij Frances nooit zou krijgen, en nooit het respect van Clem zou herwinnen. Hij opende zijn mond om te zien wat eruit zou komen. 'Wat vind jij hier nou van?'

'Waar vind ik wat van?'

'Van jou, mij, deze situatie. Wat vind jij daarvan?'

Ambrose slaakte een zucht. 'Ik vind het allemaal hoogst onfortuinlijk. Ik zal niet doen alsof ik het jou niet kwalijk neem, maar ik snap ook wel dat je trots toen enorm gekrenkt was. En voor zover ik het nog erger heb gemaakt, spijt dat me. Ik heb je er toen al mijn excuses voor aangeboden, en als je wilt doe ik dat nogmaals.'

'Nee, sla maar over.'

'Goed, zeg me dan maar wat ik voor je kan doen.'

De blijken van bewondering en aanhankelijkheid in zijn kamer waren verveelvoudigd sinds Russ er voor het laatst was geweest. Boven het bureau hingen uit notitieblokken gescheurde velletjes met gedichten en boodschappen in meisjeshandschrift. Honderden foto's van tienergezichten waren over elkaar heen aan de muur geprikt, één muur was tot aan het plafond beplakt met zeefdrukaffiches en waterverfkunst. Op twee lange wandplanken verdrongen zich fraaie veren, curieuze stenen en kunstig gesneden stokken. De beker van Ambrose vloeide rijkelijk over.

'Ik weet niet eens meer hoe het precies is gegaan,' zei Russ. 'Hoe ik jou zo ben gaan verafschuwen. Het gaat veel verder dan gekrenkte trots. Het is mijn leven gaan overheersen en ik begrijp het niet meer. Hoe kan ik een dienaar Gods zijn en zo'n verterende haat voelen? Alleen al hier in deze kamer te zitten is een marteling. Het enige wat ik tot mijn verdediging kan zeggen, is dat ik het niet kan beheersen. Ik kan geen vijf seconden aan jou denken zonder onpasselijk te worden. Ik kan je niet eens aankijken nu. Je gezicht maakt me misselijk.'

Hij klonk als een klein meisje dat met gekwetste gevoelens naar haar pappie en mammie rende: die gemene Rick maakt me misselijk.

'Als het je een troost is,' zei Ambrose, 'ik kan jou ook niet uitstaan. Ik had ooit veel respect voor je, maar daar is al heel lang niks meer van over.'

Onder hen nam het dreunen van de basgitaar toe en hield toen op. Dat Russ op deze afstand het juichen van het publiek hoorde, kon alleen maar betekenen dat de aula uitpuilde. Het had inderdaad een troost moeten zijn dat de haat wederzijds was, maar het deed hem alleen maar denken aan Clems verachting.

'Dat mag allemaal zo zijn,' zei hij, 'maar we kunnen dit de kerk niet langer aandoen. Het is gewoon obsceen. Ik weet zo snel geen uitweg, maar we zullen een manier moeten bedenken om op z'n minst… beschaafd met elkaar om te gaan.'

'Het was moedig van je om hier aan te kloppen. Om deze stap te nemen.'

'O, mijn hemel.' Russ klauwde in de lucht en balde zijn handen tot vuisten. 'Die misselijkmakende clichés van je. Die goedkope trilling in je stem als je iemand moedig zegt te vinden. Alsof jij de grote autoriteit bent op het gebied van moed. Alsof jouw mening van het grootste belang is.'

Ambrose schoot in de lach. 'Wat moedig van je om dat te zeggen.'

'Ik was in het begin enorm op je gesteld, Rick. Ik dacht dat we vrienden waren.' Daar was het verdrietige meisje weer.

'Het begin was best goed,' zei Ambrose.

'Nee. Ik denk toch van niet. Ik denk dat ik de kluit altijd heb bedonderd. Ik heb nooit jeugddiaken willen worden, ben nooit goed geweest met jeugd. Maar toen jij erbij kwam, was ik inderdaad gebelgd. Gekrenkte trots, je hebt gelijk. Want wat was jij er van meet af aan goed in. Het was stom van me om daar jaloers op te zijn, want ik ben goed in andere dingen. Dingen waar jij weer niks van kunt. Maar dat deed er allemaal niet toe.'

'Ik moet je er trouwens op wijzen dat ik tegenwoordig een stuk beter ben met timmerwerk en sanitair.'

'Je zult nooit zo goed zijn als ik. Ik heb volop vaardigheden om prat op te gaan. Maar ik hoef maar een ogenblik aan jou te denken en niets is nog van belang.'

Russ keek vluchtig op naar Ambrose, zag die donkere ogen en sloeg de zijne meteen weer neer.

'Dat vind ik rot voor je, Russ. Maar dat zul je wel niet willen horen.'

'Reken maar dat ik dat niet wil. Het is makkelijker om je een klootzak te vinden. Wat ik je trouwens ook echt vind. Ik vind je een ongelooflijke egomaan. Volgens mij is Crossroads voor jou één grote egotrip. Je smult ervan om zo'n rij mooie meisjes voor je kamerdeur te hebben. Je bent een nog grotere bedrieger dan ik was, maar dat maakt niet uit, want die jongelui zijn gek op je. Je helpt ze warempel nog echt ook, omdat ze te onnozel zijn om je te doorzien. En als ik daaraan denk, haat ik jou niet alleen, maar ook die jongelui omdat ze zo dol op je zijn.'

'En als ik je nu eens zeg dat ik daar zelf ook over inzit? Dat ik constant met die vragen worstel?'

'Dat zou interessant zijn. Het is interessant om me jou voor te stellen als iemand die min of meer hetzelfde is als ik. Iemand die goed probeert te doen, God wil dienen, en toch voortdurend aan zichzelf twijfelt. Verstandelijk bekeken zou dat een basis moeten zijn om je te kunnen vergeven. Maar als ik bij die gedachte je gezicht voor me zie, moet ik bijna kotsen van haat. Dan zie ik je alleen maar van twee walletjes eten: zwelgen in je machtswellust en jezelf kietelen met het feit dat je twijfels hebt over jezelf. Een klootzak die zichzelf prijst omdat hij daar zo openhartig over is. Misschien doet iedereen dat wel. Misschien zijn we allemaal wel op zoek naar een manier om ons goed te voelen bij onze wezenlijke zondigheid, maar ik verafschuw jou daar geen centje minder om. Ik haat je zo erg dat ik in het verlengde daarvan het hele mensdom begint te haten, mezelf niet uitgezonderd. De gedachte dat jij en ik in zekere zin elkaars gelijke zijn… walgelijk.'

'Wow.' Ambrose schudde verwonderd zijn hoofd. 'Ik wist dat het erg was, maar niet zó erg.'

'Snap je nou waar ik mee rondloop?'

'Ik zou me vereerd moeten voelen omdat ik zó veel betekenis voor je heb.'

'Werkelijk? Jij, die zichzelf de Wederkomst des Heren vindt? Ik zou denken dat je er intussen wel aan gewend was zo veel betekenis te hebben.'

'Kijk, wat je nu allemaal zegt, zoals je mij nu toespreekt, dat heeft iets wat ik nooit zag toen je de jongerengroep leidde. Die mate van eerlijkheid en kwetsbaarheid. Als je jezelf toen ook maar één keer zo had blootgegeven… het is verbluffend om het nu opeens te zien.'

'Schei toch uit, man. Lazer op. Allemachtig, Rick, waardeer je mijn eerlijkheid? *Wie ben jij om mij te waarderen?* Ik ben gewijd als geestelijke. Ik ben tweemaal zo oud als jij! Moet ik hier soms dankbaar zitten zijn omdat een verwende poseur uit Shaker Heights waardering voor me heeft? Terwijl het hem niks interesseert of ik hém wel waardeer?'

'Je begrijpt me verkeerd.'

'Ik heb aan Jozef en zijn broers zitten denken, uit het boek Genesis. Ik weet hoe jij denkt over het citeren van de Bijbel, maar je zult je herinneren dat de Bijbel heel duidelijk is over wie er goed of fout waren. Die broers verkochten Jozef als slaaf, en waarom? Omdat ze jaloers waren. Omdat God met Jozef was. Zo staat het meerdere keren letterlijk in de Bijbel: "De Heer was met Jozef." Hij was het wonderkind, de lievelingszoon, degene aan wie iedereen zijn dromen kwam voorleggen omdat hij een gave Gods had. Overal waar hij kwam zagen mensen hem als leider, iedereen prees en bewonderde hem. En sjonge, wat vonden ze zijn waardering belangrijk. Toen ik als jonge man Genesis las, leek het me overduidelijk wie goed was en wie slecht. Maar weet je wat? Als ik dat boek nu lees, word ik kotsmisselijk van die Jozef. Mijn sympathie gaat helemaal uit naar die broers, omdat God hen níet koos. Alles was voorbestemd en zij waren bij voorbaat kansloos. Het is ongelooflijk, maar ik heb zo de pest aan jou dat ik de pest aan God begin te krijgen!'

'Jeetje.'

'Ik vraag me af wat ik gedaan heb om Hem te mishagen, wat ik voor wandaden heb gepleegd om het te verdienen dat jij naar deze kerk kwam. Of dat Hij dat al voor me in petto had toen Hij me schiep. Dat ik de slechterik zou zijn. Hoe kan ik zo'n God liefhebben?'

Ambrose boog zich over zijn bureau, waardoor zijn hoofd op gelijke hoogte kwam met Russ.

'Probeer nou eens na te denken,' zei hij. 'Laten we allebei proberen na te denken. Zou ik íets kunnen zeggen wat jou niet in het verkeerde keelgat schiet? Ik kan geen sympathie voor je uitspreken, ik kan geen waardering voor je uiten, ik mag me niet verontschuldigen. Het lijkt alsof je aanstoot zal nemen aan elke uiting van mijn kant.'

'Reken maar.'

'Maar wat kom je hier dan doen? Wat wil je?'

'Wat ik wil? Dat jij iemand bent die je nooit zou kunnen zijn.'

'En wat voor iemand is dat dan?'

Russ overdacht de vraag. Het was een verademing om eindelijk zijn hart te kunnen luchten, maar hij herkende een al te vertrouwd patroon: als dit voorbij was, zou hij duizend doden sterven om alles wat hij had gezegd. Of hij het leuk vond of niet, dit was wie hij was. Toen hem het antwoord op de vraag inviel, sprak hij het onomwonden uit.

'Ik wil dat jij iemand bent die óók iets nodig heeft. Iemand voor wie míjn waardering belangrijk is. Je vraagt of er iets is wat je kunt zeggen dat niet verkeerd zou vallen, nou, dit: je zou kunnen zeggen dat je om me geeft, zoals ik ooit om jou gaf.'

Ambrose ging weer rechtop zitten.

'Maar maak je geen zorgen,' zei Russ. 'Als je het al uit je mond kon krijgen, zou ik het niet geloven. Je hebt nooit iets om me gegeven en dat weten we allebei.'

In zijn angst om als een klein meisje in tranen uit te barsten, kneep hij zijn ogen dicht. Het voelde oneerlijk dat hij destijds gestraft was om de sympathie die hij voor Ambrose had. Zoals hij nu werd gestraft om zijn liefde voor Clem. Gestraft om de liefde die hij voor Marion had gevoeld, omdat zij nog steeds van hem hield terwijl hij op het punt stond haar pijn te doen. Hij was in staat om lief te hebben, en daarmee Christus na te volgen. Had dat hem niet een snippertje krediet bij God kunnen opleveren?

'Wacht even,' zei Ambrose.

Russ hoorde hem opstaan en de kamer uit lopen. Zelfs op zijn slechte dagen, juist op slechte dagen, leek zijn ongelukkigheid hem toegang te bieden tot Gods genade. Nu vond hij er geen enkele beloning in. Zelfs de beloning dat hij Frances mocht bellen zat er niet in, want hij had gefaald in de taak die ze hem gesteld had.

Ambrose kwam weer binnen met een collecteschaal uit de kerkzaal. Toen hij voor Russ neerhurkte en de schaal op de grond zette, zag Russ dat er water in zat. Ambrose begon de veters van Russ' goedkope warenhuisschoenen los te maken. 'Til je voet eens op,' zei Ambrose.

'Nee, zeg.'

Ambrose tilde de voet zelf van de grond en trok er de schoen vanaf. Russ probeerde zijn been terug te trekken, maar Ambrose hield het vast en trok met zijn vrije hand de sok van Russ' voet. Het was een te gewijd ritueel, met te sterke Bijbelse connotaties, om Ambrose van zich af te trappen.

'Rick, toe nou.'

Ambrose trok onverstoorbaar ook de andere schoen en sok uit.

'Serieus?' zei Russ. 'Ga je nu Jezus spelen?'

'Als we zo gaan redeneren, is alles waarin we Hem navolgen een farce.'

'Ik wil echt niet dat je mijn voeten wast.'

'Dat gebaar was niet van Hemzelf, hoor. Het was in die tijd een algemene geste van verootmoediging.'

Het water in de schaal was ijskoud, het kwam waarschijnlijk uit een kraantje in de gang. Russ keek machteloos toe hoe Ambrose, op zijn knieën met zijn lange zwarte haar in zijn ogen, eerst de ene voet en toen de andere waste. Hij haalde een flanellen hemd van de rugleuning van zijn bureaustoel en droogde er teder Russ' voeten mee, waarna hij zijn hoofd boog en Russ' hand pakte.

'Wat doe je nou weer?'

'Ik bid voor je.'

'Ik wil jouw gebeden niet.'

'Dan bid ik wel voor mezelf, en hou nou je bek.'

Russ wist wel beter dan zich een uitweg uit zijn haat te bidden. Dat had hij honderden keren vruchteloos geprobeerd. Wat hem ontroerde was de hand die de zijne vasthield. Slank, met zwarte haartjes, jeugdig nog. Een gewone mensenhand, van een jonge man, die hem aan Clem deed denken. Zijn middenrif begon te schokken. Ambrose verstevigde zijn grip en Russ gaf zich over aan zijn zwakheid.

Hij moest wel tien minuten hebben gehuild, met Ambrose voor hem neergeknield. De goedheid van Christus, de betekenis van Kerstmis, keerde in hem terug. Hij was er de weldadigheid van vergeten, maar ervoer die nu weer. Hij wist weer dat een bad in Gods goedheid niets anders vergde dan daar gewoon in te blijven, de vreugde ervan te voelen, nergens aan te denken, het alleen maar te ondergaan. Toen Ambrose eindelijk zijn hand losliet, deed Russ op zijn beurt een greep naar die van hem. Hij wilde niet dat het voorbij was.

Ambrose ging de schaal terugbrengen en Russ trok zijn sokken en schoenen aan. Zijn vroegere ervaringen met Gods genade, de meeste als tiener en vroege twintiger, hadden hem altijd in een serene helderheid gedompeld – de stilte van de vroege ochtend, voordat het leven weer op gang komt. Met dezelfde helderheid van geest aanvaardde hij nu dat God met Ambrose was.

'Ik voel me een stuk beter,' zei hij toen Ambrose weer binnenkwam.

'Dan zeg ik geen woord meer. Laten we het niet verpesten.'

Toen Russ opstond, zag hij weer hoe klein zijn erfvijand eigenlijk was. Hij zag eruit als een langharige jongen met een opgeplakte hangsnor. Russ vermoedde dat zijn haat alleen maar getemperd was, niet verdwenen, maar de helderheid bleef. Hij voelde geen jaloezie meer bij de planken vol cadeautjes. Op de onderste plank lag een lange veer, ongetwijfeld uit Arizona. De staartveer van een havik. Hij pakte hem op en draaide de pen rond tussen zijn vingers. Het was beter om níets te hebben. Beter om als de Navajo's te zijn, de Diné, zoals ze zichzelf noemden. In Diné Bikéyah, tussen de vier heilige bergen. De Diné bezaten niets. In hun tenten werden ze door zo goed als niets omringd. Zelfs in de goede tijd, voor de komst van de Europeanen, hadden ze nooit veel gehad. Maar spiritueel waren ze de rijkste mensen die hij ooit had meegemaakt.

'Ik wil mee naar Arizona,' zei hij.

Becky trad letterlijk in Laura Dobrinsky's voetspoor. Achter de drogist vond ze een enkele rij diepe voetafdrukken naar een houten buitentrap. Toen ze boven voor een verweerde deur stond, keek ze nog even achter zich of Clem haar niet was gevolgd. Ze was doodsbang voor Laura, maar had geen tijd te verliezen. Ze klopte op de deur en wachtte af. Toen ze niets hoorde, klopte ze opnieuw en probeerde de deurkruk. De deur zat niet op slot.

Ze stapte een open keukentje binnen en zag Laura in de kamer, met haar rug naar haar toe, op haar knieën op hoogpolige oranje vloerbedekking. Ze had haar motorjack aan en propte een slaapzak van kunstvezel in een nylon foedraal. Ernaast lagen allerlei toiletartikelen, een stapel boeken en een legergroene rugzak waar de mouw van een trui uit hing. Een elektrisch straalkacheltje vulde de ruimte met de geur van verschroeid huisstof.

'Laura?'

Laura verstijfde en keek niet om.

'Ik weet dat je me niet wilt zien,' zei Becky, 'maar dit gaat niet over mij. Dit gaat om Tanners carrière. Hij heeft je vanavond keihard nodig. Wil je toch niet komen optreden?'

'Sodemieter mijn huis uit.'

'Ik heb die agent gesproken, Gig, en weet je waarom hij hier is? Hij is hier voor jou. Omdat je een fantastische zangeres bent. Ik weet dat je boos en gegriefd bent, maar... Gig wil je dolgraag horen zingen.'

'*Ik weet dat je boos en gegriefd bent*,' bauwde Laura haar met een kinderlijk stemmetje na. Ze stompte het laatste stukje slaapzak in het foedraal en trok het afsluitkoord aan.

'Het spijt me,' zei Becky met een stapje in haar richting. 'Ik wou dat ik alles ongedaan kon maken, of dat ik gisteren had geweten dat er een... juiste weg is. Een juiste manier van leven. Ik was op de verkeerde weg.'

'Nou zeg, loof de Heer die je de weg heeft gewezen, halleluja.'

Becky negeerde de opmerking uit alle macht. 'Wat ik eigenlijk kom zeggen is dat het onrechtvaardig is als Tanner ervoor moet opdraaien. Het is mijn schuld, niet die van hem. Kun je hem niet één uurtje helpen nu hij van je afhankelijk is?'

'Nee.'

'Waarom niet?'

'Omdat ik pleite ga. Naar San Francisco.'

'O, maar ik bedoel nú een uurtje.'

'Weet ik, maar nú is het moment waarop ik ga.'

'Nu? Er ligt meer dan dertig centimeter sneeuw.'

'Uitstekende avond om te liften. Niemand laat je in de kou staan.'

Laura maakte wat riempjes losser op de rugzak en duwde de slaapzak eronder. Tanner had het zelf gezegd: ze was nogal radicaal.

'Ik denk gewoon,' zei Becky, 'dat als je genoeg om Tanner hebt gegeven om het... Hoelang zijn jullie samen geweest?'

'Vier jaar, zussie.'

'Wil je dan toch niet het beste voor hem?'

Laura keek naar haar op door haar roze brillenglazen. 'Ben jij achterlijk of zo?'

'Nee, nee, ik snap dat je kwaad bent. En ik snap dat ik iets slechts heb gedaan. Maar we houden allebei van Tanner...'

'O, jeetje, je hóudt van hem.'

'Dat... denk ik wel, ja.'

'Nou, hartstikke romantisch, hoor.'

Laura rommelde door de toiletartikelen, pakte iets en smeet het Becky bijna in haar gezicht. Ze ving het in een reflex. Het was een tube tandpasta, opgerold tot op het midden. En toen zag ze het woord 'Gynol' en liet de tube schielijk vallen. Toch geen tandpasta.

'Cadeautje voor je,' zei Laura. 'Tenzij... o, jezus, jij zult wel aan de pil zijn.'

Becky's hand voelde bezoedeld. Ze veegde hem af aan haar mantel.

'Niet dat een cheerleader ermee zal zitten, maar besef je wel dat je je ondergeschikt maakt aan de mannenmaatschappij? Je hormonen overhoopgooien voor hun plezier. Ze vinden niets zo lekker als wippen met de blanke sabel. Zelfs Tanner probeerde me aan de pil te krijgen. Nu hij jou heeft, krijgt hij nog spijt van die vier jaar met mij.'

De kamer was nauwelijks verwarmd, maar Becky begon te zweten. Het weeë gevoel in haar maagstreek leek op de wagenziekte uit haar kindertijd.

Het vooruitzicht van seks ontrolde zich voor haar geestesoog als een weg door de bergen. Honderd bochten in aantocht om haar nog misselijker te maken dan ze al was. Nu ze met Tanner was, zat ze in een auto waarvan ze wenste dat die vaart minderde.

'Maar wat ik dus duidelijk probeer te maken,' zei ze zwakjes, 'is dat hij vanavond niet buiten je kan op dat podium.'

'Of wacht... Ja, wacht even.' De ogen achter de roze glazen vernauwden zich. 'Heb jij eigenlijk weleens seks gehad?'

'Of ik...'

'Jezus. Nee, natuurlijk niet. *Nee, alsjeblieft, niet doen, daar mag je niet aan zitten van de Bijbel.*' Laura lachte. 'Niet dat ons vriendje zichzelf iets aan zijn geloof gelegen laat liggen, hoor. Geil kerkgangertje, die jongen. Bereid je maar alvast voor.'

Het koude zweet van wagenziekte.

'Of nee, bereid je maar niet voor. Ik hoop dat hij niks anders met je mag dan samen gezangen zingen. Gun ik hem wel.'

'Alsjeblieft,' zei Becky. 'We moeten er nu heen. Die agent is er en hij kwam speciaal voor jou, dus ik denk... we moeten gaan.'

'Had ik je niet gezegd op te sodemieteren?'

'Laura, alsjeblieft.'

Laura sprong overeind en kwam op Becky af. En Becky had zelf niet kunnen uitleggen waarom, maar ze liet zich op haar knieën vallen. Misschien wilde ze hun lengteverschil verdoezelen, misschien was het bedoeld als smekend gebaar. Maar nu ze toch op haar knieën zat, boog ze haar hoofd en drukte haar handpalmen tegen elkaar. *Help alstublieft Laura*, bad ze. *Help haar en vergeef mij.*

Laura begon te krijsen. 'Wat is dít? Zit je me nou in de zeik te nemen?'

Becky hield haar hoofd gebogen. Boven haar klonk gesnuif en opeens was er een koude hand die zich vastgreep in haar haar, de heiligheid van haar lichaam schond en haar omhoog probeerde te trekken. Ze voelde hoe er haren werden uitgerukt, maar weigerde op te staan. De hand liet los. En het volgende moment werd ze vol op haar oor geraakt. Een barbaarse klap, met de vlakke hand, maar een stukje polsbot erbij. Het vonkte voor haar ogen. Sterretjes. Hé, ze zag sterretjes. De volgende klap was hard genoeg om haar nek te laten omklappen en haar te laten duizelen. Het geweld op zich was erger dan de pijn. Ze was nog nooit door iemand geslagen. Ze kneep haar ogen stijf dicht en probeerde te blijven bidden.

En nu knielde Laura ook neer. Haar vingertoppen streken over Becky's oor, dat heet en ontveld aanvoelde. 'Becky, het spijt me. Gaat het?'

Alstublieft, God. Alstublieft, God.

'Ik ben een stuk stront. Geen haartje beter dan mijn ouweheer.'

Bij de verandering in Laura's stem, wellicht een antwoord op haar gebed, roerde zich iets in Becky – dezelfde innerlijke opening die ze in de kerkzaal had ervaren. God was er nog. Ze concentreerde zich om de verbinding met Hem te behouden, maar Laura sprak verder.

'Daar weet je toch van, hè? Heeft Tanner je erover verteld?'

Becky schudde haar hoofd.

'Heeft hij niet verteld waarom ik ooit bij zijn ouders en hem ben ingetrokken?'

Dat Laura bij Tanner thuis had gewoond, was nieuws voor Becky. Zulk groot nieuws dat de vraag naar het waarom niet eens bij haar opkwam.

'Ik weet hoe het is om geslagen te worden,' zei Laura. 'Het spijt me dat ik me zo liet gaan.'

'Geeft niet. Ik heb jou ook iets ergs aangedaan.'

'Kijk, dat gevoel gaf mijn ouweheer mij dus ook altijd. Dat ik het verdiende.' Laura legde een hand op Becky's schouder. 'Gaat het echt wel?'

'Ja.'

'Zo'n klap kan een hoop schade aanrichten. Ik ben zelf gedeeltelijk doof aan één oor. Het was Tanners moeder die dat merkte. Ik kreeg pianoles van haar, en nu is ze min of meer mijn echte moeder. Met die andere wil ik niet eens meer in dezelfde kamer zijn. Hij slaat haar nog steeds, en ze denkt elke keer nog steeds dat ze het verdient.'

Becky voelde een diepe dankbaarheid, voor Gods tussenkomst, en dat Laura nu op deze manier tegen haar sprak. Maar ze voelde tegelijk het begin van ergernis jegens Tanner. Hij had haar niet verteld dat Laura door haar vader was mishandeld; dat Laura bij hem thuis had gewoond; dat ze een soort zusje voor hem was. Als Becky had geweten waarin ze zich mengde, zou ze veel voorzichtiger zijn geweest. Ze was schuldig aan het verdriet dat ze had teweeggebracht, maar Tanner leek er nu ook schuld aan te hebben.

'Wat erg voor je,' zei ze.

'Nou, het is alleen mijn linkeroor.'

'Nee, ik bedoel alles. Ik heb nu nog meer spijt van alles. Misschien moet ik maar een stap opzij doen. Jullie met z'n tweeën laten.'

'Daar is het te laat voor, zussie. Hij is verliefd op je.'

Daar was het wagenzieke vooruitzicht weer.

'Ik heb het hem op de man af gevraagd,' zei Laura, 'en dat was zijn antwoord.'

'Maar dat komt omdat ik me aan hem heb opgedrongen. Als ik weer uit de weg ga...'

'Zo werkt het niet, hè?'

'Maar hij heeft voor jou ook nog gevoelens. Als ik gewoon...'

'Met zijn hart speel en wegloop? Dat zou pas echt een kutstreek zijn. Niet dat ik het je zie doen, hoor.'

Er begon een telefoon te rinkelen. Hard. Nijdig. Hij hing aan de muur in het open keukentje. Laura wierp er een achteloze blik op.

'Ik ben het die gaat,' zei ze. 'Dat had ik jaren geleden al moeten doen.' Ze stond op. 'Het spijt me dat ik je geslagen heb.'

Ze wijdde zich weer aan haar rugzak en de telefoon bleef bozig rinkelen. Becky, afkomstig uit een gezin waar het ondenkbaar was de telefoon te negeren, krabbelde overeind en nam op. Ze hoorde druk geroezemoes en Tanner die eroverheen schreeuwde.

'Becky? Wat doe je nou? Ik ben... Gig is hier... we moeten gaan spelen. Wat doe je nou?'

'Nog heel even, oké?' Ze drukte de hoorn tegen haar borst en liep naar Laura toe. 'Het is Tanner,' zei ze. 'Ze moeten beginnen. Kom je met me mee? Alsjeblieft?'

Dat Laura na een paar tellen met een ongedurig wegwerpgebaar akkoord ging, dat ze dat nooit zou hebben gedaan als ze Becky niet had geslagen, wat niet zou zijn gebeurd als Becky niet op haar knieën was gevallen om te bidden, wat ze niet had kunnen doen als de geest van Christus haar niet naar Laura's flatje had gebracht, wat niet was gebeurd als ze God niet had gevonden in de kerkzaal, wat ze niet had gedaan als ze geen stuff had gerookt – dat alles leek Becky, toen ze achter Laura de buitentrap afliep, het mooist denkbare voorbeeld van Gods ondoorgrondelijke wegen. Ze had slechte dingen gedaan, haar straf aanvaard, en nu kreeg ze haar beloning. Ze voelde een compleet nieuw leven beginnen, een leven in geloof.

'Dit is zulke waanzin,' zei Laura terwijl ze door de sneeuw ploeterden. 'Ik hoop dat je snapt wat ik hiervoor moet opbrengen.'

De koude lucht stak in Becky's gekneusde oor. Ze durfde niets te zeggen, anders veranderde Laura misschien nog van gedachten.

De menigte in de aula was onrustig, en het lege podium baadde in paars licht. Laura liep rechtstreeks naar de deur die toegang bood tot de ruimte erachter. Becky bleef hangen in de vestibule. Bij het zien van de tafels waarop het eten had gestaan, drong het tot haar door dat ze nog behoorlijk stoned was geweest toen ze dacht dat ze niet langer stoned was. Ook was er de onplezierige herinnering aan Clem.

Gig Benedetti kwam glimlachend op haar toe. 'Zo, daar ben je weer.'

'Ja, hai.'

'Ik kan niet zeggen dat ik kapot ben van de organisatie van deze avond. Als daar al sprake van is.'

'Laura voelde zich niet zo lekker.'

Was er een Bijbels gebod tegen liegen? Misschien niet, maar de waarheid zou toch wel aan het licht komen. Ze vroeg zich af of ze na haar verbluffend goede daad in staat was er nog een te verrichten.

'Maar, goed, moet je luisteren,' zei ze. 'Laura gaat de band verlaten.'

Gig lachte. 'Serieus?'

'Eh, ja.'

'Ik kwam hier voor een act met een zangeres.'

'Weet ik. Maar ik heb ze eerder zonder haar horen spelen, en dan zijn ze eigenlijk beter. Tanner komt veel meer tot zijn recht als hij het podium niet hoeft te delen. Het is zijn band, niet die van haar.'

'Maar zou het kunnen dat jij daar niet de meest objectieve kijk op hebt?'

In een opwelling streek ze met haar hand door haar haar, tilde het over de kraag van haar mantel en schudde het sensueel. Dat moest bij God door de beugel kunnen – zij kon er ook niets aan doen dat Gig haar aantrekkelijk vond.

'Als je echt het naadje van de kous wilt weten,' zei ze, 'ik ben de reden waarom Laura weggaat. En ik zou me heel rottig voelen als je ze door mijn schuld geen contract aanbood.' Ze zei het op een niet minder instinctieve pruiltoon, en schudde haar haar nog maar eens. 'Dit klinkt vast alsof ik je om een gunst vraag, maar Tanner is degene met ambitie. Laura is maar een amateur.'

Zijn ogen vernauwden zich. 'Waar stuur je op aan?'

'Hoe bedoel je?'

'Waarom praat ik met jou en niet met hem?'

'Weet ik niet. Maar als je de band onder contract neemt, krijg je mij best vaak te zien.'

Om echt te flirten had ze hem erbij in zijn ogen moeten kijken, maar dat ging niet.
'Da's dan wel een overweging,' zei hij.

Op de sneeuwstorm volgde vorst onder een heldere sterrenhemel. De pastorie was in duisternis gehuld, maar de sneeuw op de oprit had verse bandensporen. Toen Clem ze volgde naar de achterdeur, rook hij een vlaag sigarettengeur. Hij bleef staan en stak zijn neus in de lucht. Zijn eigen sigaretten waren op, hij had zijn pakje leeggerookt na de botsing met zijn vader. Hij was van plan geweest om in New Prospect met roken te stoppen, maar toen had Becky hem nog niet naar de hel gewenst.

De rook kwam van de voorkant van het huis. Op de veranda zag hij iemand in een dikke jas op de brandhoutkist zitten. Zijn moeder? Hij liep stilletjes verder over de oprit, wilde naar binnen glippen en meteen naar bed. Maar hij zag in dat zijn vader gelijk had: toen hij de brief naar de dienstplichtcommissie schreef, had hij geen rekening gehouden met zijn moeder. Erger nog: hij begreep dat hij het haar nu moest vertellen. Ze kon het beter van hemzelf horen dan van zijn vader.

Hij liep terug. Toen hij de veranda betrad, was de sigaret verdwenen en was zijn moeder opgestaan om hem te begroeten.

'Hé, lieverd,' zei ze. 'Daar ben je.'

Hij boog zich naar haar toe en kreeg een rokerige zoen. Hij wist dat ze als tiener had gerookt, maar dat was dertig jaar geleden.

'Ja,' zei ze. 'Je hebt me betrapt, ik zat te roken.'

'Nou, eh, kan ik er eentje bietsen?'

Ze lachte. 'Dit begint belachelijk te worden!'

Hij had geen idee waar ze op doelde, maar een lach was beter dan een preek. 'Morgen stop ik,' zei hij. 'Mag ik er een? Eentje maar.'

'Wat jullie al niet voor me hebben achtergehouden.' Ze schudde haar hoofd en haalde twee pakjes uit haar jaszak. 'Met of zonder filter?'

Om zo snel mogelijk te kunnen opsteken plukte hij er een uit het pakje dat al open was. Lucky Strike zonder filter. In de poollucht was de rook iets abstracts en verstoken van smaak. Hij richtte zijn blik op de witte straat om zelf ook een abstractie te worden, en vertelde zijn moeder over de brief en waarom hij die gestuurd had.

Pas toen hij helemaal was uitverteld, keek hij weer naar zijn moeder om te zien hoe het nieuws bij haar viel. Ze had een koffiekopje vol peuken in haar hand, en leek zich erover te verbazen. Ze gaf het hem aan en zei: 'Ik ga naar binnen.'

Hij wist niet goed wat hij had verwacht, maar hij had meer verwacht dan helemaal geen reactie. Hij doofde zijn Lucky en volgde haar naar binnen. Zijn bagage stond aan de voet van de trap, waar hij alles had neergesmeten. De kerstboomlampjes waren uit.

In de keuken zat zijn moeder neergehurkt voor een kastje dat zelden openging.

'Gaat het, mam?'

Ze kwam overeind met een fles J&B. 'Waarom vraag je dat? Heb ik soms een fles whisky in mijn hand? O, verrek, ja.' Lachend draaide ze de dop los en keerde de fles om boven een glas. Er kwam niet meer dan een vingertje uit, dat ze meteen achteroversloeg. 'Wat wil je dat ik zeg? Dat ik blij ben omdat mijn zoon de oorlog in wil?'

'Ik wil er niet langer immoreel over zijn.'

Ze liet haar kin zakken en keek hem vragend aan, een uitnodiging om zich nader te verklaren. Toen hij zweeg, hurkte ze weer bij het kastje neer.

'Ik kan dit even niet aan, jongen,' zei ze. 'Vanavond niet meer. Als je wilt dat ik twee jaar lang onafgebroken over je in de rats zit, is dat jouw beslissing. Een waarschuwing vooraf zou aardig zijn geweest, maar het is jouw beslissing.'

Er klingelden flessen terwijl ze de verschoten etiketten bekeek.

'Je vader zal er kapot van zijn,' zei ze. 'Maar dat begrijp je zelf ook wel.'

'Ja, ik zag hem in de kerk. Hij is behoorlijk pissig op me.'

'Is hij in de kerk?'

Clem had mevrouw Cottrell en haar wenkende vinger nog vers voor ogen. Hij was zijn vader niets verschuldigd, maar misschien was het goed om de gevoelens van zijn moeder te sparen.

'Hij was met een gemeentelid,' zei hij omzichtig. 'We moesten haar auto uitgraven.'

'Ah, laat me raden. Frances Cottrell.'

Het was een schok haar die naam te horen uitspreken. Hij vroeg zich af of ze rookte en dronk omdat ze alles wist van mevrouw Cottrell. Misschien nog wel meer dan hij te weten was gekomen.

'Wil je iets hebben?' zei ze. 'Eten of drinken? Ik zie nog wat bourbon staan, en wat oeroude vermout.'

'Een boterham misschien.'

Ze kwam overeind met een fles en keek geërgerd naar het bodempje dat erin zat. 'Waarom gebeurt zoiets? Hoe komt het dat als iemand eindelijk eens een borrel nodig heeft, alle flessen zo goed als leeg zijn? Dat kan geen toeval zijn. Als er alleen toeval in het spel was, had er ook een volle fles moeten zijn.'

Ja, er was echt iets niet in orde met haar.

'Of nee, wacht,' zei ze. 'Het is je broer.' Ze schonk het bodempje in haar glas. 'Doodzielig, eigenlijk. Hij sluipt hier om de haverklap naartoe voor een slokje, maar hij kan geen lege fles achterlaten, want dat valt op. Hoeveel kun je nemen zonder zo'n fles officieel leeg te maken? Ik weet niet of ik moet lachen of huilen.'

Clem had geen idee wat hij met haar toestand aan moest. In de relatieve warmte van het huis, en nu hij zijn beide ouders had ingelicht, begon zijn vermoeidheid hem te slopen. Hij ging aan de keukentafel zitten en legde zijn hoofd in zijn handen. Hij dacht onmiddellijk in slaap te zullen vallen, maar dat punt was hij voorbij. Zijn uitputting was zo pijnlijk dat hij er wakker door bleef. Hij hoorde zijn moeder een derde scheutje inschenken, de koelkast openen en met keukenspullen aan de gang gaan. Hij hoorde haar een bord op de tafel zetten.

'Je moet wat eten,' zei ze.

Hij richtte zich met inspanning van al zijn krachten op. Op het bord lag een bruine boterham met ham en kaas. Hij was haar dankbaar dat ze dit voor hem had gemaakt, maar te misselijk van vermoeidheid om te eten. Hij dacht aan het geroosterde brood met suiker en kaneel dat Sharon hem vanochtend had aangeboden, en aan het roerei dat ze op andere ochtenden voor hem had gemaakt. Hij dacht aan haar blijdschap om hem te zien binnenkomen, aan hoe ze gebruist had van toekomstplannen. De pijn achter zijn ogen werd ondraaglijk.

'Hé, schatje van me. Waarom huil je?'

Hij had een overmaat aan misère te spuien, en maar één manier om dat te doen. Toen zijn moeder haar armen om hem heen sloeg, probeerde hij uit alle macht iets van kracht en waardigheid te behouden, maar hij was door beide heen.

Toen zijn tranenvloed was gestopt, merkte hij dat de boterham er smakelijker uitzag. En hij wilde ook weer een sigaret. Dezelfde twee behoeften die terugkeerden na een seksuele ontlading.

'Vertel me nou eens wat er mis is,' zei zijn moeder. 'Wil je eigenlijk toch niet in dienst?'

Iemand had een papieren servetje op de tafel laten liggen. Hij snoot er zijn neus in en zij moeder ging tegenover hem zitten. In haar glas zat een laagje bruinige vermout.

'We kunnen die commissie morgen bellen, hè,' zei ze. 'Je kunt gewoon zeggen dat je van gedachten bent veranderd, dat zal niemand je nadragen.'

'Nee, ik ben gewoon geradbraakt.'

'Maar dat kan je beoordelingsvermogen beïnvloeden, hè? Als je nou eens een nachtje goed slaapt… dit is zulke onzin.'

'Het is geen onzin. Het is het enige waarvan ik overtuigd ben.'

Hij kon aan de stilte van zijn moeder horen dat dit haar teleurstelde. Het was altijd haar stijl als opvoeder geweest om dingen te opperen in de hoop dat hij ze zinnig zou vinden, in plaats van hem te zeggen wat hij moest doen.

'Weet je nog dat je me ooit eens hebt gezegd,' zei hij, 'dat seks zonder verbondenheid een slecht idee is?'

'Iets in die geest, ja.'

'Nou, ik heb een tijdje iets met een meisje gehad. Een vrouw. Het was ongelooflijk.'

Zijn moeder sperde haar ogen open alsof hij haar met een naald had gestoken.

'Maar je hebt gelijk,' zei hij. 'Zonder echte verbondenheid raken er mensen gekwetst. Want dat is wat er is gebeurd. Ze is heel erg gekwetst.'

De misère welde weer op en zijn moeder reikte over de tafel naar zijn hand. Maar hij wilde niet opnieuw huilen en trok zijn hand weg.

'We hebben het uitgemaakt,' zei hij. 'Vanochtend. Of nee, ik heb het uitgemaakt. Zij wilde niet.'

'O, lieverd.'

'Ik moest wel… ik ga met mijn studie stoppen.'

'Dat hoef je niet.'

'Ik ben ontzettend wreed tegen haar geweest.'

De misère werd hem weer te machtig. Terwijl hij zijn tranen verbeet, stond zijn moeder op en liep naar het fornuis. Hij hoorde de plof van een gasvlam en rook dat ze een sigaret had opgestoken. De vreemdheid van zijn moeder die rookte bracht hem weer tot zichzelf.

'Wil je niet naar de veranda?'

'Nee,' zei ze. 'Dit is ook mijn huis.'

'Waarom rook je eigenlijk?'

'Ja, sorry. Er is vandaag van alles gebeurd. Ik vind het naar dat je verdrietig bent. En ik vind het ook naar voor… hoe heet ze?'

'Sharon.'

Zijn moeder nam een haal van de sigaret. 'Ik snap het alleen niet goed. Als je het zo geweldig met haar hebt, waarom stop je dan met je studie?'

'Omdat mijn lotnummer negentien was.'

'Maar waarom juist nu? Waarom niet nog een semester wachten?'

'Omdat ik zo van haar in de ban ben dat mijn cijfers eronder lijden. Als ik op de universiteit ben, wil ik alleen maar bij haar zijn.'

'Maar dat is…' zijn moeder fronste. 'Je stopt met je studie om bij haar uit de buurt te komen?'

'Ik sta gemiddeld een B. Ik verdien geen uitstel van dienst.'

'Nee, nee, nee. Je bent helemaal in de war, jongen. Hou je van haar?'

'Dat doet er niet toe.'

'*Hou je van haar?*'

'Ja. Ik denk… ja. Maar dat doet er niet toe. Het is nu te laat.'

Zijn moeder liep naar de gootsteen en liet water over haar sigaret lopen. 'Het is nooit te laat,' zei ze. 'Als jij van haar houdt, en zij van jou, dan moet je niet met haar breken. Zo simpel is het. Loop nooit weg van degene van wie je houdt.'

'Ik weet het, maar…'

Zijn moeder draaide om haar as bij het aanrecht. Er was een eigenaardige glans in haar ogen. 'Dit is verkeerd! Dit is het ergste wat je kunt doen!'

Hij was nog nooit van zijn moeder geschrokken. Ze was altijd zijn moeder, klein en zacht, altijd aanwezig maar nooit overheersend. Zijn schrik werd angst toen ze naar de telefoon aan de muur liep, de hoorn van de haak nam en hem die toestak.

'Bel haar.'

'Mam?'

'Doe het, lieverd. Dan voel je je een stuk beter. Ik wil dat je haar belt en zegt dat het je spijt. Alsjeblieft. Ze neemt je zeker terug.'

Er kwam een kiestoon uit de hoorn. De hand van zijn moeder beefde.

'Is Sharon nu bij haar ouders? Is zij ook naar huis?'

'Morgen, geloof ik.'

'Dan bel je en zeg je dat je naar haar toe wilt komen. Ik vind het prima.'

'Mam, het is Kerstmis.'

'En wat dan nog? Je hebt mijn toestemming. Wees eerlijk, wil je zo graag hier zijn dan? Híer?' Ze maakte een weids gebaar met de hoorn. 'In… dít?'

De walging in haar stem was schokkend. Maar ze had wel gelijk. Hij wilde inderdaad niet in de pastorie zijn, niet na wat Becky tegen hem had gezegd.

'Het heeft geen zin om morgen terug te reizen,' zei hij. 'Ze gaat al in de ochtend op weg.'

Uit de hoorn klonk plotseling een ingesprektoon.

'Dan ga je er nu naartoe,' zei zijn moeder.

Waarom Perry zich zo laat op de avond aan de andere kant van het spoor bevond, in het van vooruitzichten verstoken deel van New Prospect, waar straten met schamele huizen doodliepen op het spoorwegtalud, was een vraag die zich eigenlijk alleen in de meest praktische zin liet beantwoorden. Het diepere waarom zou een bepaalde mate van logisch nadenken vergen, wat bij voorbaat onbegonnen werk leek. Terwijl hij zich in Terminal Street door de knisperend verse sneeuw haastte, voelde hij zich opgejaagd door de rand van een zich gestaag verwijdende inktzwarte krater. Voor die hem kon opslokken moest hij een huis zien te bereiken, waarvan hij had aangenomen dat hij er nooit meer over de drempel zou stappen, maar dat onder de huidige omstandigheden een legitiem adres leek.

De denkbeeldige krater was verschenen nadat hij zijn moeder had opgebiecht verboden roesmiddelen te hebben verkocht – in opzet een strategische bekentenis om haar aan zijn kant te krijgen voordat zijn wangedrag in bredere kring bekend werd en hij de gramschap van zijn Eerwaarde Vader zou moeten verduren, en hij was bereid geweest er een theatraal traantje bij weg te pinken, zoals hij dat ook al eens met aanzienlijk succes had gedaan bij Crossroads, waar hem daarna alle soorten van vergiffenis waren geschonken. Maar het had er alle schijn van gehad dat het zijn moeder niet kon schelen. Ze was niet tegen hem uitgevaren en had zelfs geen vragen gesteld. En het gevolg was geweest dat hij zich, toen hij haar alleen liet met haar sigaret en de trap afliep, weerloos voelde tegen de mentale krater die zich had geopend.

Hij was om te beginnen door de sneeuw naar het huis van Ansel Roder getrokken. Want op een zo uitzonderlijke avond als deze was het toegestaan zijn voornemen te laten voor wat het was en zich ondersteboven te blowen. De verwachting van haal na haal in de knusse beslotenheid van het keetje naast het zwembad van de Roders, en de gedachte dat dit exces een volstrekt ondoorzichtige sluier over de nabije en verdere toekomst zou werpen, bezorgden hem een erectie die harder werd naarmate hij zich meer verheugde op het ter hand nemen ervan als hij zich knetterstoned zou terugtrekken in de badkamer die Roder deelde met zijn magere en consequent bh-loze zus Annette, die nu wel thuis zou zijn van haar universiteit. Annette, eerstejaars op Cornell, beschikte over een prikkelend sarcasme en olijfkleurige teint, die aanzienlijk bijdroegen aan haar aantrekkingskracht. Ze kwam dicht in de buurt van Perry's ideale vrouw, en leek net zo bereikbaar als de Andromedanevel.

Tot zijn verlegenheid was het Annette die opendeed toen hij bij de Roders had aangebeld. Hij durfde haar niet aan te kijken, vond amper de stem om naar Ansel te vragen. Met zijn goedkope parka, stupide rubbers en onverhulbare geilheid kwam hij zichzelf voor als het ultieme onderkruipsel, en hij kon niet anders dan wachten tot ze wegliep. Zijn brandende verlangen om stoned en alleen te zijn, in een afgesloten badkamer, naderde het punt van ondraaglijkheid. Aan het eind van de gang zag hij flakkerend oranje in de bovenmaatse open haard van de Roders, die eerder op zijn plaats leek in een landhuis, met grotere houtblokken dan hij in enige andere haard had zien branden.

Roder kwam op blote voeten naar de deur, met de eerste tekenen van ergernis op zijn gezicht. 'Wat kom jij doen?'

'Ik wou even binnenkomen, als dat mag.'

'Komt niet uit. We zitten canasta te spelen.'

'Canasta.'

'Kersttraditie. Best leuk.'

'Jullie zitten te kaarten, met de hele familie.'

'Ja, met kerstliedjes en al. Niks mis mee.'

Het gezinsverband van de Roders leek doorgaans nog losser dan dat van de Hildebrandts, en het grensde aan absurde humor dat ze nu iets gezelligs zaten te doen. Perry hoefde niet achterom te kijken om te weten dat de rand van de lichtloze krater hem naderde.

'Nou, oké,' zei hij met een dikke keel van teleurstelling. 'In dat geval zou ik je even snel iets willen voorleggen. Ik heb vandaag een inschattingsfout gemaakt. Een misrekening.'

'Serieus, man.' Roder begon de voordeur dicht te doen. 'Komt niet uit nu.'

'Als je even pijlsnel naar boven zou willen hollen om een van de zakjes voor me te pakken. In naam van de vriendschap.'

'We zitten een spelletje te doen.'

'Ja, dat zei je al. Ik kan je er wat geld voor geven, hoor.'

Roder trok een gezicht alsof hij iets misselijkmakends zag.
'Ansel, kom op nou. Ik doen anders toch nooit een beroep op je?'
'Wat ís er met je?'
'Ja, dat van dat geld had ik niet moeten zeggen. Mijn fout, sorry.'
Roder duwde de deur dicht. Nog geen vijftig meter vanwaar Perry stond, maar buiten zijn bereik, bevond zich een la in Roders kamer met daarin bijna honderd gram weed. Van schoolpleinkwaliteit, maar dat zou onder deze omstandigheden volstaan. En hij kon niets of niemand iets kwalijk nemen. Hij had Roder zelf beledigd. Door de transactie die hij eerder op de dag had gesloten, had hij iets belicht wat voorheen altijd bedekt was door hun gezamenlijke blowplezier, Roders gulheid en zijn eigen vermogen om vriendschap te veinzen: dat het hem nooit om Roder was gegaan, en altijd om de drugs.
Met de kraterrand op zijn hielen had hij zich vervolgens naar de First Reformed gehaast. Van alle vrienden die stuff bij zich plachten te hebben, was Roder als enige geen lid van Crossroads, dus dat kerstconcert vormde nu zijn beste kans. Zijn moeder was ooit doorgedraaid en had zelfs in een inrichting gezeten, en haar vader had zichzelf door verdrinking van kant gemaakt, en die feiten had ze hem vanavond plompverloren voorgeschoteld – twee catastrofes die hem ook te wachten konden staan en die altijd al in zijn hoofd hadden gescholen, achter mentale deuren die hij nooit ook maar op een kiertje had willen openen, zelfs niet in zijn slapeloze nachten, maar die hij toch altijd door die deuren heen had zien schemeren. Want niets van wat ze hem had verteld, was een verrassing voor hem geweest. Hij had er eerder een dof gevoel van herkenning bij gehad. Twee lugubere maar niet schokkende catastrofes; hij kende ze al van gezicht.
Hij zou haar op zijn beurt nooit meer iets vertellen. Geen denken aan. In zekere zin was zijn moeder de krater die hem achtervolgde.
Hij hoopte een groepje blowers aan te treffen op het parkeerterrein, maar daarvoor was het te laat, iedereen was naar binnen. In de aula, aan de buitenrand van de menigte, stonden wat ex-Crossroaders met een veelzeggende dromerigheid te dansen op een instrumentale passage in 'Wooden Ships' van Jefferson Airplane. Perry kende de band die op het podium stond door hun tamelijk grote faam én door de affiches die hij zelf nog had gezeefdrukt: de Bleu Notes. Door de golvende menigte heen ving hij glimpen op van de veelgeroemde Laura Dobrinsky, die met een chagrijnig gezicht haar partijtje meespeelde op een elektrische piano, van een lange leadgitarist met een afro, die onder het soleren zijn mond in de vreemdste bochten wrong,

en van Tanner Evans op slaggitaar, die als een heuse rockster zijn haar liet zwiepen en parmantige sprongetjes maakte. De menigte was er helaas volledig door gegrepen, waardoor hij niets kon zien dan deinende achterhoofden. De frustratie begon zijn keel af te snoeren toen iemand hem op zijn schouder tikte.

Van alle nutteloze mensen die hem hadden kunnen aantikken was dit een van de meest nutteloze: Larry Cottrell. Larry had zijn haar opzichtig in model gekamd, waardoor al het andere aan hem (spijkerjasje, corduroy broek, bergschoenen) opeens ook overdreven leek. Hij spreidde zijn armen alsof hij, gadverdamme, een omhelzing verwachtte. Perry draaide zich weer haastig naar het podium en rekte zijn hals in een vertoon van extreme belangstelling voor de band. Nu hij zijn moeder had verteld dat hij in drugs had gehandeld, en zijn ouders dat dus niet langer buiten hem om konden ontdekken, had hij niets meer van Larry te vrezen.

We are lea-ea-ving, klonk het refrein op het podium. *You don't nee-ee-eed us.*

Larry, geenszins ontmoedigd, schreeuwde in Perry's oor: 'Waar was je nou?'

Net als in het schaakspel begreep Perry dat hij drastische maatregelen moest nemen of anders last zou blijven houden van zijn trouwe pion, wat hem zou hinderen bij het vinden van een roesmiddel. Weer dat gevoel van kosmische oneerlijkheid. Weer de erkenning dat hij het uitsluitend aan zichzelf kon wijten.

Wat te doen? Aan de gewaagde zet die bij hem opkwam ging net als bij het schaken een gevoel van zal-ik-wel-of-zal-ik-niet vooraf, maar hij zette door. Hij gebaarde Larry hem te volgen naar de verlaten vestibule, wat Larry enthousiast deed.

'Ik heb een idee,' zei hij.

'Wat? Wat?' zei Larry.

'We moeten dronken worden.'

Larry's vingers gingen in een reflex naar zijn talgrijke neusvleugels. 'Oké.'

'Ik neem aan dat jouw moeder een drankkast heeft?'

De vingers wreven en werden besnoven. De ogen stonden wijd open.

'Ik wil dat je nu naar huis gaat,' zei Perry, 'en iets pakt wat ze niet zal missen. Triple-sec of zo, of crème de menthe. Maakt niet uit, als het maar een fles is waar nog veel in zit.'

'Ja, eh. Maar de regels dan?'

'Stop die fles gewoon ergens buiten in een sneeuwhoop. Drank bevriest niet. Wil je dat voor me doen?'

Larry kreeg de bedenkingen die niet hadden kunnen uitblijven. 'Dan moet je wel meekomen.'

'Nee. Te verdacht. Neem er gerust alle tijd voor. Ik wacht wel.'

'Ik weet niet, hoor.'

Perry greep zijn pion bij de armen en keek hem in de ogen. 'Doe nou maar. Straks ben je me dankbaar.'

Het ervaren van de macht die hij over Larry had duwde de kraterrand weer wat naar achteren. Het was een soort bevrijding om zijn nobele voornemens van zich af te zetten. Hij ging bij de ingang staan kijken hoe Larry zich over de besneeuwde parkeerplaats haastte.

Terug in de zaal zag hij dat Laura Dobrinsky was overgestapt naar de kleine vleugelpiano van de kerk, en vol overgave een hit van Carole King zong. Toen hij zich door de menigte probeerde te werken, werd hij opgehouden door een knuffel van een meisje dat hem in Crossroads gezegd had diep onder de indruk te zijn van zijn woordenschat, en daarna een knuffel van een meisje dat er bij hem op had aangedrongen opener te worden met zijn emoties, en een knuffel van een meisje met wie hij onder grote bijval een toneelstukje had geïmproviseerd over de gevaren van oneerlijkheid, waarop een knuffel volgde van een meisje dat hem bij een tweegesprek had toevertrouwd dat ze al voor haar elfde was beginnen te menstrueren, gevolgd door een opgestoken duim van de jongen die hem had geholpen met de affiches voor het concert, en een vriendelijk knikje van niemand minder dan Ike Isner, de Crossroads-coryfee van wie hij het gezicht eens geblinddoekt had afgetast bij een vertrouwensoefening, waarna het Ikes beurt was geweest om zijn gezicht te betasten. Geen van deze mensen had ook maar een glimp opgevangen van wat zich in werkelijkheid in zijn hoofd afspeelde. Hij had ze allemaal om de tuin geleid met zijn gespeelde emoties, waarna ze hem vol waardering met een collectieve golfbeweging, als op trilhaartjes, richting het centrum van Crossroads hadden gevoerd. De knuffels waren zonder meer prettig, maar de kraterrand liet zich alweer voelen met de fundamentele vraag wat het allemaal voor zin had. Het centrum van Crossroads vertegenwoordigde geen enkele concrete macht. Het was slechts het doel van een abstract spel.

Bij de hoek van het podium, naast een stars-and-stripes die de kerk daar om een onnaspeurbare reden aan een heuse vlaggenstok had gehangen, trof hij al zijn oude vrienden op één kluitje. Bobby Jett en Keith Stratton stonden er met David Goya en zijn vaalhuidige vriendinnetje Kim, en zowaar ook Becky, die in het gezelschap verkeerde van een oudere, onbekende man met overdadige bakkebaarden en een oranje leren jack met riempjes, alsof hij zo was weggelopen uit een aflevering van *The Mod Squad*. Kim gaf hem prompt een knuffel en hij bespeurde tot zijn vreugde de geur van weed in haar haar. Dat gaf hoop. Becky zwaaide slechts naar hem, maar niet onvriendelijk. Ze leek opeens langer, en bruisend van levenslust, als om zijn eigen doffe ondermaatsheid te benadrukken.

Op het podium had Tanner Evans een akoestische gitaar ter hand genomen, en zijn met een afro getooide vriend een banjo, waarop de Bleu Notes een theologisch getinte ballad begonnen te spelen. Perry kende de tekst daarvan goed, want het was het semiofficiële clublied van Crossroads, naar het scheen door Tanner zelf geschreven, dat vaak aan het einde van de zondagsbijeenkomsten werd gezongen.

The song is in the changes not the notes
I was looking for a thing
Couldn't find it in myself
Until I met somebody else
And I found it in between the lines
Yeah, the song is in the changes not the notes

Becky leek volkomen in de ban van het optreden, en de man met de bakkebaarden tamelijk in de ban van Becky, maar David Goya, die '*I found it in between the lines*' graag verbasterde tot '*I found it between your legs*', keek om zich heen als een dove die zich afvroeg waarom hij zo veel tekenen van geluid zag. Perry trok hem aan zijn mouw en troonde hem mee de gang in.

'Heb jij stuff bij je?' vroeg hij.

In het ganglicht waren Goya's ogen bloeddoorlopen. Hij keek Perry wat treurig aan. 'Nee, helaas.'

'Wie dan wel?'

'Op dit uur van de avond zou ik niet weten of iemand nog iets heeft. Er werd al vroeg vrij stevig geblowd.'

'Maar David, dacht je dan dat ik niet zou komen?'

'Tja, weet je, de dingen liepen zoals ze liepen. Maar ik denk inderdaad dat iedereen nu lege zakken heeft. Je had met je zus moeten meekomen.'

'Mijn *zus*?'

'Ja, is dat zo raar? We mogen Becky toch wel?'

Perry voelde iets boosaardigs, de kraterrand, aan de hakken van zijn schoenen knagen. Becky en stuff? Zo te horen had ze hem ondanks hun ogenschijnlijke verzoening buitengesloten.

'Over Becky gesproken,' vervolgde Goya. 'Wist jij dat ze wat met Tanner Evans heeft? Heb je dat voor ons verzwegen?'

Perry staarde naar de koperen knoppen op de deuren van de aula, waarachter de Bleu Notes meer recht aan 'The Song is in the Changes' deden dan de Crossroads-leden op zondagavond.

'Er zijn meerdere ooggetuigenverslagen van tongzoenen,' zei Goya. 'Kim vindt het helemaal te gek.'

Dieper en dieper zakte Perry.

'Zouden we even naar jouw huis kunnen?' zei hij. 'Ik moet echt... nieuwe voorraad halen, bedoel ik.'

'Er werd daarnet over pannenkoeken gesproken,' zei Goya. 'Becky wil om twaalf uur aan de pannenkoeken, en neem het haar eens kwalijk. En Kim gaat mee, en waar Kim gaat...'

'We kunnen toch later bij ze aansluiten?'

De wanhoop in Perry's stem leek Goya's pantser van relaxtheid te doorboren. Er kwam iets waakzaams in zijn rode ogen. 'Is er iets met je?'

Ja, de kosmos was zonder meer onrechtvaardig. Door al dat gepraat met zijn moeder had Perry het te laat laten worden om nog verdoving te kunnen vinden voor het onbehagen dat datzelfde gepraat hem had bezorgd. En als hij het gepraat had overgeslagen en eerder naar het concert was gegaan, toen er nog volop drugs waren, zou hij geen onbehagen hebben gevoeld en had hij zich aan zijn voornemen kunnen houden.

'Ik wou gewoon...' zei hij. 'Ik, eh, wie gaan er allemaal?'

'Kim, Becky, ik. Tanner ook, denk ik. En misschien nog wat anderen.'

Perry zag een mogelijkheid en sloeg toe. 'Maar de band moet eerst alles inpakken, dus als we nu gaan, zijn we ruim op tijd terug.'

Het was een logisch en makkelijk uitvoerbaar idee, maar Goya was te stoned of te koppig om dat te zien. 'Maar zeg nou even, ís er wat met je?'

'Nee. Nee.'

'Nou, laten we dan niet al die moeite doen.'

Er steeg een daverende ovatie op in de aula. Goya draaide zich om en ging weer naar binnen. Perry volgde hem na een lichte aarzeling. Een toegift leek te verwachten, maar Laura Dobrinsky hupte van het podium, stormde met gebogen hoofd door de menigte en liep Perry zowat omver toen ze zich de deur uit haastte. Achteromkijkend zag hij haar door de gang rennen.

De zaallichten gingen aan en Tanner Evans begaf zich ook tussen het publiek, met natte haren van muzikale inspanning. Hij gaf de man met het oranje jack een hand en sloeg zijn arm om Becky heen. Perry kon haar gezicht niet zien, maar wel de paar mensen die hem hadden geknuffeld, en de velen die dat niet hadden gedaan, en ze keken allemaal naar zijn zus die haar beide armen om Tanner Evans had geslagen. Ze zat nog geen twee maanden in Crossroads en het was wel duidelijk dat ze hem nu al was voorbijgestreefd en zich midden in het centrum bevond.

Wat moest haar ziel blij zijn geweest toen die haar persoon als bestemming kreeg.

Hij trad pas weer uit de zwartheid in zijn hoofd toen hij over Pirsig Avenue liep, met vastberaden tred richting het pompstation van Shell. In zijn portemonnee zaten drieëntwintig dollar, nu nog bestemd voor kerstcadeautjes voor Becky, Clem en de Eerwaarde, maar het zou niet het eind van de wereld zijn als hij aan ieder van hen maar een paar dollar besteedde. Hij had ook nog wat munten in het transparante muntenetui dat Judson hem voor zijn verjaardag had gegeven. Bij het pompstation aangekomen haalde hij er een dubbeltje uit en stopte dat in de steenkoude munttelefoon achter de toiletten. Achter hem stond een truck met stationair draaiende motor en knipperende daklichten, zonder iemand in de cabine. Het nummer, 241-7642, was makkelijk te onthouden omdat het vierde cijfer de som was van de eerste drie, alsook het vierde priemgetal, en omdat de laatste twee cijfers een getal vormden dat het product was van de twee die eraan voorafgingen.

De man nam op na zes keer overgaan. Perry had zijn voor- en achternaam nog niet uitgesproken of hij werd in de rede gevallen. ‘Sorry, we zijn met kerst gesloten.’

‘Ja, maar dit is een soort noodgeval.’

De man hing op.

Op dit punt had Perry zich wijselijk bij zijn nederlaag kunnen neerleggen om het in de First Reformed te doen met de fles die Larry Cottrell thuis had gepikt, maar het was zeer de vraag of Larry daarin was geslaagd, het tegendeel was aannemelijker, en het leek op zich een simpele transactie: Perry had geld, de man had stuff – waarom moeilijk doen?

Hij was maar één keer eerder bij de man thuis geweest, niet om wat te kopen maar om aan hem voorgesteld te worden door een nogal onsympathieke ouderejaars, Randy Toft, die toen de dealer was van Keith Stratton. Sindsdien had hij de man uitsluitend getroffen tussen de gaten in het asfalt van het parkeerterrein van de dichtgetimmerde A&P-supermarkt, waar hij onveranderlijk een eeuwigheid had moeten wachten tot de man in zijn anonieme witte Dodge verscheen. Hij had zich iedere keer geërgerd aan

’s mans gebrek aan punctualiteit, maar was te bedeesd geweest om dit aan te kaarten als hij dan eindelijk arriveerde.

Het huis was makkelijk terug te vinden, omdat het in een doodlopende zijstraat met de vrolijk klinkende naam Felix stond, en er op de postbus aan de straat een verweerde Nixon – Agnew bumpersticker was geplakt, wellicht om van een gevoel voor humor te getuigen, wellicht om de politie van het voorstadje op een dwaalspoor te brengen, of misschien ook wel, je wist het niet, uit oprechte bewondering voor de politici in kwestie. Toen Perry de zijstraat bereikte, zag hij de witte Dodge op de oprit, volledig ondergesneeuwd.

Er sijpelde licht om de randen van de rolgordijnen in de woonkamer. De voortuin en het pad waren bedekt met onbetreden sneeuw.

Stelling: slechtheid is recht evenredig met macht.

Want wat anders dan macht vormt het onderscheid, vroeg de imaginaire betoger zich retorisch af, *tussen iemand die drugs wil gebruiken en iemand die ze wil verkopen? De koper heeft in principe de vrijheid om zijn geld in zijn zak te houden, waar de verkoper de vrijheid heeft om aan zijn goederen vast te houden, dus in dat opzicht zijn ze qua macht aan elkaar gewaagd. Volgt hier dan niet uit dat het verschil in beider macht alleen kan zijn gelegen in de mate van hun persoonlijke slechtheid? Een highschooldealer is niet slechter dan de sproeikop op een tuinslang, in zoverre hij slechts zorg draagt voor de evenredige verdeling van het clandestiene genot over zichzelf en zijn schoolgenoten, waar de man die beroepsmatig de rol van tuinslang op zich neemt er welbewust voor kiest de federale wet te overtreden. Hij is in moreel opzicht veel slechter dan de jonge dealer, wat ook de reden is waarom laatstgenoemde lijdzaam het gebrek aan punctualiteit van eerstgenoemde ondergaat. Hoe slechter je verkiest te zijn, des te sterker is uiteindelijk je machtspositie.*

Gesterkt door de luizenstreek die hij met Larry Cottrell had uitgehaald, opende hij het tuinhek en waadde door de sneeuw naar de voordeur, waarachter muziek klonk. Voor hij kon aankloppen, klonk er binnen een verstikt gehuil van de hond die hij straal vergeten was en zich nu pas weer herinnerde, dat gevolgd werd door een uitbarsting van schor geblaf waarvoor de hond in eerste instantie de adem had gemist. Bij Perry’s eerdere bezoek aan het huis had de hond immens en kortharig in de deuropening gestaan, zijn ogen vernauwd in valse argwaan en zijn kaakspieren gespannen, terwijl de man met hem kennismaakte en daarna zijn handen op zijn en Randy’s schouders legde in een vertoon van vriendschap waarmee de hond morrend akkoord was gegaan. Nu zorgde het geblaf ervoor dat de verandalamp aanging. Hij hoorde de man schreeuwen.

'Wat doe jij nou, man? Dit slaat nergens op! Mijn hond is door het dolle, ik zou maar snel weer weggaan!'

Er zat een kijkgat met een lensje in de deur en Perry wist dat hij daardoor werd bekeken. Nu hoorden drugshandelaars wel enigszins paranoïde te zijn, maar deze situatie oogde weinig hoopvol. Toch leek het hem de moeite van het proberen waard om nog even zijn goede trouw te demonstreren. Hij viste zijn portemonnee uit zijn broekzak, trok er het biljet van twintig uit en wapperde ermee voor het kijkgaatje.

'Ben je nou helemáál van de pot gerukt!' schreeuwde de man over het geblaf heen. 'Flikker op met dat geld! Verkeerde huis, wegwezen!'

Om geen enkel misverstand over zijn bedoeling te laten bestaan, maakte Perry het gebaar van blowen.

'Ja, ik snap het, flikker op!'

Perry drukte smekend zijn handen tegen elkaar en het verandalicht ging uit. Daarmee leek de kous af, maar tot zijn verrassing ging de deur open. De man droeg alleen een spijkerbroek, die met gulp en al open stond, en had zijn vingers onder de halsband van de hond gehaakt, die met zijn voorpoten in de lucht stond te harken. 'Wat doe je nou?' zei hij. 'Wat sta je daar nou? Blijf daar niet zo staan, gek, waar denk je dat je bent?'

De man rukte de hond achteruit. Er stroomde bijzonder warme lucht naar buiten.

'Doe die deur achter je dicht, gek!'

Perry vatte het op als een uitnodiging, stapte naar binnen en duwde de deur achter zich dicht. De man stond met gespreide benen over de hond heen en trok hem uit alle macht dieper het huis in terwijl Perry besluiteloos op de welkomstmat bleef staan, die nat werd van de sneeuw die van zijn rubbers smolt. Het was ruim boven de dertig graden in het huis. De muziek uit het houten stereomeubel was van Vanilla Fudge. Perry kon zich dat meubel niet van zijn eerste bezoek herinneren, noch iets anders van het interieur, deels omdat de kamer te schaars was ingericht, met kale muren, maar ook omdat hij stiknerveus was geweest, te angstig en beschaamd om goed op te letten. De man had zich die middag in april voorgesteld als 'Bill', maar zijn grijns en toon hadden Perry de indruk gegeven dat dit niet zijn echte naam was. Hij had een rossige snor die te groot was voor zijn gezicht, en een van zijn benen was zichtbaar korter dan het andere. Volgens Randy Toft had dat been hem uit Vietnam gehouden, maar voor de rest leek niets de man te hebben meegezeten. Zijn naamloosheid paste bij het leven dat hij leidde.

Er werd een deur dichtgeslagen en de hond hief een eenzaam gehuil aan. De man kwam terug met zijn broek nog steeds open, de rits verfomfaaid door het lengteverschil van zijn benen. Zijn borst was bijna net zo haarloos als die van Perry, maar onder zijn navel begon een soort vacht. Hij keek de kamer rond, naar alles behalve Perry, met schokkerige hoofdbewegingen alsof hij iets gevaarlijks probeerde te betrappen. Hij leek het te vinden in het stereomeubel en tilde met bevende hand de toonarm van de pick-up van de plaat. Er klonk gekrijs van een naald die terugviel en over de groeven schoof. Hij tilde de arm opnieuw op en klemde hem nu veilig op de standaard. Hij knikte erbij alsof hij nadacht over iedere beweging.

'Nou, oké,' zei Perry voorzichtig, want het leed geen twijfel dat de man in hoge mate door iets was opgefokt. 'Het spijt me oprecht dat ik stoor.'

'Het gaat niet, gaat niet, gaat niet,' zei de man terwijl hij naar de draaitafel bleef staren. 'Niks in huis, man. Ze hebben me genaaid. Waar kom je voor?'

'Ik had gehoopt dat je iets voor me had.'

'Je had niet moeten komen, weet je. Ik flip er echt op.'

'Dat heb ik in de gaten en het spijt me oprecht.'

'Je luistert niet! Ik zeg dat ik erop flip. Weet je wat ik zeg? Ik heb het niet over dat. Ik heb het over dat áchter dat. Het ding áchter het ding, weet je? Achter het ding áchter het ding. Weet je wat ik bedoel?'

'Maak je om mij geen zorgen,' zei Perry. 'Als je iets voor me hebt, betaal ik er graag de straatprijs voor en dan ben ik weer weg.'

De man ging door met knikken. Hij was de laatste keer op de parkeerplaats ook nogal geagiteerd geweest, maar niet zo erg als nu. Perry kreeg de indruk dat hij met een speedfreak had te maken. Daar had hij veel over gehoord, maar hij had er nog nooit een gezien. Hij wilde niet zomaar gaan, want buiten wachtte hem de krater, maar zijn instinct voor zelfbescherming roerde zich ook. Hij draaide zich naar de deur.

'Ho, ho, ho, waar ga je heen?' De man was met twee sprongen bij de deur en zette er zijn hand tegenaan. Hij had lelijke zweren aan de binnenkant van zijn arm, en hij stonk. 'Wat doe je nou, man. Ik kan dit allemaal niet aan, weet je.'

'Als je niks voor me hebt...'

'Je naait me, hè? Iedereen probeert me te naaien. Ik heb geen weed, oké? Vrolijk kerstfeest, gelukkig nieuwjaar, waar is je geld?'

'Ik kan maar beter gaan, denk ik.'

'Nee nee nee nee nee nee. Je houdt van pillen toch? Quaaludes, ja toch? Ludydudies, heb ik hoor.'

'Daar ben ik helaas niet voor in de markt.'

De man knikte verwoed. 'Geeft niks, man. Is oké, weet je. Maar niet weggaan, oké? Hier blijven, niet bewegen. Ik heb nog wat anders voor je.'

Hij mankte op zijn blote voeten de kamer uit, naar achteren, waar de hond weer begon te janken. Zijn gretigheid om Perry te zien blijven, de machtsverschuiving die daaruit sprak, was ietwat geruststellend. Perry vroeg zich af wat dat andere dan wel kon zijn.

De man kwam de kamer weer in met een grote glazen pot die hij schudde als een sambabal. Een pot waar Planters-pindakaas in had gezeten en die nu gevuld was met honderden pillen, een hoeveelheid die Perry duidelijk maakte dat het geen dure pillen konden zijn. Amfetamines waarschijnlijk. Geen pillensoort voor het gebruik waarvan hij ooit een reden had gezien.

'Neem een handje,' zei de man. 'Hier kun je nooit te veel van nemen.'

Hij hield Perry de pot voor, het deksel viel eraf en rolde weg over het vloerkleed. De open pot beefde mee met de hand van de man.

'Wat hebben we hier?' vroeg Perry.

'Neem er maar een stuk of vier en kauw ze fijn. Dan merk je wel dat je er nooit te veel van kunt nemen, en aan weed denk je niet meer. Kauwen, minuutje wachten en boem. Die eerste vier zijn gratis, want, shit man, het is kerst, weet je. Ik geef je er veertig voor die twintig dollar van je, en dan zet je die weed wel uit je hoofd, want dit is boem, weet je wel, nemen nemen nemen. Als dit bevalt, en dat gaat het doen, weet je, kan ik ook nog de hele grote boem voor je regelen. Neem maar neem maar neem maar.'

De donkere krater was nu voor Perry opgedoemd, bevond zich voor hem zowel als achter hem, wat alleen maar kon betekenen dat hij bezig was erin te vallen. Hij hield zijn hand op.

Na het volbrengen van de taak die Frances hem had gesteld, en het veiligstellen van zijn deelname aan de eerstvolgende lentetrip van Crossroads, keerde Russ in een jubelstemming terug naar zijn kantoor. Het bureau waarop zijn aanbedene met haar aanbiddelijke kleppet en lichtjes gespreide benen had gezeten, veranderde voor zijn geestesoog in het hoogland van Arizona. In gedachten reed hij al door dat landschap. De verleiding was groot om haar meteen over zijn wapenfeit te bellen, maar ze had die hele middag en avond al de touwtjes in handen gehad, had zijn hartstocht aangewakkerd, had de suggestie van beloningen gewekt zonder er gestalte aan te geven, en dat moest nu maar uit zijn. Híj was het immers die de draak had gedood! Híj had de moed opgebracht om op de deur van Ambrose te kloppen! Het was beter, vond hij, om haar in spanning te houden. Ze moest er maar over speculeren tot het haar te machtig werd en ze hem er zelf naar vroeg. Dan pas zou hij zeggen dat hij Ambrose had vergeven, en er op terloopse toon aan toevoegen dat hij meeging naar Arizona.

Hij sloot zijn kantoor af en ging de trappen af naar het parkeerterrein. In de sneeuw op de achterruit was met tienerhand het woord OEPS geschreven. Bij het horen van de muziek in de aula was er het besef dat hij niet met Frances alleen zou zijn in Arizona. Ze zouden er in het gezelschap verkeren van busladingen potentieel vijandige jongelui. Het drong opeens tot hem door dat hij nog steeds zijn nappa jas aanhad.

Even was er de schuldige impuls om terug te gaan voor zijn andere jas, maar nee, het was gedaan met de lafheid. Hij maakte zelf wel uit welke godverdomde jas hij aantrok! Het kon hem niet langer schelen of Marion wist dat hij de dag met Frances had doorgebracht. Oké, in de toekomst, als hij een verhouding met Frances begon, die opbloeide in iets groters, een nieuw leven, een tweede kans, ja, dan zou de weerslag niet gering zijn. Maar op dit moment was zijn enige aanwijsbare misstap dat hij een beetje gejokt had bij het ontbijt. Als Marion iets over de nappa jas zei, als ze ook maar de minste insinuatie waagde, dan blies hij haar omver met het nieuws dat Perry marihuana rookte, en als dat niet genoeg was zou hij haar over Ambrose vertellen. Drie jaar lang had ze zijn wrok tegen Rick gevoed door constant op hem af te geven, en als ze hoorde dat hij hem nu had vergeven, uit zichzelf, zonder haar te raadplegen, dan zou ze zich ongetwijfeld verraden voelen. Het leed geen twijfel dat ze zichzelf al die tijd als een loyale echtgenote had beschouwd. Maar in zeker opzicht had zij hem als eerste verraden. Als ze hem niet zo had gesteund na zijn debacle, en daarmee zijn wrok had gevoed, had hij het al veel eerder bijgelegd met Rick. Het was Frances die hem daarvoor de moed had geschonken, door het geloof uit te spreken dat ze hem tot meer in staat achtte dan rancune.

Hij vertrouwde zijn banden niet op het ongeruimde stuk omhoog over Maple Avenue, en had ook geen enkele haast om Marion onder ogen te komen, dus koos hij voor een omweg naar Highland Street. Ettelijke malen, zes uur lang, had hij vandaag zijdelingse blikken op zijn vrouwelijke passagier geslagen en genoten van wat hij zag. Het was verrukkelijk geweest om met Frances de McDonald's binnen te gaan en zich niet opgelaten te voelen over de vrouw aan zijn zijde. Menige man mocht zoiets vanzelfsprekend vinden, maar voor hem was het een weldaad in vergelijking met de dagelijkse gêne die Marion hem deed voelen. Frances' kapsel, hoewel geplet door de kleppet, had haar gesierd, terwijl geen van Marions kapsels in de voorbije jaren een gelukkige greep was geweest – dan weer te kort, dan weer te lang, en nooit een tegenwicht voor haar roodheid van huid, haar vlezige hals en haar door vetzucht en slapeloosheid vernauwde ogen. Hij wist dat het onredelijk van hem was om dit te voelen. Het was onredelijk dat de aanblik van zijn eigen vrouw hem meer tegenstond dan die van heel wat vrouwen in New Prospect die objectief gezien een stuk onaantrekkelijker waren. Het was onredelijk dat hij van haar lichaam had genoten toen ze nog jong was, en haar vervolgens had belast met vier kinderen en talloze verplichtingen, om zich nu miserabel te voelen als hij in het openbaar moest verschijnen met haar en haar klunzige make-up, haar tuttige haar en haar kledingkeuze, die altijd weer een oefening in zelfhaat leek. Hij had met haar te doen omdat hij zo onredelijk was. Hij voelde zich er rot om. Maar hij kon het niet laten het haar ook kwalijk te nemen, want in haar onaantrekkelijkheid droeg ze nadrukkelijk uit hoe ongelukkig ze was. Soms, als ze er extra zwaarlijvig uitzag bij een kerkdiner, leek het haar een zeker plezier te doen om hem met haar uiterlijk te compromitteren, om ook hem te laten lijden onder alles wat hij en hun huwelijk bij haar hadden aangericht. Maar over het algemeen sloot ze hem juist buiten met haar misère. Haar afschuw van zichzelf was een van de vele taken die ze stilletjes en capabel op zich had genomen. Was het een wonder dat hij zich eenzaam voelde in zijn huwelijk?

Toen hij eindelijk de pastorie bereikte, kwam er een grote Oldsmobile, die van Dwight Haefle, achteruit de oprit af. Hij probeerde erlangs te glippen, maar Dwight bleef stilstaan en liet zijn raampje zakken, waardoor Russ niet anders kon dan ook het zijne omlaag te draaien.

'We hebben je gemist op de receptie,' zei Dwight.

'Ja, sorry.'

'Marion vertelde dat je autopech had in de stad met mevrouw Cottrell?'

Dwights gelaatsuitdrukking viel niet te peilen in het schaarse licht. Wat deed hij bij de pastorie? Hoe had Marion geweten dat hij met Frances was en niet met Kitty Reynolds?

'Ja, eh, maar geen gewonden hoor.'

'Ik heb wat hapjes voor je achtergelaten, voor als je honger hebt.'

'Dat is bijzonder aardig van je.'

'Dank Doris daar maar voor.'

Dwights raampje schoof weer snel en gladjes omhoog. Met zijn elektrische ramen en andere moderne snufjes leek de Oldsmobile een symbool voor de onkwetsbaarheid van de hoofdpredikant voor de verlokkingen van het vlees. De Heer was onmiskenbaar met hem. Maar ja, Doris was óók met hem. Russ was een stumper achter het stuur van een rammelbak, maar hij had Frances Cottrell.

Pas toen hij de auto stilzette op de oprit, kwam de gedachte bij hem op dat Clem misschien wel thuis was. Hij had al net zo weinig zin om Clem te zien als Marion, maar wist dat hij opnieuw het gesprek met hem zou moeten aangaan. Hij moest op zijn eerdere woorden terugkomen, hetzelfde risico nemen als hij met Ambrose had gedaan en eerlijk tegen zijn zoon zijn – erkennen hoe grillig het menselijk hart was en de jongen vergiffenis schenken voor al het lelijks dat hij had gezegd. Van de man die hij bezig was te worden kon niets minder worden verlangd.

In de keuken trof hij Marion en Judson aan de tafel met een kartonnen beker eierpunch. Judson zat achterover met een glas waaruit hij de laatste druppels punch in zijn mond liet lopen. Het rook vagelijk naar gebakken spek.

'Lieve hemel,' zei Marion, 'daar ben je eindelijk.'

'Dag pap,' zei Judson.

'Dag knul, jij bent nog laat op!'

'Perry nam me mee naar de Haefles. Heb ik een film gekeken, die hartstikke goed was. In New York City, in een heel groot warenhuis, waar ze de Macy's Parade doen.'

'Judson, lieffie,' zei Marion. 'Hol maar vast naar boven en poets je tanden, dan kom ik je straks instoppen.'

'Ik wil nog wel wat over die film horen,' zei Russ joviaal.

Judson leek hem niet eens te hebben gehoord, gleed van zijn stoel en liep de keuken uit. Zijn kinderen hadden alleen oor voor Marion. Hij trok ruw de schoenen uit waarvan Ambrose een uurtje geleden de veters had losgemaakt.

'Jammer dat ik het feest heb gemist.'

'Dat zal vast,' zei Marion. 'Het was weer lachen, gieren, brullen.'

Hij hoefde haar niet aan te kijken om aan de kilte in haar stem te horen dat zijn leugentje bij het ontbijt niet ongemerkt aan haar voorbij was gegaan. Hij bespeurde de neiging om haar bij voorbaat een verklaring te geven, te vertellen dat mevrouw Cottrell onverwachts Kitty's plaats had ingenomen. Maar dat zou de oude Russ zijn geweest.

'Is Clem er al?'

'Niet meer,' zei ze.

'Is hij... heb je hem gezien?'

'Ik heb hem teruggestuurd naar Champaign.'

Nu keek hij haar alsnog aan. Haar gezicht was rood als altijd, haar haar zat slecht als altijd, maar er was een nieuw soort verbetenheid in haar ogen.

'Een van ons moest iets doen,' zei ze. 'Ik kreeg de indruk dat jij minder dan niets had gedaan.'

'Hij is terug naar Champaign? Nu?'

'Er gaat een bus om middernacht en er schijnt daar een meisje te zijn waar hij iets mee heeft. Geen idee of hij nog van zijn plan afstapt, maar dit is op z'n minst een begin.'

Russ keek van haar weg. 'Dat is jammer. Ik hoopte opnieuw met hem te kunnen praten.'

'Maar ja, je werd opgehouden...'

'Daar heb ik mijn excuses al voor aangeboden. Ik had niet in de gaten...'

'Dat hij een zware crisis doormaakt?'

'Ik heb hem wel degelijk op andere gedachten proberen te brengen.'

'En, ging dat een beetje?'

'Ik... nee, dat lukte nog niet echt.'

Ze lachte, stond op en liep naar de jassen aan de kapstok bij de deur. Ze haalde iets uit een jaszak en schudde ermee. Hoewel klein, was het witte staafje dat ze tussen haar lippen uit een pakje trok zo wezensvreemd, zo geladen met kracht dat het een aanwezigheid op zich vormde. Die gebakken speklucht, realiseerde hij zich, kwam van zijn vrouw af.

'Wat doe jij in godsnaam?'

'Roken,' zei ze.

'Niet in mijn huis.'

'Het is jouw huis niet, Russ. Zet dat malle idee nu eens uit je hoofd. Het huis is eigendom van de kerk, en ik ben degene die het laat reilen en zeilen. Dus in welk opzicht is het jouw huis?'

De vraag verblufte hem even. 'Het is deel van mijn vergoeding als geestelijke.'

'Ach hemeltje.' Ze lachte opnieuw. 'Wou je met me in debat? Dat raad ik je niet aan, hoor.'

Hij zag dat ze kwaad was, en misschien wel buitensporig kwaad, om zijn leugentje. Ze drukte een gaspit op het fornuis aan en boog zich ernaartoe, waarbij ze haar haar weghield van de vlam.

'Maak uit dat ding,' zei hij. 'Ik weet niet wat je bezielt, maar maak die sigaret uit.'

Ze blies met spotzieke ogen rook in zijn richting.

'Marion, wat is er met je aan de hand?'

'Niets!'

'Als je boos bent omdat ik die receptie heb gemist...'

'Nou, om je de waarheid te zeggen heb ik geen seconde aan je gedacht.'

'Ik heb een ongeluk gehad in de stad. Trouwens, ik ben uiteindelijk met mevrouw Cottrell gegaan. Kitty kon, eh, Kitty bleek niet te kunnen. Die, eh...'

Hij voelde zichzelf vastlopen in een vertrouwd patroon van ontwijking, ten prooi aan de inertie van het huwelijk. Als hij bij Marion bleef, zou hij nooit veranderen.

'Jij en ik hebben een hoop te bespreken,' zei hij met de bedoeling intimiderend te klinken. 'Niet alleen over Clem. Er is ook een probleem met Perry waar je van moet weten. En... ik heb Ambrose maar eens opgezocht. Ik vond dat het zo langzamerhand...'

'Russ, kom op, ik rook net even een sigaretje.'

De aanblik van zijn vrouw die midden in hun keuken stond te roken was onthutsend. Als ze haar kleren had uitgetrokken en met haar borsten naar hem had staan zwaaien, had hij niet verbouwereerder kunnen zijn. Er zat iets seksueels in hoe ze aan haar sigaret zoog.

'Toch vraag ik me af, hè,' zei ze terwijl ze de rook uit haar neusgaten liet komen. 'Toch vraag ik me af hoe het volgens jou zou moeten gaan. Laat je fantasie eens de vrije loop, hoe zou het volgens jou in zijn werk gaan?'

'Ik heb geen idee waar je het over hebt.'

En weer schoot Marion in de lach. 'Ik hoop bijvoorbeeld dat ze goed is in het schrijven van preken,' zei ze. 'Ik hoop dat ze het leuk vindt om voor je te koken en je ondergoed te wassen. Ik hoop dat ze in staat is de relatie met je kinderen aan te gaan, waarvoor je het zelf te druk hebt als wereldverbeteraar. Ik hoop dat ze bereid is om avond aan avond je onzekerheid te verduren. En weet je wat ik nog het meest hoop? Ik hoop dat ze je goed in de gaten houdt.'

Hij werd voor de tweede keer in twee uur op zijn nummer gezet. Moreel gezien verdiende hij dat, maar er was een fysieke aandrang, meer nog dan met Clem, om haar een klap te geven. Die sigaret uit haar hand te meppen, een tik op haar wang, die grijns van haar gezicht slaan – zo dol makend was het verschil tussen de hoon van zijn eigen familie en de bemoediging door Frances.

'Nooit geweten,' zei hij koeltjes, 'dat je het zo erg vindt om me met mijn preken te helpen.'

'Vind ik niet erg, hoor. Gratis hulp.'

'Ik schrijf ze voortaan wel alleen.'

Ze nam nog een haal. 'Zoals je wilt, schat.'

'En dat andere keur ik geen reactie waardig. Het was een bijzonder lange dag en ik ga naar bed. Ik zou je willen vragen niet te roken in een huis waar anderen hun nachtrust nodig hebben.'

Ze tuitte haar lippen en blies een rookring.

'Godverdomme, Marion.'

'Ja, schat?'

'Ik weet niet wat je duidelijk probeert te maken...'

'Nee, dat zal wel niet. Je hebt heus kwaliteiten, maar voorstellingsvermogen was er nooit een van.'

Die aantijging griefde hem. In de beginjaren van hun huwelijk had hij meermaals het gevoel gekregen dat ze kwaad was op iets kleins of groots dat hij had nagelaten te doen. Elke keer had hij een uitbarsting verwacht van het soort dat zich in andere huwelijken voordeed, maar steeds weer was haar woede afgezwakt tot een mild verwijt, of ze had een dag of twee lopen mokken, en hij was uiteindelijk gaan inzien dat zij een stel vormden dat nooit ruziemaakte. Hij wist nog hoe trots hij daarop was geweest, maar nu leek het een voorbeeld te meer van haar onbeduidendheid als echtgenote.

'Ik zou me niets moeten hoeven voorstellen,' zei hij. 'Als iets je dwarszit, zou je zo volwassen kunnen zijn je uit te spreken in plaats van dingen te insinueren.'

'Pas op met wat je wenst, schat.'

'Denk je dat ik er niet tegen kan? Er is niets waar ik niet tegen kan.'

'Grote woorden.'

'Maar ik meen het wel. Als je iets op je lever hebt, zeg het dan.'

'Oké.' Ze bracht de sigaret naar haar lippen en kruiste haar ogen om naar de gloeiende punt te kijken. 'Wat me dwarszit is dat je haar wilt neuken.'

De keuken leek te tollen. Dat woord had hij haar nog nooit horen zeggen.

'Dat is echt irritant, Russ. Maar als je mocht denken dat het me jaloers maakt, is dat nog veel irritanter. Want kom op, ik jaloers? Op dat vrouwtje? Wie denk je dat je voor je hebt? Met wie denk je getrouwd te zijn? Ik heb het aangezicht van God gezien.'

Russ staarde haar aan. Dat laatste had hij ooit eens van een schizofreen gemeentelid gehoord.

'Kijk, jij hebt die vrijblijvende geloofsopvattingen van je,' zei ze. 'Je hebt je kantoor in de kerk en je dameskring op dinsdag, maar geloof me, je hebt geen flauw idee van hoe het is om God te zien. Geen benul van écht geloof. Je vindt jezelf een godsgeschenk en denkt dat je recht hebt op een beter leven, en kijk, dát irriteert me dus mateloos. Ik weet niet of het je weleens is opgevallen, maar je hebt uiterst begaafde kinderen. Minstens één ervan is een regelrecht genie. En van wie denk je dat ze dat hebben? Dacht je dat het van jóu kwam? Au!'

Ze wapperde met haar hand en liet de sigaret vallen waaraan ze zich had gebrand. Ze raapte hem op en liep ermee naar de gootsteen. Het leek wel alsof ze een zenuwinstorting nabij was, en het had hem bezorgd moeten maken, maar dat deed het niet. Hij herinnerde zich een intensiteit uit een zo ver verleden dat het net zo goed een droom had kunnen zijn. Het intense dat ze op haar vijfentwintigste over zich had gehad, en de intensiteit waarmee hij haar toen had begeerd. En ze was nog altijd zijn vrouw. Wettig de zijne, nog steeds. Geprikkeld door haar plotse opstandigheid liep hij naar haar toe en greep van achteren haar borsten. Onder de wol van haar jurk en de vlezigheid van haar jaren voelde hij het ongeremde meisje dat hem in Arizona gek van wellust had gemaakt. De rooklucht in haar haar, en de minstens zo vreemdsoortige geur van sterkedrank prikkelden hem nog meer. Wat was het opwindend om de borsten beet te pakken van een dronken vrouw die hij niet kende.

Hij draaide haar om, maar ze dook onder zijn elleboog door en was weg. Toen hij een stap in haar richting deed, week ze opnieuw van hem vandaan.

'Waag het niet!'

'Marion...'

'Ben ik je reserveslet?'

Ze had hem nog nooit afgewezen. In de slaapkamer was hij het die afwees.

'Goed dan,' snauwde hij. 'Ik probeerde alleen maar...'

'Jullie verdienen elkaar. Ga maar lekker je gang en denk niet dat ik ermee zit. Mijn zegen heb je.'

De verachting in haar stem beroofde hem van alle vreugde die hij aan haar toestemming had kunnen ontlenen. Het klopte wat ze zei, ze was echt intelligenter dan hij. Hoe bizar ze zich ook gedroeg, dat had ze goed gezien. En het deed er verder niet toe of ze gezet was en een rood hoofd had, het bleef waar, of hij nu draken doodde of niet. Zolang ze getrouwd bleven, en zelfs als ze dat niet bleven, zou ze dat altijd op hem voor hebben.

'Je schijnt te denken dat het allemaal aan mij ligt,' zei hij met een trilling in zijn stem. 'Maar er valt jou net zoveel te verwijten. Je hebt het al die jaren zo gedraaid dat ik als enige behoefte aan steun leek te hebben. Die eeuwige litanie van je: ik steun je, ik steun, ik steun je. Nooit vreugde, nooit plezier, niks, alleen maar steun. Is het een wonder dat me dat mijn strot uit komt?'

'Je kunt het niet half zo zat zijn als ik.'

'Maar jij was het altijd die dit wilde.'

'Dit?'

'Jij wilde de kinderen. Jij wilde dit leven.'

'En jij niet?'

'Als het aan mij had gelegen, hadden we ons op dienstbaarheid toegelegd. Dan was jij geen afgetobde huisvrouw geworden en had ik geen godvergeten preken hoeven houden voor bankemployés en de bridgeclub.'

'Dus volgens jou was ik het die jou omlaag heeft gesleurd? Jíj hebt je opgeofferd? Jij hebt míj een dienst bewezen met dit huwelijk?'

'Op dit punt in je leven doe ik dat zeker, ja. Zo denk ik er echt over. En als je wilt weten waarom, ga je maar eens goed voor de spiegel staan.'

Dat was het gemeenste wat hij ooit had gezegd.

'Dat deed pijn,' zei ze zachtjes. 'Maar lang niet zoveel als je zou willen.'

'Dat ging te ver, mijn excuses.'

'Je hebt geen flauw idee met wie je bent getrouwd.'

'Nee? Nou, als ik zo stom ben, vertel het me dan eens.'

'Nee. Wacht maar gewoon af.'

'Wat moet dat nou weer betekenen?'

Ze kwam op hem toe en ging op haar tenen voor hem staan. Ze hief haar gezicht naar hem op en hij dacht heel even dat ze hem alsnog wilde kussen. Maar ze blies hem alleen maar in zijn gezicht. Het stonk naar tabak en alcohol.

'Wacht maar af.'

'Niet dringen voor het hek. Als er mensen per se willen staan, wil ik een ordelijke rij zien. Er is geen enkele reden om te dringen, iedereen met een kaartje krijgt een zitplaats. Is er een tweede bus nodig, dan komt er een tweede bus. En die bus stopt dan bij precies dezelfde haltes. Door dit rotweer hebben we vertragingen op ons hele net, maar er is materieel onderweg. Met dat gedrang maken jullie het alleen maar zwaarder voor jezelf. De bus gaat niet open zolang ik jullie zie dringen. Nee, mevrouw, we hebben nog geen vertrektijd op dit moment. Zodra het materieel er is en ik een keurige rij zie, gaan we beginnen met instappen...'

En zo ging ze maar door, een dikke zwarte vrouw van de busmaatschappij, die misschien wel net zo uitgeput was als Clem. Op de schoot van de piepjonge moeder naast hem lag een baby te slapen, met de armpjes wijd en het hoofdje achterover op haar dijbeen. Er waren zestig, zeventig mensen op het busstation, bijna allemaal zwart, allemaal op weg naar St. Louis, Cairo, Jackson of New Orleans, op het onbarmhartige eerste uur van de dag voor kerst. Het station was redelijk warm, maar Clem was nog steeds verkleumd tot op het bot. Hij zat met zijn armen om zich heen geslagen, zijn kaartje in zijn vuist. Een kiosk in het station verkocht koffie en hij probeerde objectief te bepalen of hij in staat was op te staan en erheen te lopen. Zijn uitputting maakte iedere mogelijke handeling existentieel, motiefloos, als van Meursault in dat boek van Camus.

Als de telefoon van het hippiehuis niet in gesprek was geweest toen hij er in de pastorie naar belde, en als zijn moeder niet alvorens hem weg te sturen de trap op was gegaan en terug was gekomen met tien twintigjes, die ze hem had toegestopt, en als hij vervolgens niet ruim de tijd had gehad om zijn idee van vrijheid nog eens te overdenken in de trein, had hij misschien wel gedaan wat zijn moeder hem had opgedragen. Thuiskomen in New Prospect en daar te merken dat zijn vader van hem hield en zijn dierbare zuster hem verfoeide, gevolgd door de verwarring waarin zijn moeder hem dompelde, het had hem danig van zijn stuk gebracht. Zijn familie had hem teruggezogen in het keurslijf waaruit hij geprobeerd had weg te komen. Maar de trein werd vertraagd door de sneeuw en toen ze eindelijk Union Station binnenrolden, had hij ingezien dat hij niet verplicht was om de bus naar Urbana te nemen. Dat hij geen naald was die de groef van een overbekende plaat moest volgen. Dat radicale vrijheid nog steeds mogelijk was. Hij was een maand lang iedere ochtend wakker geworden met de overpeinzing of hij zijn studie eraan moest geven. Woog zo'n lange periode van bezinning niet zwaarder dan die paar uur met zijn familie, op een avond waarop hij omviel van de slaap? Hij had zich al van Sharon ontdaan. Als hij naar haar terugging, bleef het standpunt waartoe hij in die maand was gekomen net zo geldig. Hij had de kracht nog niet om de uitdaging van een vrouw aan te gaan. Daar was hij nog niet man genoeg voor. Als hij naar haar terugging, zou dat hen beiden alleen maar de pijn van een nieuwe breuk opleveren. Dus had hij bij aankomst op het Trailways-station een kaartje voor New Orleans gekocht. Hij was nog nooit in New Orleans geweest. Hij had tweehonderd dollar op zak, en hij vond het heerlijk om alleen te zijn.

PASEN

Russ werd wakker in een vreemd huis. Wind liet de ramen rammelen en verstoof de sneeuw op de takken buiten. Marions kant van het bed was onbeslapen. Bang als hij was dat ze in de loop van de nacht niet milder over hem was gaan denken, geschrokken door de toestemming die ze hem had gegeven, en nog steeds ontdaan over Perry's drugsgebruik, merkte hij hoe afhankelijk hij was geworden van haar steun. Hij zocht in plaats daarvan steun bij God en lag in bed te bidden tot hij de kracht had om zijn ochtendjas aan te trekken en zich de gang op te wagen. Zijn jongste drie kinderen lagen nog achter gesloten deuren te slapen. De deur en gordijnen van Clems kamer waren open en zijn afwezigheid baadde in het ochtendlicht. Beneden in de keuken stond er een pot koffie op het fornuis. Hij schonk een beker vol en ging er de trappen mee op naar zijn werkkamer, waar hij Marion aantrof. Ze zat op haar knieën, druk in de weer met cadeautjes, linten en pakpapier, en keurde hem zelfs geen vluchtige blik waardig. De aanblik van zijn vrouw, in dezelfde jurk als de vorige avond, deed hem met een schok terugdenken aan de begeerte die ze in hem had gewekt en de vernedering van haar afwijzing. Staand in de deuropening vertelde hij haar onomwonden dat Perry marihuana had gegeven of verkocht aan Larry Cottrell.

'Interessant,' zei ze, 'dat dat het eerste is wat je vanochtend tegen me te zeggen hebt.'

'Ik wilde er gisteravond al over beginnen. We moeten het zo snel mogelijk met hem bespreken.'

'Ik heb het al met hem besproken. Hij heeft het niet gegeven maar verkocht.'

'Hij heeft wát? Wanneer?'

Ze liet bedaard haar schaar door een vel inpakpapier glijden. Wat Russ ook deed of dacht, ze leek hem altijd een stap voor te zijn.

'Gisteravond,' zei ze. 'Hij heeft het erg moeilijk gehad de laatste tijd, maar het feit dat hij er zo open over was met me… ik denk dat het nu beter zal gaan. Wat mij betreft is het voltooid verleden tijd.'

'Hij heeft de wet overtreden. Hij zal moeten leren dat dat gevolgen heeft.'

'Je wilt hem straffen.'

'Ja.'

'Dat lijkt me geen goed idee.'

'Het kan me niet schelen wat jij denkt. We zullen hier samen in moeten optrekken.'

'Samen optrekken? Je maakt een grapje.'

Haar koelheid was erger dan kou. Hij voelde de aandrang om haar houding te doorbreken, haar zijn wil op te leggen. Hun ruzie van de vorige avond had een onvermoed reservoir van woede bij hem aangeboord.

Ze wikkelde het papier om een hemddoos. 'Verder nog iets, schat?'

Hij viel stil van haat en ging weer naar beneden. Op de eerste verdieping hoorde hij de stemmen van Judson en Perry achter hun deur. Het was pas halfacht, een ongewoon tijdstip voor Perry om al wakker te zijn. Het stuitte Russ tegen de borst dat zijn negenjarige zoontje, met wie hij een wat formele maar welwillende relatie had, alsof ze goede buren waren, al tijdenlang een kamer deelde met een drugshandelaar. Maar toen hij een uur later zijn woede stond af te reageren met het wegscheppen van de sneeuw op de oprit, zag hij Perry en Judson naar buiten komen met hun sleeën, en leek Perry zo jongensachtig vrolijk dat hij het hart niet had om de confrontatie met hem aan te gaan. Het was de dag voor kerst, per slot van rekening.

Die avond, bij de traditionele kerstavondmaaltijd van spaghetti met gehaktballetjes, was Perry de charme zelve, en zijn verstandhouding met Becky bleek opvallend goed. Weg was zijn neerbuigendheid, weg was haar defensieve houding. Marion keek hem geen moment aan en at alleen sla met wat spaghettisliertjes. Toen ze Becky plaagde met Tanner Evans, was het aan Judson om Russ uit te leggen dat Becky een *vriendje* had en wist hij niet wat hij erger moest vinden: dat hij de laatste was om dit nieuws te vernemen of dat het hem nauwelijks iets kon schelen. Zijn wereld was intussen gevuld met Frances, God, Rick Ambrose en de smet op zijn leven die Marion nu vormde. Van al zijn kinderen was Clem de enige met wie hij nog een band voelde, en het deed pijn dat zijn oudste de feestdagen doorbracht met zijn meisje. Dat beroofde hem van een kans om zich te verontschuldigen voor zijn gedrag jegens de jongen. Om afleiding te vinden van zijn isolement ging hij aan Frances zitten denken. Hij stelde zich voor hoe het zou zijn om marihuana met haar te roken, hoe verlagend dat zou werken op hun remmingen. En de vraag kwam bij hem op wat het zei over Gods bedoelingen met hem dat die marihuana door de handen van Perry was gegaan.

Hij stond abrupt van tafel op en zei dat hij een belangrijk telefoontje met een gemeentelid was vergeten. Bij het verlaten van de kamer werd hij gevolgd door de geamuseerde stem van Marion: 'Wens haar prettige feestdagen van me.'

De bovenste verdieping stonk naar Marions aanwezigheid. Op de vensterbank van de voorraadkamer stond een asbak vol peuken, maar hij vond het prima – een soort bekrachtiging van de toestemming die ze hem had gegeven. Met die toestemming in gedachten pakte hij de hoorn van de telefoon in zijn werkkamer.

Frances nam op en schoof zijn excuses terzijde voor het bellen op een feestdag. Hij was immers haar pastor! Hij was van plan geweest haar zich te laten afvragen of hij het had goedgemaakt met Ambrose en meeging naar Arizona, maar hij kon zich niet bedwingen en zei het in één ademtocht.

'Hoera!' zei ze. 'Ik wist wel dat ik het goed zag.'

'En over Perry had je ook gelijk. Hij verkocht inderdaad marihuana.'

'Natuurlijk had ik daar gelijk in. Wanneer heb ik geen gelijk?'

'Ja, maar nu zou ik dus best je advies kunnen gebruiken. Ben je, eh, privé?'

'Min of meer. Ik heb mijn ouders te eten.'

'O, neem me niet kwalijk dan dat ik stoor.'

'Ik had net de tafel afgeruimd. Zeg maar, waarmee kan ik je helpen?'

Twee verdiepingen lager klonk een lachsalvo waarin Perry's vrolijkheid de boventoon voerde. Russ vroeg zich af of hij over een jaar niet meer naar Frances zou hoeven bellen. Of hij dan aan tafel zou zitten met haar en haar ouders.

'Nou,' zei hij, 'Perry schijnt zijn leven intussen te hebben gebeterd, dus ik zou het erbij kunnen laten, maar een zekere mate van straf lijkt me toch ook nog wel op z'n plaats.'

'Die vraag stel je aan het verkeerde meisje, hè. Weet je dan niet meer wat er bij mij in mijn sokkenla ligt?'

'En of ik dat weet! En het feit dat... nou, het experiment waarover we het hadden, dat maakt het dus ingewikkeld voor me. Ik kan Perry bezwaarlijk een straf opleggen en dan zelf... weet je. Dat zou hypocriet zijn.'

'Nou, dat lijkt me simpel. Dan doe je dat experiment niet.'

'Maar dat wil ik nou juist. Ik wil het met je doen.'

'Eh, oké... Misschien kan ik nu maar beter ophangen.'

'Maar zeg me nog even snel: heb jij ook nog zin om het te doen?'

'Ja, ophangen is nu echt het beste.'

'Frances...'

'Ik zeg geen nee. Ik zeg dat ik erover na moet denken.'

'Maar jij stelde het voor!'

'Nou, niet echt. Dat jij-en-ikgedeelte was jouw idee.'

Ze kon niet duidelijker laten blijken dat ze wist waar hij op uit was. Een telefoongesprek met seksuele ondertonen, in zijn eigen, door de kerk beschikbaar gestelde huis, in kersttijd met zijn gezin beneden, was even schaamtevol als opwindend.

'Maar goed,' zei ze. 'Vrolijk kerstfeest alvast. Ik zie je zondag in de kerk.'

'Je komt niet naar de middernachtdienst?'

'Nee. Maar je belangstelling is me duidelijk, dominee Hildebrandt.'

Zoals de eerste christenen hadden geloofd dat de Messias al snel weer terug op aarde zou komen, dat de Dag des Oordeels aanstaande was, zo verwachtte Russ dat zijn situatie met Frances, zo vol van spanning en belofte, binnen een paar dagen tot bloei zou komen. In afwachting van haar oordeel, dat aanstaande leek, stelde hij een confrontatie met Perry uit; en toen het tot hem begon door te dringen dat dit misschien toch nog wel een poosje op zich zou laten wachten, waren Perry's misstappen inderdaad, in de woorden van Marion, voltooid verleden tijd. Perry leek daadwerkelijk zijn leven te hebben gebeterd. Hij was niet langer een ongrijpbaar, gaten in zijn dagen slapend joch, leek weliswaar wat magerder en daardoor misschien ook langer, maar was doorlopend in een uitstekend humeur. Omdat Marion de gewoonte had opgevat om op de tweede verdieping te slapen en er rare tijden op na hield, kwam het regelmatig voor dat Perry, die nog vroeger opstond dan Russ, ontbijt voor hem en Judson maakte.

Beginnend met de oude mevrouw O'Dwyer, die aan longontsteking bezweek, bracht het nieuwe jaar een reeks sterfgevallen waarvoor Russ alle rouwdiensten en pastorale zorg moest doen omdat de Haefles op vakantie waren in Florida. Hij had nog steeds de extra taken die Dwight hem had gegeven na zijn vertrek uit Crossroads, maar nu hij weer tot de jongerengroep was toegetreden, voelde hij zich verplicht om daar op de zondagavonden ook weer bij te zijn. Om Ambrose de oprechtheid van zijn berouw te tonen en tegelijk de gevaren van gesprekken met getroebleerde tieners te vermijden, bood hij aan alle logistieke zaken voor de komende trip naar Arizona op zich te nemen – bussen huren, de aansprakelijkheidsprocedure van de kerk herzien, voorraden en materiaal voor de projecten regelen, overleg plegen met de Navajo's.

Met al dat werk op zijn schouders zag hij Marion voor hem uit snellen. De pondjes vlogen er zichtbaar af dankzij haar sigaretten en straffe wandelingen. Hij mocht nog altijd aanschuiven als ze het avondeten op tafel zette, maar bij het doen van de was legde ze zijn kleren tot de laatste sok apart. Hij ging zonder haar naar kerkelijke gelegenheden, stak al zijn vrije uren in het schrijven van preken die zonder haar hulp weigerden samenhang en een strekking te krijgen, terwijl zij naar de bibliotheek ging, naar lezingen van de Ethical Culture Society en naar het vervallen houten theater waar de New Prospect Players hun amateurtoneel instudeerden en uitvoerden. Haar nieuwe onafhankelijkheid riekte naar feminisme, een stroming die hij in maatschappelijk opzicht toejuichte en misschien ook wel in zijn vrouw zou hebben gewaardeerd als er eindelijk eens wat van de grond was gekomen met Frances.

Maar de dag van haar oordeel bleef maar terugwijken. Bij het eerste uitje van de dinsdagkring na kerst klitte Frances zo aan Kitty Reynolds dat hij geen onderling woord met haar kon wisselen. Toen hij haar een paar dagen later thuis opbelde, onder het mom van pastorale zorg, zei ze dat ze laat was voor haar cursus en later in de week wel naar zijn kantoor zou komen. Hij wachtte acht dagen, maar tevergeefs. Gedreven door het akelige gevoel dat hij aan haar genade was overgeleverd, en op zoek naar een manier om haar te prikkelen, viel hem de gedachte in om Carolyn Polley, een ongehuwde seminariste, mee te vragen voor de volgende dinsdag in de binnenstad. Carolyn was bevriend met Ambrose en was mentrix bij Crossroads, en Russ drong er bij haar op aan met hem mee te rijden, waarna hij haar met veel omhaal van woorden voorstelde aan Theo Crenshaw en haar de rest van de dag in zijn directe nabijheid hield, allemaal om een jaloerse reactie van Frances uit te lokken. Maar het enige wat hij uitlokte was een opmerking van Carolyn, in die typische, al te openhartige stijl van Crossroads, dat ze een vriend had in Minneapolis. Frances was opnieuw zo hecht met Kitty Reynolds, onderling mompelend en smiespelend, dat hem de jaloerse vraag bekroop of haar drang naar nieuwe ervaringen haar op het pad van het lesbianisme kon hebben gebracht. Ze keek hem die dinsdag niet eenmaal aan, en het was alsof die spanning tussen hen, de beladenheid van hun dag in de kersttijd, nooit was opgetreden.

Toen de dinsdagkring in het laatste licht van de dag was teruggekeerd naar de First Reformed Church, onderschepte hij haar toen ze in haar auto wilde stappen. Hij gaf haar schertsend een standje omdat ze nog altijd niet naar zijn kantoor was gekomen. ‘Maar in ernst,’ zei hij erachteraan, ‘ik hoop dat je me niet om een of andere reden ontloopt.’

Ze deed een stapje achteruit. Ze droeg een dikke parka en een wollen muts, niet die aanbiddelijke kleppet. 'Om heel eerlijk te zijn, doe ik dat wel een beetje,' zei ze.

'Maar... wil je ook zeggen waarom?'

'Het is heel erg. Je zult razend op me zijn.'

De januarischemering bleef lang genoeg in de westelijke hemel hangen om een eerste suggestie van het voorjaar te wekken, maar de lucht was nog altijd bitterkoud en rook naar strooizout.

'Ik schaamde me,' zei ze, 'omdat ik nog steeds niet naar je platen had geluisterd. En ik wilde je pas weer spreken als ik ze allemaal had gehoord, dus lagen ze vorige week uitgespreid in de woonkamer, maar toen ging de telefoon, en daarna moest ik het avondeten maken en vergat ze helemaal. En toen ik de kamer binnenging om het licht aan te doen, zag ik ze niet op de vloer liggen en trapte ik erop.'

Ze klonk vagelijk geïrriteerd, alsof het de schuld was van zijn platen.

'Ik ben al bij de platenwinkel langs geweest,' zei ze. 'Die gaan hun best doen om vervangingen te vinden. Ik ben maar op twee ervan gestapt, maar een daarvan schijnt heel moeilijk te krijgen te zijn.'

Russ' hart voelde alsof iemand erop getrapt had.

'Je hoeft ze niet te vervangen, joh,' wist hij uit te brengen. 'Het zijn maar aardse dingen.'

'Nee, ik wil ze absoluut vervangen.'

'Zoals je wilt.'

'Kijk, zie je nou wel. Je bent boos op me.'

'Welnee. Ik denk alleen... dat ik iets verkeerd begrepen heb. Ik dacht dat jij en ik zouden... ik dacht dat ik je mocht bijstaan op je reis.'

'Weet ik. Daar zou ik je nog altijd een antwoord op geven.'

'Geeft niet. Met Perry gaat het opmerkelijk goed, trouwens. Dat straffen heb ik uit mijn hoofd gezet.'

'Maar ik ben op je platen gaan staan, en het minste wat ik kan doen is je een antwoord geven.'

'Zoals je wilt.'

'Alleen moet ik je eerst nóg wat bekennen. Ik heb dat experiment al min of meer gedaan, in mijn eentje. En ik kan niet zeggen dat het een wereldschokkende ervaring was. Het voelde eerder een uur lang als een hoofdverkoudheid.'

Russ wendde zich half af om zijn teleurstelling te verbergen.

'Maar ik wil het best nog eens proberen,' zei ze, en ze legde een hand op zijn arm. 'Ik ben... er is een hoop gebeurd, weet je. Maar laten we er een keertje tijd voor vrijmaken, oké?'

'Het klinkt eerlijk gezegd alsof het je prima afgaat om in je eentje je weg te vinden.'

'Nee, laten we het een keertje doen. Met z'n tweeën. Tenzij je Kitty erbij wilt hebben.'

'Nee, Kitty er maar niet bij.'

'Het wordt vast hartstikke leuk,' zei ze.

Haar enthousiasme klonk geforceerd, en toen hij haar die avond belde met zijn agenda voor zich, voelde hun zoektocht naar een geschikte datum als een verplicht nummer. Het experiment kon alleen op een doordeweekse dag worden gedaan, als haar kinderen op school zaten, en op alle tijden dat zij kon, moest hij iets voor de kerk doen. Met een niet zo gunstig voorgevoel sprak hij ten slotte af op Aswoensdag.

De dagen in de aanloop naar hun afspraak smaakten naar as. De hoop dat Clem op zijn beslissing zou terugkomen was al op eerste kerstdag verdampt toen hij belde om te zeggen dat hij niet naar zijn vriendin in Urbana was gegaan. Hij zat in zijn eentje in New Orleans, bracht de kerstdagen liever in een smoezelig hotel door dan bij zijn familie. Russ wist dat dit aan hem lag, en hij wilde Clem schrijven om spijt te betuigen en alles weer goed te maken. Maar hij had geen postadres. In januari had Clem nog regelmatig naar huis gebeld om Marion te vragen of er al post was van de dienstplichtcommissie, en in februari was er het nieuws dat hij met de commissie had gesproken en te horen had gekregen dat ze niet van plan waren hem op te roepen. Het bericht had voor Russ net zo'n immense opluchting moeten zijn als voor Marion, maar hij was vooral gekwetst om het van Becky te moeten vernemen, gekwetst omdat Clem nog steeds geen postadres had opgegeven, en gekwetst omdat zijn oudste zoon niet voornemens was naar huis terug te komen. Becky wist te melden dat hij een baantje had bij een Kentucky Fried Chicken.

Een van de weinige lichtpuntjes in Russ' leven, dat Becky tegen alle verwachtingen in haar weg naar het christelijk geloof had gevonden, doofde uit toen ze niet langer naar de diensten in de First Reformed kwam. Ze had zijn uitnodiging al afgeslagen om deel te nemen aan zijn confirmatiecursus, en nu hoorde hij dat ze met Tanner Evans andere kerken in New Prospect aan het uitproberen was. Toen hij haar vroeg waarom, zei ze dat ze iets inspirerenders zocht dan de preken van Dwight Haefle. 'Gelooft die man eigenlijk wel in God?' zei ze. 'Het lijkt wel alsof je naar Rod McKuen zit te luisteren.'

Russ, die zelf ook zijn twijfels had over Dwights geloof, wierp tegen dat hij, Russ, wel in God geloofde. 'Misschien moet je het dan wat vaker over je relatie met Hem hebben,' zei Becky, 'en wat minder over wat er in de krant staat.' Het was een betwistbaar argument, maar hij had het gevoel dat ze haar theologische bezwaar er maar bij sleepte, dat haar afwijzing eerder, en vooral, hem betrof, dat Clem er goed in was geslaagd haar tegen hem op te zetten. En misschien ook wel terecht. De wasbak van de badkamer, waarin hij nu regelmatig zijn zaad plengde, met Frances voor ogen en God niet eens in zijn achterhoofd, was drie stappen verwijderd van Becky's kamerdeur.

Zelfs het vooruitzicht van Arizona raakte overschaduwd. Er hadden zich genoeg jongelui aangemeld om drie bussen te vullen, en hij wilde twee daarvan achterlaten aan de voet van de Black Mesa en zelf met de derde groep dat tafelland op gaan naar de school in Kitsillie. De Black Mesa vormde het hart van Diné Bikéyah. In de ijle lucht daar, onder de zinsbegoochelende middagzon en een nachthemel met de zwaarte van miljoenen sterren, had hij zich het innigst verbonden gevoeld met de geestenwereld van de Navajo's. En de primitieve omstandigheden van Kitsillie boden een ideale kans om Frances te laten zien hoe bekwaam en vindingrijk hij was. Geen betere plaats om haar verlangen naar nieuwe ervaringen te beproeven. Als ze het in tegenstelling tot Marion leuk zou blijken te vinden om zich te moeten behelpen, waren de mogelijkheden voor verdere avonturen onbegrensd. Maar toen hij na vele pogingen eindelijk Keith Durochie aan de lijn kreeg, was die kortaf in zijn reactie: 'Niet naartoe gaan.'

'Niet naar Kitsillie?'

'Niet naartoe gaan. Slechte energie. Je zult niet welkom zijn.'

'Dat ben ik er nooit echt geweest,' zei Russ luchthartig. 'In de jaren veertig al niet. Weet je nog dat jij me niet eens een hand wilde geven?'

Hij had verwacht dat Keith zou grinniken bij de herinnering, wat hij vaak genoeg had gedaan. Maar nu deed Keith dat niet.

'Jullie zijn veiliger in Many Farms,' zei Keith. 'Hier is ook genoeg werk te doen. De mensen van de mesa zijn niet te spreken over de *bilagáana*.'

'Maar ik weet een en ander van bruggen bouwen, nietwaar? Als we nu eens gewoon zien hoe het loopt als we daar zijn.'

Keith was even stil, en zei toen: 'Jij en ik zijn oud, Russ. De dingen zijn niet meer zoals vroeger.'

'Zo oud ben ik nog niet, hoor. En jij ook niet.'

'Ja, ik ben oud. Ik heb laatst mijn eigen dood gezien. Op de heuvelrand achter mijn huis, niet ver.'

'Nou, ik hoop dat dat meevalt,' zei Russ. 'Ik verheug me er in ieder geval enorm op je weer te zien.'

Op de ochtend van Aswoensdag liet hij zijn auto op het parkeerterrein van de First Reformed, zodat mensen de Fury niet opvallend lang voor Frances' huis konden zien staan, en liep heuvelopwaarts door miezersneeuw die smolt bij het raken van de grond. Het tijdstip, negen uur, leek geschikter voor een doktersafspraak. Frances' huis was pas geschilderd en ook in andere opzichten goed onderhouden, tekenend voor het royale smartengeld dat ze van General Dynamics had gekregen. Hij belde aan met een voorgevoel waarvan hij slechts kon hopen dat de marihuana het zou verdrijven.

'Ik dacht eerlijk gezegd,' zei ze toen ze hem voorging naar haar keuken, 'dat je niet zou komen.'

'Heb je liever niet dat ik hier ben?'

'Ik hoop gewoon dat we geen fout begaan.'

Ze droeg een korte gebreide jurk met een wijde hals, en dikke grijze sokken. Nu hij haar in haar huiskleren zag in plaats van haar zondagse kerkjurken of de jongensachtige uitmonstering voor de dinsdagen met de dameskring, werd hij opeens doordrongen van haar *realiteit* – haar zelfstandigheid als vrouw, met gedachten en keuzes die helemaal losstonden van hem. Deze glimp van hoe het moest zijn om Frances Cottrell te heten en hier je eigen leven te leiden, op elk uur van iedere dag, was opwindend en ontmoedigend tegelijk. Op het werkblad bij haar fornuis stond al een asbak klaar, met daarop een zelf gedraaide marihuanasigaret.

'Zullen we maar gelijk beginnen dan?' zei ze. 'Of moeten we het eerst oeverloos bespreken?'

'Nee. Vertel me alleen maar of je dit echt wilt doen.'

'Ik heb het al eerder gedaan, hè, min of meer. Volgens mij was dat niet voldoende.'

Ze draaide het gas van haar fornuis open en hij vroeg zich af of ze ondergoed aanhad onder die combinatie van een trui en een jurk. De halsrand was van haar schouder gegleden en hij zag geen bh-bandje. De huid van haar bovenrug, die hij nooit eerder had gezien, was glad met hier en daar een sproetje. Ook die aanblik was overdonderend *echt* en bezorgde hem een steek van heimwee naar de veiligheid van zijn fantasieën over haar. Hij had zich tot dusver prima kunnen redden met zijn fantasieën. Hij zou het daar waarschijnlijk de rest van zijn leven mee kunnen doen. Maar als hij nu voor haar echtheid zou terugdeinzen, was dat een bevestiging van Marions geringschatting van hem. Ze had hem toestemming verleend omdat hij haar niet mans genoeg leek om er gebruik van te maken.

'Laten we maar eens zien hoe het gaat,' zei hij.

Ze gingen naast elkaar, lichtjes voorovergebogen, onder de afzuigkap staan. De rook van de marihuana brandde zijn luchtwegen, en hij zou het bij één trekje hebben gelaten als Frances hem niet verzekerd had dat dat niet genoeg was. Zij nam het ene trekje na het andere, waarbij ze de sigaret tussen haar vingers hield als een dartpijltje, en hij volgde haar voorbeeld. Ze hielden pas op toen het ding te klein was om aan elkaar over te geven. Ze hield het onder de kraan, gooide het in de vuilnisbak en zette een raam open. De sneeuwvlokken buiten maakten een eigenaardige, kunstmatige indruk op Russ, alsof iemand ze vanaf het dak stond te strooien. Frances strekte haar armen hoog boven haar hoofd, de zoom van haar jurk kroop omhoog en de vraag omtrent het ondergoed drong zich opnieuw aan Russ op.

'Wow,' zei ze, met gespreide vingers. 'Dit is véél beter. Misschien moet je het twee keer proberen om het volle effect te krijgen.'

Voor Russ was het de eerste keer, maar het effect loog er niet om. Het besef drong binnen, met een klap als van een mokerhamer, dat februari het griepseizoen was en het zomaar zou kunnen dat een van haar kinderen ziek thuiskwam van school, en hem dan met Frances zag. Die mogelijkheid leek allerminst denkbeeldig, vrij groot zelfs, en hij nam het zichzelf hoogst kwalijk dat hij er nu pas aan dacht. Het voelde ook niet langer als ochtend, maar veel meer als de tijd waarop de school uitging – hij hoorde in gedachten de schoolbel, en het tumult van kinderen die naar huis mochten, onder wie die van Frances. Het felle schijnsel van de keukenverlichting deed hem ook beseffen dat hij duidelijk zichtbaar moest zijn voor de buren. Toen hij om zich heen naar een lichtknop speurde, merkte hij dat ze de keuken had verlaten.

Van de voorkant van het huis kwam, op ziekmakend hoog volume, meer dan hard genoeg om de aandacht van de buren te kunnen trekken, of die van de politie, de stem van Robert Johnson die 'Cross Road Blues' zong. Russ kwam tot de ontdekking dat hij de meeste keukenverlichting had uitgeknipt, maar de balk boven zijn hoofd brandde nog. Na nog even naarstig naar de knop daarvan te hebben gezocht, bedacht hij dat hij simpelweg de keuken uit kon lopen.

De zitkamer was weldadig schemerig. Frances was op een bank neergeploft, waarbij haar jurk verder dan ooit omhoog was geschoven. Russ ving een glimp op van een stukje witte damesslip en wenste vurig dat hij dat niet had gedaan. Zijn obsessie met haar ondergoed was ronduit obsceen. En het volume van Robert Johnson werd alarmerend. Een noodgeval.

'En?' zei ze opgewekt. 'Merk jij al iets?'

'Ik denk na,' zei hij, maar dat was niet waar, want wat het ook geweest mocht zijn dat hij dacht, hij was het nu vergeten. Nee wacht, hij wist het weer. 'Ik denk dat die muziek wat zachter moet.'

Hij hoorde het zichzelf zeggen en wist dat het stuitende burgermanspraat was. Hij zette zich schrap voor haar hoon.

'Je moet me alles vertellen wat je voelt,' zei ze. 'Dat was de afspraak. Of nou, we hebben niks afgesproken, maar wat heeft het voor zin een experiment te doen als je de uitkomst niet bespreekt?'

Hij liep naar de stereo-installatie en draaide de volumeknop naar links. Te ver. Hij draaide de knop naar rechts. Te ver. Dus weer naar links. Te ver.

'Kom bij me zitten,' riep Frances vanaf de bank. 'Ik ben me heel erg bewust van mijn huid. Snap je wat ik bedoel? Zoals de Beatles, weet je, *I want to hold your hand*. Ik ben zo... alsof ik hier ben, maar mijn gedachten door de hele kamer heen. Alsof ik een reusachtige ballon opblaas en de lucht is mijn gedachten. Snap je wat ik bedoel?'

went down to the cross road, babe, I looked both east and west
Lord, I didn't have no sweet woman, babe, in my distress

Staand bij een van de speakerboxen werd Russ in de ruisende en krakende wereld gedompeld vanwaaruit Robert Johnson hem toezong. Hij had zich nog nooit zo aangegrepen gevoeld door de indringendheid van de blues, de pijnlijke overtuigingskracht van Johnsons stem, maar ook nog nooit zo buitengesloten. Die stem kwam vanaf een plaats waartoe hij nooit toegang zou krijgen. Hij was een leugenachtige dilettant die erop parasiteerde, een poseur. Het kwam hem voor dat alle blanken leugenaars waren, een ras van parasiterende schijnmensen, en hij nog wel het meest. Dat hij Frances zijn platen had geleend, met de bedoeling een zweem van authenticiteit te verkrijgen en een goed figuur te slaan, was het toppunt van bedrog.

'Dominee Hildebrandt,' zei ze zangerig. 'Zeg eens wat je denkt.'

Het platenlabel dat onder hem ronddraaide was niet dat van Vocalion. En de plaat was een lp, geen 78 toerenplaat. Door zijn verwarring heen bekroop hem de vrees dat ze zijn waardevolle antieke schijf had vervangen door een goedkope hedendaagse persing, maar in plaats van irritatie riep dit een gevoel van onheil bij hem op. Dat rondtollende vinyl was als een spiraal, een duistere tunnel waardoor hij omlaag werd gezogen naar een kwalijke dood. Voor iemand als hij moest er een speciale afdeling in de hel zijn, als er tenminste een hel vol vuur en zwavel bestond, diep onder hem, en hij niet nu al, op dit moment en deze plek, in een hel van verachtelijk bedrog vertoefde. Hij voelde de warmte in zijn rug van een lichaam.

'Je lijkt meer in de muziek geïnteresseerd dan in mij,' zei Frances vlak achter hem.

'Sorry.'

'Schaam je maar niet, hoor. Je mag voelen wat je wilt. Ik wil het alleen wel van je horen.'

'Sorry,' herhaalde hij, want haar woorden klonken als een geselend verwijt, dat volkomen terecht was.

'Maar misschien hebben we geen muziek nodig.'

De haast waarmee hij haar suggestie opvolgde en de toonarm optilde, vormde een schreeuwend bewijs van zijn gretigheid om bij anderen in de smaak te vallen, een hopeloos gebrek aan persoonlijkheid. Terwijl de plaat langzaam ophield met draaien, sloeg Frances van achteren haar armen om hem heen en vlijde haar hoofd tussen zijn schouderbladen.

'Dit mag wel, toch?' zei ze. 'Een gebaar van vriendschap?'

Haar warmte straalde dwars door zijn lichaam naar zijn kruis.

'Het voelt zoveel lekkerder nu. Misschien is het een sociaal iets. Dat je met iemand moet zijn om de volle ervaring te krijgen, wat denk jij?'

Hij dacht dat zijn hoofd ging ontploffen van angst. Hij hoorde zichzelf een lachje produceren, dat aan het uiten van woorden vooraf zou moeten gaan. Het lachje klonk nep, een geforceerd voortbrengsel van spieren en pezen, om maar vooral een goede indruk te wekken, over te komen als een authentiek mens. Het voelde opeens alsof ieder woord dat hij ooit had gesproken een misselijkmakend staaltje opportunisme was geweest. En iedereen had er zijn onwaarachtigheid in beluisterd en hem erom verfoeid. Zijn leven lang hadden alle mensen hun ware mening over hem verborgen gehouden. Alleen Clem was die laatste keer eerlijk tegen hem geweest. De pijn om het verdriet dat hij zijn zoon had gedaan zwol in hem op als een gasbel die zijn lichaam langs geen enkele weg kon verlaten. Hij zag zichzelf in de gedaante van de gemeenteleden die hij op hun sterfbed had gezien, zijn mond opengezakt voor de laatste snik, zijn vel gespannen over zijn aanstaande doodskop. Het leek hem ondenkbaar dat hij dit nog lang uithield.

Toen Frances hem losliet en van hem terugweek, was er geen opluchting, alleen afgunst omdat zij zich heerlijk voelde terwijl hij moest lijden. Dat verschil, de vernedering ervan, leek een pijnlijke gloed door de kamer te werpen.

'Er is iets raars met het licht,' zei ze. 'Het lijkt elke seconde anders. Zou het dat altijd doen, denk je? Worden je ogen gevoeliger door dat spul?'

Haar aanhankelijke toon verergerde de marteling. Dat ze niet wegvluchtte voor zijn afstotendheid en onvermogen leek veel te genadig. Van alle mensen op de wereld was hij als enige volkomen onwaarachtig, de ultieme schijnpersoon.

'Ja, het lijkt feller,' hoorde hij zichzelf zeggen, en hij walgde meteen van de vochtige bewegingen waarmee zijn mond de woorden vormde.

'Gaat het wel?' vroeg ze. 'Ik heb ergens gelezen dat sommige mensen er paranoïde van worden.'

Voor hij zich kon bedwingen, gaf hij toe dat hij zich inderdaad angstig voelde. Hij schaamde zich direct kapot en voegde er met krakerige stem aan toe: 'Een beetje maar. Niet erg.'

'Kom bij me zitten,' zei ze vanaf de bank. 'Dan houd ik je hand vast. Misschien moet je je gewoon even veilig voelen.'

In haar buurt komen was uitgesloten. De angst dat haar kinderen hem met haar zouden betrappen was weer in volle omvang terug. En die keuken! Die stonk ongetwijfeld nog naar marihuana! Hij moest maken dat hij wegkwam voordat ze ontdekt konden worden. In zijn hoofd vormde hij het woord 'sorry', en probeerde te bedenken wat het over zijn kwaadaardigheid kon onthullen. Toen hij de kamer uit was en zijn jas van de haak pakte, wist hij niet meer of hij het ook hardop had gezegd.

Op de wandeling terug naar de kerk slaagde hij er niet in een onschuldig gezicht te trekken. Hij kwam zichzelf voor als een spin die over een witte muur kroop. Het was een wonder dat niemand hem aanstaarde. Toen hij in zijn auto was gestapt, sloot hij het portier af en ging uit het zicht op de voorbank liggen tot hij na verloop van tijd merkte dat zijn psychose begon af te zwakken. Maar de emotionele waarheid achter zijn angsten bleef overeind. Terug in de pastorie, waar hij zich in zijn werkkamer wilde opsluiten om te bidden, voelde hij zich gedwongen om eerst de voorraadkamer binnen te gaan en Marions asbak te legen in zijn hand. Hij smeerde de as en peuken over zijn gezicht, en opende er zijn mond voor.

De vastentijd brak aan, en niet alles was verschrikkelijk. Hij merkte dat zijn schaamte en zelfhaat nog steeds toegangswegen vormden tot Gods genade. De wijsheid bleef van kracht dat het eerlijk erkennen van je zwakheden je kon sterken in je geloof. Na zijn afgang met Frances te hebben aanvaard, vroeg hij Kitty de eerstvolgende dinsdagtrip in zijn plaats te leiden. Thuis verootmoedigde hij zich tegenover Marion, zei dat ze er goed uitzag, toonde belangstelling. En toen ze met een geamuseerd lachje zei: 'Zo te horen zit het tegen met je vriendinnetje', keerde hij haar zijn andere wang toe en zei: 'Ja, lach me maar uit, dat verdien ik.'

De dagen gingen lengen en toen hij op een keer in zijn halfdonkere werkkamer zat te zwoegen op een preekwaardige gedachte, hoorde hij Marion in de kamer ernaast haar keel schrapen en hardop haar taalvaardigheid toepassen op de tekstcorrecties die ze inmiddels deed om nieuwe kleren te kunnen bekostigen, en een betere kapster. Nu ze er slanker uitzag, weer een beetje op de intense jonge vrouw ging lijken voor wie hij ooit was gevallen, vroeg hij zich af of er misschien toch nog hoop was voor hun huwelijk – of ze misschien hun weg konden vinden naar een nieuwe verstandhouding.

Maar ze bleef op de tweede verdieping slapen en liet hem zijn eigen was doen, en ondanks zijn aangehaalde band met God kreeg hij Frances niet uit zijn gedachten. Terwijl hij de scherpe randjes van zijn afgang bij haar thuis haalde door alles onophoudelijk te herbeleven, ging hij zich steeds beter herinneren hoe zij zich had gedragen: dat ze hem tot twee keer toe gevraagd had haar hand vast te houden, dat ze van achteren haar armen om hem heen had geslagen in een zogenaamd vriendschappelijke omhelzing (vriendschappelijke omhelzingen waren toch altijd frontaal?) en bovenal dat ze hem had ontvangen in een jurk die ervoor gemaakt leek om over haar heupen omhoog te worden getrokken. Met ontluisterende wijsheid achteraf drong het tot hem door dat ze hem de kans had geboden waarvan hij had gedroomd. En zelfs als hij haar maar eenmalig had mogen hebben, als hij nooit meer zou zijn geweest dan een jeuk waaraan ze even wilde krabben, onder invloed van een verboden middel, dan zou dat zijn leven toch in een ongekend licht hebben gezet.

Hij treurde nog over zijn verspeelde kans toen de voorzienigheid Gods zich deed gelden. Hoewel hij zich er acuut van bewust was dat hij Becky en Perry in verlegenheid bracht met zijn aanwezigheid, woonde hij sinds de jaarwisseling iedere zondagsbijeenkomst van Crossroads bij. Hij was in technische zin slechts een mentor, had zich neergelegd bij Ricks overmacht en gedroeg zich als een nieuwkomer die kwam meedoen aan de oefeningen om inzicht te krijgen in zijn gevoelsleven, in plaats van jonge mensen te helpen bij hun groei in Christus. Op de laatste zondagavond van februari, nadat Ambrose het gezelschap in tweeën had verdeeld als was het de Rode Zee, en de ene helft had opgedragen hun namen op een stukje papier te schrijven dat ze op een hoop moesten leggen, waaruit de andere helft een tweegesprekspartner zou trekken, vouwde Russ zijn getrokken papiertje open en zag dat God hem Larry Cottrell had toebedeeld.

'De instructie is heel simpel,' zei Ambrose tegen de groep. 'Ieder van ons vertelt zijn partner iets wat hem of haar dwarszit. Op school, thuis of in een relatie. Het is de bedoeling dat we eerlijk zijn en dat onze partner eerlijk nadenkt over de hulp die hij of zij kan bieden. Vergeet niet dat het soms de beste hulp is om gewoon te luisteren zonder te oordelen.'

Russ had Larry tot dusver angstvallig gemeden en niet eens willen aankijken, maar Larry leek het noch leuk, noch vervelend te vinden om hem als partner te hebben. Voor de jongen was het gewoon een oefening. Toen de tweegesprekkers zich door de kerk verspreidden nam Russ de jongen mee naar zijn kantoor en vroeg hem waarmee hij in zijn maag zat.

Larry wreef zijn neus. 'Nou, u weet,' zei hij, 'dat mijn vader twee jaar geleden is verongelukt. We hadden een foto van hem in zijn luchtmachtuniform in de gang boven hangen, en vorige week was die opeens weg. Ik vroeg mijn moeder waarom ze hem had weggehaald en ze zei... ze zei dat ze hem niet meer wilde zien.'

De puisterige halfvolwassenheid op Larry's gezicht, de vergroving van zijn moeders trekken door mannelijke hormonen corrigeerde Russ' idee dat ze er jongensachtig uitzag. Geen jongen ter wereld leek op Frances.

'Nou, en toen...' vervolgde Larry. 'Er is een man met wie ze een paar keer is uit geweest, en ik snap ook wel dat ze waarschijnlijk eenzaam is en zo, maar ze doet heel aanstellerig als ze met hem uitgaat, alsof mijn vader er nooit geweest is. Hij was een van de jongste kolonels in de geschiedenis van de luchtmacht en... hij was mijn váder. En nu wil ze niet eens meer een foto van hem zien?'

Russ piekerde over de ambiguïteit van 'met wie ze een paar keer is uit geweest'. Wilde dat zeggen dat het uitgaan nog gaande was, of was het voorbij?

'Oké,' zei hij, 'dus je moeder gaat, of ging, met een man om...?'

'Ja, en ik hem heb laatst eindelijk gezien. Amy en ik moesten mee toen ze met hem ging lunchen.'

Russ schraapte zijn keel, die opeens droog aanvoelde. 'En wanneer was dat?'

'Zaterdag.'

Tien dagen na het marihuana-experiment.

'Het was verschrikkelijk,' zei Larry. 'Kijk, het zat er toch al niet in dat ik hem zou mogen, want hij is mijn vader niet, maar hij is zo vol van zichzelf, die kerel. Hij zat maar op te scheppen over operaties van zestien uur en poenerig te doen tegen de ober, en hij sprak tegen Amy alsof ze drie was. Hij vindt zichzelf heel wat, en mijn moeder zit helemaal te zwijmelen, totaal niet zichzelf.'

Russ schraapte opnieuw zijn keel. 'En nu denk jij dat dit misschien... een serieuze relatie is? Je moeder met die... chirurg? Is dat het wat je dwarszit?'

'Ik dacht eerst dat ze alweer klaar met hem was, maar nu is het opeens weer "Philip" voor en "Philip" na.'

'Sinds... wanneer?'

'Weet ik niet precies. De laatste paar weken of zo.'

'En... weet je moeder hoe je over hem denkt?'

'Ja, ik zei dat ik het een arrogante kwast vond.'

'En hoe reageerde ze daarop?'

'Ze werd pissig. Ze zei dat ik egoïstisch was en "Philip" geen eerlijke kans had gegeven. Maar kom op, ben ík egoïstisch? Ze zou eerst meegaan als mentrix op de lentetrip, was nog heel geschokt dat ik niet met haar in één ploeg wilde zitten, maar nu zegt ze dat ze misschien niet eens meegaat. "Philip" wil haar die week mee hebben naar een of ander medisch congres in Acapulco.'

Russ' gezicht was asgrijs. Hij voelde het.

'Soms denk ik weleens: waarom moest nou juist mijn váder dood. Ik bedoel, hij schreeuwde wel altijd, maar hij had tenminste wel aandacht voor ons. Mijn moeder kan het allemaal niet schelen, die denkt alleen maar aan zichzelf.'

Hier school een herkenbare waarheid in, maar dat kon Russ niet deren. Hij had er zelf genoeg van om getrouwd te zijn met een steunpilaar vol zelfhaat.

'Misschien moet je haar een keer zeggen,' zei hij, 'dat je toch wel graag wilt dat ze meegaat op de lentetrip. Zeggen hoeveel dat voor je zou betekenen.'

'Ik weet niet meer wat ik erger zou vinden, haar erbij of dat ze met die engerd naar Mexico gaat. Ik heb de pest aan iedereen, lijkt het wel.'

'Nou, het is goed dat je zo eerlijk voor je gevoelens uitkomt. Daar draait het allemaal om in Crossroads. Ik hoop dat je mij wilt zien als iemand tegen wie je openhartig kunt zijn.'

Larry keek Russ voor het eerst aan alsof hij meer was dan zomaar een tweegesprekspartner. 'Mag ik iets heel mafs vertellen?'

'Tuurlijk.'

'Ze heeft het altijd over u. Ze blijft maar vragen wat ik van u vind.'

'O? Tja, ze zit natuurlijk in een van mijn dameskringen, en we hebben een... goede band.'

'En dan zeg ik steeds: hij is een geestelijke van de kerk, mam, en nog getrouwd ook.'

'Ja.'

'Nou, sorry. Was dat erg maf?'

Russ overwoog een kort moment open kaart met Larry te spelen, en misschien zelfs zijn hulp in te roepen, maar de herinnering aan zijn open kaart met Sally Perkins schrok hem af. Volgens de regels van de oefening was het nu zijn beurt om iets te vertellen, maar alles wat hem dwarszat had op de een of andere manier met Larry te maken. Over zijn huwelijk kon hij uiteraard niets zeggen, en over Perry's drugsgebruik evenmin. Clems idiote poging om bij het leger te gaan was ook taboe, want Larry was trots op de militaire verrichtingen van zijn vader. Op zijn bureau lag een bouwkundig rapport over de zuidelijke muur van de kerkzaal, die dreigde in te storten. Dat leek een legitieme bron van ongemak.

Toen de toegestane tijd erop zat, stuurde hij Larry alleen naar beneden en belde meteen naar Frances. Hij had niets meer te verliezen. Bij het horen van zijn stem viel ze stil. Hij was bang dat hij over de schreef was gegaan en begon zich te verontschuldigen, maar dat kapte ze af. 'Als iemand zich moet verontschuldigen, ben ik het.'

'Welnee,' zei hij. 'Ik reageerde alleen heel slecht op die, eh...'

'Ik weet het. Het was eigenlijk best grappig, zo paranoïde als je werd. Maar je kon er niets aan doen en ik begrijp het volkomen dat je ervandoor ging. Dat was ook het juiste om te doen, want ik was... ik zat helemaal fout. Daarom ben ik vorige week dinsdag ook niet meegegaan. Ik schaamde me te erg.'

'Maar dat is... waarom schaamde je je dan?'

'Nou, eh, omdat ik je zowat besprong? Dat zal ook wel door de je-weet-wel zijn gekomen, maar daarom was het niet minder fout. Het spijt me dat ik je in een lastig parket bracht. Maar mijn hoofd is nu helder. Ik heb eens goed over alles nagedacht en je hoeft niet over me in te zitten. Als je me vergeven kunt, beloof ik je dat het nooit meer gebeurt.'

Het was moeilijk uit te maken of het goede nieuws in wat ze zei opwoog tegen het slechte. Zijn kans bij haar was zo te horen nog groter geweest dan hij achteraf had gedacht, maar dat maakte het des te rampzaliger dat hij het had verknald.

'Ik hoop dat we vrienden kunnen blijven,' zei Frances.

Een week later belde ze om hem mee te vragen naar een lezing van Buckminster Fuller in het Illinois Institute of Technology. En hij had nog geen ja gezegd, in zijn hoedanigheid van vriend, of ze voegde eraan toe dat dit het soort avonden was waar Philip de pest aan had. 'Had ik al verteld dat ik hem weer zie? Ik probeer het leuk te houden, maar er is niks aan om met hem in een volle zaal te zitten. Dan gaat hij op zijn stoel zitten draaien, alsof hij het niet hebben kan dat mensen aandacht schenken aan een ander.' Het was een tegenvaller dat ze leek aan te nemen dat hij geïnteresseerd was in Philip, en een meevaller dat ze haar beklag deed over Philip. Hij hield zichzelf voor dat ze hem aantrekkelijk genoeg had gevonden om hem als getrouwd man te 'bespringen', dus trok hij op de avond in kwestie zijn meest flatteuze hemd aan en deed voor het eerst het luchtje op dat Becky hem voor kerst had gegeven, om tot zijn frustratie vast te stellen dat Kitty Reynolds naast haar in de auto zat toen ze hem kwam ophalen bij de pastorie. Frances had niet gezegd dat Kitty eveneens mee zou gaan, en hij had als 'vriend' geen reden om te protesteren. Ook bleek hij geen belangstelling te kunnen opbrengen voor Buckminster Fuller, al slaagde hij er wel in om rustig in zijn stoel te blijven zitten.

Een troost voor het kwijtraken van Frances aan de chirurg was dat ze hem niet ontweek bij hun volgende dinsdag in de binnenstad. Ze verkoos zelfs zijn gezelschap boven dat van Kitty en reed weer met hem mee in de Fury om samen aan de slag te gaan in de keuken van een oude mevrouw in Morgan Street. Zij hanteerde de verfroller en hij deed met een kwast de randjes, in een verfkleur met de naam Ballerina Pink (verkrijgbaar voor een spotprijs omdat de fabrikant er veel te veel van had geproduceerd). Het had iets triests om een 'vriend' te worden gevonden, veilig gezelschap, maar ze wilde tenminste weer tijd met hem doorbrengen, en hij was blij toen hij haar vrolijk met Theo Crenshaw zag keuvelen, blij dat hij haar geholpen had die verstandhouding vlot te trekken.

Des te groter was de schok op een grauwe ochtend in maart, toen ze naar zijn kantoor in de First Reformed kwam en zei dat ze met de dinsdagkring ging ophouden. Het kon aan het grauwe ochtendlicht liggen, maar ze leek ouder, brozer. Hij vroeg haar te gaan zitten.

'Nee,' zei ze. 'Ik wou het je persoonlijk vertellen, maar ik kan niet blijven.'

'Frances, je kunt niet zomaar even zo'n bom komen gooien. Is er wat voorgevallen?'

Het huilen leek haar nader te staan dan het lachen. Hij stond op, sloot de deur en wist haar in de stoel voor zijn bezoekers te manoeuvreren. Zelfs haar haar leek ouder – donkerder, doffer.

'Ik ben gewoon niet zo'n goed mens,' zei ze.

'Dat is onzin. Je bent een geweldig mens.'

'Nee. Mijn kinderen respecteren me niet meer, en jij... ik weet dat je me graag mag, maar dat zou je niet moeten doen. Ik geloof niet in God. Ik geloof nergens in.'

Hij ging op zijn hurken voor haar zitten. 'Wil je me vertellen wat er is gebeurd?'

'Het heeft geen zin het uit te leggen. Je zou het toch niet begrijpen.'

'Probeer het toch maar.'

Ze sloot haar ogen. 'Philip zegt dat ik niet meer met je mee moet gaan. En ik weet dat dat stom klinkt, en als dat alles was, zou ik het misschien ook naast me neerleggen en toch mee blijven gaan. Maar met wat er nog allemaal meer speelt, is het gewoon makkelijker om er inderdaad maar mee op te houden.'

De gedachte dat de chirurg misschien wel jaloers op hem was, reden had jaloers te zijn, maakte zijn verslagenheid alleen maar groter.

'Hij wist,' vervolgde ze, 'dat ik vrijwilligerswerk deed in de stad. Maar toen hij erachter kwam waar de kerk van Theo staat, zei hij dat het daar veel te gevaarlijk was. Ik zei dat het wel meeviel, maar hij wou niet luisteren en... ik haat het om dan zo meegaand te zijn. Zo iemand wil ik beslist niet zijn, maar in dit geval is het toch het beste, wat zo iemand bén ik wel. Ik volg uiteindelijk altijd de weg van de minste weerstand.'

'Daar geloof ik niks van. Heb je er met Kitty over gesproken?'

'Dat kan ik niet. Dan verlies ik haar respect ook. Ik bedoel, ik weet het wel, ik weet het wel, ik weet het heel goed: ik ben weer met een hufter, ik weet het. Larry wisselt al bijna geen woord meer met me. Ik heb hem gedwongen mee te gaan naar een lunch met Philip, en Larry zag het meteen. Iedereen ziet het. Ik heb me weer aan een hufter verbonden. Een veel ergere hufter, want Bobby was tenminste geen racist.'

'Niemand heeft het recht je te zeggen wat je wel of niet moet doen.'

'Dat weet ik. En als het ook alleen maar Philip was, had ik misschien het lef wel om tegen hem in te gaan. Maar het probleem is... ik ben zelf niet anders. Elke keer dat ik meega, denk ik nog steeds dat ik verkracht of vermoord ga worden.'

'Dat zijn diep ingesleten denkpatronen,' zei Russ. 'Het kost tijd om nieuwe te ontwikkelen.'

'Dat weet ik, en ik heb het ook echt geprobeerd. Ik heb Theo mijn verontschuldigingen aangeboden, zoals jij had gezegd. En je had gelijk, dat maakte verschil. Maar ik bleef toch steeds aan Ronnie denken, hoe ik hem zou kunnen helpen, dus ben ik opnieuw met Theo gaan praten. Volgens hem is het probleem dat Ronnies moeder verslaafd is aan heroïne. Ik vroeg of hij geen ontwenningskuur voor haar kon regelen, en ik bood aan daarvoor te betalen en dat hij dan mocht doen alsof het geld van zijn gemeente was.'

'Nou, kijk eens aan, dat lijkt me geen aanbod van een slecht mens.'

'Maar hij zei dat het een onhaalbare kaart was. Volgens hem gaat Clarice meteen weer aan de drugs als ze zo'n kliniek uit komt. Ik zei dat er toch érgens een pleeggezin moest zijn te vinden dat zo'n lief joch als Ronnie zou willen opnemen. Ik bood aan om zelf met een sociaal werker te gaan praten en te zorgen dat alles in orde kwam. Maar als ik dat deed, zei Theo, dan zou die sociaal werker nooit meer toestaan dat Clarice bij hem in de buurt kwam. Nou, zeg ik, zou dat misschien ook niet het beste zijn? En Theo zegt: dat joch is het enige wat Clarice nog in leven houdt, en daar heeft zo'n sociaal werker geen oog voor, want het is de staat alleen om het welzijn van zulke kinderen te doen, niet om dat van hun moeder. Ik dacht aan wat jij me had gezegd en probeerde niet tegen hem in te gaan, maar ik wees hem er wel op dat hij nu een situatie laat bestaan waar niet één sociaal werker vrede mee zou hebben. Vroeg of laat gebeurt er iets afschuwelijks, zei ik. En Theo haalde alleen maar zijn schouders op. "Het ligt in Gods handen," zei hij, en daar had ik natuurlijk geen weerwoord op.'

'Niets van wat je me nu vertelt, maakt dat ik je minder hoog aansla. Integendeel.'

Frances leek hem niet te horen. 'Ik ben niet zoals jij,' zei ze. 'Ik kan niet aanvaarden dat God een situatie laat bestaan die zo vreselijk is, zonder uitweg. Ik zie een deur voor me, en achter die deur ligt de Southside, en overal waar je daar kijkt is het een doffe ellende waar niemand iets aan kan doen. En nou, ik ben op het punt beland dat ik die deur niet meer door wil. Ik wil hem dichthouden en vergeten wat erachter ligt. Toen Philip zei dat ik niet meer met je mee moest gaan, kreeg ik een afschuwelijk gevoel van opluchting.'

'Ik wou dat je me dit eerder had verteld,' zei Russ. 'Geen situatie is ooit zo hopeloos dat er niets kan worden ondernomen. Misschien kunnen we de volgende keer samen brainstormen, jij en Theo en ik.'

'Nee, ik ga er niet meer naartoe. Het is gewoon niets voor mij. En ik wilde zo graag dat het iets voor me was. Ik zag jou en ik dacht: kijk, zo wil ik ook zijn. Het was fantastisch om er met je naartoe te gaan, maar ik denk dat ik dat heb verward met de mogelijkheid dat ik zoals jij zou kunnen worden. Ik ben een waardeloos mens, en dat blijf ik.'

'Nee, nee, nee.'

'Ik val kennelijk op hufters. Uiteindelijk wil ik geld, reisjes naar Acapulco en mijn gang kunnen gaan zonder dat iemand over me oordeelt, zonder iemand die me dwingt deuren te openen die ik liever dicht laat. Het idee dat ik iemand anders zou kunnen zijn, was maar fantasie.'

'Ambitie is iets anders dan fantasie, Frances.'

'Jij kent mijn fantasieën. Je hebt er zelfs een aan den lijve ondervonden. Daar schaam ik me nog steeds voor.'

Russ kreeg het gevoel dat ze naar hem toe was gekomen om gered te worden, zonder te weten hoe; dat ze een doorbraak nabij was en alleen nog een duwtje nodig had. Maar waarvan wilde ze nu precies worden gered? Van haar ongeloof, of van de chirurg?

'Wat was dat dan precies?' vroeg hij. 'Die fantasie?'

Ze bloosde. 'Ik stelde me jou voor als iemand die zijn huwelijk niet in de weg zou laten staan van... ik stelde me je voor als een hufter.' Ze rilde van zichzelf. 'Zie je dan niet wat ik voor iemand ben? Ik wilde je omlaaghalen naar *míjn* niveau. Als ik je op mijn niveau had, hoefde ik niet meer naar je op te kijken en het gevoel te hebben dat ik tekortschiet.'

Dit bracht hem zijn dilemma duidelijker dan ooit voor ogen. Ze waardeerde hem om zijn goedheid. Dat was zijn aantrekkelijkste kant voor haar. Maar goedheid wilde zeggen dat hij haar nooit kon krijgen.

'Ik ben niet zo'n goed mens, hoor,' zei hij. 'Ik ben net zoals jij. Ik koos ook de weg van de minste weerstand. Ik trouwde, nam kinderen. En een baantje in een voorstad, en het heeft me allemaal alleen maar ongelukkig gemaakt. Mijn huwelijk is een ramp. Marion slaapt in een andere kamer, we praten amper met elkaar, en mijn kinderen zien me niet staan. Ik ben een flop als vader, en nog minder dan een flop als echtgenoot. En hufteriger dan jij lijkt te denken.'

Frances schudde haar hoofd. 'Daar voel ik me alleen nog maar slechter door.'

'Hoezo?'

Ze kwam overeind en stapte om hem heen. 'Ik had nooit met je moeten flirten.'

Hij sprong op. 'Geef me een kans. Kom op z'n minst met me mee naar Arizona. Er heerst daar een spiritualiteit, in het land en in de mensen, die mijn leven totaal veranderd heeft. En dat zou voor jou ook zo kunnen zijn.'

'Ja, dat was ook een fout van me. Dat ik je heb overgehaald om mee te gaan.'

'Integendeel. Als jij er niet was geweest, zou ik het waarschijnlijk nooit hebben bijgelegd met Rick. Daar heb je me een enorme dienst mee bewezen. Je bent zo'n baken van licht voor me, en ik weet niet wat er over je is gekomen.'

'Zit nou maar niet over me in. Ik zag er gewoon tegen op om dit gesprek met je te hebben, om je te moeten teleurstellen. Ik veer wel weer op als ik die deur kan sluiten.'

Als om haar woorden te illustreren liep ze naar de deur, en Russ kon niets doen om haar tegen te houden. Machteloos was hij. Er beving hem opeens een woede die zo heftig was dat hij haar wel kon wurgen. Ongevoelig en egoïstisch was ze, een vertrapster van antieke platen, een terloopse hartenbreekster.

'Gelul,' zei hij. 'Alles wat je zegt is gelul. Je rent alleen maar weg omdat je te laf bent om voor de goedheid in je hart uit te komen, te schijterig om verantwoordelijkheid te nemen. Denk maar niet dat het je gelukkig maakt om de wereld je rug toe te keren. Maar als dat het miserabele leven is dat je wilt, dan hoeven we je niet in onze kring. En ook niet in Arizona. Als je het lef mist om je afspraken na te komen, wegwezen dan maar. Opgeruimd staat netjes.'

De emotie was oprecht, maar om die zo direct te uiten was typisch Crossroads. Hij klonk zichzelf in de oren als Rick Ambrose die iemand confronteerde.

'Ik meen het,' zei hij. 'Flikker maar op, ik wil je hier niet meer zien.'

'Dat verdien ik, denk ik.'

'Hou op met dat gelul, dat gemaakte zelfverwijt van je. Kotsmisselijk word ik ervan.'

'Zo hé. Au.'

'Wegwezen. Je valt me bitter tegen.'

Hij wist nauwelijks meer wat hij zei, maar de gelijkenis met de toon van Ambrose deed hem iets van de macht voelen waaraan Ambrose gewoon moest zijn. Het was alsof, al was het maar voor even, de Heer nu ook eens met hem was. Frances bekeek hem met een nieuw soort belangstelling.

'Ik waardeer je eerlijkheid,' zei ze.

'Het laat me koud wat jij waardeert. Maar ga op weg naar buiten wel even bij Rick langs om te zeggen dat je niet meegaat naar Arizona.'

'Tenzij ik alsnog besluit te gaan. Zou dat geen verrassing zijn?'

'Dit is geen spelletje. Je gaat of je gaat niet.'

'Nou, in dat geval...' Ze deed een stapje opzij, alsof ze danste. 'Misschien ga ik dan toch wél. Hoe vind je dat?'

Het kon hem in zijn boosheid geen lor meer schelen. Al die misschiens van haar waren als naalden die in zijn brein prikten. Hij plofte in zijn stoel neer en draaide van haar weg. 'Je zoekt het maar uit.'

Ze had de deur nog niet achter zich dichtgetrokken, of zijn verlangen was weer terug. Al met al, dacht hij, had dit gesprek niet beter kunnen verlopen. Het was een openbaring dat ze zo positief op zijn woede had gereageerd, waar zijn smeekbeden alleen maar averechts hadden gewerkt. Hij had zowaar de sleutel tot haar ontdekt. Als hij zich afzijdig hield, haar het idee gaf dat zijn geduld met haar op was, zou ze misschien echt de chirurg trotseren en meegaan naar Arizona.

Maar het was een kwelling om niet echt te weten wat ze dacht. De volgende zondag, bij de laatste Crossroads-bijeenkomst voor de lentetrip, speurde hij de tienermenigte af naar Larry, om hem naar de plannen van zijn moeder te kunnen vragen. Toen het duidelijk werd dat Larry om een onbekende reden verstek liet gaan, werd zijn kwelling ondraaglijk. Het eerste wat hij de volgende ochtend deed was naar de kamer van Ambrose gaan om te vragen of hij iets van mevrouw Cottrell had vernomen.

Ambrose zat het sportkatern van de *Chicago Tribune* te lezen. 'Nee,' zei hij. 'Hoezo?'

'Toen ik haar vorige week sprak, kreeg ik de indruk dat ze het er misschien bij laat zitten.'

Ambrose schokschouderde. 'Geen groot verlies. We hebben Jim en Linda Stratton al voor Many Farms. Twee ouders daar is genoeg.'

Dit verbaasde Russ. Toen hij een maand eerder met Ambrose de mentoren had ingedeeld, had hij ervoor gezorgd dat Frances bij hem in de ploeg kwam.

'O, ik dacht... wacht even, dat klopt toch niet? We hadden mevrouw Cottrell toch voor Kitsillie genoteerd?'

'Ja, maar dat heb ik omgegooid en jou Ted Jernigan erbij gegeven. Als ze zo nodig een spijkerbroek aan wil trekken en met tieners wil babbelen, kan ze dat in Many Farms. Ik had eerlijk gezegd al geen idee waarom ze meeging. Daar overviel ze me in december mee.'

'Je onderschat haar. Ze zit in mijn dinsdagkring en voldoet daar echt goed.'

'Mooi, dan zullen we zien hoe ze het ervan afbrengt in Many Farms.'

'Nee. Ze moet naar Kitsillie.'

De ogen die omhoog flitsten van het sportkatern waren akelig alert. 'Waarom?'

'Omdat ik met haar heb gewerkt. Ik wil haar in mijn ploeg.'

Ambrose knikte alsof hem een lichtje opging.

'Weet je, dat vroeg ik me in december al af. Waarom je ineens dat gesprek met me kwam houden nadat zij eerder op die dag bij me was geweest. Zij moest en zou mee naar Arizona, en 's avonds viel jij binnen en wilde ook mee. Ik blijf het moedig van je vinden, hoor, wat je toen allemaal zei, maar ik vroeg me toen ook al af of er geen verband was. En dat zou ik me niet afgevraagd hebben als er destijds niet dat akkefietje met Sally Perkins was geweest.'

'Mevrouw Cottrell is zevenendertig jaar oud.'

'Ik spreek geen oordeel over je uit, Russ. Ik zeg alleen maar dat ik je een beetje ken.'

'Goed, en leg me dan eens uit waarom je haar hebt omgeruild met Ted Jernigan? Om me te dwarsbomen?'

'Rustig maar. Wat je in je eigen tijd doet interesseert me niet, maar houd het buiten Crossroads.'

'Je moet haar weer op Kitsillie zetten.'

'Nee.'

'Alsjeblieft, Rick. Ik eis het niet, ik vraag het je. Doe me dat plezier nou gewoon.'

Ambrose schudde van nee. 'Ik run hier geen relatiebureau.'

Zo was het al de hele winter gegaan: ieder beetje goed nieuws, zoals nu, dat Frances blijkbaar nog steeds meeging, ging gepaard met nieuws dat slecht genoeg was om alles teniet te doen, of erger. Ambrose had hem doorzien en er was niets wat hij daartegen kon doen. Hij had geen goede reden om op Frances aan te dringen – niets buiten de voorstelling die hij zich gemaakt had van een lange wandeling alleen met haar, omhoog door een bos vol geurige pinyon-dennen, een eerste kus op een winderige heuveltop, wat niet bepaald een argument was. De Heer was weer met Ambrose.

Toen Russ die avond thuiskwam, liet Becky hem weten dat ze niet meeging op de lentetrip. Een dag eerder zou dat nieuws hem nog met stiekeme opluchting hebben vervuld, maar nu was het een teken te meer van hun vervreemding. Onder invloed van Tanner Evans begon zijn dochter steeds hippieachtiger en recalcitranter te worden, en ze bleef tot in de kleine uurtjes weg, zelfs door de week. Toen hij een avondklok wilde instellen, was ze naar Marion gegaan, wat tot een patstelling had geleid die in Becky's voordeel uitviel.

'Ik dacht dat je er zo naar uitzag,' zei hij.

Ze lag languit op de bank in de woonkamer met haar bijbel. In de handen van zijn dochter die hem zo fanatiek in alles afwees, leek het een onsmakelijk boek.

'Ja,' zei ze. 'Maar ik vind het niet tof meer.'

Dat hippiewoordje was niet minder onsmakelijk. 'De trip niet? Of Crossroads als geheel niet?'

'Allebei. Het is zoals Rick Ambrose zei: eerder iets psychologisch dan christelijks, met al de relatiedramatiek voor tieners.'

'Mag ik je eraan herinneren dat je zelf ook nog een tiener bent?'

'Haha, sterk.'

'Ik had me erop verheugd wat tijd met je te kunnen doorbrengen, daar in Arizona. Is het idee nu dat je hier in je eentje zult zijn?'

'Dat is het idee, ja.'

'Dan mag ik hopen dat je het huis niet laat afbranden met een wild feest.'

Ze schonk hem een verontwaardigde blik en sloeg haar bijbel weer open. Hij begreep niets meer van haar, behalve dat haar sociale leven nu geheel en al uit Tanner Evans bestond. Omdat ze met Russ en Perry zou meegaan naar Arizona, had Marion besloten om met Judson naar Los Angeles te gaan voor de paasvakantie, hem op Disneyland te trakteren en mee te nemen naar haar oom Jimmy, die nu in een verpleeghuis lag. Een peperduur reisje, maar Russ had wel beter geweten dan ertegenin te gaan, en Marions afwezigheid was pas een probleem nu Becky besloten had thuis te blijven. Ze zou daar hoogstwaarschijnlijk gebruik van maken door iedere nacht met Tanner te slapen, alweer een onsmakelijke gedachte, al werd die verzacht door de sympathie die hij voor Tanner had. Ondanks haar religiositeit gedroeg en kleedde Becky zich als een seksueel actieve jonge vrouw. Hij snapte echt niets meer van haar, maar hij wist wel dat ze nooit meer zijn kleine meid zou zijn.

Hij werd die ochtend vroeg wakker met een gedachte die zo voor de hand lag dat het hem verbaasde dat hij haar nu pas had: *Keith Durochie had hem gezegd niet naar Kitsillie te gaan*. Volgens Keith was er genoeg werk te doen in Many Farms, en wie was Russ om tegen een Navajo-oudste in te gaan? En belangrijker: wie zou Ambrose zijn om dat te doen?

De weg naar een week met Frances lag alsnog voor hem open. Hij ging naar zijn kantoor in de kerk en wachtte tot het laat genoeg was om het huis van Keith te bellen. De vrouw die na vijftien tot twintig keer overgaan opnam, was niet de vrouw van Keith

'Hij ligt in het ziekenhuis,' zei ze. 'Hij is ziek.'

Russ vroeg wat er aan de hand was, maar de vrouw vond dat ze genoeg had gezegd. Hij belde geschrokken naar het bureau van de stamraad, waarvan Keith al sinds jaren lid was, en hoorde van een secretaresse dat Keith een beroerte had gehad. Hoe zwaar kreeg hij niet te horen – de Navajo's kenden taboes ten aanzien van ziekte. Hij zette zijn schrik opzij en zei dat hij op zaterdagavond met drie bussen vol tieners zou aankomen en graag wilde weten waar ze terechtkonden. De secretaresse verbond hem via een luid zoemende interne lijn door naar een administratrice van de raad, die Wande heette en van wie hij de achternaam niet kon verstaan. Het kon door het gezoem komen, maar de vrouw had een klaaglijke spreektoon.

'Russ,' zei ze, 'u moet zich geen zorgen maken. We weten dat u komt. U moet niet bang zijn dat we u niet verwachten.'

Over het gezoem heen legde Russ haar voor dat Keith hem had afgeraden het tafelland op te gaan en had aangeraden in Many Farms te blijven. Er kwam geen reactie, alleen gezoem.

'Wanda? Kunt u me horen?'

'Ik zal volkomen eerlijk en duidelijk met u zijn,' teemde ze. 'Keith heeft problemen gehad op de mesa, maar wij hebben een federaal mandaat. Dit mandaat schrijft voor dat er werk moet worden verricht in Kitsillie. We hebben cement en hout afgeleverd bij de school, en we zullen u heel dankbaar zijn voor uw hulp.'

'O, een… mandaat?'

'Het is een federaal mandaat en wij hebben er voorraden voor u. Een van de vrouwen daar heeft gezegd dat ze voor u gaat koken, waar u om verzocht heeft in uw brief. Haar naam is Daisy Benally.'

'Ja, ik ken Daisy. Maar Keith leek de indruk te hebben dat we beter af zouden zijn in Many Farms.'

'We weten dat er ook een groep naar Many Farms komt. Alles is geregeld.'

'Aha. Nou, misschien kunt u dan zorgen dat er twee groepen terechtkunnen in plaats van één…'

'Russ, ik spreek tot u met alle respect. Wij verwachten geen twee groepen in Many Farms. Ik zal u hier zaterdag persoonlijk ontvangen en het werk uitleggen waarvan we hopen dat u het in Kitsillie gaat verrichten, in overeenkomst met het mandaat. Ik verheug me erop u te zien.'

Russ voelde zich machteloos tegenover Wanda's klaaglijkheid, zeker als bilagáana. Hij hoopte dat het eenvoudiger zou zijn om haar in het echt te spreken, of dat Keith genoeg hersteld zou zijn om haar te overrulen.

Toen hij op donderdagavond na lang woelen in slaap viel, droomde hij dat hij alleen en verdwaald was op de Black Mesa, en aan de rand ervan omlaag keek. In de diepte onder het tafelland zag hij schapen en paarden in een met keien bezaaide weide, maar om daar te komen moest hij eerst verder omhoog naar waar een pad begon, over almaar steilere steenhellingen. Het terrein bleek eindeloos uitgestrekt en het leek erop dat hij in de verkeerde richting omhoogging, maar hij moest doorgaan om dat zeker te weten. Uiteindelijk kwam hij bij een onbeklimbare rotswand, en toen hij achteromkeek zag hij dat de helling te steil was, verticaal bijna, om te kunnen afdalen. Hij zag niets dan rotsen en een gapende weidsheid en wist dat hij ging sterven. Toen hij wakker schrok in de weidsheid van het tweepersoonsbed, herkende hij de overeenkomst met zijn feitelijke situatie. Geen pad naar de belofte van vreugde kon zo onherbergzaam en grillig zijn als het pad naar Frances was geworden.

Maar dit was een gewaarwording in de kleine uurtjes. Toen twaalf uur later de bussen het parkeerterrein van de First Reformed Church op reden, leek het pad weer begaanbaar. Als Frances nu maar kwam opdagen, kreeg hij in Many Farms wel een kans om de zaken naar zijn hand te zetten. Er waaide een koude maartse wind, er bloeiden narcissen langs de kalkstenen flanken van de kerk, de zon scheen volop, de lucht was schoon. In zijn oude nappa jas en met een klembord in zijn hand dirigeerde Russ seminaristen en mentoren bij het sjouwen van gereedschapskisten, blikken Ballerina Pink en Sunshine Yellow, kratten vol verfrollers en kwasten, en benzinelantaarns. Een van de ouders die als mentor gingen optreden, Ted Jernigan, kwam naast hem tot stilstand in een nieuw model Lincoln en opperde de bussen dichter bij de kerkingang te parkeren om te worden beladen. Ted knikte naar seminariste Carolyn Polley, die met een gereedschapskist liep te zeulen. 'Dat meisje scheurt straks nog een spier.'

Russ hief zijn klembord om zijn rol als supervisor te benadrukken. 'Stap uit en sjouw lekker mee, zou ik zeggen.'

Daar leek Ted weinig voor te voelen. Hij was makelaar in onroerend goed, solist in het kerkkoor en een breedgeschouderde ex-marinier met een behoorlijk hoge dunk van zichzelf.

‘Hoe zit het trouwens met drinkwater?’ zei hij. ‘Nemen we wel genoeg drinkwater mee?’

‘We nemen helemaal geen drinkwater mee.’

‘Kleine moeite om drinkwater mee te nemen.’

‘Honderdtwintig jongelui, acht dagen, dat zouden een hoop flessen worden.’

‘Maar wel zo gezond.’

‘Het water van het reservaat komt uit putten. Geen enkel probleem.’

Ted trok het gezicht van iemand die niet aan tegenspraak gewend was. Het was een vergissing, dacht Russ, om een mannelijk gemeentelid mee te nemen op een trip waar hij ondergeschikt zou zijn aan een hulpprediker. Russ had nu al een idee van Teds mening over hem, over zijn bescheiden pastorale positie en salaris, zijn geringe betekenis voor het algemeen belang, en dat idee werd prompt bevestigd door Teds aanbod om dan zelf maar even water te gaan kopen – zijn dikke portemonnee te trekken en zijn kapitaalkrachtige hoedanigheid te etaleren. Het was op z’n minst egoïstisch van Rick om Ted bij Russ in te delen, en misschien wel een bewuste rotstreek.

Terwijl er andere gezinswagens het parkeerterrein op kwamen om jeugd te lozen in afgedragen spijkerbroeken en jassen, met frisbees en slaapzakken, keek Russ maar naar één auto uit. In de tergende spanning bespeurde hij ook een glimp van mogelijke opluchting als ze niet zou komen, wat een definitief nee zou zijn tegen hem, waardoor hij door kon gaan met zijn leven. Toen hij haar auto eindelijk aan zag komen rijden over Pirsig, week de spanning voor het besef dat het moment van de waarheid aanstaande was, een besef dat wonderlijk licht aanvoelde. *Uw wil geschiede*. Het was alsof de vredigheid van die woorden voor het eerst echt tot hem doordrong.

De vredigheid hield aan tot ze uit haar auto stapte, met haar kleppet op. Toen hij Larry de kofferbak zag openen en er niet alleen een luxe bergbeklimmersrugzak uit zag tillen, maar ook een grote en vrouwelijk aandoende reiskoffer, spoelde een verwachtingsvol gevoel alle zielenrust weg, legde de valsheid ervan bloot en benam hem de adem. Het ging gebeuren. Hij zou haar hebben.

Die verwachting schonk hem de kracht om zich op zijn klembord te concentreren, de namen na te gaan van iedereen in de ploeg voor Kitsillie. Anders dan drie jaar geleden was de bezetting van de bussen nu bepaald door hun bestemming, niet door vriendschapsbanden. Iemand, vermoedelijk Ambrose, had een dikke streep door Becky’s naam gezet. Russ verkeerde nog steeds tussen hoop en vrees dat Becky op het nippertje van gedachten zou veranderen, maar toen hij haar met Perry zag arriveren in de Fury, zonder Marion om de auto weer terug naar huis te rijden, wist hij genoeg: ze ging niet mee. Ze stapte niet eens uit terwijl Perry zijn reistas pakte.

De Fury reed weer weg en Frances kwam op Russ toe. Hij deed alsof hij zijn klembord bestudeerde. 'O, hé,' zei hij.

Haar ogen schitterden. 'Je dacht niet dat ik het zou doen, hè? Je dacht niet dat ik er het lef voor had. Maar nu zit je dus mooi met me opgescheept. Met mij en mijn gemaakte zelfverwijt.'

Hij verzette zich tegen een opkomende glimlach. 'Dat valt te bezien, hoor.'

'Hoezo?'

'Je gaat niet naar Kitsillie. Rick wil je in de ploeg voor Many Farms.'

Hier keek ze letterlijk van op; haar hoofd veerde achteruit. 'Bij Larry? Dat lieg je toch?'

'Nee.'

'Larry wil me voor geen goud in zijn buurt. Waarom heeft Rick dat gedaan?'

'Tja, dat moet je hem vragen.'

'Denkt hij dat ik het niet bolwerk op het tafelland?'

'Dat zul je dus aan hem moeten vragen.'

'Is me dat even bloedirritant! Ik hoop maar niet dat jij het hem hebt ingefluisterd.'

Russ had intussen de strijd tegen zijn glimlach gewonnen. 'Waarom zou ik?'

'Omdat je boos op me bent.'

'Het was Ricks beslissing, niet die van mij. Als je het vervelend vindt, moet je het echt met hem opnemen.'

'Ik ben alleen maar gekomen om bij jou te zijn op het tafelland. Nou, niet alleen maar daarom, maar dit zint me allerminst, hier ben ik pisnijdig om.'

Op haar gezicht lag de teleurstelling van een verwend kind, een diva die haar zin niet kreeg. Misschien dacht ze aan het reisje naar Acapulco dat ze hiervoor had laten schieten.

'Wie heeft mijn plaats ingenomen?' zei ze. 'Wie gaat er dan nu met jou mee?'

'Mijn mentoren? Ted Jernigan, Judy Pinella, Craig Dilkes, Biff Allard en Carolyn Polley,' las hij voor van zijn klembord.

'Mooie boel.' Ze rolde met haar ogen. Hij leek zowaar in zijn jaloezie opwekkende opzet geslaagd. Hij keek haar na terwijl ze wegbeende, en de zware, kronkelende weg die achter hem lag leek opeens een tuinpad. Ze wilde bij hem zijn, en hij had zijn verrukking voor haar verborgen weten te houden.

Biff Allards conga's weergalmden tegen de walmuur, de lucht werd gevuld door sigarettenrook en frisbees, een zwarte hond met een omslagdoek om zijn nek sprong over gitaarkoffers en rugzakken, deelnemers aan de trip holden met adolescente haast de kerk in en uit, moeders bleven plakken om hun langharige zoon met adviezen en waarschuwingen te overstelpen, de buschauffeurs en reservechauffeur overlegden boven een wegenkaart, Rick Ambrose stond in zijn dumpjack naast Dwight Haefle, die naar buiten was gekomen om zich aan de glorie van het moment te laven. Toen Frances naar die twee toe liep, wendde Russ zijn ogen af (*Uw wil geschiede*) en ging op zoek naar de Kitsilliejongeren van wie hij de naam nog niet had afgevinkt. Ze moesten over tien minuten weg, om vijf uur, en de bussen waren nog leeg. Er werd naar de drogist gerend voor laatste boodschappen, vrienden betreurden het feit dat ze in verschillende bussen terecht zouden komen, koffers werden nog even snel uit het bagageruim van een bus getrokken voor iets wat per se mee aan boord moest, en zoals altijd in Russ' ervaring: de paar jongelui die domweg te laat waren.

'David Goya?' riep hij. 'Kim Perkins? Iemand David of Kim gezien?'

'Die zitten boven, denk ik,' werd er geroepen.

Toen hij in de kerk de trappen op liep, hoorde hij boven zich een gesprek stilvallen. Op de Crossroads-zolder zaten David Goya, Kin Perkins, Keith Stratton en Bobby Jett op de zitkussens. Leuke Crossroaders, stuk voor stuk. Bevriend met Becky en Perry. Russ kreeg het idee dat ze zich betrapt voelden, maar hij rook geen verboden geuren.

'Kom op, jongens,' zei hij. 'Er wordt beneden op jullie gewacht.'

Er werden blikken gewisseld. Kim, in een krakend nieuwe overall, kwam overeind en gebaarde naar de anderen. 'We gaan, oké? Kom, we gaan gewoon.'

Keith en Bobby keken naar David alsof de beslissing aan hem was.

'Gaan jullie maar,' zei hij.

'Wat is er, jongens?' zei Russ. 'Hebben jullie me iets te vertellen?'

'Nee,' zei Kim.

Ze werkte zich langs hem heen de deur uit. Keith en Bobby volgden, en Russ wachtte tot David uitlegde wat er aan de hand was. De jongen zag er eigenaardig uit. Een schijnbare ouderdom van gezicht en haar, die misschien hormonaal was.

'Heeft u Perry gezien?' zei hij.

'Ja, hoezo?'

'Laat ik het anders zeggen. Lijkt Perry oké, volgens u?'

Voordat de vraag goed en wel over de lippen van de jongen was gerold, voelde Russ de zwaarte ervan. Er kwam een scenario bij hem op dat hem nu al overtuigde: Perry zou alles op het laatste moment verpesten en hij kon Frances wel op zijn buik schrijven.

'Laten we naar beneden gaan,' zei hij. 'Dan bespreken we het wel onderweg in de bus.'

'Dus er is u niets opgevallen? Hij maakt geen vreemde indruk op u?'

Het was inderdaad zo dat Perry de laatste weken opvallend vaak afwezig was geweest, weer wat meer de ongrijpbare, heimelijk opererende jongen van weleer, die niet meer zo vroeg opstond, maar Russ zei niets. Hij wilde dat onheilsscenario op afstand houden.

'Ik zag hem gisteravond,' zei David, 'en toen werd ik echt geen wijs uit hem. Zo is hij wel vaker, dat zijn hersenen sneller gaan dan zijn mond, maar dit was toch anders. Het leek wel kortsluiting in zijn hoofd. En ik vertel dit omdat ik bang ben dat hij de regels overtreedt.'

De klok tikte. Op het parkeerterrein waren dingen gaande waar Russ bij moest zijn. Hij probeerde zich op Davids woorden te concentreren. 'Dus jij denkt... dat hij weer marihuana rookt?'

'Niet dat ik weet. Dat is volgens mij definitief voorbij. Ik had begrepen dat hij een of andere belofte aan u had gedaan. Maar waar ik mee zit is dat ik zelf ook de regels overtreed als ik niet vertel dat iemand anders dat doet. Ik ben gewoon bang dat hij nu, op dit moment, weer niet fris in zijn hoofd is.'

Godverdomme, Perry. In het scenario was nu ook een telefoontje naar Marion opgenomen, om te zeggen dat ze niet naar Los Angeles kon omdat haar zoon, háár zoon, er weer eens een bende van maakte. En dan zou zij zeggen dat ze al vliegtickets had, waarop Russ zou zeggen dat hij een groep jongelui moest begeleiden naar Arizona, en dat zij en Judson alleen maar voor vertier naar Los Angeles gingen, en dat zij bovendien degene was die had beweerd dat het beter ging met Perry.

David staarde naar zijn lange, knokige handen. 'Ik zit mezelf niet alleen maar in te dekken, trouwens. Het gaat echt niet goed met hem.'

'Ik stel je eerlijkheid op prijs.'

'Maar nu ik het toch heb aangekaart, zou ik graag zien dat Kim, Keith en Bobby er ook geen last mee kunnen krijgen.'

'Ik praat wel met hem,' zei Russ. 'Kom jij nou maar mee naar beneden, de bus in.'

Bij het afdalen van de trap voelde hij een mengsel van oude en nieuwe angst. Zijn voornaamste emotie bij Perry was altijd angst geweest. Eerst angst voor zijn theatrale driftbuien, en later voor zijn schranderheid en de toepassing daarvan in spot die te subtiel was om als brutaliteit te worden benoemd en bestraft, maar die wel elke fout en zwakheid van Russ blootlegde. De angst van dit moment was meer existentieel, die van een ouder. Marion en hij hadden een jongen met onbeheersbare impulsen op de wereld gezet, voor wie hij niettemin verantwoordelijk was.

Op het parkeerterrein werden de bussen bestormd door Crossroaders die de beste plaatsen wilden innemen. Toen hij om zich heen speurde naar Perry, zag hij een wonder. De vrouw van zijn verlangen stond bij de bus voor Kitsillie, en de chauffeur duwde haar koffer in de bagageruimte. Met een verrukkelijker vorm van angst haastte hij zich naar haar toe.

'Nou, je ziet het, hier ben ik,' zei ze strijdbaar. 'Of je het leuk vindt of niet.'

'Hoe is dat je gelukt?'

Ze haalde haar schouders op. 'Alle eer gaat naar Dwight. Ik vroeg Rick waarom ik niet naar het tafelland ging, en wat denk je dat hij zei? Dat jij daar nog wel een extra *man* kon gebruiken. Ik zei dat ik dat ongelooflijk neerbuigend van hem vond. En ik vertelde dat Larry nu op een leeftijd is dat hij onder geen voorwaarden zijn moeder op zijn lip wil, en dat Rick hem dan maar moest uitleggen waarom hij zijn lentetrip had verpest. En je kent Dwight, altijd de diplomatie zelve. Hij vraagt of er dan geen vrouw in jouw ploeg zit met wie ik kan ruilen. En daar blijkt Judy Pinella zonder probleem toe bereid. Ik weet niet wat er door dat hoofd van Rick ging, maar als hij denkt dat ik me de ervaring van de Black Mesa laat afnemen, kent hij me slecht.'

Ze liep over van eigendunk en hoogmoed, en Russ verlustigde zich aan iedere druppel.

'En nu zijn jij en ik daar samen,' zei hij.

Ze keek hem koket aan. 'En, is dat goed of slecht?'

'Dat is heel goed.'

'Dus je hebt achteraf toch niet zo'n hekel aan me?'

Ditmaal viel zijn glimlach niet te beteugelen, maar dat hoefde ook niet meer. Ze doorzag hem toch wel, en het leek haar bovendien onmogelijk dat iemand haar kon weerstaan, en vooral dat laatste maakte hem dol op haar. Hij kon geen genoeg krijgen van haar eigenliefde.

Bedwelmd door de reële mogelijkheid dat hij daar onderdeel van ging uitmaken, er macht over kon krijgen, er fysiek in zou kunnen doordringen, ging hij op zoek naar Perry. Toen hij langs de bus voor Rough Rock liep, zag hij Ambrose vuil naar hem kijken, zijn onderlip gekruld in machteloze weerzin. Ze hoefden niet langer te doen alsof ze geen vijanden waren, en dat was beangstigend, maar ook opwindend omdat Russ nu eens had gewonnen.

In de bus naar Many Farms zaten jongelui samengeperst op stoelen en hingen over rugleuningen. Bij de deur stond Kevin Anderson, een tweedejaars seminarist met een borstelsnor en de zachte bruine ogen van een zeehondenjong. Voordat Russ hem kon vragen of hij Perry had gezien, vroeg Kevin hem hetzelfde. Perry was blijkbaar niet meer gezien sinds hij had ingecheckt.

Russ' angstgevoel vanwege veronachtzaamde voortekenen, noodzakelijke maatregelen die niet waren getroffen, keerde in volle kracht terug. De zon was achter het kerkdak gezakt, maar scheen nog op de torenklok, die acht over vijf wees. Op Perry na leek iedereen in een bus te zitten. Er werden motoren gestart, een paar vasthoudende ouders bleven nog staan om hun tiener te kunnen uitzwaaien. Het idee drong zich aan Russ op dat ze simpelweg zonder Perry zouden kunnen wegrijden. En dan moest Marion maar voor de gevolgen opdraaien. Maar Kevin, wiens gemoed net zo zacht was als zijn ogen, stelde voor om samen de kerk te doorzoeken.

De naar lente geurende buitenlucht volgde hen door de openstaande deuren. Kevin holde naar boven onder het roepen van Perry's naam, terwijl Russ de begane grond doorzocht. Niet alleen de lucht maar ook de leegte van de gang, die nog maar enkele minuten geleden vol drukte was geweest, had de sfeer van Pasen. In de middelste hoofdstukken van de Evangeliën werd Jezus achternagelopen door enorme mensenmenigten, die zich rondom hem verdrongen bij zijn Bergrede, vijfduizend vissen en vierduizend broden kregen en Hem ter verwelkoming hadden toegezwaaid met palmbladeren bij Zijn intocht in Jeruzalem, maar in de latere hoofdstukken was het motief veranderd in persoonlijk afscheid, eenzame pijn en verdriet. Het Laatste Avondmaal, verstolen en macaber. Petrus alleen met zijn loocheningen. Judas die wegliep om zich op te hangen. Jezus die zich verlaten voelde aan het kruis. Maria Magdalena huilend bij het graf. De menigten hadden zich opgelost en alles was voorbij. De ergste momenten in de menselijke geschiedenis hadden zich in een moordend tempo afgespeeld, en nu was het gewoon een zondagochtend in Judea, de eerste dag van de joodse week, een ochtend in de lente met de geur van lente in de lucht. Zelfs de waarheid die op deze ochtend werd onthuld, die van Jezus' goddelijke natuur en opstanding, was in haar transcendentie afgezonderd van de menselijke praktijk en daarmee niet minder melancholiek. Voor Russ was de lente eerder het jaargetij van verlies dan van vreugde.

In de herentoiletten op de begane grond, nog voor hij Perry's voeten onder de halve deur van de wc zag, meende hij de klamme benauwdheid op te snuiven van een puberjongen met angst voor ontdekking.

'Perry?'

De stem in de wc klonk gedempt. 'Ja, pap, ogenblikje.'

'Ben je niet lekker?'

'Kom eraan, kom eraan.'

'Er zitten honderdveertig mensen op je te wachten.'

Op de rand van de wasbak zag hij het metalen brilletje dat Perry onlangs voorgeschreven had gekregen voor astigmatisme. Het montuur was het duurste en teerste dat Marion hem had kunnen laten uitkiezen, en hij had het inderdaad al kapot weten te maken. De beschadigde brug was omwonden met fijn ijzerdraad.

Er werd doorgetrokken, Perry smeet de deur open en liep naar de wasbak om water op zijn gezicht te spatten. Zijn corduroy broek hing ondanks de riem halverwege zijn heupen. Hij had nauwelijks nog billen, was onthutsend veel gewicht verloren.

'Wat is er met je aan de hand?' vroeg Russ.

Perry gaf een ruk aan de papierdispenser en scheurde een veel te lang vel af. 'Sorry voor het oponthoud. Alles is oké. Pico bello.'

'Je oogt niet pico bello.'

'Beetje zenuwen voor de lange reis. Aanvalletje van je-weet-wel.'

Maar er hing geen geur van diarree in het toilet.

'Ben je weer drugs aan het gebruiken?'

'Nee, hoor. Ziezo, klaar voor vertrek.'

Russ greep hem bij zijn benige schouders. 'Als je drugs gebruikt, kan ik je niet op de bus laten stappen.'

'Drugs, drugs, wat voor drugs dan?'

'Weet ik niet.'

'Nou, zie je wel. Geen drugs.'

'Kijk me eens aan.'

Perry keek naar hem op. Zijn gezicht was vlekkerig en er liep een straaltje helder snot uit zijn neus. 'Pap, ik zweer het, ik ben zo clean als wat.'

'Je maakt geen cleane indruk.'

'Zo clean als wat, en ik vraag me eerlijk gezegd af waarom je dit allemaal zegt.'

'David Goya maakt zich zorgen om je.'

'David Goya moet zich zorgen maken om zijn weedgebruik. Ik wil niet te veel zeggen, maar het lijkt me denkbaar dat het doorzoeken van zijn bagage een onaangename verrassing oplevert.' Perry hield zijn ransel naar hem op. 'Kijk gerust, hoor. Fouilleren mag ook, en als het je niet verlegen maakt, wil ik ook mijn broek wel laten zakken.'

Er kwam een zurige schimmelgeur van hem af. Russ had hem nog nooit zo afstotend gevonden, maar het ontbrak hem aan hard bewijs om hem terug te sturen naar Marion. De tijd ging snel en Perry was nu zijn verantwoordelijkheid. Die had hij zelf op zich genomen.

'Ik wil je bij mij in Kitsillie. Je kunt Becky's plaats innemen.'

Perry proestte het uit van de lach.

'Wat?' zei Russ.

'Valt er íets te bedenken wat we geen van beiden minder willen?'

'Ik vind je er slecht uitzien.'

'Ik probeer je te helpen, pap. Wil je niet dat ik je help?'

'Wat bedoel je daarmee?'

'Ik bemoei me niet met jouw zaken als jij je niet met de mijne bemoeit.'

'Jouw gezondheid ís mijn zaak.'

'Nou, dan krijg je het daar wel héél erg druk,' grinnikte Perry. 'God, wat krijg je het dan druk daar.' Hij hing zijn ransel over zijn schouder en veegde zijn neus af.

'Perry, luister naar me.'

'Ik ga niet naar Kitsillie. Jij jouw besognes, ik de mijne.'

'Je slaat wartaal uit.'

'Vind je? Dacht je nu werkelijk dat ik niet doorheb waarom je opeens mee wilde op deze trip? Dat zou lachwekkend zijn, hoor, als je dacht dat niemand dat doorhad. En oké, om met Jimi Hendrix te spreken, ze is een regelrechte *fox*. En dan bedoel ik niet de formule voor een onwaarschijnlijk oxyfluoridezout van xenon. Overigens zal het je verbazen dat er onder laboratoriumomstandigheden wel degelijk dergelijke zouten zijn gecreëerd, ondanks de volle buitenste elektronenschil van xenon, maar laat ik het niet te technisch maken. Ik begon slechts over scheikunde om te zeggen dat ik het daar niet over had, al zul je willen onderschrijven dat het een wonderlijk feit is dat het chemisch inert geachte xenon een verbinding kan aangaan met het fluoratoom. Petje af voor het oxiderende vermogen daarvan, vind je ook niet?'

Perry glimlachte naar Russ alsof hij dacht dat die een touw aan zijn geraaskal kon vastknopen.

'Kalmeer eens een beetje,' zei Russ. 'Ik betwijfel of we je wel moeten meenemen in deze toestand.'

'Waar ik het over heb is een valentie van nul, pap. Maar goed, misschien moeten we, gezien ons verschil in opleiding, eerst de vraag aan de orde stellen of jij wel weet wat het begrip valentie inhoudt.'

Russ hief zijn handen in onmacht.

'Nee? Tja, dat dacht ik ook al.'

In de gang buiten het toilet hoorden ze Kevin Perry's naam roepen.

'Kom eraan!' riep Perry opgewekt. En voor Russ hem kon tegenhouden, was hij de deur uit.

Een blik in de spiegel boven de wasbak toonde hem tot zijn grote tegenzin een vader, met vaderlijke verantwoordelijkheden. Hij kon zich niets lievers wensen dan niet te maken te hebben met zijn zoon. De gedachte dat hij Perry en zijn schimmelstank ook aan de goede zorgen van Kevin kon overlaten, verwekte een warme gloed in zijn kruis. Deze warmte, die ook te maken had met Frances, maakte hem duidelijk dat het een kwaadaardige gedachte was. Maar ieder ander scenario dat zich aan hem voordeed (Ambrose erin betrekken, Marion bellen en haar met Perry opzadelen, Perry met fysieke dwang uit de bus verwijderen, zelf de reis laten schieten of Perry tegen zijn wil met zich mee sleuren naar Kitsillie) leek slechter dan het vorige. Om te beginnen zouden al deze opties voor een enorm oponthoud zorgen, en Frances wachtte op hem in de bus. Haar te hebben, al was het maar eenmalig, leek iedere prijs waard die God hem later zou laten betalen.

Nadat Jezus naar zijn vrienden was teruggekeerd, met hen had ontbeten en zich door hen had laten aanraken, was Hij ten hemel opgestegen en nooit meer in lichamelijke vorm op aarde geweest. Hierop ontstond, zoals verteld in Handelingen, een radicale tegencultuur. De eerste christenen hadden *alles* gemeen (verkochten hun bezittingen en deelden wat ze nog overhadden) en waren eensgezind en strijdbaar in hun missie. Ze lieten geen kans onbenut om de farizeeërs aan hun aandeel in de kruisiging van Christus te herinneren. Hun eigen leiders werden vervolgd en waren altijd op de vlucht, maar hun rangen bleven aangroeien. Dit werd ongetwijfeld bevorderd door het feit dat Petrus en Paulus wonderen konden verrichten, maar wezenlijker was de ingeving van Petrus om zijn predikingen uit te breiden naar de niet-joden. Van een vuur dat ontbrand was in de joodse gemeenschap, waarbinnen het wellicht onder controle had kunnen worden gehouden, sloegen vonken over naar het Romeinse Rijk. Paulus, aanvankelijk een van de fanatiekste vervolgers van Jezus' volgelingen, die op de mantels van zijn kompanen had gepast toen die Stefanus stenigden, werd de onvermoeibaarste stokebrand van allemaal. Het laatste wat in Handelingen over hem wordt verteld, is dat hij helemaal in Rome was beland en onbedreigd in een gehuurd huis woonde. Onbedreigd, maar nog steeds een buitenstaander, een opstandeling.

Wat de nieuwe religie zo aansprekend maakte was haar paradoxale omkering van de menselijke natuur: de verheerlijking van armoede en het verwerpen van aardse macht. Maar een religie op basis van een paradox kan niet anders dan instabiel zijn. Toen de oude religies waren overwonnen en uitgebannen, veranderden de opstandelingen in de nieuwe farizeeërs. Ze vestigden de Heilige Roomse Kerk en begonnen hun eigen vervolgingen, vielen ten prooi aan zelfgenoegzaamheid en corruptie, en pleegden verraad aan de geest van het ware christendom. Wars als die geest is van macht, trok hij zich terug en ging over tot het voeren van oppositie – eerst met de milde afwijzingen door Sint Franciscus, later met de gewelddadige rebellie van de Reformatie. Het ware christelijke geloof heeft altijd randen van vuur.

En niemand begreep dit beter dan de wederdopers. Zij begonnen als protestbeweging tegen de Reformatie in noordelijk Europa, die het gebruik had gehandhaafd van de doop van pasgeboren kinderen. De wederdopers kozen het beginsel van een vrijwillige, bewuste keuze voor de doop als volwassene. Het boek Handelingen, over de vroegste christenen, van wie sommigen Jezus nog persoonlijk hadden gekend, wemelde van verhalen over heidenen die het licht zagen en om de doop vroegen. De wederdopers waren radicaal in de striktst mogelijke zin, keerden terug naar de oudste wortels van hun geloof, werden navenant gevreesd door reformatorische leiders als Zwingli en in de eerste helft van de zestiende eeuw onbarmhartig vervolgd – verbannen, gemarteld, omgebracht op de brandstapel. Met geen ander gevolg dan dat de overlevende wederdopers hun radicalisme alleen maar bevestigd zagen. In de Bijbel heet het immers dat het leven als christen samengaat met vervolging.

Vier eeuwen later, toen Russ een kleine jongen was, werden er nog levendige herinneringen bewaard aan het martelaarschap van de wederdopers.

De verhalen over Felix Manz, Michael Sattler en anderen, vermoord om hun overtuigingen, maakten deel uit van de groepsidentiteit van zijn doopsgezinde ouders. Doopsgezinden vormden een aparte groep in de agrarische regio rond Lesser Hebron in Indiana. Het Koninkrijk der Hemelen zou nooit de wereld omvatten, maar kon op kleine schaal worden benaderd in plattelandsgemeenschappen die er een zelfvoorzienend bestaan op na hielden, in strenge overeenstemming met het Woord leefden en zich nadrukkelijk distantieerden van de reguliere maatschappij. De doopsgezinden, ook wel mennonieten geheten (naar de Fries Menno de Wit, die zich in 1540 als katholiek priester tot de doperse beweging had bekeerd), verkozen het de 'geruislozen in het land' te zijn. Streven naar meer stond gelijk aan het riskeren van alles.

De wederdopers van Lesser Hebron waren niet strikt van de Oude Orde; ze gebruikten landbouwmachines, de mannen gingen gewoon gekleed en ze waren niet zo communistisch als de hutterieten (vernoemd naar de Tiroler Jacob Hutter, die in 1536 op de brandstapel was beland), maar Russ vernam als jongetje weinig van de buitenwereld en wist nauwelijks wat geld was. Op zijn twaalfde werkte hij een lange onbetaalde zomer voor Fritz en Susanna Niedermayer, een echtpaar dat hun zoon aan de griep was kwijtgeraakt. Hij molk hun koeien en schepte hun mest in de zekerheid dat de Niedermayers hetzelfde voor de Hildebrandts zouden hebben gedaan als de situatie omgekeerd was geweest. Zijn oudere zusters waren soms maandenlang van huis om gezinnen met pasgeboren kinderen bij te staan, wat dan voor Russ extra werk inhield op de kleine boerderij die het eigendom was van zijn moeder. Ze hadden een paar koeien, een grote moestuin en een nog grotere boomgaard, plus nog vier hectare aan akkers voor de verbouw van gewassen die een beetje geld moesten opleveren.

Zoals zijn vader voor hem, was de vader van Russ de predikant van een kerk in Lesser Hebron. Anders dan de andere mannen in de gemeenschap droeg hij een lange, kraagloze jas met een knoop bij de hals. In de salon van het huis dat de familie in het stadje bewoonde stond een kast met geboorte- en huwelijksregisters, de notulen van wederdoops beraad uit roeriger tijden, en stambomen die teruggingen tot Europa. Er zat altijd wel een groepje mannen in de salon, voor overleg met zijn vader onder het dankbare genot van de zelfgebakken appeltaartpunten van zijn moeder. Er leken geen grenzen te zijn aan de onverstoorbaarheid waarmee ze vasthielden aan hun apartheid en onbuigzame getrouwheid aan het Woord. Een meningsverschil tussen buren of een dispuut over een miniem onderdeel van de geloofspraktijk kon hen wekenlang bezighouden tot zijn vader alle partijen tot overeenstemming wist te brengen.

Gezegend zijn de vredestichters. Russ was trots op zijn vader, maar bang voor zijn ernst, zijn intimiderende jas en de sombere mannenstemmen in de salon. Hij gaf de voorkeur aan de keuken, waar hij zich dichter bij God voelde. Zijn moeder werkte veertien tot zestien uur per dag, vredig in haar stemmige jurk en getooid met een hoofdkapje. Volgens de Schrift was het aards bestaan maar een vluchtig moment, maar dat moment strekte zich weldadig lang uit als hij bij haar in de keuken was. Terwijl ze met oprechte aandacht naar zijn verhalen over school of de boerderij luisterde, en altijd de juiste en verhelderende vragen stelde, rolde ze het deeg voor een nieuwe taartkorst, boorde en sneed appels, schoof het geheel de oven in en ging zonder pauze of haast over tot haar volgende huishoudelijke taak. Ze liet het leven naar Gods woord er even moeiteloos als bevredigend uitzien. Russ gruwde bij de gedachte dat zo'n vroom en zachtaardig mens als zijn moeder vier eeuwen geleden zomaar ter dood had kunnen worden gebracht. Het vervulde hem met een diep medelijden met de martelaren.

Zijn andere favoriete plek was de smederij van zijn moeders vader, opa Clement, wiens werk onder meer de reparatie van automobielen en tractoren inhield. Clement leerde Russ hoe je een roodgloeiend hoefijzer kon beetpakken met een tang, hoe je met een blikschaar deegsnijders kon knippen (het kerstcadeau dat hij in 1936 voor zijn moeder maakte), hoe je een carburateur moest herstellen, hoe je een gedeukt wiel kon uitkloppen met een hamer en daarna de ronding kon controleren met een driepuntsmeter. Clements vrouw was voor Russ' geboorte overleden, en hoewel hij er dezelfde contemplatieve manier van werken op na hield als zijn dochter, dezelfde helderheid van geest en aanvaarding van de dingen in het leven, had zijn eenzaamheid hem wat excentriek gemaakt. Hij was geabonneerd op de *Saturday Evening Post*, was slordig met scheren en baden, en vergat soms om samen met zijn broeders en zusters te bidden. Aan het eind van een middag waarop Russ hem had geassisteerd in zijn smidse, stak hij altijd zijn beroete hand in de zak van zijn gestreepte overall, hield Russ een handvol kleingeld voor en liet hem er een zilverkleurige munt uit vissen. Zelfs als tiener was Russ al te vroom om dat geld alleen aan zichzelf te besteden. Het was ondenkbaar dat hij niet ook iets voor zijn moeder kocht, een pakje gemberkoekjes bijvoorbeeld, of een flesje pepermuntolie.

Behalve in het afdragen van belastingen, zoals Jezus zijn volgers had geadviseerd, was de gemeente bedaard maar onwrikbaar antioverheid. Ze schoolden hun kinderen in eigen kring, vermeden stemlokalen en gerechtshoven, en weigerden op de Bijbel te zweren wanneer ze als getuigen werden opgeroepen. Zwaartepunt van hun identiteit was hun pacifisme, want op weinig punten was het evangelie duidelijker dan op de onverenigbaarheid van liefde met geweld. Als predikant van de gemeenschap was Russ' grootvader van vaderskant in 1917 van leer getrokken tegen de woede en vooroordelen van niet-doopsgezinde boeren (stenen door de ruiten van de doopsgezinde 'Kaiserminnaars', een schuur beklad met lelijke woorden), maar ook tegen de families binnen de gemeenschap die hun zoon de oorlog lieten ingaan. Twee van de families hadden de gemeenschap uiteindelijk verlaten.

Russ was zeventien toen het land zich in de Tweede Wereldoorlog mengde. Hij had zich toen al gewetensbezwaard hebben moeten verklaren als de voorzitter van de plaatselijke dienstplichtcommissie niet op de boerderij naast die van de Niedermayers was opgegroeid. Cal Sanborn had sympathie en bewondering voor de doopsgezinden en deed alles wat hij kon om hun zonen buiten de oorlog te houden. In 1944 bevond Russ zich daarom onder de laatsten die alsnog werden opgeroepen, en op een moment dat hij al vijf semesters aan Goshen College had afgerond. Ook had hij intussen zijn eerste geloofscrisis doorgemaakt, zij het dat die niet zijn geloof in Jezus Christus had betroffen, maar dat in zijn ouders.

Hij genoot van de lessen die hij op Goshen volgde, maar hij had er maar één goede studievriend, ook de zoon van een predikant. Met zijn lange lijf en de ernst die hij van zijn vader had geërfd voelde hij zich ongemakkelijk in de omgang met de aardsere en sportievere jongens, met name als het gesprek over meisjes ging. Zijn vader had gezegd dat er meisjes op het college zouden zijn, en dat hij niet hoefde terug te deinzen voor vriendschappelijke contacten met hen, maar Russ kon niet naar een meisje kijken zonder aan zijn moeder te denken. Zelfs het beantwoorden van een vriendelijke glimlach kwam voor hem neer op het bezoedelen van degene die hij meer dan wie ook liefhad en bewonderde. Het maakte hem letterlijk onpasselijk. De remedie was tien tot twintig kilometer te gaan lopen in het landschap rond het college, tot zijn lichaam moe was en zijn geest ontvankelijk voor de Genade.

In het derde trimester studeerde hij Europese geschiedenis, en hij was benieuwd naar wat opa Clement, die oog had voor de wereld, over de oorlog had te zeggen. De smidse, met zijn blaasbalgen en potkachel, was rond kerst extra knus. Russ kende onderhand ieder stuk gereedschap, en alles wat hij er zag riep wel een herinnering op aan ontspannen middagen vol stilzwijgende liefde. Ook kreeg hij met iedere kerst zo'n stuk gereedschap als cadeau, een hamer of een ijzerzaag, een handboor, een set beitels. Hij voelde zich bezwaard om hoe weinig hij daarvan gebruikmaakte, maar zijn opa verzekerde hem dat ze ooit van pas zouden komen. Russ' ervaringen met de Genade leken voortekenen van een toekomst als predikant, net als zijn vader, en het enige gereedschap waarmee zijn vader enige handigheid etaleerde was zijn briefopener, maar Russ stelde zich voor dat hij ooit, na een gezin te hebben gesticht, houtbewerking zou opvatten als hobby, zijn eigen beetje excentriciteit.

Lesser Hebron lag onder een dikke laag sneeuw toen hij na dat vijfde semester thuiskwam van het college. Zijn vader nam hem mee naar de salon, sloot de deur en zei dat opa Clement niet zou aanzitten bij de kerstdis, en dat Russ ook niet bij hem op bezoek mocht. 'Clement is een dronkenlap en een overspelige,' legde zijn vader uit. 'We zijn voornemens hem te negeren tot hij tot inkeer komt.'

Diep geschokt zocht Rus zijn moeder op voor een uitgebreidere uitleg en toestemming om haar vader te mogen bezoeken. Die uitleg kreeg hij. Opa Clement had het aangelegd met een ongetrouwde schooljuffrouw, een vrouw van amper boven de dertig, en hij had whiskey zitten drinken toen zijn broeders langskwamen om hem tot rede te brengen. Toestemming voor een bezoek gaf ze Russ niet. Hoewel hun gemeenschap er geen strikte verstoting van zondaars op na hield, gold volgens zijn moeder een hogere norm voor de familie van een predikant, en daar behoorde Russ ook toe.

'Maar het is opa! Ik kan toch niet thuiskomen voor kerst en dan opa niet zien?'

'We bidden allemaal dat hij tot inkeer komt en berouw toont,' zei zijn moeder. 'Dan kunnen we weer allemaal samen zijn.'

Haar kalmte stemde overeen met het primaat van Christus in haar leven, waaraan al het andere ondergeschikt was. Het gebod om uw vader en uw moeder te eren kwam uit het Oude Testament. In het Nieuwe Testament werd de terugkeer van een zondaar in familiekring luid bejubeld, maar eerst dan nadat hij tot inkeer was gekomen. Of het je eigen ouder betrof deed er niet toe – als uw oog u hindert, ruk het uit. Zijn moeder was niet hardvochtig, maar simpelweg zo radicaal als het Woord zelf.

Op kerstochtend vond Russ een kleine kist van wit eikenhout op hun besneeuwde veranda, ter grootte van een lijkkist voor een kind. Het hout was geurig en perfect geschuurd, het koperen sluitwerk handgemaakt. Er lag een briefje in. *Voor Russell met kerst. Volgens mij heb je genoeg gereedschap om deze kist te vullen. Liefs van Opa.*

Russ droeg de kist huilend naar binnen. En huilde later op de ochtend opnieuw toen zijn vader hem gebood een bijl te nemen en het ding tot brandhout te hakken.

'Nee,' zei hij, 'dat is verspilling. Iemand anders kan het vast goed gebruiken.'

'Je zult doen wat ik zeg,' zei zijn vader. 'En ik wil dat je in het vuur kijkt als het brandt.'

'Dat lijkt me nu ook weer niet nodig,' suste zijn moeder. 'Laten we het voor nu maar opbergen. Mijn vader kan nog tot inkeer komen.'

'Dat doet hij heus niet,' zei zijn vader. 'Niets op deze wereld is zeker, maar ik ken die man beter dan jij. Russell heeft me te gehoorzamen.'

'Nee,' zei Russ.

'Gehoorzaam! Ga een bijl pakken.'

Russ trok zijn overjas aan, nam de kist mee naar buiten alsof hij ging doen wat zijn vader hem had opgedragen, en droeg zijn geschenk door de straten van Lesser Hebron. Omdat hij zijn grootvader liefhad, en liefde de kern van het evangelie vormde, voelde het niet eens als een rebelse daad. Wat hij wel voelde was dat zijn ouders het op de een of andere wijze verkeerd zagen.

De smidse was gesloten, met de luiken voor de ramen. Er kwam rook uit de schoorsteen van het woongedeelte erachter. Nog meer dan zijn vaders toorn vreesde Russ de mogelijkheid dat hij zijn grootvader met een snol zou aantreffen, maar Clement bleek alleen thuis, stond in zijn keukentje koffie te zetten op zijn houtfornuis. Hij zag eruit als herboren. Gladgeschoren, zijn haar geknipt en zijn nagels schoon. Russ vertelde wat zich had afgespeeld.

'Ik heb er vrede mee,' zei Clement. 'Ik verloor je moeder al op de dag dat ze trouwde, en dat is zoals het moet zijn. Niets meer of minder dan de Schrift van ons vraagt.'

'Ze bidt voor u. Ze wil dat u tot... inkeer komt.'

'Dat duid ik haar niet euvel. Je vader wel, maar haar niet. Ze is godvruchtiger dan wie dan ook onder ons. Als Estelle zich zou laten wederdopen en met me trouwde, weet ik zeker dat je moeder haar zou accepteren. Maar het duurt niet lang meer of ik ben een ziekelijke oude man. Ik wil Estelle niet laten denken dat ze me dan moet verzorgen. Het is weldadig genoeg om haar nu te hebben.'

Het werkwoord 'hebben' in combinatie met de naam Estelle, de vleselijkheid die dat suggereerde, maakte Russ onpasselijk.

'Als God me niet kan vergeven,' zei opa Clement, 'dan zij dat zo. Maar zou jouw vader als enige weten wat God wel en niet vergeeft? Ik ben met Estelle naar de lutherse kerk in Dobsville geweest. Goede mensen, heel christelijk. Kijk, het spreekwoord zegt dat er meer wegen naar Rome leiden. En nu ben ik nooit naar Rome geweest, maar ik heb wel rondgereisd, en ik kan je melden dat het klopt, er zijn altijd meerdere wegen.'

Russ liet de mooie kist bij Clement achter, ging weer naar huis en vertelde zijn moeder wat hij had gedaan. Ze kuste hem op zijn voorhoofd en vergaf hem, maar zijn vader deed dat niet en zou het ook nooit doen, omdat Russ het gewaagd had zijn eigen keuze te maken. Later, toen hij voor zijn vervangende diensttijd naar Arizona ging en er persoonlijk achter kwam dat een mens inderdaad meerdere wegen kan afleggen, noemde hij dat alleen in brieven aan zijn grootvader.

Het kamp voor vervangende dienstplicht lag in het nationale bos buiten Flagstaff, op de plek waar vroeger een voormalig kamp van het Calvinist Cadet Corps was geweest. Het stond onder bestuur van het American Friends Service Committee, maar ruim een derde van de werkers waren geloofsgenoten van Russ. Na een paar maanden kuilen graven, picknicktafels timmeren en bomen planten vroeg de kampdirecteur hem of hij overweg kon met een schrijfmachine. Hoewel nog maar twintig, was hij een van de oudste werkers én hij had vijf universitaire semesters achter de rug. De directeur, George Ginchy, zette hem in de voorkamer van zijn kantoor achter een kolossale Remington met toetsen die vergeeld waren tot de kleur van mosterd. Ginchy was zelf een quaker uit Pennsylvania, maar ook een voormalig universitair footballcoach en hopman. Hij hield er in zijn kamp een hoornblazer op na die elke dag begon met een reveille en eindigde met een taptoe, plus een kok die hij de officiële titel van kwartiermeester had gegeven, en in de persoon van Russ had hij nu ook een adjudant. Ginchy was dol op militaire dingen, behoudens het doodschieten van mensen.

Op een ochtend in de lente van 1945 bescheen de opkomende zon een aftandse zwarte truck die voor het hoofdkwartier was geparkeerd. In de cabine daarvan hadden sinds de voorbije nacht vier met zwarte vilthoeden getooide Navajomannen kaarsrecht en zwijgend zitten wachten tot ze de kampdirecteur konden spreken. Ze waren stamoudsten uit Tuba City en kwamen een verzoek indienen. George Ginchy verwelkomde hen hartelijk, keek Russ aan met een blik die zei dat hij ook niet wist wat dit opeens was, en vroeg hem koffie te brengen. Toen Russ even later met een pot het kantoor binnenkwam, zag hij drie Navajo's met gevouwen armen tegen een muur staan, terwijl de vierde een ingelijste topografische kaart bekeek. Geen van hen sprak een woord.

Russ had nog nooit een indiaan gezien, en hij had zo weinig wereldse ervaring dat hij niet in staat was het gevoel in zijn hartstreek als liefde op het eerste gezicht te herkennen. Hij dacht dat de aanblik van de vier mannen hem zo ontroerde door hun hoge leeftijd. Maar als hem op dat moment was gevraagd hun leider te beschrijven, die een veterdas met een siersluiting van turkoois droeg onder een jas met een bontkraag die stijf stond van het vuil, had hij waarschijnlijk het woord 'prachtig' gebruikt.

Ginchy, zichtbaar verlegen met de situatie, vroeg: 'Welnu, heren, waarmee kan ik u van dienst zijn?'

Een van hem mompelde iets in een onverstaanbare taal, waarop de leider met een wedervraag kwam: 'Wat doen jullie hier?'

'Wij, eh... dit is een werkkamp voor mannen met gewetensbezwaren tegen de oorlog.'

'Ja. Wat doen jullie hier?'

'Wat we precies doen? Van alles wat, eerlijk gezegd. Maar het komt erop neer dat we het nationale bos verbeteren.'

Dit leek de Navajo's te amuseren. Er werd gegrinnikt, er werden blikken van verstandhouding gewisseld. De leider knikte naar de dennen buiten het raam en zei: 'Het is een bos.'

'Ja, ah ja, maar ook land met vele functies,' zei Ginchy. 'Ik geloof zelfs dat dat het motto is van de Forest Service. Er wordt hout gekapt, gejaagd, gevist, afgewaterd, noem maar op. Wij zijn hier om de basis van dat alles te verbeteren. Tja, ik neem aan dat iemand uit deze streek de juiste mensen in Washington kende.'

Er viel een stilte. Russ liep met een mok koffie naar de leider, die een brede zilveren ring om zijn duim droeg, en vroeg of hij er suiker in wilde.

'Ja. Vijf scheppen.'

Toen Russ weer terugkwam uit de voorkamer, was de leider de reden van zijn komst aan het uitleggen. De federale overheid had ervoor gezorgd dat de Navajo's waren verarmd door hun een inkrimping van hun veestapel op te leggen, koeien zowel als schapen en paarden, en door stelselmatig de kant van de Hopi's te kiezen bij hun geschillen over grondgebied. En nu had de overheid het land in een oorlog verwikkeld waaraan de Navajo's hun zonen afstonden, terwijl de omstandigheden in het reservaat slechter en slechter werden. Vruchtbaar land verweerde, de resterende veestapel was met omheiningen afgeschermd van goede weidegrond, en er waren te weinig handen om noodzakelijk onderhoudswerk en herstel te verrichten.

'Oorlog is voor iedereen slecht,' gaf Ginchy grif toe.

'Jullie zijn de federale overheid. Jullie zetten sterke jonge mannen in die niet willen vechten. Waarom een bos helpen dat geen hulp nodig heeft?'

'Ik begrijp wat u zegt, maar ik moet u erop wijzen dat ik niet de federale overheid ben.'

'Stuur ons vijftig man. Jullie zorgen voor eten, wij zorgen voor onderdak.'

'Tja, dat is... we hebben bepaalde procedures hier. De mannen in dit kamp dienen op appèl te verschijnen, en meer van die plichtplegingen. Als ik mannen naar uw reservaat stuur, zijn ze weg uit *mijn* reservaat, als u begrijpt wat ik bedoel.'

'Kom dan mee. Verplaats uw kamp. Hier is geen werk te doen.'

'Helaas heb ik daar de bevoegdheid niet toe. En als ik om die bevoegdheid verzocht, zou de overheid zich herinneren dat ik hier zit, en ik heb liever niet dat ze zich dat herinneren.'

'Ze vergeten het wel weer opnieuw,' zei de leider.

Al in deze eerste minuten dat hij ze meemaakte hielp Russ' liefde voor deze mannen hem begrijpen dat ze alleen maar anders waren dan blanken, niet minder. Bij al zijn latere contacten waren ze onveranderlijk kort en bondig over wat ze wilden. Ze zeiden geen dankjewel, ze gaven niets om conventies of gezag. Alles waar blanken zich druk om maakten, was voor hen betekenisloos. Blanken schreven de moeizame omgang met hen toe aan koppigheid en domheid, maar Russ zag die ochtend niets doms aan deze mannen. Het greep hem aan dat ze helemaal uit Tuba City waren gekomen, een rit van meerdere uren, en daarna nog urenlang in een steenkoude truck hadden gezeten voor wat zij een zinnige gedachte vonden. Het greep hem aan dat ze met lege handen terug moesten keren, in een toestand van, ja van wat... teleurstelling? Boosheid op de overheid? Gêne om hun eigen naïviteit? Of gewoon stomme verbazing? Russ was dertien geweest toen zijn dierbare hond Skipper een ziekte kreeg die volgens zijn moeder kanker heette. De pijn en aftakeling van het dier bereikten al snel het punt waarop zijn moeder hem zei een buurman te vragen de hond dood te schieten en te begraven. Het verdrietigste aan het afscheid was dat Skipper geen idee had wat ze met hem deden, en waarom. Deze Navajo-oudsten waren het tegendeel van onwetende dieren, maar dat maakte het des te navranter om zich hun onbegrip voor te stellen.

Toen de gesuikerde koffie op was, noteerde Ginchy de namen van de vier bezoekers en bood hun aan voedsel en kleren te sturen. Daar leek de leider, die Charlie Durochie heette, niet van onder de indruk, en een bedankje kwam er ook niet.

'Zo, dat was een rare,' zei Ginchy nadat ze waren vertrokken.

'Toch had hij wel gelijk,' zei Russ. 'Het werk dat we hier doen lijkt alleen maar verzonnen om ons bezig te houden.'

'Daar gaat een andere vent over. Ik moet behoedzaam opereren, vergis je niet. Roosevelt had deze kampen eigenlijk onder het leger willen laten vallen.'

'Maar we horen ons hier nuttig te maken, niet picknicktafels te timmeren.'

'Waar ik me nuttig mee maak, is mannen uit de oorlog houden. Als daar picknicktafels voor moeten worden getimmerd...'

Russ vroeg hem toestemming om de beloofde voorraden in Tuba City af te leveren.

'Ze leken niet erg happig op onze liefdadigheid.'

'Maar ze zeiden ook geen nee.'

'Je hebt een klein hartje, jongen.'

'U ook, sir.'

De volgende ochtend vertrok Russ in noordelijke richting naar Tuba City in een truck die bestuurd werd door de assistent-kwartiermeester en was volgeladen met bloem, rijst, bonen en werkkleding die na de Depressie in het kamp was achtergelaten. Hij stelde zich in zijn onschuld een indianenreservaat voor met wigwams en blokhutten, paarden vastgebonden aan hoge bomen, heldere beekjes die langs bemoste keien stroomden. Die keien zag hij letterlijk voor zich. De dorre armzaligheid van het landschap dat ze voorbij Route 66 aantroffen had hij zich onmogelijk kunnen voorstellen. Stof in de lucht, stof op elke steen. In de verte tekenden zich levenloze heuvels af. De eenzame Navajohutten op de vlakte leken eerder vuilhopen dan onderkomens. De nederzettingen bestonden uit huizen van ongeschilderd grijs hout, adobehutten zonder dak en met gaten in de muren, zanderige veldjes vol roestige blikken en kapotte dakpannen. Enkele kinderen met zwart haar en ronde gezichtjes zwaaiden aarzelend naar de truck. Alle anderen (oude vrouwtjes met broeken onder hun rok, oude mannen met ingevallen monden, jongere vrouwen die eruitzagen alsof ze met een gebroken hart waren geboren) wendden hun blik af.

Tuba City was een echt stadje, met lommer van katoenbomen, maar niet minder armoedig. Russ zag nu pas dat het hooglandbos van zijn kamp niet wezenlijk van Lesser Hebron verschilde: paradijselijk, zeker in vergelijking hiermee. De stromen en beken waren er vol, het bos had een weelderig

ders in een leren hemd, en een paardenstaart die nog geen enkele grijze haar bevatte. Hij leek een jaar of vijftien ouder dan Russ, maar dat viel moeilijk in te schatten met indianengezichten.

'Keith is de zoon van mijn broer,' zei Charlie Durochie.

In een canvastas achter in zijn eigen truck vond Russ een langere sleutel. Keith pakte die van hem aan alsof hij niets anders had verwacht. Russ vroeg Charlie waar ze de voorraden naartoe moesten brengen.

'Hier.'

'Gewoon hier, op de grond?'

Ja, blijkbaar. Tegen de tijd dat Russ en zijn metgezel alle zakken en de twee balen kleding hadden uitgeladen, was Charlie weggelopen. Het kleine meisje zat nu in het zand te kijken naar hoe Keith op een stuurarm hamerde.

'Hoe heet jij?' vroeg Russ haar.

Ze keek weifelend naar Keith, die ophield met hameren. 'Haar naam is Stella.'

'Aangename kennismaking, Stella.' En tegen Keith: 'Hou die sleutel maar, hoor.'

'Oké.'

'Ik wou dat we meer voor jullie konden doen.'

Keith tuurde langs de stuurarm om de rechtheid te beoordelen. Op dat moment had hij al de aanwezigheid die hem later van pas zou komen als stamvertegenwoordiger, een rustgevende en aanraakbare uitstraling. Russ kon zijn ogen niet van hem afhouden. De assistent-kwartiermeester was alweer in de truck gestapt en zat met zijn vingers op het stuurwiel te trommelen. Het aparte aan het zwijgen van een Navajo was dat je het gevoel kreeg dat het de hele dag kon aanhouden.

'Als wij hier nu eens met een werkploeg naartoe kwamen?' vroeg Russ. 'Wat zouden we dan kunnen doen?'

'Ik zei tegen mijn oom dat hij zich niet met jullie moest inlaten. Het enige wat hij eraan heeft overgehouden, is een kapotte truck.'

'Maar ik wil graag helpen, hoor.'

'Mijn oom denkt nog in een andere tijd. Ik probeer hem de nieuwe les te leren, maar hij wil niet luisteren.'

'Wat is de nieuwe les?'

'Jullie hulp is erger dan geen hulp.'

'Maar als ik hier nu met een vakkundige ploeg kwam, wat voor werk zouden we dan kunnen verwachten?'

'Ga naar huis, Lange Sleutel. We willen je hulp niet.'

Toen Russ twee maanden later naar het reservaat terugkeerde, bleef Keith Durochie hem Lange Sleutel noemen, wat misschien op zijn lange gestalte sloeg, maar waarschijnlijk meer te maken had met zijn idee dat hij alles beter wist. Het was traditie om iemand een bijnaam te geven, maar dat wist hij nog niet toen hij die eerste dag weer vertrok. Hij voelde zich afgewezen door iemand van wie hij had gewild dat die hem aardig vond. In de weken die volgden bracht hij ieder uurtje verlof door in de bibliotheek van Flagstaff, waar hij alles las wat er over de Navajo's te vinden was. Ondanks hun weerspannigheid en diefachtigheid (op zeker moment waren ze zelfs massaal afgevoerd naar een gevangenkamp in New Mexico) hadden ze een uitgestrekt gebied toegewezen gekregen, dat ze volgens diverse auteurs, en in tegenstelling tot de vredelievende en arbeidzame Hopi's, lieten overbegrazen door kuddes paarden die te talrijk waren om praktisch nut te hebben. Voor de overheid van de Verenigde Staten vormden de Navajo's een probleem dat alleen krachtdadig kon worden opgelost. Voor Russ, die behekst was door hun prachtige gezichten, was er maar één ding dat moest worden opgelost, en dat was het mysterie dat ze vormden. Hij zou later hetzelfde gevoel krijgen bij Marion.

In juni, na de onvoorwaardelijke overgave van Duitsland, toen er in het kamp een feestelijke stemming heerste, roerde hij opnieuw de Navajokwestie aan bij Ginchy. 'We zouden daar moeten zijn, niet hier,' zei hij tegen de directeur. 'Als ik u het reservaat liet zien, zou u begrijpen waarom ik dat zeg.'

'Je wilt er weer naartoe,' zei Ginchy.

'Ja, sir. Heel graag.'

'Je bent een rare, Hildebrandt.'

'Hoezo?'

'Menigeen zou een moord plegen voor wat jij hebt. Mensen kwamen ooit vakantie vieren in dit bos.'

'Het voelt onjuist om op vakantie te zijn als anderen sterven.'

'Je voelt je niet gelukkig hier. Je vindt het niet fijn dat je mijn adjudant bent.'

'Ik voel me zonder meer bevoorrecht, sir. Maar ik zou liever iets betekenen voor mensen in nood.'

'Dat siert je. Maar ik vrees dat je nog een maand of twintig zult moeten wachten tot je diensttijd voorbij is.'

Russ' teleurstelling moest zichtbaar zijn geweest. Toen hij een uur later aan een rapport over kamphygiëne zat te werken, kwam Ginchy naar zijn bureau met een hanenpoterig briefje en vroeg hem het uit te typen op een vel met zijn briefhoofd. Bij het lezen van het gekrabbel kreeg Russ een gewaarwording alsof er warme siroop over zijn hoofd werd gegoten. Het bleek weer eens: liefde verricht wonderen; geen kracht op aarde was groter.

Aan wie het aanbelangt: ondergetekende is directeur van etc etc. Mijn assistent R.H. wenst de mogelijkheid te onderzoeken om arbeid te verrichten in het N reservaat. Graag zag ik hem alle medewerking krijgen die hij behoeft. Getekend etc etc.

'Het interesseert geen sterveling meer wat ik doe of laat,' zei Ginchy. 'Mijn enige zorg is jouw veiligheid. Je kunt de oude Willys-jeep nemen als je die aan de praat krijgt, maar ik wil wel dat je een kompaan meeneemt.'

Russ stond op redelijk goede voet met de mannen in zijn barak, maar Ginchy's voorkeursbehandeling had hem niet echt populair gemaakt, en zijn eigen ernst ook niet. In dat laatste opzicht verschilde het kamp niet van zijn college.

'Ik ga liever alleen, sir.'

'Dat is reuze indiaans van je, maar ik ben degene die op zijn vestje wordt gespuugd als je iets overkomt.'

'Twee mannen kan ook iets overkomen, sir.'

'Niet zo snel.'

'Ik heb geen kompaan nodig, sir. U kunt me vertrouwen.'

'Ook dat is weer op en top indiaans. Ik bied je een appel aan en je wilt de hele mand. En een bedankje, ho maar.'

'Dank u hartelijk, sir.'

'Ik verwacht uiteraard wel een uitvoerig rapport.'

Russ repareerde de jeep en pakte een rugzak voor zijn missie, met een bedrol, wat schone kleren, zijn bijbel, een aantekenboek, twintig dollar opgespaarde soldij, een veldfles, een paar rollen toiletpapier en een doos proviand. Hij was zo verdwaasd door zijn geluk dat hij op de ochtend van 20 juni al halverwege het bos was toen het pas bij hem opkwam bang te worden. Hij kon beroofd worden of afgetuigd. De jeep kon in een greppel belanden. Toen hij Tuba City bereikte had hij overal spierpijn van de inspanning om de jeep op de weg te houden. Zijn hemd was doorweekt geraakt in de junihitte.

Noch Charlie Durochie, noch zijn truck was bij het kleine huisje. Russ reed stapvoets door de straten tot hij een vrouw vond die Engels sprak, die hem vertelde dat Charlie weg was voor de zomer, en Keith was met zijn vrouw bij haar familie op de Black Mesa. Ze knikte in een richting waar hij alleen maar stoffige leegte en de gloed van de zon zag, en geen tafelland. Hij kreeg er nu de angst bij dat zijn missie op een flop ging uitdraaien, omdat hij in het hele reservaat maar twee mannen kende die hij kon aanspreken. In de bloedhete Willys sloot hij zijn ogen en bad om kracht en bijstand. Waarna hij de richting op reed waarin de vrouw had geknikt.

De weg naar het tafelland was hier en daar nauwelijks begaanbaar, en het landschap dor en verlaten, maar toch bespikkeld met gebleekte koeienvlaaien. Russ kwam slechts een paar Navajomannen tegen. Een die een stok zat te bewerken in de schaduw van een rotsblok, en twee anderen die paarden drenkten bij een roestige windmolen, en ze leken alle drie aan te nemen dat een twintigjarige blanke slungel die op de mesa de Fallen Rocks-familie wilde bezoeken, zoals Keiths schoonouders kennelijk heetten, daar wel een goede reden voor zou hebben. Alle drie benadrukten ze in hun slechte Engels dat de afstand niet kort zou zijn.

Hij moest elk halfuur stoppen om zijn verkrampte handen los te wapperen. Toen de lucht afkoelde en de schaduwen langer werden, hield hij halt bij een vervallen kraal met een kraan waaruit water druppelde. Kleine vogeltjes, die spookachtig oogden in de schemering, deden zich tegoed aan het lekwater. Het water had een bittere smaak, maar zijn veldfles was leeg. Op de weg naar het tafelland had hij in zes uur tijd twee vrouwen op een motorfiets gezien, een jongen die met een hond een kudde schapen hoedde, een oude man in een vrachtwagen met rollen ijzerdraad in de laadbak, tal van vrij grazende paarden, en niets wat ook maar in de verte op een stadje leek. Hij at varkensvlees en bonen uit een blik dat nog warm was van de middaghitte. Bang als hij was voor schorpioenen sliep hij op de voorbank van de Willys. Hij miste George Ginchy. Door de voorruit zag hij een nachthemel bezaaid met sterren en galactische nevels, maar zijn heimwee naar het kamp was te intens om uit te stappen en het schouwspel te bewonderen.

In de koelte van de vroege ochtend reed hij heuvelopwaarts door een vlakte die begroeid was met jeneverbessen en pinyon-dennen. Langs de weg, op velden die te droog waren om weides te mogen heten, graasden schapen tussen de doornstruiken. De verlatenheid van het landschap had iets majesteitelijks. Paden vol geulen en groeven vertakten zich naar mysterieuze bestemmingen. Het gevoel van overal aanwezige maar verborgen levens. Hij reed vijfentwintig kilometer voordat hij weer iemand zag. En toen was het niet één mens maar wel honderd tegelijk.

Bij een kraal langs de weg waren kookvuren, paarden en wat oude trucks. Vrouwen en mannen van uiteenlopende ouderdom stonden en zaten rond een constructie van gebogen takken waaraan rode linten waren gebonden. Toen Russ stopte en een man op een paard wilde vragen waar hij de Fallen Rocks-mensen kon vinden, dreef er een geur van gebraden schapenvlees de Willys binnen. De man knikte in het verlengde van de weg.

'In het gemeenschapshuis. Volg de bedding maar.'

'Hoe ziet het gemeenschapshuis eruit?'

De man wikkelde een teugel om de zadelknop en negeerde hem verder.

Een eind verderop kwam Russ bij een bouwsel van modder en gespleten stammetjes naast een droge bedding. Het pad ernaast leek begaanbaar en hij volgde het een ondiepe canyon in, langs rotsblokken zo groot als hooibergen, gerust dat hij de goede kant op ging. In een zijcanyon, waarin de zon nog moest doordringen, kwam hij bij een kleine ranch met een huisje, een voorraadschuur, een kraal en een erf met kippen. Achter de schuur stond iets wat hij van illustraties herkende als een Navajohut, van hout en overdekt met aarde, waarnaast vrouwen aan het koken waren op een open vuur. Voor het huis zat de kleine Stella naar haar vader te kijken, die brandhout hakte. Bij het zien van Keith Durochie vloeide alle spanning van de lange rit uit Russ weg. Het was alsof hij thuiskwam.

Keith liep naar de jeep, schuchter gevolgd door Stella. 'Wat moet dat?'

'Ik ben er weer,' zei Russ.

'Waarvoor?'

'Ik was mijn moersleutel vergeten.'

Na een stil ogenblik glimlachte Keith. Hij nam Russ mee het huis in, dat twee kamers telde, waarvan een met een bed, en gaf hem gesuikerde koffie met een soort ongezoete donut. Toen Russ vertelde dat hij op feitenonderzoek was uitgestuurd, zei Keith dat dat zou moeten wachten – hij deed een zing. Hij liep weg en liet Russ achter, en dat zou niet voor de laatste keer zijn. Leven tussen de Navajo's betekende veel wachten en weinig uitleg krijgen.

Wat een zing was hoorde hij pas later op de ochtend, toen er in de verte een stofwolk oprees in de canyon. De mensen die hij op de weg voorbij was gereden kwamen nu te paard, versierd met kleurige linten, gevolgd door toeterende vrachtwagens met dezelfde versiering. Het gezelschap reed het huis voorbij naar de Navajohut waar de vrouwen hadden staan koken. Russ liep beschroomd maar nieuwsgierig het erf over om te zien wat er ging gebeuren.

De voorste ruiter was een man met kortgeknipt haar en een gezicht dat zwart en rood was beschilderd. Hij had een zwarte staf met kwastjes in zijn hand en wachtte in het zadel tot anderen hem van het paard kwamen helpen. Zwaar mank lopend verdween hij met de zwarte staf in de hut. Kinderen sprongen uit de laadbakken van de vrachtwagens en renden naar het schuurtje waar eten voor hen lag. Keith en de vrouwen van zijn schoonfamilie begroetten de volwassenen stilletjes. Niemand schonk enige aandacht aan Russ.

Uit de hut kwamen trillende mannenstemmen die een vals klinkend lied aanhieven. Russ had geen idee wat de woorden betekenden, maar ze raakten hem diep. Het leek op de gezangen van zijn opa in Lesser Hebron. Clement zong ook altijd vals. Toen het lied voorbij was, leek de hut uit te barsten als een kleine vulkaan, talloze voetzoekers vlogen op uit het rookgat. Terwijl de kinderen erachteraan renden, deelden Keiths familieleden dekens uit aan de oudere gasten, die een ander lied hadden aangeheven.

he-ye ye ye ya ŋa
'ėėla do kwii-yi _ na
kį gó di yá –'e –hya ŋa
he ye ye ye ya

De taal was onverstaanbaar, maar het waren de stemmen van een gemeente die zong in de stralende ochtendzon, en Russ kreeg nog sterker het gevoel dat hij was thuisgekomen. Terwijl het zingen doorging, gebaarde Keith hem bij de groep te komen zitten voor schapenvlees en maisbrood.

Alleen de kinderen, en vooral Stella, keken naar hem. Keith bekommerde zich om alle gasten, en Russ had zich misschien verveeld als hij niet zo gefascineerd was geweest door de gezichten van deze mensen. Toen de bijeenkomst eindelijk voorbij was en de gasten terugkeerden naar hun paarden en vrachtwagens, kwam Keith bij hem zitten en vroeg waar hij nu naartoe ging. Russ herhaalde dat George Ginchy hem op een feitenonderzoek had uitgestuurd voor werk dat in het reservaat kon worden verricht.

'Ik zei dat jullie geen moeite moesten doen,' zei Keith.

'En je zei ook dat we na zing zouden praten.'

'Het is net begonnen. Nog drie dagen te gaan.'

'Drie dagen?'

'Dat is de nieuwe manier. We doen geen lange zings meer.'

'Mijn probleem is dat ik van al deze mensen alleen je oom en jou ken.'

'Waar mijn oom is, kom je niet met je truck.'

'Tja, dan...'

Keith draaide zich naar hem toe en keek hem voor het eerst recht in de ogen. 'Wat kom je hier doen?'

'Om eerlijk te zijn, wil ik meer van jullie weten. Van jou en je mensen. Dat werk is eigenlijk maar een smoes.'

Keith knikte en zei: 'Da's beter.'

Hij ging zijn familie helpen en Russ viel op de grond in slaap. Hij werd wakker door de geur van benzine. Keith vulde de tank van een kleine vrachtwagen door een trechter met een katoenen filter. In de laadbak zat Stella naast een slanke vrouw met een in een doek gewikkelde baby. 'Jij rijdt voorin mee,' zei Keith.

Het leek Rus niet juist dat de jonge vrouw voor hem naar de laadbak was verbannen, maar voor Keith was de kwestie geregeld; de vrachtwagen had een vering die goed geschikt was voor de weg vol geulen en kuilen door de canyon. Na lange tijd te hebben gereden, werd Keiths stilte onverdraaglijk voor Russ, die daarom maar vroeg wat een zing eigenlijk was.

'We helpen onze vriend,' zei Keith. 'Hij keerde in verstoorde harmonie terug van de oorlog in de Stille Oceaan. Hij loopt slecht door de granaatscherven, en hij kan niet slapen omdat de geur van het verbrande vlees van de vijand in zijn neus zit. De vijand leek meer op ons dan op de bilagáana, en hun geesten zijn in hem gaan zitten. Hij kwam terug met een uniformhemd van de vijand, waaruit hij de oorlog nog kan opsnuiven. Dat zal deel uitmaken van de zing.'

Hoewel Russ niet ieder detail begreep, kon hij zich iets voorstellen bij de gemeenschappelijke heling van een man die door de oorlog was gemangeld. Hij had nog veel meer vragen, maar stelde ze in stukjes en beetjes terwijl de truck in omgekeerde richting zijn rit van de ochtend overdeed. Hij kwam aan de weet dat de vrouw in de laadbak Keiths echtgenote was, en de baby zijn zoontje van twee maanden. Keiths schoonvader, die te paard voor hen uit reed en nu de ceremoniële zwarte staf droeg, was een medicijnman en een jeugdvriend van Charlie Durochie, met wie hij op kostschool had gezeten in Farmington, New Mexico. Keith had ook op die school gezeten en had daarna een paar jaar op boorinstallaties gewerkt voordat hij in de clan van de Fallen Rocks trouwde. Hij bestierde nu de ranch van zijn schoonouders op de mesa.

Ieder feit dat Russ van Keith vernam was als een edelsteen. Hij voelde zich hopeloos inferieur aan Keith, zoals verliefde mensen dat vaak doen, en had nog steeds moeite om zijn ogen van hem af te houden. Wat Keith op zijn beurt van Russ vond, was niet duidelijk. Russ had het gevoel dat hij niet alleen slechts werd geduld, maar ook vermakelijk werd gevonden in zijn onwetendheid. Niettemin toonde Keith geen enkele nieuwsgierigheid naar hem. De enige vraag die hij tijdens de rit stelde was: 'Jij bent christen?'

'Ja,' zei Russ gretig. 'Ik ben doopsgezind.'

Keith knikte. 'Ik kende hun missionarissen.'

'Hier? In het reservaat?'

'In Tuba City. Die gingen wel.'

'En ben jij... waarin geloof jij?'

Keith glimlachte naar de weg voor hem. 'Iedereen drinkt koffie van Arbuckle. Over de hele wereld, allemaal koffie van Arbuckle. Zo is jullie geloof ook. Het zal wel erg lekkere koffie zijn, dat geloof van jullie.'

'Ik kan je even niet volgen.'

'Wij sturen onze koffie niet de hele wereld over. Om het te drinken moet je hier geboren zijn.'

'Maar dat vind ik juist zo mooi aan de Bijbel. Het Woord is er voor iedereen, waar dan ook. Het sluit niemand uit.'

'Nu klink je als zo'n missionaris.'

Russ merkte tot zijn verrassing dat hij zich schaamde voor die indruk.

Vele kilometers later bereikten ze over de hoofdweg een kampement waar vuren werden gestookt, dekens werden opengeschud, lappen rauw schapenvlees werden bewerkt en een lekke basketbal over een kaal veldje in het rond werd getrapt door schreeuwende jongens. Er waren honderden mensen, en hun aanblik bracht een zekere druk teweeg in het hoofd van Russ, een gevoel dat hij te snel in te veel werd ondergedompeld. Om tot zichzelf te komen liep hij in zijn eentje de hoofdweg af, de ondergaande zon tegemoet.

Er kraste een raaf, er huppelden hazen rond in de schaduw van alsemstruiken. Een slang, schrikwekkend en geschrokken, kwam los van het wegdek in zijn haast om weg te vluchten. Toen de zon achter een heuvelrand zakte, stak er meteen een windje op in de vallei, dat de geuren van jeneverbes en wilde bloemen met zich meedroeg. Hij keerde om en zag in de verte rook opstijgen van een kookvuur, en daarachter de rotsen in een roze gloed. Hij zag in dat hij zich vergist had in het land van de Navajo's. De schoonheid van het nationale bos was vriendelijk en vanzelfsprekend. De schoonheid van de mesa was rauwer, maar drong dieper door.

Toen hij weer bij het kamp kwam, was het feestmaal in volle gang. Hij had niets bij zich, behalve de kleren die hij droeg, plus zijn zakmes en portemonnee, dus gaf Keith hem een paar dekens van zijn vrachtwagen. Zelfs als Keiths vrouw de baby niet de borst had gegeven, had hij haar niet durven aanspreken, omdat ze de vrouw van Keith was. Terwijl hij zich tegoed deed aan het schapenvlees met bonen en brood, waaiden verschillende liederen over van andere kookvuren. Er werd op een trommel geslagen.

Toen het volkomen donker was, begon het dansen. Russ stond naast Keith naar een jonge vrouw te kijken die rond het kampvuur danste op de maat van de trommel, terwijl de omstanders klapten en zongen. Andere jongere vrouwen voegden zich bij haar, en het duurde niet lang of er begonnen ook oude mannen te dansen. De druk in zijn hoofd maakte plaats voor verrukking en dankbaarheid. Hij was een blanke man tussen de indianen, die hun vrouwen hoorde zingen. Jeneverbesknoppen spatten in oranje vonken uiteen in het vuur, de rook trok in flarden onder de sterren langs.

Een van de jongere vrouwen, een meisje nog, maakte zich los uit de rondedans en kwam op hem toe. Ze trok aan zijn hemdsmouw. 'Dans,' zei ze.

Hij keek geschrokken naar Keith.

'Ze wil dat je danst.'

'Ja, dat begreep ik al.'

'Dansen met mij,' herhaalde het meisje.

Ze droeg een grote omslagdoek en een rok met Mexicaanse kantstroken, en haar blote kuiten waren slank. Haar directheid was Russ zo vreemd dat hij zich er geen raad mee wist, en hij kon bovendien niet dansen. Dansen was *verboten* in Lesser Hebron. Hij hoopte dat ze weer wegging, maar ze bleef met neergeslagen ogen staan wachten. Ze was hooguit zestien en hij was een lange, blanke, oudere vreemdeling. Maar haar moed vertederde hem.

'Ik ben bepaald geen danser,' zei hij, en hij deed een stapje naar het vuur, 'maar ik kan het allicht proberen.'

Het meisje glimlachte naar de grond.

'Je moet haar een beetje geld geven,' zei Keith.

Dat verbaasde Russ, maar het meisje leek ook verward. Haar glimlach, in de vuurgloed, had een zweem van teleurstelling. Hij wilde haar niet voor het hoofd stoten, pakte zijn portemonnee en haalde er een dollarbiljet uit. Ze griste het uit zijn hand en stopte het weg in haar rok.

Hij had geen idee wat hij moest doen, maar hij mengde zich in de kring en bewoog zo goed als hij kon met iedereen mee, achter het meisje aan, dat zo te zien ook niet goed wist wat ze ermee aan moest. De slankheid van haar onderbenen en het wiegen van haar heupen wekten de bekende onpasselijkheid in hem op. Maar nu, in het rusteloze vuurschijnsel en bij het getrommel en de zingende vrouwenstemmen, begreep hij voor het eerst dat dit gevoel niets te maken had met afkeer. Het was opwinding die zijn hart sneller deed kloppen. Onder die omslagdoek en die rok school een lichaam dat het verlangen van een man zou kunnen wekken, zíjn verlangen zou kunnen wekken. Een spanning die hem toe nu toe alleen in apocalyptische dromen had bevangen, dromen die een ontzagwekkende warmte in hem veroorzaakten en eindigden met het bevlekken van zijn pyjama, was doorgedrongen tot zijn wakende leven. Wat die dromen altijd zo angstig had gemaakt, was hoe pijnloos ze het deden lijken, hoe extatisch zelfs, om door vuur verteerd te worden.

De belangstelling van het meisje leek te zijn verdampt toen hij haar geld gaf. Toen hij lang genoeg had meegehobbeld om naar zijn idee een beleefde indruk te maken, stapte hij de kring uit en liep het donker in. Zodra het meisje dit zag, holde ze naar hem toe met een blik die nu ronduit boos leek.

'Blijf dansen of geef haar geld,' hoorde hij iemand anders dan Keith zeggen. Het was hem een raadsel wat geld kon bijdragen aan het herstel van een beschadigde soldatenziel, maar hij pakte opnieuw zijn portemonnee en gaf haar nog een dollar. Ze leek tevreden en liet hem gaan.

De volgende ochtend werd hij wakker naast de vrachtwagen van Keith, nog altijd opgewonden, nog steeds doordrongen van zijn nieuwe begrip hiervan, en beducht voor de mogelijkheid dat het nog intenser kon worden. Hij had grote behoefte aan een louterende wandeling en zei tegen Keith dat hij terugging naar diens huis en daar wel op hem zou wachten.

'Neem een paard,' zei Keith. 'Je kunt doodgaan in de zon.'

'Ik ga liever lopen.'

Het werd een martelende wandeling, twaalf kilometer onder een zon die nog witter en heter dan voorheen op hem neerscheen. Keith had hem een waterzak meegegeven, en wat brood in een doek, en alles was op voordat hij de afslag naar het gemeenschapshuis bereikte. In de verblindende hitte was de weg toen al opgehouden een lijn te zijn die logischerwijs van de ene plek naar een andere voerde. In zijn geest was de weg uitgegroeid tot de belichaming van alles wat geen weg was: steenhellingen kokend in een kakofonie van cicaden, coniferen verzwart door de verzengende zonneschijn, schijnbaar nabije rotsformaties die onder het lopen voor hem uit leken te schuiven. Het zoemen van de lucht, of zijn oren, was zo hard dat hij zijn eigen voetstappen niet kon horen. Omhoogkijkend zag hij een biddende valk voor een engel aan, om vervolgens te begrijpen dat het een engel wás, alleen geen hemelgeest die in verband stond met God – Christus had immers geen zeggenschap over dit tafelland.

Toen hij eindelijk de kleine ranch bereikte, leek hij alles waarin hij geloofd had van zich af te hebben gelopen, maar de loutering was uitgebleven. De spanning waaraan hij had willen ontkomen, wachtte hem in het huis van Keith: de geest van het meisje waarmee hij had gedanst was voor hem uit gesneld naar de slaapkamer. Uitgedroogd en verbrand als hij was, liet hij zich op het bed neerploffen en opende zijn broek om te zien of de apocalyps zich ook kon voltrekken als hij wakker was. Dat bleek verrassend eenvoudig, al schrijnde het een beetje. Het genot dat als bliksem door zijn lichaam schoot, was des te glorieuzer nu hij het wakend onderging. En een straf bleef uit; hij werd niet met blindheid geslagen. Hij schaamde zich niet eens voor de kleverige smurrie. Niemand kon hem hier zien, zelfs God niet. De rest van zijn leven zou hij de mesa blijven associëren met zijn ontdekking van geheim en vrijelijk seksueel genot.

Toen Keith twee dagen later terugkeerde met zijn familie, zette hij Russ aan het werk op de ranch. Hij had al wat vaardigheden in dat opzicht, maar leerde er snel nieuwe bij. Hij leerde hoe je een kalf ving met een lasso, hoe je een paard kon vangen in een veld zonder omheining, hoe je een koe ertoe bewegen kon achteruit te lopen in een nauwe geul. Hij leerde hoe akelig ontluizingsvloeistof was voor schapen én voor degene die ze er een bad in moest geven. Keiths zwager castreerde een hengst en gooide hem een bloedige teelbal toe, en hij gooide hem terug. Hij reed met Keith mijlenver de canyon in en kampeerde onder een duizelingwekkende sterrenhemel, zag geruisloze uilensilhouetten door de nachtlucht glijden, hoorde geesten fluiten in rotsspleten, at geroosterde pinyon-zaden. Toen zijn grootste angst uitkwam met de beet van een schorpioen in zijn enkel, leerde hij dat het alleen maar verrekte pijn deed.

Hoe langer hij bij de Diné bleef, hoe meer gelijkenis hij zag met zijn eigen gemeenschap in Indiana. Ook de Diné gaven er de voorkeur aan in afzondering en onderling verband te leven, en hun vrouwen waren net als zijn moeder: sterk en lijdzaam, en ze mochten grond bezitten. In de verhalen die levend werden gehouden door de medicijnmannen, was de oorspronkelijke god-moeder, Wisselende Vrouw, vernoemd naar de jaargetijden die ze doormaakte, was ze een huwelijk aangegaan met de zon en had ze het leven geschonken aan een tweeling. Net als de moeder van Russ werd Wisselende

Vrouw geassocieerd met de vruchten des velds. Ze voedde haar tweeling op, twee jongens, en leerde hun de wereld kennen terwijl hun vader-zon zich afzijdig hield en zich beperkte tot zijn levenbrengende kracht. En zoals de doopsgezinden hun martelaren gedachten, zo bezongen de Diné hun lange voettocht naar het gevangenkamp in 1860, en de jaren van ziekte en honger die ze daar hadden ondergaan. Ook de Diné definieerden zichzelf in termen van vervolging, en hun land, dat aan niets nabij en gastvrij voor niemand was, bleek nog goddelijker dan Indiana. Want was het niet in de woestijn geweest dat de Israëlieten Gods Woord hadden ontvangen, de ene God voor heel het mensdom? En had Jezus niet veertig dagen en veertig nachten in de woestijn gebeden om klaarheid over zijn taak als Verlosser?

Tijdens de veertig dagen van Russ in Diné Bikéyah adviseerde Keith hem nooit naar vallende sterren te wijzen, nooit te fluiten in de nacht, nooit een vreemde in de ogen te kijken, nooit een man naar zijn naam te vragen, maar te wachten tot hij zich voorstelde. Toen een Diné-man stierf in zijn hut, moest zijn familie die verbranden en alles vernietigen wat hij had aangeraakt. Op de mesa knikte Keith naar een door de zon gebleekt paardenskelet, met het zadel nog om, tien jaar nadat de berijder door de bliksem was getroffen, en zei Russ dat hij erbij uit de buurt moest blijven. Volgens Keith rustte het noodlot van de ruiter nog steeds op die plek, en Russ merkte in de verstilde lucht en zinderende hitte dat die gedachte hem niet vreemd was: de mens zag de tijd weliswaar als een constant vlieten van een vergeten verleden naar een onbekende toekomst, maar voor Gods volmaakte kennis was de hele geschiedenis samengebald in een tijdloos Nu. Voor God was de plaats van die blikseminslag niet slechts de plek waar een man wás gestorven, maar ook de plek waar hij zóu sterven – de plek, kortom, waar de man eeuwig stierf. Zulke mysteries werden toegankelijk in de woestijn.

Omdat hij hard werkte, voor mensen die zijn hulp wel degelijk konden gebruiken, voelde hij zich allerminst bezwaard over zijn officiële missie, maar George Ginchy had gezegd dat als hij in augustus nog niet terug was, hij een zoektocht op touw zou zetten. Dus pakte hij vroeg in de ochtend van 31 juli zijn spullen, vulde de tank van de Willys en nam afscheid van Keith en Stella, die als enigen al wakker waren. Stella holde op hem af en sloeg haar armen om zijn been. Hij tilde haar van de grond en aaide haar over haar bol.

'Ik kom terug, hoor,' zei hij tegen het kind. 'Ik weet nog niet wanneer, maar ik kom terug.'

'Pas op met wat je belooft, Lange Sleutel.'

'Ik had het niet tegen jou. Nietwaar, Stella?'

Ze kronkelde verlegen onder zijn arm. Hij zette haar neer en ze holde haar vader achterna, die zich, onaandoenlijk als altijd, al had omgekeerd en wegliep.

Russ wist nog steeds maar weinig over de Diné, maar hij wist tenminste wel dat hij veel niet wist. De woestijn had hem gesterkt in zijn geloof in God, maar hij was er niet langer van overtuigd dat zijn voorouderlijke traditie de enig juiste versie van het ware geloof was. Bij terugkeer in het kamp voor plaatsvervangende dienst, waar Ginchy hem niet voor straf maar uit praktische overwegingen had vervangen door een andere adjudant, begon hij na te gaan hoeveel wegen er wel niet naar Rome leidden. Hij werkte nu voor de kwartiermeester en kon in die functie makkelijk een uurtje voor zichzelf nemen als hij voorraden moest inslaan in Flagstaff. Dan ging hij steevast naar de bibliotheek en las boeken die nummer 290 hadden in de Dewey Decimale Classificatie: wereldgodsdiensten. In het kamp probeerde hij op zondagochtend de diensten van Ginchy en de andere quakers. Hij vond hun stiltes prettig, maar oppervlakkiger dan die van de Navajo's. Minder ingebed in een alomvattende manier van leven. Maar een Navajo kon hij nooit worden. Hun koffie werd voor hem niet geschonken.

Op een zondagochtend in november zette hij zijn speurtocht naar nieuwe wegen voort door in de Willys naar de katholieke kerk in Flagstaff te rijden. Er was hem in een boek over Sint Franciscus een aantrekkelijke radicaliteit opgevallen. Op de achterste kerkbank, in de geur van kaarsen en het tere licht dat door de gebrandschilderde ramen viel, keek hij naar de omslagdoeken en vlechten van oude Mexicaanse vrouwen, de modernere Amerikaanse kleding van middelbare stellen en de bleke hals van een vrouw met een bobkapsel, die met diep gebogen hoofd voor hem zat. Een bejaarde priester met bevende ledematen sprak in een taal die even duister was als Navajo, en de mis duurde en duurde. Russ' ogen keerden telkens terug naar de ranke hals voor hem, met de gewaarwording die hij voorheen als onpasselijkheid had opgevat maar nu associeerde met geheim genot. De vrouw was klein en tenger.

In Lesser Hebron kenden ze ook de communie, maar daar was het een halfjaarlijkse gemeenschappelijke dienst, met brood dat de vrouwelijke leden gezamenlijk hadden gekneed en gebakken. In vergelijking daarmee was de katholieke communie Russ bijna net zo vreemd als een zing van de Navajo's. De priester leek wel een dokter met een tongspatel, en de gelovigen leken schoolkinderen in de rij voor hun lunch. De vrouw met de prachtige hals was de enige die haar wafeltje met zichtbare emotie ontving. De devotie waarmee ze neerknielde deed hem denken aan de diepe geloofsbeleving van zijn moeder. Toen ze terugliep naar haar kerkbank, zag hij dat ze een volle mond en donkere ogen had, en van zijn eigen leeftijd leek te zijn.

Na de dienst vroeg hij de priester of hij nog eens mocht komen en dan de communie kon ontvangen als gast. De priester legde uit waarom dat laatste niet mogelijk was, maar zei dat Russ altijd welkom was om de mis bij te wonen. Dus kwam hij de eerstvolgende zondag opnieuw, maar ditmaal werd al dat Latijn hem te machtig. Met zijn dikke muren had de kerk hem een week eerder een gevoel van geborgenheid gegeven, maar nu leek het gebouw eerder een monument voor een gestorven geloof, een geest die ooit rijkelijk had gevloeid maar door de eeuwen heen gestold was tot koude steen. De vrouw met de donkere ogen was er ook weer, en opnieuw alleen, maar het vuur van haar geloof leek hem nu buiten te sluiten.

Hij staakte zijn experiment en ging weer naar de dienst voor doopsgezinden in het kamp, maar voelde geen verbintenis meer met hen. Hij merkte dat hij de mesa miste, de aanwezigheid van God in iedere steen en rots, iedere struik, ieder insect. Hij begon op zondagochtend eenzame trektochten door het bos te maken, waar hij soms inderdaad God bespeurde, maar nooit in sterke mate. Het bleef vaag, als een zon die schuilging achter winterse wolken.

Op een middag in maart zat hij in de bibliotheek van Flagstaff misbruik te maken van zijn takenpakket en door een fotoboek over prairie-indianen te bladeren, toen er aan de overkant van de tafel een jonge vrouw kwam zitten met een wiskundeboek. Ze droeg een geruit cowboyhemd en had een bandana om haar hoofd, maar hij herkende haar direct. In het licht van de bibliotheek, dat zoveel beter was dan in de Nativity Church, was ze de mooiste vrouw die hij gezien had sinds de Navajodanseres hem de ogen had geopend. Hij geneerde zich er opeens voor dat hij als een analfabeet in een plaatjesboek zat te kijken en stond op om een ander boek te pakken.

'Ken ik jou niet?' zei ze. 'Volgens mij heb ik je in de Nativity gezien.'

Hij draaide zich om. 'Klopt!'

'Ik heb je er twee keer gezien. Waarom?'

'Waarom slechts twee keer, bedoel je? Of waarom ik er überhaupt was?'

'Allebei.'

'Ik ben geen katholiek. Ik kwam alleen maar... kijken.'

'Dat geloof ik meteen. Katholieke mannen van jouw leeftijd zijn zeldzaam. Maar ik zie je er nooit meer.'

'Ik ben geen katholiek.'

'Dat zei je net ook al. Als je het nog eens zegt, denk ik dat je een heksenvloek probeert te bezweren.'

Haar gevatheid verraste hem, net als de directheid waarmee ze hem had aangesproken en vragen bleef stellen. Door de verre gelijkenis met zijn moeder had hij eerder een zacht en ingetogen karakter verwacht. Zonder zelf meer aan de weet te komen dan haar naam, Marion, vertelde hij waar hij vandaan kwam, wat hij in Flagstaff deed en hoe de Navajo's hem op het idee hadden gebracht andere geloven te bestuderen.

'Dus je bent gewoon in een truck gestapt en een maand lang weggebleven?'

'Anderhalve maand. De directeur was heel meegaand.'

'En je vond het niet eng om in je eentje te gaan?'

'Dat had ik eigenlijk wel moeten vinden, ja. Maar om de een of andere reden kwam het niet bij me op.'

'Ik zou het doodeng hebben gevonden.'

'Tja, eh, jij bent een vrouw.'

Het was een alledaags woord, 'vrouw', maar het uitspreken ervan deed hem blozen. Hij was nog nooit een gesprek aangegaan met een vrouw die hij bewust aantrekkelijk vond – had nooit kunnen bevroeden hoe lastig dat was. Dat ze onder de indruk leek van wat hij vertelde, maakte het alleen nog maar lastiger. Hij zei ten slotte maar, ietwat geforceerd, dat hij haar niet langer van haar studie wilde afhouden.

Ze wierp een gelaten blik op haar studieboek. 'Zo moeilijk om hier je gedachten bij te houden.'

'Ik weet wat je bedoelt. Ik vind wiskunde ook altijd moeilijk.'

'Dat is het nog niet eens. Het is alleen zo dor. Ik ga ervan naar God hongeren.' Ze zei het achteloos, alsof God een broodje was.

'Ik ook,' zei Russ. 'Tenminste... ik snap wat je bedoelt. Ik mis de Navajo's. Die zijn de hele dag met God, dag in, dag uit.'

'Je zou toch nog eens naar de Nativity moeten komen. Misschien vind je er wel wat je zoekt. Ik ontdekte zelf pas waar ik naar op zoek was toen ik er een keer heen ging.'

Een andere man zou zijn teruggedeinsd voor zo veel religiositeit, maar voor Russ was het slechts een versie van waar hij zelf mee was opgegroeid. Uitbundiger, maar niet onvertrouwd. Het stoorde hem niet langer dat een meisje hem zijn moeder in gedachten bracht. Het was hem gaan dagen dat zijn moeder niet uitsluitend zijn moeder was, niet alleen maar de vrome ziel die hem had grootgebracht. Ze was ook een vrouw van vlees en bloed, die zelf ooit jong was geweest.

Toen hij de volgende zondag weer zijn opwachting maakte in de kerk, kwam Marion naast hem zitten en gaf fluisterend uitleg bij de liturgie. Hij probeerde in verbinding te treden met de Gezalfde des Heren, zoals de priester Jezus noemde, maar de nabijheid van haar kleine gestalte weerhield hem daarvan. Ze droeg een lichtgroene jas met een kraag van donkergroen fluweel. Hij zag dat ze nagelbijtster was. Aan enkele van haar nagelriemen zat zelfs geronnen bloed. Ze verstrengelde haar handen zo stevig in gebed dat haar knokkels wit werden, terwijl haar mond een beetje openzakte en haar adem raspte. Omdat haar passie onverdeeld de Almachtige betrof, verzette hij zich niet tegen de opwinding die hij voelde bij het zien ervan.

Na de mis bood hij haar een lift aan in de Willys.

'Dank je,' zei ze. 'Maar ik moet nu even lopen.'

'Hou ik ook van. Ik doe niets liever.'

'Maar ik moet er de stappen bij tellen. Een paar jaar geleden deed ik dat een keer, en nu kan ik er niet meer mee ophouden omdat... o, laat maar.'

Uit de kerk waren twee oude dametjes gekomen die Spaans spraken met elkaar. Cherry Avenue was zo rustig dat er duiven op het midden van de rijweg scharrelden.

'Wat wilde je zeggen?' vroeg hij toen de dametjes waren doorgelopen.

'Ach, niets,' zei ze. 'Het is heel gênant: ik moet beginnen bij de kerkdeur en ervoor zorgen dat ik iedere keer precies hetzelfde aantal stappen zet, omdat ik dan weet dat God nog bij me is. Als ik ooit een stap te veel zou tellen, of te weinig...' Ze rilde, misschien bij de gedachte aan wat er dan zou gebeuren, wellicht van gêne om haar eigenaardige dwang.

'Mijn aantal stappen zou anders zijn,' zei Russ, hoewel ze hem niet had uitgenodigd mee te lopen.

'Ja, jij bent lang. Jij zou je eigen aantal hebben. Maar je hoort dus helemaal geen aantal te hebben, en ik ook niet. Ik ben echt veel te bijgelovig.'

'De Navajo's hebben allerlei bijgeloof, en ik zou niet durven zeggen dat dat verkeerd is van ze.'

'Het is een belediging van God als je denkt dat het tellen van je stappen er ook maar iets toe doet.'

'Toch zie ik er geen kwaad in, hoor. De Bijbel staat vol tekenen van God.'

Ze sloeg haar donkere ogen naar hem op. 'Je bent een aardig mens.'

'O, nou... dank je.'

'Misschien kun je met me meelopen en afleiding bieden. Ik denk dat als ik één keer loop zonder te tellen, ik het nooit meer hoef te doen. Tenzij...' ze schoot in de lach. 'Tenzij ik door de bliksem word getroffen omdat ik niet telde.'

Ze vormde een raadselachtige combinatie van schrander en vreemd. De rankheid van haar hals, zoals die zich boven de fluwelen kraag vertoonde, bleef hem fascineren. In Lesser Hebron, en later ook in Goshen College, waren vrouwenhalzen schuilgegaan achter boordjes en vlechten. Terwijl hij met haar meeliep naar huis, kreeg hij te horen dat ze was opgegroeid in San Francisco en dwaze dromen had gekoesterd van een carrière als Hollywood-actrice. Ze had in Los Angeles als typiste en stenografe gewerkt en was daarna naar Flagstaff verhuisd om bij haar oom Jimmy te gaan wonen. Ze had een tijdje met de gedachte gespeeld om in een klooster te gaan, maar nu deed ze een opleiding voor onderwijzeres aan een lagere school. Omdat ze klein van stuk was, zagen kinderen haar min of meer als een gelijke en stelden makkelijk hun vertrouwen in haar. Ze vertelde dat ze niet katholiek was opgevoed – haar vader was een seculiere jood geweest en haar moeder een 'alcoholicaan'.

Ieder feit verbreedde de horizon van wat Russ niet wist van Amerika. Volgens zijn berekening was ze rond de vijfentwintig, maar de plaatsnamen die ze zo terloops liet vallen, San Francisco, Los Angeles, duidden op meer ervaringen dan een vrouw uit Lesser Hebron haar hele leven zou hebben. Net als met Keith Durochie voelde hij zich onwetend en inferieur, en dit ging ook nu weer samen met aantrekkingskracht. Het kwam geen seconde bij hem op dat Marion misschien ook wel in hem was geïnteresseerd; dat zijn aanwezigheid in de kerk van het kleine Flagstaff, met de meeste jonge mannen overzee, net zo opmerkelijk voor haar was geweest als de hare voor hem. Zelfs als ze niet een paar jaar ouder was geweest, voor hem een belangrijk verschil, had hij zichzelf niet kunnen voorstellen als een voorwerp van haar interesse.

Het huis van haar oom, aan de rand van het stadje, was een gammel bungalowtje, met een tuin die overwoekerd was door vijgencactussen. Op de oprit stond een Ford pick-up waarvan de lak was weggeschuurd door het zand van Arizona. Marion holde naar de voordeur, keerde zich op het stoepje naar hem om, spreidde haar armen en hief haar gezicht naar de blauwe, o zo blauwe hemel. 'Gehaald!' riep ze. 'Kom maar op met die bliksem!'

Ze keek lachend naar Russ, die niet uit de toon wilde vallen en zichzelf tot een glimlach dwong. Maar nu betrok haar gezicht opeens. Dat was onderdeel van haar vreemdheid: hoe abrupt ze van stemming kon veranderen.

'Ik ben onverbeterlijk,' zei ze. 'Misschien begint er nu wel ergens kanker bij me.'

'Volgens mij kan God best tegen een grapje, hoor. Zeker als je Hem oprecht liefhebt.'

Nog steeds somber liep ze over het pad naar hem toe. 'Heel erg bedankt. Ik geloof dat je me echt hebt genezen. Wil je blijven voor de lunch?'

Hij sloeg het aanbod af, want het was al plichtsverzuim dat hij de hele mis had uitgezeten en hij moest weer teruglopen naar de Willys, waarop zij erop aandrong hem te vergezellen. Op die wandeling terug naar de kerk kreeg hij het nog lastiger met haar. Ze bewonderde zijn pacifisme, ze bewonderde zijn onvoldaanheid over wat hij in het kamp moest doen, ze bewonderde zijn bewondering voor de Navajo's. Telkens als hij opzij en omlaag keek, zag hij haar bruine ogen gloedvol naar hem opkijken. Hij had nog nooit zo'n blik van onvoorwaardelijke waardering gekregen, het ontbrak hem aan de ervaring om er interesse in te herkennen. Toen ze weer bij de jeep kwamen, had hij hoofdpijn van alle stress. Hij bood aan haar een lift naar haar oom te geven, maar haar gezicht was alweer somber.

'Wat je eerder zei, dat het niet uitmaakt wat we doen zolang we God maar liefhebben. Geloof je dat echt?'

'Ik weet het niet,' zei hij. 'Maar de Navajo's aanvaarden Jezus niet als hun verlosser, en toch denk ik niet dat ze voor de eeuwigheid gedoemd zijn. Dat zou in elk geval niet rechtvaardig zijn.'

Ze sloeg haar ogen neer. 'Ik geloof sowieso niet in een hiernamaals.'

'Je... nee?'

'Volgens mij gaat het alleen maar om hoe je ziel eraan toe is zolang je leeft.'

'Is dat de katholieke leer?'

'Nee, zeker niet. Vader Fergus en ik hebben er hele gesprekken over. Voor mij is in deze wereld niets zo echt als God. God en de duivel. Zonde is echt en Gods vergeving is echt. Dat is de boodschap van het evangelie in de Bijbel. Maar over het hiernamaals staat er maar heel weinig. In de vier evangeliën is Johannes de enige die het met zoveel woorden bespreekt. Lijkt dat je niet vreemd, als het hiernamaals zo belangrijk is? Als in Marcus de rijke jongeling aan Jezus vraagt hoe hij het eeuwig leven kan beërven, geeft Jezus geen eenduidig antwoord. Hij lijkt te zeggen dat de hemel gelijkstaat aan het liefhebben van God en gehoorzaamheid aan de tien geboden. En de hel komt erop neer dat je verloren bent in de zonde, God bent kwijtgeraakt. Volgens Vader Fergus moet ik geloven dat Jezus het daarbij over een letterlijke hemel en hel heeft, om geen andere reden dan dat de Kerk dat leert. Maar ik heb die passages wel honderd keer gelezen. De rijke jongeling vraagt naar de eeuwigheid, en Jezus zegt dat hij zijn geld moet weggeven. Hij zegt hem dus wat hij doen moet in het nu, alsof de eeuwigheid daarin te vinden is, en zo is het volgens mij ook. De eeuwigheid is een mysterie voor ons, zoals God dat ook is. Dus waarom moet je stellig geloven dat je ooit vreugde zult kennen in de hemel of zult branden in de hel? Het kan ook een tijdloze toestand van genade of wanhoop zijn. Ik denk dat de eeuwigheid aanwezig is in elke seconde van ons leven. En dat is Vader Fergus bepaald niet met me eens.'

Russ staarde naar de kleine jonge vrouw in de groene jas, en vroeg zich af of hij zojuist verliefd was geworden. Het was niet alleen de diepe ernst waarmee ze over een kwestie sprak die hem ook ter harte ging. Het was alsof hij haar een gedachte had horen uitspreken waarvoor hij zelf nooit de woorden had kunnen vinden. Daar was het gevoel van inferioriteit weer. Maar het maakte hem gek genoeg niet verlegen tegenover haar. Het maakte dat hij haar wilde doordringen.

'Nou, ik moet maar eens naar binnen gaan om te bidden,' zei ze. 'Het is rot om je zo dicht bij God te voelen en maar geen goed katholiek te kunnen worden. Daarin zit ik al een tijdje op een dood spoor.'

'Mag ik volgende week weer komen?'

Ze glimlachte een beetje triest. 'Neem me niet kwalijk, meneer God-Kan-Best-Tegen-Een-Geintje, maar je lijkt me geen veelbelovende kandidaat voor het katholicisme.'

'En je worstelt er zelf ook mee, zeg je.'

'Ja, maar ik heb er een reden voor.'

'Wat voor reden dan?'

'Als je het goed vindt, zou ik dat liever… denk jij dat je ooit weer teruggaat naar het reservaat?'

'Ongetwijfeld.'

'Misschien kun je mij dan meenemen. Ik zou dat allemaal best met eigen ogen willen zien.'

De gedachte dat hij met haar naar de mesa zou gaan was als een hemelse belofte: fantastisch, maar ver weg. Voorlopig voelde het eerder alsof hij werd afgewimpeld. 'Ik zou je er met alle plezier mee naartoe nemen.'

'Mooi,' zei ze. 'Iets om naar uit te zien.' En terwijl ze zich omdraaide: 'Je weet me te vinden.'

Wilde dat zeggen dat hij haar mocht komen opzoeken wanneer hij maar wilde, of pas als hij op een dag terugging naar het reservaat? Jezus had geen eenduidige antwoorden gegeven, maar zij kon er ook wat van. Hij probeerde het twee dagen later nog steeds te duiden toen er in het kamp een brief voor hem werd bezorgd. Met het postmerk van Flagstaff, maar zonder afzender. Hij nam de envelop mee naar zijn barak en ging op de rand van zijn stapelbed zitten.

Beste Russell,
Ik vergat je er nogmaals voor te danken dat je me van mijn bijgeloof hebt verlost. Wat lief om al die moeite voor me te nemen. Het was alsof de zon tevoorschijn kwam na maanden van bewolking. Ik hoop dat je zult vinden wat je zoekt, en meer.
Met hartelijke en gelovige groet,
Marion

'Hoop dat je zult vinden wat je zoekt' – ook dat was weer een en al meerduidigheid voor zijn onzekere geest. Maar zijn lichaam wist beter. Zijn kruis werd weer in de vertrouwde gewaarwording gedompeld, maar nu waren er ook gevoelens: hoop, dankbaarheid, het beeld van een kleine vrouw met prachtige ogen en een complexe geest. Het leek onmogelijk dat zo'n fascinerend iemand hem op haar beurt hoger kon aanslaan dan zichzelf, maar het stond er zwart-op-wit: 'al die moeite voor me nemen'. De woorden hadden niet opwindender kunnen zijn als zij ze hem in zijn oor was komen fluisteren.

Toen hij de volgende dag weer om een vrije middag vroeg, hoefde de kwartiermeester niet eens meer te weten waarom. George Ginchy schiep er nog steeds genoegen in dat er reveille en appèl werd geblazen, maar sinds het einde van de oorlog was het kamp een plichtmatige bedoening. Ginchy's missie van het moment was footballspullen verkrijgen voor het team dat hij had samengesteld. De oude Willys deed het nog steeds en Russ reed er eerst mee naar de bibliotheek, en toen hij Marion daar niet aantrof, naar het huis van haar oom, dat hij herkende aan de vijgencactussen. Het verbaasde hem niet echt dat hij zonder nervositeit aanklopte, want de verbintenis van man en vrouw was weliswaar door God verordend, maar hij wist dat zijn wereld nooit zou overlopen van vrouwen en dat er voor hem waarschijnlijk maar één was. Achteraf beschouwd droeg hun toevallige ontmoeting in de bibliotheek duidelijk het zegel Gods; dat hij op haar deur klopte was niets anders dan de tenuitvoerbrenging van wat God had gewild toen

Hij man en vrouw schiep. De gedachte deed hem inzien dat hij zich voor het eerst een man voelde.

Ze deed open in een katoenen werkbroek en een bovenmaats wit hemd, waarvan ze de slippen in een knoop had gelegd op haar buik. Dat ze een broek droeg, als een man, vond hij buitengewoon adembenemend.

'Ik wist dat jij het was,' zei ze. 'Ik werd vanochtend wakker met het sterke gevoel dat ik je vandaag zou zien.'

Dit ontbreken van verrassing bij haar deed hem opnieuw aan zijn moeder denken, haar serene kalmte. Marions voorgevoel was een aanwijzing te meer dat het Gods wil was dat hij voor haar stond, geen besluit van hemzelf. Ze nam hem mee naar een zitkamer die aan alle kanten was volgehangen met landschapsschilderijen in steeds dezelfde stijl, en naar een keuken met uitzicht op een berg. Achter in een tuin die bezaaid lag met roestige ijzeren vormen die vagelijk de indruk wekten kunst te zijn, stond een huisje met zinken dak.

'Dat is Jimmy's atelier,' zei Marion. 'Daar komt hij tegen etenstijd pas uit. Antonio is op zijn werk, en ik... studeer.' Ze wees naar een openliggend boek op de eettafel. 'En dan hebben we verder nog twee katten, maar die zijn opeens foetsie. Net waren ze er nog.'

Jimmy was haar oom, dat wist hij, maar die andere naam kende hij niet. Een onaangenaam nieuw gevoel, bezitterigheid, kwam in hem op. 'Wie is Antonio?'

'Jimmy's vriend. Ze zijn... je weet wel.' Ze keek naar hem op. 'Of misschien weet je het wel niet.'

Hoe moest hij wat dan ook weten?

'Ze zijn als man en vrouw, maar dan allebei man. Het is een afwijking van jewelste.' Ze grinnikte. 'Heb je honger? Zal ik een boterham voor je maken?'

In het kamp waren twee quakerjongens waarover Russ' barakgenoten zeiden dat ze 'van de verkeerde kant' waren, en hij kreeg nu pas een idee wat er met die uitdrukking werd bedoeld. Hij voelde een lichte onpasselijkheid, niet zozeer door het beeld dat hij voor ogen kreeg, als wel door Marions lachje.

'Neem me niet kwalijk,' zei ze, alsof ze zijn ongemak aanvoelde. 'Ik vergat je achtergrond even. Ik ben aan Antonio gewend en voor mij is het intussen onbegrijpelijk dat mensen het een afwijking noemen.'

'Dus jij, eh... welk onderdeel van de katholieke leer aanvaard jij nu eigenlijk wel?'

'O, meer dan genoeg. De eucharistie, onze vrijmaking door Jezus, het gezag van Vader Fergus. Als Jimmy en Antonio katholiek waren, zouden ze ongetwijfeld boete moeten doen, maar ik zie niet in wat dat mij aangaat. Jezus zegt dat ik geen steen moet werpen.'

Met deze woorden van Marion begon Russ' empathie met andersgeaarden. Zijn verliefdheid maakte het vanzelfsprekend dat hij al haar opvattingen serieus overwoog en waar mogelijk overnam. Naast zijn verlangen om haar te doordringen leefde er een wens in hem om door haar vervuld te worden – te voelen hoe zijn hart haar essentie rondpompte, alsof hij een vlinder was die uit zijn pop kwam, zijn vleugels nog vochtig en gekreukeld. Ze was liefst drieënhalf jaar langer op de wereld dan hij, had in San Francisco en Los Angeles gewoond, en dacht dieper en scherpzinniger na. Omdat zij zwoer bij Roosevelt, liet hij zich registreren als democraat. Omdat zij wereldse literatuur las, van Evelyn Waugh, Graham Greene, John Steinbeck, las hij die ook. En zo ook met jazz, zo ook met moderne kunst, zo ook met kleren, en zo ook, en vooral, met seks.

Zijn eerste bezoek brachten ze door aan haar keukentafel, waarbij ze spraken over de ziel en over haar lessen op de kweekschool, over zijn opa Clement en zijn twijfels over het geloof van zijn ouders. Bij zijn tweede bezoek, vijf dagen later, trokken ze de berg achter Jimmy's huis op, en kwamen zo hoog dat de afdaling een wedren met de ondergaande zon werd. Marion stuurde hem een brief waarin weinig gewichtige dingen stonden, gewoon een luchtig verslag van haar dag, maar hij herlas het keer op keer. Ieder detail (een van de katten had een braakbal op het bed gedeponeerd; haar oom vroeg om lamskoteletjes voor zijn verjaardag, dus ze ging op de terugweg van het postkantoor bij de slager langs; volgens haar ging het toch weer sneeuwen) was magischer en boeiender dan het vorige. In zijn begintijd in het kamp had hij met vergelijkbare gretigheid de brieven van zijn moeder gelezen, die ook een alledaagse inhoud hadden. Wat ze nu schreef vond hij zo vervelend dat hij er haastig doorheen ging. Het zou hem een zorg zijn geweest of zijn moeder dacht dat het ging sneeuwen.

Zijn moeder had in haar brieven de gewoonte opgevat om hem te vertellen dat dit of dat meisje in Lesser Hebron 'al echt volwassen' werd, een frase met een onmiskenbare boodschap: hij werd geacht zijn diensttijd af te maken, een vrouw te kiezen uit een van de deugdzame families in de gemeenschap, en een gezin te stichten. Het enige wat hij terug kon schrijven zonder zijn twijfels over zo'n toekomst prijs te geven, kwam neer op herhalingen, zo goed als woordelijk, en vaak alinea's lang, van wat hij al eerder had geschreven. Over zijn tijd bij de Navajo's liet hij niet veel meer los dan dat het trotse en oprechte mensen waren, met veel sympathie voor de doopsgezinden. Over Marion schreef hij niets. Het gevoel werd met de dag sterker dat hij en zij voorbestemd waren voor elkaar, en de gemeenschap thuis verbood weliswaar geen huwelijken met mensen van buitenaf, ontmoedigde die slechts, maar Marion was een katholieke halfjodin die broeken droeg en bij homofielen in huis woonde. Het was veiliger om haar bestaan te verzwijgen en er het beste van te hopen.

Om de vrijdagavond stapten de meeste kampwerkers in een paar trucks en reden naar de bioscoop in Flagstaff, onder toezicht van George Ginchy zelf. Russ was voor het eerst meegegaan na zijn openbaringen op de mesa, en meteen gebiologeerd geraakt door het uitzicht dat het witte doek bood op de wijde wereld. Hij had geen filmavond meer gemist. Toen hij op een vrijdagavond met de anderen de Orpheum binnenliep, werd hij op de achterste rij opgewacht door een kleine gestalte in een groene jas, met wie hij in het geheim had afgesproken.

De zaallichten waren nog niet gedoofd of er gleden vier zachte vingers tussen de zijne. Het was zo overweldigend om zijn eeltige hand verstrengeld te voelen met de hare, dat het lawaaiige voorfilmpje met The Three Stooges hem finaal ontging. Marion leek volkomen op haar gemak en lachte schaterend om alle oorvijgen en het omvallen van een ladder, maar voor hem was al dat kabaal een ontheiliging van dit moment met haar. Het deed pijn aan zijn ogen.

Toen de hoofdfilm begon, over Sherlock Holmes, leek ze al haar aandacht voor het gebodene te verliezen en legde haar hoofd op zijn schouder. Ze reikte met haar vrije hand naar zijn verre schouder en trok zich dichter tegen hem aan. Basil Rathbone stak met zijn kromme pijp in de hand een ondoorgrondelijk betoog af en Russ durfde geen adem te halen omdat ze hem dan misschien wel weer losliet, maar het tegenovergestelde gebeurde. Haar hand gleed naar zijn wang en ze draaide zijn hoofd naar zich toe. In het flakkerende filmschijnsel kwam er een paar lippen op hem af, en o, de zachtheid daarvan. De innigheid van de kus was zo intens dat hij zich een sterveling voelde die zich tegenover de eeuwigheid zag gesteld. Hij draaide zijn gezicht weg, maar ze trok het meteen weer naar zich toe. En langzaam drong het tot hem door dat ze hier niet zaten om naar een film te kijken. Niet in het minst. Ze waren hier om te kussen, en te kussen, en te kussen.

Toen de aftiteling over het doek rolde, stond ze zwijgend op en verdween, en een paar tellen later ging het zaallicht aan in een wereld die voorgoed was veranderd door de verbinding van twee monden. Met een gevoel alsof ieders aandacht op hem gericht was, en de felle hoop dat hij niet opviel, voegde hij zich in de rij kampwerkers die de zaal verliet. Marion was niet in de foyer, maar George Ginchy wel.

'Je blijft me verbazen, jongen,' zei Ginchy.

'Sir?'

'Ik maar denken dat je een godvrezende plattelandsjongen was, die bijna licht gaf van zuiverheid.'

'Ben ik nu in de problemen?'

'Niet met mij.'

In de weken die volgden voerde Marion hem mee omhoog over een steile wenteltrap die hij niet zonder angst beklom, maar waarvan elke trede een genot was dat hij bewust onderging: het eerste 'ik hou van je' in een brief; het eerste gesproken 'ik hou van je'; de eerste kus in het volle daglicht; uren die tot minuten verschrompelden door hun kussen in de zitkamer van haar oom; 's avonds graaien en zoenen op de voorbank van de Willys; het adembenemende openen van haar blouse; de ontdekking dat eindeloze zachtheid toch gradaties kende, *nog zachter*, *allerzachtst* – en ten slotte de bewolkte middag in mei waarop ze haar kamerdeur op slot draaide, haar schoenen uittrapte en op haar smalle bedje ging liggen.

Door de vitrage voor haar raam kon hij het atelier van haar oom zien.

'Moeten we… hier?' zei hij. 'Het zou gênant zijn als er iemand…'

'Antonio zit in Phoenix, Jimmy is niet mijn bewaker, en een betere plek zullen we niet vinden.'

'Maar het zou gênant zijn, toch?'

'Ben je soms bang voor me, lieffie? Je lijkt wel bang voor me.'

'Nee. Nee, ik ben zeker niet bang voor je, maar…'

'Ik werd vanochtend wakker met het idee dat het vandaag de dag zou zijn. Vertrouw me maar gewoon. Ik ben ook nerveus, maar ik geloof echt dat God deze dag heeft voorzien.'

Russ had het gevoel dat God zich ergens buiten in de betrokken hemel bevond, maar in dit kamertje nadrukkelijk afwezig was. Wel had hij tijdens het bestijgen van de wenteltrap de overtuiging verloren dat hij zijn knapendom moest bewaren tot de huwelijksnacht.

'En vandaag is ook goed om een andere reden,' zei ze. 'Het is veilig nu.'

'Is Jimmy er niet?'

'Jazeker, die zit gewoon in zijn atelier, maar ik kan vandaag niet zwanger worden.'

Het was geen onverdeeld genot om altijd zo traag van begrip te zijn, altijd achter de feiten aan te lopen, maar het was een immens genot om van Marion te houden. Hij kon niet eens zeggen dat hij altijd aan haar dacht, het was meer een kwestie van zich altijd van haar vervuld te voelen, het ervaren van een permanente aanwezigheid zoals hij zich dat ook voorstelde van de Navajo's op de mesa, hoe zij daar vervuld waren van God. En ze had gelijk: als het niet vandaag gebeurde, in haar slaapkamer, waar en wanneer dan wel? Hij wilde haar zijn leven lang blijven aanraken, maar aanraken alleen volstond niet meer. Zijn lichaam liet hem al een tijdje weten, zonder woorden maar met des te meer aandrang, dat de druk van haar aanwezigheid alleen kon worden verlicht door in haar tot ontlading te komen.

En dat gebeurde nu, in het grauwe middaglicht, op de gestikte bedsprei. Het was een vroege ontlading, onthutsend snel, die bovendien verraste door minder intens te zijn dan zijn eenzame erupties. Een daad die niet minder cruciaal was dan zijn doop en nauwelijks langer had geduurd. De gêne om de vluchtigheid ervan ging meteen over in een algemenere schaamte. Zijn lichaam was zoveel minder mooi dan het hare, zijn knokigheid een affront voor haar zachtheid, zijn huid ziekelijk vaal in vergelijking bij het roomwit van de hare. Hij kon amper geloven dat ze met een glimlach naar hem opkeek, was perplex over de goedkeuring in haar blik.

'Kom maar even naast me liggen,' zei ze, door zijn haar strijkend. 'We beginnen nog maar net.'

Hij had geen idee hoe ze dit kon weten, maar ze kreeg wel weer gelijk. Al bij dat laatste zinnetje maakte zijn lichaam hem duidelijk dat ze gelijk had. De woorden zelf brachten het teweeg. De mogelijkheid dat de cruciale daad al na een adempauze van niks kon worden herhaald, zou nooit bij hem zijn opgekomen. Dat hij het *vier* keer zou kunnen voor het laatste licht uit de hemel week en hij halsoverkop terug moest naar het kamp, was een mirakel, wist hij terwijl hij de Willys heuvelopwaarts joeg, dat hem nooit meer zou loslaten. De mozaïsche wet die alle buitenechtelijke geslachtsgemeenschap verbood, de kuise dracht van de vrouwen in Lesser Hebron, het verbod daar op dansen, de bedekking van vrouwenhalzen – het was alsof hij was opgegroeid in een oude burcht met kantelen en schietgaten die uitkeken over vredige velden waarin geen vijand te bekennen viel. Nu begreep hij opeens waarom de muren van die burcht zo dik waren.

De eerstvolgende middag waarop ze zondigden in haar kamertje was het ongewoon heet en benauwd, met gekrab van een kat aan haar deur, en na zijn vleselijke hoogtepunt viel hij in een afgrond van morele vertwijfeling.

Hij was gerust op Marions onmiskenbare liefde voor God en haar zelfverwijtende goedheid, hij wist dat zij niets méér verlangde dan wat hij verlangde, en het verspillen van zijn zaad leek hem op zichzelf geen zonde, want als het ook buiten zijn wil om in zijn slaap gebeurde, kon het niets anders dan een lichamelijke functie zijn. Maar zijn zaad plengen in een vrouw met wie hij niet was getrouwd, zich te verliezen in haar vlees en te zwelgen in haar geur, dat was toch wel iets anders. Hij maakte zich van haar los en trok ondanks de hitte de sprei over zich heen.

'Ben je niet bang, als katholiek, dat we een doodzonde begaan?'

Ze ging op haar knieën naast hem zitten. Haar oogverblindende naaktheid leek haar geenszins verlegen te maken.

'Ik hoef geen katholiek te zijn,' zei ze. 'Ik kan zijn wat jij wilt dat ik ben. Als jij liever een Navajo bent, ben ik het met jou.'

'Dat behoort niet tot de mogelijkheden.'

'Dan worden we wat je maar wilt. Ik ben naar de Nativity gegaan omdat ik daar op dat moment moest zijn. Ik wilde bidden en vergeving vinden. Ik bad en bad, en op een dag was jij er, mijn beloning. Mag ik dat zo zeggen? Jij bent mijn godsgeschenk. Zo'n wonder ben je voor me.'

'Maar is het in dat geval... lijkt het je dan niet beter om te trouwen?'

'Ja! Goed idee! Volgende week, wat mij betreft. Of morgen, wat dacht je van morgen?'

Alsof de zegen van het huwelijk al over hem was neergedaald, trok hij haar naar zich toe voor een kus. Ze trok de sprei van hem af en begon hem te berijden. De deskundigheid waarmee ze dat deed riep geen vragen bij hem op, want had ze geen natuurlijke aanleg voor alles? Alleen haar zachte gejank, op het ritme van hun paring, getuigde van iets anders dan superioriteit. Ze jankte en sprak zijn naam, jankte en sprak zijn naam. In zijn gedachten was ze al zijn lieve vrouwtje. Maar nadat de climax als een bliksem door hem heen was gegaan, werd hij toch weer een in zweet badende zondaar onder een zondares.

Haar stemming was ook omgeslagen. Ze huilde, zonder geluid, verdrietig.

'Wat is er? Heb ik je bezeerd?'

'Nee,' snikte ze door haar tranen. 'Je bent fantastisch. Je bent mijn... je bent volmaakt.'

'Maar wat dan? Wat is er dan?'

Ze rolde van hem af en sloeg haar handen voor haar gezicht. 'Ik kán geen katholiek zijn.'

'Waarom niet?'

'Omdat ik dan niet met je kan trouwen. Ik was... o, Russ.' Ze snikte. 'Ik was al eens getrouwd.'

Een ziekmakende onthulling. Jaloezie en onreinheid, zowel moreel als fysiek, kwamen samen in het beeld van een andere man die haar had bezeten zoals hij net. Een vrouw die hij zuiver van lichaam en hart had geacht was al eens... genomen, bezoedeld. Het maakte hem ziek van ontgoocheling. De diepte van zijn ontzetting was een bewijs voor de torenhoge hoop die ze hem geboden had.

'Het was in Los Angeles,' zei ze. 'Ik ben zes maanden getrouwd geweest en toen gescheiden. Ik had het je meteen moeten vertellen. Het was vreselijk van me om dat niet te doen. Jij bent zo prachtig en ik ben... ik ben zo'n... o God, mijn hemel, ik had het je moeten vertellen.'

Ze sloeg om zich heen van ellende. Iets wreeds in hem vond dat ze haar verdriet verdiende, maar het liefhebbende in hem was ontroerd. Hij wilde de kerel vermoorden die haar besmeurd had.

'Wie was het? Heeft hij je pijn gedaan?'

'Het was gewoon een fout. Ik was nog maar een kind, ik wist van niets. Ik dacht dat ik moest... ik wist nog van niets.'

Het idee van een onschuldig meisje dat een fout beging, waar zij nu bittere spijt van had, verzachtte zijn hart nog verder. Maar zijn woede en weerzin leidden een eigen leven. Hij had zijn maagdelijkheid vergooid aan een vrouw die de hare al aan iemand anders had verkwanseld, en dat maakte haar naaktheid opeens afstotend, haar geur walgelijk. Hij wenste bij God dat hij nooit uit Lesser Hebron was weggegaan. Hij zwaaide zijn benen over de rand van het bed en trok met ruwe bewegingen zijn kleren aan.

'Wees alsjeblieft niet boos op me,' zei ze met kalmere stem.

Hij was te kwaad om iets te kunnen zeggen.

'Ik heb een fout gemaakt. Ik heb tal van fouten gemaakt, maar in jou en mij vergis ik me niet. Probeer het me alsjeblieft te vergeven als je dat kunt. Ik wil met je trouwen, Russ. Ik wil voor altijd de jouwe zijn.'

Hij wilde precies hetzelfde. De teleurstelling kolkte in hem op en verliet hem met een snik.

'Lieffie, alsjeblieft,' zei ze. 'Kom bij me zitten en laat me je vasthouden. Het spijt me echt heel erg.'

Hij stond te beven en te huilen, verscheurd tussen afkeer en behoefte. Het zelfmedelijden in zijn tranen was iets nieuws voor hem. Het was alsof hij nooit had onderkend, tot aan dit moment, dat hij ook een mens was, en wel een mens met wie hij altijd zou leven, iemand die hij kon liefhebben en beklagen zoals hij God liefhad en andere mensen beklaagde. Vol medelijden met deze mens, die leed en zijn steun nodig had, draaide hij de deur van het slot en rende door het huis naar buiten, sprong in de Willys en reed door een paar straten heen. Hij parkeerde de jeep onder een cipres en beweende zichzelf.

Ze stuurde hem twee brieven op twee achtereenvolgende dagen, en hij opende geen van beide. De vrouw van wie hij hield was er nog, maar van hem afgescheiden, door haar eigen toedoen – alsof zijn Marion zat opgesloten in een Marion van wie hij niets wist. Hij kon zijn beminde bijna om hem horen roepen in haar kerker. Ze wilde dat hij kwam om haar te redden, maar hij vreesde die andere Marion, was bang om erachter te komen dat zij het was die de twee brieven had geschreven.

Hij had maar zelden gebeden sinds hun eerste ontmoeting. En nu hij er weer mee begon, legde hij de situatie voor aan God en vroeg Hem wat Zijn wil was. Het eerste inzicht dat bij hem opkwam was dat God vond dat hij haar moest vergeven, en toen hij God een nadere verklaring voor zijn woede probeerde te geven, drong de gedachte zich op dat Marions misstap eigenlijk maar weinig om het lijf had (het was uit verlegenheid dat ze haar huwelijk niet op een eerder moment ter sprake had gebracht) en dat zijn eigen hardvochtigheid een veel grotere misstap was. Dit bracht hem tot een tweede inzicht: ondanks zijn twijfels én zijn bevrijdende ervaringen was hij nog steeds een doopsgezinde. Een mennoniet. Hij was er onbewust van uitgegaan dat hij Marion op een dag met zich mee naar huis zou nemen, en dat ze zich misschien niet in Lesser Hebron zouden vestigen, maar wel de zegen van zijn ouders zouden krijgen. Haar voorgeschiedenis had de kans daarop uitgewist. Maar aan wie lag dat eigenlijk? Hij merkte dat zijn ontgoocheling niet zozeer met haar had te maken als wel met zijn ouders, met wie hij nog niet echt had gebroken. Haar scheiding dwong hem nu een harde keuze te maken.

Omdat hij nog niet aan die keuze toe was, en nog steeds haar brieven niet durfde te openen, schreef hij naar de enige die zijn dilemma wellicht begrijpen zou. En opa Clement had die brief waarschijnlijk meteen beantwoord, want acht dagen later was er al een envelop voor hem. Er stond een verrassend advies in.

Je hoeft niet met haar te trouwen. Neem van mij aan dat de zon dan nog steeds iedere ochtend opkomt. Waarom niet van deze periode genieten en zien hoe je je voelt als je diensttijd erop zit? Is er niets veranderd, dan heb je nog tijd in overvloed om te trouwen, maar bedenk wel: het valt voor een jonge man niet mee zijn hart te doorgronden. Je meissie is al eens in de fout gegaan, dus zij weet waarschijnlijk wel hoe ze op de been moet blijven. Dat is goud waard, en in jouw voordeel als je je verstand gebruikt. Zolang ze geen kind van je draagt, is er geen reden voor haast.

Een jaar eerder zou Russ misschien geschrokken zijn van de morele ontaarding van zijn in zonde levende grootvader, maar nu voelde hij eerder een zekere verwantschap. Het scheen hem toe dat opa Clement op alle punten gelijk had, op één na: Russ had zijn hart wel degelijk al doorgrond, en het behoorde toe aan Marion. Maar de brief ging verder.

Wat je ouders betreft: ik denk niet dat die het je ooit zullen vergeven als je haar trouwt. Je vader maalt niet om de Verlosser maar om hoe de mensen over hem denken. Hij predikt de liefde, maar heeft een hart vol wrok. Ik weet uit eigen ondervinding hoe haatdragend hij is. Je moeder is een deugdzame vrouw, maar ze is haar verstand kwijtgeraakt aan Jezus. Ze gaat zo in haar geloof op dat je je longen uit je lijft kunt schreeuwen zonder dat ze je hoort. Ze denkt dat ze uit liefde voor je bidt, maar ze houdt alleen maar van haar Jezus.

Russ hoefde Clements brief niet te herlezen, toen niet en later niet. Eén keer lezen was genoeg om iedere zin in zijn geheugen te griffen.

Wat de Bijbel met 'vreugde' bedoelde, en met aanverwante woorden als 'verheugd', 'heuglijk' en 'blijmoedig', leerde hij de volgende middag toen hij naar het huis van Marions oom reed. Er was vreugde in zijn onvoorwaardelijke overgave aan haar, vreugde in zijn excuses voor zijn hardvochtigheid, vreugde in het loslaten van twijfel en verwijt. Hoe vaak had hij dat woord 'vreugde' wel niet gelezen zonder ervaring te hebben met waar het voor stond? Er was vreugde in hun liefdesspel op een stormachtige middag, en vreugde in geen gemeenschap te hebben en alleen maar met een hart vol vreugde naast haar te liggen en in die peilloos donkere ogen te kijken. Vreugde in hun eerste reis naar Diné Bikéyah, vreugde in het weerzien met Stella, die blijmoedig op Marions schoot zat, vreugde in Marions omgang met kinderen, de vreugdevolle gedachte aan een kind dat hij zelf bij haar zou verwekken, vreugde in de zonsondergang en in de van sterren wemelende nachthemel, vreugde zelfs in de stoofpot van schapenvlees. Vreugde in George Ginchy's uitnodiging voor een etentje bij hem, en de vreugde waarmee hij haar door Ginchy's ogen kon zien. Vreugde toen ze voor het eerst haar mond om zijn penis sloot, vreugde om haar onbesuisdheid, vreugde in zijn bodemloze dankbaarheid, vreugde in het bezegelen van de zekerheid dat hij haar nooit zou verlaten, en navenante vreugde om het onbehagen als hij een tijdje zonder haar moest zijn, vreugde in hun weerzien, vreugde in de plannen die ze samen maakten, vreugde in het vooruitzicht dat hij zijn studie zou voltooien en net als zij op een opleiding zou kunnen bogen, vreugde om het mysterie van wat er daarna nog allemaal zou gebeuren.

De onverdeelde vreugde hield aan tot ze in het huwelijk traden, op de dag waarop hij zijn diensttijd besloot, met George en Jimmy als getuigen in het rechthuis van Flagstaff – ze hadden hun respectieve religies prijsgegeven en zochten een nieuw geloof om met elkaar te delen, maar hun lei was nog schoon, dus hadden ze geen kerk om in te trouwen. Russ voelde zich verplicht om diezelfde dag nog zijn ouders te schrijven, en hij vergulde de pil niet. Hij schreef dat Marion al eerder gehuwd was geweest en dat hij geen interesse had in een terugkeer binnen de gemeenschap, maar dat hij graag met zijn vrouw naar Lesser Hebron zou komen om haar aan zijn familie voor te stellen.

Zijn vaders antwoord was kort en verbitterd. Het deed hem pijn, schreef hij, maar het verraste hem niet dat Russ was aangestoken door een verderf dat elders in de familie heerste, en dat hij noch Russ' moeder de behoefte voelde om Marion te ontmoeten. Het antwoord van zijn moeder was langer en gepijnigder, meer een vertoog over haar eigen tekortkomingen, maar de teneur was dezelfde: ze was haar zoon verloren. Ze *verstootte* hem niet (zoals Marion, immer zijn troosteres, opmerkte), maar was hem *kwijt*.

De weigering bevestigde de juistheid van zijn keuze (schaam je, als je weigert de geweldigste vrouw van de wereld te ontmoeten) en het maakte hem trots om met Marion getrouwd te zijn, haar altijd aan zijn zijde te hebben en zich door haar geruggensteund te weten. En toch, en toch, het wierp diep in zijn hart een schaduw toen zijn ouders zich van hem afkeerden. Het was niet echt een kwestie van twijfel, die schaduw, en ook niet van schuld, maar meer het besef dat hij iets had ingeleverd door Marion te krijgen. Hij hoorde niet meer thuis in Lesser Hebron, maar werd er nog wel door achtervolgd. Hij betrapte zich erop de kleine farm van zijn moeder te missen, en de smidse van opa Clement, de eeuwigheid die zich toonde in de onveranderlijkheid van de dagen daar, de degelijkheid van een gemeenschap die zich radicaal rond het Woord had gegroepeerd. Hij wist dat zijn vader een man met fouten was, die zich zo strikt opstelde om een onderliggende zwakte te verhullen, en dat zijn moeder inderdaad in zekere zin haar verstand had verloren. Maar hij kon zich niet verzetten tegen de heimelijke bewondering die hij voor hen bleef koesteren. Hun geloof had een kracht die het zijne altijd zou ontberen.

Toen hij vier jaar later een geestelijk ambt in Indiana aanvaardde, hoopte hij iets te herwinnen van wat hij had ingeleverd. Hij was in ieder geval blij dat hij zijn grootvader weer kon zien, die ondanks zichzelf met Estelle was getrouwd en nu in haar stadje woonde, dat op twee uur rijden van dat van Russ lag. Maar zijn verlies was eerst en vooral spiritueel, en in die zin bleef hij het met zich meedragen, en het heette Marion. Toen zijn afhankelijkheid van haar iets gewoons werd, haar vaardigheden eerder nuttig dan bewonderenswaardig bleken en hun liefdesspel in het teken van voortplanting kwam te staan, keerde de ontgoocheling over haar eerste huwelijk terug in de vorm van onvrede. Hij begon zich af te vragen waarom hij zo'n stijfkop was geweest om Clements advies in de wind te slaan en de eerste de beste vrouw te trouwen die zijn hart had veroverd.

Op slechte dagen zag hij zichzelf als een boerenkinkel uit Indiana die zich aan de haak had laten slaan door een ouder stadsmeisje – gestrikt met behulp van de seksuele vaardigheden die ze had ontwikkeld met een andere man. Op zijn ergste dagen was er de verdenking dat Marion van meet af aan had geweten dat hij een betere partij had kunnen vinden. Ze moest hebben geweten dat hij na vertrek uit het kleine Flagstaff jongere vrouwen dan zij zou ontmoeten, langer dan zij, minder raar dan zij, met meer ontzag voor wat hij allemaal kon, en géén huwelijk in hun verleden. Ze had hem een verbintenis binnengelokt voordat hij wist wat er te koop was.

Toch had hij ondanks dit alles vrede kunnen hebben met zijn huwelijk als ook zij maagd was geweest bij hun ontmoeting. Zijn onbehagen hierover knaagde des te erger omdat hij wist hoe kleinzielig en goddeloos het was. Toen de onvrede zijn definitieve vorm aannam na de droom over Sally Perkins, die hem de ogen had geopend voor de veelheid van aantrekkelijke vrouwen in zijn omgeving, irriteerde het meer dan ooit dat Marion van seks had kunnen genieten met een ander, en hij alleen maar met haar. Hij kon haar superioriteit in alle andere opzichten accepteren, maar niet wat dit betreft.

Bij het betreden van de bus naar het reservaat zag hij tot zijn spijt Frances naast de andere ouder-begeleider, Ted Jernigan, op de plaatsen achter de chauffeur. Ted vormde een bedreiging, iedere man vormde een bedreiging, maar Russ had zijn lesje geleerd: het was beter afzijdig te blijven dan aan te dringen. Beter om bij de jeugd achterin te gaan zitten en een schuimballetje over en weer te slaan, mee te zingen met hits waarvan hij nu meestal de tekst wist, zich te laten uitleggen hoe hij een E-akkoord moest opvolgen met een D-akkoord, deel te nemen aan een eeuwigdurend nummerbordspelletje, en Frances het gevoel te geven dat hij haar links liet liggen. Zijn acceptatie door de jongelui, een gevolg van zijn lossere houding binnen Crossroads, was zo'n weldadig verschil met de laatste keer dat hij de trip had gemaakt, dat hij het bijna zonder de complicatie had kunnen stellen die zij vormde.

Ze reden in het late middaglicht de Navajo Nation binnen. Langs de snelweg stonden kinderen halskettingen van gedroogde jeneverbessen te verkopen. Er waren reclameborden met handgeweven dekens en sieraden van turkoois. Een souvenirwinkeltje liep over van toeristische kitsch en had een authentieke Navajohut op het erf, alsook een houten prairie-indiaan met hoofdtooi en een reusachtige wigwam. De laatste van de vijf gitaren was intussen verstomd. Carolyn Polley, aan de andere kant van het gangpad naast Russ, las een boek van Carlos Castaneda. Kim Perkins leerde David Goya de kattenwieg te maken met een touwtje, andere meisjes zaten te schoppenjagen, andere jongens bogen zich joelend over een pornografisch stripboek dat Keith Stratton had gekocht in een tankstation in Tucumcari. Russ had het in beslag kunnen nemen, met wat vermanende woorden over het objectiveren van vrouwen, maar hij was moe en er bevonden zich geen noemenswaardige probleemgevallen onder de jongelui in zijn ploeg. Roger Hangartner was tijdens de trip van het vorige jaar op blowen betrapt, Darcie Mandell moest in de gaten worden gehouden met haar diabetes, Alice Raymond was nog volop in de rouw over haar pas gestorven moeder, en Gerri Kohl kon het niet laten opzettelijk woorden te verhaspelen ('pijlmaal', 'prettige voortplanting'), maar erger werd het niet – Perry zat bij Kevin Anderson in de bus. Toen Russ in Tucumcari had gevraagd hoe het met Perry ging, had Kevin gezegd dat hij rusteloos was, geen moment zijn mond hield en weigerde de bus uit te komen. Dat had voor Russ aanleiding kunnen vormen voor een praatje met zijn zoon, maar Perry was nu Kevins probleem, niet het zijne.

Toen de watertoren van Many Farms in de verte opdoemde, waagde hij zich naar voren en vroeg Ted Jernigan van plaats te ruilen. Hij plofte neer op de zitting met Teds lichaamswarmte en vroeg Frances of ze nog een beetje had kunnen slapen.

Ze boog opzij, weg van hem, en keek hem koeltjes aan. 'Tussen Teds monologen door, bedoel je? Niet echt, maar ik weet nu wel hoe Ted de

Vietcong zou hebben aangepakt, en hoeveel ik te veel heb betaald voor mijn huis.'

Russ schoot in de lach. Dit deed wonderen voor zijn stemming. 'Tja, ik vroeg me al af waarom je niet bij ons achterin kwam zitten.'

'Een van ons beiden kent iedereen in deze bus, de ander kent niemand.'

Hij verloor zijn glimlach. 'Sorry.'

'Toen je zei dat jij ook hufterig kon zijn, geloofde ik je niet.'

'Sorry, heus.'

Ze draaide zich naar het raam en keurde hem geen blik meer waardig.

De zon was achter de Black Mesa gezakt en de langdurige schemering van Many Farms begon – het sombere licht over de nodeloos brede wegen, de identieke prefabhuisjes van het Bureau of Indian Affairs, de sobere schoolgebouwen en stoffige opslagloodsen. Russ wees de chauffeur de weg naar het bureau van de stamraad en sprong bij aankomst kwiek de bus uit terwijl de twee andere tot stilstand kwamen. Er zat nog een winterse guurheid in de lucht, een ijlheid die zijn hart direct herkende. Toen hij naar de ingang liep, kwam er een gezette jonge vrouw in een rode wollen jas naar buiten. 'U bent vast Russ.'

'Ja. Wanda?'

'Russ, als ik het zeggen mag, wij hadden u eerder verwacht.' In het echt was haar stem net zo klaaglijk. 'Ik wil graag uw programma met u bespreken.'

'Het, eh, mandaat?'

Wanda's hoofdknik had ook iets klaaglijks. 'Wij hebben het mandaat en u kunt ons helpen. Maar aangezien u liever in Many Farms verblijft, zijn wij bereid om daar een tweede ploeg onder te brengen. Ik heb dit besproken met de directeur en hij vindt het goed.'

'Dat mandaat, wat is dat eigenlijk?'

'Overeenkomstig het mandaat hebben we voor de school in Kitsillie rolstoelhellingen nodig. Een aan de voorkant en nog een bij de nooduitgang. Ook moet het toilet bruikbaar worden gemaakt voor gehandicapten. Maar mag ik volstrekt openhartig en eerlijk met u zijn? Ik denk dat u zich beter op uw gemak zou voelen in Many Farms.'

Het geluid van de bussen met hun stationair draaiende motoren werd aangevuld met het knersen van grind, de rauwe stem van Ambrose en het gemompel van Kevin Anderson. Als de ploeg van Russ in Many Farms zou verblijven, was hij daar samen met Perry, en Frances met Larry. Voordat Ambrose zich erin kon mengen, zei hij tegen Wanda dat hij er de voorkeur aan gaf zich aan het oorspronkelijke plan te houden. Haar instemmende hoofdknik zei iets anders dan haar zorgelijke blik.

'U mag naar Kitsillie gaan,' zei ze. 'Maar ik zou u met alle respect willen vragen om dicht bij de school te blijven. Niemand mag alleen rondlopen, en niemand mag na donker naar buiten gaan.'

'Prima. Die regels hadden we vroeger ook.'

Ze deed een stapje opzij om Ambrose en Kevin te verwelkomen, en Russ was niet voor het eerst onder de indruk van de gave van Ambrose om in contact te treden met een onbekende; die meelevende frons waarmee hij iemand het gevoel gaf gezien te worden als mens, serieus te worden genomen. Fronsend alsof zijn leven ervan afhing vroeg hij Wanda hoe het met Keith Durochie ging. De vraag die Russ had moeten stellen.

'Keith is niet goed,' zei Wanda, 'maar hij rust op bed in zijn eigen huis.'

'Hoe erg is het?' vroeg Russ.

'Hij rust op bed, maar ik hoor dat hij heel zwak is.'

De treurigheid van de geringe duur van elk leven maakte zich meester van Russ' keel, de treurigheid van dit zonloze uur, de treurigheid van Pasen. God maakte hem daarmee duidelijk wat hij zou moeten doen. Hij moest in Many Farms blijven, waar Keith al sinds 1960 woonde, zodat hij hem kon bezoeken en bovendien een oogje op Perry kon houden. Keiths zorgelijke toestand maakte zijn wens om seks te hebben met iemand anders dan Marion nog banaler dan anders. En het was trouwens dwaas geweest om te denken dat het in Arizona ging gebeuren – hij was vergeten hoe grimmig de omstandigheden hier waren op het einde van de winter, en hoe inspannend het was om een werkkamp te leiden in het reservaat.

En toch, de gedachte dat het doen van Gods wil ten koste zou gaan van zijn week met Frances op de mesa, dompelde hem in het diepste zelfmedelijden. Het was eigenlijk vreemd dat zelfmedelijden niet tot de doodzonden werd gerekend. Want geen zonde was dodelijker.

De reservechauffeur, een vale longkankerkandidaat met de naam Ollie, had het stuur van de bus naar Kitsillie overgenomen. Vanaf de plek naast Frances vertelde Russ hem hoe hij in Rough Rock kwam en vandaar naar het tafelland. De weg omhoog was smal en vol steenslag, en er was nog genoeg licht om te zien hoe dicht ze langs de rand reden, en hoe fataal het zou aflopen als ze eroverheen gingen. Bij een extra krappe bocht zoog Frances haar adem in en zei; 'O, jezus, *jezus*.' Ze deed een greep naar Russ' hand, hij opende de zijne, en daar zaten ze zomaar met hun vingers verstrengeld. Ze had het zelf al gezegd: ze viel op hufters. Achter de bus klonk getoeter.

‘Serieus?’ zei Ollie voor zich uit. ‘Waar wil je dat ik heen ga dan?’

Het getoeter hield aan tot ze op een recht stuk kwamen. Ollie zette de bus aan de kant, op een handbreedte van de afgrond, en er scheurde een pick-uptruck voorbij, waarvan de bestuurder een hand met opgestoken middelvinger uit zijn raam stak. De pick-up had een bumpersticker met CUSTER VROEG EROM.

‘Vriendelijk heerschap,’ zei Frances.

‘Gaat het?’ vroeg Russ.

Ze liet zijn hand los. ‘Ik wil nu alleen nog maar horen dat de weg omlaag een heel stuk beter is.’

Als uit een andere wereld, de zachtaardige wereld van New Prospect, klonken de bongo’s van Biff Allard achter hen op, waar zich een gitaar bij voegde, en nog een, en toen de iele stem van Biff.

Bus driver Ollie, bus driver Ollie
Rollin’ trough the hills, movin’ down the valley
Some folks like to drink, some folks like to cuss
Ollie gets high on a twelve ton bus

Er ging gejuich op en Ollie wuifde dankbaar. Hij wist niet dat Biff het liedje gemaakt had voor de vorige chauffeur, Bill.

Op het tafelland werd de hemel snel donkerder. De maneschijn weerkaatste van de besneeuwde stukken op de noordelijke hellingen. Russ probeerde uit alle macht zijn herinneringen aan de mesa en zijn zorgen om Keith te verenigen met de nieuwe mogelijkheden die de vrouw naast hem bood. Meer nog dan door haar schouder werd hij verwarmd door de triomf dat hij haar na alle verwikkelingen op de plek had die hem had gevormd. Hij vroeg zich af of zij er ook van zou gaan houden, en daarmee van hem, en of hij dan oud met haar kon worden. Hoewel de weg nu vlak was, legde hij zijn hand weer op de hare, gaf er een kneepje in en hield hem daar tot het tijd werd op te staan en de jongelui toe te spreken.

‘Oké, luister allemaal. We rijden nu eerst naar het gemeenschapshuis van de Navajo’s, waar we hopelijk wat kunnen eten. Ik wil geen geklaag over wat ze ons geven, oké? Hun menu bestaat voornamelijk uit schapenvlees en gefrituurd brood, en als je dat niet lekker vindt, eet je het toch maar. We moeten te allen tijde beseffen dat we te gast zijn bij de Navajo Nation, en onze houding moet er een zijn van dankbaarheid. We zijn hier als bevoorrechte en verwende mensen naartoe gekomen en daarvan moeten we ons constant bewust zijn. Laat nóóit ergens onbeheerd je spullen slingeren. Verlaat nóóit in je eentje de directe omgeving van de school. Is dat duidelijk, mensen? Ik wil ons in groepjes van vier of meer zien, nóóit met minder, en níemand loopt na donker de school uit. Begrepen?'

Er was geen elektriciteit of telefoon in Kitsillie (behalve het gemeenschapshuis en de school, na vijf jaar werk nog altijd niet voltooid, was er sowieso niet veel), maar dankzij de onvolprezen Wanda stonden Daisy Benally en haar zuster de bus op te wachten. Daisy, een aangetrouwde tante van Keith, was al niet jong meer geweest toen Russ haar in 1945 voor het eerst zag, en nu was ze krom en verschrompeld. Haar zuster Ruth was bijna net zo dik als de gemiddelde Hopi. Samen hadden ze in de keuken van het gemeenschapshuis een ketel stoofpot gemaakt, waar de geur van olie vanaf sloeg, en ze begonnen nu bij het licht van een lantaarn met het frituren van het Navajobrood, terwijl de Crossroaders plaatsnamen in de centrale ruimte, waar de kou diep in de betonnen vloer, de gebutste metalen klapstoeltjes en de tafels van spaanplaat was gedrongen. Russ vroeg Frances wat ze ervan dacht.

'God nog aan toe, denk ik. Je zei dat het hier primitief was, maar dít.'

'Je kunt nog terug naar Many Farms, hoor. Ollie brengt je wel.'

Ze keek hem verstoord aan. 'Is dat hoe je over me denkt? Een dametje dat dit niet aankan?'

'Zeker niet.'

'Even naar de wc zou wel luxe zijn, eerlijk gezegd.'

'Zet je schrap.'

Terwijl hij probeerde te bedenken of hij bij Alice Raimond moest gaan zitten, een gebaar dat haar ongetwijfeld haar dode moeder in gedachten zou brengen, en of zijn vrees daarvoor voortkwam uit een diepere vrees voor het verlies van een dierbare, drong het beeld van Ambrose zich aan hem op, die een onfeilbaar instinct had voor de omgang met tieners. Tot zijn opluchting zag hij Carolyn Polley bij Alice gaan zitten. Hij hoefde nergens onfeilbaar in te zijn, als het hem maar lukte om Frances te krijgen. Hij at zijn maaltijd met haar en Ted Jernigan.

'Niet om te klagen,' zei Ted, 'maar er is iets met dit brood.'

'De olie was misschien een beetje ranzig. Eet maar gerust, je overleeft het wel.'

'Waar is dat schapenvlees?' zei Frances terwijl ze met haar vork door haar kom prikte. 'Ik heb alleen maar raap en aardappel, geloof ik.'

'Vraag Daisy maar om wat vlees.'

'Ik smacht naar de borrelnootjes in mijn koffer.'

Buiten klonk het lawaai van een pick-up die naar een lagere versnelling schakelde. Russ schonk er geen verdere aandacht aan, tot hij zijn eten ophad en naar buiten stapte. De temperatuur was gezakt, maar Ollie stond nog in hemdsmouwen een sigaret te roken en keek naar het schoolgebouw hoger aan de weg. Op een meter of honderd afstand stond een pick-up met zijn koplampen op de bus gericht. Het geluid van de motor vulde de stille, koude lucht. Wanda had beloofd een kijkje te komen nemen, maar volgens Russ was dit niet haar wagen. In de hoop dat er een onschuldige verklaring was, een zoekgeraakt kalf, familie die Daisy en Ruth kwam ophalen, riep hij de ploeg naar buiten en dirigeerde iedereen de bus in.

Toen Ollie de bus omhoogreed, herkende Russ de pick-up van eerder op de avond. Ollie minderde vaart en drukte op zijn claxon, maar de pick-up bleef staan. Die koplampen hadden iets dreigends. Frances deed opnieuw een greep naar Russ' hand.

'Blijf hier,' zei hij.

Toen hij uitstapte en naar de pick-up liep, gingen de portieren daarvan open en sprongen er vier gestalten uit. Vier jonge mannen, drie met een hoed. De vierde, in een spijkerjasje en zijn haar los over zijn schouders, deed een paar stappen naar voren en keek Russ tartend aan. 'Hé, witte man.'

'Hallo, goedenavond.'

'Wat moeten jullie hier?'

'Wij zijn een christelijke jongerengroep en komen ons een week dienstbaar maken.'

De man grijnsde en keek om naar zijn metgezellen. Er was iets aan zijn houding wat Russ terug deed denken aan Laura Dobrinsky: *De jonge Navajo's mogen je ook niet.*

'Mogen we er even langs?'

'Wat moeten jullie hier?'

'In Kitsillie? We komen de school helpen afbouwen.'

'Daar hebben we jullie niet voor nodig.'

Er welde venijn in Russ op, een boze blanke gedachte (dat de stam er jaar in, jaar uit weinig aan deed om de school zelf af te krijgen), maar die liet hij onuitgesproken. 'We zijn hier op uitnodiging van de stamraad. Zij hebben ons een opdracht verstrekt, en daar wil ik me aan houden.'

De man lachte. 'Fuck de stamraad. Die zijn zelf ook wit.'

'De raad is een gekozen bestuurslichaam. Als je een probleem hebt met onze aanwezigheid hier, zou ik je willen vragen dat met hen op te nemen.

Ik heb hier een buslading dodelijk vermoeide jongeren die, met je welnemen, hun slaap nodig hebben.'

'Waar komen jullie vandaan?'

'Wij komen uit Chicago.'

'Ga terug naar Chicago.'

Russ' bloed begon stilaan te koken. 'Ik wijs je er graag even op dat ik niet zomaar een bilagáana ben. Ik ben al zevenentwintig jaar een vriend van het reservaat, en ik ken Daisy Benally ook al vanaf 1945. Keith Durochie is een oude vriend van me.'

'Fuck Keith Durochie.'

Russ haalde diep adem. 'Wat zit jou precies dwars?'

'Fuck Keith Durochie, dat zit me dwars. Oprotten hier, dat zit me dwars.'

'Tja, het spijt me, maar dit is grondgebied van de stamraad, en wij zijn gevraagd hier te komen werken. We verblijven in het schoolgebouw en zijn over een week weer weg.'

'Jullie soort vervuilt alles. Vervuil Chicago maar, dit is Chicago niet. Ik wil jullie hier morgen niet meer zien.'

'Dan zul je morgen de andere kant op moeten kijken, want we gaan niet weg.'

De man spuugde op de grond. Niet naar Russ, maar ook niet ver van hem af.

'Is dat als dreigement bedoeld?'

De man keerde zich om en liep naar zijn metgezellen.

'Hé. Hé!' riep Russ. 'Bedreig je me soms?'

De man keek over zijn schouder en stak zijn middelvinger op.

Russ was sinds de ruzie met Marion van afgelopen kerst niet meer zo kwaad geweest. Hij liep de bus voorbij, terug naar het gemeenschapshuis, en trof er Daisy, die bij het schijnsel van een lantaarn voor de ingang zat, met een onpeilbare uitdrukking op haar gezicht. Toen de pick-uptruck achter hem langs denderde, vroeg hij haar wie de jonge man was.

'Clyde,' zei ze. 'Hij heeft een kwade geest.'

'Weet je wat zijn probleem met Keith is?'

'Hij is boos op Keith.'

'Zoveel had ik al begrepen. Maar waarom?'

Daisy glimlachte naar de grond. 'Het is niet onze zaak.'

'Denk je dat het veilig voor ons is om hier te blijven?'

'Blijf dicht bij de school.'

'Maar denk je dat we daar veilig zijn?'

‘Blijf dicht bij de school. Morgen hebben we ontbijt voor jullie.’

Het leek het verstandigste om zich gewonnen te geven en naar Many Farms terug te keren, maar het testosteron joeg door zijn bloed. Hij voelde zich miskend en beledigd, en de vorderingen met Frances hadden zijn hormoonspiegel toch al verhoogd. Toen hij terugkwam bij de bus en de schrik en bewondering op haar gezicht zag, besloten zijn hormonen niet te wijken.

De volgende dag, palmzondag, verliep zonder een spoor van Clyde. Russ beperkte de bewegingsvrijheid van zijn ploeg tot het schoolterrein, een lager gelegen erf met een basketbalring zonder net, en de droge beek daarachter. Zondag was een rustdag en het viel de tieners zwaar om zich omgeven te weten door een fascinerend landschap dat ze niet mochten verkennen, maar ze hadden hun onderlinge verhoudingen om aan te werken, hun boeken en hun speelkaarten, hun gitaren, de zon om in te bruinen. Het deed Russ genoegen om Frances aan de meisjes voorgesteld te zien worden door Carolyn Polley, die voor pastoraal werk in de wieg gelegd leek. Hij werd opnieuw getroffen, net als toen hij Frances voor het eerst had meegenomen naar de kerk van Theo Crenshaw, door haar schuchterheid als ze door onbekenden werd omringd. Getroffen en vertederd.

Ted Jernigan had het moeilijk met het mandaat. Toen Russ en de andere mentor, Craig Dilkes, de bouwmaterialen voor de rolstoelhellingen bekeken die in een ongebruikt klaslokaal waren neergesmeten, kwam Ted erbij staan en merkte op dat het geld beter besteed had kunnen worden aan centrale verwarming.

‘Geld van de overheid gaat gepaard met strikte mandaten,’ zei Russ.

‘En ik zeg dat het een idioot mandaat is.’

Het testosteron roerde zich meteen weer in Russ. ‘Laat me je eraan herinneren,’ zei hij, ‘dat we hier voornamelijk voor onszelf zijn. Het gaat om persoonlijke groei, individueel en als groep. Als de Navajo’s rolstoelhellingen willen, dan vind ik dat verder best.’

‘Hoe komt een kind in een rolstoel die weg op? Hoe komt het die greppel over? Of gaan ze die kinderen hier per helikopter droppen?’

‘Geef jij dan maar leiding aan het boekenkastenteam. Komt dat tegemoet aan je hoogontwikkelde gevoel voor praktisch nut?’

Zijn sarcasme ontlokte Ted een frons. ‘Ik kan je niet goed volgen.’

‘Wat vind je ingewikkeld? Zeg het maar.’

‘Dat was nogal een ontvangstcomité gisteren. Het lijkt wel alsof we hier belegerd worden, en wat ik niet goed volg is waarom jij hier per se wilt blijven.’

'Dat heb ik je zojuist uitgelegd.'

'Maar hier? Op een plek waar die jongelui niet eens een douche kunnen nemen? En waar we duidelijk niet welkom zijn?'

'Als het je hier niet bevalt, regel ik met plezier een ritje terug naar Many Farms.'

'Dus jij wilt beweren dat het hier niet gevaarlijk is?'

'Kitsillie kan inderdaad best ruig zijn,' kwam Craig Dilkes, een oud-Crossroads-lid, tussenbeide. Hij was een nieuweling geweest tijdens de eerste trip naar Arizona. 'Maar juist dat brengt een groep samen. Mensen leren verantwoordelijkheid voor elkaar te nemen.'

'Zolang ze allemaal heel blijven,' zei Ted. 'Luister, als we ergens verblijven waarvan we allemaal weten dat we er beter niet zouden kunnen zijn, ligt de verantwoordelijkheid wat mij betreft bij de leider en niemand anders.'

Hij liep het lokaal uit en Craig trok zijn wenkbrauwen op, die blonder waren dan de bos rood haar op zijn hoofd. 'De atmosfeer hier bevalt me maar matig.'

Tegen Craig kon Russ wel eerlijk zijn. 'Dat heb ik ook, hoor,' zei hij. 'Keith waarschuwde me er al voor.'

'Ja, ook dat, maar ik bedoelde Ted.'

In de avond verzamelde de hele ploeg zich rond de traditionele kaarsvlam in hun donkere lokaal. De 'kaars' nam een aanvang met het zingen van twee nummers, gevolgd door het uitdelen van wat Ambrose 'aaien' noemde – een aai voor iemand met veel humor, een aai voor het inruilen van vieze rapen voor aardappels, een aai voor het nemen van initiatief binnen een nieuwe relatie, een aai voor slimheid, een aai voor het loslaten van slimheid in ruil voor openhartigheid, een aai voor het delen van een reep, een aai voor goed kunnen uitleggen hoe je een bandana omdoet. Frances nam het woord en gaf de hele ploeg een aai voor het warme welkom aan een huisvrouw van middelbare leeftijd. Kim Perkins, met wie Russ tot dusver geen woord had durven wisselen vanwege de problemen die hij jaren terug met haar oudere zus Sally had gehad, verraste hem met een aai voor de moed waarmee hij de vier agressieve Navajo's tegemoet was getreden. Zijn hart zwol van trots om het verschil met de laatste kaars die hij ooit had geleid. Hier, in een sfeer die niet werd vergiftigd door Laura Dobrinsky en Sally Perkins, zaten veertig leuke tieners met dikke sokken, thermisch ondergoed en slaapzakken om hun schouders, plus zijn beminde vrouw met jongetjeshaar aan de overkant van de kring, hand in hand met twee meisjes die ze net had leren kennen. Hoeveel beter was zijn leven nu wel niet! Hoeveel meer vreugde!

Ted Jernigan vond het nodig de veiligheid aan de orde te stellen. 'Ik weet niet hoe de rest erover denkt,' zei hij, 'maar ik ben er niet dol op als ik word bedreigd zodra ik hier een hapje wil gaan eten. Ik zou weleens willen weten of er anderen zijn die ook wat dichter bij de beschaving zouden willen zitten. Mag ik een handopsteking voorstellen?'

De herinnering aan het debacle van drie jaar geleden, toen Russ een meerderheid van handen tegen hem opgestoken had zien worden, bracht een vecht-of-vluchtreactie teweeg.

'Ted,' zei hij hormonaal, 'als je moeite hebt met mijn leiderschap, zou het je sieren dat met mij te bespreken.'

'Heb ik al gedaan,' zei Ted. 'Ik wil nu een indruk van de groep krijgen. Zijn er mensen die er net zo over denken als ik?' Hij stak zijn hand op en keek de kring rond.

Russ keek naar Frances en zag haar naar hem glimlachen, misschien om hem nog eens te laten weten hoe ze over Ted dacht. Ze hield haar hand omlaag. Van de tieners stak alleen Gerri Kohl, die van 'pijlmaal', haar hand op. Russ voelde zich al de winnaar en reageerde meteen.

'Dank je voor je eerlijkheid, Gerri,' zei hij à la Ambrose. 'Goed dat je je mening te kennen geeft. Dat vergt moed en dat waardeer ik.'

Gerri liet meteen haar hand zakken. 'Nou, ik kan ook leven met wat de rest vindt, hoor.'

Russ had met haar te doen, wist dat ze niet erg geliefd was, maar dit was wel iets om zijn voordeel mee te doen. 'Ted heeft best wel een punt, hoor,' zei hij. 'Er heerst een wat negatieve energie hier, en ik ga mijn best doen om uit te vinden waarom dat zo is en wat we eraan kunnen doen. Maar als iemand er net zo over denkt als Gerri, is dit het moment om dat kenbaar te maken. Als jullie liever teruggaan naar Many Farms, kunnen we daar gewoon als ploeg bij elkaar blijven.'

'Is er warm water in Many Farms?' vroeg een meisje.

Dat deed de discussie meteen ontaarden in gemekker en gelach over het gemekker, gevolgd door een lied en het slotgebed, dat Russ overliet aan Carolyn Polley. Hij stak de benzinelantaarns aan, blies de kaars uit en draaide het oliekacheltje hoger. Er was een uittocht naar de toiletten die hij drie jaar geleden had aangelegd, waar kreten van gespeelde afschuw werden geslaakt, en er volgde een avond met de gebruikelijke Crossroads-meligheid: een nieuwe jongen danste rond in zijn ondergoed onder het zingen van 'Let Me Entertain You'; er was een ovatie voor Darcie Marcell die haar trui uittrok; er werd gegild om de ontdekking van een rubber schorpioen, en van oprechte ontzetting geschreeuwd toen een opblaasmatras lek bleek; Kim Perkins werd besprongen door een menigte kietelaars, en David Goya nam het voor haar op. Russ probeerde nog een gesprekje aan te knopen met Gerri Kohl, maar die geneerde zich voor haar eenzame stem en wilde er niet meer over praten.

Russ was een kampeerder van de oude stempel en gaf de voorkeur aan dekens boven een slaapzak. Toen de laatste zaklantaarns uit waren en het lokaal stil werd na de laatste lollige opmerking in het donker, stond hij op en liep in zijn lange onderbroek de gang in voor een plas. Onder zijn ettelijke zorgen nam de watervoorraad een prominente plaats in. De tank op het heuveltje boven de school werd gevoed door een windmolen, en hij had geen idee of er genoeg water was om een week lang met z'n allen van te drinken, cement te mixen en gereedschap schoon te maken. Hij had de jongelui gevraagd alleen grote boodschappen door te trekken, maar het waren jongelui, dus was vrijwel iedereen het vergeten.

Na de wc niet te hebben doorgespoeld, opende hij de deur en schrok van een figuur die in de vage maneschijn voor hem stond, in haar eigen thermische ondergoed en haar geruite jack. Ze duwde hem achteruit de toiletten in en sloeg haar armen om zijn middel. Hij voelde haar rillen. Ze had het kennelijk koud.

'Ik heb de eerste dag overleefd,' fluisterde ze.

Hij drukte haar tere hoofd tegen zijn borst, en zijn testosteron manifesteerde zich in zijn lange onderbroek. Een mogelijkheid die tijdens zijn vorige trip naar Arizona nooit bij hem had kunnen opkomen, onnozel als hij was toen Sally Perkins nog in een droom aan hem moest verschijnen, een mogelijkheid die inherent was aan het overnachten van een gemengd gezelschap in een en dezelfde ruimte, aan de uiterste rand van de beschaafde wereld, deed zich nu indringend aan hem voor.

'Ik voelde me zo eenzaam in die bus,' fluisterde Frances. 'Ik had er spijt van dat ik was meegegaan.'

'Sorry.'

'Ik heb ook maar nauwelijks een idee van wat ik hier doe. De enige reden die ik zie is dat jij er bent.'

In de innigheid van dat *jij* hoorde hij een uitnodiging om haar te kussen. Maar ze liet haar armen zakken, draaide zich om en liep weg.

'Sluit me niet meer buiten,' zei ze. 'Ik moet weten dat je er bent.'

De volgende ochtend, na een ontbijt met een overmaat aan grutten, begon hij het werk aan de rolstoelhellingen. David Goya deed het rekenwerk voor de hellingshoeken terwijl Russ en Graig Dilkes hout uitzochten voor de gietvormen en de anderen aarde schepten en afvoerden. In het verleden, toen Keith Durochie er nog bij betrokken was, had Russ overtallige tieners naar ranches in de omgeving kunnen sturen, maar nu er veertig tieners aan het schoolgebouw waren gekluisterd, met alleen boekenkasten als ander werk, had hij enerzijds te veel werkkrachten en was hij anderzijds bang dat de hellingen een te intensieve klus waren om in vijf dagen gedaan te krijgen. De zon was warm genoeg om in zijn T-shirt te werken, en dat deed hij met de concentratie van zijn moeder en grootvader, waardoor de lange ochtend in tien minuten voorbij leek. Bij de lunch vroeg hij Daisy Benally opnieuw wat Clyde tegen Keith had, en ze weigerde daar opnieuw op in te gaan. Hij verweet zichzelf dat hij Wanda niet om meer achtergrondinformatie had gevraagd toen ze hem waarschuwde. Nu zat er niets anders op dan te wachten tot ze langskwam en het alsnog te vragen.

Toen de ploeg aan het avondeten zat, hoorde hij motorgeronk op de weg naar de school, hoopte even dat het Wanda was en liet die gedachte varen toen er geen auto leek te stoppen. Pas toen hij opnieuw geronk hoorde in omgekeerde richting, werd hij nieuwsgierig. Hij stapte nog net op tijd de deur uit om Clydes pick-up de hoofdweg op te zien draaien.

Hij was de enige die dit had gezien, en de stemming van de ploeg was uitgelaten nadat iemand een stuk raap naar iemand anders had gegooid. Dus moest hij doen alsof hij verrast was toen ze bij terugkeer naar de school de deur zagen openstaan, die hij toch met een hangslot had afgesloten. De deurlijst was versplinterd en het slot bungelde aan de haak op de deur.

David Goya vertolkte ieders gevoel met: 'Oei.'

Stilletjes en dicht opeen stapten ze met hun zaklantaarns naar binnen en naar het klaslokaal waar ze sliepen. Koffers en rugzakken waren leeggeschud, slaapzakken in het rond gesmeten, een fles talkpoeder was kapotgegooid tegen de muur, maar het dure fototoestel van Bobby Jett lag waar hij het had achtergelaten. Frances pakte Russ bij zijn arm. Hij voelde haar naar hem opkijken, maar wilde met niemand oogcontact. Dit was zijn schuld.

'Waar is mijn gitaar?' zei Darcie Mandell.

'Mis je je gitaar?' vroeg Russ met een verstikte stem.

'Eh, ja.'

'De mijne is ook weg,' riep een meisje aan de andere kant van het lokaal. 'Shit! Ze hebben mijn Martin gestolen!'

Russ bespeurde een opkomende groepshysterie, maakte zich van Frances los en vond zijn eigen stem. 'Oké, luister goed allemaal. Dit is natuurlijk niet in de haak, maar laten we onze kalmte bewaren. We steken de lantaarns aan en gaan eerst maar eens inventariseren. Als er iets kapot of weg is, wil ik het horen.'

'Mijn gitaar is dus weg,' zei Darcie Mandell droogjes.

'Ja, ja, voorlopig zijn we twee gitaren kwijt, maar laten we nog eens goed kijken. Vergeet niet dat dit een straatarme omgeving is, waar zulke dingen nu eenmaal gebeuren. Het belangrijkste is dat we als groep bij elkaar blijven. Zolang we dat doen, zijn we veilig.'

'Nou, ik kan niet zeggen dat ik me erg veilig voel,' zei Darcie.

'We gaan eerst opruimen en dan zien we verder.'

Nog steeds niet in staat om Frances aan te kijken, stak hij twee lantaarns aan en inspecteerde zijn eigen spullen. Hij was niet kwaad; hij probeerde zijn tranen te bedwingen. Het was verdriet om alles: het armzalige bestaan van de reservaatbewoners, de angst en gekwetste gevoelens van veertig goedbedoelende tieners, de culturele en economische kloof tussen New Prospect en Kitsillie, maar zeker ook om zijn ego. Hij had zichzelf als een vriend van de Navajo's gezien, en als een bruggenbouwer, had gedacht het beter te weten dan de mensen die hem hadden afgeraden hierheen te gaan. Hij moest er niet aan denken wat God nu van hem dacht.

Behalve de twee gitaren bleek er niets anders gestolen. De grootste schade was dat hun privacy was geschonden, de schaduw die Clydes agressie over hun saamhorigheid had geworpen. Toen de ploeg zich weer rond de kaars schaarde, had het verschil in stemming met de vorige avond niet groter kunnen zijn. Op ieder gezicht viel droefheid of angst te lezen.

'Oké, dus we hebben onze eerste tegenslag ondervonden,' zei Russ. 'Dat kan ons sterker maken als groep, maar het is belangrijk dat ik jullie je allemaal hoor uitspreken. We gaan de kring rond en ik wil iedereen eerlijk zijn gevoelens horen uiten. Over mezelf kan ik alvast zeggen dat ik heel verdrietig ben. Om ons én om degene die dit heeft gedaan. Het kan ervan komen dat we besluiten te vertrekken, maar ik ben zelf geneigd om te blijven en dit probleem het hoofd te bieden in plaats van ervoor weg te lopen. In praktisch opzicht wil ik in ieder geval dat er vanaf nu altijd één mentor in dit gebouw blijft, en ik ga morgenochtend kijken wat ik aan de situatie kan doen. Ik ga alles op alles zetten om de gitaren van Darcie en Katy terug te krijgen.'

'Gewoon de politie erbij halen, is dat nog een idee?' zei Ted sarcastisch.

'We kunnen dit aangeven bij de stampolitie, ja, maar ik zou eerst zelf willen begrijpen wat hier nu eigenlijk speelt. Laten we eens zien wat me met een luisterend oor bereiken voordat we de autoriteiten inschakelen.'

Het kostte meer dan een uur om de kring rond te gaan, en Russ was geen Ambrose. Hij had geen eindeloos geduld met de overgevoeligheid van adolescenten en de Crossroads-cultuur om emotionele muggen in olifanten te veranderen. Het viel hem zwaar om in een wereld vol echt onrecht en leed een drama te maken van twee gejatte gitaren die moeiteloos konden worden vervangen door de ouders van de eigenaars. De uitstorting van steun voor Darcie en Katy was vergelijkbaar met die welke Alice Raymond had gekregen na de dood van haar moeder. Van alle gevoelens die rond de kaars werden gespuid kon hij alleen instemmen met de collectieve frustratie over het feit dat de ploeg was afgeschermd van contact met de Navajo's. Zijn eigen frustratie op dat punt was niet minder groot.

Uiteindelijk werd ervoor gekozen om in ieder geval nog één dag te blijven. Op Ted Jernigan na waren alle mentoren daar ook voor. Toen de rust was weergekeerd en iedereen in zijn slaapzak lag, ging Russ naar buiten om naar de nachthemel te kijken. Hij hoopte in verbinding te treden met God, maar hoorde de deur achter hem opengaan. Frances was hem gevolgd.

'Dat heb je goed aangepakt,' zei ze.

'Ik vind het beroerd voor ze, en vooral voor de nieuwelingen. Geen goede eerste ervaring hier.'

'Ze respecteren je. Dat kon ik duidelijk zien. Ik snap niet waarom jij jezelf ongeschikt vond als jeugddiaken.'

Zijn ogen vulden zich met dankbaarheid. 'Nu kan *ík* wel een omhelzing gebruiken.'

Die kreeg hij. De weldaad van haar aanraking, de voelbare realiteit van de vrouw in zijn armen maakten een gelovige van hem. Het was alsof hij ernaar gesmacht had God te kennen zonder echt te geloven dat Hij bestond. Nu kon hij voelen dat zijn hoop op haar eerder te zuinig was geweest dan te rooskleurig – dat haar besluit om naar Arizona te komen eigenlijk een besluit over hem was geweest.

'Deze ervaring is er tenminste,' zei ze.

Achter hen piepte de deur opnieuw.

'Oeps,' zei een meisjesstem.

Alsof het haar opwond om met hem betrapt te worden, hield Frances hem alleen maar steviger vast, en hij kreeg opnieuw een aanvechting om haar te kussen. Gezien te worden als de man voor wie zij had gekozen, zijn status te verhogen met een kus in het openbaar, daarvoor betaalde hij graag de prijs dat Becky het van haar vriendinnen zou horen en dat Ambrose er het zijne van zou denken. Maar een kus op een moment dat zijn jongelui in

tapijt van sneeuw en dennennaalden, alles was nat of wit en geurde fris, de mensen waren weldoorvoed en goedgekleed, en blank. In het reservaat drong het tot je door hoe het was om blank te zijn. Totdat hij op de trein naar Arizona stapte, was Russ nooit verder dan honderd kilometer van Lesser Hebron geweest, en hoewel sommige niet-doopsgezinde boeren zwaar te lijden hadden gehad onder de Depressie, had hij nooit gezien wat echte ontbering inhield. De Navajo's waren opgezadeld met dorre grond die zelden een spat regen zag. De aanblik van hun taaiheid, hoe ze het hoofd boden aan hun omstandigheden, bezorgde hem een eigenaardig gevoel van minderwaardigheid. De Navajo's leken dicht bij iets te leven waarvan hij ver verwijderd was. In zijn verheven positie als blanke voelde hij zich opeens een farizeeër.

'Jezus christus, wat een doffe ellende is het hier,' zei de assistent-kwartiermeester.

Het huis waar ze moesten zijn leek veel te klein voor een stamhoofd, maar de zwarte truck stond ernaast, van voorwielen ontdaan en rustend op stapels bakstenen. Charlie Durochie stond naar een jongere man te kijken die op een moersleutel hamerde met de kennelijke opzet een bout in het chassis van de truck los te krijgen. Een van de voorwielen lag naast een graatmagere hond die zijn kruis likte. De deur van het huisje was open ondanks de kou, en in de opening stond een klein meisje in een verschoten jurkje naar de blanke bezoekers en hun superieure truck te kijken. Russ sprong uit de cabine en stelde zich voor aan Charlie Durochie, die dezelfde kleren droeg als een dag tevoren.

'Wat hebben jullie?'

'Wat meneer Ginchy gisteren beloofde. Voedsel en wat kleding.'

Durochie knikte alsof hem eerder nieuwe problemen dan hulpgoederen werden bezorgd. Achter hen, bij de oude truck, klonken een luide bonk en een krachtterm, en de moersleutel plofte naast hen in het zand neer. In de smidse van opa Clement gold het als een zonde om met een hamer op een moersleutel te slaan. 'Neem dan gewoon een langere,' zei Clement, 'voor een betere hefboomwerking.'

'Hebben jullie geen langere sleutel?' kon Russ niet nalaten te vragen.

'Als ik een langere had,' zei de jongere man ijzig, 'zou ik dan deze gebruiken?'

Hij bukte zich naar de sleutel en Russ stak hem zijn hand toe. 'Russ Hildebrandt, aangenaam.'

De man negeerde de hand en raapte de sleutel op. Hij had brede schou-

rep en roer waren, zou verkeerd kunnen overkomen. Hij stelde zich ermee tevreden zijn dank in haar oor te prevelen.

De volgende ochtend, in alle vroegte en zonder slaap van betekenis, sloop hij de school uit en liep de weg af naar het gemeenschapshuis. De zon moest nog over de bergkam komen, maar een zwerm berglijsters was al op en scharrelde rond tussen de verspreid liggende graspollen, of zat op de berijpte palen van de omheining. Daisy Benally stond uien te hakken in de keuken, maar haar zuster sliep nog. Toen Russ haar vertelde wat er was gebeurd, schudde ze zwijgend haar hoofd. Russ vroeg waar hij Clyde kon vinden.

'Niet naartoe gaan,' zei ze.

'Maar hoe vind ik hem?'

'Je weet al hoe. Door de canyon naar waar Keith woonde.'

'Is hij een Fallen Rocks dan?'

'Nee, hij is een Jackson. Niet naartoe gaan.'

Russ legde haar uit dat er weinig anders voor hem op zat. En Daisy, die een leeftijd had bereikt waarop ze kon berusten in alles wat de wereld deed, zei dat hij Ruths pick-up wel mocht lenen. Hij was het liefst meteen op pad gegaan, voor hij bang kon worden, maar hij wachtte tot de ploeg zich aandiende voor het ontbijt. Iedereen had vettig piekhaar, alle ogen waren rood van een nacht op een harde vloer. Als zoenoffer aan Ted Jernigan, die naast Frances was gaan zitten, vroeg hij hem de rest van de ochtend de leiding over de jongelui op zich te nemen.

Ook Frances oogde vuil en gammel. 'Je gaat daar niet alleen naartoe,' zei ze.

'Ik red me wel, heus.'

'Ik kan me wel vinden in wat je zegt,' zei Ted, en tegen Russ: 'Laat mij met je meegaan.'

'Nee, ik heb je hier nodig om toezicht te houden.'

'Ik ga met je mee,' zei Frances.

'Dat is denk ik geen goed idee.'

'Het kan me niet schelen wat je denkt.'

Ze hield haar ogen op het tafelblad, en haar mondhoeken omlaag. Russ vroeg zich af wat voor reden hij haar gegeven had om kwaad te zijn.

'Weet je zeker dat je mee wilt?'

'Ja, dat wil ik,' snauwde ze.

Hij hield het er maar op dat ze zich geneerde. Gêne om haar angst voor zijn veiligheid, of voor haar behoefte om bij hem in de buurt te blijven.

De cabine van Ruths pick-up was zo krap dat hij zich achter het stuur moest wurmen. Als hij op de brandstofmeter kon afgaan, was de tank halfvol. Op de oude weg langs de bedding vertelde hij Frances over de eerste keer dat hij hier gereden had, en hoe hij in het ritueel van het Vijandige Pad was beland. De weg was sindsdien verbreed, maar het oppervlak was niet veel beter. Hij moest zijn aandacht bij alle keien en kuilen houden, en kreeg daarom pas laat in de gaten dat ze niet luisterde. Ze staarde met opeengeperste lippen naar de voorruit. Hij vroeg waar ze aan dacht.

'Wat ik denk is dat ik liever twee nieuwe gitaren voor ze zou kopen.'

'Wil je terug?'

Ze sloot haar ogen. 'Ik weet niet of het je opgevallen is, Russ, maar ik ben een bangelijk mens.'

'Ik kan ook nog met iemand anders gaan, hoor.'

'Rij nou maar.'

Hij stak een hand naar haar uit, maar ze week van hem vandaan. 'Rij nou maar.'

Hij begreep niets van haar, werd geen wijs uit die mengeling van zelfvertrouwen en angstigheid, eigenliefde en zelfverwijt. Op haar eigen manier was ze net zo onpeilbaar als Marion. De vraag bekroop hem of alle vrouwen zo waren, of alleen de vrouwen waar hij op viel.

Hoe dieper hij de vallei in reed, hoe minder hij van de omgeving herkende. Het landschap was altijd droog geweest, maar hij kon zich niet herinneren dat het zo kaal was. Geen schapen of runderen meer, nergens een eetbaar blaadje of scheut, zelfs het gaas van de omheiningen was weg. Alleen nog doelloze houten palen op verweerde hellingen. De rotsen waren wit in plaats van rood, maar anders had dit ook het oppervlak van Mars kunnen zijn. Zelfs de hemel had een vreemde, geelgrijze kleur – een waas dat te ijl was om van een vuur afkomstig te zijn, en een zandstorm was het ook niet. Het leek nog het meest op de sluier boven Gary, Indiana, op een heldere dag in Chicago.

De vervreemding nam verder toe toen hij de laatste zwerfkei passeerde en in de verte het oude boerderijtje van Keith ontwaarde. Hij had aangenomen dat hij daar mensen zou aantreffen, misschien Clyde zelf wel, maar er was niets. Geen gras, geen tuin, geen dieren, niets dan knoestige oude jeneverstruiken en dode katoenbomen met zilverige, schorsloze takken. Op de momenten dat hij eraan teruggedacht had, was het boerderijtje nooit veranderd, nog steeds bevolkt door de Fallen Rocks-clan, hun kippen en geiten. De aanblik van wat de tijd er had aangericht deed hem beseffen hoe oud hij zelf intussen was.

'Geloof het of niet,' zei hij, 'maar hier heb ik ooit een memorabele zomer doorgebracht.'

Frances luisterde nog steeds niet. Of misschien deed ze dat wel, maar was ze te gespannen om te reageren.

Het huisje waar hij zijn seksuele openbaring had gehad, had geen deuren, ramen of dak meer. Alleen de muren stonden nog overeind. Het zonlicht dat erop viel was hel, maar niet zo hel als het hoorde te zijn. Toen Russ verder reed, door de canyon en omhoog naar de bergkam, leek het gelige waas nog dikker te worden.

Bovengekomen zag hij waar het vandaan kwam. In het midden van de vlakte beneden was de aarde opengereten, wérd opengereten. Er wolkte stof omhoog uit een wond van wel een paar kilometer breed. Vanuit die wond liepen industriële stellages en een onverharde weg naar de noordelijke horizon. Hij werd bevangen door een gevoel van verraad, inbreuk op zijn trouw aan de ongerepte mesa van zijn herinneringen. Keith had weleens verteld dat de stamraad akkoord was gegaan met een steenkoolgroeve in het reservaat, maar Russ had tot aan deze dag nooit enige reden gehad om hiernaartoe te rijden. Hij had nooit bevroed dat er zo dicht bij het land van de Fallen Rocks mijnbouw werd bedreven (zo dicht zelfs bij Kitsillie) en dat er op deze immense schaal werd gegraven.

Een paar honderd meter verder zag hij Clydes pick-up langs de weg. Op een veldje tussen ziekelijke pinyon-dennen zag hij twee vrijstaande woonwagens, een bouwsel van stokken en tentzeil, een houtstapel en een grotere, roestige truck met een watertank op de laadvloer. Alles onder het stof en gruis. Russ parkeerde Ruths pick-up achter die van Clyde en zette de motor uit. Hij zag nu pas een tweede sticker op de bumper: MAAR CRAZY HORSE NIET.

'Goed,' zei hij tegen Frances. 'Misschien moet jij maar blijven zitten.'

Ze staarde nog steeds naar de voorruit. 'Wat heb ik je nou gevraagd?'

'Pardon?'

'Wat is nou het enige wat ik je heb gevraagd?'

Het was opmerkelijk dat haar angst zich uitte als ergernis, alsof het zijn schuld was dat ze niet buitengesloten wilde worden.

'Oké, ga maar mee dan,' zei hij, en hij duwde zijn portier open.

Toen ze naar de woonwagens liepen, zwaaide de achterdeur van een ervan open. Clyde kwam op zijn blote voeten naar buiten, in bruine jeans en een spijkerjack met bontkraag los over zijn blote bovenlichaam. Hij had een haarloze borst. 'Hé, witte man.'

'Hallo, goeiemorgen.'

'Is dat je vrouw?'

Frances was een stap achter Russ blijven staan.

'Nee,' zei hij, 'deze mevrouw is een mentrix voor onze jongeren.'

'Dag mooie mevrouw.' Weer die brutale grijns. 'Wat komen jullie doen?'

'Wat denk jij?' zei Russ.

'Ik denk dat de boodschap nog steeds niet is doorgedrongen.'

'Ik heb de boodschap wel gekregen, maar ik begrijp 'm niet.'

'Oprotten hier? Is dat zo ingewikkeld?'

'Maar waarom? Je hebt niet de minste last van ons.'

Clyde glimlachte naar de lucht, alsof hij zijn geamuseerdheid met de kosmos deelde. Hij was knap op een grove manier. Knap en atletisch. 'Als ik jouw huis in Chicago binnenliep en jij zei "Hé, rode man, flikker op, ik moet jouw soort niet", dan zou ik dat wel begrijpen.'

Russ had kunnen tegenwerpen dat zijn ploeg zich niet in Clydes huis bevond. Maar het thuis van de Navajo's was hun land, niet de bouwwerken erop, en blanken hadden hun door de eeuwen heen volop redenen voor afkeer gegeven. Het was puur toeval dat Russ tot dusver alleen met Navajo's te maken had gehad die geen haat jegens hem koesterden. Hij keek over zijn schouder naar Frances, die geheel in beslag leek te worden genomen door het onderdrukken van haar angst.

'Je hebt gelijk,' zei hij. 'Als je ons hier niet wilt, horen we hier niet te zijn.'

'Kijk, dat gaat de goede kant op.'

'Maar ik wil eerst van mens tot mens met je praten. Niet als blanke man, maar als mens. En ik wil jou ook horen. Ik ben hier niet naartoe gekomen om ruzie te maken. Ik kom om te luisteren.'

Clyde lachte. 'Ja, vast. Ik weet waar je echt voor komt, hoor.'

'Als je die gitaren bedoelt, ja, die willen we terug. We zullen de mesa niet zonder ze verlaten.'

'Jullie zijn allemaal hetzelfde.'

'Nee hoor, je vergist je.'

'Jullie eigendommen, jullie geld. Jij denkt misschien dat je anders bent, maar je bent precies hetzelfde.'

'Je kent me niet,' zei Russ boos. 'Ik geef niets om bezit. Ik geef om de twee meisjes die jij verdriet hebt gedaan door ze te bestelen.'

'Hoeveel gitaren hebben jullie nodig? Ik heb er drie daar gelaten.'

'Hoeveel heb jíj er nodig, jongen?'

'Ik heb ze al aan mijn vrienden gegeven. Dat is het verschil tussen jou en mij.'

'Gelul. Het verschil tussen jou en mij is dat jij steelt van tienermeisjes.'

Clydes glimlach kreeg iets geforceerds. Hij liet zijn blik langs de dennen dwalen, schudde zijn hoofd en liep naar de andere woonwagen. In de vuile lucht was vaag het geluid van machines te horen, in de bomen de trillers van een notenkraker. Frances hield haar ogen op Clyde gericht, alsof ze bang was dat hij een vuurwapen ging pakken.

'We zijn veilig,' zei Russ kalm.

Haar ogen draaiden zijn kant op zonder hem te zien. Clyde kwam de woonwagen uit met twee gitaarkoffers en zette ze op de grond. 'En nu oprotten,' zei hij.

'Nee.'

'Ik meen het, witte man. Je hebt waar je voor gekomen bent.'

Clyde ging zijn eigen woonwagen weer binnen, en Frances pakte Russ bij zijn arm. 'Laten we gaan.'

'Nee.'

'In godsnaam, kom op.'

Russ' boosheid was overgegaan in droefheid. Er school schoonheid in die jongeman, en het schonk hem geen voldoening dat hij hem had omgepraat – geen bevrediging in het aanroepen van zijn blanke eigendomsrecht, zijn bezittingen terugkrijgen van iemand die niets bezat. De morele overwinning was aan Clyde, maar die morele overhand had een prijs waar Russ droevig van werd.

Hij liep naar de woonwagen en klopte op de deur. En nog eens.

'Luister,' zei hij tegen de deur. 'Ik wil je vragen om mee te gaan naar de school en met onze groep te praten. Wil je dat voor me doen?'

'Ik ben je Navajoclown niet,' klonk het vanuit de woonwagen.

'Ik toon je respect, godverdomme! Ik tart jou hetzelfde te doen.'

Na een korte stilte wiebelde de woonwagen lichtjes en de deur ging op een kier. 'Jij bent een vriend van Keith Durochie.'

'Dat ben ik zeker.'

'Dan heb ik geen respect voor jou.'

De deur ging weer dicht. Russ duwde hem open. In de woonwagen heersten de geuren en wanorde van een alleenwonende man. 'We zijn gekomen om te luisteren,' zei hij.

'Je mevrouw bekeek me alsof ik een ratelslang was.'

'Kun je haar dat kwalijk nemen? Je uit dreigementen, je breekt in.'

'Maar jij bent niet bang voor me?'

'Nee.'

Clyde tuitte zijn lippen en knikte peinzend. 'Goed dan. Ik zal je laten zien wie je vriend is.'

Hij stapte in een paar laarzen en Russ schonk Frances een geruststellende glimlach vanaf de drempel. Ze leek furieus over wat hij haar liet doormaken, maar toen Clyde naar buiten kwam en Russ voorging over een zandpad tussen de dennen, volgde ze hen.

Het was een korte wandeling die eindigde op een uitstekende rots boven de verwoeste vlakte. Er stegen nog steeds stofwolken op uit de mijngroeve, en de hellingen verderop waren verstoken van bomen, van leven – uitgedroogd en kaalgegraasd. Clyde ging zo dicht op de rand van de rots staan dat Russ zijn sluitspier voelde samentrekken.

'Als ik hiernaar kijk,' zei Clyde, 'is het alsof ik jullie mijn moeder zie verkrachten.'

'Het is verschrikkelijk,' zei Russ instemmend.

'Het is heilige grond, maar die zit vol steenkool. Zie je die rook daar?' Hij wees naar het noorden. 'Dat is elektriciteit voor jullie steden. Niet voor ons. Op de mesa is geen elektriciteit.'

'Wil je elektriciteit?'

Clyde keek over zijn schouder naar Russ. 'Zie ik eruit als een mormoon?'

'Ik probeer je gewoon te begrijpen. Is het probleem deze mijnbouw, of het feit dat jullie geen elektriciteit hebben?'

'Het probleem is de stamraad. Jouw vriend denkt dat deze hel hierbeneden iets goeds is. De moderne economie, man. Met de tijd meegaan, man, met de bilagáana meegaan. Niet aan te ontkomen. Je kunt niet buiten ze. Dat is wat jouw vriend zegt.'

'Keith geeft om zijn mensen. Ik vind dit net zo erg om te zien als jij, en ik kan me niet voorstellen dat Keith er anders naar zal kijken. Maar er moet toch ergens geld vandaan komen.'

'Keith hoeft het niet te zien. Die zit in Many Farms.'

'Het gaat niet goed met hem, moet je weten. Hij heeft vorige week een beroerte gehad.'

Clyde haalde zijn schouders op. 'Daar moet iemand anders maar om huilen. Hij heeft mijn familie bedrogen, en wij zijn niet de enigen. De pachtovereenkomsten zijn afzetterij en ze duren eeuwig. We hadden twee tot drie keer zoveel geld moeten krijgen. En de banen? Mijn vrienden zijn er nu om weer een dag lang kolenstof te happen. Dat is de nieuwe Navajo: een slaaf van de Peabody Coal Company.'

Frances schudde haar hoofd, geen angst of boosheid meer op haar gezicht, alleen ontzetting – alsof er weer een andere deur voor haar geopend was, die ze ook liever dicht had gelaten.

'Maar wat heeft Keith je familie nu precies aangedaan?' vroeg Russ.

'Hij had de begrazingsvergunning voor deze helling hier. En zijn vrouw had de vergunning voor de andere kant. Wij wisten dat de andere kant er niet best meer aan toe was, zoals je zelf zult hebben gezien toen je hiernaartoe reed. Maar deze kant was nog goed. Op een dag trok Keith zich opeens terug en verkocht de vergunning aan ons, en hup, nog geen jaar later sloot de stamraad dat contract met Peabody. Hij wist wat er te gebeuren stond, en wij niet. We hadden gezonde kudden, de maximale grootte, en kijk nu eens. Zie jij daar vee rondlopen?'

Er was geen dier te zien, nog geen raaf. Uit de richting van de groeve kwam een gedempte knal.

'De mijn zuipt water,' zei Clyde. 'Als hij vandaag werd gesloten, zou het nog een jaar of twintig duren eer het water terugkwam. En jij denkt dat Keith dat niet allemaal wist? Hij had de contracten, en daar zaten waterrechten bij. Hij wist precies wat hij deed.'

Russ wilde het niet geloven; dit verhaal moest een andere kant hebben. Maar hoe goed kende hij Keith Durochie werkelijk? Hij wist nog hoe hij als een blok voor hem gevallen was, herinnerde zich de verrukking toen Keith hem accepteerde, de trots bevriend te zijn met een echte Navajo. Wat hij zich niet kon herinneren, realiseerde hij zich nu, in het stofwaas van de kolenmijn, was enige warmte van Keiths kant – enige nieuwsgierigheid of enig gevoel voor hém.

'Dat is je vriend,' zei Clyde verbitterd. 'Dat is die mooie stamraad van je.'

'Ik heb oprecht met jullie te doen,' zei Russ.

'O ja? Ken je de Sierra Club? Je weet wel, de bevlogen bilagáana die de overheid ervan wisten te weerhouden de Grand Canyon te laten vollopen. Wij zijn ze gaan vragen of ze ook iets tegen de mijn konden doen. We willen geen energiecentrale op heilige grond, zeiden we, en ze reageerden net zoals jij. "We hebben enorm met jullie te doen." En daarna hebben ze geen moer voor ons gedaan. Ze willen van alles en nog wat behouden, als het maar om witte dingen gaat.'

'Maar wat verwacht je nou van ons?' zei Frances opeens.

Het leek Clyde te verrassen dat ze kon praten.

'Als wij zo slecht zijn,' zei ze, 'als alles wat we proberen bij voorbaat boosaardig is, als je zo over ons denkt, waarom zouden we dan nog iets proberen te doen?'

'Wat jullie kunnen doen?' zei Clyde. 'Oprotten en wegblijven.'

'Zodat je ons kunt blijven haten,' zei ze. 'Zodat je van jezelf kunt blijven denken dat je beter bent dan de witte mensen. Als zich hier iemand zoals Russ aandient, iemand die echt betrokken is en de tijd wil nemen om naar je te luisteren, iemand die deugt, dan klopt je hele verhaal niet meer.'

'Wie is Russ?'

'Ik ben Russ,' zei Russ.

'Ik heb geen hekel aan je man,' zei Clyde tegen Frances. 'Hij nam tenminste de moeite om hierheen te komen, dat respecteer ik.'

'Maar nu moeten we weer oprotten,' zei Frances. 'Is dat de bedoeling?'

Clyde leek het ongemakkelijk te vinden om met een vrouw te praten. Hij schopte wat steenslag over de rand van de rots. 'Het kan me niet schelen wat jullie doen. Blijf de hele week maar als je zo graag wilt.'

'Nee,' zei Russ. 'Nee, dat is niet genoeg. Ik wil dat je naar de school komt om onze jongeren je verhaal te vertellen. Vanavond al, als dat kan. En neem gerust je vrienden mee.'

'Wacht even,' zei Clyde, 'ga jij mij nou vertellen wat ík moet doen?'

'Het zal niets uitrichten. Aan deze nachtmerrie op de mesa gaat niets veranderen. Ik voel me afschuwelijk nu ik zie wat hier aan de hand is. Maar als jullie kwaad genoeg zijn om van ons te stelen, hebben wij het recht te horen waarom je kwaad bent. Ik beloof je dat die jongelui naar je zullen luisteren.'

'Hun eigen Navajo-ervaring.'

'Ja, dat zal ik niet ontkennen. Maar jij zult ervaren wie wij zijn.'

Clyde lachte hardop. 'Weet je wat het is met die beloftes van jullie? Er is altijd wat jullie er niet bij vertellen.'

'Dat is gelul,' zei Russ. 'Dat is zelfbeklag en gelul. Als je altijd maar bedrogen wordt, zul je moeten zorgen dat je slimmer wordt. Als je komt en je krijgt het gevoel dat we je hebben bedrogen, zeg het dan gerust. Kunnen we heel goed tegen. Maar voorlopig vraag ik me af of jij wel de ballen hebt voor een open gesprek. Voorlopig weet ik niet beter of je bent alleen maar goed in "oprotten" roepen en weglopen. Ik hoop niet te merken dat je niets meer bent dan een dief met een grote bek.'

Brachten woorden emoties tot uitdrukking of riepen ze die op? De ervaring van zich uit te spreken had al eerder een liefde in Russ' hart blootgelegd, een onvermoede liefde voor Clem, en hij zag nu aan Clydes verwarring dat zijn woorden opnieuw effect hadden. Maar het was een dubbelzinnig effect. Het tonen van betrokkenheid was een luxe die hij als blanke had, een zoveelste wapen in het blanke arsenaal. Er viel niet te ontkomen aan de ongelijkheid van macht.

'Nou, het spijt me,' zei hij. 'Je hoeft niet met ons te praten.'

'Denk je dat ik bang ben voor jullie?'

'Nee, ik denk dat je heel kwaad bent en daar een goede reden voor hebt. Je bent niet verplicht om ons je woede te besparen.'

Alles wat hij zei leek de machtsongelijkheid alleen nog maar groter te maken. Het was tijd om zijn liefde in te slikken en zijn mond te houden.

'Bedankt nog voor die gitaren,' zei hij.

Hij gebaarde Frances voor hem uit te lopen over het pad tussen de dennen. Toen hij haar volgde en nog een keer over zijn schouder keek, zag hij een onpeilbare glimlach.

'Bedankt voor het oprotten,' zei Clyde.

Russ lachte en liep door. Halverwege het pad draaide Frances zich om en sloeg haar armen om hem heen. 'Je bent fantastisch,' zei ze.

'Nou, dat weet ik zo net nog niet, hoor.'

'God, wat bewonder ik je. Weet je dat? Weet je hoeveel bewondering ik voor jou heb?'

Ze omklemde hem en daar was het: de vreugde. Na al die sombere jaren straalde zijn vreugde volop.

Terug bij de woonwagens pakten ze de gitaren en legden ze in de laadbak van Ruths pick-up. De zon scheen nu helwit en wierp een verblindende gloed over de weg langs de achterkant van de bergkam (die de voorkant was geweest in de zomer toen Russ bij Keith verbleef). Aan de achteruitkijkspiegel bungelde een plastic Snoopy, wat niet per se een teken was dat Ruth van de stripreeks *Peanuts* hield. In het reservaat vond je de gekste snuisterijen.

'Het spijt me van vanochtend,' zei Frances.

'Hoeft niet. Het was dapper dat je meeging.'

'Het is zo'n gevoel dat opkomt zonder dat ik me kan verzetten. Misschien heeft het met Bobby te maken, met de manier waarop hij stierf. Uit de tijd daarvoor herinner ik me die angstigheid niet.'

'Het belangrijkste is dat je bent meegegaan. Je was bang, maar je ging toch mee.'

'Mag ik nog iets anders zeggen?'

Russ knikte, en hoopte op een 'aai' in ruil voor die welke hij zojuist had gegeven.

'Ik moet ontzettend nodig piesen.'

De canyon was verstoken van struiken om achter te gaan zitten, maar de ruïne van het boerderijtje was niet veraf. Russ gaf gas, en Frances kronkelde bij iedere hobbel. Toen hij Keiths oude erf op reed, had ze het portier open voor hij stilstond. Ze haastte zich achter de bouwval, en hij ging zelf tegen de katoenboom staan pissen. Toen hij het dode hout donker zag worden onder zijn straal, dacht hij aan de grond die nu donker werd onder haar terwijl ze op haar hurken zat met haar broekje rond haar enkels. Dat en de zon en de ijle lucht deden hem bijna duizelen.

Toen hij terugliep naar de pick-up, zag hij haar in het dakloze huisje staan en liep naar haar toe. De muur van het kamertje stond nog overeind, maar de deur en deurpost waren verdwenen en de vloer was overdekt met stuifzand. Het was bijna dertig jaar geleden sinds hij in dit kleine vertrek op een bed had gelegen met het Navajodanseresje voor zijn geestesoog. En zelfs nu hij verlicht genoeg was om spijt te hebben van zijn blanke lust voor een vijftienjarig indianenmeisje, wond de gedachte hem weer op.

'Ik weet niet meer wat ik ervan denken moet,' zei hij.

'Van wat?'

'Van alles. Van Keith. Ik moet er niet aan denken dat hij Clydes familie met opzet heeft bedrogen. Maar dat is het punt met andere culturen. Als buitenstaander zul je nooit precies weten hoe het daarin toegaat.'

'Daarom heb je je eigen cultuur,' zei Frances. 'En daarom heb je mij. Ik ben makkelijk te begrijpen.'

'Nou, dat vraag ik me af.'

'Wedden?'

Ze was in twee stappen bij hem en drukte zich tegen hem aan. Haar handen gleden onder zijn nappa jas en ze strekte zich voor een kus. Die gaf hij haar, aarzelend.

Zij aarzelde niet. Ze hupte tegen hem op en hij tilde haar van de grond. Ze was een gulzige kusser, ruwer dan Marion, en hij moest haar omhooghouden. Wat een abrupte overgang van fantasie naar realiteit! Hoe verwarrend de stap van zijn algemene begeerte naar haar specifieke manier van kussen, de pakweg vijftig fysieke kilo's die hij tilde. Toen hij haar weer liet zakken, liet ze zich ruggelings tegen de muur vallen en trok hem naar zich toe. Haar heupen waren net zo agressief als haar mond, denim schuurde langs denim en hij moest aan de hartchirurg denken. Hij dacht aan het luxeappartement met uitzicht over het meer waarin ze, dat leed geen twijfel, hetzelfde met de chirurg had gedaan als wat ze nu met hem deed. Het was een gedachte die hem allerminst deed afknappen. Het hielp hem vat te krijgen op wie ze was. Ze was een weduwe die seks wilde. Die daar goed in was. Die er recente ervaring in had.

Ze onderbrak haar kussen en keek naar hem op. 'Kan dit?' Ze leek oprecht bezorgd dat het misschien wel niet kon. Dat maakte hem des te gekker op haar.

'Ja, ja, ja,' zei hij.

'We zijn nu in de jaren zeventig, toch?'

'Ja, ja.'

Ze sloot met een zucht haar ogen en pakte hem in zijn kruis. Haar schouders ontspanden zich, alsof het voelen van zijn penis haar slaperig maakte. 'Daar is-ie.'

Dit was misschien wel het hoogtepunt van zijn leven.

'Maar we moeten onderhand wel terug,' zei ze. 'Vind jij ook niet? Ze zijn vast bezorgd.'

Ze had gelijk. Maar nu ze hem betastte, kon hij niet meer nadenken. Hij bedekte haar mond met de zijne, knoopte haar jack open, trok haar hemd uit haar broek en liet er zijn hand onder glijden. De kleinheid van haar borsten in vergelijking met die van Marion was buitengewoon. Alles was buitengewoon. Hij was door het dolle heen en zij zei geen nee. Ze zei niet meer dat ze terug moesten. De zon verwarmde zijn hoofd en maakte een geur van oude rook los uit de muur, maar alle geluid was geweken. Er was geen auto voorbijgekomen op de weg. Geen raaf had gekrast. Niets ten teken dat er buiten hen beiden nog een werkelijkheid bestond. Hij maakte haar broek open, schuurde met de rug van zijn hand langs de tandjes van de rits en spreidde haar schaamhaar met zijn vingers. Ze verstrakte en zei: 'O, jezus.'

Zijn razernij maakte hem brutaal. 'Laat me nou.'

'Ja, nee, het is goed. Het is alleen, ooo... moeten we echt niet terug?'

Ze moesten beslist terug, maar zijn vinger gleed langs de vagina van Frances Cottrell, op de plek waar hij al die jaren terug zijn eerste seksuele extase had ervaren, en er was geen houden meer aan. Te ver heen was hij, te lang had hij hierop moeten wachten. Hij maakte met zijn vrije hand zijn eigen broek open.

'O, wow, oké.' Ze keek omlaag naar wat er tegen haar buik drukte, en naar het vierkante gat in de muur waar ooit een venster was geweest. 'Is dit echt het beste moment?'

Zijn stem was niet meer de zijne, aan zijn beheersing ontkomen. 'Ik kan niet meer wachten.'

‘Da’s waar. Ik heb je wel laten wachten, hè?’

‘Je was een kwelling, het ging maar door.’

Ze knikte, als om hem gelijk te geven, en hij probeerde haar broek omlaag te trekken. Ze keek nog nerveuzer om zich heen. ‘Echt?’

‘Ja, alsjeblieft.’

‘Ik had geen idee dat jij zo was.’

‘Ik ben waanzinnig verliefd op je. Had je dat niet door?’

‘Nee. Nou, ik vroeg het me soms wel af.’

Toen hij opnieuw haar broek naar beneden probeerde te krijgen, duwde ze hem zachtjes van zich af. ‘Kan het niet ergens waar we minder zichtbaar zijn?’

In de tijd die nodig was om haar naar de voormalige grote slaapkamer te voeren, zijn jas uit te trekken en op de grond uit te spreiden, veranderde zijn roes, van zuiver lichamelijk naar deels bewust. Ze gingen het doen, en de vraag was nu hoe. Ze liet zich op zijn jas zakken en trok haar schoenen en broek uit. ‘Ik gebruik de pil,’ zei ze, ‘mocht je je dat afvragen.’

Hij wilde vragen of zij ook echt wilde wat hij wilde, maar er was een kans dat haar ja niet vurig genoeg zou klinken, of aanleiding zou geven tot een gesprek. Het was nog altijd fris en ze hield haar jack aan. Bij het zien van hoe ze daar lag, naakt vanaf haar middel, moest hij bijna overgeven van opwinding. Voor ze van gedachten kon veranderen, en voor hij zelf de verhitte wil kon verliezen om haar te bezitten, of zou beseffen dat dit echt geen ideale tijd en plaats was, rukte hij zijn broek uit en knielde neer tussen haar benen.

‘Jeetje, dominee Hildebrandt, u bent best groot.’

Als dat wilde zeggen dat hij groot was in vergelijking tot anderen, was dat een vergelijking die hij nog nooit had horen maken. De aai (o, wat was die term van Ambrose suggestief) maakte hem alleen nog maar groter. En hij merkte tot zijn verrassing dat zijn grootheid voor een probleem zorgde.

‘Sorry,’ zei ze. ‘Je bent echt nogal groot, en ik ben gespannen.’

Hij had geen duidelijker aanwijzing kunnen krijgen dat het een slecht moment was. Elke minuut die het nu nog duurde zou haar spanning alleen maar doen oplopen. Maar hij kon gewoon niet meer wachten. Alsof tijd iets was wat hij in zijn voordeel kon manipuleren, kuste en streelde hij haar met een demonstratieve ongehaastheid. Haar reacties op zijn aanrakingen waren moeilijk te peilen, konden op opwinding duiden, maar ook op verdere spanning. Haar gretigheid leek in ieder geval verdampt.

‘We kunnen wachten, hoor,’ zei hij.

'Nee, probeer het nog maar eens. Maar langzaam. Ik weet ook niet waarom ik zo strak ben.'

Hoe snel was het onzegbare omgeslagen in iets wat kon worden besproken en toegelicht. Alsof hij in één ruk op een andere planeet was beland. Hij leek in het voorbije uur meer over haar aan de weet te zijn gekomen dan in het halve jaar daarvoor. Maar zijn hart herkende haar gelukkig nog; er was nog steeds een zee van compassie waaruit hij kon putten. Het verrukte hem dat een vrouw die zich zo van haar begeerlijkheid bewust was, zo veel moeite had om zich voor hem te ontspannen. Maar naast datgene wat haar typeerde als mens, dat heerlijke onvolkomen mens waarin hij al zo veel hoop en verlangen had geïnvesteerd, was er de overweldigende noodzaak om, al was het maar één keer, een vrouw binnen te gaan die niet Marion was. Hoe onmetelijk groot was die noodzaak, en hoe menselijk en vertederend haar verkramping, die hem dwong zich telkens een centimeter terug te trekken voor elke twee dieper naar binnen. Hoe kolderiek dat er iets scherps in zijn jas zat, dat pijnscheuten door zijn elleboog joeg. Het lukte hem uiteindelijk niet om er helemaal in te komen, en zijn ontlading was minder bevredigend dan gedacht. Maar God was zijn getuige: het was gebeurd en niemand nam het hem meer af. En nu de last van zijn minderwaardigheidsgevoel eindelijk van hem was afgenomen, kon zijn hart weer onverdeeld naar Frances uitgaan. Hij had rillingen van dankbaarheid voor de vrouw die hem door haar genade had verlost.

'Oké, ten eerste,' zei ze, 'ik moet opnieuw piesen. En ten tweede: we moeten nu echt terug.'

Ze gaf hem een natte kus, waarvan het genot werd verhoogd omdat ze nog verbonden waren; hun monden verwant met die andere vochtige onderdelen van hun lichaam. Hij wilde er niet uit zolang hij meer van hun vereniging had genoten dan zij. Hij wilde haar ook bevredigen. Maar het verlangen dat hij in haar had opgewekt door zijn confrontatie met Clyde, leek uit haar verdwenen. Ze krabbelde overeind en trok haar broek aan. En een paar minuten later zaten ze weer in de pick-up.

'Nou,' zei hij.

'Ja. Nou.'

'Ik hou van je. Dat moet je van me weten.'

'Dat is fijn om te horen.'

Hij startte de motor en ze reden een tijdje in stilte. Het had geen zin om nog eens te zeggen dat hij van haar hield. Dat had hij nu twee keer gedaan.

'Weet je wat zo vreemd is?' zei ze ten slotte. 'Dat wat jou zo aantrekkelijk voor me maakt, is tegelijk wat het fout maakt dat ik je wil.'

'Ik ben niet zo braaf, hoor. Dat zeg ik je nog maar eens.'

'Nee, maar wel goed. Je bent een doodgoeie, prachtige man. En dat maakt het behoorlijk verwarrend voor me.'

'Je hebt spijt van wat er is gebeurd.'

'Nee. Nog niet, in ieder geval. Het is alleen erg verwarrend.'

'Nou, ik ben gelukkig,' zei hij. 'Ik ben uitzinnig van geluk en er is niets wat me spijt.'

Het liep al tegen twaalven, hij reed zo snel als hij kon en het wegdek eiste te veel aandacht op om erover door te praten. En toen ze bij het gemeenschapshuis aankwamen, zagen ze een grote Chevy-pick-up met drie personen ernaast: Wanda in een rood jack, Ted Jernigan en Rick Ambrose, die hen onderzoekend opnam en direct leek te raden waarom ze zo laat terug waren. Het kon niet anders of ze waren met z'n drieën naar de mesa gekomen om slecht nieuws te brengen. En het laatste wat Russ had gezegd, was dat hij nergens spijt van had.

In den beginne was er niets dan een flardje donkere materie in een universum van licht – een troebeling in het gezichtsveld van God. Perry was al op jonge leeftijd tot de slotsom gekomen dat de door hem waargenomen werkelijkheid niet de manifestatie was van een onafhankelijk van hem bestaande wereld, maar een voortbrengsel van de twee bollen in zijn oogkassen, gevuld met een glasachtig vocht waarin troebelingen ronddreven. Urenlang had hij op zijn rug naar de stralende middaghemel liggen staren en zo'n zwevend vlekje scherp in het zicht proberen te krijgen. Maar telkens als dat leek te lukken, verdween het om direct daarna weer elders op te duiken. Om beurten zijn ogen dichtknijpend, had hij gemerkt dat een vlekje in zijn ene oog onzichtbaar was voor het andere. Waar het die vlekjes betrof was hij als een hond die op zijn eigen staart joeg. En zo was het ook met dit flardje donkere materie: ongrijpbaar maar hardnekkig. Hij kon het zelfs 's nachts zien, omdat de donkerheid van een hogere orde was dan het louter zintuiglijke. Dit vlekje dreef rond in zijn geest zelf, zijn geest die nu op alle uren van de dag en nacht straalde van rationaliteit.

In het stapelbed boven hem schraapte Larry Cottrell zijn keel. Een voordeel van Many Farms was dat de jongeren er in koppels waren verdeeld over meerdere slaapkamers, in plaats van de nacht te moeten doorbrengen in één grote ruimte, waar er onder de veertig aanwezigen altijd wel iemand zou zijn geweest die Perry naar buiten zag sluipen. Het nadeel was zijn specifieke kamergenoot. Larry zag zowat scheel van bewondering, wat Perry goed uitkwam omdat hij geen kritiek hoefde te verwachten op zijn tomeloosheid, maar Larry was óók een bijzonder lichte slaper. Toen Perry de vorige nacht om twee uur in de kamer was teruggekomen en Larry wakker aantrof, had hij de verklaring verzonnen dat het gefrituurde brood hem een aanval van flatulentie had bezorgd en dat hij naar een bank in de gemeenschappelijke zitkamer was uitgeweken om zijn vriend de stank van zijn ruften te besparen. Diezelfde smoes zou hij vannacht ook weer kunnen opvoeren, maar hij moest eerst ongezien proberen weg te komen, en Larry bleef daarboven maar zijn keel schrapen.

Hij kon Larry natuurlijk wurgen, maar hoewel aantrekkelijk had dat idee toch te veel haken en ogen. Gewoon maar opstaan en zeggen dat zijn buik weer opspeelde was geen optie, omdat de adorerende Larry hem dan vast naar de zitkamer zou willen vergezellen. Dus zat er niet veel anders op dan te wachten tot Larry, moe na een hele dag verf krabben, alsnog in slaap viel. Perry had nog een uurtje speling, maar het ergerde hem dat hij gehinderd werd door dit soort onbenulligheden. Zijn rationaliteit stond in lichterlaaie en was onblusbaar, en Larry vormde een probleem dat het vuur alleen nog maar verder aanwakkerde en zijn lichaam deed hunkeren naar een opkikkertje. Het minst gevulde van zijn twee aluminium filmrolbusjes zat in zijn broekzak en hij zou heimelijk wat poeder in zijn tandvlees kunnen wrijven, maar het was zeer de vraag of zijn slaapzak het geluid zou dempen als hij het schroefdekseltje van het busje draaide, en of hij het busje wel blindelings kon openen zonder poeder te morsen (en elke gemorste korrel zou een blamage en een ramp zijn), en dan was er nog de vraag of het wel slim was om voor inwrijven te kiezen nu het busje toch al danig was aangesproken, of hij niet veel beter kon wachten tot hij een zoveel effectievere snuif kon nemen. Wat weer de vraag opriep of het nu echt wel zo'n slecht idee was om de keelschraper boven hem te wurgen zodat hij ongestoord zijn opkikkertje kon nemen...

Oef... en dan stonden deze vragen alleen nog maar in relatie tot de fysieke effecten van het poeder, welbeschouwd bijzaak. Zoveel gewichtiger was het gegeven dat het poeder de sleutel vormde tot duizenden speculaties die het praktische belang verre ontstegen. Zo had Perry nog maar zeer onlangs, hoogstens een week geleden, het raadsel opgelost waarom de wereld het nooit moe werd om over God te praten. Het antwoord was dat hij, Perry, God was. Dit inzicht had hem best beangstigd, maar het was al snel gevolgd door een tweede inzicht: als een semicriminele en drugsverslaafde tweedejaars highschooler uit New Prospect God kon zijn, *dan kon iedereen God zijn*. Dat was de verbazingwekkende sleutel tot alles. En het meest verbazingwekkende was nog wel dat hij dit niet veel eerder had ingezien. Het had de vorige zomer al voor het oprapen gelegen toen hij elke 'God' in het klerikale tijdschrift van de Eerwaarde Vader had doorgekrast en vervangen door 'Steve'. Waarom had hij niet toen al die zo simpele sleutel gevonden? Als ene Steve God kon zijn, gold dat voor eenieder die met een naam door het leven ging. Iedereen op deze wereld hoefde zijn ogen maar te openen voor zijn eigen goddelijke natuur. Je hoefde de waarlijk onbegrensde mogelijkheden van je geest maar te bevroeden en Gods bestaan veranderde van een buitensporige aanname in een evidente zekerheid.

Deze openbaring had Perry op Maple Avenue gekregen, luttele minuten nadat hij een bedrag van $ 2.850,00 had opgenomen van het spaarbankboekje van zijn grote broer bij de Cook County Savings Bank. De bankbediende had de biljetten tot tweemaal toe hardop uitgeteld, 'zevenentwintig, achtentwintig, twintig, twintig en tien', en de bundel in een elegante bruine envelop gestoken. Het gevoel van triomf was zo overweldigend geweest dat hij er het beeld bij kreeg van een ejaculatie die de hemel zelf verduisterde. Kennis die zo volmaakt was, kon niet anders dan de kennis van God zelf zijn; dus als hij, Perry, over die kennis beschikte, wat zei dat dan over hem? Zijn eerdere bezoeken aan de bank hadden hem geleerd dat zijn vaste bankbediende, een oudere grijze heer, vanaf kwart over twaalf aan het lunchen was en achter het loket werd vervangen door een kroesharige jongedame die nog een beugel om haar tanden droeg en die daarom ongetwijfeld (boven elke twijfel verheven!) *te kort bij de bank werkte om Clem te kennen*. De roodgenagelde hand die zijn bankboekje aanpakte was gezegend met argeloosheid.

'Dat is veel contant geld. Wil je niet liever een cheque aan toonder?'

'Ik ga een zeilboot kopen.'

'O, te gek!'

'Prachtig ding. Ik heb er drie jaar voor gespaard.'

'Heb je een identiteitsbewijs?'

Die vraag had hem niet minder kunnen verrassen. Niets kon hem verrassen, aan alles had hij gedacht: het opnemen van een bedrag dat specifiek genoeg was om geen argwaan te wekken; het aantrekken van een sullig vest plus de vermomming van zijn nieuwe bril; niet zomaar een studentenkaart van de University of Illinois namaken en lamineren, maar daar met een nagelvijl en een stuk houtskool een overtuigende sleetse smoezeligheid aan verlenen, een geheime operatie die hij op nauwelijks meer dan een meter afstand van zijn slapende kleine broertje had uitgevoerd, ondersteund door zijn poeder, dat niet slechts zijn rationaliteit deed stralen maar ook wonderen deed voor zijn concentratie en vastheid van hand. Hij had flink wat opkikkertjes in het project moeten steken, maar het resultaat zou zijn moeite méér dan royaal vergoeden; en wel letterlijk vergoeden, met de kolossale som geld die hij óók had voorzien. Toen de gebeugelde bankemployee zijn ID-kaart teruggaf na er amper een blik op te hebben geslagen, lag het bedrag al luisterrijk voor hem. Een snelle rekensom leerde dat hij met het vervaardigen van de kaart en het instuderen van Clems handtekening $ 236,25 per uur had verdiend, ná aftrek van zijn drugsuitgaven. Niet slecht. En toch nog maar een schijntje bij wat hij nog meer ging opstrijken, verrekend met de arbeidskosten in Arizona en het terugstorten van Clems geld, als zijn verdere transacties eveneens verliepen zoals hij had uitgedacht.

Want in heel Chicago en contreien was geen greintje peyote te vinden.

Terwijl duizenden hippies in Chicago en contreien er wanhopig naar op zoek waren.

Op heel de wereld was maar één persoon zo rationeel geweest om deze enorme behoefte te onderkennen en zichzelf zodanig te positioneren dat hij erin kon voorzien.

Hij dankte deze ontwikkeling van zijn logisch denken aan een eerder inzicht: drie jaar lang had hij getracht de verkeerde stoornis te verhelpen. Hij had geloofd dat zijn geest ziek was en behoeftig aan chemische verzachting, terwijl het probleem er een van lichamelijke aard was. Het was zijn lichaam, de vermoeibare spieren en prikkelbare zenuwen, en niet zijn geest die ondersteuning nodig had. Zodra zijn mannetje hem bekendmaakte met Dexedrine en hij de eigenlijke functie van een Quaalude leerde kennen, namelijk het tot rust laten komen van zijn lijf, was hij een fase binnengegaan van ongekende intellectuele voortreffelijkheid en evenwichtigheid. De wereld was en bleef een flipperkast, maar voor hem, Perry, werd het spel nu in slow motion gespeeld. Zijn timing met de flippers was zodoende vlekkeloos, en hij kon zijn puntentotaal net zo hoog laten oplopen als hij maar wilde. Ook wist hij nu precies wanneer hij moest stoppen, de bal in een putje laten verdwijnen door een 'lude in te nemen. Alles wat hij vanaf begin januari deed was zo overdonderend juist en correct dat de hem omringende wereld zich ernaar voegde. Een voorbeeld: op de dag dat hij door zijn Dexedrientjes heen raakte, *op precies die* dag, waren er drieduizend dollar op zijn spaarbankboekje verschenen, met dank aan zijn zus. Ander voorbeeld: zijn bank verlangde geen ouderlijke medeondertekening. Of dit voorbeeld: zijn mannetje was die dag niet slechts thuis, en niet slechts goed bij zinnen en aanspreekbaar, maar bovendien bereid afstand te doen van alle peppillen in zijn Planters-pindakaaspot. De gedachte doorflitste Perry weliswaar dat hij er te veel voor betaalde, maar de overeengekomen prijs was een nietige fractie van die drieduizend dollar op zijn spaarboekje, en het mannetje was op zijn twintigdollarbiljetten aangevallen met de gretigheid van iemand die op een serieus dieptepunt was aanbeland, dus toen Perry even later in Felix Street op een eerste handje pillen liep te kauwen, leek de wereld beter te kloppen dan ooit: zijn geld had hem én zijn mannetje in een diep welbevinden gedompeld. Hun transactie, in theorie nulsom, had op de een of andere manier toch de waarde van het verhandelde verdubbeld.

Nog een tijd lang was alles juister dan juist gebleven, maar toen Bear zijn oordeel over Dexedrine kenbaar maakte, was Perry er klaar voor om met aandacht te luisteren. Het volgende was toen namelijk het geval. Wat bij aankoop een ontelbaar aantal peppillen had geleken, was onverwacht snel opgeraakt, en hun functie mocht dan primair lichamelijk zijn, hij was toch ook enkele minder dan weldadige geestelijke bijwerkingen gaan ervaren. Jay stelde zijn geduld bijvoorbeeld erger dan ooit op de proef, en het begon een misère te worden om een kamer met hem te delen. Ook de tedere aanrakingen van zijn moeder maakten hem kriegel, om nog te zwijgen van alle Crossroads-activiteiten waarbij fysiek contact kwam kijken. De traagheid van de wereld was nu eerder tergend dan dienstbaar, en ondertussen bleef zijn lichaam maar om meer vragen. Zijn lichaam had een probleem gecreëerd. Hij verfoeide het om de voortdurende aanslagen op zijn slinkende voorraad, verfoeide het om de rem die het op zijn geest zette. Toen hij opnieuw door zijn pillen heen was, toog hij in een toestand van hoog opgelopen ergernis naar het huis van zijn mannetje in Felix Street, en ditmaal was er geen blaffende en jankende hond achter de deur. Het stoepje lag bezaaid met verregende reclamefolders. Op de deur zag hij een felgele kennisgeving van de sheriff, waar hij niet dicht genoeg bij in de buurt durfde te komen om de tekst te lezen.

'Verbaast me niks,' zei Bear toen Perry zich bij hem vervoegde. 'Dexedrine is puur vergif.'

Dat Perry op Bear gesteld was, deed er niet zoveel toe, maar dat Bear op Perry was gesteld en hem toestond aan huis te komen, was een zegen die een nieuwe fase van juistheid inluidde. Bear, die ook verkocht aan Ansel Roder, had geen enkele persoonlijke eigenschap gemeen met het mannetje van Felix Street. Hij was groot en potig en volstrekt relaxed, kennelijk onbevreesd voor de politie, en hij stond in vertrouwenwekkende mate op goede voet met zulke Crossroads-alumni als Laura Dobrinsky. Zijn huis, op een halfuur stevig doorlopen van de Proletenpastorie, was eigendom van een grootmoeder die in een verpleeghuis zat. Perry had zelf nooit een grootmoeder gehad, maar herkende niettemin de grootmoederlijke geur die nog in de muren zat, de grootmoederlijke hand in de geborduurde gordijnen van de zitkamer waar Bear die middag Löwenbrau dronk en de vele tijdschriften las waarop hij was geabonneerd. Het leed geen twijfel dat de kans op een langdurige carrière als dealer sterk werd vergroot door zoals Bear te zijn. Hij dealde uitsluitend in spul dat uit natuurlijke grondstoffen was vervaardigd, meest weed en hasj, maar ook, zoals Perry te horen kreeg nadat hij Bear zijn energiebehoefte had voorgelegd, bij tijd en wijle in een grammetje cocaïne. Dit om tegemoet te komen aan de muzikanten in zijn klantenkring.

Na zijn bezoek vertrok Perry met een proefmonster ter waarde van veertig dollar. Het bleek liefde op de eerste snuif. Twee dagen later was Perry alweer terug. Ditmaal had Bear gezelschap van een bevallige verschijning in een leren minirok, die haar eigen Löwenbrau zat te drinken en Perry deed vrezen dat zijn komst bijzonder slecht uitkwam. Maar Bear was een relaxte lobbes, en toen zijn vriendin hoorde wie Perry was en waar hij voor kwam, klaarde haar gezicht op alsof ze zich herinnerde dat het vandaag een feestdag was. Na nog maar twee dagen vroeg Perry zich al af hoe iemand die ook maar zijdelings met cocaïne bekend was, nog momenten kon hebben waarin hij zich níet afvroeg of er ergens cocaïne viel te krijgen. Hoe had Bears vriendin daar met haar drankje kunnen zitten alsof er geen cocaïne op de wereld bestond? Tot Perry's verrukking trakteerde Bear hen allebei op een paar lijntjes, en zijn hart ging alleen nog maar sneller slaan bij de gedachte dat hij als enige leerling van New Prospect High de roemruchte drug van Casey Jones gebruikte (althans, als er al een andere leerling was, dan was dit niet bij hem bekend), en dat hij dat ook nog eens deed met twee bijzonder mondaine twintigers. Hun levendige discussie betrof onder meer de meest interessante drug die ze ooit hadden gebruikt of die welke ze het liefst eens wilden uitproberen ('Peyote,' zei Bear gedecideerd), het geluk waarvan Perry mocht spreken omdat hij niet was beroofd door een naalden gebruikende junk, het zegenrijke feit dat een plantaardige alkaloïde zijn gebruikers niet in paranoïde maniakken veranderde, de experimenten van dr. Sigmund Freud, het hypocriete onderscheid tussen middelen op recept en middelen van de straat, het gerucht over een ophanden zijnde hereniging van The Beatles, en de onuitstaanbare eigendunk van Grand Funk Railroad. Perry was een en al welbevinden, en zijn welbevinden versterkte zijn toch al onuitputtelijke rationaliteit. Zijn primaire behoefte was dat Bear nog meer op hem gesteld raakte en hem zijn vertrouwen schonk. Zijn secundaire behoefte was dat niemand het immense verschil tussen Bear en hem zou opmerken, en wel het feit dat Bear relaxed was en hij niet. Eén snuifje maakte de montere Bear nog monterder en volstond dan ook voor hem.

Perry, die tot de tiende macht onrelaxed was, spande zich tot het uiterste in om de controle over zijn oogballen te behouden, die als door een magneet werden aangetrokken door de coke op tafel.

Onder Bears relaxtheid bleek een koppige wil schuil te gaan. Zijn cokedeals waren bijzaak in zijn bedrijfsvoering, onderworpen aan de beschikbaarheid op grossiersniveau, want zijn andere klanten, hoewel onregelmatig in hun klandizie, bleven hem toch wel trouw. Perry kwam als nieuwkomer in aanmerking voor een halve gram en geen milligram meer, en toen hij opmerkte fors meer te willen betalen voor een beetje meer, deed Bear alsof hij dat niet hoorde. Bear, kortom, was irrationeel (het zou immers gaan vervelen en bovendien riskant zijn om Perry om de haverklap over de vloer te krijgen voor zijn halve grammetje), maar Perry liet zich leiden door zijn superieure rationaliteit en besloot de verstandhouding een paar weken te laten rijpen alvorens hij zijn voorstel zou doen.

Toen het zover was, floot Bear tussen zijn tanden en zei: 'Dat is een hoop.'

'Ik ben meer dan bereid om je ruimschoots vooruit te betalen voor je moeite.'

'Het gaat niet zozeer om geld.'

'En hoezeer ik onze gesprekken ook waardeer, het zou beter zijn als we ze wat minder vaak hadden. Denk je ook niet?'

'Wat ik denk,' zei Bear, 'is dat jij alles wat ik je geef erdoorheen snuift en toch weer binnen een week voor mijn neus staat.'

'Dat bestrijd ik!'

'Ik vind het niet tof, de kant die dit op gaat.'

'Maar je zult zien, heus, geloof me, dat het uitermate tof is. Geef me een kans, meer vraag ik niet.'

Wellicht was het de aanblik van twintig knisperend nieuwe vijftigdollarbiljetten, maar het tij keerde in Perry's voordeel. Bear nam het geld afkerig aan en stuurde hem huiswaarts met een fractie van de hoeveelheid die hij zojuist had vooruitbetaald. In de veertien dagen die volgden bezocht Perry hem nog tweemaal, en kreeg nogmaals twee minieme porties mee. En kwam er toen niet een avond waarop hij met inspanning van al zijn wilskracht een beetje poeder tot bestaan probeerde te fantaseren, terwijl het laatste reëele restje al verdwenen was door een laf verraad van zijn leugenachtige lichaam? En kwam er daarna niet nog zo'n avond? Zeker was dat hierop de dag volgde waarop Bear op Perry's bellen aan de deur kwam en hem een papiertje in handen duwde.

'Ga hier maar heen. Hij heet Eddie en hij heeft waar je voor betaald hebt.'

'Mag ik even binnenkomen?'

'Nee. Je bent een leuk gozertje, maar ik wil je hier niet meer zien.'

De deur ging dicht, en om uiteenlopende redenen, waarvan pure lichamelijke uitputting misschien wel de belangrijkste was, barstte Perry in tranen uit. Was dat het moment waarop het flardje donkere materie voor het eerst aan hem verscheen? Hij had het gevoel dat hij Bear inniger liefhad, hoe kort hij hem ook nog maar kende, dan wie dan ook in zijn leven. En het verspelen van Bears sympathie was een zo ontluisterende deceptie dat het zowaar iedere gedachte aan het poeder uit zijn geest verdreef. Pas toen hij weer thuis was en zichzelf had leeggejankt, herinnerde hij zich waar de zeven cijfers op het papiertje voor stonden. Zijn geest ontplofte alsof hij die gehele hoeveelheid in één keer had opgesnoven.

Hij was niet op Eddie gesteld geraakt, en Eddie niet op hem. Hun eerste ontmoeting had een beetje aan Felix Street doen denken, en hun volgende transactie, waarbij zo'n beetje de hele geldsom opraakte die Becky naar hem had overgemaakt, bezorgde hem zelfs een verterende haat jegens Eddie, van wie hij vrijwel zeker wist dat die hem had afgezet. En opnieuw was het pas achteraf dat hij zich realiseerde hoeveel wit poeder hij nu, afgezet of niet, in zijn bezit had. Drie aluminium filmrolbusjes met de dekseltjes er stevig op gedraaid, dat was hoe dan ook niet niks. Nooit meer, of in ieder geval een hele tijd niet meer, zou hij tot zijn immense ongerief met lege handen komen te zitten.

En toch, maar toch... als drie busjes fantastisch waren, hoe fantastisch zouden zes busjes dan wel niet zijn. Of twaalf. Of vierentwintig. Was er een veelvoud van drie aan witheid denkbaar die zijn geest voor altijd tevreden zou stellen? De donkere vlek, de geestelijke glasvochttroebeling, was teruggekeerd. Het idee verdampte dat zijn uitgegeven geld een waardeverdubbeling had opgeleverd. Uitgegeven geld was gewoon weg. Op zijn bankboekje, zichtbaar voor spiedende ouderlijke ogen, stond nog slechts het miezerige bedragje van $ 188,85 en het was hem niet duidelijk hoe honderdnegenentachtig dollar van het ene moment op het andere kon worden omgetoverd tot vijfendertighonderd. Tot hij zijn geniale inval kreeg met het boekje van Clem.

Larry snurkte. Een geluid dat zozeer de Platoonse Idee van 'gesnurk' benaderde, dat Perry zich afvroeg of het misschien gespeeld was. Hij lag stil te luisteren hoe het alleen nog maar luider werd. Maar uiteindelijk culmineerde het geronk in een benauwde snik, gevolgd door het schudden van het stapelbed toen Larry zich omdraaide. Hierop volgde een lichter gesnurk, onmiskenbaar authentiek; voor Perry een teken dat hij (eerst zijn zenuwgestel maar eens sussen) het filmrolbusje kon opendraaien om er zijn bevochtigde vingertop in te steken. Hij klopte voorzichtig het surplus aan poeder af op de rand van het busje en stak de vinger in zijn mond. Opnieuw ging de vinger het busje in, en nu stak hij hem in een neusgat, trok hem er weer uit en ademde diep in, likte de vinger af en ging met zijn tong langs zijn tandvlees. De plaatselijke verdoving was metonymisch ten opzichte van een meer algemene gevechtspauze tussen zijn zenuwgestel en zijn geest. De kick was de laatste tijd niet meer zo intens als in het begin, maar hij vond in ieder geval zijn innerlijke harmonie terug. Hij draaide het dekseltje op het busje en ging rechtop zitten. Zijn schoenen stonden bij de deur, met het geld in de punt van een ervan, alles tot in de perfectie uitgedacht. Zijn hart bonkte nu oorverdovend, maar zou daardoor ook Larry verdoven – dat kon niet anders, omdat het God zelf was die bonkte. Zoals de hartenklop van een moeder haar ongeboren kind kalmeerde, koesterde Zijn kosmische gebonk ieder van Zijn kinderen. O, wat had Hij ze lief! Hij voelde dat Hij ze allemaal kon doden én kon redden door dat alleen maar te willen, zo luid bonkte Zijn door de coke opgestuwde hart terwijl Hij o zo behoedzaam de kamerdeur opende.

In de donkere gang brandde een exitbordje, en aan het eind sijpelde zwak tl-licht uit de zitruimte. Het viel niet mee om tot de menselijke tijdmaat terug te keren en wijs te worden uit zijn horloge, maar hij begreep dat hij nog vijfendertig minuten had voor wat hij deze nacht van plan was. Hij stak het geld in zijn zak, trok zijn schoenen aan en sloop langs de andere kamers die Crossroads voor zich had opgeëist. In een ervan hoorde hij gedempt gekwinkeleer van meisjes die zo te horen nog akelig wakker waren. De hierop te treffen maatregel had kennelijk voor de hand gelegen, want een schijnbare tel later stelde hij vast dat hij op een wc-pot zat en vanaf zijn duimnagel twee royale porties poeder door zijn beide neusholten joeg. Heel merkwaardig dit: hoe kon een Alziend Opperwezen op een wc-pot zitten zonder te weten hoe Het erop beland was? Toen hij terug probeerde te kijken op de voorbije ogenbikken, werd zijn geestelijke blikveld geblokkeerd. De flard donkere materie leek opeens fors uitgedijd en kon welbeschouwd geen flard meer worden genoemd, maar beter worden omschreven als een rusteloze semitransparantie. Hij kon er zijn innerlijke blik niet scherp op krijgen, maar voelde aan dat er een kennis in woelde die inging tegen de zijne. Ongelooflijk! Ongelooflijk dat het oog van God zelve vertroebeld kon zijn! God was kennelijk zeer, zeer vertoornd. Een toorn die

Hij niet kon ventileren en die Hem daarom maar tot drie fikse snuiven in snelle successie bracht. Als zijn lichaam onder deze onstuimige overmaat bezweek, dan moest dat maar.

Hij kreeg zijn broek nog net op tijd omlaag. In plaats van te bezwijken koos het lichaam ervoor zich te ontlasten als een neerwaarts uitbarstende vulkaan. En in de stankwalm, die gepaard ging met buitenaardse lichtflitsen voor zijn ogen en een apocalyptisch gedreun in zijn borst, daagde hem een genadiglijk rationele verklaring: dit gebeurde nu eenmaal als je te veel nam. Maar wat deze verklaring vooral uitdroeg was dat ze irrelevant was, een onbeduidende gedachte onder talloze andere. Zijn onmatigheid had zijn stralende rationaliteit uiteen doen spatten in duizenden lichtsplinters die elk een eigen inzicht in zich droegen dat niets te maken had met de inzichten in de andere splinters, die tezamen haarscherp een witheet sterrenschijnsel weerkaatsten dat in zijn maag laaide; hij voelde een braakaanval aankomen. Maar in plaats van te kotsen scheet hij opnieuw, en niets van dit alles was voorzien of uitgedacht. Als er ergens in hem een zekere voorkennis van dit extreem onaangename sanitaire oponthoud had gehuisd, was dit in de donkere troebeling geweest, niet in zijn geest.

Zijn kont afvegend in deze veel te krappe Navajo-wc, gekneveld door de broek om zijn enkels en afgeleid door de flitsen van ontelbare splinters en het meedogenloze kloppen van zijn halsslagader, merkte hij dat hij vergeten was op zijn filmrolbusje te letten. Het was een gedachte die gepaard ging met de kalme overtuiging dat hij het met vastgedraaid dekseltje naast zich op de vloer had gezet. Maar nee. O, nee, nee, nee, nee. Hij had het omgeschopt. En het dekseltje had er los op gezeten. En de verstrooide inhoud absorbeerde nu gulzig het vocht dat uit een lek in de kit rond de wc-pot sijpelde. Een groot deel was al in een waterige pasta veranderd, die hij nu haastig in het busje terug moest vegen met zijn gekromde vinger, wat resulteerde in de bevochtiging van het poeder dat nog in het busje zat. Niets was nog begrijpelijk of inzichtelijk. Hij was als de vleesgeworden genialiteit door de gang geslopen om op pad te gaan voor de afronding van zijn meesterzet, en nu zat hij met stukjes wc-papier een wittige alkaloïdesmurrie bij elkaar te vegen, die vermoedelijk vol zat met fecale en misschien ook wel tuberculeuze bacteriën, zichzelf hinderend met de vraag of de alkaloïde antiseptische eigenschappen had, zodat hij het wc-papier later op zijn tandvlees kon drukken zonder pathogenen binnen te krijgen. Of was het, zijn misselijkheid ten spijt, niet een beter idee om de vloer maar gewoon af te likken en geen milligram verloren te laten gaan?

Een acute braakneiging weerhield hem van likken. Hij propte het verzadigde wc-papier in het busje en schroefde er het deksel op. En prompt, in een n-dimensionale golf van verrukking, een pancellulair orgasme van inzicht, herinnerde hij zich dat zijn meesterzet hem een drugshoeveelheid op zou leveren waarvan de omvang eerder in kilo's dan grammen moest worden uitgedrukt. Van het ene moment op het andere verliet hij een levensgevaarlijke turbulentie voor een weerstandsloze glijvlucht op stratosferische hoogte, en alles was weer even inzichtelijk als begrijpelijk. Hoe had hij de juistheid van zijn handelen in twijfel kunnen trekken? God vergiste Zich niet! Hij was superbe. Superbe! Hij had zijn fysieke limieten doorbroken en de hoogste vorm van zijn bereikt. Het flardje donkere materie was verschrompeld tot op het punt van verdwijnen, was weer nietig genoeg om zich in Gods liefde te mogen verheugen, was dierbaar en onschuldig, wist immers niets, of nou, misschien wist het één klein dingetje...

Zo zie je maar dus is het niet beter om kleine moeite zo gedaan

Doordrongen van wat het flardje hem voorhield, dat er de komende uren nog een moment zou kunnen komen waarop hij zich een fractie minder superbe voelde, sloop hij door de gang terug en glipte zijn kamer weer binnen. Zijn andere filmrolbusje, het volle en volledig droge, zat in een opgerold paar sokken in zijn reistas. Hij had het meegenomen zonder ervan uit te gaan dat hij het met een vinger zou aanraken, gedreven door de paranoia van de vertrekkende reiziger, een irrationeel lijkende beduchtheid om het onbeheerd achter te laten in de kelder van de pastorie, verstopt achter de olieketel maar niettemin onbewaakt. En nu bleek het allerminst irrationeel te zijn geweest. Het was vooruitgedacht tot in de perfectie.

'Perry?'

De stem in het donker leek op die van Larry, maar dat wilde nog niet zeggen dat Larry wakker was. Onderdeel van het bestaan als God was immers het horen van alle gedachten van al Zijn kinderen. Tot nu toe waren die stemmen te zacht geweest om beluisterbaar te zijn, ruwweg vergelijkbaar met het geroezemoes in Union Station. Hij rolde de sokken uit en stak het weldadig zware busje in de onderste zak van zijn cargobroek. In zijn neusholte bleef zwak basisch alkaloïdevocht zijn slijmvlies doordringen.

'Wat doe je daar?'

Als Perry's gezichtsvermogen waarlijk volmaakt was geweest, ongehinderd door het donkere vlekje, had hij Larry misschien wel kunnen uitvagen. Het vermogen om te doden met denkkracht was een goddelijke gave. Zijn kracht werd gestremd door iets wat vergelijkbaar was met een smet op de lens van een oneindig sterke telescoop.

'Perry?'

'Ga slapen, Larry.'

'Wat doe je nou?'

'Ik ga weer naar de zitkamer. Steek je neus maar even in de wc als je me niet gelooft.'

'Bij mij is het precies omgekeerd. Ik zit compleet verstopt.'

Perry stond op en liep naar de deur. Hij voelde zich nu al iets minder superbe.

'Kunnen we even praten?'

'Nee,' zei Perry.

'Waarom niet?'

'Ik praat de hele tijd al met je. We zijn de godganse dag samen.'

'Weet ik, maar...' Larry ging rechtop zitten. 'Het voelt alsof we dat níet zijn. Het is net alsof je ergens... anders bent. Snap je wat ik bedoel? Je hebt nog niet één keer gedoucht sinds we hier zijn.'

Als Larry niet in staat was de absurditeit van douchen in te zien, daar niet de afkeer van een god voor voelde, dan had het ook geen zin hem uit te leggen waarom douchen een abjecte bezigheid was.

'Ik ben gewoon eerlijk tegen je,' zei Larry. 'Ik zeg hoe je op me overkomt. En als er één ding is wat je volgens mij echt moet gaan doen, is het douchen.'

'Oké. Slaap lekker.'

'En ik ben de enige niet, hè? Iedereen vindt dat je raar doet.'

Perry bespeurde nu een bondgenootschap tussen Larry en het flardje donkere materie, een gedeeld bezit van tegengestelde kennis.

'Ik wou dat je vertelde wat er met je is,' zei Larry. 'Ik ben je vriend, we zitten allebei in Crossroads, je kunt me alles vertellen.'

'Ik denk dat je boosaardig bent,' zei Perry. De juistheid van dit oordeel was hoogst opwindend. 'Ik denk dat de krachten van het kwaad zich in jou hebben verenigd.'

Larry bracht een geschrokken keelklank voort. 'Dat is een grapje, toch?'

'Integendeel. Volgens mij wil jij je moeder neuken.'

'Jezus, Perry.'

'Mijn vader wil dat ook, heb ik uit betrouwbare bron. Je moet je met je eigen zaken bemoeien. Jullie allemaal, laat me gewoon met rust. Kun je dat voor me doen?'

Er volgde een stilte die bezoedeld werd door het verre geluid van een opgevoerde motor – een of andere Navajo die door het donker scheurde. Larry's bleke gezicht, in het donker daarboven, was als een doodskop. De gedachte bekroop Perry dat onbegrensde macht grenzeloos verschrikkelijk was. Hoe verdroeg God al het leed dat Hij moest aanrichten? Onbegrensde macht bracht grenzeloos medelijden met zich mee.

Larry zwaaide zijn benen over de rand van het bed. 'Ik ga Kevin halen.'

'Niet doen, niet doen. Natuurlijk was het een grapje. Betrekkelijk smakeloos, dus mijn excuses daarvoor.'

'Je maakt me echt bang, Perry.'

'Niet Kevin gaan halen. Wat we nu allebei nodig hebben is een paar uur lekker pitten. Als ik beloof dat ik een douche neem, ga jij dan weer slapen?'

'Kan ik niet. Ik maak me te veel zorgen om je.'

Hoe hij Larry ook zou uitvagen, met een stomp voorwerp of door verwurging, het zou altijd een mate van rumoer veroorzaken die door anderen kon worden gehoord.

'Laat me nog even een sanitaire stop maken. Het gaat behoorlijk tekeer vanbinnen, een ware gasfabriek. Blijf zitten waar je zit, dan ben ik zo terug.'

Zonder een reactie af te wachten snelde hij de kamer uit en de gang door op vleugels van poeder. Alsof hij een zweefduik nam vanaf een klif onderging hij een eenparig versnelde beweging tot hij stuitte op een muur in de vorm van coronaire beperkingen, die des te onverbiddelijker waren door het lage zuurstofpeil. Hij bleef staan en keek hijgend over zijn schouder of de boosaardige Larry hem achternakwam. Niets dan stilte!

De deuren van het slaapgebouw waren 's nachts afgesloten, maar vanuit het raam van de zitruimte was het een sprong (en straks bij terugkomst een klim) van slechts twee meter. Buiten, in de vrieskou, bleef hij even staan om zijn zakken te bekloppen op de aanwezigheid van het geld en de beide filmrolbusjes. Nog één klein snuifje, was dat raadzaam? Hoewel hij al extreem nabij was aan zijn spectaculairste high ooit, was de nacht wel bitterkoud. Maar hij had de ijzersmaak van bloed in zijn keel, en was nog steeds kotsmisselijk, dus nee, doorgaan maar, m'n waarde, doorgaan.

De twee jonge Navajo's die hij gisternacht had leren kennen stonden hem op te wachten bij het merkloze pompstation langs de weg vanaf het slaapgebouw. Hij had ze de vorige avond aangetroffen toen ze stonden te ballen onder de lichtreclame van de Best Western Canyon de Chelly, die een zwak schijnsel wierp over een netloze basket die bevestigd was aan een van de staanders. De jongste van de twee had een dik en grillig litteken dat van zijn neus naar zijn kaak liep. De oudere had langer haar en een hipper voorkomen door zijn corduroy broek met wijde pijpen en een zware zilveren riemgesp. Op hun aandringen had Perry zijn deerniswekkende gebrek aan basketbaltalent vertoond, en door dapper met ze mee te lachen had hij hun vertrouwen gewekt. Er had zich een leuk gesprek ontsponnen, en hun lachlust had nieuwe hoogten bereikt toe hij het waagde het cruciale onderwerp aan te dragen.

'Nee, serieus,' had hij gezegd.

Ze lachten nog steeds hartelijk. 'Jij wilt peyote proberen?'

'Nee, nee,' zei hij. 'Het is, en ik zeg dat met alle respect, niet voor eigen gebruik. Ik ben in de markt voor een grote hoeveelheid. Een pond wellicht, of meer. Ik heb er het geld voor.'

Van alles wat hij tot nu toe had gezegd, was dit kennelijk het meest hilarische. Ze bepisten zichzelf zowat. Hij was er bij het beramen van zijn meesterzet al van uitgegaan dat hij heel wat lijnen zou moeten uitwerpen eer hij beethad, en hun reactie wekte de indruk dat hij een ander viswatertje moest gaan zoeken, dus hij begon weg te lopen.

'Hé, wacht, man, waar ga je naartoe?'

'Het was aangenaam kennis met jullie te maken.'

'Je zei geld. Wat voor geld?'

'Of het een wettig betaalmiddel is, bedoel je?'

'Nee, hoeveel. Hoeveel heb je? Twintig?'

Hij draaide zich weer naar hen om. 'Doet een pond peyote twintig dollar? Ik heb wel honderdvijftig keer zoveel.'

Deze onthulling maakte een abrupt eind aan hun gelach. De hipste van de twee vroeg, met een argwanende frons, wat hij zoal van peyote wist.

'Ik weet dat het een krachtig hallucinogeen is, dat wordt toegepast bij Navajorituelen.'

'Fout. Peyote is niet Navajo.'

Geen woord ter wereld deed meer pijn dan 'fout'. Al zijn hele leven had deze kwalificatie tranen in Perry's ogen doen branden.

'Het spijt me dat te horen,' zei hij.

'Peyote is geen ding voor ons,' zei de hippe Navajo. 'Alleen voor mensen in de kerk.'

'Ze nemen het en dan gaan ze zweten,' zei zijn vriend.

'Het groeit hier niet eens. Het komt van Texas.'

'Aha,' zei Perry.

Uit de nu gebleken gebrekkigheid van zijn kennis rees een vermoeidheid op die zich over vele slapeloze weken had ontwikkeld, te groot om de kop in te drukken met een opkikkertje. Hij sloot zijn ogen en zag de diepzwarte vlek in het donker achter zijn oogleden. De twee Navajo's wisselden woorden die hij bijna, *bijna* kon begrijpen. De leemte tussen niet één Navajowoord kennen en alle Navajowoorden kennen kon niet meer dan één micron bedragen. Zonder de diepzwarte vlek en zijn slopende vermoeidheid had hij die afstand moeiteloos kunnen overbruggen, maar nu net niet.

'Oké, er is een man,' zei de hippe Navajo in het Engels. 'Hij heet Flint.'

'Flint, ja!' viel de jongere hem bij, hoorbaar verheugd dat hij de man ook kende. 'Flint Stone.'

'Hij is in New Mexico, vlak over de staatsgrens.'

'Ja, vlak over de grens. Ik weet waar.'

'Goed,' zei Perry, 'en wie is deze Flint?'

'Hij is de man. Hij heeft wat jij wilt. Hij haalt peyote uit Texas.'

'Is hij ook een Navajo?'

'Nee, wat zei ik nou! Hij is van de kerk en dingen.' De hippe Navajo wendde zich tot zijn jongere vriend, die van het litteken. 'Weet je nog toen we er waren?'

'Ja. Hij had een zak vol zaden in zijn schuur. Een zak voor vijf pond koffie. Pure peyote.'

'Er zat niet gewoon koffie in die zak?'

'Nee, man, ik zag het. Hij maakte deze zak open en ik mocht het zien. Het was allemaal peyote. Hij haalt het voor de kerk.'

Het ontging Perry niet dat Flint Stone de naam was van een tekenfilmfiguur. Hij wist dat zijn twijfels over het verhaal, die aanzienlijk waren, voortkwamen uit de donkere flard die als essentie had dat alles gespeend was van hoop – en hij was bovendien uitgeput. In het schijnsel van de lichtreclame dreigde hij diep weg te zakken in zijn vermoeide wantrouwen, maar juist op dat moment (*waarom zijt gij bevreesd, kleingelovigen?*) laaide zijn rationaliteit weer in volle glorie op. Dat hij uitgeput was, wilde zeggen dat hij niet verder kon komen, de kracht niet meer had om andere onbekende Navajo's aan te klampen. En niet verder kunnen komen betekende per definitie dat hij op het eindpunt was beland. Hij was waar hij wezen moest! In het licht van deze onberispelijke logica kon het niet anders dan waar zijn dat er een koffiezak was tjokvol peyote. Deze zekerheid werd vergroot doordat er nog maar $ 13,85 op zijn bankrekening stond, en slechts een fractie meer op die van Clem. De enige manier om deze rekeningen weer aan te vullen en genoeg geld over te houden voor zijn drugsbehoefte, was het in bulk inkopen van peyote, gevolgd door de wederverkoop daarvan met vijfhonderd procent winst in Chicago. Dus móest er eenvoudigweg een man met de onwaarschijnlijke naam Flint Stone zijn, die gedwongen was peyote te verkopen tegen de armzalige prijzen van het reservaat; en deze man kon niet anders dan een bekende zijn van de eerste twee individuen die hij ervoor had aangesproken. Dat moest wel! Het kon niet anders, want God had maar één plan.

Gewichtsloos van zekerheid, stralend van logica, had hij met de twee afgesproken dat hij over vierentwintig uur terug zou zijn. En in de relatieve eeuwigheid van dat etmaal was de realiteit van de zak peyote alleen nog maar toegenomen. Zo reëel dat hij het gewicht al kon voelen en die schimmelige grondlucht kon ruiken. Gedreven door deze gewaarwordingen had hij de hele ochtend ijverig verf gekrabd van het gemeenschapshuis, en de middag gevuld met een verhandeling voor Larry over de atoomstructuur van materie, de creatie van materie in een big bang die het heelal nu nog steeds deed uitdijen, de sleutelrol bij deze theorie voor de ontdekking van pulserende sterren die cepheïden werden genoemd, de ongelooflijke voorzienigheid (*zo moest het zijn*) dat de pulseringsperiode van een cepheïde evenredig was aan zijn absolute lichtsterkte, die precieze metingen mogelijk maakte van intergalactische afstanden waarover een Alziende Geest zich vrijelijk kon voortbewegen om nader te kunnen toezien op de quasars en sterrennevels van Zijn schepping, en een kijkje te kunnen nemen bij de uiterste grenzen van het materiële universum...

Langs de verlaten weg naar het pompstation stonden kwikdamplantaarns die nog zwakker leken dan die in New Prospect, alsof de armoe der Navajo's zijn weerslag had op de stroomsterkte in hun woongebied. De lucht was vervuld met de bijtende stank van petroleumkachels, en de enige warmte die hij voelde was die in zijn hoofd. Hij vroeg zich af waarom hij geen lange onderbroek en een extra trui had aangetrokken, maar schoof de mogelijkheid terzijde dat dit een fout was, want die zou dan strijdig zijn met de perfectie van zijn vooruitziende blik. Zijn neus en mond waren zo gevoelloos dat er snot over zijn kin liep, dat hij pas opmerkte toen het begon te druppen. Hij veegde het omhoog zijn mond in en genoot nog maar eens van de smaak van de uit natuurlijke grondstoffen vervaardigde substantie die erin was opgelost. Het leek hem zeer wel denkbaar dat hij meer dan een halve gram had gesnoven.

Het pompstation was dicht. Voor het donkere gebouwtje stonden de jongen met het litteken en een wat ruige figuur die hij niet herkende. *Meneer*

Flint, naar ik aanneem? De figuur rookte een sigaret en was een stuk jonger dan hij zich Flint had voorgesteld.

'Dit is mijn neef,' zei Litteken. 'Hij rijdt.'

De neef had een stierennek en straalde pure domheid uit. Een stompzinnige krachtpatser van het soort dat op de highschool de gang met de lockers onveilig maakte.

'Waar is onze andere vriend?' vroeg Perry.

'Die komt niet.'

'O, wat jammer.'

De neef gooide zijn sigaret weg in de richting van de benzinepompen, als om die te tarten te ontbranden (stompzinnig) en liep naar een stoffige stationwagen. Toen Perry zag dat het een auto van hetzelfde merk en type was als die van de Eerwaarde Vader, en in eendere mate aftands, begon zijn hoofdhuid te prikken van pure vreugde en overtuiging. Een golf van welbevinden doortrok hem en spoelde de laatste restjes twijfel weg die door de donkere flard waren gezaaid. Natuurlijk. Natúúrlijk reed de Neef in een Plymouth Fury! *Zoals het was in het begin, en nu en altijd en in de eeuwen der eeuwen!*

Hij had nooit kunnen bevroeden welke snelheden je met een Fury kon halen. Op de snelweg zag hij vanaf de achterbank de naald van de snelheidsmeter een gang naar rechts maken die aan zijn onmatigheid in de wc deed denken. Alleen was er geen sprake geweest van onmatigheid, net zomin als dat de Neef stompzinnig zou zijn. Integendeel, als chauffeur was hij hoogbegaafd. Er flitsten lichten voorbij à la de sterrenstelsels die God passeerde als Hij Zijn universum inspecteerde. Zich ongezien wetend achter twee indianenhoofden die zich als rotsformaties aftekenden in de gloed van de koplampen, stak hij zijn wijsvinger in het vieze filmrolbusje en smeerde wat smurrie over zijn tandvlees en in zijn neusgaten, gevolgd door een verzaligde diepe inademing en nog wat gesnuf.

'Jullie kunnen mij geheel en ten volle vertrouwen,' zei hij. 'Ik zou niet minder geïnteresseerd kunnen zijn in de herkomst van de zaden waarnaar we op weg zijn. Voor mij is het van geen belang of iedere schakel in de eigendomsketen wel strikt legaal was. Sterker nog, ik zou willen aanvoeren dat diefstal als illegale en daarom niet van risico gespeende handeling kan worden aangemerkt als zware arbeid, en dienovereenkomstig mag worden beloond.'

Hij grinnikte, goddelijk ingenomen met zichzelf.

'Het tegenargument zou natuurlijk kunnen luiden dat diefstal een tweede partij berooft van de vruchten van zijn arbeid, en daarmee dient zich een interessante economische vraag aan over hoe waarde wordt geschapen en verloren gaat. Als we tijd hadden, en jullie bekend waren met de grondslagen van algebra, zouden we ons kunnen verdiepen in de mathematica van de diefstal, dat wil zeggen: de vraag of diefstal werkelijk nulsom is of dat er een factor x is die we over het hoofd zien, een verborgen tekort bij de bestolen partij. Maar dat gezegd hebbende, met betrekking tot de doeleinden van onze transactie is het een futiele kwestie. Wat niet wegneemt dat als er een schakel in de keten is die jullie niet hoeven...'

'Wat zeg je allemaal?'

'Wat ik zeg is dat hoewel legitiem, of wellicht minder dan strikt legitiem...'

'Waarom praat je? Hou je kop.'

Ach, zijn belittekende beste vriend! Perry giechelde om zijn kolossale liefde voor deze jongeman. Dat het God nu juist behaagd had deze verminkte jonge Navajo goedgezind te zijn, een jongeman wiens opleiding waarschijnlijk niet verder reikte dan de lagere school... alle engelen in de hemel lachten met Hem mee.

'Wat is er leuk? Waarom lach je?'

'Ophouden met lachen,' zei Neef. 'Stil.'

Hij bleef lachen, maar op een golflengte onder het menselijk gehoor, een telepathische of radiogolf die ongehoord ieder hart ter wereld, wakend of slapend, doordrong en vertroostte op een wijze die alle menselijke begrip te boven ging. Zijn eigen gehoor ving een veelheid van stemmen op, een collectief geroezemoes van dankbaarheid en blijdschap. Eén stem, die het rumoer oversteeg, zei duidelijk: 'Waanzin.'

De stem was onthutsend dichtbij en smoorde zijn innerlijke lach. Het klonk als de stem van Rick Ambrose, en het vertolkte een zonderling sentiment. Waanzin in welke zin? Frivole onzin of daadwerkelijke geestesziekte?

'Niet frivool,' verduidelijkte de stem, en zei vervolgens nog iets, al kon men in de verleiding komen niet van zeggen te spreken maar van snauwen, in een taal (Navajo?) die begrijpelijk had kunnen zijn als hij langzamer was gesproken. Het horen van een vreemde taal in je eigen hoofd was bijna net zo vreesaanjagend als het herkennen van je eigen goddelijkheid, maar opnieuw volgde er vrijwel direct een geruststellende gedachte: een geest die alle menselijke talen kon spreken zonder die te hebben bestudeerd, kon alleen maar de stem van God zijn. *Quod erat demonstrandum.*

Bij wijze van afgestrafte onmatigheid ging de soepele gang van de Fury opeens over in een geschok dat de ruggengraat deed kraken. Op een smalle zandweg, met kuilen die zwart van diepte waren in het licht van de koplampen, hield Neef vast aan zijn snelheid en nodigde daarmee uit tot een heroverweging van zijn intelligentie. Men had beide handen nodig om zich rechtop te houden, en liefst drie extra handen om te voorkomen dat de filmrolbusjes en de envelop met bankbiljetten uit de zakken van een cargobroek vlogen. Een kalkachtig smakend waas vulde de auto en de smalle weg ging maar door en door. Men kon slechts hopen dat er haast werd gemaakt om op tijd te zijn voor een afspraak met een ongeduldige verkoper, en dat de rit terug op een rustiger tempo zou worden afgewerkt. Onder het fysieke ongemak van het gehotsebots op de achterbank begon een dieper ongemak tot wasdom te komen, maar de versnellingen en tegenversnellingen waren zo onvoorspelbaar en woest dat het openen van een filmrolbusje moest worden uitgesloten...

De Fury kwam tot stilstand.

Litteken had kennelijk besloten niet langer zijn beste vriend te zijn, legde zijn elleboog op de rugleuning en snauwde: 'Geef het geld en wacht hier.'

'Ik ga liever even mee, als dat geen bezwaar is.'

'Hier wachten. Hij kent je niet.'

Dit sneed in voldoende mate hout om te kunnen worden opgevat als voorbestemde noodzaak. Litteken pakte de dikke envelop aan en zijn neef zette de motor af en doofde de koplampen. Aan de hemel moesten er wolken voor de maan zijn geschoven, want nadat het portier was opengegaan en weer gesloten, kwam het enige licht van Littekens zaklantaarn. Een lichtbundel die zich aftekende in het stof dat de auto had laten opwaaien, bescheen een omheining met prikkeldraad, een roestig veerooster en wittig onkruid langs een met stenen bezaaide oprit, om vervolgens uit het zicht te verdwijnen. Neef stak een sigaret op en zoog de rook in als een stofzuiger. Er viel veel te zeggen, maar er kon geen woord worden gesproken. De flard donkere materie was nu puur boosaardig, maar het donker niettemin verlokkend. Men kon de stralende helderheid van de eigen geest behoorlijk beu worden.

De lichtbundel kwam weer wiebelend en wel in zicht. Het portier naast Perry werd opengetrokken.

'Hij heeft de peyote, maar hij wil met je praten.'

Was de buitenlucht in Many Farms koud geweest, die in deze obscure duisternis was tweemaal zo koud. Terwijl Perry over de oprit liep, wees de lichtbundel behulpzaam op stenen en kuilen die moesten worden gemeden, en ten slotte op een stenen bouwsel, een schutting van wit uitgeslagen hout en het geraamte van een truck. Litteken trapte een scheefgezakt poortje in de schutting open. 'Ga maar,' zei hij.

Het was moeilijk iets te zeggen met kaken die men opeen moest klemmen om niet te klappertanden. 'Geef het geld maar weer aan mij.'

'Cliff heeft het al. Hij telt het nu.'

'Wie is Cliff?'

'Flint bedoel ik. Hij wil met je praten.'

Spierpijn en snijdende kou, een verkrampen van borstspieren. In de warmte van de auto had hij nog kunnen denken. Denken was iets waarin hij altijd goed was geweest. Maar hier liet zijn denkvermogen hem in de steek. Hij was steenkoud en stupide.

'Ga. Hier, neem de zaklantaarn.'

Hij pakte de zaklantaarn aan en stapte door het poortje. Zijn stupiditeit had hem gereduceerd tot iemand die hoopte dat het toch nog goed kwam. Hoop was het toevluchtsoord voor de stupide mens. Er doemde een cactus op met spatelvormige armen, een berg verroeste blikken, een verweerde verzameling platen van een onduidelijk bouwmateriaal, een verkoolde boomstronk. De tekenen van verlatenheid waren onmiskenbaar, maar hij liep vol hoop door naar de achterkant van het stenen bouwsel.

Er was geen achterkant. Niets dan de randen van een ingestorte muur.

Hij hoorde een geluid dat hem zo vertrouwd was als de stem van zijn vader: het hinniken en gieren van een Plymouth Fury die werd gestart. Hij hoorde banden door steenslag draaien, het schakelen van een versnelling.

Hij had het te koud om boos te worden, bibberde te hard om te kunnen rennen.

De flard donkere materie was alleen maar nietig qua afmetingen. In zijn nietigheid het negatief van het lichtpunt dat het leven had geschonken aan het universum. En nu, in zijn duizelingwekkende uitdijing en het opslokken van licht, werd de onmetelijke dichtheid ervan duidelijk: niets had een hogere dichtheid dan de dood. En wat was hij het moe om voor de dood te vluchten. Al wat hij hoefde te doen was op de grond gaan liggen afwachten. Hij was zo uitgeput en ondervoed dat de kou het snel zou voltooien. Dat wist hij. Hij voelde het. Het donkere negatief van zijn rationaliteit was niet minder rationeel. In deze antithese van licht was alles net zo duidelijk.

Het lichaam was echter niet rationeel. Wat het zenuwstelsel wilde, hoe waanzinnig ook nu, was meer poeder. Zijn geld hadden ze gestolen, maar niet zijn filmrolbusjes.

Hij begon op en neer te springen om zichzelf te warmen, deed diepe kniebuigingen tot hij geen lucht meer kreeg, en toen, moeizaam met zijn verstijfde vingers, kreeg hij een busje open en stak het verzadigde wc-papier tussen zijn tandvlees en wang.

Hoewel kwaadaardig en ziekmakend, was de opkikker een opkikker. Alles mocht nu dan zijn omgekeerd, zijn rationaliteit gereduceerd tot een donkere vlek tegen de zwarte eeuwigheid van de dood, het licht was nog niet helemaal uit zijn geest geweken. Hij strompelde en struikelde, liet de zaklantaarn vallen en raapte hem weer van de grond, en was weer terug op de zandweg.

Waar hij voorheen duizenden gedachten had gehad bij iedere stap, moest hij nu duizend stappen zetten om een enkele gedachte af te ronden.

Zijn eerste duizend stappen leverden de gedachte op dat hij alleen maar liep om warm te worden.

Duizend stappen later dacht hij dat het opwarmen hem voldoende beheersing over zijn vingers zou geven om een deugdelijke snuif vanaf zijn duimnagel te nemen.

Weer een eind verder bekroop hem de gedachte dat het er niet goed met hem voor stond.

En weer verder, na een tweesprong te hebben bereikt en lukraak voor rechts te hebben gekozen, begreep hij dat hij geen aangifte van de beroving kon doen zonder te onthullen dat hij het geld van Clem had gestolen.

Nog verderop realiseerde hij zich dat hij alleen nog maar wc-papier proefde, dat hij dus net zo goed kon uitspugen.

Toen hij halthield om te spugen, werd zijn borst meteen door rillingen omgord. Hij werd niet warmer, en de batterijen van de zaklantaarn waren zo afgezwakt dat hij niet minder zou zien als hij het ding uitzette.

Dit was zijn laatste gedachte. Met het uitschakelen van de zaklantaarn dompelde hij ook zijn geest in duisternis, en was er alleen nog zwarte vrieskou, en niets meer te zien dan een hemel die iets minder zwart was dan de grond, met een pad dat iets minder zwart was dan wat zich ernaast bevond. Het pad leek eeuwig en onveranderlijk, maar gaandeweg bespeurde hij toch een helling. Aan de top gekomen, verdween er genoeg zwart uit de hemel om in de verte een rechthoekige vorm te ontwaren – zwarter dan de weg, hoger dan de horizon.

Hij strompelde nog steeds op deze vorm af toen die in lichterlaaie stond.

Hij was er nog niet toen hij er al een tijdje was.

Zelfs toen hij een stap terugdeed van het inferno en zichzelf roosterde, was hij nog op weg ernaartoe.

Iets wat nog niet gebeurd was, was gebeurd. Een grote houten loods met een dak van golfplaten was wederrechtelijk betreden. Het bevroren metaal van de tractoren die erin stonden en de ijzigheid van de betonnen vloer hadden het binnen nog kouder gemaakt dan buiten, maar de volmaaktheid van de duisternis die er heerste had weer nut verleend aan een zaklantaarn met kwijnende batterijen, en er was een doos lucifers geweest. Er was een hoge stapel pallets geweest. En benzine. Een scheut benzine, net genoeg om een pallet in brand te steken voor een beetje warmte. En toen een blauwe vlam die met verbijsterende snelheid vooruitschoot.

In een palmboom zong een bijna lichtgevend gele wielewaal. Op de achtergrond, rond het zwembad van het appartementencomplex, hoorde ze het getjilp van kleinere vogeltjes, het gesnip van heggenscharen, de ruisende ademhaling van de metropool. Na twee nachten in Los Angeles was haar de terugkeer opgevallen van een scherpte van gehoor, waarvan ze niet had geweten dat ze die kwijt was. Iets vergelijkbaars had ze destijds opgemerkt aan het eind van haar gedwongen opname in Rancho Los Amigos. De terugkeer van een normale aanwezigheid in de wereld.

Van de stad die ze al die jaren in haar herinnering had bewaard, waren alleen het zachte weer en de palmbomen onveranderd. Ten oosten van Santa Monica, waar de tramlijn had gelopen, was nu een tienbaanssnelweg, een immense verhevenheid van verkeersrumoer. Tijdens haar rit vanaf het vliegveld was ze gebumperkleefd, afgesneden en toegetoeterd. De bergen waarop ze zich in het verleden had kunnen oriënteren, gingen schuil achter een benauwende smog. De hoogbouw die kilometer na kilometer oprees leek één grote strijd om wie er het grootst zou worden, een soort tumorgroei. De stad prikkelde haar geest niet meer tot hemelsbreed denken. Ze was slechts een overdonderde toerist uit Chicago, een doodgewone moeder die van geluk mocht spreken dat haar jongen goed kon kaartlezen.

Maar het was niet echt onaangenaam om doodgewoon te zijn. En het was een weldaad om weer vogels om zich heen te hebben. Heerlijk om zich niet meer te schamen voor hoe ze eruitzag in haar badpak, nu ze haar streefgewicht bijna had bereikt. Het zou fijn zijn geweest om hele dagen in Pasadena te blijven, Jimmy op te zoeken in zijn verpleeghuis en zich maaltijden te laten voorzetten door Antonio, die zich tot een ware keukenprins had ontwikkeld. Ze vond het diep vanbinnen jammer dat ze in een huurauto het snelwegverkeer moest trotseren.

De aandrang om Bradley te zien was in de loop van de voorbije dagen vervaagd. Drie maanden lang was ze zozeer in beslag genomen door die aandrang, haar dieet en het plannen van de reis naar Los Angeles, dat ze geen moment had stilgestaan bij wat ze kon verwachten als het zover was. Het had volstaan zich een woordeloos in elkaars ogen kijken voor te stellen, een bedwelmende heropleving van de hartstocht. Toen Bradley in zijn tweede brief het voorstel had gedaan naar Pasadena te komen, had ze nog geen benul gehad van de stress op de snelweg en teruggeschreven dat ze naar zijn huis wilde komen, want het appartement van Antonio in Pasadena, waar Judson hun voor de voeten zou lopen, was natuurlijk geen plek voor hartstocht.

'Mam, kijk eens naar me.'

Judson, in zijn wijdvallende zwembroek op de ligstoel naast haar, had zijn filmcamera op haar gericht. Ze keek in de lens en de camera snorde een paar tellen.

'Waarom ga je niet lekker het zwembad in, lieffie?'

'Ik ben bezig.'

'Je hebt dat hele bad voor jou alleen.'

'Ik heb geen zin om nat te worden.'

Er roerde zich iets in haar, een steek van angst of schuld – een herinnering. Het meisje dat ze in Rancho Los Amigos was geweest, had een fobie gehad voor water op haar huid.

'Ik wil je een duik zien nemen. Laat eens zien hoe goed je kunt duiken.'

'Nee.'

Hij boog zich over de camera en draaide aan een knopje. Het leek een veel te ingewikkelde camera voor een negenjarige, en ze had het hem uit zijn hoofd proberen te praten het ding mee te nemen. Tijdens de vlucht vanaf Chicago had hij geen boekje zitten lezen maar constant aan dat ding zitten prutsen, en in Disneyland was het niet anders geweest. Hij had maar vier minuten per filmpje en was zichtbaar bang daar iets van te verspillen, bleef de camera maar op dingen richten, bleef aarzelen, morrelde eraan, fronste. Zelf was ze ook niet zonder zenuwen geweest, met de snelweg in gedachten, en had meer sigaretten nodig gehad dan ze in zijn nabijheid durfde te roken. Het was nog maar halfvier geweest toen zijn film op was, lang niet alle tickets waren benut en ze waren nog niet eens in Frontierland geweest, maar hij had gezegd dat hij het zo wel goed vond. Op het parkeerterrein van het pretpark had ze twee Lucky's moeten opsteken voordat ze de rit terug naar Pasadena aankon.

'Leg die camera toch eens weg,' zei ze. 'Je zit maar met dat ding te spelen.'

Hij legde hem met een theatrale zucht naast zich op het ligbed.

'Zit je iets dwars, lieffie?'

Hij schudde zijn hoofd.

'Ben ik het? Met mijn sigaretten? Sorry dat ik zoveel rook, hoor.'

De wielewaal barstte weer los. Wat een felle kleur geel. Hij keek ernaar op, reikte naar de camera en bedacht zich.

'Zeg nou eens wat er scheelt, Judson. Je bent jezelf niet.'

Hij kreeg iets bedroefds over zich. Naast haar gehoor was ook haar opmerkzaamheid verscherpt.

'Wat is er nou?'

'Niks. Gewoon... niks.'

'Echt niet?'

'Perry heeft een hekel aan me.'

Weer een steek van schuld, maar pijnlijker.

'Dat is helemaal niet waar, Jay. Perry houdt van niemand zoveel als van jou. Jij bent zijn speciaalste favoriet.'

Judsons lippen krulden inwaarts alsof hij ging huilen. Ze stapte over naar zijn ligbed en drukte hem aan haar borst. Hij was zo mager en onrijp. Ze kon hem wel opvreten, maar voelde zijn weerstand. Haar oude badpak zat ruim en liet haar borsten vrijelijk bewegen. Ze liet hem zich terugtrekken.

'Perry is zestien nu,' zei ze. 'Op die leeftijd zeggen tieners wel vaker dingen die ze niet menen. Ik weet niet waarom je denkt wat je denkt, maar het doet niets af aan de liefde van je broer voor jou. Daar ben ik heel zeker van.'

Judsons uitdrukking veranderde niet.

'Is er iets voorgevallen? Heeft hij iets gezegd waardoor je van streek bent?'

'Hij zei dat ik hem met rust moest laten. Met een heel lelijk woord erbij.'

'Daar meende hij vast niets van.'

'Hij zei dat hij me zat was. Het was een heel lelijk woord.'

'O, lieverd, wat naar nou.'

Ze sloeg weer een arm om hem heen, en zorgde nu dat zijn hoofd tegen haar schouder rustte. 'Ik hoef mijn kennis vandaag niet op te zoeken, hoor. Ik kan hier ook bij jou en Antonio blijven, wil je dat liever?'

Hij wurmde zich los. 'Het is wel goed. Ik heb ook een hekel aan hem.'

'Nee, dat heb je niet. Nooit zulke dingen zeggen.'

Hij pakte de camera weer en drukte op een knopje: klik. En nog eens: klik. Klik. Ze had zich nog nooit ongerust over hem hoeven maken, maar hij kon zich in dingen verliezen op een manier die aan haar eigen neiging tot bezetenheid deed denken. Er beving haar opeens een beeld dat zo levendig was dat ze erdoor ineenkromp. Haar zielsverwant boven op haar, en zij verloren in haar complete openheid voor hem. Haar badpak zat echt te ruim, ze was vijftien kilo afgevallen, voor hem, waanzinnig was het. O, de bevrijding om weer geobsedeerd te zijn, die uitbanning van alle schroom en schuld. De hendel in haar kon nog steeds worden overgehaald.

'Judson,' zei ze over het gebonk van haar hart heen, 'het spijt me als ik niet helemaal mezelf ben geweest de laatste tijd. En ik vind het naar dat Perry je verdrietig heeft gemaakt. Wil je echt niet dat ik bij je blijf?'

'Antonio heeft gezegd dat we Monopoly gaan spelen.'

'En je wilt niet dat ik blijf?'

Hij haalde zijn schouders op, schokkerig, als een kind. Het zou het beste zijn om bij hem te blijven, maar een middagje Monopoly zou de tijd doen omvliegen, en Antonio had gezegd dat hij knapperige taco's ging maken. Niets van wat vandaag op haar programma stond was zo belangrijk dat het niet naar morgen kon worden verschoven, behalve Bradley gaan zien.

'Nou, laten we maar naar binnen gaan dan. Misschien maakt Antonio wel weer een smoothie voor je.'

'Ik kom zo.'

'Je ziet het bord toch wel? Geen kinderen onder de twaalf zonder begeleiding.'

Antonio had Judson bekendgemaakt met het fenomeen smoothie, een soort milkshake vermengd met banaan. Antonio was met pensioen gegaan van het bedrijf waarvoor Jimmy en hij naar Los Angeles waren getrokken, maar hij was nog zo vitaal als wat, met prachtig witgrijs haar en zijn gezicht knapper dan ooit. Hij zou gemakkelijk een nieuwe minnaar hebben kunnen vinden, maar in plaats daarvan zat hij iedere ochtend en avond in het verpleeghuis waar Jimmy op bed lag. In haar bevooroordeeldheid als meisje had ze de relatie tussen Antonio, een Mexicaan, en haar oom verkeerd ingeschat. Nu pas begreep ze dat Antonio altijd de man in huis was geweest. Voor Jimmy's kunst was nooit echt een markt geweest, en hij was nu weinig meer dan een zak vol knoken, met een wervelkolom in zo'n slechte staat dat zelfs een rolstoel niet meer te doen was. Alleen zijn brein werkte nog goed. Toen ze hem vroeg naar zijn broer Roy, had hij verteld dat Roys eerste achterkleinkind geboren was op de dag dat Nixon werd gekozen. 'Nou, raad jij maar,' had hij gezegd, 'waarmee hij het meest blij was.'

Het viel niet mee om eyeliner aan te brengen met een bevende hand. Het gezicht in de logeerkamer had weer uitstekende jukbeenderen, maar zat vol rimpeltjes die voorheen waren opgevuld met onderhuids vet – het zou gedempt licht vergen om weer het meisje van toen te lijken. Maar haar nieuwe jurk zat dat meisje wel als gegoten. Ze had de kleermaakster op Pirsig Avenue om iets zomerachtigs gevraagd, een jurkje van het soort dat, in de woorden van Sophie Serafimides, *een man tot de verbeelding sprak*, en ze had de laatste pasbeurt zo lang mogelijk uitgesteld als extra prikkel om te blijven afvallen. De kleermaakster had ten slotte gezegd dat ze er enig in uitzag, en het geld aangepakt dat Marion had verdiend als correctrice van een lezersgids voor Sophocles.

Na het laatste geld te hebben opgemaakt dat ze had ontvreemd uit de nalatenschap van haar zuster, en de limiet van de gezinscreditcard te hebben bereikt, had ze in de kerk navraag gedaan naar werk voor iemand met een letterkundige opleiding maar geen arbeidsverleden van betekenis, waarop een gemeentelid haar in contact had gebracht met een vrouw die op moederschapsverlof was van de Great Books Foundation. Correctiewerk was saai, maar doenbaar als je er genoeg bij rookte. Het leidde af van haar honger en perkte haar bemoeienissen met Russ en de kinderen nog verder in. In vier weken tijd had ze bijna vierhonderd dollar verdiend, genoeg om het saldo van de creditcard aan te vullen, de kosten te dekken van een huurauto en Disneyland, en nog wat extraatjes te kopen, zoals de 8mm filmpjes die Judson wilden meenemen op hun reis. Bradley had het al eens in een sonnet gezegd: ze was vaardig.

Alvorens Judson gedag te zeggen stapte ze de binnentuin van het appartement in met haar handtas. Na haar rokertje duurde het even eer het tot haar doordrong dat ze over het gazon naar het parkeerterrein liep in plaats van eerst weer naar binnen te zijn gegaan. Was het toch niet zo nodig geweest om haar zoontje gedag te zeggen?

Ze was te nerveus om over de vraag na te denken. Haar brein voelde als een banaan in een blender. Het was niet duidelijk of haar nervositeit de snelweg betrof of het aanstaande *weerzien* – een moment waarop heden en verleden met elkaar zouden vervloeien en de dertig tussenliggende jaren zouden verdwijnen. Geobsedeerd als ze geweest was door dat moment, overviel het aanbreken ervan haar volledig.

Ze was niet vaardig. Ze had de routebeschrijving in Bradleys laatste brief uit haar hoofd geleerd, had zichzelf meermaals getest door alles woordelijk uit te spreken, en kon zich nu geen woord meer herinneren. Ze had de brief in haar handtas, maar kon niet lezen en autorijden tegelijk.

Ze startte de auto, die had staan bakken in de zon, en zette de airconditioning op maximaal. Haar jurkje had een peterseliemotief op een beige ondergrond, waardoor alle zweetplekken duidelijk zichtbaar zouden zijn, en ze zweette nu al overdadig. Ze zou ermee naar meneer Shen moeten, van de stomerij in New Prospect. Meneer Shen keek altijd zeer mistroostig naar de vlekken die ze hem liet zien, maar hij toverde ze altijd weer weg. De gedachte aan meneer Shen bracht haar terug in de normale wereld. In het ergste geval zou ze over vier uur weer terug zijn in Pasadena, en dan kon ze gespeend van iedere fobie een paar baantjes trekken in het zwembad. Zo erg kon dat geval niet zijn. Af en toe een verwennerijtje, zoals een drankje aan het zwembad of een sigaretje na de maaltijd, daarmee kwam iemand zoals zij het leven wel door. Sophie Serafimides had haar nog omstandig geprezen om hoe ze in staat was zich op verwennerijtjes te verheugen. Het was welbeschouwd maar vreemd dat ze zichzelf aan de terreur van de snelweg onderwierp.

Een andere levenswijsheid van het propje: *het is beter te functioneren dan niet te functioneren*. Toen ze eenmaal over de snelweg reed, bleek ze Bradleys aanwijzingen nog precies te weten. En de snelweg kwam haar ook wel van pas, doordat die haar zo in beslag nam dat al het andere wegviel. En het viel best mee; ze hoefde alleen maar op de meest rechtse strook te blijven en op de verkeersborden te letten. Van de miljoenen mensen die elke dag naar en door Los Angeles reden, kwamen er maar heel weinig om. Toen ze voorbij de San Diego Freeway was zonder te verongelukken, bekroop haar de gedachte dat ze autorijden misschien nog wel leuk ging vinden als ze hier zou komen wonen.

Dit gemijmer kwam haar bijna duur te staan; het was puur geluk dat ze zich er net op tijd aan onttrok om de afslag naar Palos Verdes te kunnen nemen. Opgejut door de auto's achter haar reed ze in één keer door naar Crenshaw Boulevard voor ze de auto aan de kant zette om tot zichzelf te komen. Ze richtte een handventilatortje op haar gloeiende gezicht en droogde haar oksels met een tissue uit haar handtas. De wazige lucht getuigde hier van de zee, was koeler van kleur dan de smog landinwaarts, vervaagde in plaats van te versluieren. Op een luifel ergens verderop stond PERRY'S REALITY.

Het duizelde haar van de schrik. Wat was er met Perry en de realiteit?

Dat er bij nader toezien PERRY'S REALTY stond, kon haar angst niet temperen; al ging het maar om een makelaar in onroerend goed, de woorden leken te veel op een boodschap om haar niet als een teken Gods te treffen. Een sigaret zou haar misschien kalmeren, en om te voorkomen dat de auto naar rook ging stinken, stapte ze uit en stak er een op. Ze voelde de koelte van de oceaan, rook de prikkelende geur van vers asfalt dat aan de overkant werd gegoten.

Ze had Perry niet meer uitgebreid gesproken sinds de avond van zijn zestiende verjaardag, drie weken geleden. Ze had hem na het eten achtergehouden in de keuken en hem stiekem tweehonderd dollar toegestopt, hetzelfde bedrag dat ze Clem met kerst had gegeven. Nadat hij haar had bedankt, zag ze dat hij zijn plak chocoladecake nauwelijks had aangeraakt. *Hield hij niet meer van chocoladecake?* 'Nee, het is heerlijk.' *Waarom at hij het dan niet op?* 'Ik begin een dikke kont te krijgen.' *Zijn kont was het tegendeel van dik, een plak cake kon echt geen kwaad.* 'En dat zeg jij, met je maniakale vermageringsregime.' *Zij probeerde alleen maar op haar oude gewicht te komen.* 'Ik probeer iets dergelijks, mam, maak je maar niet bezorgd om me.' *Sliep hij wel goed?* 'Als een roosje, mam.' *En hij was echt gestopt met...* 'Weed verkopen? Ja, dat heb ik toch beloofd?' *En rookte hij het ook niet meer?* 'Nee, blowen heb ik er ook aan gegeven.' *En... wist hij nog wat hij haar nog meer had beloofd?* 'Vertrouw mij, lieve moeder. Als ik in enig opzicht onraad bespeur, bent u de eerste die het van me hoort.' *Maar hij leek een beetje... hyper.* 'Zegt de pot tegen de ketel.' *Wat bedoelde hij daarmee?* 'Dat ik jou ook weleens rustiger heb gezien.' *Zij was... er was een probleempje tussen haar en zijn vader. Waar het haar om ging was dat een jongen in de groei goed moest eten.* 'Wat voor probleempje?' *Gewoon... niets bijzonders. Een probleempje zoals getrouwde mensen die soms hadden.* 'Heeft het probleempje een naam? Heet ze misschien mevrouw Cottrell?' *Hoe kwam hij... waarom zei hij dat?* 'Ik heb wat dingen opgevangen, en wat dingen gezien.' *Nou... goed dan: ja! Als hij zo nieuwsgierig was om het te willen weten, ja, dat was het inderdaad geweest. En het was best pijnlijk. Dus als ze de laatste tijd niet helemaal zichzelf was geweest, dan kwam dat daardoor. Maar waar het haar om ging was...* 'Waar het om gaat, mam, is dat je je druk moet maken om je eigen leven, niet om het mijne.'

Na twee Lucky's was ze over haar schrik heen. Om zich heen zag ze doodgewoon asfalt, doodgewone lichtmasten. Een heuvel begroeid met heide. Ze trok de wikkel van een reepje Trident en stapte weer in de auto.

Palos Verdes was een van de talloze wijken waar ze in haar jeugd niets te zoeken had gehad. Er liepen vrijwel geen mensen over straat, en de huizen waren kleurlozer en gelijkvormiger dan in West Los Angeles. In de zeedamp wekte alles een melancholieke en verlaten indruk. Toen ze de straat inreed die Via Rivera heette, zei haar horloge dat ze tien minuten te vroeg was.

Bradleys huis was weinig indrukwekkend, en het keek niet uit over zee, zoals in haar fantasie. Op de oprit stond een bordeauxrode Cadillac. Ze parkeerde een eindje ervandaan en haalde de kauwgom uit haar mond. Zou ze nu minder naar rook ruiken? Zou haar roken hem tegenstaan? Of zou de smaak van haar Lucky's hem terugvoeren, zoals bij haar het geval was, naar het opklapbed in Westlake?

Zijn eerste brief, een week nadat zij er hem een had gestuurd, had een aantal blijvend interessante passages bevat (*Ik kan je niet zeggen hoe vaak ik aan je gedacht heb, hoe vaak ik me heb afgevraagd hoe het met je ging, hoe bezorgd ik was dat je iets vreselijks was overkomen*) en nog wat verspreide dingen die ook niet van belang waren gespeend, zoals het feit dat hij niet getrouwd was. Hij was van Isabelle gescheiden toen hun jongste zoon klaar was met de highschool, en was recentelijk opnieuw gescheiden van *een vrouw van wie ik had moeten weten dat ik nooit met haar moest trouwen*. Ook niet onbelangrijk waren zijn uitstekende gezondheid en bepaalde toespelingen op welgesteldheid. Hij zat nu in de vitaminebranche, niet als verkoper maar als eigenaar van een bedrijf, in Torrance, met meer dan veertig man personeel. Wat hij over zijn zoons schreef interesseerde haar amper, maar ze bestudeerde de details toch met zorg en stopte die in hetzelfde geestelijke laatje waarin ze ook de namen van alle gemeenteleden van de First Reformed bewaarde. Als vrouw van een geestelijke was ze bedreven in het onthouden van dingen, en als Bradley dat merkte, zou hij haar een stuk minder griezelig vinden dan het meisje van toen.

Om één minuut over halfeen drukte ze op zijn deurbel.

De man die opendeed had wel iets van Bradley weg, maar was vleziger van gezicht, dunner van haar en breder van heupen. Hij droeg een ruime katoenen broek en een oversized lichtblauw hemd met ruches, dat tot op zijn middenrif openstond. En een paar afschuwelijke sandalen.

'Mijn god,' zei hij, 'je bent het echt.'

Ze had twee gedachten tegelijk. Dat ze om de een of andere reden de lengte van haar man op de Bradley in haar herinnering had geprojecteerd, terwijl die nooit lang van stuk was geweest. En dat Russ niet alleen een stuk langer maar ook beslist een stuk knapper was. De man in de deuropening was pafferig en had gele teennagels. Al had ze nog honderd jaar over hem gedagdroomd, ze zou hem nooit op sandalen voor zich hebben gezien. Dit leidde tot een derde en hoogst onverwachte gedachte: zij was het die hem een dienst bewees door op bezoek te komen, hij deed dat haar niet door haar te ontvangen.

'Ik was bang dat je me niet zou kunnen vinden,' zei hij terwijl hij haar gebaarde binnen te komen. 'Hoe was het op de snelweg? Op deze tijd van de dag valt het meestal wel mee.'

Hij sloot de deur en leek haar te willen omhelzen, waaraan ze ontkwam met een stapje opzij. Het was een splitlevelhuis en het rook er vagelijk naar oude man. De kunst aan de muur en het meubilair waren oosters of moesten die indruk wekken.

'Wat een mooi huis heb je.'

'Ja, heb ik aan die vitaminerage te danken. Kom binnen, kom binnen, ik zal je even rondleiden. Ik was eigenlijk van plan om met je in de tuin te lunchen, maar daar is het iets te fris voor, vind je ook niet?'

'Heb je een lunch klaargemaakt? Wat lief.'

'God, Marion. Marion! Ik kan er niet over uit dat je hier bent.'

'Ik ook niet.'

'Je bent... nog steeds dezelfde. Beetje ouder, een ietsepietsje grijzer, maar... prachtig.'

'Ik vind het ook fijn om jou te zien.'

Hij was zonder meer peervormig nu, en leek last van zijn heup te hebben. Hij ging haar voor de zitkamer in, vanwaaruit een hoge heg en een bloementuin zichtbaar waren. De klamheid van haar jurkje, een aandenken aan haar nervositeit van onderweg, kwam haar nu nogal treurig voor. In een boekenkast die een hele wand besloeg zag ze recente titels van Mailer en Updike.

'Nog steeds een lezer, zie ik.'

'God, ja. Meer dan ooit zelfs. Ik werk nog wel, maar het bedrijf houdt zichzelf wel zo'n beetje draaiende. Er zijn dagen dat ik niet eens naar kantoor hoef.'

'Ik lees niet meer zo vaak als vroeger.'

'Met zo'n huis vol kinderen wekt dat ook geen verbazing.'

Haar vierde gedachte was schokkend: ze had het kind vermoord dat hij bij haar verwekt had. Het was in de voorbije drie maanden niet één keer bij haar opgekomen dat ze hem dat misschien vertellen moest. Moest ze het nu maar meteen doen? Hun hele historie lag opgerold in haar hoofd, klaar om uitgerold te worden. Als ze dat deed, verjoeg het misschien de blik waarmee hij naar haar keek, en die treurige bejaardenlucht in zijn huis. Maar wilde ze hem dat wel aandoen? Het was verwarrend om te bedenken hoeveel zij méér had dan hij – niet slechts veel meer jaren voor de boeg, maar ook die volledige kennis van hun tijd samen. Dat verhaal zat in háár hoofd, niet in het zijne, en ze betrapte zich op een eigenaardige onwil om het met hem te delen. Want zij was er de auteur van, hij had slechts kunnen lezen wat er voor hem te lezen viel.

Hij gaapte haar aan met een nog net niet mallotige glimlach. In de onmiskenbare fascinatie die ze bij hem opriep, herkende ze haar rol van toen, de rol van het gevaarlijk gekke meisje dat er zomaar van alles uitflapte.

'Heb je hier ook met je tweede vrouw gewoond?'

Hij leek haar niet te horen. 'Ik kan gewoon niet geloven dat ik je weer zie. Hoelang is het nou geleden?'

'Meer dan dertig jaar.'

'God!'

Hij stapte weer op haar af en ze glipte behendig naar de ramen achterin. Hij opende de tuindeuren. 'Ik laat je mijn tuin even zien. Heerlijk privé, daar geniet ik elke dag weer van.'

Met andere woorden: ook aan de achterkant geen uitzicht op zee.

'Ik heb het tuiniervirus,' zei hij terwijl hij achter haar aan naar buiten liep. 'Dat komt zomaar op na je zestigste. Altijd de pest gehad aan in de tuin werken, en nu kan ik er geen genoeg van krijgen.'

Er was een groot rozenperk. De lucht was grijzig blauw door het waas van LA en de tuinmeubels wierpen onscherpe schaduwen. Er sjirpte een vogeltje in de heg, hoog en scherp, een winterkoninkje misschien.

'Je tweede vrouw,' zei ze. 'Woonde die hier ook?'

Hij lachte. 'Ik was vergeten hoe direct jij bent.'

'Echt? Wist je dat niet meer?'

Dat was een unfaire reactie. Ze was het zelf ook jarenlang vergeten.

'Ik wil alles horen,' zei hij. 'Over je kinderen, over je... man. Je leven in Chicago. Alles wil ik horen.'

'Ik ben gewoon nieuwsgierig naar haar. Wat was ze voor iemand, je tweede vrouw?'

Zijn glimlach verzuurde. 'Het was een doffe ellende. Een vergissing.'

'Heeft ze je in de steek gelaten?'

'Marion, we hebben dertig jaar te bespreken, kunnen we niet gewoon...' Hij maakte een vaag gebaar.

'Goed. Laat me je tuin eens zien.'

Het winterkoninkje roerde zich opnieuw, net zomin in Bradleys tuin geïnteresseerd als zij. Tijdens zijn vertoog over bladluizen en snoeicycli, ochtendzon versus avondzon en de mysterieuze dood van een citroenboom stortte haar ideaalbeeld van hem volkomen in elkaar. In de stramheid van zijn gewrichten toen hij neerhurkte om haar een witte hortensiabloesem te laten zien, tekende zich een nabije toekomst af waarin hij, anders dan Jimmy, geen trouwe levensgezel zou hebben om voor hem te zorgen – tenzij hij voor de derde keer trouwde. En waarom zou zij, die al een man had, een man die zelfs jonger was dan zij, een pafferige oude man zo ter wille zijn? En waarom was ze eigenlijk naar zijn huis gekomen als ze niet van plan was om met hem te trouwen?

In een ander compartiment van haar geest voltrok hun weerzien zich nog steeds zoals verwacht: een spoor van uitgetrokken kleren door een gang naar de slaapkamer, de lunch vergeten in een vleselijke razernij. Aan Bradleys steelse blikken op haar figuur, en hoe hij haar schouder aanraakte terwijl hij haar door zijn tuin loodste, leidde ze af dat hij zich iets eenders had voorgesteld. En opeens zag ze in, duidelijk alsof God zelf het haar voorhield, dat die obsessieve kamer in haar geest er altijd zou zijn. Dat ze nooit zou ophouden terug te verlangen naar wat ze had gehad en was verloren.

Het winterkoninkje in de heg barstte uit in een melodieus en hartverscheurend helder lied. God leek zich in Zijn genade te uiten door de vogels van Zijn schepping. Haar ogen werden vochtig.

'O, Bradley,' zei ze, 'heb je enig idee hoeveel je voor me betekende?'

Ze sprak welbewust in de verleden tijd. In het heden stond hij met wat onkruid in zijn handen, dat hij misschien had uitgerukt zonder zich daar bewust van te zijn.

'Je was zo lief voor me,' zei ze. 'En ik heb zo'n spijt van wat ik je heb laten doormaken.'

Hij keek naar de strengetjes onkruid in zijn hand, liet ze op het grindpad vallen en nam haar in zijn armen. Ze pasten nog net zo in elkaar als toen. Ze stond met haar wang tegen zijn deels ontblote borstkas, die nog altijd nagenoeg haarloos was. Haar ogen werden nog natter van haar medelijden met hem, met hoe oud hij was geworden, en ze sloeg haar armen om zijn middel. Toen hij haar kin omhoog wilde heffen, wendde ze haar gezicht af. 'Hou me alleen maar vast.'

'Ik vind je nog net zo prachtig.'

'Ja, omdat ik drie maanden heb gehongerd.'

'Marion... Marion...'

Hij probeerde haar te kussen.

'Waarmee ik maar zeggen wil,' zei ze terwijl ze zich van hem losmaakte, 'dat ik best trek heb nu.'

'Je wilt aan de lunch.'

'Graag.'

Het kitscherige oosterse kamerscherm in zijn eetkamer stemde haar treurig. De mededeling dat hij tegenwoordig vegetariër was, en geheelonthouder, stemde haar treurig. De vitaminepillen die hij innam met ijsthee stemden haar treurig. De halve bol eiersalade op een bedje van sla stemde haar zo treurig dat ze er geen vinger naar uitstak. Haar borst was verkrampt door hoe verkeerd het was om hier te zijn. Het idee dat ze hier gekomen was om te *neuken* (want dat was het, dat was de waarheid, daarom had ze zichzelf uitgehongerd en een smoes bedacht om naar Los Angeles te kunnen) leek achteraf zo dwaas dat ze spijt kreeg het ooit met Bradley te hebben gedaan. Ze wou dat ze het überhaupt nooit had gedaan. Vijftig zijn en in een klooster wonen, elke ochtend opstaan en die vogeltjes horen, zichzelf aan God wijden, was dat maar haar leven geweest in plaats van dit...

'Ik dacht dat je trek had,' zei Bradley.

'Ja, sorry. Die salade ziet er verrukkelijk uit, maar ik... vind je het erg als ik eerst een sigaret rook?'

Zijn gelaatsuitdrukking zei dat hij dat inderdaad erg vond. Hij was echt een gezondheidsmaniak geworden.

'Ik loop wel even de tuin in.'

'Nee, ben je mal. Ik heb hier ergens een asbak.'

'Ik weet het,' verzuchtte ze. 'Ik ben nog steeds een rare. Ik had gehoopt dat voor je verborgen te houden.'

Ze zag argwaan in zijn ogen komen. 'Héb je... heb je wel een gezin?'

'O, hemel, ja! Dat is allemaal echt waar. Ik heb foto's voor je meegenomen, wacht.'

Ze sprong op en liep de hal in. Haar Lucky's lagen boven in haar handtas. Een enkele sigaret zou heus zijn gordijnen niet verpesten. Toen ze rokend de eetkamer binnenkwam, wist ze dat het niet te voorspellen viel wat ze nog meer zou doen. Haar bedoeling om hier *geneukt* te worden, de hardnekkige obsessie met dat idee, was er nog steeds, dwaas en wel.

Het op tafel leggen van een stapel snapshots bracht haar weer bij zinnen. Onzichtbaar tussen al die lachende gezichten van haar kinderen was de foetus die ze had laten weghalen. Bradley leek er ook niet meer zo zeker van dat hij haar over de vloer wilde. Hij wuifde zelfs demonstratief haar rook uit zijn gezicht. De foto's bleven onaangeroerd op tafel liggen. Ze vroeg hem of hij in God geloofde.

'God?' Hij maakte een grimas. 'Nee. Waarom vraag je dat?'

'God heeft mijn leven gered.'

'Da's waar ook, je bent met een geestelijke getrouwd. Gek dat het niet bij me opkwam dat je...'

'Dat ik een relatie heb met God?'

'Ja. Nee, het lag best voor de hand, hoor. Je was altijd al...'

'Gek?'

Hij kwam met een zucht overeind en liep naar de keuken. Haar reden om te hongeren was weggevallen, maar sigaretten waren een onderdeel van haar autonomie gaan vormen. Hij kwam terug met een gele keramieken asbak. Op de zijkant stond LERNER MOTORS.

Ze glimlachte. 'Hoe is het met Lerner afgelopen?'

'Hij heeft de tent na de oorlog verkocht. Er kwamen steeds meer dealers en niemand wilde nog een aangepaste carrosserie, en daar zat Harry's marge altijd in.'

Ze tikte haar sigaret af op de rand van de asbak. 'Ik wijd deze as aan Harry's nagedachtenis.'

Met een droef gezicht zag Bradley er nog ouder uit. Praten over andere onderwerpen dan elkaar was genoeg, en ook altijd genoeg geweest, om te merken dat ze ongeschikt waren voor elkaar. En het was ook maar de vraag of ze ooit serieus over elkaar als stel hadden gesproken. In haar tijd in Los Angeles was ze veel te gestoord geweest om zelfs maar te weten wat liefde was. De echte liefde was later gekomen, in Arizona, en ze kromp bijna ineen onder een steek van heimwee naar New Prospect. Naar haar dierbare, krakkemikkige pastorie. Narcissen in de tuin, Becky die de hele badkamer liet beslaan, Russ die zijn schoenen poetste voor een begrafenis. Het was toch de moeite waard geweest, achteraf, om op die manier dertig jaar ouder te worden. En het was het ook waard geweest de zenuwslopende gang naar Bradleys huis te maken, want haar beloning was een heldere visie: God had haar een goede bestaanswijze gegeven. God had haar vier kinderen gegeven, een moederrol waarin ze excelleerde, een man die haar geloof deelde. Met Bradley was er welbeschouwd nooit iets anders geweest dan neuken.

Ze legde haar sigaret op de asbak en nam een hapje van de eiersalade. Bradley pakte ook zijn vork.

Pas toen ze anderhalf uur later wegging, had er iets kunnen gebeuren. Ze had hem haar foto's laten zien, had gemerkt dat hij net iets te lang bleef staren naar een recente schoolfoto van Becky, en had een eindeloze fotopresentatie van hem doorstaan. Liever had ze nog een vol uur door zijn tuin gelopen dan nog één minuut met foto's van zijn kleinkinderen. Haar verveling werd zo intens dat het aan walging begon te grenzen. Maar ze speelde haar rol van de vrouw van een hulpprediker, keek geboeid naar zijn nazaten en zei niets meer wat hem op enigerlei wijze kon uitlokken.

Bij de voordeur deed hij nog een laatste poging om haar interesse te doen herleven. Hij reageerde op haar vluchtige afscheidsomhelzing door zijn handen op haar kont te leggen en haar tegen zich aan te trekken.

'Bradley.'

'Eén kus, alsjeblieft.'

Ze gaf hem een zoentje op zijn wang, en voelde zijn handen overal. Er zat een blinde honger in zijn gegraai, zijn neus in haar hals, hoe hij in haar borsten kneep, en toen wist ze het helemáál zeker. Ze voelde zich onzichtbaar, niet opgewonden. Ze gaf hem een klopje op zijn hoofd en zei dat ze terug moest naar Judson.

'Je kunt niet nog een uurtje blijven?'

'Nee.'

Dat was niet waar. Ze had Antonio gezegd dat ze misschien wel tot laat in de avond weg zou blijven. Bradley greep haar hoofd en probeerde haar te dwingen hem aan te kijken.

'Ik ben nooit over je heen gekomen,' zei hij. 'Zelfs toen je door het lint ging, ik ben nooit over je heen gekomen.'

'Nou, misschien is dit dan een goed moment.'

'Waarom heb je me geschreven? Waarom ben je hiernaartoe gekomen?'

'Tja, ik vermoed...' Ze moest opeens lachen. Alles was verlicht. De wereld was vol licht. 'Ik vermoed dat ik er op mijn beurt eindelijk overheen wilde komen. Ik had eerlijk gezegd geen idee wat ik deed. Het was Gods plan, niet het mijne.'

Bij het horen van Gods naam liet hij haar los. Hij streek met zijn hand door wat er over was van zijn haar.

'Het spijt me,' zei ze.

'Denk niet... Ik heb tegenwoordig een heel leuke vriendin, van mijn bedrijf. Beter dan ik verdien.'

'O.'

'Het is alleen... ze is niet jou.'

'Nee, maar dat is ook niemand, denk ik. Behalve ik dan.'

'Ze komt uit een Japanse familie. Ze doet de boekhouding.'

'En ik ben ontzettend blij dat je dat nog even zegt.' Ze pakte haar handtas en klikte hem dicht. 'Ik had het een naar idee gevonden als je alleen was geweest.'

Weg te lopen van zijn huis zonder te hebben toegegeven, zich te koesteren in Gods goedkeuring, te weten dat ze die eindelijk eens verdiende, was eindeloos veel beter dan te zijn bezweken. Ze was zo opgetogen dat ze haar auto zowat tegemoet zweefde. En ze herkende die opgetogenheid. Een vergelijkbaar gevoel had haar dertig jaar geleden doorstroomd toen Bradley bij een Carpenter's doorrijrestaurant een eind maakte aan hun verhouding. De opgetogenheid van toen was weliswaar uitgemond in haar obsessie, en ontspoord in haar abortus en psychose. Maar nu had zij het uitgemaakt. Ditmaal betrof haar opgetogenheid God, en ze wist zeker dat Hij haar voor ontsporing zou behoeden.

Om Bradleys kleinkinderen door te komen had ze zichzelf een sigaret beloofd, maar ze merkte nu dat ze niet hoefde te roken. God nam zonder ophouden, maar Hij gaf ook zonder ophouden. Nu ze bevrijd was van haar bezetenheid met Bradley, en van haar morbide dwang om af te vallen, kon ze zich ook bevrijden van haar sigaretten. Haar opgetogenheid hield aan tot het verkeer even voor downtown vastliep. Ze had op tijd terug willen zijn in Pasadena om nog even te zwemmen voor het eten, en de file maakte haar razend; ze merkte dat ze haar sigaretten toch nog wel nodig had. En er was nog iets. Een warm gevoel tussen haar benen. Ze keek naar de auto links van haar en ging stiekem met haar hand naar de warmte. Het was een schok dat Bradleys avances, die haar op het moment zelf koud hadden gelaten, haar nu alsnog opwonden. Zou het echt verkeerd zijn geweest om aan hem toe te geven? Wat haar intieme zone betrof, die na maanden van fantaseren en verlangen extreem gevoelig was geworden, kreeg ze toch een beetje spijt. Aan de bestuurderskant van de auto voor haar kringelde rook naar buiten. Ze draaide haar raam omlaag en drukte op de aansteker in het dashboard.

Toen ze eindelijk terug was, rook het in Antonio's appartement naar gebakken uien. De Monopoly-doos stond op de salontafel te getuigen van een leuke middag. Toen Antonio haar hoorde, kwam hij de keuken uit gesneld.

'Russ heeft gebeld. Je moet hem zo snel mogelijk terugbellen.'

Ze vroeg zich af of Russ op de een of andere manier (via God?) had aangevoeld welke keuze ze had gemaakt, en of hij haar ook miste. Maar haar intuïtie zei iets anders. God gaf en God nam. Ze bedacht dat er geen telefoon was in Kitsillie.

'Heeft hij gezegd waar het over ging?'

'Bel hem maar snel terug. Hij heeft drie nummers opgegeven.'

'Waar is Judson?'

'Die staat kaas te raspen. Ik heb die nummers bij het toestel in de slaapkamer neergelegd.'

En zo begon de rest van haar leven. Door de tuindeuren van de grote slaapkamer viel honingkleurig licht, in de tuin zongen vogels, in het zwembad joelden kinderen, uit de keuken kwam de geur van uien en rundvlees. Boven Jimmy's dressoir hing zijn schilderij van het oude postkantoor in Flagstaff. Op het dressoir zelf stond een sepia foto van Antonio's moeder in een zilveren lijstje: de eerste indruk die iemand op je maakte, bleef je altijd bij.

Russ' stem klonk verstikt. Hij bevond zich in een ziekenhuis in Farmington, New Mexico, en Perry... lag te slapen. Ze hadden hem onder zware verdoving gebracht, na een poging om... hij had geprobeerd... lieve God, hij had zichzelf iets proberen aan te doen. God zij gedankt en geprezen dat de jeugdinrichting hem had geweigerd. De politie wist tenminste dat je iemand in zijn toestand zijn schoenveters moest afnemen. Daardoor had hij niets anders kunnen doen dan... nu had hij alleen maar een fikse buil op zijn voorhoofd. Maar de reden... wat er gebeurd was... hij had een opslagloods in het reservaat in de fik gestoken. En bij zijn arrestatie hadden ze hem betrapt op drugsbezit. Een misdrijf... twee misdrijven. Zijn advocaat had gezegd dat, God wat een toestand, het waren federale misdrijven, maar Perry was niet toerekeningsvatbaar. Ze zouden hem morgenochtend naar Albuquerque overbrengen, want in Farmington wilde niemand de verantwoordelijkheid voor hem op zich nemen. De politie wilde hem niet, de sheriff wilde hem niet, het ziekenhuis wilde hem niet, en de jeugdinrichting wilde hem al helemáál niet. En in Albuquerque hadden ze een instelling voor geestelijk gestoorde minderjarigen. Als zij een vlucht naar Albuquerque kon boeken, zou hij haar afhalen van het vliegveld.

Ieder feit dat Russ haar vertelde leek op zijn plaats te vallen alsof alles, het hele verhaal, was voorbestemd. Zonder het te weten was ze met een brandende sigaret tussen haar vingers in de tuin beland. Het krulsnoer van de telefoon stond strak en de ontvanger lag op de grond van de slaapkamer. Hoewel de zon nog steeds een gouden licht wierp vanuit het westen, was het een dieper, intenser goud. Maar dat wilde niet zeggen dat God haar had verlaten. Met het vallen van de avond kwam er ook een vredig gevoel over haar. Om zich in Zijn licht te mogen koesteren, daar het genot van te smaken, was een voorrecht dat je verdiend moest hebben, een voorrecht dat je beslist niet wilde verspelen. Nu haar straf na al die jaren van uitstel was begonnen, hoefde ze niet langer nerveus of bang te zijn. Ze kon zich geborgen voelen in Gods oordeel. Ze hoefde Hem alleen maar in haar hart te verwelkomen.

'Marion? Ben je er nog?'

'Ja, Russ, ik ben er.'

'Het is verschrikkelijk. Dit is het ergste wat ik ooit heb meegemaakt.'

'Ik weet het. Het is mijn schuld.'

'Welnee, het is mijn schuld. Ik ben het die...'

'Nee,' zei ze krachtig. 'Het is zeker niet jouw schuld. Zorg ervoor dat ze hem goed behandelen. En als je denkt dat hij goed verzorgd is, probeer dan wat te slapen. Misschien kan een van de verpleegsters je een slaappil geven.'

Er klonk een vochtig, afgeknepen geluid in de langeafstandsruis.

'Russ, lieverd. Probeer wat te slapen. Wil je dat voor me doen?'

'Marion, ik kan niet...'

'Stil nu maar. Ik zie je morgen.'

Haar kalmte was volkomen nieuw voor haar. Een rust die tot de bodem van haar ziel leek te reiken. In alles wat ze deed, de telefoon weer terugzetten, haar vliegticket zoeken en de luchtvaartmaatschappij bellen, Russ nog even bellen, en daarna Becky om iets te regelen voor Judson, Judson vertellen dat Becky hem zou opwachten op het vliegveld van Chicago, en ten slotte aan tafel gaan om te eten, rustig en met smaak, drie knapperige taco's die dropen van het rundvet, voelde ze haar voeten stevig op de grond. Ze was niet bang voor wat er nog gebeuren ging, was niet bang om Perry te zien en de gevolgen te onderkennen, want ze had vaste grond onder haar voeten, en daaronder was God. Nu haar leven de eindfase was ingegaan, was het ook opnieuw begonnen. *Maar dan ben jij het plots die rijdt, zo vaardig weergekomen.* Wat grappig dat Bradley dat in zijn sonnet had voorzien. Ze wenste dat de kalmte een dag eerder over haar was neergedaald, voordat ze naar zijn huis was gereden. Dan had ze hem alles kunnen vertellen in plaats van zo goed als niets. Maar ach, zonder God in zijn leven was het hem waarschijnlijk rauw op zijn dak gevallen.

De volgende ochtend op het vliegveld, ze had al met een stewardess van Judsons vlucht gesproken, vroeg hij waarom hij niet de rest van de week bij Antonio kon blijven. Hij had dikke ogen en was korzelig na een slechte nacht. Zij had juist verbluffend goed geslapen, aan één stuk door. Het ergste was gebeurd, dus ze hoefde er niet langer voor te vrezen.

'Je hebt met Becky ook plezier,' zei ze. 'Wedden dat ze je meeneemt voor een pizza?'

'Becky geeft niks om me.'

'Natuurlijk wel. Dit is een mooie aanleiding om eens wat tijd met haar door te brengen.'

Hij keek naar zijn camera. 'Wanneer komt Perry weer thuis?'

'Dat weet ik niet, lieffie. Hij heeft een zenuwinzinking gehad en het duurt misschien wel een tijdje tot je hem weer ziet.'

'Ik weet niet wat dat is, een zenuwinzinking.'

'Dat wil zeggen dat er iets helemaal niet goed is in zijn hoofd. Dat is heel angstig om mee te maken, maar het heeft ook een goede kant. Als hij nare dingen tegen je heeft gezegd, weet je nu dat hij niet zichzelf was, dus dat hoef je je niet meer aan te trekken.'

'Dat is geen goede kant.'

'Nee, misschien is troost een beter woord.'

'Ik wil geen troost. Ik wil dat Perry er weer is.'

En zo breidden de negatieve rimpelingen zich uit: Judson zou voortaan een jongen zijn met een geestelijk gestoorde broer. Zijn eerste indrukken hiervan (haar telefoongesprekken van gisteravond, de ochtendsmog op de snelweg, dat hij in zijn eentje het vliegtuig in moest) zouden hem altijd bijblijven. Maar God had Judson gezond en sterk gemaakt. Dat bespeurde ze in zijn liefde voor Perry en het verschil met hem: ze had Perry nog nooit bezorgd gezien om zijn zus of broers. Het kwaad dat ze met haar zonden had gesticht was immens, maar voorlopig was Perry de enige voor wie de gevolgen onherstelbaar zouden kunnen zijn. Judson verzette zich toen ze aanbood met hem mee het vliegtuig in te gaan en hem op zijn plaats te installeren. Hij zei dat hij geen baby meer was.

Alvorens aan boord te gaan van haar eigen vliegtuig, kocht ze een paperback. *The Prime of Miss Jean Brodie* van Muriel Spark. Ze had niet verwacht dat ze zich zo op een boek zou kunnen concentreren, het was jaren geleden dat ze kalm genoeg was geweest om een boek zelfs maar uit te lezen, maar ze verloor zich er onmiddellijk in. Ze las de hele vlucht naar Phoenix, en na haar overstap de hele vlucht naar Albuquerque. Ze kreeg het niet uit, maar dat gaf niet. Het lezen van een roman was een droom die robuuster was dan andere soorten dromen. Je kon er midden op een bladzij mee stoppen om er later weer naadloos mee verder te gaan.

Muriel Spark had een ochtend in Californië omgetoverd in een middag in Albuquerque. Russ wachtte haar op bij de gate, in zijn nappa jas. Hij zag er grauw en doodmoe uit. Toen ze een arm om hem heen sloeg, voelde ze hem rillen. Ze liet hem uit consideratie weer los.

'Nou,' zei hij, 'ze hebben hem overgeplaatst.'

'Heb je hem gezien?'

'Nee, we kunnen morgenochtend samen naar hem toe.'

Haar heimwee had de problemen van haar huwelijk verhuld. Nu ze Russ weer voor zich zag, zo lang, zo jeugdig, moest ze denken aan de wreedheid waarmee ze gereageerd had op zijn interesse voor dat mens van Cottrell. Ze ging ervan uit dat dat niks was geworden, maar er zouden meer dan genoeg andere vrouwen komen om hem even het vreselijke feit te doen vergeten dat hij een geestesgestoorde zoon had. Deze catastrofe maakte het alleen maar waarschijnlijker dat hij haar op den duur zou verlaten. En dat verdiende ze. Ze voelde zich in staat een scheiding te aanvaarden zoals ze alles kon aanvaarden. Maar het vooruitzicht bracht haar wel in herinnering dat ze sinds Pasadena geen sigaret meer had gerookt.

Toen ze er een opstak bij de bagagecarrousel, slaakte hij een geïrriteerde zucht.

'Sorry.'

'Nee, joh, ga je gang maar.'

'Ik ga stoppen. Alleen vandaag nog even niet.'

'Ik vind het best. Ik moet zelf ook tegen de verleiding vechten.'

Ze stak haar pakje naar hem uit. 'Wil je er eentje?'

'Dat was bij wijze van spreken, Marion. Jezus.'

Zelfs zijn venijn was haar dierbaar. Met Bradley was er nooit ook maar de dreiging van venijn geweest. Venijn vergde lange jaren van elkaars leven delen.

'We zullen een auto moeten huren,' zei hij. 'Kevin Anderson heeft me hiernaartoe gereden, en hij is nu weer terug naar Many Farms. Heb jij de creditcard?'

'Ja.'

'En je hebt hem niet leeggeplunderd in Los Angeles?'

'Nee, Russ, ik heb hem niet leeggeplunderd.'

In de huurauto, die gelukkig al naar rook stonk, praatte hij haar bij over de financiële gevolgen van de catastrofe. Een administratrice van de stamraad, ene Wanda, had een advocaat uit Aztec aanbevolen met de curieuze naam Clark Lawless, met wie Russ eerder op de dag had gesproken en van wie hij een goede indruk had gekregen. Omdat Lawless de beste was, was hij duur. Perry had twee misdrijven in de staat New Mexico gepleegd, maar als verminderd toerekeningsvatbare tiener zou hem een 'overtreding' ten laste worden gelegd, wat doorgaans bestraft werd met opname in een gesloten inrichting, gevolgd door minstens twee jaar in een verbeteringsgesticht. Maar Perry was inwoner van Illinois, en als zijn ouders instemden met een behandeling van zijn geestesziekte op hun kosten, was Lawless optimistisch dat een rechter voogdijschap zou toekennen aan hen. Lawless was een geliefde verschijning in het districtsgerechtshof, dat telde ook mee.

'Dat is alles bij elkaar een zegen,' zei ze.

'Nou, je hebt Perry nog niet gezien,' zei hij. 'Hij heeft nog geen samenhangend woord uitgebracht sinds ze hem arresteerden. Hij jammert alleen maar en verbergt zijn gezicht in zijn handen. Alle eer voor de politie van Farmington. Die stopten hem in de cel die het dichtst bij hun kantoortje was, waardoor ze er op tijd bij waren, anders had hij zijn schedel kunnen verbrijzelen. Als ik op mijn pastorale ervaring afga, denk ik dat hij manisch-depressief is.'

Ze hapte ondanks zichzelf naar adem bij het horen van die verfoeide term met het koppelteken. Buiten de auto schoof een verloederd gedeelte van Albuquerque voorbij. Dichtgetimmerde winkels, kapotte flessen in de goot, en ze dacht aan haar manisch-depressieve vader die om drie uur in de nacht ragtime had zitten spelen voordat hij zelfmoord pleegde.

'Weten we zeker dat het niet de drugs waren? Wat gebruikte hij eigenlijk?'

'Cocaïne.'

'Cocaïne? Nooit van gehoord.'

'Had ik ook niet. En Ambrose evenmin. Hoe hij eraan kwam, en aan zo'n grote hoeveelheid... geen idee.'

'Maar kan dat niet de reden zijn geweest voor zijn instorting? Als hij ontwennings...'

'Nee,' viel Russ haar in de rede. 'Sorry, maar nee. Het is mijn schuld, Marion. Ik wist dat het niet goed met hem ging. David Goya had me al gewaarschuwd. Het ging overduidelijk de verkeerde kant met hem op, en gisteravond moet er nog iets anders zijn geweest. Toen hij vanochtend vroeg bijkwam uit zijn verdoving, moesten ze hem meteen weer vastbinden. Hij is psychotisch depressief.'

Ze zag een paar handen voor haar, die willekeurige bewegingen maakten. Ze dirigeerde ze naar de sigaretten in haar handtas. Het was beter die handen iets te doen te geven.

'Maar goed,' zei Russ, 'we staan hoe dan ook voor een lange periode van herstel. Ik weet niet of we een rekening krijgen voor zijn tijd hier in deze instelling, maar Lawless kost ons minstens vijfhonderd dollar, en waarschijnlijk veel meer. En dan al die weken of maanden in een inrichting, gevolgd door nog meer behandelingen. Weet je zeker dat je dit nu horen wilt?'

Het lukte haar een sigaret op te steken. Dat hielp een beetje. 'Ja, vertel me alles maar.'

'We zullen ook moeten betalen voor de opslagloods die hij in brand heeft gestoken. Dat was op grondgebied van de stam, dus het zou me enorm verbazen als de eigenaren verzekerd waren. Er stonden tractoren in, en nog ander materieel, plus het gebouw zelf. Ik weet niet om hoeveel duizenden dollars het gaat, maar duizenden worden het zeker. Ik heb de kerk gebeld terwijl ik op je wachtte, en Phyllis heeft de aansprakelijkheidspolis bekeken. Daar zullen we niets aan hebben. We hebben de drieduizend dollar die Perry van Becky heeft gekregen, en we kunnen misschien wat lenen van het geld dat ze Clem en Judson heeft gegeven. Maar dan hebben we nog veel meer nodig.'

'Ik kan een voltijdbaan gaan zoeken.'

'Nee. Ik ben hier verantwoordelijk voor. Het is alleen de vraag of ik een lening van voldoende omvang zal kunnen afsluiten.'

'Ik werk desnoods tot mijn tachtigste.'

Russ zwenkte de vluchtstrook op, trapte op de rem en draaide haar ruw naar zich toe. 'Goed luisteren, we moeten één ding even heel duidelijk maken nu. Dit is geheel en al mijn verantwoordelijkheid, begrijp je wat ik zeg?'

Ze schudde haar hoofd krachtig.

'Ik heb niet naar je willen luisteren,' zei hij. 'Vorig jaar wilde je hem al naar een psychiater sturen, en ik wilde er niets van weten. Vijf dagen geleden hetzelfde liedje, weer wilde ik niet luisteren. Toen zei hij me min of meer zelf dat hij ver heen was, en godver, ik schonk er gewoon geen aandacht aan.'

Ze zoog aan haar sigaret. 'Het is niet jouw schuld.'

'En ik zeg je van wel. En nu wil ik er geen woord meer over horen.'

Ze keek door de voorruit naar een graatmagere jongen, niet veel ouder dan Perry, die een drankwinkel uit kwam waggelen. Zijn hemd hing uit zijn broek, die nauwelijks om zijn middel bleef hangen. Hij had een fles in een papieren zak.

'Waar gaan we heen? Ik ben deze auto nu al beu.'

'Het is mijn schuld en daarmee uit.'

'Het kan me niet schelen wiens schuld het is. Zorg dat ik deze auto uit kan. Ik krijg een paniekaanval.'

'Misschien moet je niet zo roken.'

'*Waar gaan we heen? Waarom staan we hier stil?*'

Russ startte de motor weer met een mismoedige zucht.

Het volgende wat tot haar doordrong was dat ze op de parkeerplaats van een Ramada Inn stonden, en dat haar radeloze aandrang om uit te stappen weg was. De auto leek haar nu zelfs een veilige plek. Ze sloot haar ogen terwijl Russ naar binnen ging om in te checken.

Het was vreemd, gezien Gods constante aanwezigheid, hoe zelden ze maar de behoefte had om te bidden. In haar schuldbeladen dagen in Arizona had ze aan de lopende band gebeden, maar dat was gestopt toen ze met Russ trouwde, zoals ze toen ook was opgehouden met haar dagboek. Alleen na de geboorte van haar kinderen, waarvoor het geven van dank overduidelijk geboden was, had ze nog echt gebeden. De wekelijkse gebeden die ze in de kerk zei waren eerder zijwaarts gericht dan hemelwaarts, hadden meer te maken met het feit dat ze lid was van een gemeente. God wist toch wel wat ze dacht, dus hoefde ze Hem dat niet te vertellen, en het leek misplaatst om de Almachtige om kleine diensten te vragen. Maar de dienst die ze nu van Hem nodig had, was levensgroot.

Lieve God, ik aanvaard Uw wil en U heeft me niet harder getroffen dan ik verdien. Maar laat het alstublieft Uw wil zijn dat Perry weer beter wordt, zoals U mij ooit hebt geheeld. En laat het alstublieft ook Uw wil zijn dat ik niet opnieuw gek word. Ik wil mezelf blijven en Russ kunnen bijstaan, en U weet hoeveel ik van U houd. Als U mijn geest helder genoeg liet blijven om Uw wil te herkennen, zou ik U intens dankbaar zijn. Wat Uw wil ook van mij verlangt, ik zal het met vreugde doen.

Ze opende haar ogen en zag twee mussen, de een wat bonter dan de andere, door het afval scharrelen op een parkeerplaats. Het maakte haar kalmer dat ze een bede tot God had gericht. Het ging om het vragen, het antwoord deed er niet toe. Ze nam zich voor het de rest van haar leven elke dag te doen. In een wereld die doordrongen was van God, hoorde het gebed ook eigenlijk net zo constant te zijn als je ademhaling.

Opgebeurd door dit inzicht, stapte ze uit met haar handtas. Russ kwam naar haar toe met de kamersleutel. Ze holde op hem af en zei: 'Heb je al gebeden?'

'Eh, nee.'

'Laten we dat dan meteen gaan doen. Dan halen we de bagage straks wel op.'

Hij keek haar bezorgd aan, maar ze voelde er niets voor zich nader te verklaren. Hun kamer was aan het eind van de gang op de begane grond. Ze haastte zich voor hem uit terwijl hij volgde met de sleutel.

De kamer was muf, de namiddagzon stond vol op de gordijnen. Ze liet zich direct op haar knieën vallen. 'Hier is goed, elke plek is hetzelfde. Wil je met me neerknielen?'

'Eh.'

'Eerst samen bidden, dan kunnen we daarna praten.'

Hij keek nog steeds bezorgd, maar knielde tegenover haar neer en verstrengelde zijn vingers.

O God, bad ze weer in stilte. *Wees hem alstublieft genadig. Laat hem weten dat U er bent.*

Meer had ze niet te vragen, maar Russ had kennelijk een hele lijst. Het duurde wel vijf minuten eer hij opstond en de airconditioning aanzette.

'Ik weet dat het persoonlijk is,' zei ze. 'Maar... heb je Hem gevonden?'

'Weet ik niet.'

'Als we hier samen doorheen willen komen, zullen we verbonden moeten blijven.'

'Ik ben niet zoals jij, Marion. Jij was altijd al zo... het ging altijd gemakkelijk tussen jou en God. Voor mij is dat niet zo.'

Zoals hij het zei, leek haar gemak met God sletterig, vergelijkbaar met haar vermogen om snel een orgasme te bereiken. Ze ging bij hem staan in de koele luchtstroom van de airco. Het was heel lang geleden sinds ze met iemand in een hotelkamer was geweest, bijna net zo lang geleden als toen Bradley haar meenam naar hotels. Was ze eigenlijk weleens met een man alleen geweest in een hotelkamer zonder seks te hebben? Waarschijnlijk niet.

'Mij gaat het meestal beter af als ik me ellendig voel,' zei Russ. 'Maar zo ellendig als nu...'

Zijn schouders begonnen te schokken en hij bedekte zijn gezicht. Toen ze hem wilde troosten, rilde hij opnieuw.

'Russ, lieverd, luister naar me. Ik heb ook aanwijzingen genegeerd. Ik zag ook dat er iets niet in orde was met Perry, en ik deed er net zomin iets mee. Het is niet alleen jouw schuld.'

'Je hebt geen idee waar je het over hebt.'

'Volgens mij heb ik dat wel.'

'Nee, je hebt geen idee wat ik gedaan heb! Geen flauw idee!' Hij keek verwilderd om zich heen. 'Ik ga de bagage halen.'

Ze liep met haar handtas naar de badkamer en haalde het cellofaan van een drinkglas. De slankheid van de vrouw in de spiegel was telkens weer een verrassing. Dit was de vrouw met wie Russ voor onbepaalde tijd opgezadeld zou blijven, en ze vroeg zich af of hij weer naar haar zou kunnen verlangen. Hoezeer ze Gods straf ook verdiende, een beetje genot mocht ze toch ook nog wel krijgen. Het leidde tot de vraag of het onderdeel van Gods plan kon zijn geweest dat ze zich voor Bradley had opgeladen maar onverrichter zake en onbevredigd naar Russ was teruggekeerd. Ze deed verse lipstick op.

Russ zat op de rand van het bed, met zijn gezicht in zijn handen, alsof hij Perry's toestand imiteerde. Ze ging naast hem zitten en raakte hem aan. Toen hij opnieuw rilde, bekroop haar een vermoeden.

'Vertel eens,' zei ze. 'Wat denk je te hebben gedaan?'

Hij wiegde zichzelf en gaf geen antwoord.

'Je zei dat ik geen idee heb. Misschien voel je je beter als je me een idee geeft.'

'Het is allemaal mijn schuld.'

'Dat zeg je steeds, ja.'

'Ik... wat moet ik je vertellen. God zei me wat ik moest doen en ik luisterde niet. En toen Ambrose...'

'Ambrose?'

'Hij stond me op te wachten. Kevin had Perry's vermissing gemeld, waarop de sheriff een bulletin verspreidde en Kevin direct naar Farmington reed. Maar Wanda en Ambrose moesten in Kitsillie wachten tot ik terug was. Ze hebben een uur moeten wachten. Een uur!' Hij rilde. 'Ik denk niet dat ik je verteld heb... ik heb je niet verteld dat een van de ouders die als mentor meegingen naar Kitsillie... Kijk, want Larry Cottrell zat in Many Farms, dus zijn moeder ging mee naar het tafelland, en daar kregen we problemen. De ploeg, bedoel ik, de ploeg kreeg problemen. Een van de Navajo's had ingebroken in het schoolgebouw en ik moest... we moesten... dus ik en, eh...'

'Larry's moeder?'

'Ja.'

'Frances Cottrell was met je mee naar Kitsillie.'

'Ja.'

Nu zag ze pas de volle omvang van de straf die God voor haar in petto had. Sinds de ruzie die ze met kerst hadden gehad, had Russ een paar keer avances gemaakt, die ze steeds had afgewimpeld. En door die pogingen om seks met haar te hebben, plus zijn constante somberheid, had ze aangenomen dat dat mens van Cottrell hem een blauwtje had laten lopen. Daarmee had ze hem zelfs een paar keer bespot. En nu was het haar in een flits duidelijk waarom hij zich weer met Crossroads was gaan bemoeien. In het verleden had hij haar in de ban gebracht met zijn verhalen over de Navajo's, en dat trucje had hij opnieuw uitgehaald met dat mens van Cottrell, en weer met succes. Wat een dwaas, die vrouw. En dat was ze zelf ook. Ze kon het alleen zichzelf verwijten.

'En nu zit je hier met mij,' zei ze. 'Dat moet heel raar voor je zijn. Dat wij nu samen hiervoor staan. Omdat we nog steeds getrouwd zijn.'

Hij liet niet blijken dat hij luisterde.

'Nou, laat me hier dan maar alleen,' zei ze. 'Laat mij het maar op me nemen. Ik wil dat je gaat en zo gelukkig wordt als je zijn kunt. Dit is niet langer jouw probleem.'

Hij sloeg zich met zijn handpalmen voor zijn hoofd, verloren in zijn misère, als een klein jongetje. En ze kon zichzelf er niet toe brengen hem te haten. Hij was haar grote kleine jongetje, door God aan haar zorg toevertrouwd, en ze had hem afgewezen en van zich vervreemd. Ze pakte een van zijn handen, maar hij bleef zich met de andere voor zijn hoofd slaan.

'Hou daarmee op, lieverd. Het kan me niet schelen dat je haar hebt meegenomen.'

'Ik heb overspel gepleegd.'

'Zoveel had ik al begrepen. Hou op jezelf te slaan.'

'Ik pleegde overspel terwijl onze zoon zelfmoord probeerde te plegen!'

'O, lieverd. Het spijt me.'

'Het spijt jóu? Wat klets je nou?'

De grond onder haar voeten was stevig. Ze wist zich geborgen in de straf van God.

'Ik probeer me voor te stellen hoe erg het moet zijn wat je nu voelt. Als dat zich inderdaad op hetzelfde moment heeft afgespeeld... dat is een verschrikkelijk toeval. Dat verdient niemand.'

'Verschrikkelijk?' Hij stond op. 'Het is meer dan verschrikkelijk. En onvergeeflijk. Bidden heeft geen zin... ik ben een poseur.'

'Russ, Russ, ik heb je zelf toestemming gegeven, weet je nog? Dat weet je toch nog wel?'

'Kijk me niet aan! Ik verdraag het niet dat je naar me kijkt.'

Ze was er niet zeker van, maar hij leek het nog altijd belangrijk te vinden hoe ze over hem dacht, of zelfs nog steeds van haar te houden. Om hem haar blik te besparen liep ze naar buiten met haar handtas.

De zon stond laag nu. De bergen in de verte waren doortrokken van schaduwen. Aan de rand van het parkeerterrein zat een mus zichzelf een stofbad te geven in het vuil van een opgedroogde plas. De lucht rook hier naar Flagstaff en het koelde snel af, zoals in de jaren dat ze naar huis was gelopen van de Church of the Nativity, en elke stap had geteld. Ze stak een sigaret op en keek naar de mus. Die kroop rond op zijn buik, drukte zich op de grond met zijn snaveltje omhoog, en klepperde met zijn vleugels om zich met het stof te reinigen. Ze zag wat haar te doen stond.

Ze drukte haar sigaret uit en liep terug naar de kamer. Russ zat voorovergebogen op de rand van het bed.

'Hou je van haar? Zeg het maar eerlijk, ik kan de waarheid aan.'

'De waarheid,' zei hij bitter. 'Wat is dat, de waarheid? Als iemand zijn leven lang toneelspeelt, wat betekent zijn liefde dan nog? Hoe kan hij dat beoordelen?'

'Ik vat dat maar op als een ja. En zij? Denk je dat zij ook van jou houdt?'

'Ik heb een fout gemaakt.'

'Die maken we allemaal. Ik probeer alleen maar even praktisch te zijn. Als je van haar houdt en je denkt dat dat omgekeerd ook zo is, wil ik je niet in de weg staan. Laat Perry dan maar mijn verantwoordelijkheid zijn.'

'Ik wil haar nooit meer zien.'

'Luister, ik bied je de vrijheid. Dit is je kans om hiervan weg te lopen, en ik waarschuw je: als je die kans wilt, moet je hem nu pakken.'

'Zelfs als ze van me hield, wat ik betwijfel... het is allemaal te smerig.'

'Dat denk je nu omdat je je schuldig voelt. Zodra je haar ziet, weet je weer dat je van haar houdt.'

'Nee. Het is vergiftigd. Ik heb drie uur met Ambrose in die truck moeten zitten...'

'Wat heeft Rick hier nu mee te maken?'

Russ rilde in zijn nappa jas. Die had zij nog voor hem gekocht in Flagstaff.

'Weet je wat ik je heb aangedaan?' zei hij. 'Drie jaar geleden? Weet je wat ik toen gedaan heb, Marion? Toen heb ik een zeventienjarig meisje verteld dat ik in seksueel opzicht mijn interesse in je had verloren.'

Ze had het opeens koud en liep naar haar koffer voor een trui. Maar haar zomerjurk lag bovenop, en die wilde ze niet aanraken.

'En weet je wat nog meer? Ik heb je nooit de ware reden verteld waarom de groep me eruit gooide. Dat was omdat ik me verlustigde aan dat meisje. Ik had dat zelf niet eens in de gaten, maar zijzelf wel. En Rick... Rick was erbij toen ze dat vertelde. Rick weet hoe ik ben, en... God, jezus!'

Ze hoorde een zachte stem, die van zichzelf. 'Heb je haar aangeraakt?'

'Sally? Nee! Met geen vinger! Nooit. Maar ik was mezelf helemaal kwijtgeraakt in mijn trots.'

Ze had haar eigen trots. Ze had opeens geen zin meer om zijn bekentenis met de hare te beantwoorden.

'En het was niet eens waar,' zei hij. 'Toen ik je uit dat vliegtuig zag stappen... wat ik toen tegen dat meisje heb gezegd, was gewoon niet waar. Ik vind je nog altijd heel, heel aantrekkelijk.'

'Tja, wacht maar af tot ik weer dik ben.'

'Ik verwacht geen vergiffenis van je. Die verdien ik ook niet. Ik wil alleen maar dat je weet...'

'Dat je me vernederd hebt?'

'Dat ik je nodig heb. Dat ik zonder jou compleet verloren ben.'

'Nou, mooi. Misschien moet je mij dan ook maar neuken. Dat schijnt een goede manier voor jou te zijn om je te uiten.'

Dat legde hem het zwijgen op.

'En wacht er maar niet te lang mee, want ik ben weer begonnen te eten.' Ze ging voor hem staan en streek met haar handen langs haar heupen. 'Dit blijft er niet zo uitzien, jongen.'

'Ja, ik weet dat je gekwetst bent, en boos.'

'Wat heeft dat nou met neuken te maken?'

'Ik bedoel, ja, als je me zou kunnen vergeven... als we het weer met elkaar konden vinden, dan ja, dan zou ik graag weer... het met je kunnen vinden. Maar nu, op dit moment...'

'Op dit moment,' zei ze, 'zijn we met z'n tweeën in een hotelkamer.'

'En een paar straten verderop ligt onze zoon in een inrichting.'

'Ik ben het niet die er maar over doorgaat wie ik heb geneukt. Of niet heb geneukt, maar daar wel op uit was.'

Hij sloeg zijn handen voor zijn oren. Haar boezem zwoegde, maar niet van woede. Door hem met hitsige taal te tarten, had ze zichzelf opgehitst. Er was jeuk die gekrabd moest worden, en voor nu kon al het andere wachten. Ze liet zich op haar knieën vallen en duwde die van hem uit elkaar.

'Marion...'

'Hou je mond,' zei ze terwijl ze zijn riem losmaakte. 'Jij hebt geen recht van spreken.'

Ze trok zijn rits omlaag, en daar was het. Het prachtige, verfoeide ding; geïnteresseerd in zeventienjarige meisjes, geïnteresseerd in veertigjarige echtbreeksters, en het had kennelijk ook nog enige interesse voor zijn vrouw. Ze boog haar hoofd ernaartoe en... lieve hemel, hij had blijkbaar nog niet gedoucht.

Een neus vol Cottrell had haar moeten ontnuchteren, maar om de een of andere reden was alles onderling uitwisselbaar – het was alsof ze Bradleys wellust niet had afgeslagen maar aangenomen en er nu het geurspoor van opsnoof. De kwestie met die zeventienjarige was de wereld nog niet uit, maar de kwestie-Cottrell deed er niet meer toe. Het kon als straf volstaan om hem op het laatste ogenblik haar mond te onthouden. Ze duwde hem achterover op het bed en kroop over hem heen.

'Ik vergeef het u met een kus,' zei ze.

'Wat is er toch met je? Is er wat met je?'

'Ik zou die kus maar nemen zolang het kan.'

'Marion?'

Ze kuste hem en alles was onderling uitwisselbaar. Niet alleen hij en die andere man, en niet alleen zij en die andere vrouw, maar verleden en heden. Ze hadden het al zo lang niet meer gedaan dat het een kwarteeuw geleden kon zijn – zij nog in haar jonge lichaam, hij die de jas van zich af trok die ze voor hem had gekocht, de lucht net zo droog en ijl als die van Arizona, het verstervende licht, een bergenlicht. En wat was het in Arizona makkelijk geweest. Naast een wankele geest en een gelovig hart had God haar een libido van zodanige sterkte gegeven, dat ze in een openbare bibliotheek tot bevrediging kon komen zonder dat iemand er iets van merkte. En wat was het ook nu nog gemakkelijk. Aan een kort contact en haar volledige overgave had ze genoeg om haar lichaam te laten schokken. Ze opende haar ogen en zag in die van Russ de herinnering glanzen aan dat orgastische meisje van weleer. Hij was dol op dat meisje geweest, nou en of, verzot was hij op haar geweest. Haar van God gegeven gave had hem een gevoel van macht geschonken. Ze was het in het moeras van haar moederschap uit het oog verloren, en helemáál kwijtgeraakt in de woestijn van haar nerveuze depressie, maar nu ze het had hervonden, kreeg hij dat machtsgevoel ook weer terug. De woestheid waarmee hij in haar stootte schrijnde een beetje, en dat zou haar later nog wel opbreken, maar zijn opwinding wond haar op. Ze spoorde hem aan, spoorde zichzelf aan. Ze hoorde iets van een blaf, gevolgd door een verraste lach, en een tweede reeks schokken maakte haar doof voor alles. Hij wilde door, maar ook daarin herhaalde zich het verleden: net als toen in Arizona keerde met haar verzadiging ook haar schuld terug.

Hij liet zich met zijn volle gewicht op haar zakken, kraste met zijn stoppels langs haar hals.

'Niet zo slecht, toch?' zei ze.

'Ik wil niet weg.'

'Nou, er is ook geen haast.'

Het enige licht in de kamer kwam nog van de digitale wekker naast het bed, en het enige geluid kwam van auto's die in de verte voorbijreden. Hij kuste haar in haar hals.

'Om zo met je te zijn... ik was het vergeten.'

'Ik weet het,' zei ze.

'Het is zo'n eenvoudig geschenk.'

'Ssst.'

Het geluid van opnieuw een auto was als het breken van een golf. De schuld roerde zich weer in haar.

'"Rondgaan en rondgaan,"' zong hij zachtjes. '"Tot zich de cirkel sluit." Zo voelt het. Alsof ik rond en rond ben gegaan...'

Ze herkende het geestelijke lied, en ze wist wat er op deze regels volgde, en waar hij op doelde. *Het hoofd te buigen zonder schaamte*. Er lag in dat gezang zo'n diepe vreugde besloten, dat de wortels daarvan verstrengeld waren met die van het verdriet, en het ontladen van verdriet was nog weldadiger dan die andere ontlading. Verdriet was niet fysiek maar van het hart zelf, en ze gaf zich er vrijelijk aan over. Terwijl ze huilde, voelde ze hem weer hard worden in haar. En daar moest ze nog harder van huilen. Ze was weer de zijne.

Hij ging met zijn vingertoppen over haar tranen. 'Ik wil nooit bij je weg.'

'Dat is lief,' snifte ze. 'Maar ik moet wel even naar de wc.'

'Ik deug niet voor New Prospect. We hadden nooit uit Arizona moeten weggaan. We hadden daar ons hele leven moeten doorbrengen. Gewoon wij tweeën, de kinderen, een kring van gelovigen.'

Ze verroerde zich onder hem, ten teken dat ze echt naar de wc moest, maar hij liet haar niet gaan.

'Al wat ik wil is een gezin om voor te zorgen, een Heer om te aanbidden, en een vrouw die... Marion, ik zweer het. Als je me vergeeft, zullen kleine geschenken genoeg zijn.'

'Ssst.'

'Je weet altijd precies wat je moet doen. Zoals je ook weer wist dat we... dit van zojuist was wel het laatste waar ik aan dacht, maar je hebt wéér gelijk. Je hebt altijd gelijk gehad. Je had gelijk toen...'

'Sst. Laat me nou even plassen, jongen.'

Behoedzaam schuifelend om geen teen te stoten vond ze haar weg naar de badkamer en ging op de wc zitten. Er moest een goocheltruc worden verricht om Russ' wroeging met een enkele vingerknip te laten verdwijnen.

Zijn bekentenissen waren hartverscheurend oprecht geweest, als die van een kleine jongen, en de tijd was gekomen om zelf haar bekentenissen te doen. De mus had haar gezegd dat het tijd was.

Maar… moest ze het wel doen? Wat viel er eigenlijk te winnen door hem door Bradley Grant te slepen, door de Kerstman, door de abortus, door Rancho Los Amigos? Het zou haar geweten zuiveren om diep door het stof te gaan, maar in welk opzicht was hij ermee gediend? Perry's catastrofe had Russ bij haar teruggebracht, en was het nu niet beter om hem lief te hebben en te steunen? Hij was een jongetje, en jongetjes hadden behoefte aan structuur in hun leven, en bood wroeging niet een soort structuur? Ze zou nooit een vrouw zonder ballast worden, maar ze kon hem structuur geven met de overtuiging dat hij haar meer had aangedaan dan zij hem. Was dat niet barmhartiger dan haar ballast over hem uit te storten?

Het had een vraag van de Satan kunnen zijn, maar hij kwam toch uit haar eigen hart, want de verlokking ervan voelde niet boosaardig. Het zou eerder een gepaste boetedoening zijn. Door Russ niet haar zonden op te biechten, en misschien kritiek te krijgen maar ook medelijden te wekken, en te worden vergeven, zou ze haar ballast de rest van haar leven alleen moeten torsen. De oneindige belasting van alleen te zijn in wat ze wist.

Ik heb hulp nodig, God. Ieder teken is welkom.

Ze wachtte huiverend op de wc-bril. Als God luisterde, liet Hij daar niets van merken, maar terwijl ze zat te wachten verschoof er iets in haar. Ze wilde niet meer wachten en nam zelf haar beslissing.

Russ had de sprei van het bed gegooid en een laken over zich heen getrokken. Ze kroop er ook onder en ging tegen hem aan liggen. 'Ik heb je iets te vertellen en ik wil dat je goed luistert.'

Hij legde een hand op haar borst, die ze zachtjes wegschoof.

'Je moet weten,' zei ze, 'dat mijn vader ook manisch-depressief was…'

'O, dat wist ik niet.'

'Nou, je wist wel dat hij destijds zelfmoord heeft gepleegd. Maar ik heb je nooit over mijn eigen problemen verteld. Ik heb je nooit verteld hoe erg ik in de war was toen ik zo oud was als Perry. Ik was bang om je daarmee weg te jagen, wat ik een onverdraaglijke gedachte vond. Russ, lieverd, dat verdroeg ik echt niet. Ik hield zo vreselijk veel van je, ik moest er niet aan denken.'

'O, maar ik wist wel dat je een beetje gek was, hoor.'

'Het was méér dan een beetje. Je had het recht dat te weten voor je me trouwde, maar ik kende het gevaar en ik heb het voor je verzwegen. Dus ik wil nu niet meer horen dat het jouw schuld is.'

'Dat is het wel. Ik was degene...'

'Sst. Luister naar me. Je haalt twee totaal verschillende dingen door elkaar. Je voelt je bezwaard om je... misstap. En zelfs dat hoeft niet, want ik had je gezegd dat je je gang mocht gaan.'

'Dat betekent nog niet dat ik dat moest doen.'

'Je was gegriefd. Ik heb je gegriefd omdat je mij had gegriefd. Die dingen gebeuren in een huwelijk. Waar het mij om gaat is dat je de pech hebt gehad van een afschuwelijke samenloop van omstandigheden. Je schaamt je voor wat er in Kitsillie is gebeurd, daar voel je je schuldig om en dat begrijp ik. Maar daar moet je het bij laten. Je moet je niet ook nog schuldig voelen om Perry. Wat hem scheelt, heeft hij van mij.'

'Ik wist heel goed wat God van me wilde.'

'Lieverd, ik heb ook niet naar Hem geluisterd. Van nu af aan moeten we proberen dat beter te doen. Daarom wil ik dat we voortaan elke dag samen bidden. Ik wil dat we veranderen. Ik wil dat we dichter bij elkaar komen. Ik wil dat we samen de vreugde van God ervaren.'

Hij rilde.

'Er is iets verschrikkelijks gebeurd, maar er kan nog steeds vreugde zijn. Ik keek net buiten naar de vogeltjes... we kunnen toch nog vreugde ontlenen aan de schepping? En aan elkaar?'

Er ontsnapte hem een kreetje van ellende.

'Sst. Stil maar.'

'Ik verdien jou niet!'

'Sst. Ik ben er nu. Ik ga nergens heen.'

'Ik verdien geen vreugde.'

'Dat doet niemand. Het is een geschenk van God.'

En Becky had het nog wel zo naar haar zin gehad. Eindelijk haar voorjaarssemester als eindejaars, het gevoel van een speciale band met alle anderen die in '72 eindexamen zouden doen. Ze had zich erop toegelegd om elke dag aardig te zijn tegen een jaargenoot met wie ze nooit eerder een woord had gewisseld; een jongen die metaalbewerking deed, een meisje van de baptistenkerk waar ze nu met Tanner de diensten bijwoonde. Het voelde als een dagelijkse christenplicht, en als Tanner tijd had gingen ze in de weekenden naar feestjes die het keurmerk van Jeannie Cross hadden gekregen, dronken er geen druppel, en als ze er na een poosje zeker van waren dat hun aanwezigheid was opgemerkt, glipten ze weer weg naar iets van een hogere orde dan highschoolvermaak.

Aan het eind van maart had ze een toelatingsbrief ontvangen van Lake Forest College, en ze mocht nog hopen op Lawrence of Beloit. Het vooruitzicht van truienweer in Wisconsin, een dormitoriumkamer met uitzicht op een plein vol herfstbladeren, een nieuw te ontwikkelen studentengevoel, naar nieuwe sociale hoogten reiken, het was bijna té mooi omdat ze ook al een zomer in Europa had om naar uit te kijken. Tanner was eerder die maand, na een optreden waar zij niet bij was, benaderd door een jong stel uit Denemarken dat genoten had van zijn concert en de organisatie deed van een folkfestival in Aarhus. Amerikaanse folk en folkrock waren helemaal in onder Europeanen, allerlei zomerfestivals wilden Amerikaanse artiesten boeken en een solo-optreden in Aarhus, dat het stel hem had aangeboden, zou zijn pad naar al die festivals effenen. Ze had hem nog nooit zo enthousiast gehoord. Zou het niet helemaal te gek zijn, zei hij, om samen Europa te ervaren, deel uit te maken van de muziekscene en mensen als Donovan te ontmoeten, of misschien wel Ritchie Havens?

Becky had Europa eigenlijk al uit haar hoofd gezet. Na de kerst was ze haar belofte aan Jezus nagekomen door haar legaat te delen met haar broers, waardoor ze te weinig overhad voor een grote Europese reis met haar moeder, en omdat die zich toch al vreemd gedroeg met haar sigaretten en de desinteresse voor haar kinderen, had ze besloten om maar gewoon thuis te blijven met Tanner. Maar alsnog naar Europa met hem? In zijn armen zwieren op de Champs-Élysées? Door de Alpen denderen in een slaapcoupé? Munten in de Trevifontein gooien en elkaar het mooiste wensen? Het enige wat ze daarvoor hoefde te doen was flink geld sparen en de uitnodiging aan haar moeder intrekken.

Door strubbelingen in het huwelijk van haar ouders, waar Becky net genoeg van meekreeg om nog meer op haar vader af te knappen, was haar moeder naar de voorraadkamer op de bovenste verdieping getrokken, had een bed in de hoek gezet onder het schuine plafond, en een oude secretaire onder het raam. Toen Becky zich met het opwindende nieuws van Tanner naar die kamer waagde, na een schooldag met niets dan fantasieën over Europa, zat haar moeder in een nevel van verschaalde rook aan haar bureau. In plaats van te roken draaide ze een vulpotlood tussen haar vingers terwijl Becky haar verhaal afstak.

'Ik hoef niet met je naar Europa, hoor,' zei haar moeder. 'Maar ik weet niet of het nou zo'n goed idee is om er met Tanner naartoe te gaan.'

'Je vertrouwt me niet.'

'Ik twijfel geen moment aan je gezonde verstand. En ik was onder de indruk van je besluit over dat geld van je tante. Een heel lief gebaar. Maar ik had begrepen dat je het resterende deel in je studie zou steken.'

'Ik hoef eigenlijk alleen maar een vliegticket te kopen. Als Tanner ook op andere festivals kan optreden, dekt dat al onze kosten.'

'En als hem dat niet lukt?'

'Dan heb ik evengoed genoeg voor twee jaar studie. En daarna neem ik wel zomerbaantjes, en ik kan een beurs aanvragen.'

Haar moeder bleef het vulpotlood ronddraaien. Ze was zo afgevallen dat er een gelijkenis met tante Shirley was ontstaan. Het kon niet gezond zijn om zo snel zo veel gewicht kwijt te raken.

'Ik heb het nog niet willen vragen,' zei haar moeder, 'want ik weet dat het je ongemakkelijk maakt. Maar… heb je al seks gehad met Tanner?'

Becky voelde haar gezicht gloeien.

'Ik wil je niet verlegen maken, kind. Een simpel ja of nee is genoeg.'

'Het ligt ingewikkeld.'

'Oké.'

'Dus… nee. Nee, we hebben het nog niet met elkaar gedaan.'

'Dat is prima, lieverd. Meer dan prima zelfs. Ik ben trots op je. Maar als je naar Europa wilt met je vriendje, moet ik wel eerst van je horen dat je veilig vrijt.'

Becky bloosde opnieuw. Haar vriendinnen gingen er allemaal van uit dat Tanner en zij het deden, en ze had niets gezegd om hen uit de waan te helpen. Ze genoot van het geheim dat ze met Tanner deelde, het geheim van hun kuisheid, en het gevoel van macht en zuiverheid dat dit haar schonk. Maar het was op een rare manier afschuwelijk om de misvatting ook uit de mond van haar moeder te horen komen.

'Heb je voorbehoedsmiddelen?' vroeg haar moeder.

'Wíl je soms dat ik al seks heb?'

'Hemel, nee, natuurlijk niet. Waarom denk je dat?'

'Ik kan heus wel voor mezelf zorgen, mam.'

'Dat weet ik, lieverd. Het is alleen... ik weet ook hoe het soms kan lopen.'

'Wat doe je hier trouwens?'

Haar moeder slaakte een zucht. 'Ik doe correctiewerk voor de Great Books Foundation.'

'Nee, ik bedoel hier slapen. Jezelf hier verstoppen.'

'Je vader en ik zijn niet meer zo gelukkig met elkaar.'

'Asjemenou, wie had dat nou kunnen denken?'

'Ja, ik weet het, ik weet het. Het is voor jou ook niet gemakkelijk. Dat spijt me.'

'Het is jouw leven, hoor. Ik heb alleen niet zo'n behoefte om je adviezen aan te horen.'

Haar moeder legde het vulpotlood neer. 'Het is geen advies. Als je met Tanner naar Europa wilt, is het gewoon een eis die ik stel. Het lijkt me zelfs goed als je gelijk maar naar de dokter gaat. Zal ik een afspraak voor je maken?'

'Dat kan ik zelf wel.'

'Zoals je wilt.'

'Ik doe het nu meteen. Wil je meeluisteren aan het toestel van pap? Horen hoe ik mijn *afspraak* maak?'

'Becky...'

Er waren drie deuren om mee te smijten op weg naar haar kamer, en ze smeet met alle drie. De wereld leek op zijn kop te staan. Seks voor het huwelijk werd geacht verkeerd te zijn, maar Tanner had het al met iemand gedaan, haar vriendinnen gingen ervan uit dat zij het ook had gedaan, Clem ging ervan uit, zelfs haar moeder was ervan uitgegaan. Als ze het Judson vroeg, zou die er ook wel van uitgaan!

Ze was niet preuts. Ze was dol op zoenen en strelen en... klaarkomen. Er waren onder het zoenen en de rest genoeg momenten geweest waarop ze ernaar smachtte om Tanner in zich te voelen, momenten waarop seks een zegen leek die God haar wilde verlenen. Wat haar tot dusver steeds had weerhouden was de terughoudendheid van Tanner zelf. Door in het begin resoluut haar grenzen aan te geven, had ze haar maagdelijkheid tot iets gemaakt waarvoor ze beiden de verantwoordelijkheid droegen, een kroon die ze samen bewaakten, waardoor hij paraat was als zij zichzelf dreigde te verliezen. Als dat geen teken van ware liefde was, wist zij het ook niet meer.

Met de tegenzin van een dochter die klusjes moest doen terwijl haar vriendinnen in het zwembad lagen, ging ze naar de gynaecoloog van haar moeder om zich een pessarium te laten aanmeten en te leren hoe ze het moest inbrengen. Ze kreeg net zo'n tube glijmiddel mee als Laura Dobrinsky haar naar het hoofd had gegooid. Het pakketje waarmee ze thuiskwam reduceerde de liefde tot iets medisch, en het verbond haar op vernederende wijze met alle meisjes in New Prospect die ook een pessarium in hun laatje hadden.

Maar waarom zou ze zich boven die andere meisjes verheven voelen? Ondanks haar vele gebeden en lezen in de Bijbel had ze nooit meer de spirituele extase beleefd van die keer toen ze een joint had gerookt, nooit meer die fysieke hunkering om de dienares van Jezus te worden, maar de kern van die openbaring was haar bijgebleven: haar voornaamste zonde was hoogmoed en het paste haar berouw te tonen. Sinds die openbaring had ze een goed christen proberen te zijn, te beginnen met het delen van haar erfenis, maar de ironie was dat iedere goede daad haar trotser op zichzelf maakte. Het was alsof ze met andere spelregels nog steeds kampioene in voortreffelijkheid probeerde te worden. In de evangeliën schonk Jezus meer aandacht aan de armen en zieken, rechtelozen en vertrapten dan aan de vromen en bevoorrechten. Met een voorbehoedsmiddel in haar nachtkastje bekroop haar de vraag of het geen toppunt van ijdelheid was om de man van haar hart haar liefde te blijven onthouden. God had Zich niet op haar persoonlijke dieptepunt aan haar geopenbaard, dus was het eigenlijk niet christelijker om zich te verootmoedigen en te aanvaarden dat ze niet beter was dan andere meisjes, en haar kroon prijs te geven?

De gedachte had haar nog niet bekropen of ze wist al wat ze wilde. Ze wilde de val maken en daardoor haar relatie met Tanner en Jezus verdiepen. En ze wist precies hoe ze het wilde aanpakken.

Hoewel haar geestdrift voor Crossroads aanzienlijk was bekoeld toen haar vader erin was teruggekeerd, en ze liever tijd in Tanner stak dan 'uren' te verdienen om mee te mogen naar Arizona, hadden Kim Perkins en David Goya haar zover gekregen dat ze toch nog genoeg uren bijeensprokkelde om hen naar Kitsillie te kunnen vergezellen, maar toen het programma voor die reis werd opgehangen en ze niet alleen de naam van haar vader vermeld zag, maar ook die van *Frances Cottrell*, was ze ondanks Kim en David op een beter idee voor haar paasvakantie gekomen: als ze zich aan Tanner gaf, zou dat niet in zijn busje gebeuren maar in de beslotenheid van de pastorie, die ze voor zich alleen zouden hebben.

Het waren prachtige dagen. Negatieve gevoelens had ze alleen ten aanzien van haar familie. Ze walgde van haar vader, omdat ze reden had om aan te nemen dat hij haar moeder ontrouw was met mevrouw Cottrell. En hoewel zij niemand ontrouw zou zijn als ze zich aan Tanner gaf, zou ze door die seks voor het huwelijk toch in zeker opzicht afdalen naar haar vaders niveau. En naar dat van Clem, wat ze nog erger vond, vooral omdat ze hem die voldoening niet gunde.

Ze had Clem totaal niet gemist met kerst. Zijn laatdunkende opmerkingen over Tanner, waarbij hij het onheuse woord 'passief' had gebruikt, bleven haar dwarszitten, en ze was er zeker van dat hij net zo laatdunkend zou doen over haar ontdekking van God. Alleen al de aanblik van zijn lege kamer, met het bed waarop ze zo vaak laat op de avond haar gemoed tegen hem had gelucht, maakte haar van streek en zelfs een beetje misselijk. Een niet onverwante aversie had ze tegen Tanners kamer in het huis van zijn ouders. Toen Tanner die haar wilde laten zien in de kerstvakantie, liet ze het bij een vluchtige blik vanaf de drempel. De kamer rook wat haar betrof nog naar Laura, die een soort pleegzusje van hem was geweest, maar dan een pleegzusje met wie hij het gedaan had. Ook met die kamer wilde ze niets te maken hebben.

Toen haar ouders bij het kerstdiner in een uniek moment van gelijkgestemdheid hun beklag deden over Clems verraad aan het pacifisme van de familie, had ze geen woord in zijn verdediging gesproken. En toen Tanner haar verraste met de opmerking dat hij diep onder de indruk was van Clems morele standvastigheid, had ze zelfs gezegd dat haar broer gewoon een klootzak was. Toen Clem haar niet veel later een excuusbrief stuurde voor zijn afwezigheid tijdens de feestdagen en nog eens uiteenzette waarom hij met zijn studie was gestopt, had ze die tot een prop gerold en in haar afvalmand gegooid omdat hij naliet óók excuses aan te bieden voor zijn rotopmerkingen over Tanner. En toen hij boodschappen op het antwoordapparaat van hun moeder begon in te spreken, met de vraag of Becky hem op die-en-die dag om zo-en-zo laat terug kon bellen, negeerde ze die.

Op de avond in februari voordat hij haar eindelijk te pakken kreeg, was ze bij een optreden van de Bleu Notes geweest in een cocktailbar die verrassend veel voller was dan bij het optreden in januari. De tafels bij het podium waren nu bezet door groepjes vrouwen van middelbare leeftijd, die ongetwijfeld op Tanner waren afgekomen. Halverwege de tweede set was Gig Benedetti opeens opgedoken en aangeschoven aan haar tafel achterin. Het schonk voldoening dat ze Gigs belangstelling voor Tanner had vergroot door zich zijn blikken te laten welgevallen, zijn klopjes op haar arm en zijn kennelijke overtuiging dat hij een speciale verstandhouding met haar had. 'Ik geef het niet graag toe,' zei Gig, 'maar je had gelijk. Hij is beter af zonder hoe-heet-ze-ook-alweer. Hij laat die dames allemaal zwijmelen en dat is goud.' Dat compliment van een ervaren agent voor haar inzicht, de adorerende blikken van Tanners fans, hun aangeschoten gejoel toen hij zijn twaalfsnarige gitaar omdeed voor een nummer in zijn eentje, de wetenschap dat zij het meisje was met wie hij straks wegging – ze vergat zowat adem te halen van tevredenheid over haar leven.

Ze kwam die nacht om twee uur thuis, naar behoren gezoend en betast, en een paar uur later werd ze wakker van een rinkelende telefoon, waarna haar moeder op haar deur kwam kloppen. De wereld buiten haar kamerraam was nog grijs. 'Laat me met rust,' riep ze. 'Ik slaap.'

'Je broer wil met je praten.'

'Zeg maar dat ik terugbel na de kerk.'

'Zeg hem dat zelf maar. Ik ben het beu om je boodschappenmeisje te zijn.'

Becky's ergernis was groot genoeg om alle slaap te verdrijven. Ze schoot haar Japanse kamerjas aan en stampte langs de kamers van haar slapende vader en jongere broers. In de keuken drukte ze de koude telefoonhoorn tegen haar oor en hoorde de klik toen haar moeder boven ophing.

'Sorry dat ik je wakker maak,' zei Clem, 'maar ik zag geen andere mogelijkheid meer.'

'Bellen op een fatsoenlijk tijdstip, is dat een idee?'

'Heb ik al een keer of acht geprobeerd.'

'Geef je nummer maar, dan bel ik je terug als ik van de kerk kom.'

'Ik heb een baan, Becky. Ik kan niet alleen maar praten als het jou uitkomt. Niet dat het je ooit uitkomt, geloof ik.'

'Ik heb het druk.'

'Kennelijk. Al heb je wel iedere avond tijd voor je vriendje.'

'Ja, en?'

'Ik snap gewoon niet waarom je me ontloopt.'

Hij leek te denken dat ze zijn bezit was. Ze begon inwendig te koken van irritatie.

'Komt het door wat ik over Tanner heb gezegd? Dan spijt dat me. Tanner is oké. Heel aardige jongen.'

'Ach, hou je bek.'

'Wat, mag ik nu ook al geen excuses meer aanbieden?'

'Ik ben het gewoon zat dat je altijd maar je neus in mijn leven steekt.'

'Doe ik niet.'

'Waarom bel je dan? Waarom haal je me in alle vroegte mijn bed uit?'

Aan de andere kant van de lijn, in een of andere non-descripte kamer ergens in New Orleans, klonk een diepe zucht. 'Ik bel je,' zei hij, 'omdat alles één grote puinhoop is en ik dacht dat je dat misschien naar voor me zou vinden. Ik bel omdat ik de lul ben. De dienstplichtcommissie heeft me laten zakken.'

'Wat wil dat zeggen?'

'Dat wil zeggen dat ze me niet willen. Hun quotum was toch al klein, zeiden ze, en ze waren voorzien. In theorie kan ik nog altijd worden opgeroepen, maar dan niet meer voor Vietnam. Iedereen die daar zit komt naar huis.'

In plaats van het naar te vinden verkneukelde ze zich omdat zijn plannetje de mist in was gegaan. 'Zo te horen ben jij de enige Amerikaan die het erg vindt dat we ons terugtrekken.'

'Natuurlijk vind ik dat niet erg, maar frustreren doet het me wel. Ik had gedacht dat ik nu de basisopleiding zou doen.'

'Nou, ga anders als vrijwilliger, als het doden van mensen zo belangrijk voor je is.'

Nog een zucht in New Orleans, nu meewariger. 'Heb je überhaupt mijn brief gelezen? Het gaat niet om willen vechten. Het is een kwestie van sociale rechtvaardigheid.'

'Maar dan nog, ga dan vrijwillig in dienst. Of wil je alleen maar slaafs doen wat de dienstplichtcommissie zegt? Wat passief dan, zeg.'

'Ik heb een daad gesteld, Becky.'

'Ja, je hebt je punt gemaakt. Jammer dat het niet telt.'

Ze rekte het krulsnoer van de telefoon uit om een glas te vullen met water uit de kraan.

'Ik heb een fout gemaakt,' zei Clem. 'Ik had niet moeten gaan studeren. Denk je dat dat me niet dwarszit?'

Het water was heerlijk koud. Februarikoud.

'Nee,' zei ze. 'Het zal vast heel frustrerend zijn. Clem die een fout maakt, ongekend.'

'Ik belde je omdat ik erover denk een tijdje naar huis te komen. Maar als ik je zo hoor, heb ik daar toch minder zin in.'

'Hoe vind je dat ik klinken moet om zeven uur 's ochtends?'

'Wanneer had ik je dan moeten bellen?'

'Ik heb het echt druk, oké? Je moet zelf weten of je naar huis komt, maar doe het niet omwille van mij.'

'Becky.'

'Wat?'

'Ik weet niet wat er met je is.'

'Er is niks met me. Ik heb het hartstikke naar mijn zin. Of nou, totdat je me uit mijn bed belde dan.'

'Ik ben even weg en je lijkt een heel ander mens. De baptistenkerk, bijvoorbeeld... serieus? Je gaat naar de baptistenkerk en je geeft je erfenis weg?'

Nu begreep ze opeens waarom hij belde: er was geen andere manier om haar vanuit een andere stad te controleren. Haar irritatie breidde zich uit naar haar moeder, die blijkbaar uitvoerig over haar verteld had.

'Ik ben je kleine zusje niet meer,' zei ze. 'Ik kan voor mezelf denken nu.'

'Dus je weet niet meer dat we het hierover hebben gehad? Je weet niet meer dat ik er ruzie om gemaakt heb met pap? Je zei dat je het geld ging houden. Je zei dat je naar een mooi college wilde.'

'Dat wilde jíj voor me.'

'En je wilde het zelf niet?'

'Niet dat het je wat aangaat, maar ik heb nog geld genoeg voor twee jaar aan Lawrence of Beloit. En de rest doe ik dan wel met een beurs.'

'Maar ik wíl je geld niet.'

'Als je geen benul hebt van christelijke naastenliefde, kan ik het je niet bijbrengen.'

'O, krijgen we dat. Heeft Tanner je hiertoe overgehaald?'

'Ben ik te stom om voor mezelf te denken, bedoel je?'

'Ik bedoel die vroomheid van je. Hij was altijd al een Jezusfreak.'

Ze werd nu doorstroomd door pure haat. Clem was er met twee zinnen in geslaagd haar intelligentie, haar vriend en haar geloof door het slijk te halen.

'Het is maar dat je het weet,' zei ze, 'Tanner houdt nog steeds van First Reformed. Ik ben degene die dat niet meer doet.'

'En dan past hij zich vlotjes aan? "Goed hoor, schatje, wat jij wilt."'

Zo erg speet het hem kennelijk niet dat hij Tanner passief had genoemd.

'Tanner neemt me zoals ik ben,' zei ze. 'Dat kan ik van jou niet zeggen.'

'Wat neemt hij dan zoal? Dat je nu in engelen en duivels en heilige geesten gelooft? En dat ik naar de hel ga omdat ik niet in sprookjes geloof? Neem me niet kwalijk, maar ik dacht inderdaad dat je slimmer was.'

'Heb je enig idee hoe het me de keel uithangt om dat te horen?'

'Wat te horen?'

'"Hier ben je eigenlijk te slim voor, daar ben je eigenlijk te slim voor." Dat hoor ik mijn hele leven al van je, en ik ben het eerlijk gezegd zat om het gevoel opgedrongen te krijgen dat ik niet voor mezelf kan denken.'

'Aha, nou, daar hoef je met Tanner waarschijnlijk niet bang voor te zijn.'

Nu was ze te gekwetst om een woord te kunnen uitbrengen.

'Misschien moet je maar gelijk met hem trouwen. Kindje maken, studie laten schieten, lekker lid worden van de baptistengemeente. Daar zal niemand van je verlangen dat je verstandige keuzes maakt. En ik zal branden in de hel, dus om mij hoef je je ook niet druk meer te maken.'

'Dus dit is waar je voor belde? Om me te beledigen?'

Aan de andere kant van de lijn ritselde er iets. 'Ik was nijdig,' zei hij, 'omdat je me nooit terugbelt. Maar ik snap het wel. Als ik jou was zou ik ook liever met een rockster wippen. Gaaf busje heeft-ie ook, hè?'

'Jezus, ben je dronken?'

'Denk je dat het me ene moer uitmaakt wie er met wie wipt? Jij met je rockster, pap met zijn devote gemeentelidje?'

'Waar héb je het over?'

'Over penissen en vagina's. Moet ik je dat nog uitleggen?'

Ze had bittere spijt dat ze hem ooit in vertrouwen had genomen, dat ze ooit tegen hem had opgekeken.

'Welk gemeentelidje?' zei ze.

'Wist je dat niet? Van hem en mevrouw Cottrell? Waarom denk je dat mam in staking is gegaan?'

Becky huiverde van walging. 'Daar weet ik niks van, nee. Maar ik zou het op prijs stellen als je geen onzin verkocht over mij.'

'Ja, is het echt onzin?'

'Ja, echt.'

'Dus wacht even, je doet het niet met hem, je bent helemáál op de baptistentoer. Of vind je het gewoon leuk om hem te overheersen?'

'Rot op, man.'

'Ja, sorry, maar een beetje zielig is het wél. Als je niet eens seks met hem hebt, zie ik het nut niet. Het minste wat je kunt proberen is iets over jezelf aan de weet te komen.'

Haar haat ging een nieuwe dimensie binnen. Clem leek nu zuiver boosaardig. Zijn afkeer van God en zijn minachting voor iedere vorm van matiging hadden zijn ziel verwoest. Haar hand beefde zo erg dat ze nauwelijks nog de hoorn kon vasthouden.

'Jij bent hier de zieligerd,' brieste ze. 'Je vindt jezelf zo rationeel en superieur, maar je ziel is dood.'

'Ah, mijn *ziel*. Nog zo'n sprookje.'

'Ik weet niet wat er met je gebeurd is. Ik weet niet wat je vriendinnetje met je heeft uitgespookt, maar ik herken je niet meer.'

'Ik ben nog steeds dezelfde, Becky.'

'Dan ben ik het misschien die is veranderd. Misschien ben ik eindelijk oud genoeg om te zien hoeveel wij van elkaar verschillen.'

'We verschillen niet zoveel, hoor.'

'Het verschil is ongelooflijk. Ik kots van je.'

Ze ramde de hoorn op de haak, pakte hem weer op en legde hem op de grond om te voorkomen dat Clem opnieuw belde, en liep misselijk van haat de keuken uit. Ze kroop weer in bed, maar haar haat hield haar wakker. Toen Tanner haar twee uur later kwam ophalen voor de kerk, kon ze hem amper aankijken, bang als ze was om hem met Clem te vervuilen. In de baptistenkerk zong ze liederen en luisterde naar de preek met haat in haar hart.

Pas aan het einde van de dienst, tijdens het slotgebed, vond ze de verbinding met Jezus terug. Met het beeld voor ogen van de Heer, de oneindige wijsheid en droefheid van Zijn blik, raakte ze overmand door medelijden met haar broer. Ze zou nooit begrijpen waarom hij naar Vietnam had willen gaan, maar daarheen gaan was wat hij ten overstaan van iedereen tot zijn missie had uitgeroepen, dus afgezien nog van zijn teleurstelling moest hij zich vooral hebben *geschaamd* toen er niets van zijn plan terechtkwam. Ongelukkig in New Orleans, waarschijnlijk zonder vrienden, elke dag zwetend boven een friteuse van de Kentucky Fried Chicken, had hij om de haverklap boodschappen achtergelaten voor zijn zus, die er in het verleden altijd voor hem was geweest, en toen hij haar eindelijk aan de lijn kreeg, had ze hem afgewezen. In haar zondige ijdelheid, haar gekrenkte trots, had ze uitgehaald naar iemand die haar leven lang van haar had gehouden en haar had beschermd. Hij had ook gemene dingen tegen haar gezegd, maar dat kwam door zijn gekwetstheid en schaamte.

Op de terugweg naar de pastorie nam ze zich voor hem te bellen en haar excuses aan te bieden, maar toen ze naar boven ging en zijn lege kamer zag, welde de afkeer weer in haar op. Een welhaast fysieke weerzin, verergerd door zijn minachting voor alles wat belangrijk voor haar was, verdrong haar medelijden. Hij had haar keihard aangevallen en zij had zich alleen maar verweerd. Niet zij maar hij moest als eerste excuses maken! De rest van de dag, en de dagen erna, bleef ze verwachten dat hij zou bellen. Al was het maar een klein gebaar van spijt en respect – als het oprecht werd gemaakt, had het de deur geopend naar haar betere ik. Maar hij had blijkbaar zijn eigen trots.

Toen februari overging in maart en haar geluk almaar hoger opbloeide, was de ruzie op de achtergrond geraakt. Tanner had brieven gestuurd naar een stuk of tien festivals in Europa, onder bijvoeging van een cassette met solo-opnamen die hij in zijn kelder had gemaakt, plus de fotokopie van een krantenbespreking van de Bleu Notes. Becky had hem met die brief geholpen, had de toon zelfbewuster gemaakt, en ze leefden nu alle twee in parallelle verwachting. Hij wachtend op een reactie uit Europa, zij op brieven van Lawrence en Beloit. En na een diepgaande onderlinge discussie, in de stijl van Crossroads, over haar bereidheid om zich aan hem te geven, deelden ze ook de verwachting van een week met z'n tweeën in de pastorie.

Wat Clem ook van haar mocht denken, stom was ze allerminst. Hoewel het haar hart had verwarmd en haar geloof had versterkt om haar erfenis met haar broers te delen, had ze genoeg geld voor zichzelf gehouden om naar een duur particulier college te kunnen, waar ze omgeven zou worden door mensen met ambities als die waartoe haar tante Shirley haar had aangespoord, zoals zij nu op haar beurt Tanner aanspoorde – en als hij een platencontract zou kunnen losweken en landelijk op tournees zou gaan, zag ze zichzelf af en toe studieverlof nemen om daar deel van uit te maken. Maar ze had hem intussen naar genoeg optredens vergezeld om te zien hoeveel andere muzikanten dezelfde ambities hadden, hoe groot de concurrentie wel niet was, zelfs voor een begenadigd talent. Ze moest er niet aan denken dat Tanner in New Prospect zou verpieteren terwijl zij nieuwe ervaringen opdeed in Wisconsin. Dat zou niet bevorderlijk zijn voor hun toekomst als stel. Maar voorlopig hoefde ze daar niet voor te vrezen; ze mocht hopen op een toekomst als partner van een rockster én het boeiende leven van een collegestudente. Ze was door en door gelukkig.

Toen ze op de vrijdag voor Palmzondag naar huis liep van school, begon haar hart verwachtingsvol te bonzen: haar val was nabij. Ze had met Tanner afgesproken dat het maandagavond *de avond* zou worden. Ze had extra lekker voor hem willen koken, een Europees gerecht, een kaassoufflé misschien, maar na ruggespraak met haar moeder, die daadwerkelijk kon koken, was ze uitgekomen op boeuf bourgignon. Ze had al twee lange kaarsen voor op tafel gekocht, en met veel bravoure een rode Mouton Cadet ingeslagen bij de slijter. Om er een volmaakte avond en nacht van te maken moest er meer zijn dan seks alleen.

Ze kwam thuis in een pastorie die zich voor haar en Tanner aan het ontledigen was. Haar vader was al naar de First Reformed en Perry's reistas stond ingepakt en wel bij de deur. Het enige teken van haar moeder was een briefje met de vraag of zij Perry naar de kerk zou willen rijden. Boven trof ze Judson aan, die zorgvuldig zijn koffertje pakte voor de trip naar Disneyland. Hij zei niet te weten waar Perry was. Terug in de keuken hoorde ze metalig gerammel in de kelder. Ze opende de deur en keek in het donker. 'Perry?'

Geen antwoord. Ze knipte het licht aan en daalde de keldertrap af. In de hoek met de olieketel klonk een snuivend geluid, en opnieuw gerammel.

'Hé, Perry, ben je zover?'

'Ik ben zeer zeker zover, maar een mens wil ook weleens een beetje privacy.'

'Nou, als je een lift naar de kerk wilt, is dit het moment waarop je hem krijgen kunt.'

Hij stapte achter de olieketel vandaan. 'Klaar voor vertrek.'

'Wat doe je hier nou?'

'Die vraag lijkt eerder aan de orde voor jou. Waarom ben je niet in de wereld van het licht, waar je zo nadrukkelijk thuishoort?'

Hij glipte langs haar heen en snelde de trap op. Ze rook geen weed, maar vroeg zich toch af of hij weer drugs gebruikte. Rond kerst was het een poosje leuk geweest om voor het eerst echt contact met hem te hebben, maar hun 'vriendschap' was nooit van de grond gekomen. En sinds ze een extra dienst draaide bij de Grove, voor haar reis naar Europa, had ze hem nauwelijks gesproken.

Toen ze boven kwam, zag ze hem met zijn reistas naar de badkamer lopen.
'Wat doe je nou weer?'
'Een kort moment van privacy, zusterlief, met je welnemen.'
Hij draaide de badkamerdeur achter zich op slot.
'Hé, luister,' zei ze door de deur, 'ik vind dat je erg raar doet. Is er iets?'
Weer dat snuiven, gevolgd door het geluid van een ritssluiting.
'Als je weer drugs gebruikt,' zei ze, 'moet je me dat eerlijk zeggen. Weet je nog wat we zeiden over weglopen? Ik ben niet de vijand.'
Het bleef stil. Achter haar, in de keuken, ging de telefoon.
Ze verwachtte Jeannie Cross te horen, maar het was Gig Benedetti. Of Becky er was. Ze had niet eens geweten dat hij haar nummer had.
'Spreek je mee.'
'Ah, goed, ik herkende je stem niet. Hoe gaat het met onze schoonheid vandaag?'
'Uitstekend, dank je.'
'Heb je een momentje voor me?'
'Nou, het zou eerlijk gezegd beter uitkomen als je me straks terugbelt.'
'Waar ik je voor bel... Tanner zei dat hij met je naar Europa gaat. Was jij op de hoogte van dat plan? Wist je ervan en heb je het voor me achtergehouden?'
Haar hart sloeg over. Ze had kennelijk tegen hun speciale verstandhouding gezondigd.
'Ik hoorde het vanochtend van hem,' zei Gig. 'Ik heb me een slag in de rondte gewerkt om hem in het circuit van Holiday Inn te krijgen, en dan krijg ik doodleuk te horen dat hij de band opheft en met jou naar Denemarken gaat.'
'Eh, ja, dat klopt.'
'Heb je enig idee hoe waardeloos Europa is qua business? Weet je waarom die Deense vriendjes zo blij zijn dat hij naar Aarfuck komt? Omdat iedere artiest met een flauw benul van het vak weet dat hij daar zijn tijd verdoet! Jezus, Becky, ik dacht dat wij op dezelfde golflengte zaten!'
Hij schreeuwde nu, en ze wilde dat hij daarmee ophield. Ze kon er niet tegen als er tegen haar geschreeuwd werd.
'We zítten op dezelfde golflengte,' zei ze. 'Het is maar voor één zomer.'
'Het is maar voor één zomer... hoor dat nou eens. Eén zomertje maar. En Quincy en Mike? Wat moeten die als onze tortelduifjes de liefde vieren in Europa? Duimendraaien en op een ansichtkaart hopen? Het zal Tanner minstens vier maanden kosten om een nieuwe band te formeren en inge-

speeld te raken, en dan zitten we onderhand in 1973 en weet geen sterveling meer wie hij is. Lijkt dat je een goed plan? Jezus, ik dacht dat jij toch slimmer was.'

'Er is een enorme folkscene in Europa,' zei ze afgemeten.

'Pfff. Als we het nou nog over Engeland hadden, de platenmaatschappijen scouten ook in Londen. Maar het vasteland, schei toch uit. Kun je me één topveertighit noemen die ooit uit Frankrijk of Duitsland is overgewaaid?'

'Maar het draait toch niet alleen om platencontracten? Hij moet toch ook een publiek opbouwen?'

'Zeker. En weet je hoe je dat doet? Door de Holiday Inn in Rockford te doen, en daarna die in Rock Island. Kleine stadjes afwerken om een beetje een naam op te bouwen, dat is wat die talentenscouts van je willen. Dat moet je van me aannemen, Becky. Die knappe bink van je doet er veel beter aan om in Decatur, Illinois te spelen dan in Parijs. Ik heb acht maanden geleden nog een band in Decatur geboekt, die nu bij een groot label hebben getekend. Ik lieg dit niet, hè.'

'Maar dat kan hij toch nog steeds doen? Holiday Inns, bedoel ik? Hij komt alleen maar beter terug naar de States, met nieuwe contacten.'

'Lieverdje, luister naar me. Luister. Je mannetje is best oké, maar meer niet. Ik zeg je heel eerlijk dat ik hem onder contract heb genomen om jou een lol te doen, want ik mag jou wel. Maar ik ga hem niet voor je onder contract hóuden. Als hij zich een beetje professioneel opstelt, aanwijzingen opvolgt en vrouwen om zijn vinger blijft winden, kunnen we allemaal een leuke boterham verdienen. Maar om heel eerlijk te zijn: ik ben niet kapot van zijn eigen nummers, en dat zijn de mensen in de zaal ook nooit. De tijd zal leren of hij betere nummers in zich heeft, maar voorlopig lopen er miljoenen mannetjes rond van zijn niveau. Het beste aan hem is dat hij jong is en er lekker uitziet, en je weet wat ze zeggen over de platenbranche: de vampier wil jeugd en schoonheid. Dus het laatste wat je bink nodig heeft is een jaar in de anonimiteit.'

'Oké,' zei ze kleintjes.

'Ik heb hem al gezegd dat hij Europa door de plee moet trekken als hij bij mij onder contract wil blijven. Dat leek-ie niet te willen horen, maar naar jou luistert-ie wel. Jij zult hem moeten zeggen waar het op staat, beloof je me dat je dat doet?'

'Ik weet niet...'

'Jij bent het brein achter jullie bedrijfje. Jou gehoorzaamt-ie wel.'

Toen ze ophing stond de zon nog vol op de ramen, maar toch leek het al te schemeren in de keuken nu de gloed van haar Europese droom was gedempt. Ze voelde zich op haar nummer gezet, en schuldig, en teleurgesteld; ze had medelijden met Tanner, maar meer nog met zichzelf. Ze negeerde Perry's constante geklets toen ze hem naar de kerk reed, en reed daarna werktuiglijk terug. Nooit had ze minder zin gehad in haar vrijdagavonddienst.

Als ze Gig negeerde en hij stuurde daardoor Tanner weg, zou dat natuurlijk het toppunt van egoïsme zijn. Maar Shirley was gestorven met de gedachte dat haar nichtje een droomreis door Europa ging maken, en Becky had al negenduizend dollar van haar eigen geld weggegeven, en de alternatieven voor Europa waren afschrikwekkend: nóg een zomer met haar ouders, bedienen in de Grove, of een eindeloze opeenvolging van maisvelden en duffe stadjes in de moordende hitte van het Midden-Westen. Ze begreep wel dat zulke optredens de realiteit vormden van de muziekbizz, maar het idee om Tanners carrière in Europa te lanceren was te perfect om op te offeren aan de realiteit. Ze zag zich die droom gewoon niet opgeven.

Het probleem was er de volgende ochtend nog steeds toen ze haar moeder en Judson naar O'Hare reed. Ze had verwacht dat het vertrek van iedereen haar een gevoel van bevrijding zou geven, maar Gigs oordeel over Tanner, en hoe het oordeel van Clem daarin doorklonk, had de komende week van veel romantische glans beroofd. Toen ze Judson voor haar moeder uit zag hollen met zijn koffertje, die twee samen op weg naar een wereldstad vol palmbomen en filmsterren, voelde ze zich troosteloos.

Van het vliegveld reed ze in één keer door naar de Grove. Gigs eerste daad als Tanners agent was het afblazen van zijn vrijdagavonden daar, en Becky snapte wel waarom na de vele andere en betere zalen die ze in de stad had gezien. De aardetinten en potplanten van de Grove waren het tegendeel van hip, de akoestiek was waardeloos, en de klanten waren doorgaans gierig en Nixon-aanhanger. Toen haar dienst ten einde liep, was ze zo bekaf dat ze Tanners huis belde en een boodschap achterliet bij zijn moeder: ze ging niet mee naar zijn optreden in Winnetka. Opmerkelijk genoeg belde hij haar niet terug.

Maar de volgende ochtend kwam zijn busje toch weer op het gebruikelijke zondagse tijdstip de oprit van de pastorie op. Om redenen die haar zelf niet helemaal duidelijk waren, had ze niet alleen haar mooiste lentejurk aangetrokken maar zich ook uitvoerig opgemaakt. Het gezicht in de badkamerspiegel had niets meisjesachtigs meer. En misschien was dát wel de reden: misschien had ze zichzelf willen verplaatsen naar een toekomst vanwaaruit ze op zichzelf kon terugkijken.

Tanner was ook op zijn paasbest in het heiige ochtendlicht, in het pak dat hij naar de uitvaart van zijn oma had gedragen, zijn haar dik en glanzend tot op zijn schouders en zijn verblufte blik toen hij Becky op haar mooist zag. Hij was ronduit aanbiddelijk. Wat er ook voor hen in het vat zat, ze zou er nooit genoeg van krijgen om naar hem te kijken, en zij was de vrouw wier mond hij kuste. De tintelingen die de kus haar op alle bekende plaatsen bezorgde, maakten haar probleem opeens een stuk minder groot.

'Ik zat te denken,' zei hij, 'zullen we naar de First Reformed gaan?'

'Wil je dat graag?'

'Ja, ik weet niet, het is Palmzondag. Misschien is het wel prettig om naar een vertrouwde kerk te gaan.'

'Lijkt me heel fijn.' Ze kuste hem opnieuw. 'Geweldig idee, dank je.'

Ze was blij dat hij zo'n expliciete wens had geuit. En blij ook wel om naar de First Reformed terug te keren, op een zondag dat haar vader er niet was. Blij ook om de verraste gezichten te zien toen ze met Tanner haar entree maakte, en blij met de palmtak die ze kreeg aangereikt door de verwelkomers, Tom en Betsy Deveraux. Blij om in de bank te schuiven die ze bij die eerste dienst met Tanner had gedeeld. Het was curieus om zich te herinneren hoe ze toen met de fantasie had gespeeld dat ze daar als stel zaten – curieus hoe de tijd tussen die wensdroom en dit reële moment leek weg te vallen. Nu ze hier naast hem Gods woord zat te ontvangen, vervlakt maar niet ontkracht door de manier waarop Dwight Haefle het bracht, bekroop haar de vraag wat het doel van iemands leven was. Bijna alles in het leven was ijdelheid: succes, welstand, Europese reizen, een mooi gezicht, allemaal ijdel. Als je al die ijdelheid weghaalde en je stond in je eentje voor God, wat was er dan nog over? Alleen het liefhebben van je naaste als jezelf. Alleen het aanbidden van de Heer, elke zondag opnieuw. Want al werd je tachtig jaar, de duur van het leven was oneindig klein, je tachtig jaar aan zondagen zouden voorbij zijn in een oogwenk. Het leven had geen lengte; alleen in diepte lag je redding.

En het gebeurde. Tegen het einde van de dienst, toen ze naast Tanner de doxologie stond te zingen, zijn krachtige tenor hoorde en haar eigen stem hoorde beven om met hem in harmonie te blijven, kwam het gouden licht weer in haar op. En ditmaal, zonder de sluier van marihuana, was het nog veel stralender. Ditmaal hoefde ze niet in de diepte te turen om het te zien.

Ze voelde hoe het opwelde en haar overstroomde – Gods goedheid, de eenvoud van het antwoord op haar vraag. Het was een uitbarsting die haar de adem benam. Het antwoord was haar Verlosser, Jezus Christus.

Ze had het antwoord niet gevonden in de andere kerken waar ze ernaar op zoek was geweest. Ze vond het hier, waar ze begonnen was. Dit leek haar van cruciaal belang.

De lenteochtend die ze met Tanner betrad nadat ze in de voorhal een rondgang hadden moeten maken langs allerlei oudere dames met vochtige ogen van ontroering, was de warmste van het jaar tot nu toe. In de nasleep van haar uitbarsting waren haar zintuigen extra gevoelig voor de streling van het briesje, de geur van de bloemen en de warme aarde, voor de vuurrode kornoeljes bij het bankgebouw, het lied van talloze vogeltjes die ze niet kon zien, en de lentedriften van haar eigen lichaam. Omdat die door Gods aanraking waren opgewekt, was er niets zondigs meer aan. Ze hoorden gewoon bij wie ze was als Zijn schepsel.

'Laten we gaan lopen,' zei ze.

'Gaan je voeten niet pijn doen in die schoenen?'

'Het is zo'n prachtige ochtend, dan trek ik ze wel uit.'

Het trottoir van Maple Avenue had nog steeds de winterkou in zich, een prikkelend contrast met de warmte van de zon. Ze kon zich de laatste keer niet meer heugen dat ze blootsvoets over straat was gegaan. Het achtjarige meisje dat ze ooit was geweest, was nu achttien en zou ooit misschien wel tachtig zijn. Haar zintuiglijke herkenning van de lente bevestigde haar inzicht in de kerkzaal: tijd was een illusie.

'Het is daarstraks opnieuw gebeurd,' zei ze tegen Tanner. 'Wat ik met kerst meemaakte, weet je nog? Dat gebeurde opnieuw toen we de doxologie zongen. Ik zag God.'

'Je... echt? O, wat ontzettend tof!'

'Het gekke is dat gisteren het exacte tegendeel was. Gisteren voelde ik me... dood, en nu voel ik me springlevend. Gisteren had ik geen idee wat ik moest, en nu is het antwoord zo helder als kristal.'

'Hoe bedoel je?'

Ze herhaalde in een paar woorden haar telefoongesprek met Gig. Om Tanners gevoelens te sparen, liet ze Gigs oordeel over hem achterwege, maar Tanner werd daar niet minder razend om. Verrassend. Ze was er altijd van uitgegaan dat Laura het bandlid met het felle temperament was, Tanner had ze alleen maar één keer kwaad gezien toen Quincy te laat kwam opdagen voor een optreden in de stad.

‘Wat maakt hij me nou? Jou opbellen? Achter mijn rug?’

‘Had jij hem mijn nummer dan niet gegeven?’

‘Hém? Geen denken aan. Als hij me iets te zeggen heeft, moet hij dat recht in mijn gezicht doen. Heb je hem dat wel gezegd? Dat hij met mij moet praten en niet met jou?’

‘Ik heb alleen de telefoon maar opgenomen.’

‘God, wat hangt dit me de keel uit. Hij is een prima agent, maar voor de rest een vreselijke engerd. Hij loopt vanaf de eerste dag al naar je te loeren. Niet te geloven dat hij jou stiekem opbelt, achter mijn rug!’

Het was een weldaad om te horen, die uitbarsting, zijn strijdbaarheid.

‘Ik denk dat hij ervan uitging,’ zei ze, ‘dat ik je had overgehaald om naar Europa te gaan.’

‘Ik heb hem verdomme al verteld waarom ik ging! En ik heb hem gezegd dat ik wel een andere agent zoek als hij er niet mee leven kan.’

‘Ja, maar toch, Tanner, maar toch. Misschien moeten we inderdaad maar niet gaan.’

Hij bleef stokstijf staan. ‘Wil je niet?’

‘Ja, natuurlijk wel. Maar het is niet waar het echt om draait. Gisteren zag ik dat nog niet, maar daarstraks drong het tot me door. Ik wil wat het beste is voor jou, niet voor mij. En Gig zegt dat het beter is om niet te gaan.’

‘Nogal wiedes dat hij dat zegt. Gig is dol op geld, en van wat ik in Europa verdien krijgt hij geen deel.’

‘Maar stel nou dat hij gelijk heeft? Wat als het echt niet goed is voor je carrière?’

‘Hij weet geen reet van de scene daar. Zo drukte hij het zelf uit: “Weet ik geen reet van.”’

‘Maar de business hier kent hij wel, toch? Als je een platencontract wilt, en wilt doorbreken, zou het dan niet goed zijn om naar hem te luisteren?’

Tanner keek haar doordringend aan. ‘Wat heeft hij precies tegen je gezegd?’

‘Wat ik je net verteld heb.’

‘Ik dacht dat Europa iets was van ons samen. Dat het niet alleen maar om muziek ging. Ik dacht dat we een ervaring gingen delen.’

‘Dat wil ik ook graag. Maar… misschien hoeft dat niet al deze zomer.’

‘Becky, wil je niet met me verder?’

Er blonken tranen in zijn ogen. Die maakten dat ze niets liever wilde.

‘Natuurlijk wel. Ik ben verliefd op je.’

‘Laat hem dan doodvallen. We gaan naar Europa.’

'Maar lieverd...'

'Dan is het maar "niet goed voor mijn carrière". Er zijn maar twee dingen die ik wil: met jou zijn en het leven vieren met muziek. Zolang ik met jou ben, Becky... Zolang ik met jou ben, is álles goed.'

Aan de overkant van de straat, in een voortuin vol opgeschoten graspollen, startte een man zijn maaimachine, die een harde knal en een wolk blauwe rook produceerde. Het werd met de minuut warmer en de pastorie was om de hoek. De tranen in Tanners ogen, en zijn woorden die vertolkten wat ze zelf had gevoeld in de kerk, dat alleen liefde en vriendschap ertoe deden, gaven haar het gevoel dat ze begon te zweven. Ze pakte zijn hand en drukte die tegen haar heup.

'We gaan naar mijn huis.'

Hij wist meteen wat ze bedoelde. 'Nu?'

'Ja, nu, ik ben er klaar voor.'

'Ik moet om halftwee repeteren.'

'Jij bent de leider van de band. Zeg maar dat het niet doorgaat.'

Het was begin september toen ze in Rome een Duits stel van in de twintig leerden kennen, dat te gast was in hetzelfde appartement maar op het punt stond af te reizen naar het Toscaanse buitenhuis van de vader van de jonge vrouw. Becky zei gretig ja op de uitnodiging om mee te gaan, al hadden de Duitsers het eigenlijk aan Tanner gevraagd nadat ze hem hadden horen spelen. Haar geveinsde levenswens om Toscane te zien werd net zomin opgemerkt als haar oprechte verrukking bij de beschrijving van het buitenhuis – ironisch, want Tanner gaf meer om mensen dan om plaatsen, en hij was Rome nog lang niet zat. Het was Becky die er zo snel mogelijk weg wilde. De hitte was er verstikkend, en het appartement waar ze gratis verbleven was weliswaar immens groot en op loopafstand van de Campo de' Fiori, maar nauwelijks ingericht – kamer na kamer met door zon gebleekt parket, maar amper een tafel of stoel. Tanner en zij hadden er een plekje in de hoek van wat wellicht ooit een balzaal was geweest, onder een raam dat bij opening de geur van rottende groente en fruit binnenliet. De hoek ertegenover werd in beslag genomen door een contactgestoord stel uit een of ander Oostblokland, dat er naakt rondtrippelde en lawaaiige seks had op het enige meubelstuk in dit vertrek, een meterslange divan met goud geverfde krulpoten. In het appartement waren nog een stuk of zes andere langharige reizigers de gasten van een man die Edoardo heette, een graatmagere verschijning met een strakke witte broek en instapschoentjes zonder sokken, die achter de keuken twee normaal ingerichte kamers voor zichzelf had. Hij had Becky en Tanner ontdekt in een zijstraat waar Tanner wat geld bij elkaar stond te spelen en Becky op de stoeprand in haar reisdagboek zat te schrijven. Toen Edoardo een biljet van vijfduizend lire in Tanners gitaarkoffer wierp en hun gratis onderdak aanbood, had hij dat geen tweede keer hoeven vragen. De vorige nacht hadden ze in hun nietige hotelkamertje bij het treinstation een kleverige tissue onder een kussen aangetroffen, die daar 's ochtends nog niet gelegen had.

Het folkfestival van Rome was in de laatste dagen van augustus geweest, en hoewel de organisatoren Tanners aanvraag hadden afgewezen, was hem gezegd dat er soms op het laatste moment een plaats openviel. In de hoop daarop, en omdat Rome de lievelingsstad van tante Shirley was geweest, én omdat hun Eurail-passen bijna verliepen, waren ze vier dagen eerder dan gepland overgekomen uit Heidelberg. Op het festival daar had Tanner wel mogen optreden, zij het om elf uur in de ochtend voor een handjevol mensen, en ze hadden er gratis kunnen eten en in een bed met schone lakens kunnen slapen zonder hun resterende travellercheques te hoeven aanspreken.

In Rome hadden ze steeds in een *tavola calda* moeten eten en zich over iedere *gelato* het hoofd moeten breken. Er waren talloze dingen te zien, maar Becky was er alleen veilig aan de zijde van Tanner als hij straatoptredens deed, of op de kale vloer in het snikhete appartement – in haar eentje kon ze nergens lopen zonder te worden lastiggevallen door hitsige Italiaanse mannen. Edoardo had hun op het hart gedrukt dat ze mochten blijven zolang ze wilden, maar de enige zachtheid op de parketvloer kwam van hun slaapzakken. Het beeld van een Toscaans buitenhuis, te delen met een stel privacyminnende Duitsers, was ronduit paradijselijk. De Romeinse hitte had haar zenuwgestel uitgeput, Tanner kon nergens optreden en ze hadden nog een week te gaan voordat ze naar Parijs konden liften voor een veelbesproken openluchtfestival met The Who en Country Joe Macdonald als hoofdacts. En dan was er nog de kwestie van Becky's uitblijvende ongesteldheid. Ze was nog maar een paar dagen over tijd, maar begon zich toch bezorgd af te vragen wat er de gevolgen van konden zijn dat haar tube zaaddodende pasta al een poosje leeg was.

De nachtvlucht van Chicago naar Amsterdam, de verkoelende regenbuien in Denemarken en de hartverwarmende reacties op Tanner in Aarhus lagen intussen zo ver achter hen, dat het de herinneringen van iemand anders leken. Volgens de vinkjes in haar reisdagboek hadden ze het in Aarhus drie keer gedaan, en sindsdien nog zesenveertig keer. Iedere dag, of ze nu de zonnebloemen van Van Gogh bekeken of rondhingen met andere Amerikaanse muzikanten, of ze nu picknickten op een groene alpenhelling of slag moesten leveren met een douchekop die alle kanten op sproeide, had ze het een genot gevonden om in Europa te zijn, maar iedere nacht weer had zich een bitter gevoel van haar meester gemaakt, dat alleen verdreven kon worden door de liefde en verbondenheid met Tanner.

Tanners liefheid voor haar en ieder ander die ze tegenkwamen was niet minder dan een wonder. Zelfs als ze ongesteld en krengerig was, werd hij niet boos op haar. Als ze in volle sprint een trein zagen vertrekken die ze hadden moeten halen, haalde hij zijn schouders op en zei dat er wel weer een volgende kwam. Toen ze buikgriep had in Utrecht en niet meekon naar het festival daar, ging hij ook niet en zei dat hij zelfs van haar hield als ze moest kotsen. Telkens als ze zich op het verlangen betrapte dat hij wat assertiever zou zijn, hoefde ze maar aan zijn grenzeloze belangstelling voor mensen te denken, de graagte waarmee hij zich door een ander liet verbazen, zijn oprechte lof voor muzikanten die verder in hun carrière waren, zijn hoofdschuddende meewarigheid als iemand per se hufterig wilde doen, en de prachtige manier waarop hij deelnam aan jamsessies: hoe hij dan eerst een poosje onopvallend meespeelde, op de andere muzikanten lette en hun akkoorden volgde, en dan, als het moment daar was, losbrak en de sterren van de hemel zong en speelde, waarna hij altijd bereid was om mensen te laten zien hoe bepaalde licks werkten. De schutbladen van haar reisdagboek stonden vol met adressen van Europeanen die hem nog eens hoopten te zien en Becky en hem onderdak hadden aangeboden. Door de kameraadschappelijke muziekscene in Europa zouden ze er ook na hun laatste travellercheque kunnen blijven rondreizen, dus al had ze het zwaar met de hitte van Rome en al die ettertjes op scooters, en zou Tanner uiteindelijk weer naar Amerika moeten om zijn carrière te hervatten: zij had nog lang geen zin om terug te gaan.

Met uitzondering van Judson, die te jong was om een stem in het kapittel te hebben, had haar hele familie haar verstoten. Van Clem had ze al niets meer vernomen sinds hun ruzie in februari, Perry had vier maanden tegen obscene kosten in een psychiatrische kliniek gezeten, en haar ouders hadden er alles aan gedaan om haar leven te vergallen. Haar vader had haar zonder een woord van spijt haar geld afgenomen, en haar moeder, van wie ze op z'n minst wat sympathie had verwacht, had zich klakkeloos bij hem aangesloten. Nooit eerder had ze haar ouders in zo'n kleffe saamhorigheid zo genadeloos tegen haar zien optrekken. Ze waren na Pasen als een pasgetrouwd paar uit Albuquerque teruggekeerd; klapjes op elkaars kont, smakkende zoenen, zoetelijke koosnaampjes, haar vader die smachtend naar haar moeder keek en haar moeder die zijn blikken bijna slaafs onderging. Niet minder stuitend was hun hervonden religiositeit. Haar vader begon nu iedere maaltijd met een oeverloos gebed, besloten met een tweestemmig amen van hem en haar moeder. Becky had ook haar geloof, maar vond het niet gepast er mensen mee te kwellen die wilden eten. En ze maakte zich zelf ook schuldig aan publiekelijk gezoen, maar dan niet als een moeder ten overstaan van jongvolwassen kinderen.

Net als na het krijgen van haar erfenis was ze ontboden in de werkkamer van haar vader op de tweede verdieping van de pastorie. Daar stonk het nog altijd naar sigaretten, want haar moeder was dan wel naar het huwelijksbed teruggekeerd, het roken had ze nog niet afgezworen. Het bureau van haar vader lag bezaaid met rekeningen en juridische documenten, die hij heen en weer schoof terwijl hij zijn financiële noodsituatie uitlegde, devoot gadegeslagen door haar moeder. De strekking van het verhaal was dat hij de schuur en machines van de Navajo's moest vergoeden en daarom wilde 'lenen' van Becky's collegegeld.

'Ik zou denken,' zei ze, 'dat Perry die schade zelf maar moet betalen.'

'Er staat helaas geen geld meer op Perry's spaarrekening.'

'Ik heb het over het geld dat ík hem heb gegeven.'

'Niets meer van over, lieverd,' zei haar moeder. 'Alles uitgegeven aan drugs.'

'Het was drieduizend dollar!'

'Ik weet het. Het is verschrikkelijk, maar alles is op.'

Dat nieuws was ontluisterend, maar in zeker opzicht ook welkom. Becky had altijd wel vermoed dat Perry gewetenloos was, en ze hoefde nu tenminste niet meer te doen alsof ze een broer-zusrelatie met hem wilde.

'En Jay dan? En Clem?'

'Het geld dat je Jay hebt gegeven gebruiken we ook,' zei haar vader. 'En ik heb een lening afgesloten bij de kerk voor de juridische en medische kosten. Maar we komen nog steeds een groot bedrag tekort.'

'En Clem? Die wilde mijn geld niet eens.'

Haar vader zuchtte diep en keek naar haar moeder.

'Je jongere broer is zwaar geestesziek,' zei haar moeder met neergeslagen ogen. 'Ergens in het verloop van zijn ziekte heeft hij Clems rekening leeggehaald.'

Becky staarde haar aan. Zij was het slachtoffer en haar moeder had niet eens het lef om haar aan te kijken.

'Leeggehaald...' zei ze. 'Gestolen, zul je bedoelen.'

'Ik weet dat het voor jou moeilijk te begrijpen is,' zei haar moeder, 'maar Perry was te erg in de war om te beseffen wat hij deed.'

'Hoe kun je iemands rekening plunderen zonder te beseffen wat je doet?'

Ze kreeg een vermanende blik van haar vader. 'Ons gezin verkeert in acute geldnood, en of je het nu leuk vindt of niet, je maakt deel uit van dit gezin. Als de situatie omgekeerd was...'

'Als ik een dief en een verslaafde was, bedoel je.'

'Als jij een ernstige aandoening had, en vergis je niet, Perry heeft een erg zware aandoening, dan ja, dan denk ik dat je broers ieder offer zouden brengen dat we van hen vroegen.'

'Maar het is niet eens voor zijn behandeling. Het is voor de Navajo's.'

'Het verlies van hun landbouwmachines is rampzalig voor ze. Het is hun schuld niet dat je broer die heeft verwoest.'

'Juist. En zijn schuld was het ook niet, omdat hij zo ziek is. Het is blijkbaar míjn schuld.'

'Natuurlijk is het niet jouw schuld,' zei haar vader. 'En we weten hoe oneerlijk dit op je zal overkomen. Maar we vragen je om een lening, niet om een gift. Je moeder gaat op zoek naar werk en ik zal een beter betaalde positie proberen te vinden. Volgend jaar om deze tijd zullen we je een deel kunnen terugbetalen. En door deze situatie komen we ook in aanmerking voor betere studiefinanciering.'

'Het is maar voor een poosje, lieverd,' zei haar moeder. 'We vragen je iets aan ons te lenen wat Shirley jou heeft gegéven.'

'Ik weet niet of je het nog weet, maar Shirley gaf mij *dertienduizend* dollar.'

'En je houdt je eigen spaargeld. Als je na de zomer wilt gaan studeren, kun je eerst een jaar of twee naar de University of Illinois. Daarna kun je alsnog overal naartoe.'

Becky had drie dagen eerder haar toelatingsbrief van Beloit College ontvangen. Het idee om daar pas over een paar jaar naartoe te kunnen en als nieuweling tussen studenten terecht te komen die al een hechte groep vormden, was nog onaantrekkelijker dan helemáál geen studie. Van de dertienduizend dollar die ze had geërfd, had ze er al negen weggegeven in de gedachte dat ze met de resterende vier kon doen wat ze wilde, dat ze nog steeds van alles zou kunnen beleven. Maar haar ouders waren van meet af aan tegen die erfenis geweest, zoals ze ook altijd al iets tegen Shirley hadden gehad – en nu hadden ze eindelijk hun zin: Becky had niets meer. Het was alsof ze een complot hadden gesmeed met God Zelf, die alles wist en nooit uit het oog was verloren dat er onder al haar christelijke naastenliefde nog steeds een kern van egoïsme school. Haar wangen gloeiden van haat jegens haar ouders omdat die dat egoïsme nu naar boven hadden gehaald.

'Goed,' zei ze. 'Neem alles maar. Er staat tweeënvijftighonderd dollar op mijn spaarboekje, neem maar.'

'Lieverd,' zei haar moeder, 'we willen je je spaargeld niet afpakken.'

'Waarom niet? Ik heb er toch niets meer aan.'

'Dat is niet waar. Je kunt nog steeds naar de University of Illinois.'

'Zolang ik maar niet naar Europa ga, hè?'

Haar moeder, die wist wat Europa voor haar betekende, had hier op z'n minst iets meelevends op kunnen zeggen, maar liet in plaats daarvan haar man aan het woord.

'Zo is het helaas,' zei haar vader. 'Als je naar de universiteit gaat, heb je geld nodig voor kost en onderdak. Ik weet dat je uitzag naar Europa, maar het lijkt ons beter als je dat voorlopig uitstelt.'

'Dat lijkt júllie beter. Dat hebben júllie met elkaar bedisseld.'

'Dit is een nare periode voor ons allemaal,' zei haar moeder. 'We moeten allemaal dingen opgeven die we graag hadden gewild.'

Er viel niets meer te zeggen. Becky was teruggegaan naar haar kamer en had daar niet eens hoeven huilen. Er was een verbittering in haar gevaren, die niet meer van haar was geweken. Ze kon het onrecht van de onteigening nog wel vergeven, want Jezus had een beloning toegezegd aan hen die alles weggaven om Hem te volgen, maar de belediging die het óók was boorde zich diep in haar ziel: haar ouders gaven meer om haar immorele broer, meer om elkaar, meer zelfs om die verdomde Navajo's, dan om haar. Toen ze aan tafel zaten na de dag waarop ze vierduizend dollar had overgemaakt, dankte haar vader de Heer voor zijn gezin en voor zijn dochter 'Rebecca', en werd haar verbittering zo sterk dat ze haar eten niet meer proefde. Haar moeder had nog net het fatsoen om haar persoonlijk te bedanken, maar liet na daarbij te zeggen wat ze in het verleden zo vaak had gezegd: dat ze trots op haar was. Maar ja, ze wist heel goed wat ze haar dochter had ontnomen, aan welk onrecht ze had meegeholpen, dus zeggen dat ze trots was zou alleen maar kwetsend zijn geweest. Alleen Tanner bood verlichting voor haar bitterheid. Hij was te zachtaardig om Becky's haat jegens haar familie te onderschrijven, maar hij begreep haar beter dan wie ook, begreep zowel haar eigenbelang als haar goedheid. Ze had het laatste restje van haar legaat prijsgegeven, ze was Beloit kwijt en daarmee ook de toekomst waar dat college voor stond, ze kon kiezen tussen een jaar fulltime serveren of een miserabel kamertje en een studentenflat in Champaign – dus Tanner zei dat ze toch naar Europa gingen.

Zoals alle gasten van Edoardo (het was kennelijk een vereiste) zagen Renate en Volker, het Duitse stel, er bijzonder goed uit. Volker, een blonde uitvoering van Charles Manson, had een tijdje in Marokko gewoond en zelfs rondgereisd in India om niet-westerse zijnswijzen te leren kennen. Renate had verbluffend blauwe ogen en een gratie waarop Becky alleen maar jaloers kon zijn. Nergens in Amerika had je zulke broeken en topjes als die van Renate (simpel en praktisch en toch modieus en uitgesproken vrouwelijk), of zulke elegante en zichtbaar comfortabele leren sandalen. Becky had zelf schoon genoeg van haar sneakers en eeuwige blarenpleisters.

Op de avond voordat ze naar Toscane vertrokken bleef Tanner tot laat met Edoardo en de Duitsers zitten terwijl Becky terugging naar de smoorhete balzaal. Erger nog dan de rottingsgeur waren de stemmen die door het open raam kwamen, van jonge mannen die in het Italiaans waarschijnlijk dezelfde obsceniteiten riepen als zij in het Engels van ze moest horen. Zelfs de gedempte zang van Tanner die in de keuken 'Cross Road Blues' speelde was nu bedrukkend. Met haar vingers in haar oren lag ze boven op haar slaapzak en probeerde met inzet van al haar wilskracht te menstrueren.

Het was alsof je met geestkracht een hittegolf wilde laten breken. Ze werd wakker aan het begin van een dag die nog heter dreigde te worden, zonder een zweem van menstruele of premenstruele gewaarwordingen. Haar lichaam had zich altijd stipt en zonder aansporing van zijn taken gekweten, en de keerzijde daarvan was de volstrekte ongevoeligheid voor haar wil om iets te voelen aankomen. Nadat ze met Tanner had ontbeten met muffe spaghetti uit een pan in de keuken, pakten ze hun spullen en troffen de Duitsers in een kamer die veel donkerder was dan de hunne, en voelbaar minder heet. En de Duitsers rolden reismatrasjes op, nog een reden voor afgunst.

In een nu al bloedhete straat om de hoek van Edoardo's gebouw ging Volker hun voor naar een grote en robuuste Mercedes, half op de stoep geparkeerd, en opende de kofferbak.

'Is dit jouw auto?' vroeg Becky bewonderend.

Volker stak een hand uit om haar rugzak aan te nemen. 'Wat had je anders verwacht?'

'Weet ik veel. Een busje of zo. Ik dacht dat jullie meer, eh... armer waren.'

'We houden gewoon van Edoardo,' zei Renate. 'Hij verzamelt altijd van die interessante mensen om zich heen. Zoals jullie.'

'Vind je het dan niet vervelend dat hij geen meubels in zijn appartement heeft?'

'Dit was al onze derde keer bij hem,' zei Volker. 'Hij is geweldig.'

'Ik vraag me af waarom hij geen meubilair heeft.'

'Omdat hij Edoardo is!'

De achterbank van de Mercedes bood zo veel ruimte dat ze haar benen voor zich uit kon strekken en Tanner zijn gitaarkoffer kon openen. Hij begon meteen te spelen, want spelen was wat hij nu eenmaal deed, dag en nacht. Becky was zo gewend aan het geluid van zijn Guild, dat ze alleen nog oplette als er andere mensen naar hem luisterden, zoals Renate nu op de passagiersstoel, naar hem toe gedraaid, met meer aandacht in haar blauwe ogen dan Becky bliefde te zien. De Romeinse opdringerigheid die ze zelf had ervaren was puur seksueel. Ze was een lustobject geweest. De fascinatie die Tanner bij vrouwen opwekte was romantischer, en het hinderde Becky onderhand dat andere vrouwen van die openlijk romantische fantasieën over haar vriend hadden. Het kwam in haar op dat Renate hem waarschijnlijk voor Toscane had uitgenodigd omdat ze hem heel erg zag zitten.

Aan een touwtje om de achteruitkijkspiegel, wild heen en weer zwaaiend bij de noodstops die Volker voor onbehouwen Italiaanse automobilisten moest maken, hing een plastic boeddha. Langs de smalle straatjes waar ze doorheen reden bevonden zich trattoria's die even onbetaalbaar als aanlokkelijk oogden, en bars met kleurige flessen die werden verdubbeld in de spiegel erachter, en lange, ongeschilderde muren, gehavend door vrachtwagens en volgeplakt met affiches voor een circus, voor een autotentoonstelling en voor *FOLKAROMA, 29-31 Agosto*. Bredere straten boden glimpen van pastelkleurige kerken, ruïnes en monumenten die Becky met Shirley zou hebben bezocht, of met haar moeder, maar die ze niet betreden had met Tanner omdat zij niet zo'n soort reis maakten.

Er volgde een lelijker Rome, uitgestrekter dan het mooie Rome. Ze kwamen langs hordes van wel twintig ronkende scooters, appartementenblokken vol drogend wasgoed, piramides van autobanden, en een eindeloze opeenvolging van benzinestations. Tanner zat te improviseren en de Duitsers spraken in het Duits over de kaart die Renate op haar schoot had, terwijl Becky naarstig speurde naar gewaarwordingen. Al vierenhalfjaar was haar menstruatie even betrouwbaar geweest als het onweer na een broeierig hete dag in het Midden-Westen, en nu voelde ze niets in haar buik, niet de minste verandering, een onheilspellende stilte. Nog voordat het lelijke Rome wegviel en ze de autostrada bereikten, nestelde zich een angst in haar.

Volkers acceleratie op de snelweg drukte haar tegen de leren rugleuning. Hij reed zo snel dat de vrachtwagens die ze passeerden leken stil te staan. Ze zag de naald van de snelheidsmeter naar de 200 km/u trillen en er voorbijgaan. De hemel was verbleekt door de hitte en alle ramen waren omlaag, wat zo veel herrie maakte dat ze van Tanners gitaar alleen de hoge noten hoorde. Hij was nog steeds ondergedompeld in zijn spel, en Renate gaapte hem weer gebiologeerd aan. Haar vriend zat in serene rust achter het stuur. De boeddha zwiepte aan zijn touwtje toen Volker moest afremmen voor een voorligger die slechts roekeloos snel ging in plaats van krankzinnig snel.

Verstijfd van angst, nauwelijks in staat haar arm te bewegen, raakte Becky Tanners schouder aan. Hij glimlachte en knikte op de maat van de akkoorden die hij aansloeg. Ze was te bang om nog een beweging te maken of te spreken. Voorbij de zwiepende boeddha zag ze alweer een schijnbaar stilstaande voorligger op hen toe komen. Volker knipperde met zijn koplampen, de boeddha glimlachte vredig en haar angst barstte uit in alle richtingen. Wat wist ze eigenlijk van Volker behalve dat hij op Charles Manson leek? Geloofde hij in boeddhistische reïncarnatie? Probeerde hij hen naar een hogere wedergeboorte te voeren met een dodelijk ongeluk? En die zonderlinge Edoardo, met zijn zwak voor mooie gasten in zijn appartement waar altijd plaats was – zaten ze allemaal in een pervers complot? Was dat waarom Volker en Renate daar verbleven hadden? Betaalden ze Edoardo om de straten af te schuimen naar vers vlees? Was dat buitenhuis in Toscane slechts een lokaas voor nietsvermoedende Amerikanen? Had ze Tanner en zichzelf uitgeleverd aan mensen *van wie ze niets wist*? Ze wilde Volker vragen vaart te minderen, maar haar kaken zaten op slot, en haar borstspieren leken versteend. De Mercedes zoefde voort met de snelheid van een vliegtuig of meteoor, liet alle bomen en verkeersborden langs de weg opgaan in een ziedend waas. Was dit de manier waarop ze zou sterven? Ze zag het voor zich alsof het al gebeurd was. Het vervulde haar met droefheid, maar zij had tenminste de kans gehad om de wereld te ervaren, liefde te ondergaan en Gods licht in zich te zien. De ongeboren ziel in haar buik was nog verstoken van dat alles.

Lieve God, bad ze in stilte, *als dit mijn laatste beproeving is, zal ik haar aanvaarden. Als mijn tijd is gekomen, zal ik sterven in de vreugde van de opgang naar U. Maar laat het alstublieft Uw wil zijn dat ik blijf leven. Als het Uw wil is dat ik leef, beloof ik U dat ik U altijd zal dienen. Als het Uw wil is dat ik zwanger ben, beloof ik U dat ik mijn kindje nooit kwaad zal doen. Ik zal haar beschermen en koesteren en leren U lief te hebben, dat beloof ik, dat beloof ik, dat beloof ik als U me laat leven. Alstublieft, God, laat me leven.*

Clem had Felipe Cuéllar leren kennen op een bouwplaats waar het werk bestond uit zand in kruiwagens scheppen en over smalle planken omhoogduwen onder de zandkleurige hemel van Lima. Een maand lang hadden ze een keet van golfplaat gedeeld bij de waterzuiveringsinstallatie, waar ze samen aten en bier dronken, sliepen en wakker werden in de stank van elkaars scheten. Zoals veel andere mannen uit het bergland kwam Felipe in de winter naar de hoofdstad om wat geld te verdienen. Toen het in november tijd voor hem werd om weer naar huis te gaan, had Clem hem het voorstel gedaan mee te gaan en voor zijn familie te werken in ruil voor kost en inwoning. Het anonieme weer van Lima, met zijn immer kleurloze hemel, begon hem te bedrukken en in al zijn maanden in Peru had hij in het oosten de door de zon beschenen flanken van de Andes zien liggen zonder er ooit bij in de buurt te komen. Hij wist zo weinig van akkerbouw dat hij er geen moment bij stilstond dat de zaaitijd samenviel met de regentijd.

Hij had gedacht te weten wat hard werken was. Hij had talloze rollen teerpapier van vijftig kilo per stuk zes trappen op gedragen op een bouwterrein in Guayaquil. Hij had aan de rand van Chiclayo dagen van tien uur gemaakt met het scheppen van drek terwijl hij tot over zijn enkels in het open riool stond. Hij had vers gegoten asfalt geharkt onder de brandende middagzon. Maar pas toen hij in vrieskoude mist en geselende hagelbuien door de modder van de Andes moest glibberen om met kapotte en opgezette vingers stenen te rapen en met een botte hak de aarde te bewerken terwijl de hoogte vlijmscherp in zijn brein en longen beet en hij bloed proefde uit de gesprongen adertjes in zijn keel, leerde hij de grenzen van zijn krachten kennen.

Anderhalf jaar daarvoor was hij uit New Orleans vertrokken met als enige plan geen plan te hebben. Met een paar honderd dollar op zak en het Spaans dat hij zichzelf had geleerd terwijl hij op een paspoort wachtte was hij bij Matamaros de Mexicaanse grens gepasseerd en verder zuidwaarts gereisd met de bedoeling twee jaar weg te blijven – dezelfde tijd die hij anders in het leger zou hebben doorgebracht. Toen hij zijn laatste geld had besteed aan een overtocht per boot naar Guayaquil, was hij rondtrekkend dagloner geworden, zonder enig ander doel dan het vinden van werk. Als hij een bus vol losse werklui zag, perste hij zich tussen hen in zonder zich te bekommeren om waar hij naartoe zou worden gereden, niet omdat hij het leven van de onbevoorrechten wilde leren kennen, maar simpelweg omdat hij niet kon eten als hij niet werkte.

Zonder doelen te hebben of te zoeken was het verrassend geweest om er alsnog een te vinden in het bergland. De fundamentele optelsom van het menselijk bestaan (aarde + water + werk = eten) was de ultieme toegepaste wetenschap, niets filosofisch aan, maar de manier waarop de boeren in de Andes omgingen met hun zaailingen en knollen, de wijze waarop ze voedsel ontworstelden aan grond die zo goed als onbebouwbaar was, werd de vervolmaking van alles wat hij ooit op school had geleerd over plantenfysiologie en genetica, geologische en atmosferische chemie, stikstofcycli en de moleculaire jiujitsu van chlorofyl. In het bergland werd hem duidelijk dat hij daar nooit de existentiële dimensie van had begrepen, en hij kreeg alsnog een doel voor ogen: hij zou blijven tot de aardappeloogst, zijn twee jaar in den vreemde afronden, en terugkeren naar Illinois om er de onzuivere wetenschap van de landbouwkunde te gaan studeren.

De Cuéllars woonden in een gehucht op een uur lopen van het stadje Tres Fuentes. Eenmaal per week, na het planten van een gewas, daalde Clem een zompig pad af over de *puna*, langs loofbomen die steeds schaarser werden door het kappen van brandhout, naar een postkantoor met alle uiterlijke kenmerken van de koloniale tijd. Anders dan de Cuéllars, wier moedertaal Quechua was, sprak de postmeester vloeiend Spaans. Hij was Clems enige verbinding met de wereld buiten het bergland, en de *fútbol*-kalender achter hem was het enige wat de chronologie van die wereld markeerde. Elke week keek Clem naar de kruisjes die door een nieuw rijtje dagen waren gezet.

Op een middag toen de kruisjes de helft van februari hadden verslonden, had de postmeester een pakketje voor hem. Hij liep ermee naar een ontzielde fontein en ging op de afgebrokkelde rand zitten. De lucht rook naar kookvuurtjes, de zon ging schuil achter een bleke bewolking die nog wel zijn warmte doorliet. In het pakje zaten drie paar sokken en een brief van zijn moeder.

Er waren twee soorten brieven: die welke je gretig openscheurde en die waartoe je jezelf moest dwingen. Die van zijn moeder behoorden tot de laatste soort. De brieven die ze hem in Guayaquil en Lima had gestuurd hadden hem vooral boos gemaakt, en dan vooral op Becky. Als Becky niet per se de vrome weldoenster had willen uithangen, had Perry er geen zesduizend dollar doorheen kunnen jagen en had ze zelf aan een college kunnen gaan studeren in plaats van zich te laten bezwangeren door een zoetsappige lichtgewicht met wie ze op haar negentiende had moeten trouwen. Maar er was niets wat hij daaraan kon doen vanuit Zuid-Amerika en zijn woede werd vermalen door zijn dagelijkse strijd om het bestaan, de dysenterie waarvoor hij vatbaar was, de geregelde diefstal van alle kleren die hij niet aan zijn lijf had en de moeite die het kostte om dan zelf weer aan kleren te komen zonder ze te jatten. Zijn ervaringen hadden hem geleerd te leven met alleen zijn paspoort als waardevolle bezitting, dus trok hij zich ook maar niets meer aan van de verhalen van zijn moeder over Perry's herhaalde inzinkingen en Becky's rampzalige levenskeuzes: het was beter licht te reizen.

26 januari 1974

Lieve Clem,

Je vader en ik voelden ons gezegend met je brief uit Tres Fuentes, waar je God zij dank veilig en wel je dagen doorbrengt. Ondanks je harde werk moet het een weldaad zijn om hoog in de Andes te vertoeven na al die tijd en de drukke steden, en ik ben reuzeblij dat ik nu een adres heb waar ik met een gerust hart mijn brieven aan jou naartoe kan sturen. (Je schreef niets over de tweede brief die ik naar het postkantoor in Lima stuurde, dus ik neem aan dat je die nooit hebt ontvangen?) Het zal niet meevallen om zo veel interessante wederwaardigheden te beschrijven in een korte brief naar huis, zo veel gedachten en indrukken, en ik begrijp natuurlijk dat je niet iedere week kunt schrijven, maar weet dat we zielsblij zijn met ieder woord dat je ons stuurt.
We lazen je gedachten over de landbouw daar met veel plezier en interesse, maar ik ben natuurlijk ook benieuwd naar de mensen bij wie je verblijft. Ik vind het hartverwarmend dat je je zo inleeft in het zware bestaan van Felipes familie en bereid bent het jouwe te doen om dat te verlichten. Ik denk ook dat je vader daar méér dan een beetje jaloers op is! Als onze levens anders waren gelopen, zou hij maar al te graag missionaris zijn geworden. Hij is zo begaan met mensen voor wie het leven een zware strijd is. We missen je iedere dag

een beetje meer, maar het is ons een troost te weten dat jij nu net zo begaan bent met anderen. Ik kan me geen betere beloning voorstellen voor je twee jaar van 'dienst'.
Het grote nieuws hier is dat je vader een nieuw ambt heeft aanvaard en dat we gaan verhuizen naar... Indiana! De naam van het stadje is Hadleysburg, op een uur rijden van Indianapolis, en de United Church of Christ heeft er een bijzonder toegewijde congregatie. De plaatsvervangende dominee zal eind juni vertrekken en wij verhuizen ernaartoe zodra Judson zijn schooljaar heeft afgerond. Hadleysburg is om tal van redenen aantrekkelijk. De kosten van levensonderhoud zijn er lager, je vader zal er eindelijk weer zijn eigen kerk hebben, en zijn pastorale taken zijn er minder uitgebreid, zodat hij ander werk kan doen voor extra inkomen. Perry's tweede verblijf in Cedar Hill trok een zware financiële wissel op ons en het is ons nog altijd niet gelukt het geld terug te betalen dat we van je zuster hebben geleend, laat staan dat we het bedrag hebben kunnen aanvullen dat jij bent kwijtgeraakt. Je vader heeft nog overwogen terug te keren naar Lesser Hebron (!) en de broeders daar om heropname in hun midden te verzoeken omdat hij een eenvoudiger leven wilde, maar dat is financieel niet langer mogelijk en Hadleysburg is wat mij betreft eenvoudig genoeg. Judson kan er naar een normale school en ik kan er een glas wijn drinken zonder geëxcommuniceerd te worden, maar het is tegelijkertijd een kleine en hechte gemeenschap met minder verlokkingen voor Perry. Hij zweert ons dat hij nergens meer drugs heeft verborgen, maar na zijn laatste terugval weet ik niet of ik hem ooit nog kan vertrouwen, en het zal me allerminst spijten ons grote huis te verlaten. Waar ik ook kijk, zie ik plekken waar hij drugs kan hebben verstopt.
Perry gedraagt zich netjes en wekt de indruk onze hulp te waarderen, maar hij heeft nauwelijks energie en is erg 'gesloten'. Hij zegt dat de elektroshocks zijn geheugen hebben aangetast en hij verfoeit de bijwerkingen van zijn nieuwe medicatie. Lieve Clem, ik ken je opvatting over de werkzaamheid van het gebed, maar als je het ooit zou kunnen opbrengen een klein gebed voor je broer te zeggen, zelfs al betwijfel je of het iets uithaalt, dan zou dat heel veel voor me betekenen, en voor je vader ook.
Judson blijft een bron van vreugde. Hij heeft een hoofdrol in de musical van de middle school en leest al op het niveau van de highschool. Hij heeft erg met Perry te doen, begrijpt hoeveel het vergt van je vader en mij, en mokt nooit over gebrek aan aandacht. Toen Perry door zijn onheil werd getroffen, was ik bang dat dat Judson van zijn jeugd zou beroven en hij zijn vermogen zou verliezen om onbevangen van dingen te genieten. Ik kan je niet zeggen wat

een weldaad het is hem met de meisjes van Erickson te zien spelen als ik een slechte dag heb (waarmee ik je niet zal vervelen) of hem naar het journaal te zien kijken met je vader (hij neemt al het Watergate-nieuws op voor een maatschappijleeropstel) of hem met veel smaak zijn bord te zien leegeten. Perry zegt dat zijn medicatie alles hetzelfde laat smaken, en als we iets eten wat Judson extra lekker vindt, schuift hij hem stilletjes zijn bord toe. Sinds hij terug is uit Cedar Hill vang ik alleen nog glimpen van de oude Perry op als hij met Judson is. David Goya kwam met kerst twee keer langs (hij is nu tweedejaars op Rice) en Larry Cottrell, de schat, komt eens per week (zijn moeder heeft de kerk verlaten, maar hij zit nog bij Crossroads), maar dat lijkt Perry allemaal nauwelijks te interesseren. Ik leef dag en nacht met de angst dat hij zichzelf weer wat zal willen aandoen, en ik denk niet dat dat ooit nog verandert.

Je zuster en Tanner zien we nog steeds alleen maar in de kerk. Daar zitten ze helemaal achterin voor het geval dat Gracie gaat huilen en Becky de kerkzaal met haar uit moet. Ik probeer na elke dienst een praatje met haar aan te knopen, maar dat is alsof ik tegen een dichte deur praat omdat ze haar ogen geen moment van Gracie afwendt. Ik had je volgens mij al verteld dat ze nu hun eigen appartement hebben, boven de platenwinkel, en ik bood aan wat oude spullen te komen brengen (wat beddengoed, babydekentjes en speeltjes) omdat ik weet dat ze best krap zitten. Ik was bang dat ik de wind van voren zou krijgen, maar ze glimlachte alleen maar en zei dat ze niets nodig hadden. Ze doet alles met een glimlach: mijn uitnodigingen afwimpelen om te komen eten, zeggen dat ze niet langs kan komen op feestdagen, zeggen dat ze liever niet heeft dat ik Gracie vasthoud (waarna ik altijd zie dat vrouwen uit de gemeente dat wel mogen). Ik weet dat ze redenen heeft om boos op me te zijn, maar die kilheid van haar doet me vreselijk veel pijn. Tanner is altijd even aardig, maar wordt nerveus als hij Becky ziet kijken terwijl hij met ons praat. Dan doet ze alsof ze druk met Gracie in de weer is, maar ze houdt hem als een havik in de gaten. Ze zegt dat ze heel gelukkig is, en misschien is ze dat ook wel. Ik stel me zo voor dat ze pas echt gelukkig is als wij naar Indiana zijn verhuisd.

Er is een commissie ingesteld om een nieuwe hulpprediker te zoeken, en we horen dat Rick Ambrose boven aan de lijst staat. Als hij de baan inderdaad aanneemt, denk ik dat het je vader zal helpen het hoofdstuk New Prospect af te sluiten. Hij is zo veranderd sinds Perry's onheil, zo tot inkeer gekomen en zo deemoedig, dat hij in staat zou zijn om Rick het beste te wensen als die Becky's huwelijk niet had ingezegend. (Dat was haar keuze, maar echt, hoe

kon Rick dat nou doen?) Ik hoop dat een nieuwe kerk, zonder Rick in de buurt, je vader in staat zal stellen om met een schone lei te beginnen. Ik hoop dat van harte, want je vader heeft de mensen zoveel te bieden. Ik sluit een preek bij die hij schreef over de kolenwinning in het Navajoreservaat, voor de uitvaart van Keith Durochie. Het was zo'n mooie tekst dat ik het naar The Other Side heb gestuurd, en nu is je vader een gepubliceerd auteur! Hij was er niet erg over te spreken dat ik het achter zijn rug om had ingestuurd, maar ik denk niet dat hij het erg vindt als ik een kopietje bij deze brief doe.
Lieve Clem, denk nooit dat je vader je niet schrijft omdat hij niet aan je denkt. Hij denkt doorlopend aan je, en je zou eens moeten horen hoe hij over je praat, en zien hoe hij dan vol bewondering zijn hoofd schudt. Ik heb hem gesmeekt je te schrijven en je te vertellen hoe trots hij op je is, maar hij is ervan overtuigd dat hij je als vader in de steek heeft gelaten, en hij is bang dat een brief ongewenst is. Ik wil je niet lastigvallen met een herhaald verzoek, maar als je je er ooit toe kunt zetten, zou je hem dolgelukkig maken als je hem schreef dat je graag iets van hem verneemt.
Het is al laat, en koud, en ik wil deze brief morgenochtend op de post doen. Je vader is zojuist naar boven gegaan en vroeg me je hartelijk te groeten. Maak je geen zorgen om ons; God vraagt mensen nooit meer dan ze kunnen geven. Maar weet dat niets ons zo gelukkig zou maken als een weerzien met jou. Wees voorzichtig en zorg heel, heel goed voor jezelf daar in de bergen.
Heel veel liefs van je,
Moeder

PS Nu we een betrouwbaar adres van je hebben, stuur ik een verlaat kerstcadeautje en het laatste geld van je spaarrekening, dat je misschien gebruiken kunt voor je terugreis naar huis. (Weet je al wanneer dat ongeveer wordt?)

Misschien waren het de twintigjes in de envelop, de naderende terugkeer die ze symboliseerden, of anders was het misschien het beeld van zijn vader als een gebroken man vol wroeging, niet langer een gênante zwakkeling maar gewoon een zielig mens, maar deze brief maakte Clem nu eens niet kwaad. In plaats daarvan overviel hem een onbestemde nervositeit. Het gevoel van iemand die zich in een droom realiseert op de verkeerde plek te zijn, zich niet te hebben voorbereid op een examen, een trein dreigt te missen. Wat was het eigenlijk absurd dat hij nog steeds probeerde te bewijzen sterker te zijn dan zijn vader. Hij voerde een strijd die hij allang had gewonnen, ergens in een futiele droomwereld.

En of Becky nu wel of niet gelukkig was, ze was altijd eerlijk geweest – oprecht op het naïeve af. Clem kon zich moeilijk voorstellen dat zo'n integer iemand alleen nog maar onecht kon glimlachen tegen haar moeder, dat iemand met zo'n onschuldige natuur uitbroedde hoe ze haar ouders het best kon verwonden. Sinds hij gehoord had van haar huwelijk met de lichtgewicht, had hij zijn best gedaan om niet meer aan haar te denken; ze had een baby, nou en, wat had hij daarmee te maken? Hij was teleurgesteld in haar geweest, maar had het inlevingsvermogen ontbeerd om zich háár teleurstelling voor te stellen. Hoe miserabel moest haar leven wel niet zijn dat ze zo wreed kon doen tegen een weerloze vrouw als hun moeder. En dat, ja dát was de reden voor zijn nervositeit. Vandaar dat gevoel iets te hebben gemist, over het hoofd te hebben gezien: hij was vergeten dat hij van zijn zusje hield.

Hij liep terug naar de postmeester, telde wat kleingeld uit, leende een pen en ging aan het eind van de balie een luchtpostblad staan volschrijven in zo klein mogelijke lettertjes. Hij bood Becky zijn verontschuldigingen aan voor zijn afbrekende kritiek, hij beschreef zijn leven in het dorpje, en toen aarzelde hij… want hij bedacht dat hij net als zijn vader bang was dat een uiting van liefde niet welkom zou zijn. Misschien kwam dat onwaarachtig op haar over na zo'n lange stilte, dus schreef hij verder in bedekte termen, in woorden waarvan hij hoopte dat ze zijn liefde zouden suggereren: ze was zo'n krachtige persoonlijkheid, zo zuiver van gemoed, zo'n voorbeeldige jonge vrouw, kon ze zich niet proberen in te denken hoe zwaar hun ouders het hadden, in te zien hoeveel beter ze het zelf had, en misschien een beetje vriendelijker te zijn? Zonder de brief te herlezen schreef hij het adres van zijn ouders op de envelop, met daaronder SVP DOORSTUREN NAAR BECKY, en gaf hem aan de postmeester. En toen trok hij een paar broodnodige nieuwe sokken aan en liep terug de helling op.

Zijn moeder schatte hem te hoog in als ze dacht dat Zuid-Amerika zijn inlevingsvermogen had vergroot. Inlevingsvermogen was een luxe die een dagloner zich niet kon veroorloven. Als er bij het krieken van de dag een vrachtwagen voor kwam rijden en vijftig man verdrongen zich om een plekje in de laadbak, kon begrip voor de man die jou opzij wilde duwen tot gevolg hebben dat je die avond niet te eten had. Als hij überhaupt iets had ontwikkeld in Tres Fuentes, dan was het respect voor de mannen die de onherbergzame puna moesten bebouwen, en voor de vrouwen die in het koudste uur van de nacht opstonden om hun *mote* en *mate* te koken. Hij hoefde zich niet in te leven in Felipe Cuéllar. Het was genoeg te weten dat hij ijzersterk en betrouwbaar was.

Na zijn nervositeit van zich af te hebben geschreven keerde Clem terug naar zijn elementaire bestaan. Hij werd wakker en werkte, dronk *chicha* en sliep in het hok waar de Cuéllars hun ezel hadden staan. De maand maart bracht beter weer, ontspruitend groen op de bonenakkers, alpaca's die weer wat vet aan hun botten konden grazen. Onbekend als hij was met de fijnere kneepjes van de landbouw verdiende hij de kost met het timmeren van een nieuwe kraal voor het vee van de dorpelingen, het repareren van de stenen muren en het verzamelen van brandhout. Hij ontzag de oude ezel door hem niet te berijden maar hem voor te gaan op het pad naar het bos. Het was verbazend dat de loofbomen het op deze hoogte uithielden, ver boven hun natuurlijke boomgrens, en het bezwaarde hem om met een machete op ze in te hakken. Ze hadden iele, kleurloze blaadjes, met mos overdekte twijgen, takken met een beharing van epifyten en grillige vormen alsof de omgeving ze in hun groei had beknot. Ze leken veel te traag te groeien om de vraag naar brandhout te kunnen bijbenen, maar het dorpje had geen andere bron van brandstof. Hij nam zich telkens voor alleen dood hout te kappen, maar iedere tak bleek bij nader toezien half dood en half levend. Zelfs waar de bast ontbrak en het xyleem aan de elementen was blootgesteld, wisten de meeste takken voedingsstoffen naar uiteinden met een paar blaadjes te krijgen. Zo was elke boom een afspiegeling van het bergland zelf: de takken verbeeldden de oeroude kronkelpaden naar de schaarse stukjes vruchtbare grond tussen de keien en de plassen stilstaand, bitter water. De half levende bomen deden eveneens denken aan de armzalige dorpjes en nederzettingen met voor iedere intacte woning een veelheid aan vervallen krotten en ruïnes die overblijfselen leken uit de tijd van de Inca's. De vogels die hij uit de bomen verjoeg waren als de poncho's van de dorpsvrouwen, goudgeel en blauw, zwart en bloedrood. Als hij al het hout had gekapt dat de ezel en hijzelf op hun rug konden dragen, schuifelden ze omlaag over een helling die al goeddeels was kaalgekapt. Hij zag dat de grond ernstig was verweerd en moeite had water vast te houden, maar de nachten waren hier ijskoud, en de *almuerzo*-soep die hem bij de Cuéllars wachtte en waar hij geen genoeg van kon krijgen, kon niet bereid worden zonder brandhout.

Hij wenste dat hij een jaar eerder naar de Andes was gekomen in plaats van zijn tijd te verdoen in de steden. Maar misschien was het juist wel beter zo. Misschien had hij eerst een poos in de steden moeten zwoegen om de schaamte weg te werken van het ontlopen van zijn dienstplicht, en zichzelf te straffen voor het verdriet dat hij Sharon en zijn ouders had aangedaan, en zijn aanwezigheid hier in de Andes te verdienen. Het werk was hier weliswaar nog zwaarder, maar hij voelde wel het herstel van een persoonlijkheid die hij zo lang kwijt was geweest dat hij hem was vergeten, hij raakte verkwikt in deze wereld van aarde, planten en dieren, en hij verheugde zich in het herleven van zijn leergierigheid en de ambitie er iets mee te doen. Het opwindende vooruitzicht van een studie en daarna een wetenschappelijke loopbaan stuwde hem door zijn dagen en hield hem 's nachts uit zijn slaap. Het was lang geleden dat hij nog iets meer had gewild dan een volle maag.

Op de middag dat er in Tres Fuentes een brief van Becky voor hem lag, was het kalenderblad van de postmeester goeddeels overwoekerd met kruisjes. Het was 27 maart. Clem liep met de brief naar de droge fontein en scheurde de envelop gretig open.

Lieve Clem

Dank je voor je verontschuldiging en voor het 'bijpraten' over je reizen (klinkt allemaal heel interessant), maar schrijf me alsjeblieft niet voor wat ik moet doen. Je hebt ervoor gekozen hier jarenlang niet te zijn, dus je bent wat aan de late kant om nu opeens de vredestichter uit te hangen. Je was ver weg je avonturen aan het beleven en je hebt er geen idee van wat P&M me hebben aangedaan. Je hebt er geen idee van hoe bezeten ze zijn van Perry (ik weet dat hij ziek is, maar hij is ook ongelooflijk egoïstisch en leugenachtig, hij heeft ze al meer dan tienduizend dollar gekost, en daar zal nog wel wat bij komen). Jij weet niet hoe onuitstaanbaar ze zijn; jij bent niet keer op keer kotsmisselijk van ze geworden. Ik heb ze hun financiële schuld aan mij kwijtgescholden, ik verwacht <u>niets</u> van ze, en wat mam je ook vertelt, ik ben altijd vriendelijk tegen ze. Ik draag ze geen kwaad hart toe, maar heb ze gewoon liever niet bij me in de buurt. De Bijbel gebiedt ons niet onze naaste <u>aardig te vinden</u>, want geen mens kan kiezen wie ze sympathiek vindt en wie niet. Ik heb er inderdaad moeite mee mijn ouders te eren, maar ze maken het me eerlijk gezegd ook niet erg gemakkelijk. Pap is onzekerder dan ooit, een bespottelijke tobber, en de hele gemeente weet van zijn verhouding met een gemeentelid (heeft mam je verteld dat hij daar bijna om ontslagen is?). Hij heeft tegenwoordig een sikje dat op een pluk schaamhaar lijkt, maar mam doet alsof hij Gods grootste gave aan de mensheid is. Probeer dat maar eens in ere te houden. Ik ben een en al vriendelijkheid als ik ze zie, maar nee, ik nodig ze niet bij me uit, en nee, ik kom niet bij hen op feestdagen, want A ik maak ook deel uit van Tanners familie, en B ik wil dat Grace opgroeit in een vredige en har-

monieuze omgeving en ik ben bang voor wat er gebeurt als ik meer dan een kwartier met hen moet doorbrengen. Ik ben getrouwd met een fantastische, getalenteerde en doodgoeie man met wie ik het mooiste kindje van de wereld heb. Ik ben intens dankbaar voor wat God me heeft gegeven, ik word elke ochtend wakker met een lied in mijn hart, en ik vraag je me niet te verwijten dat ik dat allemaal zo wil houden. Sommige mensen hebben het geluk dat ze hun ouders aardig kunnen vinden. Mij is dat geluk niet beschoren.

Ik ben jou op mijn beurt mijn excuses schuldig voor de hatelijke dingen die ik tegen je gezegd heb toen je niet naar Vietnam kon. Dat was verkeerd en ik verontschuldig me ervoor, maar er was wel iets raars aan de manier waarop wij altijd met elkaar omgingen, en het was misschien wel goed om elkaar te ontgroeien en zelfstandige mensen te worden met een eigen persoonlijkheid. Ik vond het altijd heerlijk om over van alles en nog wat met je te praten, en ik mis het soms echt om een grote broer te hebben tegen wie ik kan opkijken en aan wie ik dingen kan vertellen. Als je ooit naar huis komt, kunnen we dat misschien proberen te herstellen. Zodra je Gracie ziet, zul je begrijpen waarom ik zo zielsveel van haar houd, en ik zou graag willen dat je Tanner leerde kennen als de man die hij in feite is. Je hebt hem nooit een kans gegund, maar als je iets om mij geeft, zou je dat ook moeten doen om degene in mijn leven die het beste voor mij is, het beste wat ik me wensen kan. Het is niet mijn bedoeling bazig te zijn, maar als je weer een rol wilt spelen in mijn leven, zijn er toch wel een paar regels. Regel één is dat je mijn gevoelens over P&M respecteert. Daarover valt niet te onderhandelen. Als je ooit met eigen ogen de situatie met Perry ziet, en hoe die twee zich tegenwoordig gedragen, begrijp je die gevoelens misschien beter. Ik vind het niet leuk dat ze ongelukkig zijn, maar ik kan het niet beter voor ze maken, zelfs al zou ik dat willen, omdat ik gewoon niet belangrijk genoeg voor ze ben. Zij hebben hun eigen keuzes gemaakt, en jij de jouwe, en ik de mijne. Tenminste een van ons is gelukkig met haar keuzes.

Liefs, Becky

De brief was als een lucifer die in het donker werd aangestreken. Bij het licht ervan zag hij zijn oude kamer in de pastorie, waar Becky vaak laat op de avond was binnengekomen met haar verhalen van de dag, en meer dan eens in haar argeloosheid op zijn bed in slaap was gevallen. Waarom had hij haar nooit wakker gemaakt en gezegd dat ze in haar eigen bed moest gaan slapen? Omdat ze te veel voor hem betekend had, daarom. De wetenschap dat ze zijn kamer prefereerde, de voorkeur gaf aan hem boven alle anderen in het gezin, was het ongemak van slapen op de vloer waard geweest. En als ze later in de nacht wakker werd en hem op het vloerkleed zag liggen, verontschuldigde ze zich nooit voor het inpikken van zijn bed, want er was niets *raars* aan – hun onderlinge verhouding was duidelijk: hij had alles voor haar over en zij liet hem alles voor haar overhebben. Op anderen zou dat misschien een egoïstische indruk hebben gemaakt, maar hij zag de liefde in haar bereidheid zich zo te laten liefhebben.

En toen was hij gaan studeren en had Sharon leren kennen, die ook niets anders wilde dan door hem bemind te worden, en hij had haar in zijn meedogenloze eerlijkheid verteld dat hij niet de liefde voor haar had waartoe hij zijn hart in staat wist. In het licht van de lucifer die haar brief had aangestreken, zag hij dat zijn hart altijd aan Becky was blijven toebehoren – dat dat de ware reden was waarom hij niet met Sharon had kunnen blijven. Maar na zijn tijd met Sharon bleek er iets veranderd aan de verhouding met zijn zusje: Becky had hem niet meer nodig. En toen hij toch aan haar probeerde vast te houden, haar terug had willen voeren naar hoe het tussen hen geweest was, zich met haar beslissingen had willen bemoeien, had hij haar liefde geheel en al verspeeld. Ze was zo kwaad op hem geweest, en haar woede was zo ondraaglijk voor hem geweest, dat hij zonder plan een bus naar Mexico had genomen. In het licht van de lucifer zag hij dat hij de pijn om haar verlies had proberen te verdrijven door die van zijn zware arbeid. En dit was het schokkende aan haar brief: er was niets veranderd of verdreven, hij miste haar nog steeds.

Toen hij terugbeende naar het dorpje, met de brandende brief in zijn zak, haalde hij Felipe Cuéllar in, die met een hak over zijn schouder liep. Felipe was tenger van postuur en een kop kleiner dan Clem, maar er was geen karwei dat hij niet met veel minder moeite geklaard kreeg. Achter hem lopend op het pad, op eerbiedige afstand van de hak, vroeg hij Felipe wanneer de aardappels zouden worden geoogst.

'Als ze klaar zijn,' zei Felipe.

'Ja,' zei Clem, 'maar wanneer is dat?'

'Altijd in mei. Het is hard werken.'

'Niet harder dan ze poten als het regent, toch?'

'Ja, harder. Je zult zien.'

Ze liepen een poosje in stilte tegen de puna op. Achter de bergtop pakten zich wolken samen, vol Amazonewater, maar de laatste tijd hadden de regens het dorpje niet meer bereikt. Het pad begon ook uit te drogen.

'Ik heb een vraag,' zei Clem. 'Als ik nu weg zou moeten, heel snel, zou ik dan weer terug kunnen komen? Ik had tot na de oogsttijd willen blijven, maar ik denk dat ik naar mijn familie toe moet.'

Felipe draaide zich met een ruk om. Hij keek geschrokken.

'Heb je slecht nieuws gekregen? Is iemand ziek?'

'Ja, eh... ja.'

'Ga meteen,' zei Felipe. 'Niets is belangrijker dan familie.'

Zijn laatste lift, van Bloomington naar Aurora op de zaterdagochtend voor Pasen, werd hem gegeven door een tweemaal gescheiden handelsreiziger in kunstmest die Morton heette, in een luxe Buick Rivera reed en over God wilde praten. Morton was de vluchtstrook op gereden bij een truckersrestaurant, waar Clem zich door een chauffeur had laten afzetten om de restjes van een tafel te eten, een douche te nemen en een paar uur slaap te pakken achter het parkeerterrein. Het geld dat zijn moeder hem had gestuurd was opgegaan aan een vliegtuig naar Panama City en een bus naar Mexico, vanwaar hij verder had moeten liften, meestal bij langeafstandstruckers. Toen hij vertelde dat hij in geen vijf dagen een volwaardige maaltijd had gegeten, was Morton gestopt bij een Stuckey's om hem op een stapel pannenkoeken met eieren en spek te trakteren. Morton had het verlepte gezicht, de vlekkerige huid en het krakkemikkig ogende lichaam van een man met te veel drank in zijn verleden. Het deed hem zichtbaar plezier Clem te zien eten.

'Weet je waarom ik voor je stopte?' zei hij. 'Toen ik je daar met je duim omhoog zag staan... ik stopte omdat je misschien een engel was.'

Clem had zich al afgevraagd waaraan hij deze lift dankte. Hij was het tegendeel van een hippie, maar zag er wel als eentje uit met zijn Peruaanse trui met capuchon, zijn baard en zijn lange haar, dus had het hem verrast toen er voor hem een Buick Rivera op de vluchtstrook verscheen.

'Ja, ik weet wat je nu denkt,' zei Morton, 'maar engelen bestaan. Ze zien eruit als gewone mensen, maar als ze weg zijn besef je dat ze een engel van de Heer waren.'

Clem moest er nog steeds aan wennen Engels te spreken, aan het feit dat hij dat nog kon. 'Ik weet vrij zeker dat ik geen engel ben, hoor.'

'Maar dat is nu juist de manier waarop God werkt. Zo zorgt Hij voor ons: door ons voor elkaar te laten zorgen. Als je een vreemde afwijst die hulp nodig heeft, wijs je misschien wel een engel af. Zal ik je vertellen hoe dat tot me doordrong? Het was vier jaar geleden, de zevenentwintigste juni. Ik zat helemaal aan de grond, mijn tweede vrouw was net bij me weg, ik was mijn baan bij een highschool kwijt en mijn auto begaf het in een zware onweersbui niet ver hiervandaan. Ergens op een landweg, en de regen viel met bakken. Ik stapte uit, opende de motorkap en zag dat het de dynamo was. Dieptepunt in mijn leven, en dat wil heel wat zeggen. Daar zat ik in mijn auto, doornat, heel veel medelijden met mezelf te hebben, en opeens zag ik in de achteruitkijkspiegel iemand naar me toe lopen. Je denkt misschien dat ik het uit mijn duim zuig, maar het was een jongen van ongeveer jouw leeftijd, helemaal in het wit. Ik draai mijn raampje omlaag en hij vraagt me wat eraan scheelt. Hij is net zo nat als ik, maar hij rommelt wat onder de motorkap en vraagt me de ontsteking te proberen. En verdomd, de wagen start meteen. Ik laat de motor even lopen en stap uit om hem te bedanken, of wat geld te geven, maar hij is weg. Midden in de maisvelden, geen heuveltje of niks, maar poef, spoorloos. Nergens meer te bekennen. En wat denk je, het houdt op met regenen, en nu denk je zeker dat ik dit uit mijn duim zuig, want de lucht is opeens vol cijfers. Cijfers! Van horizon tot horizon, en ik begrijp dat er een getal is voor elke dag van mijn leven. De engel laat me mijn hele leven zien, verleden én toekomst. En het volgende moment voegen al die cijfers zich in een patroon en ik zie het, ik zie het eeuwige leven in Jezus Christus. Je moet weten dat ik in geen jaren in een kerk was geweest, maar ik val daar midden op die landweg op mijn knieën en stort mijn hart uit tegenover Jezus. Dat was de dag waarop mijn nieuwe leven begon.'

Er viel niets af te dingen op Mortons christelijke naastenliefde, niets in te brengen tegen de flapjacks met stroop en roomboter, en hij had zijn verhaal vol overtuiging verteld. Maar Clem kon het met geen mogelijkheid serieus nemen. Hij had in Peru tussen mannen gewerkt die er alle soorten bijgeloof op na hielden. In het huisje van de Cuéllars hing een crucifix en hij had Felipe altijd kruisjes zien slaan als ze langs de kerk of de begraafplaats in Tres Fuentes kwamen. Maar dat waren nog simpele Peruaanse landarbeiders. Morton was een geschoolde Amerikaan, naar eigen zeggen een topverkoper binnen zijn branche, en de bezitter van een Buick die naar strikt wetenschappelijke principes was ontworpen en gebouwd, en toch geloofde hij in wat hij vertelde. Eigenaardiger nog waren de leden van zijn eigen familie. Zijn moeder, zijn vader en intussen ook Becky: moderne mensen met een hoge intelligentie, die over God spraken alsof het woord naar iets echts verwees. Ongelovig te zijn onder al die gelovigen was nog eenzamer dan een gringo te zijn in Tres Fuentes. Een gringo verschilde alleen qua uiterlijk en kon nog op zoek gaan naar iets gemeenschappelijks. Wetenschap en verdwazing hadden niets met elkaar gemeen.

Morton zou hem met liefde naar New Prospect hebben gebracht als hij zijn dochter niet om tien uur had moeten ophalen in Aurora. Hij zette Clem af bij het treinstation, gaf hem een biljet van vijf dollar en boog zich naar het handschoenkastje om een kaartje te pakken met religieuze teksten en voorstellingen.

'Dank voor je ongelooflijke vrijgevigheid,' zei Clem toen hij het kaartje aanpakte. Op de ene kant stond een Jezus in stippenpatroon, op de andere een soortgelijke weergave van het Paradijs.

'Ik wens je een gezegend Pasen met je familie.'

Toen hij het perron op liep gooide Clem het kaartje in een afvalbak, dacht een ogenblik na en propte er ook zijn geknoopte schoudertas met al zijn vuile kleren in, om alleen zijn paspoort over te houden. Vandaag moest dan maar voor hem een nieuw leven beginnen. Er stond al een trein te wachten met open deuren.

Dat hij New Prospect herkende en zich er thuis wist, ieder gebouw en iedere straatnaam kende, was niet minder verrassend dan zijn beheersing van het Engels. Hij had zijn ouders kunnen bellen vanuit een telefooncel om zijn komst aan te kondigen, maar de ongemakken van het liften waren het makkelijkst te dragen door niet vooruit te denken, en zijn ouders waren bovendien niet de reden geweest om uit Tres Fuentes weg te gaan.

De lucht op Pirsig Avenue ging zwanger van de lente, geuren die niet méér hadden kunnen verschillen van die in Peru. In de winkeletalage van Aeolian Records stonden door de zon verbleekte platenhoezen van jazz en symfonische rock, schijnbaar onaangeraakt sinds hij hier voor het laatst was geweest. Binnen, wantrouwig gadegeslagen door de eigenaar, stonden twee langharige jongens door de bakken met rock te gaan. Clem ging achterom door het steegje. Onder aan de trap naar de bovenverdieping aarzelde hij, en herinnerde zich dat hij ook zo was blijven stilstaan voor de trap naar Sharons kamer in het hippiehuis.

Boven had iemand, ongetwijfeld Becky, met punaises een archiefkaartje op de deur van het appartement geprikt. *Tanner en Becky Evans* stond er in een sierlijk schuinschrift, met getekende bloemetjes aan weerszijden. Clem klopte met vochtige ogen aan. Hij kon zich niet herinneren dat Becky ooit vader en moedertje had gespeeld als meisje. In Indiana, waar hij haar voor zich alleen had gehad, was ze hem gevolgd waar hij ook ging. Hij had haar een honkbal leren gooien, en hoe ze bij het vangen van de bal in de handschoen moest kijken (zijn handschoen, hun enige handschoen). Ze had hem met een uitgedroogde hondendrol achternagezeten onder het schateren van: 'Steenpoep! Steenpoep!' Hij herinnerde zich het vrolijke sadisme waarmee ze een uit de gratie geraakt speelgoedkonijn had gemarteld, haar giechelende opsommingen van al het kattenkwaad dat ze had uitgehaald. Wie had kunnen denken dat dit meisje ooit vader en moedertje zou willen spelen?

Hij klopte nog eens. Niemand thuis.

Plotseling doodmoe van alle kilometers die hij had afgelegd, ging hij de trap weer af en liep de straat in. Hij wilde Becky zien voordat hij zijn ouders onder ogen kwam, om haar duidelijk te maken dat zij de reden was voor zijn thuiskomst, maar opeens kon hij alleen nog maar denken aan zijn bed in de pastorie. Het was een warme dag, de zon stond al bijna op z'n hoogst, en een dutje op een echt bed zou zalig zijn. Half slapend ging hij op weg langs de boekwinkel, de drogist, het verzekeringsagentschap.

Hij schrok op toen hij bij de Treble Clef kwam. Achter de winkelruit stond Tanner Evans een elektrische gitaar te demonstreren aan een vrouw van middelbare leeftijd, de moeder van iemand die het cadeau van zijn leven ging krijgen. Clem bleef weifelend op het voetpad staan. Tanner keek vluchtig zijn kant op en sprak weer verder met de vrouw. En toen keek hij opnieuw, sperde zijn ogen open en rende de winkel uit. 'Wat krijgen we nou!'

'Ik ben er weer,' zei Clem.

'Ik dacht al: ken ik die?'

Tanner leek in geen enkel opzicht veranderd, zou misschien ook wel nooit veranderen. Hij spreidde zijn armen zoals hij dat ook altijd zo uitnodigend had gedaan bij Crossroads, en Clem stapte de omhelzing binnen.

'Wat ontzettend tof,' zei Tanner. 'Wat zal Becky blij zijn.'

'Echt?'

Tanners gezicht betrok voor zover zijn onverwoestbare opgeruimdheid dat toeliet. 'Ik eh, ja... natuurlijk. Ze heeft je gemist, hoor.'

'Gefeliciteerd met alles. Getrouwd, vader; gefeliciteerd, man.'

'Dank je. Het was echt te gek allemaal.'

'Ik wil er alles over horen. Waar is ze?'

'Waarschijnlijk in Scofield, met Gracie. Jeannie Cross is voor Pasen in de stad.'

Na een tweede omhelzing van de man die nu zijn zwager was liep Clem naar Scofield Park. De bomen van New Prospect waren stuk voor stuk springlevend, innig omvat door hun bast, en elk huis zag eruit als een paleis. Het natte, smaragdgroene gras dat iemand uit de zak van zijn maaimachine in een afvalbak stond te schudden, zou een delicatesse zijn geweest voor een alpaca. Clem bleef even staan om zijn trui uit te trekken en de mouwen om zijn middel te knopen, terwijl de man met de maaimachine hem met een afkerige blik in de gaten hield. Misschien raadde hij Clems innerlijke commentaar, de impliciete kritiek, of anders had hij gewoon de pest aan hippies.

Becky zat niet bij de moeders van het speeltuintje in Scofield, en ook niet bij de picknicktafels. Verderop in het park was een honkbalterrein met een backstop. Volgroeide jongemannen, de meesten hemdloos, speelden er softbal. De speler op de thuisplaat, die de bal hoog over de linksvelder sloeg, was een stuitende spierbundel die Clem nog kende van de highschool, Kent Carducci. Hij pompte zijn vuist in de lucht en rende met een dierlijke brul over het eerste honk.

De toekijkende meisjes (waar je dit soort jongens zag, kon je ook meisjes verwachten) zaten ter hoogte van het eerste honk bij de aluminium tribune, Becky op de laagste bank daarvan, met Jeannie Cross. Langer dan de anderen, maar met haar uitstraling onaangetast, leek ze op een koningin met haar hofhouding. De mindere meisjes zaten met gekruiste benen op het gras voor haar. Een van hen hield de armpjes omhoog van een peuter die zich in een staande houding had gewerkt.

Het was Jeannie Cross die Clem als eerste zag. Ze greep Becky bij haar schouder, en nu zag zij hem ook. Ze staarde hem een paar tellen niet-begrijpend aan, sprong overeind en holde naar hem toe. Hij spreidde zijn armen, maar ze bleef net buiten omhelzingsbereik staan. Ze droeg een corduroy jack dat ooit van hem was geweest. Haar glimlach was eerder ongelovig dan blij.

'Wat doe jij hier?'

'Ik kwam jou opzoeken.'

'Wow.'

'Is het oké als ik je even knuffel?'

De grap leek haar te ontgaan, maar ze deed een stap naar voren, sloeg kort een arm om zijn middel en stapte weer terug. 'Iedereen is thuis voor Pasen,' zei ze, 'dus waarom jij niet?'

'Ik dacht niet aan Pasen, eerlijk gezegd. Ik kom voor jou.'

Kent Carducci schreeuwde iets schunnigs op het speelveld.

'Nou, kom mee naar Gracie,' zei Becky. Ze holde voor hem uit en tilde de peuter van de grond. 'Gracie, kijk eens, dit is oom Clem.'

Het kind drukte haar gezichtje in Becky's hals, zag Clem waarschijnlijk voor een harig monster aan. Hij realiseerde zich nu pas ten volle dat zijn zusje zich had voortgeplant. Het was een volmaakt kindje, het haar fijn van boven en dikker naar onderen: een gloednieuw persoontje, *ex nihilo*, met een moeder die zelf nog maar net kind af was. Hij kon Becky nog als eenjarige voor zich zien. Zijn ogen werden weer vochtig.

'Hier, houd haar maar even vast,' zei Becky, 'ze is niet van suikergoed.'

Onder de nieuwsgierige blikken van Becky's vriendinnen nam hij het kind van haar over. Ze was als een kacheltje in haar katoenen trui, wurmde en kronkelde vol levenskracht en stak haar handjes uit naar haar moeder. Hij had geen kind meer vastgehouden sinds Judson de oppakbare leeftijd was ontgroeid. Hij wiegde zijn nichtje zachtjes om de onvermijdelijke huilbui uit te stellen, maar Becky keek haar gloedvol aan als om haar in te prenten bij wie ze eigenlijk hoorde. Bij het eerste kreetje nam Becky haar weer uit zijn handen.

De omstandigheden van hun weerzien waren volstrekt anders dan hij zich had voorgesteld: een honkbalveld vol jongemannen die hun spieren met sport hadden ontwikkeld in plaats van met hard werken. Acht smaken popperige meisjes verdeeld over de tribune, van wie hij er nog een paar van Crossroads kende (Carol Pinella, de jongere zus van Sally Perkins) en andere van het cheerleaderteam. De meesten waren thuis van hun college, eentje woonde hier nog en niet één zou in staat zijn zich een voorstelling te maken van de wereld waarin hij twee jaar lang had geleefd. Zijn hemd stonk naar zweet, er zat nog modder van de Andes aan zijn broekspijpen en zijn hart lag nog bij het dorpje van de Cuéllars. New Prospect was nog gewoon New Prospect en Becky vormde er kennelijk nog steeds het sociale middelpunt van, terwijl hij, die altijd al ver van het midden had vertoefd, meer een buitenstaander was dan ooit tevoren. Hij had graag wat woorden gewisseld met Jeannie Cross, die er spectaculair lekker uitzag, maar zijn vervreemding was zo intens dat hij alleen maar achter de backstop kon gaan staan om naar softbal te kijken dat gespeeld werd door leeftijdgenoten die hij niet kon uitstaan, in afwachting van het moment dat Becky weer tijd voor hem had.

Toen ze naar het hek kwam met haar wankele wandelwagentje, waarin Gracie intussen in slaap was gedommeld, zei ze: 'Deze hier moet nodig een schone luier. Loop je met ons mee naar huis?'

'Wat dacht je, zou ik dat willen?'

'Geen idee.'

'Jij bent de reden waarom ik hier ben. Ik ben op pad gegaan zodra ik je brief kreeg.'

'O, oké.'

Ze duwde de wandelwagen naar het voetpad en hij volgde haar. 'Leuk dat je nog altijd dat jack draagt.'

'Ja, dat was van jou, hè? Ik heb het al zo lang dat ik dat vergeten was.'

Op het voetpad aangekomen hurkte ze bij haar kindje neer voor een inspectie.

Ze zat recht voor hem, degene van wie hij het meest hield en die nog steeds volledig in het beeld paste dat hij van haar had, maar andersom leek zijn plotse verschijning haar niet al te veel te doen. Toen ze verder liep naar de uitgang van het park, nog steeds naar haar kindje kijkend, bekroop hem de vrees dat hij opnieuw een ernstige fout had gemaakt. Dat hij in Tres Fuentes had moeten blijven voor de aardappeloogst.

'Becky,' zei hij uiteindelijk.

'Ja?'

'Het spijt me dat ik je de wet probeerde voor te schrijven.'

'Da's goed, joh. Ik vergeef het je.'

'Ik wil me niet in je leven mengen. Ik vraag alleen maar om een kans er weer deel van uit te maken.'

Ze leek het niet te horen, zei niets meer tot ze Highland Street overstaken. In de verte zag hij de hoogste van de eiken rond de pastorie. Hij voelde zich niet echt vergeven.

'Ben je al thuis geweest?' vroeg ze.

'Nee, ik wilde jou eerst zien.'

Ze aanvaardde dit eerbewijs met een knikje. 'Mam kwam een dag of wat geleden bij me aan de deur. Zonder te bellen, kwam zomaar opdagen. Ze wilde dat we morgenavond kwamen eten en probeerde me meteen weer op mijn gemoed te werken. Dat het paps laatste Pasen in New Prospect zou zijn.'

'Tja, dat is toch ook zo?'

'Ik had de ouders van Tanner al bij ons uitgenodigd. Het wordt Gracies eerste Pasen. Ik had al een ham gekocht.'

Clem voelde aan dat hij op de proef werd gesteld, werd getart om te zeggen dat een eenjarige, anders dan hun gelovige ouders, nog geen flauw benul had van Pasen.

'Maar eh, kon je pap en mam dan ook niet uitnodigen?'

'Dan komt Perry mee, en dat lijkt me weinig feestelijk. Hij zuigt alle lucht op in een kamer, zelfs al zit hij er alleen maar. Zodra het gesprek over iets anders gaat dan hem, gaat hij vertellen hoe beroerd hij zich voelt, of hij begint over een of ander onzinnig onderwerp, alleen maar om de aandacht weer op hem gericht te krijgen, en ze tuinen er keer op keer in.'

'Hij is ziek, Becky.'

'Ja, dat is-ie. En ik snap heel goed dat ze voor hem moeten zorgen. Maar het is niet fair tegenover de ouders van Tanner om die op paasavond ook met zijn ziekte op te zadelen.'

‘Pap en mam moeten er de hele week mee leven.’

‘Weet ik, en dat zal best zwaar voor ze zijn. Maar het is hun zoon, niet de mijne, en ik heb mijn bijdrage al geleverd als zijn zus. Ik vind dat ik het recht heb om niet ook nog mijn Pasen aan hem op te offeren.’

Clem bedwong de aanvechting om nog iets te zeggen. Het ging een heksentoer worden om zich aan haar eerste regel te houden en altijd haar gevoelens over hun ouders te respecteren. Hij mocht al blij zijn dat er geen regel was die hem verbood aardig tegen ze te zijn.

Alsof ze deze gedachte opving, bleef ze staan en draaide zich naar hem toe.

‘Maar goed,’ zei ze, ‘kom jij wel bij ons eten?’

‘Vanavond?’

‘Nee, morgen met Pasen. Ik nodig je uit.’

Zijn hart maakte een vreugdesprongetje bij de uitnodiging; dat ging vanzelf. Maar het dreigde in een valstrik te springen. Hij was zo lang van huis geweest dat het wreed zou zijn om zijn ouders alleen te laten met Pasen, en dat wist ze.

‘Ik weet niet,’ zei hij.

Ze keek van hem weg met een onaangedane uitdrukking. Al wat hij gevraagd had was een kans om tijd met haar door te brengen, en die bood ze hem nu. Het viel niet uit te maken of ze hem echt weer terug wilde in haar leven of alleen maar zijn loyaliteit testte. Maar het was overduidelijk dat zijn afwezigheid haar minder had gedeerd dan hij had aangenomen. Integendeel, ze was een dominante factor geworden. Ze had de familie een kleinkind geschonken, ze had een man die haar onvoorwaardelijk trouw was, ze had niets ingeboet aan uitstraling en populariteit, en ze had niets van hem nodig, noch van haar ouders. Het was aan haar om de voorwaarden te bepalen.

‘Ik denk erover na,’ zei hij, maar hij wist al wat hij ging doen.